ROBERT WILSON

Robert Wilson est né en Angleterre en 1957. Diplômé de l'université d'Oxford, il a travaillé dans l'import-export en Afrique où il situe l'action de certains de ses romans noirs. De retour en Europe, il publie son premier thriller, *Une mort à Lisbonne* (Robert Laffont, 2002), qui a reçu le Crime Writer's Association Golden Dagger Award. C'est le plus fameux prix britannique couronnant un roman policier, déjà décerné, entre autres, à Ruth Rendell, Martin Cruz Smith ou Henning Mankel. Il a également publié *La danse des espions* (Robert Laffont, 2003). Il vit actuellement dans une ferme isolée du Portugal.

LA DANSE DES ESPIONS

DU MÊME AUTEUR
CHEZ POCKET

UNE MORT À LISBONNE

ROBERT WILSON

LA DANSE DES ESPIONS

traduit de l'anglais
par Dominique Defert

ROBERT LAFFONT

Titre original : THE COMPANY OF STRANGERS

Cet ouvrage est précédemment paru sous le titre
La Compagnie des ombres

(édition originale : ISBN 0-00-232669-8
HarperCollins*Pusblishers*, Londres)

ISBN : 2-266-15401-X

À Jane
et à la mémoire de mon père
1922-1980

Ah ! mon aimée, soyons francs
L'un envers l'autre ! En ce monde qui semble
S'étendre devant nous comme une terre de rêves,
Si variée, si belle, si nouvelle,
N'espérons aucune joie, aucun amour, aucune lumière,
Aucune certitude, aucune paix, aucun remède à nos douleurs,
Nous sommes ici sur une plaine obscure
Balayée par les mugissements confus de luttes et de batailles,
Où des armées ignorantes s'entrechoquent dans la nuit.

Matthew Arnold
Dover Beach (La plage de Douvres)

Première partie

Les rebelles

1.

30 octobre 1940, Londres.
Cinquante-quatrième nuit du Blitz

Elle courait, comme elle l'avait fait maintes fois dans ses cauchemars, sauf que c'était pour de vrai cette fois, même si, avec les fusées éclairantes qui descendaient lentement du ciel comme une pluie de pétales, les rues enténébrées et le halo orange sur l'horizon, il avait pu s'agir d'un rêve, d'un rêve d'apocalypse.

Une explosion assourdissante dans une rue parallèle ébranla le sol. Déséquilibrée par la déflagration, elle fut projetée en avant, tête la première, manquant de heurter les pavés, ses jambes battant l'air derrière elle, et se rattrapa *in extremis* à un muret. Sitôt que ses pieds eurent retrouvé la terre ferme, elle reprit sa course. En apercevant les voitures des pompiers au bout de la rue, elle accéléra encore l'allure. Les sapeurs déroulaient sans cesse de nouvelles lances d'incendie comme autant de gros spaghettis afin d'envoyer toujours plus d'eau dans la maison – du moins dans ce qu'il en restait. Tout le côté de la bâtisse avait été soufflé et le grand piano se trouvait au-dessus d'un abîme, deux pieds dans le vide, le couvercle béant comme une langue lapant goulûment les flammes, dans le concert discordant des cordes d'acier qui vibraient et claquaient dans la fournaise.

Elle s'immobilisa, les mains plaquées sur les oreilles pour tenter d'occulter ce vacarme hideux. Yeux et bouche grands ouverts, elle vit l'arrière de la maison s'effondrer dans le jardin du voisin, laissant la cuisine aux quatre vents, curieusement intacte. Une conduite de gaz se mit à siffler, puis ce fut l'explosion ; une colonne de flammes s'éleva dans le ciel, contraignant les sapeurs à reculer. Une silhouette gisait sur le sol de la cuisine, immobile, les vêtements en feu.

La jeune fille sauta sur le muret qui bordait la maison et se mit à hurler dans la chaleur aveuglante qui montait des décombres en flammes.

— Papa ! Papa !

Un pompier la tira en arrière et la jeta dans les bras d'un garde civil. L'adolescente se débattit et parvint à lui échapper juste au moment où le piano, celui-là même sur lequel elle jouait deux heures plus tôt, tombait dans un fracas sinistre de bois et de métal. Toutes les partitions s'embrasèrent. L'homme pour lequel elle avait joué gisait au pied du mur de flammes que harcelaient les lances des sapeurs. Le brasier sifflait et crachotait de colère, mais ne rompait pas.

On entendit un autre craquement. Cette fois le toit s'effondra, faisant voler les fenêtres en éclats, les crachant dans la rue comme des dents brisées, avant de s'abattre sur le niveau inférieur dans une pluie de tuiles et de chevrons. Il y eut un moment de calme, puis l'étage céda à son tour et, tel un étouffoir à chandelles géant avalant dans sa descente jusqu'au ronflement des flammes, le toit s'abattit sur le corps étendu, le précipitant parmi les poutres en feu qui luisaient derrière les baies vitrées du rez-de-chaussée.

Le garde agrippa de nouveau la jeune fille, la maintenant fermement par le col. Elle se retourna, lui mordit le poignet pour lui faire lâcher prise. Une vraie sauvageonne, cette brunette aux airs de gitane, songea l'agent de la sécurité civile, mais il devait l'éloigner de là, pauvre petite, l'éloigner de son père qui brûlait sous ses yeux. Il la rattrapa, referma les bras autour d'elle et la souleva de terre. Elle battit des jambes, se défendant bec et ongles, puis soudain s'immobilisa et s'effondra telle une poupée de chiffon dans les bras de l'homme.

Une femme, le visage pâle comme neige, accourut vers le garde et annonça qu'il s'agissait de sa fille – ce qui le surprit parce que l'épouse de l'homme que la fille avait appelé papa était morte dans la cuisine.

— Elle dit que son père est dans cette maison.

— Ce n'est pas son père, répondit la femme. Son père est mort. C'est son professeur de piano.

— Que fait-elle dehors, alors ? demanda le garde avec autorité. La fin de l'alerte n'a pas sonné.

La jeune fille repoussa sa mère quand celle-ci s'approcha et s'enfuit dans le jardin d'une maison adjacente, éclairé par les fusées mourantes. Elle traversa la pelouse jaune et se réfugia dans les buissons qui bordaient le mur du fond. Sa mère la suivit. Les bombes tombaient toujours, le staccato de la D.C.A. résonnait encore du côté de la Chambre des communes, les projecteurs balayaient le ciel de velours noir. Tentant de se faire entendre dans le vacarme des déflagrations, la mère appelait sa fille, l'implorait de sortir de sa cachette d'une voix stridente d'angoisse.

L'adolescente se pelotonna davantage, les paumes sur les oreilles, les yeux fermés. Deux heures plus tôt, il lui tenait les mains, lui disait qu'elle était aussi farouche qu'une chatte, lui caressait les doigts un à un pour l'apaiser, rectifiant sa position devant le piano, et elle avait joué pour lui... comme dans un rêve... pour lui. Lorsqu'elle eut fini, il lui avait murmuré qu'il avait fermé les yeux, quitté Londres et la guerre, qu'il s'était retrouvé dans une prairie verdoyante, baignée de soleil, quelque part où les arbres flamboyaient sous le vent d'automne, rouge et or.

La première vague de bombardiers s'éloigna. La D.C.A. se tut. Il ne restait dans l'air froid de ce soir d'octobre que le grondement des flammes et les sifflements de l'eau s'évaporant sur les braises. Elle sortit à quatre pattes de son buisson. Sa mère l'attrapa par les épaules et la secoua avec violence. La jeune fille était calme, mais son visage était un masque, ses dents serrées, ses yeux noirs et opaques.

— Tu es une petite sotte, Andrea ! Une misérable petite sotte ! lança la mère.

L'adolescente observa le visage pâle et défait de sa mère d'un air dur et inflexible.

— Je hais les Allemands, cracha-t-elle. Et je te hais aussi !

La gifle claqua sur sa joue comme un coup de fouet.

2.

7 février 1942, la Wolfsschanze[1]*, Q.G. d'Hitler du front de l'Est, Rastenburg, Prusse-Orientale*

L'avion, un bombardier Heinkel III, aménagé pour le transport de passagers, amorça sa descente au-dessus de la masse noire des sapins. Le bourdonnement plaintif des deux moteurs semblait évoquer les mornes steppes russes à l'entour, les ruines de la gare fantôme de Dnipropetrovsk, ravagée par le feu, et les marais sans fin du Pripet, figés par le gel, entre Kiev et la lisière de la forêt polonaise.

Le bombardier atterrit sur la piste et roula dans la nuit noire, au milieu d'un tourbillon de neige soulevé par les hélices. Un trou s'ouvrit dans le ventre de l'avion et une silhouette vêtue d'un manteau, arc-boutée contre les rafales, apparut sur le seuil, s'apprêtant à plonger dans ce monde de glace. Une voiture du Führer attendait en bout d'aile ; le chauffeur, le col relevé jusqu'à la casquette, tenait la portière ouverte. Un quart d'heure plus tard, le garde à la porte nº 1 admettait pour la première fois Albert Speer, architecte du Reich, dans l'enceinte du quartier général d'Hitler.

1. L'antre du loup. *(N.d.T.)*

Speer se rendit directement au mess des officiers et dévora un repas gargantuesquc avec un appétit d'ogre ; ce qui aurait pu rappeler aux autres convives, s'ils avaient éprouvé la moindre empathie, les difficultés d'approvisionnement que rencontrait la partie la plus reculée du IIIe Reich.

Deux capitaines des services de renseignements, Karl Voss et Hans Weber, âgés d'une vingtaine d'années et attachés au service du général Zeitzler, chef d'état-major, se trouvaient sur le perron à l'arrivée de Speer, tapant des pieds dans la neige et fumant des cigarettes pour se réchauffer.

— Qui est-ce, celui-là ? demanda Voss.

— Je savais que tu allais me poser cette question.

— Quoi ! C'est normal de demander ça quand on voit passer quelqu'un qu'on ne connaît pas !

— Surtout s'il s'agit de quelqu'un « d'important », pas vrai ?

— Lâche-moi, Weber !

— Arrête, je t'ai vu.

— Tu m'as vu quoi ?

— Rentrons, lâcha Weber en jetant sa cigarette.

— Allez, dis-moi qui c'est.

— Tu vois, ton problème, Voss... c'est que tu es trop intelligent. L'université d'Heidelberg, tes diplômes de physique...

— Trop intelligent pour être un officier des services secrets ?

— Tu es un bleu, tu n'as pas encore tout compris... Le truc, dans les Renseignements, c'est de ne pas poser de questions. On n'arrive à rien sans ça.

— D'où sors-tu ces conneries ? répliqua Voss, incrédule.

— Je vais te dire un truc... je sais, moi, ce que les gens puissants voient lorsqu'ils regardent un type comme toi ou moi... ils ne voient pas des individus, avec une vie, une famille, et tout le reste.

— Ah oui ?

— Ils voient des opportunités, répliqua Weber en entraînant Voss à l'intérieur.

Ils empruntèrent le couloir silencieux qui menait, tout au bout, aux appartements d'Hitler, pour reprendre leur travail dans la salle de stratégie. Le Führer recevait en ce moment Fritz Todt, le ministre de l'Armement et des Munitions, dont l'arrivée avait mis fin à la réunion de l'après-midi. Lorsque les jeunes capitaines regagnèrent leur place, les deux hommes étaient encore en pleine discussion. Un planton, habitué au silence glacial de ces rencontres ponctuées seulement de grincements de chaises, leur avait apporté à manger.

Voss et Weber se mirent au travail – Voss avec plus d'assiduité que Weber. Sitôt assis, celui-ci commença à piquer du nez dans la touffeur de la pièce ; seuls les muscles de sa nuque, se contractant de temps en temps, l'empêchaient de s'effondrer tête la première sur son bureau. Voss lui dit d'aller se coucher. Les yeux de Weber étaient enfoncés profondément dans leurs orbites.

— Allez, vas-y, insista Voss. On a presque terminé.

— Ces trucs... (Weber désigna quatre cartons de dossiers) doivent partir ce matin, par le premier vol pour Berlin.

— À moins que la ligne de Moscou soit ouverte d'ici là.

Weber poussa un grognement.

— Tu as le droit d'y croire ! Je rentre dans ma cellule de moine. Demain, ça va être une journée difficile. Il est d'une humeur de dogue lorsque Todt vient lui faire son rapport.

— Pourquoi ça ? demanda Voss, toujours zélé et prêt à passer une nuit blanche pour la sauvegarde du front de Russie.

— Le premier endroit où se gagne une bataille, c'est là-dedans, répondit Weber en tapotant la tête de Voss, et Todt a rendu les armes en juin dernier. C'est un homme juste et un génie... la pire combinaison pour cette guerre. Bonne nuit.

Voss connaissait Todt, comme tout le monde. Inventeur des *autobahnen* [1], il était à présent bien autre chose. Non seulement il gérait toute la production d'armes et de munitions du IIIe Reich, mais lui et sa célèbre organisation Todt avaient édifié le mur de l'Atlantique et les bases d'U-bootes qui protégeaient l'Europe de toute invasion. Il avait également la charge de construire et de rétablir toutes les voies de communication dans les pays occupés. Todt était le plus grand ingénieur de l'Allemagne moderne et l'Europe était le plus grand chantier de tous les temps...

Voss observa la carte. La ligne de front s'étendait du lac Onega, à cinq cents kilomètres au sud-ouest d'Arkhangelsk sur la mer Blanche, traversait Leningrad, les faubourgs de Moscou, et descendait vers Taganrog sur la mer d'Azov, à l'est de la mer Noire. De l'Arctique au Caucase, les terres étaient sous hégémonie allemande.

— Comment peut-il penser que nous sommes en train de perdre cette guerre ? lâcha Voss à haute voix, en secouant la tête.

Le jeune capitaine travailla encore une heure, puis sortit fumer une autre cigarette, espérant que l'air vif de la nuit lui donnerait un coup de fouet. En retournant à son bureau, il aperçut l'homme élégant qu'il avait

1. Autoroutes. *(N.d.T.)*

croisé sur le perron, assis tout seul dans le réfectoire. Puis une autre personne apparut dans le couloir, les épaules voûtées, comme si elles portaient toute la misère du monde. Le visage était couleur cendre, mou et flasque, la chair pendait sur les os, les yeux vides étaient entièrement tournés vers les pensées fourmillantes de l'esprit. Voss s'écarta pour laisser passer l'homme, mais au dernier moment leurs épaules se heurtèrent. L'homme, sous le choc, sortit de ses réflexions. Voss le reconnut alors.

— Veuillez m'excuser, Herr Reichsminister.

— Non, non, c'est ma faute, répondit Todt. J'avais la tête ailleurs.

— Vous réfléchissez trop, Herr Todt, répliqua Voss avec un empressement obséquieux.

Todt étudia le jeune homme blond avec attention.

— Vous travaillez bien tard, capitaine.

— Juste quelques envois à terminer, répondit Voss, en désignant du menton la porte ouverte de la salle de stratégie.

Todt s'attarda sur le seuil, son regard contemplant la grande carte constellée de drapeaux qui représentaient les armées et leurs divisions.

— On touche au but, ajouta le jeune homme.

— La Russie est un très grand pays, lança Todt en vrillant ses yeux dans ceux de Voss.

— Oui, Herr Todt, répondit Voss après un long silence qui se suffisait à lui-même.

— Les cartes de Russie devraient faire la taille de toute la pièce, pour que les généraux soient obligés de *marcher* pour déplacer leurs divisions, pour qu'ils aient à l'esprit que chacun de leurs pas représente pour leurs soldats cinq cents kilomètres de glace et de neige, ou bien de pluie et de boue... Et quand ce n'est ni la neige ni la boue, c'est une fournaise de mort et de silence, balayée par des vents de poussière, qui les attend.

Voss resta coi, troublé par cette voix caverneuse aux accents sinistres. Todt quittait déjà la pièce. Voss voulait le faire rester davantage, l'inciter à lui parler encore, mais aucune question intelligente ne lui venait à l'esprit.

— Vous repartez avec le premier avion, demain ? ânonna-t-il.

— Oui. Pourquoi ?

— Vous retournez à Berlin ?

— On y fait escale avant de rejoindre Munich.

— Ces dossiers doivent aller à Berlin.

— Dans ce cas, ils doivent être dans mon avion avant sept heures et demie. Prévenez le capitaine de la base. Bonne nuit, capitaine...

— Voss. Capitaine Voss.

— Avez-vous vu Speer, capitaine Voss ? On m'a dit qu'il était arrivé.

— Il y a quelqu'un dans la salle à manger. Il y est depuis un petit moment.

Todt s'éloigna dans le couloir de son pas traînant. Avant de pénétrer dans le réfectoire, il se tourna vers Voss.

— Sachez, capitaine, que les Russes, eux, ne vont pas manquer d'exploiter cette particularité géographique, lâcha-t-il avant de disparaître.

Pas étonnant que le Führer soit de mauvaise humeur après les visites de Todt.

Une demi-heure plus tard, Voss alla chercher un café dans le réfectoire. Speer et Todt étaient assis face à face, le plus âgé buvant un verre de vin. Les différences structurelles entre les deux hommes sautaient aux yeux. L'aîné était un édifice qui menaçait de crouler ; le sous-sol s'était affaissé sous les anciennes et robustes fondations, la façade ouvragée du dix-neuvième siècle était lardée de fissures, les peintures et les frises savantes partaient en poussière. L'autre, penché au-dessus de la table dans un porte-à-faux improbable, ses traits tout en droites et en arêtes vives, arborait le visage d'un Bauhaus moderne, austère, envoûtant, épuré et lumineux.

Todt se tourna vers le jeune homme.

— Capitaine Voss, vous avez parlé au capitaine de la base ?

— Pas encore, Herr Todt.

— Lorsque vous le ferez, prévenez-le que Herr Speer fera le voyage avec moi. Il est arrivé de Dnipropetrovsk ce soir.

Voss but son café. En quittant la pièce pour reprendre son travail, il eut la désagréable impression qu'une machinerie silencieuse était à l'œuvre, hors de sa vue et de son entendement. Il revenait dans la salle de stratégie au moment où le colonel SS Bruno Weiss sortait des appartements privés d'Hitler. Weiss était le commandant de la compagnie SS de Rastenburg qui assurait la sécurité du Führer. On prétendait qu'il n'aimait personne, à l'exception d'Hitler, et qu'il avait une aversion particulière pour les officiers des services secrets.

— Que faites-vous ici, capitaine ? cria-t-il du bout du couloir.

— Je finis des envois.

Weiss l'examina d'un air soupçonneux et inspecta la salle de stratégie, la cicatrice sous son œil gauche dessinant un arc blanc sur sa peau pâle.

— De quoi s'agit-il ?

— Des dossiers du chef d'état-major. Ils doivent

retourner à Berlin avec l'avion du Reichsminister Todt ce matin. Je m'apprêtais à en informer le capitaine de la base.

Weiss désigna du menton le téléphone. Voss appela le capitaine. Il lui annonça également la présence de Speer dans l'appareil. Weiss griffonna quelque chose dans son calepin et retourna dans les appartements d'Hitler. Quelques minutes plus tard, il était de retour.

— Ces dossiers... quand partent-ils ? demanda-t-il.

— Ils doivent être sur la piste à 7 h 30, ce matin.

— Répondez plus précisément à la question, capitaine.

— Je vais les apporter personnellement. Je viendrai les prendre à 7 h 15.

— Parfait, lâcha Weiss. J'ai des dossiers top secret à renvoyer au bureau central du Führer. On les déposera ici. Je vais informer le capitaine de la base.

Weiss s'en alla. Un adjudant passa au petit trot dans le couloir. Quelques minutes plus tard, il repassait en sens inverse, suivi de Speer.

Voss, comme Hitler (un mimétisme non fortuit), aimait travailler la nuit. Il laissait la porte ouverte pour entendre ce qui se passait à l'extérieur, voir les hommes aller et venir, sentir les lignes de force du champ magnétique qui entraînaient dans son vortex ceux qui avaient les faveurs du Führer et rejetaient ceux tombés en disgrâce. Depuis son court séjour à Rastenburg, Voss avait vu des hommes descendre le couloir, le torse bombé, scintillant de médailles et d'épaulettes rutilantes, et repasser un quart d'heure plus tard en sens inverse, rasant les murs, se sentant indignes de marcher sur le tapis. D'autres ressortaient canonisés, avec dans les yeux une lumière plus grande que les étoiles, plus rayonnante que l'amour. Ceux-là étaient « transportés », ils avaient quitté leur enveloppe de chair pour entrer dans un Élysée en compagnie d'autres demi-dieux, leurs rêves exaucés, leur magnificence confirmée.

Weber faisait une autre analyse, plus terre à terre :

— Ces types sont tous mariés, ils ont des femmes et des enfants adorables, et ils viennent toutes les nuits offrir leur cul. C'est pathétique.

Weber avait reproché à Voss d'être atteint du même mal. De rester planté sur le seuil, la langue pendante comme un chien, espérant une caresse. La pique avait touché Voss droit au cœur, parce que c'était la stricte vérité. Durant sa première semaine au Q.G., un jour où Voss préparait les cartes pour une réunion de stratégie pendant que Zeitzler faisait son laïus, le Führer avait soudainement serré le biceps de Voss ; ce contact lui avait causé un flash aussi puissant qu'une injection de morphine, une expérience unique, brutale et envoûtante, mais qui, dans le même temps, l'avait laissé exsangue.

Le silence régnait dans la Wolfsschanze aux petites heures de la nuit. Le couloir était redevenu désert. Voss remplit les formulaires, prépara les cartes et actualisa les positions des armées pour la réunion du matin, prenant son temps parce qu'il aimait travailler lorsqu'il savait le reste du monde endormi. À 3 heures du matin, il y avait eu une grande effervescence dans les appartements d'Hitler ; quelques instants plus tard, Speer se tenait dans l'encadrement de la porte de la salle de stratégie, comme une star de cinéma. Il demanda à Voss s'il voulait bien annuler sa présence dans l'avion du Reichsminister ; il était trop épuisé par le voyage et par son entretien avec le Führer. Voss lui répondit qu'il s'en chargeait. Speer entra dans la pièce et contempla la carte, passant en un mouvement circulaire la main au-dessus de la Russie, de la Pologne, de l'Allemagne, des Pays-Bas, de la France. Sentant le regard de Voss, il se redressa et glissa la main dans sa poche. Il hocha la tête et lui souhaita bonne nuit, en lui rappelant de prévenir le capitaine de la base. Il ne voulait pas être dérangé le lendemain matin.

Voss passa l'appel et alla se coucher pour trois heures de sommeil. Il se leva juste avant 7 heures, appela une voiture et, avec l'aide du chauffeur, chargea les cartons de dossiers ainsi qu'un coffre de métal qui était apparu sur son bureau et où étaient écrits en lettres blanches le nom et l'adresse du destinataire : *Service du personnel SS, Wilmersdorferstrasse 98-9, Berlin-Charlottenbourg*. Ils roulèrent jusqu'à l'aérodrome où, à leur grande surprise, ils virent le Heinkel de Todt prendre son envol. Voss entendait déjà la fureur de Weiss. Il se rendit au bureau du capitaine de la base, qui lui expliqua qu'il s'agissait juste d'un vol d'essai, sur ordre du major d'Hitler. L'avion décrivit deux cercles dans le ciel et atterrit. Un sergent, vérifiant le fret à l'aide de son bordereau d'embarquement, aida Voss à charger les dossiers à l'arrière. Puis Voss et le chauffeur partirent déjeuner au réfectoire – café et œufs brouillés. À 7 h 50, la voiture du Reichsminister se gara en bord de piste et Fritz Todt monta seul dans le Heinkel.

L'avion alla immédiatement se positionner en bout de piste, fit rugir ses moteurs, et s'élança vers la masse noire des arbres et les nuages bas annonçant une matinée pluvieuse. Il aurait dû faire encore nuit à 8 heures, en cette saison, mais le Führer tenait à ce que le Q.G. de Rastenburg vive à l'heure de Berlin.

Au moment de quitter le mess, Voss aperçut le colonel SS Weiss. Il était rare de le voir à l'extérieur de la zone de haute sécurité du Q.G. Il se trouvait en haut de la tour de contrôle, silhouette verte derrière les vitres, ses bras puissants croisés devant sa poitrine, son visage pâle éclairé en contre-plongée par les consoles.

Le rugissement des moteurs changea de tonalité et l'avion s'inclina sur l'aile au-dessus de la forêt de sapins. C'était curieux. L'appareil aurait dû continuer cap à l'ouest et traverser le ventre mou des nimbus pour rejoindre le soleil éternel au-dessus ; au lieu de cela, il avait viré vers le nord et semblait faire demi-tour pour atterrir de nouveau.

Le pilote redressa le nez de l'engin et amorça sa descente. Au moment où il atteignait le début de la piste, à moins de cent pieds du tarmac, une grande flamme s'échappa du fuselage, juste derrière le poste de pilotage. Voss, déjà bouche bée, se baissa lorsque le bruit de l'explosion l'atteignit. Le chauffeur se jeta à terre, voyant une aile de l'avion heurter le sol et se détacher du fuselage. L'appareil, déséquilibré, s'écrasa sur le sol enneigé et explosa, deux déflagrations, assourdissantes, avec l'embrasement successif des deux réservoirs pleins d'essence.

Une colonne de fumée noire s'éleva, perçant le ciel gris. Seule la queue du Heinkel ne s'était pas désintégrée sous l'impact. Deux camions de pompiers sortirent de leur hangar et s'élancèrent sur le sol verglacé, mais il n'y avait plus rien à faire. Le colonel SS Weiss décroisa les bras, bomba le torse et quitta la tour de contrôle.

Voss sentit un froid d'acier monter du sol, traverser ses pieds, gagner ses os puis tous les organes de son corps.

3.

8 février 1942, la Wolfsschanze,
Q.G. de Rastenburg, Prusse-Orientale

Dans un silence de plomb, sentant une main glacée sur son épaule, Voss fut reconduit dans la zone de haute sécurité. Il rassemblait les éléments d'information qu'il possédait et son esprit se fronçait de dégoût. Pour la première fois, il comprit comment un homme pouvait décider de se tirer une balle dans la tête. Jusqu'alors, le suicide restait un grand mystère pour lui... Comment un être sain d'esprit pouvait-il opter pour une solution aussi désastreuse ? Voss fuma cigarette sur cigarette pendant le trajet du retour, jusqu'à en avoir le tournis. Il remonta d'un pas incertain l'allée qui menait au bâtiment principal et s'aperçut, en poussant les portes d'entrée, que la terrible nouvelle l'avait précédé de quelques minutes.

La salle à manger était noire de monde, mais l'assistance, plutôt que pleurer la disparition de l'ingénieur le plus important et le plus talentueux du IIIe Reich, discutait déjà de l'identité présumée de son successeur. La masse monochrome des gradés, l'uniforme bardé de croix de guerre et autres distinctions, s'agitait tels des courtiers en séance boursière. Un seul homme restait silencieux, la tête droite, les cheveux tirés en arrière, l'œil sombre luisant derrière ses épais sourcils : Albert Speer. Voss battit des paupières, comme pour figer cette scène dans son esprit – celle d'un homme qui voyait s'ouvrir devant lui une nouvelle et vertigineuse destinée.

Voss but un café et, écoutant les conversations, comprit bientôt que tous ces gens travaillaient dans le secteur des transports ou des constructions.

— Speer aura en charge le mur de l'Atlantique, les bases d'U-bootes et les zones occupées de l'Ouest. Cela a déjà été discuté.

— Et l'Ukraine ? L'Ukraine est désormais un élément clé !

— Il ne faut pas oublier que nous avons déclaré la guerre aux États-Unis avant Noël.

— Non, je n'ai pas oublié, et Todt non plus !

Il y eut un silence. Des têtes se tournèrent vers la table de Speer. Des hommes se pressaient autour de lui, quémandaient son avis, mais Speer, l'esprit ailleurs, leur répondait à peine. Il commençait à mesurer le prix à payer. Effrayé par l'entité bruyante qui s'agitait autour de lui, ne voulant pas l'entendre décrire le grand destin qui s'offrait à lui, il tentait, avant tout, de comprendre non seulement les raisons de sa présence au centre de l'échiquier (pour la première fois de son existence et en des circonstances tragiques), mais aussi de reconnaître cette chose étrange qui planait dans l'air... une sorte d'odeur, forte et désagréable, qu'il paraissait être le seul à percevoir.

— Il ne lui donnera pas tout... le Führer ne fera pas ça. C'est un bleu.

— Il va séparer l'Armement et les Munitions de la Construction.

— Attendons... le feld-maréchal va arriver d'un moment à l'autre. On verra bien.

— Où est Göring ?

— À Romiten. Il chasse.

— Ce n'est qu'à cent kilomètres d'ici... Quelqu'un l'a appelé ?

— Göring va intégrer l'Armement et les Munitions dans son Commissariat pour le plan de Quatre Ans. Il est déjà en charge de l'économie de guerre. Ça se tient.

— Le seul véritable indice, si vous voulez mon avis, c'est la présence de celui-là, là-bas.

— Qu'est-ce que Speer fait ici, d'abord ?

— Il était coincé à Dnipropetrovsk. Il est arrivé hier soir avec le capitaine Nein.

— *Il* est allé le chercher ? demanda quelqu'un, d'un air ahuri.

— Non, non. Nein venait ici avec le général SS Sepp Dietrich et a offert à Speer de l'emmener.

— Est-ce que Speer et le général ont... parlé ?

Le silence se fit devant cette éventualité. Voss se dirigea vers un groupe d'officiers de la Luftwaffe qui évoquaient les détails du crash.

— Il a dû tirer la poignée du système d'autodestruction.

— Qui ça ? Le pilote ?

— Non, Todt, par accident.

— Il y avait un système de ce genre à bord ?

— Non. C'était un nouvel avion. Il n'en était pas encore équipé.

— Que faisait-il dans un bimoteur ? Le Führer avait expressément interdit de...

— C'est ce qu'on a expliqué à Todt hier. Il était furieux. Le Führer a dérogé à ses principes.

— C'est pour cela qu'ils ont fait faire un tour d'essai à l'avion.

— Tu es certain qu'il n'y avait pas de système d'autodestruction ?

— Certain, à cent pour cent.

— Il y a eu trois explosions... c'est ce qu'a dit le capitaine de la base.

— Trois ?

— Alors, il devait y avoir un système d'autodestruction.

— Non, c'est impossible !

Voss mit le cap vers la salle des transmissions pour s'informer d'éventuels changements sur le front. Il rapporta les communiqués décodés dans la salle de stratégie. Le couloir était silencieux. Hitler se montrait rarement avant 11 heures du matin, mais tout de même, un jour comme celui-ci... La porte des appartements privés était fermée, les gardes SS silencieux.

Weber travaillait déjà sur les bases d'approvisionnement en Ukraine. Il ne releva pas la tête à son arrivée. Voss feuilleta les bulletins décodés.

— Le colonel SS Weiss te cherche, annonça Weber.

— Il a précisé pourquoi ? demanda Voss, l'estomac noué.

— Une histoire de cartons de dossiers...

— Tu es au courant, Weber ?

— Tu parles de l'accident d'avion ?

— Le Reichsminister Todt est mort.

— Les dossiers étaient à bord ?

— Oui, répondit Voss, stupéfié par le flegme de Weber.

— Merde. Zeitzler va être fou.

— Weber... insista Voss. Todt est mort.

— *Todt ist tot. Todt ist tot*[1]. Que veux-tu que je te

1. Littéralement : la mort est morte. *(N.d.T.)*

dise, sinon que cela fera du bien au Führer de ne plus avoir cet oiseau de mauvais augure sur le dos.

— Nom de Dieu, Weber !

— Écoute, Voss, Todt a toujours été contre la campagne de Russie, alors lorsque le Führer a déclaré la guerre aux États-Unis, ça a fait... paf !

— Paf ?

— Todt était un type très précautionneux, à l'inverse de notre Führer qui est plutôt du genre...

— Téméraire.

— Oui. Téméraire. C'est le mot juste. Il vaut mieux oublier tout ça.

— Qu'est-ce que tu veux dire, Weber ?

— Garde la tête basse et n'écoute pas ce qui se passe dans ce couloir. Fais ton boulot, tiens ta langue, c'est tout ce qui compte ici, dit-il en traçant un cercle imaginaire autour de lui. Tu es un nouveau... tu ne sais pas encore ce dont ces individus sont capables.

— Ils parlent déjà de Speer. Göring prendrait le ministère des...

— Je ne veux rien savoir, Voss, l'interrompit Weber en se bouchant les oreilles. Et tu devrais m'imiter. Pense plutôt à ces dossiers, à la façon dont ils se sont retrouvés dans cet avion et pourquoi Weiss veut te voir, parce que si c'était à moi qu'il voulait parler après un matin comme ça, je chierais dans mon froc depuis une heure. Tu dois penser à ta survie, Voss, parce qu'ici, à Rastenburg, personne ne le fera pour toi.

L'allusion aux toilettes fit sortir Voss de la pièce au petit trot. Il s'assit sur l'une des cuvettes, le visage dans les mains, et déféqua une diarrhée qui, loin de le soulager, laissa ses intestins en feu.

Le colonel Weiss coinça Voss au moment où il se lavait les mains. Ils se parlèrent dans le miroir, par reflets interposés ; le visage de l'officier SS paraissait plus inquiétant encore dans la glace.

— Ces dossiers... commença-t-il.

— Vous parlez des dossiers du général Zeitzler ?

— Vous avez vérifié leur contenu, capitaine Voss... avant de les prendre avec vous ?

— Comment ça ? demanda Voss, le cœur serré en pensant aux implications de cette question.

— Oui ou non, capitaine ? insista Weiss.

— Ce n'était pas à moi de le faire, et quand bien même me l'aurait-on demandé, j'en aurais été incapable. Tous ces documents sont du chinois pour moi.

— Alors, qui a constitué ces boîtes ?

— Je ne sais pas.

— Vous ne savez pas ? rugit Weiss, tétanisant Voss de terreur. Vous mettez des cartons de dossiers dans l'avion du Reichsminister sans...

— Demandez peut-être au capitaine Weber, répondit Voss, cherchant désespérément une échappatoire.

— Le capitaine Weber, répéta Weiss en notant le nom dans son carnet.

— J'ai mis ces cartons dans l'avion pour lui rendre service, parce que j'étais... (Voss fut pris d'une quinte de toux sous le regard d'étrangleur de Weiss. Il décida de changer de tactique :) C'est pour l'enquête officielle, colonel Weiss ?

— Il s'agit d'une investigation préliminaire à l'enquête officielle qui sera menée par le ministère de l'Air, puisque, techniquement, cette affaire relève de sa compétence. (Weiss se fit plus menaçant encore.) Mais comme vous le savez, je suis le chef de la sécurité, ici... et rien de ce qui concerne ce centre de commandement ne m'est étranger, capitaine Voss.

Weiss se détourna du miroir pour dévisager le jeune homme directement. Voss recula d'un pas et fut arrêté par le mur derrière lui, mais il parvint à soutenir le regard terrifiant du SS, tout en priant pour que les *g* qu'encaissait son esprit, tel un bolide emporté dans le brusque virage de la compréhension, ne se lisent pas sur son visage.

— J'ai, ici, une copie du bordereau d'embarquement, déclara Weiss. Vous feriez bien de le lire sur-le-champ.

Weiss lui tendit le document. On y découvrait, tout d'abord, les noms des membres d'équipage et des passagers. Celui de Speer avait été ajouté puis rayé. L'autre partie concernait le fret. Voss parcourut la liste, qui était courte et consistait en quatre boîtes de dossiers pour le chef d'état-major, à destination de Berlin, et en différents bagages faisant le voyage avec Todt jusqu'à Munich. Il n'y avait nulle trace du coffre de métal destiné au service du personnel SS à Berlin-Charlottenbourg.

Voss contrôlait sa panique, le fil de ses pensées rectiligne et tendu, maintenant qu'arrivait le moment fatidique, ou plutôt *la ligne* fatidique... celle qu'on lui demandait de franchir – une frontière nette, sans zone floue, la ligne de la morale qui, une fois traversée, le propulserait dans le camp de Weiss. À l'inverse, s'il mentionnait l'absence du coffre, tout le cours de sa vie allait être bouleversé. Il signerait son propre arrêt de mort. Cette idée l'amusa presque, ainsi que la curieuse clarté de son esprit à cet instant critique.

— Vous comprenez donc, poursuivit Weiss, pourquoi je me dois de poser quelques questions à propos de ces dossiers.

— Oui, colonel. Vous avez absolument raison.

— Parfait. Je vois que nous nous comprenons.

— Certainement, colonel, répondit Voss. Un détail toutefois... N'y avait-il pas un... ?

Weiss se raidit dans ses bottes, son estafilade sous l'œil sembla se mettre à palpiter.

— ... un système d'autodestruction dans l'avion ? termina Voss.

L'œil valide de Weiss s'élargit. Le SS hocha la tête, confirmant ce fait et scellant ainsi leur pacte silencieux. Il quitta les toilettes. Voss se retourna vers le lavabo et s'aspergea le visage d'eau glacée, incapable de laver son méfait, mais tentant d'acclimater son esprit et sa conscience à ce choix honteux qu'il avait été contraint de prendre. Il s'essuya les joues et se regarda dans la glace. Une pensée subite lui vint : on ne sait jamais comment les autres vous voient ; on ne connaît qu'une image de soi-même, et désormais la sienne ne serait plus la même... peut-être était-ce mieux ainsi. Sa meilleure chance de survie était de leur ressembler.

Il sortit du bâtiment fumer une cigarette et se mit à marcher de long en large pour s'habituer à cette soudaine révélation, comme on cherche à assouplir une paire de chaussures neuves. Des officiers hauts gradés allaient et venaient, leurs lèvres avides animées par un seul sujet de conversation et deux noms qui revenaient en boucle : Speer et Todt. À la fin de sa cigarette, Voss, jeune agent de renseignements, avait assimilé sa première leçon... Les mêmes officiers entraient et sortaient, avec toujours les deux mêmes noms à la bouche, mais cette fois ils secouaient la tête et les mots « système d'autodestruction » et « fatalité » s'étaient immiscés dans leurs paroles.

Le mensonge est parti d'ici et il y revient comme une vérité, songea Voss. Le pouvoir inconcevable d'un simple mot prononcé. La toute-puissance de la désinformation sur un groupe fragilisé par les événements.

Voss repartit à son travail. Pas de Weber. Il actualisa les nouvelles positions des armées en fonction des derniers communiqués. Weber revint enfin, s'assit sur une chaise et, les bras croisés, s'appuya à son bureau. Voss gardait la tête baissée en observant la nuque de son collègue.

— Au moins, je vois que tu as retenu la leçon, lança Weber. Tu as passé la première épreuve avec un grand A. Et ne t'inquiète pas pour moi et ces dossiers. Je ne les ai pas préparés, ni emballés. Je n'ai même pas signé le bon d'envoi. Il y a un enseignement à tirer de tout ça, Voss. Ils racontent maintenant que quelqu'un a dû tirer accidentellement la manette d'autodestruction. Nous sommes hors de danger. Tu m'entends, Voss ?

— Oui.

Voss l'entendait, mais derrière le cliquetis du film qui se déroulait dans sa tête, où revenait sans cesse l'image du coffre de métal noir avec l'adresse de son destinataire en lettres blanches... il revoyait ses mains soulevant la caisse et l'emportant dans l'avion, pour la coincer entre deux sièges afin qu'elle ne glisse pas – deux cartons de dossiers Zeitzler dessus et deux autres sur les sièges voisins. Puis Todt qui monte dans l'appareil, précédé de ses bagages, impatient de quitter le théâtre de son fiasco politique et de rejoindre le soleil et l'air libre où tout est tellement plus simple. Il boucle déjà sa ceinture. Il s'est installé sur un siège à l'écart du pilote, au milieu du fuselage, afin de pouvoir travailler un peu. La carlingue s'assombrit... c'est la porte que l'on referme. Le pilote roule en bout de piste. L'avion s'arrête, les ailes oscillent puis se stabilisent. Les moteurs rugissent, déchirant l'air glacé. L'accélération plaque le vieil homme contre le dossier tandis que l'appareil s'élance sur la piste, dans un staccato blanc, gris et noir, au hasard des flaques de glace et de neige parsemant le macadam. Soudain, Todt aperçoit le coffre noir et, dans son esprit, une sorte d'instinct de survie animal tire la sonnette d'alarme. Il crie au pilote de s'arrêter, mais c'est impossible. Ils ne peuvent plus s'arrêter. Ils doivent décoller. Les roues s'arrachent à la gravitation. Todt a brièvement l'impression d'être sans masse – un avant-goût de l'état éthéré où il se retrouvera bientôt. Ils amorcent un virage serré sur l'aile, le coffre pressé contre la paroi du fuselage par la force centrifuge. Todt contemple en contrebas les sapins noirs de la Pologne – à moins qu'ils ne soient prussiens, ou sujets de l'empire allemand ? Todt sent son corps reprendre poids et consistance ; la panique le gagne alors. Il a déjà vu ce coffre. Il l'a vu dans sa tête, et il sait ce qu'il renferme. Il le sait depuis la veille, et cette prémonition s'est trouvée confirmée ce matin, lorsque le capitaine de la base lui a appris que Speer ne serait pas dans l'avion. Que faisait Speer ici, en effet ? Todt et Speer. Deux hommes qui connaissaient leur destin et qui n'avaient aucun état d'âme à le suivre. Les ailes de l'avion sont toujours perpendiculaires au sol. La forêt noire défile toujours sous les yeux de Todt. Enfin, les ailes se redressent. Ils vont finalement réussir. Le pilote, arc-bouté sur le manche, crie ses instructions à la tour de contrôle. L'aiguille de l'altimètre descend... trois cents pieds... deux cents... cinquante... Todt prie en silence. Le pilote aussi, même s'il ne sait pas pourquoi, et c'est ainsi que les avale la boule hurlante et blanche de la déflagration ; deux hommes en train de prier. L'un parce qu'il n'aimait pas assez la guerre et l'autre parce qu'il avait eu la malchance de se trouver dans l'avion du premier.

Puis ce fut le silence. Pas même le vent sifflant à travers la carlingue éventrée. La paix absolue pour l'homme qui n'aimait pas assez la guerre.

— Tout va bien, Voss ?

Voss releva la tête, l'air ailleurs, le visage de Weber flottant devant ses yeux.

— Il y avait quelque chose d'autre...

— Il n'y avait rien d'autre, Voss. Rien que personne ait envie de savoir. Rien que je veuille connaître. Ces mots doivent rester dans ta tête. Notre boulot, c'est de rendre compte des positions de nos armées, pas vrai ?

Voss parcourut des yeux les messages décodés. Le coffre noir sombra lentement dans les ténèbres, l'horreur reflua dans le tréfonds de son esprit, jusqu'à ce que les lettres blanches ne soient presque plus visibles.

À 13 heures, Hitler envoya un major chercher son premier visiteur de la journée. Le soldat revint avec Speer sur ses talons. Un quart d'heure plus tard, le feld-maréchal Göring apparut dans le couloir, souriant et rayonnant dans son uniforme bleu clair, avec ses joues rondes et trop luisantes (reliquat d'une nuit arrosée de morphine ?) qui tressaillaient à chacun de ses pas. Une demi-heure plus tard, il ressortait des appartements d'Hitler. La sentence était tombée : Speer avait été désigné comme le successeur de Todt, dans *toutes ses fonctions,* et le feld-maréchal Göring, jugé psychologiquement trop instable, mis sur la touche.

Les techniciens du ministère de l'Air inspectèrent la carcasse de l'appareil pendant des jours et ne trouvèrent que du métal fondu et de la suie. Le coffre noir avec son inscription en lettres blanches avait cessé d'exister. Le colonel SS Weiss, sur ordre d'Hitler, mena un enquête interne parmi le personnel de la base aérienne. On demanda à Voss d'apposer ses initiales sur le bordereau d'embarquement, à côté des quatre cartons de dossiers – scellant ainsi son parjure pour la postérité.

La glace fondit, les chars arrachèrent leurs chenilles du sol des steppes et la guerre reprit son cours, malgré l'absence du plus grand ingénieur du IIIe Reich.

4.

18 novembre 1942, Q.G. de la Wolfsschanze, Rastenburg, Prusse-Orientale

Voss aurait voulu ôter ses yeux et les plonger dans du sérum physiologique pour détacher les grains de sable coincés sous ses paupières. Le bunker était redevenu silencieux depuis que le Führer était parti au Berghof, à Obersalzberg. Voss avait fini son travail depuis plusieurs heures, mais il restait devant la carte, le menton sur ses poings, à contempler le cratère qui s'ouvrait sur un point de la Volga. Stalingrad. Tant de doigts avaient touché, tapoté, frotté cet endroit que le papier s'était troué. À l'intérieur de cet œil sombre, Voss apercevait la ville couverte de neige, les ruines noires, les poutrelles tordues et calcinées des usines, les façades vérolées, les rues et les décombres jonchés de cadavres raidis par le froid et, à côté, rayant les plaines blanches d'un trait noir, la Volga – la grande voie de communication entre le nord et le sud de la Russie – rendue chaque jour plus visqueuse par le froid.

Alors qu'il aurait pu aller se coucher, Voss restait immobile, à fixer des yeux la ligne grise du front, aussi fine qu'une corde de piano depuis que la

VIe armée avait eu ordre de marcher sur la ville. Là-bas, il y avait Julius, son frère... Julius Voss était major dans la 113e division d'infanterie de la VIe armée. Cette division ne participait pas aux combats de rue qui faisaient rage dans les décombres de Stalingrad, mais était bloquée dans les steppes enneigées à l'est du Don, à l'endroit où le fleuve décrivait un coude pour rejoindre la mer d'Azov, au sud.

Julius Voss était bien le fils de son père. Sportif émérite, il avait remporté une médaille d'argent à l'épée, aux jeux Olympiques de Berlin en 1936. Il montait à cheval comme s'il était né sur une selle. À l'âge de seize ans, au cours de ses premières parties de chasse, il avait suivi la piste d'un cerf pendant une journée entière et l'avait abattu d'une balle dans l'œil à trois cents mètres de distance. Il était un officier exemplaire, apprécié de ses hommes et admiré de ses supérieurs. Il était intelligent et, malgré son passé glorieux, il n'y avait pas chez lui une once d'arrogance. Karl pensait beaucoup à lui. Il aimait son frère. Julius avait été son sauveur à l'école. Avec ses piètres qualités physiques et son Q.I. hors norme que jalousait plus d'un, Karl aurait mené une vie d'enfer s'il n'avait pas eu ce grand frère pour le protéger. Aujourd'hui, c'était au tour du cadet de veiller sur l'aîné.

La position allemande n'était pas aussi solide qu'elle le paraissait au premier regard. Depuis septembre, les Soviétiques avaient rassemblé dix divisions dans la ville et ses faubourgs pour défendre pied à pied chaque rue, chaque maison. À moins de porter un grand coup avant la fin du mois, l'armée allemande était condamnée à passer un autre hiver coupée du Reich. Il y aurait encore des morts, et la VIe armée ne pourrait espérer des renforts avant le printemps. Le front serait gelé pendant les quatre mois à venir.

La porte de la salle de stratégie s'ouvrit à la volée, rebondit contre le mur et se referma. Elle s'ouvrit de nouveau, cette fois plus lentement. Weber apparut sur le seuil, visiblement saoul, le front luisant de sueur, les yeux scintillants et la peau cramoisie.

— Voilà qui est mieux, marmonna-t-il en tentant d'humecter ses lèvres gercées. Je savais que je te trouverais ici, à tourmenter encore ces pauvres cartes !

Il pénétra dans la pièce en titubant.

— On ne peut tourmenter des cartes, Weber.

— Toi, si ! Regarde-les, les pauvresses ! Toutes repliées sur elles-mêmes. Tu devrais apprendre à leur parler, Voss, elles te répondraient peut-être.

— Va te faire foutre, Weber. Tu as dix schnaps dans le nez, tu ferais mieux d'aller te coucher !

— Ah oui ? Et toi ? Qu'est-ce que tu fabriques ? Le grand et brillant capitaine Voss compte résoudre le problème de Stalingrad ce soir... Ou devons-nous t'accorder vingt-quatre heures supplémentaires ?

— Je pensais simplement à...

— Attends. Laisse-moi deviner. Tu pensais à ce que t'a dit le Reichsminister Fritz Todt avant de monter dans l'avion.

— Et pourquoi serait-ce mal ?

— Parce que c'est morbide pour un type de ton âge. Tu devrais penser... aux femmes ! lança Weber, attrapant le bureau à deux mains et mimant des coups de reins évocateurs.

Voss détourna la tête. Weber s'effondra sur la table. Lorsque Voss regarda de nouveau dans sa direction, il avait le visage de Weber sous le nez – un aperçu du spectacle qu'il offrirait à son épouse sur l'oreiller, le visage luisant, bouffi, la peau écarlate, l'œil liquide.

— Tu ne devrais pas te sentir coupable parce que Todt t'a parlé, reprit Weber, en passant de nouveau sa langue sur ses lèvres, les yeux clos, comme s'il s'imaginait sur le point de recevoir un baiser.

— Ce n'est pas pour cela que je m'en veux. C'est...

Weber se redressa, le bras levé.

— Stop ! Je ne veux rien savoir ! Fais joujou avec tes cartes, Voss. Vas-y. Continue. Mais laisse-moi te dire un truc... (Il s'approcha de son collègue, lui soufflant dans les narines son haleine chargée.) Paulus va prendre Stalingrad avant Noël et nous serons en Arabie au printemps, à manger des loukoums. On aura le pétrole... et le blé. Comment veux-tu que Moscou résiste ?

— Les Roumains sur le Don font état d'une énorme concentration de troupes au nord-ouest, répondit Voss d'une voix lasse.

Weber se rassit, croisa les jambes et chassa cette nouvelle de la main.

— Ces cons de Roumains ! Ils ont du goulasch à la place du cerveau.

— Ce sont les Hongrois.

— Quoi ?

— Qui mangent du goulasch.

— Ah bon ? Et c'est quoi, le plat national des Roumains ?

Voss haussa les épaules.

— D'accord, poursuivit Weber, nous ne savons pas de quoi est fait le cerveau d'un Roumain, mais, si tu veux mon avis, c'est du yoghourt... non, c'est le petit lait au-dessus du yoghourt !

— Tu m'ennuies, Weber

— Allons boire un coup.

— Tu es déjà plein.

— Allez ! insista Weber en prenant Voss par les épaules pour l'entraîner vers la porte, leurs joues pressées l'une contre l'autre comme celles d'amants.

Weber éteignit les lumières. Ils enfilèrent leurs manteaux et rejoignirent leurs quartiers. Weber disparut dans sa chambre tandis que Voss se dirigeait vers la partie d'échecs qu'il jouait à distance contre son père, par courrier interposé. Weber réapparut, brandissant une bouteille de schnaps. Il se laissa tomber sur le lit de Voss et tira la revue qui se trouvait sous ses fesses.

— Qu'est-ce que c'est ?

— *Die Naturwissenschaften*[1].

— Toi et ta physique ! railla Weber en jetant le magazine au loin. Tu ferais mieux de t'intéresser à des choses plus...

— ... plus *physiques*, oui, je sais, Weber. Passe-moi le schnaps, il faut que je me grille les neurones si je veux tenir le coup.

Weber lui tendit la bouteille tout en calant sa tête mouillée sur l'oreiller. Voss avala une lampée d'alcool qui laissa une traînée brûlante dans son œsophage.

— À quoi ta physique peut bien nous servir ? éructa Weber.

— À gagner la guerre.

— Et puis ?

— À nous donner une source d'énergie réutilisable à l'infini.

— Mais encore ?

— À nous expliquer le mystère de la vie.

— Je me contrefous du mystère de la vie ! Tout ce que je veux, c'est pouvoir vivre comme je l'entends.

— Personne n'arrive à ça, Weber... pas même le Führer.

— Répète-moi comment la physique va nous faire gagner la guerre.

— Tu as entendu parler de la bombe atomique ?

1. « Les sciences ». *(N.d.T.)*

— Je sais qu'Heisenberg a failli s'en faire péter une dans les mains en juin.

— Tu as donc entendu parler d'Heisenberg.

— Naturellement, répondit Weber, en chassant de la main des peluches imaginaires sur sa braguette. Et aussi du chimiste Otto Hahn. Tu crois que je n'écoute jamais ce qui se raconte dans ce satané couloir ?

— Dans ce cas, il est inutile que je t'ennuie avec tout ça.

— Alors comment ça marche ? Ces bombes atomiques ?

— Oublie ça, Weber.

— Je comprends mieux quand je suis saoul...

— Entendu. Tu prends de la matière fissile et...

— Attends, je suis perdu.

— Souviens-toi de Goethe.

— Quoi, Goethe ? Qu'est-ce qu'il a dit sur la « matière fissile » ?

— Il a dit : « Où est le chemin ? Il n'y a pas de chemin. Sauf vers l'inconnu. »

— Pauvre connard ! lâcha Weber en récupérant la bouteille. Reprends depuis le début.

— Il existe certains corps, très rares, qui, lorsqu'ils atteignent une masse critique – tais-toi et laisse-moi continuer ! – peuvent engendrer plus de quatre-vingts générations de fission – laisse-moi finir, je te dis ! – avant que la chaleur dégagée par les réactions les pulvérisent – eux, les corps. Sachant qu'une seule réaction de fission...

— Ah, enfin, tout va s'éclairer !

— ... délivre à elle seule une énergie de deux cents millions d'électrons-volts, cela signifie que ce chiffre doublera quatre-vingts fois avant la fin de la réaction en chaîne. À ton avis, qu'est-ce qu'on obtient à la sortie, Weber ?

— Le plus gros boum que l'humanité ait connu. C'est cela ?

— Une ville entière peut être soufflée par une seule bombe.

— Mais tu as dit que la matière fissile est rare.

— On la trouve dans l'uranium.

— Ah ! Ah ! lâcha Weber en se redressant. Joachimstahl.

— Quoi ?

— C'est la plus grande mine d'uranium d'Europe. En Tchécoslovaquie... Autrement dit, elle est à nous, expliqua Weber en serrant sa bouteille contre sa poitrine comme une poupée.

— Il y en a une encore plus grosse au Congo belge.

— Ah ! Ah ! Elle est à nous aussi, parce que...

— Oui, Weber, je sais... mais extraire la matière fissile de l'uranium nécessite un processus chimique très compliqué. L'élément en question s'appelle U 235, mais on n'en récupère que des traces, car il se désintègre presque instantanément. Un certain Weizsäcker s'est demandé ce que devenaient tous les neutrons excédentaires recrachés par la réaction de fission de l'U 235. Certains sont captés par l'U 238, qui devient alors l'U 239, qui se désintègre ensuite en un nouvel élément appelé l'ekarhénium.

— Voss...

— Oui ?

— Maintenant, tu m'ennuies. Bois un coup et réexplique-moi tout ça, mais en commençant par la fin. Va savoir, ce sera peut-être plus clair.

— Je t'ai prévenu que c'était compliqué. Bref, ils ont trouvé un moyen de fabriquer de la matière fissile relativement facilement dans une pile atomique, qui fonctionne avec du graphite et un truc appelé l'eau lourde. C'est du moins ce qu'on était capable de produire à l'usine Norsk Hydro en Norvège... jusqu'à ce que les Britanniques la fassent sauter.

— Cette histoire me dit quelque chose. Les Anglais savent donc que nous construisons cette bombe...

— Ils savent que nous possédons la connaissance scientifique. C'est dans toutes ces revues que tu balances aux quatre coins de ma chambre... Mais avons-nous la technologie *ad hoc* ? Il s'agit d'un énorme projet industriel. La pile atomique n'est que le premier pas.

— Combien de cet eka-machin faut-il pour fabriquer une bombe ?

— Un kilo, peut-être deux.

— Ce n'est pas beaucoup... et cela suffit pour souffler une ville entière ?

— Souffler n'est pas exactement le bon terme, Weber. Vaporiser serait plus approprié.

— Donne-moi ce schnaps.

— Il va falloir des années pour construire cet engin.

— On mangera des loukoums d'ici là.

Weber vida la bouteille et partit se coucher. Voss resta éveillé et lut la partie de la lettre rédigée par sa mère. Celle-ci lui racontait les dernières cérémonies mondaines au pays, ce qui avait sur lui un effet curieusement apaisant. Son père, le général Heinrich Voss, mis à la retraite après qu'il eut commis l'erreur d'exprimer sa désapprobation quant aux directives de la conférence de Wannsee – à savoir que tout Juif ou résistant rencontré pendant la campagne de Russie devait être remis aux SS pour « traitement » – avait écrit une note amère en fin de lettre et annoncé son nouveau mouvement de pièces pour la partie en cours. Cette fois, les coordonnées du coup étaient suivies du mot « Échec ! » et de la légende : « Tu ne le sais pas encore, mais tu as perdu. » Voss secoua la tête. Il n'avait pas besoin de réfléchir pour trouver la parade ! Il approcha sa chaise de l'échiquier, déplaça la pièce conformément aux souhaits de son père, puis joua à son tour. Il écrivit le mouvement de sa pièce sur une feuille et la glissa dans une enveloppe destinée au courrier du matin.

À 10 heures, le 19 novembre, la première réunion de la journée se tint autour d'un grand plan de Stalingrad et de ses environs. La carte ne rendait nullement compte de l'état actuel de la ville. On y voyait des secteurs nettement délimités, rouges pour les Soviétiques, gris pour l'Allemagne, comme un découpage de districts postaux en temps de paix.

À 10 h 30, les télex se mirent à cliqueter et les téléphones sonnèrent à tout va. Le général Zeitzler fut appelé à l'extérieur et revint quelques minutes plus tard pour annoncer que les Russes avaient lancé une offensive à 5 h 20. Il montra sur la carte l'endroit où les chars russes avaient enfoncé le secteur protégé par l'armée roumaine, ainsi que leur progression vers le Don, au sud-est. Cette attaque avait déstabilisé tout le front. Une division de panzers avait été envoyée pour stopper l'avance des Soviétiques. La situation était sous contrôle. Voss rectifia en conséquence les positions des armées. La conversation revint sur la situation à Stalingrad, tandis que Zeitzler, à l'écart, observait le petit étendard de la division de panzers en frottant son menton râpeux d'un air dubitatif.

Le lendemain, à l'heure du déjeuner, la nouvelle d'une deuxième attaque russe tomba ; une offensive massive lancée au sud de Stalingrad, engageant de gros moyens en blindés et en infanterie. Comment les services de renseignements avaient-ils pu ne rien voir venir ?

La carte de Stalingrad fut roulée et rangée.

Il était évident que l'intention des Soviétiques était d'encercler la VIe armée. Voss se sentait vide et nauséeux, littéralement pompé par un Zeitzler qui lui demandait de ne pas le quitter d'une semelle et se servait de lui comme d'une banque de données ambulante. Il devait se tenir derrière son supérieur lors de toutes ses conversations téléphoniques avec le Führer, vomissant sur son épaule un flot d'informations que le général tentait d'utiliser pour convaincre Hitler de la gravité de la situation et le pousser à autoriser la retraite de la VIe armée. Le Führer marchait de long en large dans la grande salle du Berghof comme un lion en cage, maudissant les Slaves et tapant du poing sur toutes les tables à sa portée.

Le dimanche 22 novembre était le *Totensonntag*, le jour des Morts. Après une messe silencieuse, on apprit que les deux armées russes étaient sur le point d'opérer leur jonction et que l'isolement de la VIe armée était imminent. Le Führer quitta le Berghof pour Leipzig, où un avion l'attendait afin de l'emmener à Rastenburg.

Alors que Voss préparait les centaines d'ordres de manœuvres nécessaires au repli de la VIe armée, le Führer arrêta le train qui l'emmenait à Leipzig et appela Zeitzler pour lui interdire formellement toute retraite.

Zeitzler renvoya Voss dans sa chambre. Afin de chasser l'idée du désastre à venir, le jeune homme se pencha sur son jeu d'échecs. Il perçut alors son erreur ou, plutôt, il prit conscience de la position de force de son père. Il chercha la lettre qu'il avait écrite quelques jours plus tôt et découvrit que l'un des aides de camp l'avait postée. Il prit une nouvelle feuille et écrivit, résigné, un lapidaire : « Partie perdue ».

Le Führer arriva à Rastenburg le 23 novembre ; passé le premier choc causé par l'offensive russe, le calme était revenu au Q.G. Durant les semaines qui suivirent le désastre, Voss assista à la métamorphose du centre de commandement pour le front de l'Est. Ce n'était plus un bastion militaire, mais la cour des Miracles. Des hommes arrivaient, arrachaient leur cape et leur manteau et réalisaient des prodiges devant leur chef aux yeux bouffis par le manque de sommeil. De grandes divisions, miraculeusement approvisionnées, allaient jaillir du sud pour libérer l'armée prise dans la nasse. Lorsque cette force tardait à se montrer, un autre maître de l'illusion faisait son entrée et soulevait un voile de soie pour révéler des flottes d'avions qui allaient faire la navette afin de ravitailler la VIe armée jusqu'à ce que celle-ci prenne Stalingrad, brise les lignes russes et retrouve sa place d'honneur dans la légende germanique. Rien n'était impossible. Rastenburg était devenu une scène de cabaret où les plus grands prestidigitateurs du moment venaient faire leur numéro.

Durant les semaines précédant Noël, un mal insidieux se mit à ronger les entrailles de Voss. La lecture des dépêches rapportant le martyre des soldats qui mouraient de faim et de froid, et la vue de ces illusionnistes, tous corps d'armée confondus, qui remuaient de l'air chacun dans leur coin, lui ôtèrent tout appétit. Ses yeux bleus s'enfoncèrent dans leurs orbites, son uniforme commença à bâiller au cou et à pendre sur ses épaules malingres. Il sirotait toute la journée de l'eau, quand ce n'était pas du schnaps, fumait cinquante cigarettes par jour.

À la mi-décembre, l'Allemagne tenta une contre-attaque par le sud, afin de délivrer la VIe armée. Les Russes repoussèrent l'offensive, écrasèrent l'armée italienne et décimèrent la flotte aérienne. Mais Hitler interdisait toujours à la VIe armée de battre en retraite ; ses yeux ardents scrutaient les cartes sans relâche, exigeant la délivrance.

Voss reconnut le silence particulier qui régnait dans la salle de stratégie, un silence noir, hideux et oppressant, puis il assista aux soliloques des apôtres lécheurs de bottes du haut commandement, prêts à promettre l'impossible pour recevoir un regard d'amour du Führer. Voss demanda à être envoyé au front. Zeitzler refusa et, peut-être parce qu'il avait vu le visage émacié de Voss, se mit lui aussi à suivre le régime alimentaire des soldats de Stalingrad. À Rastenburg, on les surnomma « les cadavres ».

Au début de l'année 1943, la position de la VIe armée n'avait pas connu d'amélioration. Voss, le visage pâle et osseux comme la mort, était étendu ce jour-là sur son lit, à fumer et à boire le tord-boyaux de Weber. Deux lettres étaient posées sur la chaise où se trouvait d'ordinaire l'échiquier. Il avait cessé de jouer depuis qu'il s'était avoué vaincu en novembre. Les deux lettres, courtes, l'une émanant de son père, l'autre de son frère, lui présentaient un problème que seul le colonel SS Bruno Weiss pouvait résoudre.

Stalingrad, le 1er janvier 1943

Cher Karl,

Tu sais mieux que quiconque notre situation

ici. Je te remercie d'avoir tenté de nous envoyer des saucisses et du jambon pour Noël, mais c'était peine perdue. La marchandise n'a sans doute jamais quitté la piste d'envol. On n'a pas mangé de viande depuis des semaines. Krebs et Stahlschuss sont revenus avec des petits morceaux de mule séchée ; on a donc pu célébrer à notre manière le nouvel an. Mais c'était moins bien que Noël qui, quoi qu'il advienne, restera pour moi le plus grand moment de ma courte carrière militaire. Comment, dans une situation aussi tragique que celle que nous connaissons, des hommes parviennent-ils à trouver en eux-mêmes (et j'ai cherché longtemps le terme exact) une telle « bonté » ? Ils ont donné les dernières choses qu'ils possédaient, les plus précieuses, et s'ils n'avaient plus rien eu, ils seraient allés dans la steppe chercher des bouts de métal ou d'os pour fabriquer quelque chose. Il est stupéfiant de voir l'esprit humain si peu ébranlé par les horreurs de la guerre. Glaser a voulu m'emmener de nouveau à l'hôpital (je suis jaune et mes jambes sont si enflées que je ne peux plus marcher), mais j'ai refusé. Je ne veux plus remettre les pieds dans cet endroit de cauchemar. Je ne t'en dis pas plus. Tu dois être au courant.

L'humeur des hommes a changé, ici. Avant la nouvelle année, ils disaient tous que le Führer allait venir les sauver. Aujourd'hui, si certains le pensent encore, personne ne s'aventure à le dire. Nous sommes résignés à notre sort ; et aussi surprenant que cela puisse paraître, nous sommes heureux. Parce que – et je sais que cela semble absurde en ces circonstances – nous sommes libres.

Je pense à toi, ton frère qui t'aime

Julius

Karl lut et relut cette lettre. Son frère n'avait jamais été un spécialiste de l'âme et sa découverte de la noblesse de l'homme dans ces conditions désespérées tenait de la révélation mystique. Karl avait des haut-le-cœur à l'idée de rallier le camp de Weiss pour obtenir ses faveurs.

Berlin, le 2 janvier 1943

Cher Karl,

Nous avons reçu une nouvelle lettre de Julius. Son courrier n'est pas censuré comme ceux des sous-officiers et soldats du rang. Ta mère ne peut pas les lire même si ces mots nous éclairent sur le drame qui se déroule là-bas. Il semble si habitué à sa situation qu'il ne voit pas que sa normalité est, pour nous à Berlin, une indescriptible horreur. Sache que je ne te demande pas cela à la légère. Je le fais parce que j'ai vu des gâchis semblables se produire durant la Grande Guerre. Même si cela va à l'encontre de tous mes principes de militaire, j'aimerais que tu fasses tout ce qui est en ton pouvoir pour sortir ton frère de cet enfer. Je sais que c'est interdit. Je sais que c'est impossible, mais je me dois de te le demander, pour ta mère, et pour moi.

Ton père

Voss se rallongea sur le lit, les pieds sur les montants en fer, les deux lettres reposant sur ses côtes saillantes. Il alluma une cigarette au mégot de la précédente. Si quelque chose arrivait à Julius, sa famille ne s'en remettrait pas. Depuis que son père avait été mis à la retraite, il avait fondé tous ses espoirs en son fils aîné. Son père pourrait supporter de perdre Julius au cours d'une grande victoire, mais pas dans une défaite sordide.

Voss se rassit et posa une feuille sur la chaise. Il aurait préféré demander cette faveur à Zeitzler, mais le général ne pouvait rien pour lui. Weiss était le seul haut officier sur qui il avait quelque moyen de pression, si tant est que ce mot ait un sens lorsqu'il s'agissait d'un SS.

Il commença à rédiger sa lettre, de son horrible écriture en pattes de mouche, ses pensées allant plus vite que ses doigts. Il jeta à la corbeille la première ébauche et recommença. Il rata celle-là aussi. Il ne savait pas ce qu'il voulait pour son frère. Le sauver ? – bien sûr, mais comment ? Julius, avec son esprit doté d'une nouvelle acuité, ne se laisserait pas facilement duper.

Rastenburg, le 5 janvier 1943

Cher Julius,

L'officier qui t'apportera cette lettre va pouvoir te sortir de cette souricière, te faire quitter Stalingrad par avion et te rapatrier dans un hôpital de Berlin. Tu as une décision à prendre, grave et difficile. Si tu restes, notre mère et plus encore notre père (comme tu le sais) auront le cœur brisé. Toi, le fils aîné, tu as toujours été sa pierre d'aimant – celui vers qui il est naturellement attiré, vers qui se portent toute son attention, toute son énergie, et maintenant qu'il est à la retraite, tous ses espoirs. Il sera un homme détruit s'il vient à te perdre.

Si tu pars, tes hommes ne te mépriseront pas, mais toi tu te mépriseras. Tu porteras la culpabilité du survivant, la culpabilité de celui qui a été l'élu. C'est une blessure, peut-être, dont on peut se remettre (toi seul peux en juger). Et la souffrance de notre père sera évitée.

Je sais que je ne peux alléger le poids de cette terrible décision en ces circonstances désespérées. J'ai tenté de la déguiser, de la rendre séduisante pour toi, mais il n'y a rien à faire. La chose reste horrible. C'est un choix hideux. Pour ma part, tout ce que je puis dire, c'est que quoi que tu décides tu es et resteras toujours mon frère et le meilleur homme que j'ai rencontré sur cette terre.

Karl

Voss boutonna sa veste, enfila son manteau et passa sous les stalactites de glace qui pendaient au toit de son baraquement pour s'enfoncer dans l'air gelé. Ses bottes crissaient sur la neige tassée. Il passa les portes du Q.G. et se dirigea droit vers le département de la sécurité du centre de commandement, là où le colonel SS Weiss régnait en despote. Les autres soldats l'observèrent d'un air interdit. Personne ne se rendait de son plein gré dans le bureau du chef de la sécurité. Personne n'avait envie de parler au colonel SS Weiss. Voss fut reçu sans délai. Weiss était assis derrière son bureau, l'air surpris, sa peau paraissant plus blanche encore par contraste avec son uniforme noir, sa cicatrice encore plus pourpre. L'estomac de Voss se tordit, l'implorant de faire demi-tour.

— Que puis-je pour vous, capitaine Voss ?

— C'est pour une affaire personnelle, colonel.

— Personnelle ? répéta Weiss, incrédule, habitué qu'il était à traiter d'affaires d'un intérêt supérieur.

— Il me semble que nous avons tissé une sorte de lien privilégié en février dernier, et c'est la raison pour laquelle je viens vous soumettre cette affaire personnelle.

— Assis ! ordonna Weiss, comme s'il s'adressait à un chien. Vous avez une sale tête, capitaine.

— J'ai perdu l'appétit, colonel, répondit Voss en bandant ses cuisses malingres pour s'asseoir. La situation de la VIe armée est traumatisante... pour tout le monde.

— Le Führer va résoudre le problème. La victoire est proche, vous verrez, capitaine, répliqua Weiss en lui jetant un regard suspicieux, s'attachant déjà à décrypter les sous-entendus.

— Mon frère est coincé à Stalingrad, colonel. Il est très malade.

— Ses hommes ne l'ont pas emmené à l'hôpital se faire soigner ?

— Certes, mais son état nécessite des soins que l'hôpital de campagne ne peut fournir. Il a demandé à rejoindre sa division. Je crois qu'il ne peut être soigné qu'en dehors de Stalingrad.

Weiss resta silencieux. Il caressa des doigts sa cicatrice ; ses ongles étaient lisses et brillants, gorgés de protéines, mais teintés de bleu en profondeur.

— Où logez-vous, capitaine ? demanda Weiss après un long silence.

Cette question prit Voss de court. Sur le coup de la surprise, il se retrouva incapable de dire où étaient ses quartiers. Des chiffres remontèrent à sa mémoire.

— Secteur III, C4, bredouilla-t-il.

— Ah oui ! vous êtes à côté du capitaine Weber, précisa Weiss, avec une rapidité qui prouvait qu'il connaissait déjà la réponse.

Le dossier de la chaise meurtrissait les côtes de

Voss, qui affleuraient sous la peau. On n'avait jamais rien pour rien dans le monde de Weiss. Tout se monnayait.

— Le capitaine Weber n'est pas un élément très précautionneux, n'est-ce pas, capitaine Voss ?

— Dans quel domaine, colonel ?

— Alcoolique, bavard, curieux.

— Curieux ?

— Inquisiteur, lâcha Weiss. Je remarque que vous n'avez pas contredit les deux premiers points.

— Pardon, mon colonel, mais, à mon avis, le capitaine Weber est l'homme le moins curieux que je connaisse, et il est tout à fait concentré sur son travail. En ce qui concerne la boisson... Qui ne boit pas ?

— Et bavard ? demanda Weiss.

— Quand bien même, avec qui pourrait-il bavarder ?

— Avez-vous accompagné le capitaine Weber durant ces virée nocturnes ?

Voss battit des paupières. Il ignorait que Weber sortait le soir.

Weiss tapota le bord de son bureau, en un tremolo qui s'accéléra.

— Il a une position très sensible, ici, il est au cœur de ce qui se passe, poursuivit Weiss. De quoi parlez-vous tous les deux lorsque vous buvez un coup ?

Voss, malgré lui, était impressionné par l'omniscience de Weiss. Une montée d'adrénaline inonda ses veines, la panique comprima les glandes dans son cou.

— Rien d'important.

— Racontez toujours.

— Il m'a demandé de lui expliquer certaines choses.

— Quel genre de choses ? Les échecs ?

— Il déteste ça.

— Quoi alors ?

— La physique. Il savait que j'étais à Heidelberg avant d'être mobilisé.

— La physique ? répéta Weiss, le regard fixe.

Voss sentit qu'il s'aventurait sur un terrain miné.

— Les soirées sont longues, à Rastenburg, enchaîna-t-il pour noyer le poisson. Il me cherche. Me dit que je ferais mieux de m'intéresser non pas à *la* physique, mais à des choses plus physiques. Aux femmes, si vous préférez...

— Aux femmes ? lança Weiss avec un rire étrange, totalement dénué d'amusement.

— Weber est plus frustré que curieux, poursuivit Voss, sachant que Weiss ne l'écoutait plus.

— Vous voudriez donc faire sortir votre frère de Stalingrad ? lança ce dernier de but en blanc. (Devant ce brusque changement de sujet, Voss se demanda s'il avait lâché des informations malgré lui.) Oui, au nom de notre ancien « lien privilégié », je crois que je peux arranger ça. Vous avez son matricule ?

Voss lui tendit sa lettre, en se demandant si les quelques phrases qu'il avaient prononcées sur Weber ne venaient pas de signer l'arrêt de mort de son camarade, compte tenu de la paranoïa de Weiss.

— Soyez sans inquiétude, répondit Weiss. Nous allons le sortir de là. Je tiens beaucoup à la pérennité de notre lien, capitaine Voss.

Voss n'eut plus de nouvelles de Weiss et il s'attacha, de son côté, à ne pas croiser sa route. Le jeune homme annonça par lettre à son père qu'il avait lancé le processus de rapatriement de Julius ; cela prendrait un petit peu de temps à cause de la pagaille qui régnait à Stalingrad. Voss évita également Weber ; il commença à jouer contre lui-même aux échecs et se découvrit, curieusement, tout aussi incapable de gagner une partie.

Une semaine plus tard, une réunion fut organisée dans la salle de stratégie avec tous les hauts officiers de la Wolfsschanze – une réunion qui allait bouleverser l'existence de Karl Voss. Un capitaine avait été évacué du front et Voss avait appris qu'il allait rendre compte de la situation réelle à Stalingrad. Voss se glissa discrètement dans la salle pour entendre le capitaine décrire les horreurs dont il avait été témoin – des hommes dévorés par les poux, avec de l'eau et quelques lambeaux de viande de cheval pour survivre, d'autres victimes de la jaunisse, leurs membres ayant doublé de volume, des centaines succombant chaque jour de faim et de froid, les blessés abandonnés aux quatre vents sur la piste d'atterrissage, leur sang congelé, les morts entassés sur le sol trop dur pour pouvoir être creusé. Le Führer écouta le récit, les épaules voûtées, les paupières basses.

Puis le moment arriva...

Le capitaine enchaîna avec un rapport détaillé des pertes pour chaque unité prise dans la nasse de Stalingrad. Hitler hocha la tête. Lentement, il se tourna vers la carte et se frotta le menton. Voyant la main légèrement tremblante du Führer quitter son flanc, le capitaine se tut. Hitler redressa un fanion qui s'était renversé et évoqua une division SS de panzers qui se trouvait à trois semaines du théâtre des opérations. Le capitaine reprit son laïus, des paroles qu'il avait prononcées des dizaines de fois, mais qui n'avaient plus de sens, comme si la syntaxe avait été bouleversée, tous les verbes indiquant leur contraire, tous les noms devenus incompréhensibles.

Enfin ce fut le silence, ponctué par le claquement de talons du capitaine qui prenait congé. Hitler regarda tour à tour ses officiers, les yeux implorants, le rouge implacable des fanions adverses disposés sur la carte se reflétant sur son visage. Le feld-maréchal Keitel, le visage tremblant d'émotion, avança d'un pas dans un grincement de cuir de bottes et rugit dans le silence :

— *Mein Führer,* nous tiendrons Stalingrad !

Le lendemain, au petit déjeuner, Voss fit son premier vrai repas depuis des semaines. Après la réunion, il fut appelé au bureau de la sécurité. Il s'assit sur la chaise de bois face à Weiss. Le SS se pencha vers lui et lui remit une enveloppe. Elle contenait sa propre lettre pour Julius, encore cachetée, et une petite note.

> Stalingrad, le 12 janvier 1943
>
> Cher capitaine Voss,
>
> Un officier est arrivé aujourd'hui pour emmener votre frère hors de la zone de combat. Il est de mon triste devoir de vous informer que le major Julius Voss est mort le 10 janvier. Nous sommes ses hommes et nous voulons que vous sachiez qu'il a quitté ce monde avec autant de courage qu'il l'a supporté de son vivant. Ses pensées n'étaient jamais pour lui-même mais toujours pour les soldats dont il avait le commandement...

Voss ne put lire davantage. Il rangea la note dans l'enveloppe, salua le colonel SS Weiss et regagna le bâtiment principal, où il rendit dans les toilettes son petit déjeuner.

L'annonce, cet après-midi-là, de l'assaut final sur

la VIe armée abandonnée atteignit Voss avec une curieuse distance, comme des mots qu'un enfant malade entend à travers les brumes de la fièvre.

Il n'y avait plus rien à faire et il termina son travail tôt dans la journée. La chape de plomb régnant dans la salle de stratégie était insupportable. Les généraux étaient rassemblés autour de la carte comme autour d'un cercueil. Voss revint dans ses quartiers et frappa à la porte de Weber. Une personne qu'il ne connaissait pas lui ouvrit. Il demanda où était Weber. L'homme ne le connaissait pas. Il frappa à la porte voisine et trouva un autre capitaine assis sur son lit, une cigarette à la bouche.

— Où est Weber ? demanda-t-il.

Le capitaine pinça les lèvres et secoua la tête.

— Une faute grave ou quelque chose dans le genre. On l'a emmené hier. Je ne sais pas, je n'ai rien demandé. Pas avec ce... climat. Si tu vois ce que je veux dire. (Voyant que Voss ne bougeait pas et le fixait toujours des yeux, le militaire se sentit contraint d'en révéler davantage.) On parle de... ce n'est qu'une rumeur... je n'y crois pas moi-même. On ne peut pas croire ça de Weber quand on le connaît.

Voss continuait à se taire. Le capitaine, mal à l'aise, se leva et s'approcha de la porte.

— Je connais Weber, lâcha Voss, avec l'assurance de quelqu'un pressentant qu'on allait lui prouver le contraire.

— Ils l'ont trouvé au lit avec un garçon boucher.

Voss retourna dans sa chambre et écrivit à ses parents. Une lettre qui le laissa exsangue, ses bras sans force, pendant comme deux objets morts le long de son torse. Il se coucha tôt et se réveilla deux fois dans la nuit, en larmes. Au matin, il fut réveillé par une estafette. Le général Zeitzler l'attendait dans son bureau.

Zeitzler le fit asseoir. Le général ne se trouvait pas dans son fauteuil, mais debout, adossé contre sa table de travail. Il ressemblait à un grand-oncle et non plus à un chef militaire. Il donna à Voss la permission de fumer.

— J'ai de mauvaises nouvelles, dit-il en tapotant ses cuisses. Votre père est mort la nuit dernière...

Le regard de Voss se fixa sur l'épaulette gauche de Zeitzler. Les seuls mots qu'il entendit ensuite furent « une permission exceptionnelle ». À l'heure du déjeuner, Voss était sous un ciel morne, devant la rangée de sapins qui bordait la voie ferrée, un sac gris sur l'épaule, une petite valise marron sous l'autre bras. Le train pour Berlin partait à 13 heures ; bien que ce fût la douleur de sa mère qui l'attendait au bout du voyage, Voss avait le sentiment de se trouver à l'orée d'une nouvelle vie et qu'un plus grand destin l'attendait ailleurs, loin de ce monde clos, loin de la Wolfsschanze.

5.

17 janvier 1943, maison de la famille Voss, Berlin-Schlachtensee

— Non, non, ils ont envoyé quelqu'un, répondit Frau Voss. Le colonel Linge est passé nous voir. Tu te souviens de lui ? Un vieil ami de ton père, à la retraite. Un brave homme, pas trop rigide, à l'inverse des autres. Il a quelque chose, une sorte de sensibilité ; il ne part pas du principe que tout le monde est comme lui. Il cherche à faire la part des choses, un trait de caractère rarissime dans l'armée. Bien sûr, dès que ton père l'a vu arriver, il a su à quoi s'en tenir. Mais tu vois...

Elle battit des paupières ; cependant les larmes s'échappèrent trop vite et se mirent à rouler sur ses joues. Elle sortit aussitôt son mouchoir pour les essuyer.

Karl Voss se pencha et prit la main de sa mère, une main qui, dans son souvenir, n'était pas aussi frêle et aussi osseuse. Avec quelle rapidité le chagrin suçait la moelle des os... Quelques jours sans manger, trois nuits sans sommeil, les pensées prisonnières d'un tourbillon noir, tournant en rond sans espoir de sortie, revenant toujours à la même conclusion hideuse... Le chagrin était plus destructeur que la maladie, car contre cette dernière il restait au corps l'instinct de survie. Le chagrin provoquait les mêmes symptômes, mais aucun réflexe de défense de l'organisme. Contre quoi lutter, d'abord ? Le mal était fait. L'esprit, ne pouvant trouver d'adversaire, se retournait contre le corps et l'asservissait.

Le fils serra la main de sa mère, tentant de faire passer dans ses veines un peu de sa jeunesse, une once de foi en l'avenir.

— On s'est trompés, dit-elle, veillant à ne pas employer le nom de son mari, ce qui aurait été trop douloureux. Il n'aurait pas dû placer autant d'espoir dans ta lettre. Au début, je restais réservée, mais il a fini par me convaincre, tu sais comment il est... Il tournait dans la maison toute la journée, ne cessait de me parler du retour de ton frère, tant et si bien que nous sommes devenus comme ces bougies qu'on pose sur les fenêtres en souvenir des soldats au front, figés dans l'attente.

Elle se moucha et prit une profonde inspiration, tremblant de tous ses membres.

— Bref, le colonel Linge est venu. Ils sont allés dans le bureau de ton père. Ils ont discuté un petit moment, puis ton père a raccompagné le colonel à la porte. Il est alors venu me trouver. Il était calme. Il m'a appris la mort de Julius et m'a rapporté tous les propos merveilleux que le colonel Linge avait tenus sur lui. Puis il est reparti dans son bureau et s'y est enfermé. J'étais inquiète, mais pas tant que ça... À présent, je sais ce que cachait son calme de surface. Il avait pris sa décision. Après avoir passé quelques heures assise toute seule ici, je suis allée me mettre au lit. J'ai frappé à sa porte en passant. Il m'a dit d'aller me coucher, qu'il me rejoignait... Ce qu'il a fait, des heures plus tard, vers deux ou trois heures du matin. Il a dormi, enfin je crois. En tout cas, il était allongé et ne bougeait pas. Au matin, il s'est levé avant moi. Dans la cuisine, il m'a prévenue qu'il allait rendre visite au Dr Schulz. J'ai parlé au docteur après ; il était bien allé le voir. Il lui a demandé quelque chose pour le calmer, et le Dr Schulz, qui est un bon médecin, lui a donné des plantes médicinales et lui a pris sa tension, qui était élevée, mais rien d'anormal étant donné les circonstances. Le Dr Schulz lui a même demandé : « Vous ne pensez pas à faire une bêtise, n'est-ce pas, général ? » Ton père a répliqué : « Qui ? Moi ? Bien sûr que non, pourquoi serais-je venu ici ! » Et il est parti. Il a longé les berges du Havel, jusqu'au lac de Wannsee – on a retrouvé sa voiture là-bas. Il s'est rendu sur la promenade et il s'est tué.

Il n'y eut pas de nouvelles larmes. Elle était assise, bien droite, la respiration régulière, le regard dans le vague, l'esprit hanté par une seule pensée : il ne s'est pas tué dans son bureau, ni dans sa voiture. Il est resté jusqu'au bout un homme précautionneux. Il est sorti dans le froid, le sol gelé, et a pointé son arme vers son organe meurtri, son cœur, et non vers sa tête. Il a tiré deux fois. Il a gelé là-bas. Il était tout raide lorsqu'on l'a retrouvé : il n'y a pas de promeneurs à cette époque de l'année, encore moins quand il fait ce froid de canard. Elle avait un peu perdu la tête en ne le voyant pas rentrer de la nuit. Au matin, elle avait retrouvé tous les outils de jardin étalés dans la cuisine. Qu'est-ce qui lui avait pris ?

Elle poursuivit enfin le cours de son récit, sentant le pouls de son fils battre sous sa peau.

— Il a laissé des lettres sur son bureau. Il y en a une pour toi. Lis-là et nous en parlerons après. Et mets du charbon dans le poêle. Je sais que ça coûte cher, mais j'ai vraiment trop froid aujourd'hui... Certains jours, ça vous transperce les os.

Karl jeta quelques boulets dans le poêle, étendit les mains dans le foyer jusqu'à sentir la morsure du feu. Il se rendit ensuite dans le bureau de son père, ses bottes résonnant sur le plancher du couloir, comme le faisaient celles de son père, si bien que Julius et lui l'entendaient marcher depuis leur chambre à l'étage. Des pas de plus en plus lourds au fil des années.

Voss trouva la lettre et s'installa dans le fauteuil, sous la fenêtre, où filtrait la faible lueur de la fin de journée.

Berlin-Schlachtensee, 14 janvier 1943

Cher Karl,

Mon acte est la conséquence seule du constat que je porte sur une série d'événements survenus au cours de mon existence. Cela n'a rien à voir avec toi. Je sais que tu as fait l'impossible pour sauver Julius et c'était bien typique de ton frère de minimiser ainsi la gravité de son état de santé pour qu'aucun d'entre nous ne puisse soupçonner à quel point il était proche de la mort. Ta mère aussi est sans faute. Elle a donné toute son énergie, sans faillir, et durant ces deux dernières années j'ai été un homme très difficile à vivre, plus que je ne l'ai jamais été.

J'ai été submergé par le désespoir, pas seulement par ma brutale mise à pied, mais aussi par mon impuissance face au sort funeste qui va accabler l'Allemagne du fait de sa politique belliqueuse et de sa déraison depuis les trois dernières années.

Ne te méprends pas. J'ai, comme tu le sais, approuvé Hitler au début. Il a redonné confiance au pays et aux Allemands, une estime de soi que nous avions perdue depuis la Grande Guerre. J'ai encouragé Julius à s'inscrire au parti tout autant qu'à s'engager dans l'armée. J'étais, comme tout le monde, sur un petit nuage, porté par le vent d'espoir qui soufflait sur la nation. Mais si je me suis opposé, de façon si véhémente, à la solution finale de la question juive, c'est pour une raison essentielle. Certaines choses se sont passées et continuent encore de se produire en Allemagne et dans le reste de l'Europe sous le règne du parti national-socialiste. Tu as dû en entendre parler. Ces choses sont vraiment terribles. Si terribles qu'elles dépassent l'entendement. Je me suis opposé à cette politique d'extermination pour éviter que l'armée soit amenée à cautionner ces actions déshonorantes, motivées par de bas calculs politiques. J'ai échoué et j'en ai payé le prix, finalement minime comparé à la damnation éternelle de l'armée allemande pour avoir participé à ces horribles méfaits. Si nous perdons la guerre, et c'est une éventualité envisageable, étant donné la multiplication affolante des fronts (et la défaite de la VIe armée à Stalingrad en est un signe annonciateur), alors nos officiers auront à répondre des mêmes crimes que ces brutes et canailles de SS. Nous nous sommes tous salis en participant à cette épuration ethnique.

Cela a marqué le début de mon désespoir ; et ma mise à l'écart des champs de bataille a achevé de lui faire prendre racine en moi. Lorsque, à cette perte d'honneur militaire, est venue s'ajouter l'incapacité criante du haut commandement à porter secours à une armée en déroute, j'ai compris que nous étions perdus, que la logique purement militaire ne pouvait plus prévaloir, et que nous n'avions pas seulement perdu notre dignité dans l'acceptation de cette politique d'extermination. Nos généraux ont été émasculés, nous sommes dorénavant dirigés par le parti. Le fait que cette situation misérable ait entraîné la mort de mon fils aîné a eu raison de mes dernières forces. Je suis vieux. Pour moi, l'avenir est un désert morne dans le champ de ruines de mes principes. Tout ce en quoi j'ai cru, tout ce que j'ai chéri, a été détruit.

Deux choses encore. À mes funérailles, tu rencontreras le major Manfred Giesler. C'est un officier de l'Abwehr[1]. Si tu crois à ce que j'ai dit dans la première partie de cette lettre, va lui parler ; sinon, abstiens-toi. À toi de choisir.

Mon corps sera incinéré et j'aimerais que tu éparpilles mes cendres sur la tombe de Rosemarie Hausser, 1888-1905, au cimetière de Wannsee.

J'espère que tu auras une vie heureuse et accomplie et que tu pourras utiliser tes talents de scientifique en des temps plus paisibles.

Ton père, qui t'aime.

P.-S. : détruis cette lettre après l'avoir lue. C'est absolument impératif. Si tu ne le fais pas, ta mère, toi ou le major Giesler serez en grand danger. Dans un avenir prochain selon mes prévisions, et le cours de la guerre semble me donner raison, il ne fera pas bon avoir de telles lettres en sa possession.

Voss lut une seconde fois la lettre et la brûla dans le

1. Service des renseignements de l'armée allemande. *(N.d.T.)*

poêle ; il regarda les flammes verdâtres noircir le papier et le réduire en cendres. Il s'assit sous la fenêtre, choqué ; c'était la première fois qu'il découvrait les pensées intimes de son père. Il attendit un moment, le temps de reprendre ses esprits : il lui fallait faire le point et retrouver son calme avant de rejoindre sa mère. La colère et le chagrin ne faisaient pas bon ménage.

Sa mère était dans le salon, assise au même endroit. La lumière avait décliné, mais on apercevait son crâne sous les mèches grises. Elle avait perdu beaucoup de cheveux.

— Alors ? demanda-t-elle avant que Karl se soit assis. Il t'a parlé de la fille ?

— Il a dit qu'il voulait que l'on répande ses cendres sur sa tombe.

Sa mère acquiesça, et tourna la tête comme si elle avait entendu du bruit au-dehors. Le jour falot éclaira son visage, un masque de résignation dépourvu de tristesse ou d'amertume.

— C'était la fille d'un officier. Il en est tombé amoureux et elle est morte. Il n'a pas dû la connaître plus d'une semaine.

— Une semaine ? s'étonna Voss. Et il te l'a dit ?

— Oui, il m'a parlé d'elle. Ton père était un homme d'honneur, se refusant à passer sous silence quoi que ce soit. Sa sœur m'a donné des détails.

— Mais tu es sa femme et... je ne peux pas faire ça.

— Si, tu le peux, Karl. Tu le dois. C'est son souhait, et c'est aussi le mien. Dis-toi que ton père a été amoureux d'une idée, ou plutôt d'un idéal, un joyau qui n'a pas été dénaturé ou terni par le quotidien. C'est la forme d'amour la plus pure que tu puisses trouver. La perfection... ajouta-t-elle en haussant les épaules. Je ne vois pas de meilleure fin pour ton père, après tout ce qu'il a enduré, que de reposer en paix auprès de cet amour idéal. Pour lui, elle fut une vision de paix qu'il n'a pu atteindre de son vivant.

Les funérailles eurent lieu trois jours plus tard. Très peu de monde y assistait, la plupart des amis du défunt étant au front. Frau Voss invita quelques personnes à prendre le thé à la maison. Le major Giesler en faisait partie. Karl lui demanda un entretien en privé, et les deux hommes se rendirent dans le bureau paternel.

Voss commença à exposer à Giesler le contenu de la lettre. Giesler l'arrêta d'un geste, se dirigea vers le téléphone, suivit le cordon jusqu'au mur, le débrancha, puis revint s'asseoir dans le fauteuil de cuir. Voss lui annonça qu'il était prêt à entendre ce que le major avait à lui révéler. Giesler resta silencieux. Il tenait ses mains jointes et se mordillait la jointure des pouces, l'une des rares parties de son corps dépourvues de pilosité. Il avait la peau sombre et ses sourcils épais se rejoignaient au-dessus de son nez. Sa bouche était grande, ses lèvres pleines et sensuelles, ses joues, rasées du matin, déjà ombrées.

— Je comprends, reprit Voss, que vous ayez besoin de vous renseigner sur moi avant d'accepter de me parler.

— Nous avons déjà mené notre enquête.

Voss resta silencieux un moment.

— À Rastenburg ?

— Nous savons, par exemple, comment vous avez « réagi » à la mort du Reichsminister Todt. Ainsi que votre déception face à la mort inutile de bons soldats à Stalingrad et, évidemment, nous connaissons votre pedigree impeccable.

Voss fronça les sourcils, fouillant dans sa mémoire.

— Weber ?

Giesler ouvrit les mains et les joignit de nouveau.

— Weber a disparu, poursuivit Voss. Que lui est-il arrivé ?

— Nous ignorions qu'il était homosexuel. Certains faits échappent parfois aux enquêtes les plus minutieuses.

— Mais où est-il ? insista Voss.

— Il a de graves problèmes, et il ne peut s'en prendre qu'à lui-même. Il a commis trop d'imprudences, à une époque avide de désigner des boucs émissaires.

— Il devait être sous pression et...

— Boire est une chose.

— Qu'est-ce qui vous dit que je ne suis pas homosexuel ?

Giesler le regarda un long moment, sa bouche sensuelle se crispant.

— Weber nous l'a affirmé, répondit-il finalement, comme s'il doutait de la fiabilité de son informateur.

— Il pouvait s'en douter, mais il n'avait guère de preuves. Les femmes ne sont pas légion à Rastenburg, et celles qui s'y trouvent...

Voss laissa sa phrase en suspens, dépité par la tournure que prenait la conversation. Il ne s'attendait pas à cette plongée dans le sordide. Il s'agissait d'acte héroïque, de courage, et ils pataugeaient dans la boue.

Giesler tenait sa réponse. Il n'avait plus besoin de poursuivre sur le sujet. Il fournit à Voss l'adresse d'une villa à Gatow, le priant de venir l'y retrouver le lendemain, puis il se leva du fauteuil. Les deux hommes se serrèrent la main. Giesler prolongea cette poignée de main plus que nécessaire. Voss supposa qu'il s'agissait encore de tester sa sexualité, mais non, il s'agissait d'un geste sincère, fraternel.

— Weber ne parlera pas, annonça Giesler. Il est

possible qu'il survive, mais il ne remettra jamais les pieds à Rastenburg. Réfléchissez bien avant de venir demain à Gatow. Il n'est jamais facile d'être un ennemi de l'État – pas un ennemi de la nation, je précise, mais de *cet* État. C'est un travail périlleux et solitaire. Vous allez devoir mentir à vos collègues tous les jours, pendant peut-être des années. Vous n'aurez pas d'amis, parce qu'avoir des amis est dangereux. Votre tâche exigera beaucoup de force morale – pas forcément de l'intelligence, mais de la constance et de la détermination – et vous êtes en droit de ne pas vous en sentir capable. Si vous ne venez pas demain à Gatow, personne ne vous en tiendra rigueur. Nous poursuivrons chacun notre route, en priant pour le salut de l'Allemagne.

Se sentant en partie responsable de l'arrestation de Weber, Voss dormit mal cette nuit-là. À 4 heures du matin, l'heure maléfique, son esprit était hanté par les souvenirs de son père et de sa mère, de Julius et de Weber... Il prit soudain conscience de la toute-puissance des mots, de l'effet insidieux de la communication. Une fois que les mots étaient prononcés, plus rien n'était exactement pareil. Son père n'était pas obligé de parler de Rosemarie Hausser à son épouse, mais il l'avait fait. Ce nom et les quelques mots qui l'avaient accompagné avaient creusé un fossé infranchissable entre elle et lui, planté chez sa mère les racines rampantes de la résignation qui resteraient vivaces jusqu'à la fin de ses jours. Durant sa conversation avec Weiss, ce n'était pas l'expression « la physique » qui avait été déterminante pour le SS, mais le fait que Weber essayait d'intéresser Voss à des choses plus « physiques ». Cela avait été la confirmation qu'il attendait. Lorsqu'on parle, on ignore toujours ce que pensent les autres, ce qu'ils ont en tête ; le mot le plus innocent peut revêtir une importance capitale. Voss cessa de s'agiter dans son lit – il n'avait pas offert Weber sur un plateau, il avait tendu à Weiss les couverts pour se servir.

Voss se rendit à Gatow le lendemain après-midi, aussi tendu que s'il allait voir un médecin risquant de lui annoncer qu'un grain de beauté anodin était le symptôme d'un mal mortel. Une gouvernante l'accueillit et le conduisit dans une pièce couverte de rayonnages de livres, au fond de la maison. Elle lui servit du vrai café et des biscuits faits maison. Giesler arriva dans la pièce, accompagné d'un homme à la forte stature et à la raideur toute militaire, mais vêtu d'un costume civil bleu. Il était chauve, à l'exception d'une couronne de cheveux. Il portait des lunettes dorées. Giesler présenta Voss, mais le nom de l'homme ne lui fut pas donné en retour.

Ils parlèrent des études de Voss à l'université d'Heidelberg et des dernières découvertes en physique. Sans être un expert, l'homme avait quelques connaissances. Les termes « matière fissile », « masse critique », « réaction en chaîne » et « pile atomique » ne lui étaient pas inconnus.

La conversation dévia des sciences physiques aux Soviétiques. Voss exprima sa crainte :

— Ils n'ont aucune raison de se montrer cléments après ce qu'on leur a fait. Nous avons violé un pacte de non-agression, envahi leur pays et martyrisé la population. Après notre défaite à Stalingrad, ils vont sans doute gagner en confiance et se sentir la force de nous repousser. S'ils y parviennent, je crois que rien ne les arrêtera tant qu'ils ne seront pas à Berlin. Ils nous le feront payer très cher.

— Vous pensez qu'il serait avantageux pour nous de négocier une paix séparée avec les Alliés ?

— C'est impératif, sinon l'Allemagne, ou une partie de l'Allemagne, deviendra un morceau de l'Union soviétique. Nous pourrions même convaincre les Alliés que nous ne sommes pas leur véritable ennemi dans cette guerre et que...

L'homme interrompit Voss d'un geste.

— Chaque chose en son temps. D'abord, nous devons vous faire quitter Rastenburg. Il vous faudra suivre une formation. Le Q.G. de l'Abwehr ainsi que le haut commandement de l'armée ont été déplacés au sud, à Zossen : nous expions dorénavant nos péchés dans une citadelle de béton appelée Maibach II. Vous passerez quelques mois là-bas avec nous. Le travail que vous serez amené à faire sera très différent – rassembler des informations, diriger des agents sur le terrain... rien à voir avec vos anciennes fonctions à Rastenburg. Après cet entraînement, vous serez muté à Paris et, de là, nous essaierons de vous envoyer à Lisbonne.

— Lisbonne ?

— C'est le seul endroit en Europe où la communication avec les Alliés est possible.

Voss vécut chez sa mère jusqu'à la fin de son entraînement à Zossen. Elle veilla sur lui comme s'il était de nouveau à l'école – cela leur fit du bien, à tous les deux. Ce fut un déchirement pour eux en juin, lors de son départ pour la France.

Il passa huit mois au Q.G. français de l'Abwehr, 82, avenue Foch, à Paris. Maintenant qu'il avait pris conscience du pouvoir pernicieux des mots, il put en constater les terribles effets sur ceux qui n'avaient pas encore appris à s'en préserver.

Français et Anglais, hommes et femmes étaient arrêtés, envoyés en camps de concentration, torturés, exécutés – la moitié pour des raisons totalement imaginaires. Les services de renseignements allemands, l'Abwehr, et la SD/Gestapo[1], qui logeait à côté, s'adonnaient à un nouveau jeu : « la guerre des ondes ». Voss ne sut jamais si c'était la stupidité des Alliés ou les taupes allemandes, infiltrées aux plus hauts échelons, qui permettaient à ces parties funèbres d'être jouées. Une fois qu'un opérateur radio allié était capturé, que son nom de code et sa fréquence d'émission étaient connus, un technicien de l'Abwehr prenait sa place et continuait à émettre vers Londres. Plus tard, lorsque les Alliés exigèrent que tous les messages radio soient émis sur deux fréquences simultanées, l'opérateur espion incapable de se plier à cette exigence se voyait signifier cette négligence dans la procédure de sécurité, mais gardait néanmoins le contact avec Londres. Là, les techniciens des transmissions, déconcertés et agacés par ces oublis répétés, finirent par donner, à leur insu, la seconde fréquence de sécurité aux Allemands. Grâce aux fausses informations que diffusait l'Abwehr, des hommes et du matériel se trouvaient régulièrement largués en France au milieu de nulle part, avec les forces d'occupation pour comité d'accueil. Les noms de code de ces nouveaux agents interceptés étaient alors utilisés pour édifier des réseaux entiers de désinformation, sous la houlette de l'Abwehr et de la Gestapo, qui semaient la confusion dans la logistique alliée. Nombre de rencontres entre agents alliés étaient ainsi infiltrées par des hommes des services de renseignements allemands.

1. Le Sicherheitsdienst ou SD : service de renseignements de sûreté, d'espionnage et de contre-espionnage du parti nazi et des SS, dont la Gestapo était l'organe exécutif. *(N.d.T.)*

De temps en temps, Voss organisait des arrestations dans la rue pour entretenir l'illusion.

La grande partie de l'activité des services secrets était de la poudre aux yeux et de l'artifice. Tout n'était que comédie. Le renseignement, découvrit-il, se nourrissait de l'imagination et, dans le cas de la guerre des ondes, de la foi aveugle en la technologie. C'était un concept terrifiant, comme si Voss venait d'apprendre que les principes fondamentaux de la physique et des mathématiques étaient erronés et que, par conséquent, toutes les découvertes et travaux scientifiques étaient intrinsèquement faux, toutes les réalisations qui en étaient issues des châteaux de cartes branlants.

L'autre enseignement que Voss garda de son séjour à Paris fut de ne jamais tomber amoureux. Les amants se trahissaient l'un l'autre trop facilement. La torture, méthode favorite de la Gestapo, était souvent inutile. Insinuer à un prisonnier que sa dulcinée lui était infidèle déliait aussi rapidement la langue que les pratiques barbares des SS. La jalousie et le sentiment d'être trahi étaient de terribles poisons pour l'esprit. Comment ne pas succomber à ces sirènes funestes dans la solitude d'une cellule ? Dans les ténèbres, avec pour seule compagnie ces sinistres pensées, l'esprit se trouvait vite infecté par des images de cauchemar. D'abord, il y avait le chagrin, puis, infailliblement, celui-ci était remplacé par la colère, une rage si intense que le prisonnier ne voulait plus seulement faire tomber l'amante infidèle, mais tout son entourage avec elle.

Cela ne signifiait pas pour autant que Voss était un ascète à Paris – c'était d'ailleurs impossible, en outre il devait faire ses preuves aux yeux de Giesler –, mais il gardait ses distances avec le beau sexe. Une Française, appelée Françoise Larache, lui donna une nouvelle leçon, plus sinistre encore, sur l'amour dans le monde des services secrets.

Ils s'étaient rencontrés dans un bar qu'ils fréquentaient tous les deux. Voss y prenait son café le matin et il avait surpris les regards de la jeune femme. Lorsqu'il venait boire un verre le soir, il la trouvait souvent assise dans un coin, en train de fumer ses cigarettes brunes. Un jour, ils avaient fini par échanger quelques mots et s'étaient installés à la même table ; Voss était envoûté par ces lèvres rouges qui se refermaient sur la cigarette ventrue, par ces doigts qui retiraient des brins de tabac collés au bout de la langue pointue. Un soir, ils dînèrent ensemble au restaurant et ils terminèrent la soirée chez lui, où ils firent l'amour. Elle était entreprenante, inventive, et lui prodigua dès le premier soir des caresses auxquelles il ne s'attendait pas.

Ils se fréquentèrent régulièrement. Elle était très portée sur le sexe, que ce soit au lit, ou en dehors. Au début, les demandes de Françoise pimentaient leur relation, mais, à la longue, elles finirent par mettre Voss mal à l'aise. Françoise aimait faire l'amour sur le balcon, au-dessus de la tête des passants dans la rue. Elle se penchait contre le garde-fou, refermait ses mains sur la nuque de son amant et se jetait en arrière, jusqu'à manquer de basculer dans le vide. Ils faisaient l'amour sous les porches, sur les paliers d'étage, pendant que les gens dînaient chez eux. Elle criait si fort que les conversations derrière les portes s'arrêtaient. Voss devait lui plaquer la main sur la bouche. Plus ils risquaient d'être surpris, plus cela excitait Françoise.

Puis un jour, en automne, alors que les feuilles mortes s'amoncelaient sur le balcon, son regard malicieux, celui qu'elle lui lançait d'ordinaire derrière ses longs sourcils taquins, lui glaça le sang, comme si Voss voyait plus loin dans ces prunelles et que ce qu'il distinguait tout au fond était sinistre.

Tout commença lorsqu'elle lui demanda de la fesser comme une petite fille qui avait fait une bêtise. Voss se sentit ridicule avec cette femme adulte sur ses genoux. Elle lui intimait de prendre son rôle au sérieux, de se montrer réellement en colère. Ce fut le point de rupture ; ces mises en scène cessèrent d'amuser Voss. Il désirait toujours Françoise, mais celle-ci avait du goût pour un autre genre de jeux sexuels. Voss devint de plus en plus réticent, ce qui mettait sa maîtresse dans des colères noires. Ils avaient de violentes disputes, des objets volant à travers la pièce, qui se terminaient le plus souvent par des copulations brutales où Françoise paraissait compter chaque coup de reins comme une amazone réclamant son dû. Voss fuyait son appartement pour trouver refuge dans la docilité d'un Paris occupé, n'en revenant pas de ce qu'il avait fait la nuit passée, sachant simplement que c'était puissant, intense et dégradant.

Les exigences de Françoise augmentèrent. L'amusement n'existait plus. Elle prononçait des paroles terribles, impardonnables, et même si Voss gardait une certaine distance avec les événements, il y participait néanmoins. Il n'y avait plus de marche arrière possible. Elle le forçait à la gifler – pas une simple claque, mais un grand coup, pour faire mal. Elle se plantait devant lui, les mots fusaient dans l'air comme des lames de rasoir, chacun le lacérant jusqu'aux os. Un jour, ils s'empoignèrent, roulèrent au sol. Elle planta ses ongles dans sa nuque. En voulant se dégager, il se vit lever le poing, prêt à cogner. Il se figea net, pris de vertige et nauséeux. Le visage de Françoise était soudain tout amolli, son regard vague. C'était ça qu'elle voulait... Voss se releva, rajusta ses vêtements, tout désir enfui. Les traits de la jeune femme se durcirent de nouveau. Il lui tendit la main et la releva. Elle lui cracha aussitôt à la figure. Il l'entraîna vers la porte, attrapa au passage son manteau, son sac à main, et la jeta dehors.

Il mena son enquête. Françoise était une informatrice. Une collabo. Elle livrait ses compatriotes, troussés tels des poulets, à la Gestapo. L'agent du SD à qui parla Voss tapota sa tempe de l'index, en hochant la tête d'un air fataliste.

Voss revit Françoise une fois avant de quitter Paris. Elle marchait dans les rues enneigées au bras d'un sergent SS, un type gigantesque en uniforme noir. Voss se cacha sous un porche. Elle tenait une poignée de neige sur le côté de son visage.

À la mi-janvier 1944, Voss fut convoqué à l'hôtel Lutétia. C'était la nuit, et la pièce où il fut reçu était noyée d'ombre. Seule une petite lampe éclairait un angle. L'homme qu'il devait rencontrer était assis devant la lampe. Voss ne pouvait distinguer son visage, juste une masse de cheveux tirés en arrière, peut-être gris ou blancs. Sa voix était celle d'un vieillard, une voix souffreteuse, comme si elle devait se frayer un chemin à travers une gorge encombrée de phlegmes.

— Certains changements sont imminents, déclara-t-il. Il semble que notre ami Kaltenbrunner, le chef de la sécurité du Reich, soit en train de parvenir à ses fins et de placer l'Abwehr sous le contrôle du SD. Cela fait longtemps que les nazis s'y emploient. Il va falloir nous habituer à cette nouvelle donne. Nous voulons que vous soyez en position de négocier avec les Alliés avant que cette prise de pouvoir soit effective, et ce avec une bonne monnaie d'échange. Je crois savoir que vous avez suivi, ici, à Paris, les activités d'un intellectuel communiste, un dénommé Olivier Mesnel ?

— Nous nous employons à mettre à nu son réseau. Nous n'avons toutefois pas encore trouvé comment il transmet ses informations à Moscou, ni comment lui parviennent ses instructions.

— Il a déposé une demande de visa pour l'Espagne.

— Sa destination finale est Lisbonne, précisa Voss. Nous avons eu la chance d'intercepter le courrier envoyé par les communistes portugais lui demandant de se rendre là-bas.

— Savez-vous pour quelles raisons on l'envoie à Lisbonne ?

— Non, mais je ne pense pas que Mesnel le sache non plus.

— Vous allez profiter de cette opportunité pour le suivre, sous la couverture d'attaché militaire à la sécurité de la légation allemande. Lorsque les SS auront pris les rênes de l'Abwehr, c'est-à-dire le mois prochain, vous serez sous les ordres directs du colonel SS Reinhardt Wolters. Il n'est pas des nôtres, cela va sans dire, mais vous devrez vous lier d'amitié avec lui. Sutherland et Rose, qui dirigent à Lisbonne l'antenne du S.I.S. [1], seront vos interlocuteurs directs. Vous trouverez la procédure dans le dossier. Vous allez devoir mémoriser certains documents avant de repartir, ainsi qu'une enveloppe contenant des informations importantes sur microfilm. Vous vous servirez de ces informations pour ouvrir les négociations avec les Anglais. Vous devrez leur prouver notre bonne foi, que nos

1. Secret Intelligence Service, services secrets britanniques. *(N.d.T.)*

intentions sont honorables et que ce n'est pas le cas des Soviétiques.

— Je ne sais pas trop comment leur démontrer le dernier point. Si j'ai bonne mémoire, il n'y a pas de légation soviétique à Lisbonne.

— C'est vrai. Salazar ne veut pas les laisser pénétrer sur son territoire. Pas d'athées sur le sol catholique du Portugal... Il faut d'ailleurs veiller à ce que les Portugais ne refusent pas son visa à Mesnel !

L'homme émit un petit rire, à moins que ce ne fût un sifflement asthmatique, qui se mua rapidement en quinte de toux. Il alluma une cigarette.

— Mesnel vous mènera peut-être quelque part. S'il se rend à Lisbonne ce n'est pas, connaissant ses inclinations politiques, pour émigrer aux États-Unis.

— À la conférence de Casablanca, il a été décidé que notre reddition serait inconditionnelle. Nous devons donc offrir quelque chose d'extraordinaire aux Britanniques et aux Américains pour espérer échapper à la vindicte des Russes.

Un long silence plana. Les volutes de fumée montant de la chaise dérivèrent vers la lampe de chevet.

— Croyez-moi, les Américains cherchent le moindre prétexte pour se démarquer de Staline, en particulier depuis que les Soviétiques ont envahi l'Europe. À la conférence de Téhéran, Staline a décrété que cent mille officiers allemands seraient exécutés et qu'il aurait besoin de quatre millions d'*esclaves germaniques* – ce sont ses propres termes – pour reconstruire l'Union soviétique. Ce genre de propos est inacceptable pour des humanistes tels que Churchill ou Roosevelt. Si nous pouvons fournir un catalyseur... (L'homme marqua un silence, remua sur sa chaise, comme s'il avait une soudaine crampe.) La mort du Führer en sera un suffisant, je pense.

Voss frissonna, malgré la chaleur qui régnait dans la pièce. Sa sueur se transforma en eau glacée.

— Une telle action est envisagée ?

— Entre autres, répondit l'homme avec une grande lassitude.

Voss ne voulait pas songer aux implications inconcevables de ces quelques mots et changea de sujet

— Je ne sais plus trop où en est notre programme atomique. Cela pourrait être important pour les Alliés. Ils ont vu que nous avions la capacité, du moins en théorie, de le mener à bien... Peut-on les rassurer ?

— Vous trouverez tout ça dans les dossiers.

— Combien de temps avons-nous ?

— On espère une avancée notable, comme pour bon nombre de choses, au printemps, mais nous devons avoir des résultats au plus tard à la fin de l'été. Les Russes ont repris Jitomir et ont franchi la frontière polonaise. Ils sont à mille kilomètres seulement de Berlin. Nous sommes bombardés par les Alliés. La ville n'est qu'un champ de ruines, les usines d'armements tournent à moins de cinquante pour cent de leur capacité. Notre aviation ne peut atteindre les nouveaux arsenaux soviétiques, installés de l'autre côté de l'Oural. L'Ours se fait de plus en plus fort, et l'Aigle de plus en plus faible et bigleux.

Après cette tirade, aucune question n'était plus nécessaire. On montra à Voss trois épais dossiers qui trônaient sur la table. Il prit une chaise et avança le bras pour allumer la lampe de bureau. Une main se posa sur son épaule et la serra, à la manière de son père – une main rassurante, insufflant du courage.

— Vous êtes un élément crucial pour nous, annonça la voix. Vous comprenez mieux que quiconque ce qu'il y a d'écrit dans ces dossiers, mais ce n'est pas la seule raison pour laquelle nous vous avons choisi. Je vous demande, toutefois, lorsque vous serez à Lisbonne, de ne pas commettre la même erreur qu'avec Mlle Larache. Votre mission est trop importante. Il y va de la survie de notre nation.

La main lâcha son épaule. L'homme à la voix contrainte quitta la pièce. Voss travailla jusqu'à 6 heures du matin, étudiant les programmes sur la bombe atomique et sur les fusées V1 et V2.

Le 20 janvier 1944, Olivier Mesnel reçut son visa pour se rendre en Espagne. Le 22 janvier, Voss prit le même train de nuit que Mesnel. Départ gare de Lyon – Lyon, Perpignan, passage de la frontière à Port-Bou, puis Barcelone et terminus Madrid. Mesnel quitta rarement son compartiment. À Madrid, le Français séjourna dans une pension de famille pendant deux nuits, puis il prit un autre train, direction Lisbonne, le 25 janvier au soir.

Ils arrivèrent à la gare Santa Apolónia le lendemain, tard dans l'après-midi. Il pleuvait. Mesnel, dans son pardessus trop grand, se dirigea d'une allure de procession mortuaire vers la grande place du Terreiro do Paço. Voss fut surpris de découvrir l'endroit protégé par des sacs de sable alors que le pays était neutre dans le conflit. Dans le sillage du Français, il traversa la Baixa et remonta l'avenida de la Liberdade jusqu'à la place du Marquis de Pombal, où Mesnel, de son pas traînant, entra dans une petite *pensão* de la rua Braancamp. Voss put alors prendre un taxi pour rejoindre la légation allemande, rua do Pau de Bandeira, à Lapa, un quartier chic dans les faubourgs de la ville. Le colonel SS Reinhardt Wolters, qui attendait son arrivée deux jours plus tôt, vint néanmoins lui souhaiter la bienvenue.

Le 13 février, le chef de l'Abwehr, l'amiral Canaris, quitta le Q.G. Maibach II, sous l'escorte d'officiers mandatés par le ministère de la Sûreté du Reich, sur ordre de Kaltenbrunner. Il fut conduit à son domicile pour faire ses valises et fut raccompagné chez lui, à Schlachtensee. Le 18 février, l'Abwehr fut officiellement dissous et passa aux mains de Kaltenbrunner. La pluie battait contre les fenêtres du quartier de la légation allemande à Lapa lorsque Wolters entra dans le bureau de Voss pour lui apporter la bonne nouvelle. Lorsque l'officier SS quitta la pièce, Voss sentit la solitude s'abattre sur ses épaules, celle d'un homme isolé à la pointe occidentale de l'Europe, avec l'ennemi pour seul interlocuteur.

6.

10 juillet 1944, Orlando Road, Clapham, Londres

Andrea Aspinall se laissa tomber sur son lit, au retour d'un nouveau séjour dans l'abri antiaérien. Les bombes volantes pouvaient frapper à n'importe quel moment de la journée... Elle regrettait les bons vieux bombardements nocturnes du Blitz, finalement si prévisibles. Parfois, elle s'imaginait ne pas rejoindre l'abri, écouter le bourdonnement grave du moteur de la fusée jusqu'à son arrêt soudain, et ne pas bouger, braver le sort pendant sa chute silencieuse et attendre l'impact, histoire de tester son seuil de lassitude.

Elle alla s'asseoir sur le rebord de la fenêtre. Sa chambre se trouvait au dernier étage, sous les toits, là où logeaient autrefois les domestiques. Derrière le jardin et les arbres bordant Macauley Road, quatre maisons avaient été soufflées, frappées de plein fouet. Un amas fumant de gravats, mais heureusement aucune victime. Elle aperçut son reflet dans la glace de la coiffeuse : ses longs cheveux noirs, son teint mat, presque olivâtre, ses yeux noisette de vingt ans qui avaient hâte de perdre leur innocence juvénile.

Elle ouvrit un paquet de Woodbines, coinça la cigarette sans filtre entre ses lèvres, gratta une allumette sur la brique chaude du mur, puis tourna son visage vers la flamme. Elle inhala une bouffée, la tête renversée en arrière, et souffla un nuage de fumée au-dessus d'elle, avant de reporter son attention sur son reflet dans le miroir, tentant de prendre une pose sophistiquée de femme fatale, la pointe de sa langue passant négligemment sur sa lèvre supérieure. Elle secoua la tête de dépit et se tourna de nouveau vers la fenêtre. Elle n'était encore qu'une gamine, jouant les vamps. Elle n'avait rien d'une Mata Hari !

Elle avait passé la majeure partie de sa vie au couvent du Sacré-Cœur, à Devizes. On l'avait envoyée là-bas à l'âge de sept ans, après le décès de sa grand-tante. Il n'y avait plus personne pour s'occuper d'elle pendant que sa mère travaillait. Voilà pourquoi son professeur de piano et son épouse, dont la maison avait été détruite pendant le Blitz, avaient revêtu une telle importance à ses yeux : ils étaient devenus sa seconde famille pendant les vacances scolaires. Le professeur de piano était un père de substitution. Elle n'avait jamais connu le sien – mort du choléra avant sa naissance.

Andrea avait appris au couvent la discipline et la religion, et pas grand-chose d'autre, mais cela ne l'avait pas empêchée de décrocher une place au St. Anne's College d'Oxford, pour poursuivre des études de mathématiques. Vers la fin de sa deuxième année, son directeur d'études l'invita à une fête donnée au St. John's College. Durant la soirée, l'alcool coulait à flots, consommé par des professeurs, des étudiants et autres personnes plus ou moins en relation avec l'université. Ces gens déambulaient dans la salle comme des esquifs sur une mer étale et jetaient l'ancre, çà et là, pour accoster de jeunes personnes et engager avec elles d'intenses et brèves conversations portant sur la politique ou l'histoire. Andrea devint une habituée de ces fêtes, et c'est dans ce contexte qu'elle fit la connaissance d'un dénommé Rawlinson, chez qui elle paraissait éveiller un intérêt particulier.

Rawlinson était très grand. Il portait un costume trois pièces, gris anthracite, au col de chemise amidonné, fermé de clous dorés, et rehaussé d'une cravate qui, si elle en avait reconnu le motif, aurait appris à Andrea que l'homme était membre de l'école de cadets de Wellington. Il avait une cinquantaine d'années, encore tous ses cheveux, bruns sur le dessus, cendrés sur les tempes, et luisants de lotion tonique. Il était unijambiste et sa prothèse rigide décrivait des demi-cercles lorsqu'il marchait en claudiquant, appuyé sur sa canne à tête de canard. Andrea fut ravie de cette rencontre. Bien que ses questions fussent sérieuses et pénétrantes, comme il convenait, Rawlinson ressemblait à un vieil oncle emprunté, sensible, malgré lui, au charme de sa jeune nièce.

— Dites-moi, pourquoi les mathématiques ? Personne ne vous a posé la question ? Intéressant, non ?

Andrea, un peu grise, haussa les épaules. Ne s'attendant pas à cette remarque, elle répondit sans réfléchir, se sentant aussitôt quelque peu stupide :

— Parce que l'on peut résoudre des problèmes.

— Pas tous, à mon avis, répliqua Rawlinson, prenant sa réponse, curieusement, avec le plus grand sérieux.

— Non, pas tous, mais quand ça marche, c'est... Il y a une beauté intérieure, une simplicité lumineuse. Comme le dit Godfrey Hardy : « La beauté est la preuve par neuf, il ne peut y avoir en ce monde de mathématiques laides. »

— La beauté ? répéta Rawlinson, interdit. Ce n'est pas le souvenir que je garde de mes cours de maths.

L'« enfer » serait plutôt le mot qui me viendrait à l'esprit. Montrez-moi un aperçu de cette beauté... une beauté que je puisse comprendre.

— Prenez, par exemple, le nombre six. Il a trois diviseurs – un, deux et trois –, et si je les additionne, cela donne... six. Un petit bijou de perfection, non ? Dans le même ordre, le théorème de Pythagore n'est-il pas une merveille de simplicité ? Le carré de l'hypoténuse est égal à la somme des carrés des deux côtés. C'est vrai pour tous les triangles rectangles de l'univers. Ce qui paraît d'une complexité indéchiffrable peut être traduit en équations, en formules qui permettent de reconstituer le puzzle... du moins en partie.

Rawlinson tapota sa joue de son long index.

— Le puzzle ?

— Toutes ces choses qui s'emboîtent les unes dans les autres, précisa Andrea, effarée de s'entendre prononcer de tels clichés.

— Et les gens...

Était-ce une question ou une constatation ?

— Les gens ?

— Peut-on mettre les gens en équations ?

— Les mathématiques offrent des possibilités infinies. Le moindre nombre est en réalité un nombre complexe. Il peut être réel ou imaginaire, et les nombres réels peuvent être rationnels ou irrationnels. Rationnels comme les nombres entiers ou les fractions, ou irrationnels comme les solutions algébriques ou les nombres transcendants.

— Les nombres transcendants ?

— Des nombres réels, mais non algébriques

— Bien sûr.

— Comme π.

— Je suis perdu, miss Aspinall.

— Je vous parle de la façon la plus simple possible,

du b.a.-ba des mathématiques, et déjà vous êtes perdu ! Les mathématiques sont un langage secret. Très peu de personnes le comprennent, et encore moins peuvent le parler.

— Cela n'explique toujours pas comment vous allez intégrer les hommes dans votre monde de chiffres.

— Je tentais justement de vous montrer que les nombres pouvaient être aussi complexes que les individus. Par ailleurs... je suis une personne, avec des besoins humains. Je ne parle pas toujours par algorithmes.

— J'aurais eu tendance à penser que les chiffres étaient plus stables que les gens. Plus prévisibles.

— Je n'ai jamais rencontré de nombres émotionnels... pas encore, répliqua-t-elle, sentant ses mains s'alourdir contre ses hanches et battre comme des ailes d'albatros. Voilà pourquoi, j'imagine, les mathématiques peuvent résoudre des problèmes... de temps en temps.

— Trouver des solutions est donc si important pour vous ?

Andrea l'observa un moment. Une question typique d'un entretien d'embauche. Les yeux de l'homme ne la quittaient pas. Ce fut elle qui détourna la tête.

— J'aime repousser les frontières du possible. C'est ma carotte. On n'y parvient pas toujours, mais le simple fait d'essayer peut être tout aussi satisfaisant, répondit-elle, n'y croyant pas elle-même, sachant cependant que c'était la réponse que son interlocuteur attendait.

Après ces soirées, son directeur d'études l'envoya à l'Oriel College rencontrer quelqu'un pour parler « d'affaires concernant l'effort de guerre ». Un médecin l'ausculta ensuite pendant une demi-heure, afin d'évaluer sa forme physique. Andrea n'eut plus de nouvelles durant une semaine, puis elle fut convoquée de nouveau à Oriel. Là, on lui fit signer un serment de confidentialité et suivre des cours de sténo-dactylo. Sûrement, songea-t-elle, allait-on l'affecter dans un service de décryptage, où nombre de jeunes mathématiciens étaient envoyés. Mais on ajouta d'autres matières à sa formation : emploi de boîtes à lettres secrètes, encre invisible, technologie et utilisation des appareils photo miniatures, techniques de filature, cours de comédie ou comment se faire passer pour quelqu'un d'autre afin de délier les langues – on appelait cela « incarnation de personnages ». Bref, tous les arts mineurs de la tromperie. On lui enseigna également l'usage des armes à feu, la conduite des motocyclettes et des automobiles.

On la renvoya dans ses pénates au début de juillet, en la prévenant qu'elle recevrait bientôt son ordre d'affectation. Une semaine plus tard, Rawlinson la contacta : il allait venir prendre le thé chez elle pour faire la connaissance de sa famille. Il était important de donner une apparence de normalité ; il fallait fournir à sa mère une explication officielle concernant le départ de sa fille, pour ne pas avoir à lui révéler la réalité de ses activités.

— Andrea !

Sa mère l'appelait depuis le hall d'entrée. La jeune fille éteignit sa cigarette sur le mur extérieur et glissa le bout restant dans son paquet.

— Andrea !

— J'arrive, maman, répondit-elle en ouvrant la porte.

Elle observa le visage blanc de sa mère au bas de

l'escalier, un visage couleur de lune, mais dépourvu d'éclat.

— Mr. Rawlinson est ici, annonça cette dernière dans un chuchotement théâtral.

— Je ne l'ai pas entendu arriver.

— Pourtant, il est bel et bien là. Tes chaussures !

Andrea repartit pieds nus dans sa chambre, enfila les horribles chaussures de sa mère et les laça en toute hâte. Elle huma l'air, toujours enfumé, un frisson d'inquiétude la traversant comme une petite fille prise en faute. Vous parlez d'une espionne !

— Elle est très jeune, vous savez, entendit-elle sa mère dire dans le salon. Elle a dix-neuf ans, pas même vingt, et c'est encore une enfant. Elle est allée au couvent...

— Le Sacré-Cœur, à Devizes, répondit Rawlinson. Une très bonne institution.

— Loin de Londres.

— Et des bombardements.

— Ce n'est pas à cause des bombardements que je l'ai mise là-bas, Mr. Rawlinson, répondit sa mère, sans autre précision.

Andrea se raidit, l'ennui la gagnant déjà devant la bienséance que sa mère affichait systématiquement lorsqu'il y avait du monde.

— Pas à cause des bombardements ?... répéta Rawlinson, feignant l'étonnement.

— À cause des fréquentations, s'empressa de préciser Mrs. Aspinall.

Andrea fit claquer ses talons sur le carrelage pour annoncer son arrivée et faire taire sa mère, qui s'apprêtait à se plaindre du manque total de retenue des hommes dans les abris antiaériens. La jeune fille serra la main de Rawlinson.

Le soutien-gorge de sa mère crissa lorsqu'elle se

baissa pour servir le thé. Quels gréements pour border de si petites voiles ! songea Andrea, sentant le regard insistant, presque chaud, de Rawlinson posé sur sa nuque. Les tasses de thé tintèrent, furent portées à la bouche puis regagnèrent leur place sur les soucoupes.

— Vous parlez allemand ? demanda Rawlinson à Andrea.

— *Frisch weht der Wind / Der Heimat zu / Mein Irisch Kind / Wo weilest du*[1] *?* répondit celle-ci.

— Ne fais pas ton intéressante, ma chérie, la sermonna sa mère.

— Et le portugais, renchérit Andrea.

— Elle a appris toute seule, dit Audrey Aspinall. Offre donc un morceau de gâteau à Mr. Rawlinson, ma chérie.

Andrea avait glissé ses mains sous ses cuisses. Elle vit, en servant une part de pudding, que le dessus de ses mains avaient gardé l'empreinte des plis de sa jupe. Pourquoi sa mère lui faisait-elle chaque fois subir ces petites humiliations ?

— Vous avez une formation de secrétariat, poursuivit Rawlinson en prenant le gâteau.

— Elle vient juste de suivre des cours, n'est-ce pas, ma chérie ?

Andrea resta silencieuse. Le visage de porcelaine de sa mère, toujours beau à trente-huit ans, lança un regard noir à sa fille. Andrea n'avait rien révélé à sa mère de ses activités à l'Oriel College d'Oxford, sinon le strict minimum autorisé.

— Mon travail est de trouver des gens compétents

1. Paroles d'une comptine (littéralement : *Le vent souffle fraîchement en direction du pays, mon enfant irlandais, où demeures-tu ?*), que cite T. S. Eliot dans *The Burial of the Dead* in *The Waste Land. (N.d.T.)*

pour nos ambassades et nos délégations. Mon service est très petit et lorsque nous découvrons quelqu'un qui parle une langue étrangère, nous avons tendance à lui mettre le grappin dessus. J'ai un poste pour votre fille, Mrs. Aspinall... à l'étranger.

— J'aimerais tant aller à l'étranger ! s'exclama Andrea.

— Qu'en sais-tu ? répliqua sa mère. Voilà bien les jeunes d'aujourd'hui ! Ils croient tout savoir avant d'avoir fait quoi que ce soit. Ils ne pensent à rien, ne réfléchissent pas et n'écoutent pas ce qu'on leur dit.

— Dans cette guerre, nous fondons beaucoup d'espoirs sur la jeunesse, Mrs. Aspinall, intervint Rawlinson, parce que, justement, rien ne les effraie. Des jeunes pilotes de dix-huit ans peuvent accomplir une centaine de raids aériens, être abattus, rentrer au pays en traversant les lignes ennemies et repartir en mission la semaine suivante. Et s'ils sont capables de ces prouesses, c'est précisément parce qu'ils ne réfléchissent pas. Le vrai danger, c'est de réfléchir.

— Je ne suis pas très chaude pour l'étranger... répliqua Mrs. Aspinall.

— Pourquoi ne viendriez-vous pas demain me rendre visite à mon bureau ? reprit Rawlinson à l'intention d'Andrea. Nous testerons vos aptitudes. 11 heures vous conviendrait ?

— Je ne sais pas même où vous comptez l'envoyer. Pas le Sud, au moins ! Elle ne supporte pas la chaleur.

C'était un mensonge – pis encore, une contrevérité. Andrea, avec sa peau mate et ses cheveux d'un noir de jais, observa le visage diaphane de sa mère où l'on apercevait, en filigrane, le réseau bleuté des veines. Mrs. Aspinall avait, à l'égard du soleil, une attitude digne de l'ère victorienne. Jamais un rayon ne touchait sa peau. En été, elle ne sortait que couverte de la tête aux pieds, mais en hiver elle pouvait rester des heures dehors, aussi insensible à la neige qui s'accumulait sur sa tête qu'une statue dans un jardin public.

— Lisbonne, Mrs. Aspinall. Nous avons à Lisbonne une opportunité qui conviendrait aux compétences et aux capacités de votre fille.

— Lisbonne ? Ne me dites pas qu'il n'y a rien que l'on puisse lui trouver à Londres !

Rawlinson se leva, redressa à la verticale sa prothèse et lança un regard complice à Andrea.

Les deux femmes le suivirent dans le vestibule. Mrs. Aspinall aida Rawlinson à enfiler son manteau, lui donna son chapeau et brossa ses épaulettes d'un geste machinal. Un geste curieusement familier. Andrea n'en revenait pas.

— Vous allez étouffer comme ça, dehors, Mr. Rawlinson, déclara sa mère.

— Merci infiniment pour le thé, Mrs. Aspinall, répondit simplement ce dernier en ajustant son chapeau sur sa tête, avant de quitter la maison pour rejoindre la rue écrasée de soleil.

— Ne me raconte pas que tu veux aller à Lisbonne ! s'écria Mrs. Aspinall à sa fille en refermant la porte.

— Pourquoi pas ?

— C'est comme l'Afrique, là-bas... ou l'Arabie, ajouta-t-elle après un moment, comme pour rendre cette destination encore plus exotique.

— Ce doit être parce que je parle portugais, avança Andrea. Pourquoi ne veux-tu pas que je dise... ?

— Ne recommence pas ! Je ne suis pas d'humeur, lança Mrs. Aspinall en se dirigeant vers le salon.

— Pourquoi ne dois-je pas parler de mon père ? insista la jeune fille.

La mère jeta son thé froid dans les plantes vertes et se servit une nouvelle tasse.

— Il est mort et tu ne l'as jamais connu ! Moi-même, je l'ai à peine connu.

— Ce n'est pas une raison.

— Cela ne se fait pas, Andrea. Un point, c'est tout.

Une pensée se tortilla dans l'esprit de la jeune fille, une pensée irrationnelle, les premiers membres d'une équation, un système à encore trop d'inconnues : sa mère lissant le manteau de Rawlinson, la familiarité et ce qui induisait la familiarité, la jambe postiche de Rawlinson. Et le tabou qui entourait les pères défunts de nationalité portugaise.

Parler à sa mère était comme de l'algèbre. Des mathématiques sans nombres. Des mots qui signifiaient autre chose que leur sens courant. Une question naquit dans l'esprit d'Andrea, provoquée par l'image de cette main sur l'épaule de Rawlinson. Une question qui ne pouvait être posée, seulement formulée en pensée. En regardant sa mère, la jeune fille fut prise de frissons.

— Je ne sais pas comment tu peux avoir froid par cette canicule ! railla Mrs. Aspinall.

— Ce n'est pas le froid, maman. C'est une pensée.

Le lendemain matin, sa mère sortit de sa penderie un ensemble pour sa fille. Une jupe bleu marine, une veste courte, un chemisier crème et un chapeau qui semblait perché plutôt que posé sur la tête. Elle inspecta les ongles d'Andrea. Après le petit déjeuner, elle lui ordonna d'aller se laver les dents et, avant de partir au travail, lui lança une salve de recommandations sur les choses qu'elle devait faire et, surtout, *ne pas faire*.

Andrea prit l'autobus pour St. James's Park et attendit quelques minutes sur un banc avant de descendre la Queen Anne's Gate pour rejoindre le numéro 54 de Broadway Street. Elle se rendit au deuxième étage, les pieds douloureux dans ses chaussures d'emprunt et les aisselles un peu serrées dans la veste taillée pour le corps légèrement plus gracile de sa mère. Elle était déjà en nage sous le vêtement. Une employée la pria d'attendre sur une chaise de cuir inconfortable. Le soleil embrasait des volutes de poussières animées d'un mouvement brownien.

On la fit enfin pénétrer dans le bureau de Rawlinson. Il était assis derrière sa table de travail, sa jambe de bois dépassant sur le côté de sa chaise. La secrétaire leur apporta du thé et se retira.

— Un biscuit ?

Andrea accepta. Le biscuit se cassa en deux dans sa tasse.

— Bien, commença Rawlinson, en se redressant sur son siège. Bienvenue à bord. J'aimerais toutefois éclaircir un dernier point. Il s'agit de votre père.

— Mon père ?

— Dans vos formulaires, vous n'avez rempli aucune case le concernant.

— Ma mère dit que cela n'a aucun intérêt. Il est mort avant ma naissance. Il n'a eu aucune influence sur moi, pas plus que sa famille. Et je...

— De quoi est-il mort ?

— Ils étaient aux Indes. Il y a eu une épidémie de choléra. Il est mort, comme les parents de ma mère. Maman est revenue en Angleterre et a vécu chez sa tante. Je suis née ici, à St. George's.

— En 1924, précisa-t-il. Cette histoire de portugais m'intriguait... Pourquoi notre jeune miss Aspinall parle-t-elle la langue de Magellan ? C'est ainsi que j'ai découvert que votre père était originaire du Portugal.

— Mes grands-parents étaient missionnaires dans le

sud de l'Inde. Il y avait beaucoup de Portugais là-bas, qui venaient de Goa, leur colonie. C'est là que ma mère a rencontré mon...

— Votre mère n'a jamais pris son nom... (Rawlinson se concentra sur la prononciation du patronyme.) Joaquim Reis Leitão.

— *Leitão* signifie cochon de lait, expliqua Andrea.

— Ah oui ? Je comprends pourquoi votre mère a gardé son nom de jeune fille. Ce n'est pas une chose que l'on a envie d'expliquer toute la sainte journée... cochon de lait.

Il but une gorgée de thé. Andrea retira une miette de biscuit accrochée au coin de sa bouche.

— Vous avez vécu une vie de recluse.

— C'est ce que prétend ma mère.

— Le couvent du Sacré-Cœur. Puis Oxford. Une existence plutôt... protégée.

— J'ai connu également le Blitz. C'est en effet un moment où l'on se protège beaucoup !

Rawlinson mit un certain temps à saisir le trait d'humour, et poussa une sorte de grognement, comme s'il s'empêchait de se laisser amuser. Il se leva de sa chaise d'un coup de reins. Sa prothèse, en heurtant le bureau, émit un bruit creux.

— Vous serez parfaite à Lisbonne. Vous travaillerez comme secrétaire pour le directeur de la Shell, un dénommé Meredith Cardew, conclut-il en contemplant le paysage derrière la fenêtre. Un coup de chance... la dernière employée a épousé un autochtone et le mari ne voulait pas que sa dulcinée travaille. Elle était enceinte. On a pris pour vous divers arrangements dont il est inutile que je vous parle, mais qui sont cruciaux pour le bon déroulement de votre mission là-bas. Quel est votre niveau en physique ?

— Le lycée.

— Cela devra faire l'affaire. Vous serez amenée à traduire certains documents. Des articles scientifiques allemands, à l'intention des Américains... Vous aurez donc du pain sur la planche. Sutherland et Rose dirigent l'antenne du S.I.S. de Lisbonne. Ils prendront contact avec vous par l'intermédiaire de Cardew. Une voiture viendra vous chercher chez vous samedi matin pour vous emmener à la base de Northolt. Là, on vous fournira les papiers nécessaires à votre séjour. À Lisbonne, un agent appelé Jim Wallis vous accueillera à votre descente d'avion. Il travaille dans une société d'import-export sur le port. Il vous conduira au domicile de Cardew à Carcavelos, juste à la sortie de la ville. Tout ce que vous devez savoir à ce stade de votre mission se trouve dans un dossier que miss Bridges va vous remettre. Vous devrez le lire ici et mémoriser les renseignements.

Il tourna le dos au soleil, sa silhouette se découpant contre le ciel en contre-jour. Il lui tendit la main.

— Bienvenue à la Compagnie.

— La Compagnie ?

— C'est ainsi que nous nous nommons entre nous.

— Merci, Mr. Rawlinson.

— Vous vous en sortirez très bien.

Miss Bridges installa Andrea dans une petite pièce attenante à son bureau et lui confia le dossier. Il n'était pas très épais. Les modifications insérées dans son *curriculum vitæ* étaient minimales, mais essentielles. Elle s'appelait désormais Anne Ashworth. Ses parents vivaient à Clapham, Northside. Son père, Graham Ashworth, était comptable, et sa mère, Margaret Ashworth, femme au foyer. Leur existence, à ce jour, était parfaitement anodine, pour ne pas dire sans intérêt.

Andrea mémorisa ces nouvelles informations, referma le dossier et s'en alla.

Elle traversa St. James's Park, le Mall, puis remonta St. James's Street jusqu'à Ryder Street, où sa mère travaillait dans l'un des ministères. Elle s'installa au coin de la rue et attendit. À l'heure du déjeuner, les rues commencèrent à se remplir de monde. Les hommes fonçaient vers les pubs, les femmes vers les salons de thé. Le visage d'albâtre de sa mère apparut à l'entrée du 7, Ryder Street et descendit la rue vers St. James's. Andrea la suivit sur le trottoir d'en face, jusqu'au parc. Un peu avant le lac, sa mère bifurqua à droite et s'assit sur un banc, face à la Duck Island et à la Horse Guards Road.

Il était impossible de ne pas reconnaître la démarche claudicante de Rawlinson, arrivant de l'autre bout du parc. Il rejoignit sa mère sur le banc et ils restèrent un moment immobiles à regarder s'ébattre les canards sur le lac. La main de Rawlinson reposait sur le pommeau de sa canne. Au bout de quelques minutes, il prit la paume de sa mère. Andrea vit leurs doigts se mêler juste derrière la deuxième latte du dossier du banc. Un chien errant vint renifler le sol à leurs pieds puis s'en alla. Sa mère se tourna vers Rawlinson, lui murmura quelque chose à l'oreille – tout contre son oreille. Ils restèrent assis une demi-heure, puis se levèrent et prirent la direction du pont qui enjambait le plan d'eau, marchant sans se tenir la main. Arrivés au milieu du lac, ils se séparèrent.

Andrea passa la fin de l'après-midi dans une bibliothèque à côté de Leicester Square. Rawlinson quittait son bureau toujours à la même heure. Andrea le suivit à distance, gardant dans son champ de vision sa démarche bancale. Il prit le métro à la station de St. James's Park pour gagner Chelsea, puis il entra dans une petite maison de Flood Street. Une femme l'accueillit sur le perron, l'embrassa et lui ôta son chapeau. La porte se referma. À travers le vitrail coloré, Andrea vit Rawlinson retirer son manteau. Le même manteau que sa mère avait lissé de sa main la veille. La silhouette brouillée de Rawlinson apparut derrière la fenêtre du salon, puis disparut de la vue d'Andrea lorsqu'il s'assit dans un fauteuil. La femme vint à la fenêtre et regarda, à travers les rideaux, droit dans la direction de la jeune fille, puis scruta la rue à droite et à gauche, comme si elle attendait quelqu'un.

Andrea gagna Sloane Square et sauta dans un autobus pour rentrer à Clapham, les pieds meurtris par les chaussures trop rigides de sa mère. Elle bouillait de rage à l'idée de toutes ces années vécues dans le mensonge, où sa mère avait édifié, pierre à pierre, son donjon austère pour mieux dissimuler son hypocrisie. La jeune fille rentra chez elle d'un pas traînant, grimpa l'escalier les pieds en feu et se laissa tomber à plat ventre sur son lit.

Le lendemain matin, sa mère apparut sur le seuil de la cuisine, dans sa robe de nuit bordeaux boutonnée jusqu'au col. Andrea songea à six ou sept angles d'attaque possibles avant de mettre la bouilloire sur le feu – réaction typiquement anglaise devant une confrontation imminente.

— J'ai eu la place, annonça-t-elle.

— Je sais.

— Comment ?

— La secrétaire de Mr. Rawlinson m'a appelée au bureau. Ce qui est une aimable attention de sa part.

Andrea scruta la nuque de sa mère à la recherche d'indices. L'omoplate bougea sous la soie.

— Tu aimes bien Mr. Rawlinson ? interrogea-t-elle.

— Il parait très aimable.

— Mais tu pourrais l'aimer... davantage ?

— Davantage ? répéta Audrey Aspinall, se tournant vers sa fille. Qu'entends-tu par là ?

Andrea haussa les épaules.

— Tu le sais très bien.

— Comment veux-tu que je le sache, je ne l'ai rencontré qu'une seule fois. Et il est sans doute marié.

— Ce serait dommage, non ? En attendant, j'aurai quitté la maison ce week-end.

— Comment ça ?

— Je te laisse ma chambre. Tu pourras prendre un locataire.

— Un locataire ?

Mrs. Aspinall resta interdite.

— Pourquoi pas ? Cela te fera un peu d'argent pour arrondir les fins de mois.

Mrs. Aspinall s'assit en face de sa fille. Andrea avait les avant-bras calés de chaque côté de son assiette, les mains posées à plat sur la table comme deux araignées aux pattes étalées.

— Que s'est-il passé hier après-midi ?

— Rien de spécial. Après mon rendez-vous avec Rawlinson, je suis allée à la bibliothèque.

— Alors, tu pars. Il est vrai que tu as toute la vie devant toi. Et moi, je reste ici. Toute seule. Tu ne crois pas que la solitude risque de me peser ? Cette idée ne t'a pas effleuré l'esprit ?

— Tout dépend si tu es vraiment seule.

Sa mère battit des paupières. Andrea, satisfaite de sa repartie, décida de s'en aller sur ces dernières paroles. En haut de l'escalier, elle se retourna avant de rentrer dans sa chambre : sa mère était toujours figée comme une statue sur sa chaise, la bouilloire sifflant à tue-tête derrière elle.

Andrea se mit aussitôt à ranger ses affaires et ses livres. Sa mère la rejoignit, pleine de colère. Pendant une demi-minute, elle resta plantée sur le seuil, dans un silence pesant, puis elle fit volte-face. Andrea entendit l'eau couler dans la salle de bains.

Un quart d'heure plus tard, Mrs. Aspinall pénétrait dans la chambre vide de sa fille. Au milieu du sol, trônait une unique valise. Toutes les affaires d'Andrea avaient déjà disparu.

— Tu as déjà fait tes bagages ? Je croyais que tu ne devais partir que samedi.

— J'aime être organisée.

Le visage de sa mère était un masque impénétrable ; son esprit était le siège de trop d'émotions contradictoires pour qu'une seule puisse transparaître.

Ah ! le monde compliqué des adultes...

7.

Samedi 15 juillet 1944, aéroport de Lisbonne

Andrea atterrit à Lisbonne à 3 heures de l'après-midi, son corps encore vibrant de l'adrénaline générée par l'angoisse de son premier voyage en avion. La chaleur la frappa de plein fouet à sa sortie de l'habitacle, ainsi qu'une odeur de métal et de bitume mêlée de vapeurs d'essence. Elle chaussa les lunettes de soleil à monture blanche que lui avait données sa mère et fit son premier pas sur le sol portugais. Elle était désormais Anne Ashworth.

Le soleil chauffait le tarmac comme une cocotte. Le paysage, tout autour, était brouillé par les mouvements de convection de l'air. Les troncs des palmiers se dressaient tels des corps de serpents sous leurs têtes déplumées. Le sol, à leurs pieds, semblait un miroir étincelant. Personne alentour dans cette fournaise, pas même un oiseau.

Le nouvel aéroport, inauguré dix-huit mois plus tôt, était tout en lignes droites et angles aigus. Le bâtiment principal, d'architecture fasciste, se lovait au pied de la grande tour de contrôle hérissée d'antennes. Des policiers en armes patrouillaient dans le hall, dévisageant chacun. Les voyageurs, quant à eux, gardaient la tête baissée, veillant à ne regarder personne et à se faire oublier. Le teint mat d'Anne, renforcé par les lunettes blanches, contrastait dans la foule. L'officier des douanes lui fit signe de sortir de la file, d'un mouvement de la main où était coincée une cigarette allumée.

Le douanier, les lèvres mangées par une épaisse moustache, observa les yeux sombres d'Anne, ourlés de grands cils, tandis qu'elle ouvrait sa valise. Les autres voyageurs passaient devant elle en lui jetant des regards curieux. Le garde déballa ses affaires, secoua ses sous-vêtements, fouilla dans ses livres. Il alluma une autre cigarette, tâta la doublure de la valise en relevant les yeux vers elle. Anne détourna la tête et contempla le hall, à présent désert. Le regard du douanier était posé moins souvent sur la valise que sur les hanches ou la poitrine de la jeune fille. Celle-ci lui retourna un sourire nerveux. Celui du fonctionnaire dévoila une rangée de chicots marron et pourris. Anne tressaillit de dégoût. Les yeux tristes du douanier se durcirent dans la seconde. Il quitta enfin le comptoir et Anne put refaire sa valise.

La seule personne encore présente au terminal des arrivées ne laissait aucun doute quant à sa nationalité. Des cheveux blonds coiffés en arrière en sillons réguliers, de fines moustaches, une veste en tweed malgré la chaleur, et une cravate de grande école. Il ne lui manquait plus qu'un sifflet pour mettre en rang une foule de bambins.

— Wallis, annonça-t-il. Jim Wallis.

— Ashworth, répondit-elle. Anne Ashworth.

— Bienvenue au Portugal ! lança-t-il gaiement en prenant sa valise. Vous êtes restée un temps fou là-dedans !

— Un douanier a tenu à me souhaiter personnellement la bienvenue.

— Ah oui ! lâcha-t-il d'un ton guilleret, sans chercher à savoir ce qu'elle sous-entendait. Je vais vous conduire chez Cardew, à Carcavelos. Ils vous ont prévenue, n'est-ce pas ?

— Bien sûr. Mais cela semble vous étonner.

— La communication n'est pas notre fort, ici.

Il jeta la valise d'Anne dans le coffre d'une Citroën noire et s'installa derrière le volant. Il lui proposa une cigarette.

— Ce sont des Três Vintes. Elles ne sont pas mauvaises. Mais ça ne vaut pas nos Woodies.

Ils allumèrent leurs cigarettes et Wallis gagna à vive allure le centre-ville qui, à ces heures chaudes de la journée, était quasiment désert. Il avait posé un coude à la fenêtre et jetait des coups d'œil furtifs sur les jambes de sa passagère.

— C'est la première fois que vous venez à l'étranger ?

Elle hocha la tête.

— Et quelle est votre première impression du Portugal ?

— Je m'attendais à ce que ce soit plus vétuste.

— Tout est neuf dans ce quartier ! Salazar, le grand manitou, ici, gagne tellement d'argent avec nous... et avec les Boches – vous savez, entre les mines de tungstène, les sardines et tout le tintouin – qu'il est en train de reconstruire toute la ville, avec des autoroutes, un nouveau stade, et des tas de quartiers résidentiels – on les appelle des *bairros*, ici. Tout ça, flambant neuf ! Ils parlent même de construire un pont au-dessus du Tage. Mais ce ne sera plus pareil lorsque l'on sera dans le centre... vous verrez.

Dans un crissement de pneus, Wallis doubla une charrette tirée par une mule et transportant huit personnes. Les grandes roues de bois cliquetaient sur les pavés. Les chiens, attachés à l'axe, trottaient derrière, la langue pendante sous la chaleur. Les femmes à bord, avec leur visage sombre et large, regardèrent passer l'auto d'un air impassible.

— Nous allons prendre la route des crêtes, précisa Wallis. Les collines de Lisbonne.

Anne, ainsi qu'elle veillait à se prénommer elle-même, se retrouva plaquée contre Wallis lorsqu'ils firent le tour de la Praça de Saldanha. Leurs visages se rapprochèrent sous la force centrifuge, ce qui ne déplut pas à Wallis. Anne en ressentit une fierté toute juvénile. Ils redescendirent la colline vers Estefânia, contournèrent la fontaine et rejoignirent l'avenida Almirante Reis. Wallis accéléra le long de la grande artère rectiligne. Au-dessus d'eux, des caténaires apparurent, les pneus se mirent à tressauter sur les rails de tramway enchâssés dans les pavés. Les remparts du château São Jorge, dominant l'horizon, étaient une silhouette évanescente dans la brume de chaleur. Finalement, ils débouchèrent dans un quartier qui semblait avoir été récemment bombardé. Les rares immeubles encore debout étaient décrépis et lépreux, de l'herbe poussait entre les moellons et les toits, le crépi des façades se desquamait et tombait par plaques.

— C'est la Mouraria ; ils sont en train de tout raser pour réhabiliter le quartier. De l'autre côté de la colline, c'est l'Alfama, le coin le plus recherché lorsque les Maures occupaient la ville. Mais ils sont repartis au Moyen Âge. Terrifiés par les tremblements de terre. Ce secteur, justement, a été l'un des rares à avoir survécu au *big one* de 1755. C'est une vraie médina, là-dedans, pas très salubre – je suis bien placé pour le savoir, je vivais à Casablanca jusqu'à l'année dernière.

— Que faisiez-vous là-bas ?

— Des trucs dans la casbah.

Ils gagnèrent une place où trônait un grand marché couvert. La police, montée et à pied, patrouillait le secteur. La rue était jonchée de pavés arrachés des trottoirs, à présent parsemés de trous. À un coin de rue, une *Manteigaria* avait été à demi détruite, plus la moindre vitre ne tenait aux fenêtres ou aux portes. À l'intérieur, deux femmes balayaient les gravats. L'auvent de la boutique était déchiré, mais on pouvait encore lire l'inscription *carnes fumadas*.

— La Praça da Figueira. Il y a eu une émeute ici, ce matin. La *Manteigaria* vendait des *chouriços* remplis de sciure. Le rationnement est déjà assez sévère comme ça, avec tout ce que Salazar vend aux Boches ! La population est très en colère. Les communistes ont envoyé quelques provocateurs, la Garde a chargé à cheval. Il y a eu des morts. Ici, à Lisbonne, il y a deux guerres : nous contre les Boches et l'*Estado novo* contre les communistes.

— L'*Estado novo* ?

— Le nouvel État institué par Salazar. Un régime pas très différent de celui des salauds que nous combattons. Sa police secrète – formée par la Gestapo – s'appelle la P.I.D.E.[1]. La ville est infestée de *bufos* – d'informateurs. Les prisons sont des endroits à éviter, au Portugal. Ils ont même un camp de concentration au Cap-Vert : Tarrefal. On a surnommé l'endroit la *frigideira* – la poêle à frire – c'est tout dire... Ici, c'est la Baixa, le centre des affaires de la ville. Après le tremblement de terre, il a été totalement reconstruit par le marquis de Pombal. Encore un homme de poigne. Les Portugais semblent avoir besoin d'individus de cette espèce tous les deux ou trois siècles.

— De quelle espèce ?

1. Police internationale et de défense de l'État ; *(N.d.T.)*

— Celle des salauds.

Ils dépassèrent une place au centre de laquelle, tel un nombril, se dressait une grande colonne, et empruntèrent une rue très pentue. Wallis accéléra dans la montée. Une passerelle métallique reliée à une sorte de funiculaire enjambait la rue, passant au-dessus des immeubles.

— L'Elevador do Carmo[1], construit par Raoul Mesnier. Il vous emmène de la Baixa au Chiado sans vous faire verser une goutte de sueur !

Ils virèrent à droite et finirent l'ascension du versant en première. Anne notait toutes les différences avec Londres : une foule de policiers en tenue de combat, pistolet à la ceinture, des boutiques aux vitres fumées avec des lettres dorées, le *Chá e café* de Jerónimo Martims, les larges trottoirs pavés, aux motifs géométriques noirs et blancs. Un autre virage. Un autre versant abrupt à gravir. Un tramway que l'on croise, tout cliquetant, les freins couinant dans la descente. Des visages impassibles aux fenêtres. Wallis désigna du doigt le panorama. La Baixa s'étendait en contrebas, en un camaïeu de tuiles rouges. Le château toujours vaporeux à l'horizon, mais cette fois à hauteur du regard, de l'autre côté de la vallée.

— C'est la plus belle vue de Lisbonne, annonça Wallis. Je vais vous montrer l'ambassade, puis je vous emmènerai sur le front de mer.

Ils contournèrent le Largo do Rato et le Jardim da Estrela, puis ils bifurquèrent à gauche devant une grande cathédrale flanquée de deux tours jumelles.

— C'est la basilique d'Estrela, expliqua Wallis. Construite par Maria Ire à la fin du dix-huitième siècle. Elle avait promis d'édifier une cathédrale si elle

1. Ascenseur de Santa Justa. *(N.d.T.)*

avait un fils, et elle a tenu parole. Ils ont commencé à la construire, mais l'enfant est mort deux ans avant que l'édifice ne soit achevé. La variole. Pauvre gosse. Mais c'est Lisbonne.

— Comment ça ?

— Lisbonne est une ville de tristesse... qui sied aux mélancoliques. Vous l'êtes ?

— Quoi ? Mélancolique ? Non. Et vous, Mr. Wallis ?

— Jim. Appelez-moi Jim.

— Vous ne semblez pas atteint de ce mal, Jim.

— Moi ? Non. Je n'ai pas le temps. Qu'est-ce qui peut nous rendre tristes, aujourd'hui. C'est la guerre, non ? Justement, allons donc voir l'ennemi.

Ils passèrent derrière la basilique, gravirent une petite côte et redescendirent vers Lapa. Ils débouchèrent sur une place où s'élevait une grande demeure derrière des grilles en fer forgé. Un drapeau à croix gammée pendait à un mât au-dessus de la porte. Deux palmiers trônaient dans le patio. Une gerbe flamboyante de bougainvillées ornait une fenêtre. Les eaux bleues du Tage miroitaient derrière les toits. Pour une fois, Wallis resta silencieux et cessa de jouer le guide touristique. La voiture descendit une courte pente, tourna à gauche et, au bout de cent mètres, Wallis désigna du menton un bâtiment rose où flottait l'Union Jack.

— Nous sommes quasiment voisins ! Je ne vous emmène pas là-bas. Il y a toujours des *bufos* dans le coin, à surveiller les alentours, à l'affût des nouvelles têtes, prêts à aller faire leur rapport aux Allemands.

Ils redescendirent la colline pour gagner le port de Santos. Wallis tourna à droite et fila à l'ouest, descendant l'estuaire du Tage. Passé l'embouchure du fleuve, la route suivit la côte, parallèlement à la voie ferrée.

À Carcavelos, juste derrière un vieux fort, ils tournèrent le dos à la mer et s'enfoncèrent dans le centre-ville. À la sortie du bourg, ils se garèrent devant une grande maison austère, protégée d'un haut mur. Dans le jardin, deux grands pins parasols projetaient leurs ombres noires sur les fenêtres. Wallis klaxonna, un jardinier apparut derrière un buisson et vint leur ouvrir le portail.

— C'est la maison de Cardew, annonça Wallis. Votre patron à la Shell, mais vos autres patrons doivent vous voir d'abord – Rose et Sutherland.

Wallis sortit la valise d'Anne du coffre, sonna à la porte, retourna dans la voiture et fit marche arrière. Une gouvernante ouvrit, prit la valise et conduisit la jeune fille dans une pièce aux volets clos. Deux hommes l'y attendaient, l'un fumant la pipe, l'autre une cigarette. La domestique referma la porte derrière elle. Les deux hommes se levèrent. L'un était grand et mince, avec des cheveux châtains coiffés en arrière, et se présenta comme étant Richard Rose. L'autre, plus petit, avec des cheveux bruns ondulés annonça plus laconiquement : Sutherland. Les deux hommes étaient en bras de chemise dans la touffeur de la pièce, malgré les portes-fenêtres à demi ouvertes sur la pelouse.

Sutherland observa Anne dans un froncement de ses sourcils sombres. Il avait le blanc des yeux taché de brun. Sa peau était blanche et d'aspect pâteux. Il désigna une chaise de l'extrémité de sa pipe.

— Wallis a pris son temps !

— Je crois qu'il a voulu me présenter les lieux.

Sutherland tira sur sa pipe un moment, ses lèvres, contractées sur le conduit, curieusement bleues. C'était un homme tout en raideur, le visage rigide quasiment dénué d'expression, les mouvements du corps réduits à leur minimum. Un lézard, songea Anne.

— Vous êtes ce qu'ils appellent une *morena*, annonça Rose. Brune et ténébreuse.

— À l'inverse d'une *loira*, répliqua-t-elle. Blonde et tape-à-l'œil.

Rose n'apprécia pas. Cette fille était trop effrontée pour son premier jour. Le sourire de Sutherland fut si fugitif qu'Anne n'entr'aperçut qu'une canine brune sur le côté gauche de la bouche, noircie par la fumée.

— Je ne pense pas que le portugais fasse partie de la panoplie de votre personnage, précisa Sutherland, d'une voix semblant provenir du fond de sa gorge, ses lèvres s'entrouvrant à peine pour laisser passer ces mots.

— Je suis désolée.

— Cette ville, Lisbonne, est... Wallis vous l'a peut-être déjà appris... dangereuse pour les distraits. Certains pensent que le pire est passé depuis le débarquement de Normandie, mais il reste nombre de situations critiques, où se jouent la vie et la mort d'une multitude d'hommes, sur mer ou dans les airs. Le but de votre mission ici est de faire pencher la balance du bon côté, de donner à ces situations critiques un certain pourcentage de réussite et non de les faire échouer par manque de discernement.

— Je comprends parfaitement, répondit Anne, qui trouvait ce laïus bien pompeux.

— L'information est le nerf de la guerre. Ça s'agite beaucoup dans ce secteur, dans les deux camps. Personne n'est innocent. Tout le monde achète ou vend de l'information. Des domestiques aux ministres, en passant par les hommes d'affaires. Le climat ici est globalement plus tranquille. Beaucoup de réfugiés ont été évacués, les circuits de renseignements sont plus restreints et il y circule moins de désinformation. Nous avons gagné la guerre économique. Salazar ne craint plus une invasion nazie et il a fermé ses mines de tungstène. Nous faisons notre possible pour que les Allemands ne puissent mettre la main sur quelque autre matière première importante. Nous avons une vision plus claire de la situation, mais, malgré la réduction du nombre de joueurs sur le terrain et la relative simplicité des enjeux, l'affaire est devenue extrêmement délicate, miss Ashworth, parce que, précisément, nous sommes en fin de partie. Vous jouez aux échecs ?

Anne acquiesça, stupéfiée par la force qui émanait de ce masque de chair impassible, alors qu'elle sentait son sang à elle bouillonner dans ses veines, maintenant qu'elle approchait du torrent impétueux où tout se jouait. La formation qu'on lui avait prodiguée lui sembla soudain bien théorique. En moins d'une heure, un monde nouveau venait de se révéler à elle, comme un fruit que l'on pèle – ce n'était pas seulement cette ville, Lisbonne, mais cette sensation de pouvoir fulgurante qu'engendrait la clandestinité. Le privilège de savoir des choses que le reste du monde ignorait.

La fumée s'étirait devant le visage de Sutherland, s'incurvait dans les lames de lumière qui filtraient des jalousies avant de disparaître dans les hauteurs du plafond.

— Une partie de votre mission est purement relationnelle. Il n'existe pas de frontières franches, ici. Qui est qui ? Qui joue pour qui ? Certaines personnes sont riches, puissantes, des personnes qui ont gagné beaucoup d'argent durant cette guerre, avec nous et avec les Allemands. Nous en connaissons certaines, mais nous voulons posséder la liste complète. Le fait que vous parliez portugais, ou, plus précisément, que vous le compreniez, est un atout en la circonstance, à condition que personne ne le sache. Le même raisonnement s'applique à votre connaissance de l'allemand. Vous ne devez l'utiliser qu'au bureau, pour traduire ces articles scientifiques.

— Pourquoi ces articles intéressent-ils tant les Américains ?

Sutherland fit signe à Rose de se mêler à la conversation. Celui-ci lui résuma les recherches germaniques dans le domaine du nucléaire, depuis leur première fission réussie de 1938 jusqu'à la découverte par Weizsäcker de l'ekarhénium, l'élément clé pour fabriquer la bombe. Pendant que Rose parlait, Sutherland observait la jeune femme. Il n'écoutait pas les explications de Rose, auxquelles il n'entendait rien. Anne, de son côté, devait rassembler toute sa concentration pour suivre ce déferlement d'informations.

— Le 19 septembre 1939, Hitler a prononcé à Danzig un discours au cours duquel il a menacé d'employer une arme contre laquelle il n'existe aucune parade, expliquait Rose. Les Américains sont convaincus qu'il s'agit de la bombe atomique.

— Peu importe si vous ne comprenez pas tout dans le détail, intervint Sutherland. Seule une poignée de scientifiques à travers le monde en est capable. L'essentiel, c'est que vous saisissiez l'enjeu de cette fin de partie dans laquelle nous sommes impliqués.

— Pourquoi les Allemands racontent-ils tout ça dans des publications scientifiques ? Ces travaux devraient être classés top secret, non ?

Sutherland ignora la question.

— Il se trouve que les Alliés ont leur propre programme atomique. Nous avons notre propre ekarhénium, le quatre-vingt-quatorzième élément, que nous appelons, pour des raisons évidentes de discrétion, le « quarante-neuvième ».

Astucieux, songea Anne, cette inversion de chiffres.

— En mars 1941, Fritz Reiche, un physicien allemand, voulant fuir les nazis, est passé par Lisbonne pour rallier les États-Unis, poursuivit Rose. Le bureau des réfugiés juifs ici l'a rencontré et, avant qu'ils ne le mettent dans le bateau pour New York, nous avons eu avec lui un entretien au cours duquel il nous a avertis qu'un programme nucléaire était bel et bien lancé en Allemagne. Nous savons, à présent, qu'ils sont en train de construire une pile atomique, quelque part à Berlin, pour produire de l'ekarhénium en grosse quantité. Nous savons également qu'Heisenberg a rencontré Niels Bohr, le physicien danois, et qu'ils ont eu une âpre discussion sur le fait de savoir si la guerre atomique était une noble voie pour la physique moderne. Un désaccord profond s'est creusé entre les deux hommes au sujet du programme atomique allemand. À cette occasion, Heisenberg a laissé à Bohr un croquis sommaire : le schéma de fonctionnement d'une pile atomique. Depuis lors, plus de nouvelles. Bohr a quitté le Danemark et a fui en Amérique. Vous étiez à Londres en juin ?

— Oui.

— Alors vous êtes au courant pour les bombes volantes... les fusées V1 ?

— Oui.

— Nous pensons que ce sont des fusées prototypes pour lancer une bombe atomique sur Londres.

Il fit soudain très froid dans la pièce, malgré la canicule extérieure. Anne se frotta les bras. Sutherland tira sur sa pipe, qui se mit à ronfler comme le poumon d'un tuberculeux.

— Votre travail chez Cardew sera de microfilmer les deux revues scientifiques allemandes, *Zeitschrift für Physik*[1] et *Die Naturwissenschaften*, reprit Rose, et

1. Le Journal de la physique. *(N.d.T.)*

de donner à Sutherland et à moi-même les traductions dactylographiées de tous les articles traitant de la physique atomique. Plus important encore est le gîte que nous vous avons trouvé à Estoril. Cardew a de bonnes relations avec un dénommé Patrick Wilshere. Il s'agit d'un homme d'affaires prospère d'une cinquantaine d'années, ayant des contacts dans les colonies portugaises, en particulier en Angola. Il est irlandais, catholique, et guère amoureux de l'Angleterre. Nous avons appris qu'il vend aux Allemands du tungstène provenant des concessions minières de sa belle-famille portugaise, ainsi que du liège et de l'huile d'olive, produits dans les propriétés familiales de l'Alentejo. Il a offert à Cardew une chambre dans sa maison immense afin d'héberger la personne de son choix – à condition que celle-ci soit de sexe féminin.

Sutherland observa l'effet que produisait cette annonce sur son nouvel agent. Anne sentit son sang se figer dans ses veines, glacé comme l'éther.

— Qu'attend-on de moi ? demanda-t-elle, d'une voix hachée.

— D'ouvrir vos oreilles.

— Il aime la compagnie des femmes, précisa Rose, comme si cette notion lui était étrangère.

— Et son épouse ? Elle vit sous le même toit ?

— J'ai cru comprendre que la relation avec sa femme était... plus ou moins au point mort.

Anne commençait à avoir du mal à respirer, elle prit de longues inspirations. Ses cuisses étaient comprimées sous le coton de sa robe. Elle avait l'impression de suer par tous les pores de sa peau. Sutherland changea de position sur sa chaise. Son premier mouvement.

— Cardew pense qu'elle fait une sorte de dépression, expliqua-t-il.

— Parce qu'elle est folle, en plus ? répliqua Anne, voyant se dessiner le scénario en pensée.

— Pas au point de hurler à la lune, répondit Rose. C'est davantage les nerfs.

— Comment s'appelle-t-elle ?

— Mafalda. Elle a beaucoup de relations. Grande famille. Très riche. Leur propriété à Estoril est un... bijou. Un petit palais. Il y a un grand parc. Très beau, ajouta Sutherland, qui avait du mal à faire l'article.

— Je peux fumer ? demanda la jeune femme.

Sutherland se leva de sa chaise et sortit une cigarette du coffret en argent trônant sur la table. Il lui donna du feu avec un gros briquet argenté de salon. Anne prit une longue bouffée, et vit les yeux de Sutherland pétiller tandis qu'il la regardait.

— Parlez-moi encore de Wilshere, dit-elle, avant d'ajouter un « s'il vous plaît » purement formel.

— Il boit. Il aime le...

— C'est un ivrogne ?

— Il aime boire un verre, précisa Rose. Comme vous-même, d'après les rapports d'Oxford. Vous avez une bonne descente, à ce qu'il paraît.

— C'est sans commune mesure avec le fait d'être un ivrogne.

— Puisque nous en sommes aux confidences, Wilshere est également joueur, reprit Sutherland. Le casino est quasiment au bout de son jardin. Vous jouez, vous aussi ?

— Je n'en ai jamais eu les moyens.

— Mais vous avez l'habitude de jouer avec les probabilités, avec votre formation de mathématicienne...

— Ce n'est guère ma tasse de thé.

— Et quelle est votre « tasse de thé » ? interrogea Rose.

— Les chiffres.

— Ah, les mathématiques pures ! lâcha-t-il d'un air inspiré, comme s'il y connaissait quelque chose. Que vous apportent-elles ?

— Un certain sens de la perfection, répondit-elle en espérant que cela leur suffirait.

— Réel ou illusoire ? s'enquit Rose.

— On manipule peut-être beaucoup de concepts abstraits, mais ce qui les lie, la logique, elle, est réelle, rigoureuse et irréfutable.

— Je suis moi-même un amateur de mots croisés, expliqua Rose. J'aime lire dans l'esprit des gens. Deviner comment ils fonctionnent.

Anne prit une nouvelle bouffée.

— Les mots croisés recèlent également une certaine perfection, dit-elle. Lorsque l'on atteint un certain niveau.

Diverses émotions s'agitaient en elle. Son soutien-gorge lui comprimait la poitrine. Son estomac était noué. Le courant passait mal avec les deux hommes, et elle ignorait pourquoi. Peut-être pour cette première rencontre (la dernière ?), s'était-elle montrée trop effrontée ? Peut-être avaient-ils cru discerner quelque chose de prometteur en elle et leur avait-elle montré une personne toute différente de ce qu'ils imaginaient ou espéraient ? Était-elle aussi agaçante que cela ?

— Dans le monde des services secrets, le puzzle est toujours incomplet. Nous travaillons avec des fragments. Et sur le terrain, le canevas est encore plus ténu. Vous serez souvent dans le flou, sans pouvoir mesurer la portée de vos actes ou apprécier l'importance de ce que vous entendrez. Il n'y a pas de solution à trouver, et même s'il en existait une, vous ne connaîtriez jamais tous les termes de l'équation de départ. Votre travail est d'écouter et de faire votre rapport, expliqua Sutherland.

— Outre des noms, il y a un autre type d'informations que vous devrez recueillir chez Wilshere, et qui est d'une importance extrême pour cette fin de partie dont nous vous avons parlé plus tôt, reprit Rose. Pour construire leurs bombes volantes, ou toute autre fusée, les Allemands ont besoin d'outils très fins, de machines de découpe ultra-précises. Il leur faut donc des diamants. Des diamants pour l'industrie. Ces diamants transitent par ici, dans les cales de bateaux en provenance d'Afrique centrale. Nous avons déjà tenté de fouiller ces bâtiments lorsqu'ils s'arrêtaient dans nos ports, comme Freetown en Sierra Leone, mais mettre la main sur une poignée de diamants dans un vaisseau de sept mille tonnes n'est pas chose aisée. Nous pensons – sans aucune preuve – que Wilshere importe des diamants d'Angola et les remet à la légation allemande, où ils sont envoyés à Berlin par valise diplomatique. Nous ignorons comment il procède, et comment il se fait payer. Alors, le moindre renseignement concernant le transport de ces diamants ou le mode de paiement utilisé doit nous être rapporté aussitôt, via Cardew.

— Comment dois-je m'y prendre ?

— Wallis vous l'expliquera.

Sutherland consulta sa montre.

— Cardew ferait bien de vous emmener chez lui. Il se fait tard. Je lui ai dit de vous faire un topo sur Wilshere et sa femme mais, pour ne pas griller votre couverture, il a ordre de passer sous silence certains détails que vous découvrirez par vous-même. Je ne veux pas que vous entriez dans la partie avec trop d'informations ; cela risquerait de vous empêcher de réagir correctement au fil des... événements. Vous êtes censée être une simple secrétaire. C'est votre premier emploi à l'étranger et tout ça... Je veux que vous soyez curieuse de tout et de tout le monde.

— Cela ne me semble pas être trop difficile.

Sutherland esquissa une grimace. La canine brune apparut de nouveau un court instant derrière l'embouchure de la pipe. Il se dirigea vers la porte et appela Cardew.

8.

Samedi 15 juillet 1944, Estoril, environs de Lisbonne

Meredith Cardew longea la côte vers l'ouest. Le soleil était haut dans le ciel, l'air écrasé de chaleur, la mer, une flaque d'huile, l'Atlantique léchant le sable d'un petit clapotis. La jeune femme resta silencieuse, encore sous le choc de sa rencontre avec Rose et Sutherland. Passé l'estuaire, Cardew désigna les plages de Caparica et, plus loin, enveloppée dans une brume de chaleur, la pointe du cap Espichel. Il tentait de lui changer les idées.

L'air iodé qui s'engouffrait par la fenêtre de sa portière rappelait à Anne les week-ends à la mer d'avant la guerre, en compagnie de sa mère couverte de la tête aux pieds, le visage protégé d'un foulard contre le vent, tandis qu'elle-même se dorait au soleil, son corps brunissant à vue d'œil. Il était facile d'aimer cet endroit, songea-t-elle, après Londres, ses bombardements, ses maisons calcinées, ses rues emplies de décombres... Ici, avec l'océan, le grand ciel bleu, les palmiers et les bougainvillées qui défilaient sur le bas-côté, oui, il était facile d'oublier cinq ans de destruction.

Cardew conduisait d'une main, bourrait sa pipe de

l'autre. Il parvint même à l'allumer sans verser dans le décor. Il avait près de quarante ans, avec des cheveux roux clairsemés, rasés court dans la nuque. Il était grand, avec des jambes qui n'en finissaient pas, un nez long et fin et un sourire omniprésent qui retroussait la commissure de ses lèvres. Son pantalon large flottait aux genoux, les revers en étaient remontés au milieu des tibias, protégés d'épaisses chaussettes beiges. Il portait de grosses chaussures aux pieds.

Pourquoi cette tenue d'hiver ?

Il fumait la pipe avec force claquements de bouche. Son bras droit portait les traces d'une profonde brûlure au niveau du coude. La peau était blanchâtre et marbrée comme un rocher parsemé de fossiles.

— De l'eau bouillante, expliqua-t-il en surprenant le regard de la jeune fille. Lorsque j'étais enfant.

— Je suis désolée, bredouilla Anne, honteuse d'avoir été si facilement prise en faute.

— Sutherland et Rose vous ont expliqué la situation ?

— Dans une certaine mesure. Ils ont volontairement laissé des trous.

— Bien sûr, soupira Cardew, dans un froncement de sourcils. Rose vous a parlé de Mafalda ?

— Il m'a expliqué qu'elle faisait une sorte de dépression, mais pas au point de « hurler à la lune », pour reprendre ses propres termes. Une dépression nerveuse.

— Je ne sais pas ce que c'est. Il existe peut-être un lien avec son mari, mais cela peut également être congénital. Une consanguinité quelque part dans la lignée. C'est courant dans ces grandes familles portugaises. On se marie entre cousins germains et consorts, et avant d'avoir eu le temps de dire ouf... Il suffit de regarder la famille royale ! Une bande de mabouls dégénérés !

— Mais c'est fini, aujourd'hui, non ? La famille royale et tout ça ?

— Il y a trente-six ans. Une histoire affreuse. Le roi et son fils avaient quitté leur résidence de campagne, à Vila Viçosa, non loin d'ailleurs de l'endroit d'où est originaire la famille de Mafalda, près de la frontière, pour se rendre à Lisbonne. Une fois en ville, ils ont été assassinés dans leur voiture, le père et le fils. Fin de la monarchie ! Il a fallu deux années encore pour que ce soit officiel. Mais dès 1908, l'affaire était réglée. D'accord, c'est peut-être une simple dépression. En attendant, Mafalda ne va pas bien, et c'est sans doute pour cette raison que Wilshere recherche de la compagnie.

— Féminine, s'entend.

Cardew remua sur son siège, plus prudent qu'un faisan le jour de l'ouverture de la chasse.

— Un personnage bizarre, ce vieux Wilshere. Il n'a pas été fabriqué dans le même moule que le commun des mortels.

— Il a des enfants ?

— Des garçons, qui ne sont pas là. Pas de filles. Peut-être est-ce pour cela qu'il recherche une présence féminine. Quand je pense que, moi, j'en ai quatre ! lâcha Cardew avec un peu de désespoir. Adieu, ma belle lignée de sportifs... Quoique l'aînée ne se débrouille pas mal en saut en longueur.

— Tout n'est donc pas perdu, alors, Mr. Cardew.

Le visage du Britannique s'éclaira, et sa pipe tressauta entre ses dents.

— Je pense que vous aimerez bien Wilshere. Et je sais que de son côté il vous appréciera. Vous semblez savoir ce que vous voulez. Il aime les filles ayant du gnac. Il détestait Marjorie.

— Marjorie ?

— Mon ancienne secrétaire. Celle qui a épousé un Portugais et qui est enceinte. Son mari ne veut pas qu'elle travaille, il prétend qu'elle doit rester allongée. La pauvre a encore six mois à tenir. C'est pour cette raison que vous êtes ici. Wilshere ne pouvait pas la sentir. Elle était trop british à son goût, et elle avait peur de lui. Oui, il est quelquefois terrifiant. S'il vous a à la bonne, il sera charmant. Sinon, il peut être un sacré emmerdeur.

— Et vous, il vous a à la bonne ?

— Oui... on peut dire ça.

— Vous n'êtes pas trop british pour lui ?

— Sûrement pas ! Je suis écossais, jeune fille, des deux côtés ! Je parle comme un rosbif, mais je suis écossais pur souche. Pareil pour Wilshere : il est irlandais jusqu'au bout des orteils, mais il parle comme s'il avait une cuillère d'argent dans la bouche.

— Ou plutôt une patate brûlante, s'il est irlandais, répliqua Anne.

Cardew éclata de rire. Il ne trouvait pas la pique si amusante, mais il aimait rire.

— Que dois-je encore savoir sur ce Patrick Wilshere ?

— Il peut être charmeur...

— Ainsi que joueur et ivrogne.

— Il fait du cheval aussi. Vous montez ?

— Non.

— Il y a de belles promenades à faire, là-haut, sur la Serra de Sintra. Sutherland m'a dit que vous étiez une grosse tête. Les mathématiques, les langues étrangères...

— Cela ne m'a pas laissé beaucoup de loisirs pour

autre chose. Je ne suis pas sportive pour deux sous, Mr. Cardew. Désolée. Et je n'ai guère l'esprit d'équipe, je suppose. Cela doit venir du fait que je suis enfant unique et que...

Elle avait failli dire : « et que je n'ai pas connu mon père ». Elle avait un père, à présent ! Graham Ashworth. Comptable. Elle détourna la tête vers la vitre pour remettre de l'ordre dans son esprit. Ils dépassaient de grandes villas qui trônaient au milieu de leurs écrins de verdure. On se serait cru sous les tropiques.

— Pas mal de têtes couronnées se sont installées à Estoril pour fuir les combats, annonça Cardew. C'est ce genre d'endroit, vous voyez ce que je veux dire...

Cardew quitta la rue principale à la gare d'Estoril et s'engagea sur une esplanade bordée d'hôtels et de cafés, parsemée de palmiers et de massifs de roses. En haut de la place, un bâtiment moderne dominait l'endroit.

Ils passèrent devant l'hôtel Palácio, puis devant l'hôtel Parque.

— Le premier est à *nous*, le second est à *eux*, précisa Cardew.

Ils contournèrent le grand bâtiment moderne, qui se révéla être le casino, puis Cardew désigna une petite porte dans la haie des jardins du casino – un passage qui donnait directement dans le fond du parc de Wilshere. Ils gravirent le versant de la colline, longeant les murs de la propriété bordés de rangées de palmiers et couverts de cascades de bougainvillées. Anne ajusta ses lunettes de soleil sur son nez, posa un bras nonchalant sur le rebord de sa portière, en regrettant de n'avoir pas une cigarette à la main, pour jouer à la grande actrice arrivant sur la Riviera.

— Vous ne m'avez pas dit si, vous, vous aimiez

Wilshere, dit-elle, en s'observant dans le rétroviseur d'aile.

Cardew semblait absorbé dans la contemplation du pare-brise, comme s'il cherchait à décrypter les hiéroglyphes que dessinaient les impacts d'insectes sur le verre. Ils s'arrêtèrent devant un portail ouvragé, les murs s'incurvant sur des piliers massifs, chacun supportant une énorme pomme de pin sculptée. Un panneau carrelé portait l'inscription *Quinta da Águia* et les portes en fer forgé un logo montrant un Q et un A savamment entrelacés.

— Vous avez, devant vous, un aperçu du personnage, déclara Cardew. Cet endroit s'appelait autrefois la *Quinta do Cisne*, la maison du cygne. Il l'a rebaptisé la maison de l'aigle. Un trait d'humour, j'imagine.

— Je ne comprends pas.

— Wilshere fait des affaires avec les Américains *et* avec les Allemands. Ces deux pays ont un aigle pour emblème.

— Wilshere est peut-être un homme poli ?

— Comment ça ?

— Il cherche à mettre à l'aise tout le monde... sauf les filles comme Marjorie.

L'allée, dallée jusqu'à la demeure, était décorée de motifs géométriques, comme ceux qu'Anne avait vus sur les trottoirs de Lisbonne, et bordée de lauriers-roses très vieux, presque des arbres. Ils quittèrent la voûte des lauriers pour déboucher devant la maison sur une placette où trônait une fontaine, un jet d'eau jaillissant de la gueule d'un dauphin. La pelouse descendait vers les lointaines haies, un chemin pavé filait vers le fond du jardin et, au-delà, vers le temple de tous les miracles et désastres financiers. On apercevait les hôtels et les palmiers de la grande place d'Estoril, la gare de chemin de fer et l'océan au loin.

La maison était une grande construction cubique, à l'opposé de ces vieilles demeures composées de multiples extensions, ces entités quasi organiques qui grossissaient selon l'humeur et la fortune du propriétaire. À la *Quinta da Águia,* tout avait été planifié avant la pose de la première pierre, nul ajout n'était jamais venu se greffer. Sa laideur intrinsèque était dissimulée par le feuillage d'une vieille glycine dont les frondes atteignaient la rive du toit de tuile. Cardew et sa protégée se dirigèrent vers l'auvent de style colonial, Anne songeant avec inquiétude à sa valise restée dans le coffre de l'automobile.

La porte fut ouverte par un vieillard très voûté, la tête inclinée à angle droit par rapport au buste, et tournée de côté. Il portait une livrée noire et un pantalon rayé. Derrière lui, se tenait une femme râblée, également vêtue de noir, avec un tablier et une coiffe blanche. Le portugais de Cardew était un véritable charabia, cependant compréhensible pour le vieux majordome, qui se saisit d'un bâton et se dirigea vers la voiture, la femme dans son sillage. Une autre domestique apparut, lissant son tablier, encore plus menue que la précédente. De petits yeux à demi clos, séquelle d'une malnutrition infantile, s'agitaient au milieu de son visage effilé de renarde. Il y eut un échange de paroles et la femme s'éloigna dans le hall dallé de noir et de blanc, un espace sombre lambrissé de chêne où s'élevait un grand escalier. Un immense lustre de fer oscillait au plafond

De part et d'autre de la porte par laquelle s'était éclipsée la domestique, se trouvaient deux vitrines emplies de figurines d'argile aux couleurs vives. De grands tableaux, sombres et poussiéreux, dans des cadres aux moulures dorées, ornaient les murs au-dessus de leurs têtes. Sur l'une des toiles, le visage austère d'un aïeul les contemplait ; une femme se tenait derrière l'homme, le visage pâle, de grands cernes sous les yeux, comme si une santé fragile était gage de distinction.

— Les parents de Mafalda, expliqua Cardew. Le comte et la comtesse. Morts aujourd'hui. Elle a hérité de toute leur fortune.

Derrière eux, le vieux majordome et la gouvernante rapportaient la valise d'Anne, suspendue au bâton. Ils commencèrent à gravir l'escalier et s'arrêtèrent au premier palier. Le vieil homme reprit son souffle, accroché au pommeau du balustre d'angle. Anne eut envie de monter l'aider, mais Cardew, devinant ses pensées, referma sa main sur son coude pour l'en dissuader. La seconde servante revint dans le hall, marchant vers eux à petits pas, son visage de renarde humant l'air, l'œil suspicieux, flairant les odeurs. Elle leur ouvrit le chemin ; ils empruntèrent un couloir décoré de grands miroirs ; les glaces étaient de qualités diverses, de sorte qu'Anne se vit tour à tour maigre, boulotte et tout en zigzag. Ils laissèrent sur leur gauche une salle à manger éclairée par des lustres rutilants. Au bout du couloir, juste avant les portes-fenêtres qui donnaient sur la terrasse du jardin, ils tournèrent à droite pour pénétrer dans une longue pièce haute de plafond, éclairée par six grandes fenêtres ouvrant sur le parc. Les volets étaient ouverts, les motifs bleu et or qui les décoraient se perdaient dans les rayons du soleil.

La profusion de meubles provoquait une sensation de vertige – une mer moutonneuse où cartes et boussole étaient de rigueur pour se repérer. Le mobilier était hétéroclite, les couleurs juraient, le velours et le brocart se juxtaposaient sans harmonie et les tapis semblaient étouffer sous cette surcharge disgracieuse. Au bout de la pièce s'élevait une cheminée de marbre, où l'on distinguait une frise en bas-relief représentant une scène antique – des Corinthiens ou des Phéniciens luttant au corps à corps contre des bêtes sauvages. Au-dessus du manteau était suspendue une scène de chasse sanglante : un sanglier acculé par une meute, éventrant des chiens à coups de défenses, des chasseurs à cheval brandissant leur lance.

Patrick Wilshere se tenait sous ce tableau, en tenue de cavalier – bottes et chemise blanche à col officier. Le qualifier de « personnage bizarre » était un doux euphémisme. Wilshere semblait tout droit sorti d'un roman du dix-neuvième siècle. Ses cheveux gris, coiffés en arrière, descendaient jusqu'aux omoplates, sa moustache aux pointes gominées s'incurvait vers le haut, ses yeux plissés et moqueurs révélaient un homme prêt à s'amuser de tout. Ses mains longues et élégantes, aux doigts fins, étaient refermées sur un verre empli d'un liquide ambre.

— Mon cher Meredith ! lança-t-il, en quittant le linteau de la cheminée.

Il semblait ravi de voir Cardew. La domestique s'esquiva ct Anne suivit son mentor à travers le dédale de meubles, en direction de la petite oasis d'espace où se tenait le maître des lieux. Une vague odeur d'équidés entourait sa personne.

— Je suis désolé. Je n'ai pas eu le temps de me changer, expliqua Wilshere. J'ai battu les collines toute la journée. Je viens juste de rentrer et j'avais besoin d'un petit remontant pour recharger les batteries. Vous devez être Anne ? Enchanté de faire votre connaissance. Le voyage a été long et éreintant. Si vous voulez faire un brin de toilette, ôter cette tenue pour enfiler des vêtements plus confortables... Allez-y, ne vous gênez pas. Maria ! Si vous n'arrivez pas à vous souvenir du prénom des bonnes, criez simplement « Maria », il y en aura toujours deux ou trois qui rappliqueront !

La domestique revint et s'arrêta sur le seuil.

— Ces gens sont tous des formats miniatures ! lança Wilshere. Pas plus grands que des lutins. Ils sont originaires du même coin que ma femme.

Il parlait un portugais irréprochable. La femme de chambre tenta une petite révérence. Anne se fraya un chemin jusqu'à la porte et suivit l'employée à l'étage. Sa chambre se trouvait au bout du couloir, au-dessus du salon du rez-de-chaussée. C'était une pièce d'angle, avec une double vue sur la mer et sur la ville. La salle de bains donnait au-dessus de la terrasse. Plus loin, derrière les haies, on apercevait un court de tennis sur gazon, bruni par le soleil. La baignoire en fonte avait des pieds en forme de serre de rapace reposant sur de petits globes terrestres. Un pommeau de douche, de la taille d'une poêle à frire, saillait du mur. La femme de chambre s'en alla et referma la porte derrière elle. Anne attendit que les pas de l'employée s'évanouissent, puis elle courut vers le lit à baldaquin et sauta sur le matelas de tout son long, grisée par ce luxe. Elle resta un moment étendue, bras en croix, tentant de prendre la mesure de ce nouveau monde qui s'offrait à elle.

Elle se déshabilla, se doucha et opta pour une jupe de coton plissée et un chemisier à manches courtes. Elle se brossa les cheveux, s'amusant à prendre des poses devant le miroir sur pied, fronçant la bouche en un baiser imaginaire, faisant voler sa jupe. Mais, malgré ses efforts, elle détonnait dans ce décorum.

Elle sortit de sa chambre pour rejoindre l'escalier. Une silhouette apparut au bout du couloir. Une femme avec un visage de craie, encore plus pâle que celui de sa mère, et de longs cheveux gris. Elle portait une chemise de nuit blanche. La femme disparut dans la pénombre d'une chambre. Une porte se referma.

Mafalda la Folle, une nouvelle Jane Eyre ! songea la jeune femme, avant de descendre les marches à toutes jambes.

Anne revint dans le salon, mais il n'y avait plus personne. Wilshere s'était installé sur la terrasse, devant une table basse en fer forgé, avec un coffret à cigarettes et son verre, presque vide. Il avait posé les pieds sur la chaise en face de lui. Elle le rejoignit.

— Ah !.... lança-t-il en se tournant vers elle. Voilà qui est mieux.

— Où est passé Mr. Cardew ?

— Asseyez-vous. Asseyez-vous, répéta-t-il en lui prenant le bras pour la faire asseoir sur une chaise à côté de lui.

Anne sentit la paume rugueuse sur son bras nu. Les yeux verts de son hôte couraient sur elle de la tête aux pieds et la main tenait la chair tendre, juste sous l'épaule. Le regard n'était ni lubrique, ni inquisiteur – elle avait déjà eu droit aux deux aujourd'hui –, mais plutôt attentif, étrangement intime, comme s'ils étaient de vieux amis, ou, plus encore, d'anciens amants qui se revoyaient après une longue rupture.

— Un verre ?

Comment réagir ? Elle espérait pouvoir rester en retrait, le temps de prendre ses repères, pendant que Cardew ferait la conversation, et voilà qu'elle se retrouvait en première ligne ! *Il aime les filles qui ont du gnac.*

— Un gin-tonic, répondit-elle.

— Excellent ! répliqua-t-il en lâchant enfin son bras.

Il appela un serviteur qui se tenait dans l'ombre, lança quelques mots à son intention, vida son verre et le lui tendit.

— Vous fumez ?

Elle prit une cigarette. Il lui offrit du feu. Elle souffla un nuage de fumée dans l'air immobile du soir. Le tabac avait des senteurs de crottin brûlé. Le domestique revint et disposa deux verres ainsi qu'une soucoupe d'olives noires sur la table. Ils trinquèrent. Le froid de l'alcool et le pétillant du tonic provoquèrent une décharge électrique dans le corps de la jeune fille. Elle dut se retenir pour ne pas s'ébrouer sur son siège.

— Vous aurez sans doute envie d'aller à la plage demain, reprit Wilshere, mais je dois vous prévenir que notre cher dictateur, Salazar, interdit aux hommes et aux femmes de s'ébattre ensemble à demi nus sur le sable. La police surveille. Des brigades patrouillent pour veiller à la bonne moralité du pays et prévenir le mal à la source. Tous ces réfugiés, vous comprenez, arrivent avec leurs idées immorales et leurs coutumes indignes, et notre bon professeur est bien décidé à empêcher toute contagion. Les trois F : Football, *Fado* et Fátima. Le grand homme détient la solution contre les démons de notre société moderne !

— *Fado* ?

— Des chants. Très tristes... des jérémiades, oui ! Peut-être mon sang irlandais s'est-il desséché sous ce soleil. Avec toute la pluie et les drames qu'a endurés mon pays, je devrais avoir une inclination naturelle à la boisson et la mélancolie, pourtant ce n'est pas le cas.

— Pas la boisson ? répéta Anne avec malice, un mouvement qui lui valut, en retour, un grand sourire de son interlocuteur.

— Je n'ai jamais aimé broyer du noir. Des événements arrivent. Puis ils passent. Je continue à avancer, à construire. Je ne suis jamais resté très longtemps assis les bras ballants, à regretter le bon vieux temps. Quel temps, d'abord ? Celui de l'innocence ? D'un bonheur plus simple ? Je n'ai pas le temps de méditer sur le destin ni de me lamenter sur mon sort, ce que fait précisément le *fado*. Les gens qui croient en la destinée et en Dieu passent leur temps à trouver toutes sortes d'excuses à leurs échecs. Vous n'êtes pas de mon avis ? Ou suis-je, à vos yeux, un infâme athée ?

— Pour moi, avoir la foi n'est qu'un moyen d'accepter la vie dans tout ce qu'elle a d'inexplicable, répondit Anne, mais vous ne m'avez toujours pas dit en quoi le *fado* est censé raffermir la fibre morale du pays. Comment la foi en Dieu ou le fatalisme peuvent-ils avoir une influence sociale ?

Wilshere sourit. Cardew disait vrai ; il aimait trouver du répondant chez une femme.

— L'important, c'est ce que l'on célèbre dans le *fado*. La *saudade* – la nostalgie. Moi, je n'ai pas le temps. Vous savez d'où ça vient ? Ce pays a un passé fastueux, il a eu un empire planétaire entre les mains. Prenez le commerce des épices, par exemple. Les Portugais contrôlaient le marché de cette manne d'or qui rendait la nourriture si goûtue... Et ils ont tout perdu. Pis encore, leur capitale a été détruite par un cataclysme.

— Le tremblement de terre ?

— Qui s'est produit le jour des Morts, en plus ! Quasiment toute la population était à l'église. Les gens sont morts ensevelis sous les voûtes. Puis il y a eu les inondations et les incendies. Tous les fléaux d'Égypte, mis à part la peste et les criquets, se sont abattus sur le Portugal en quelques heures. Voilà où le *fado* est né. Il prend sa source dans le passé et se nourrit du passé. Mais ce n'est pas tout. Les hommes partent en mer et ne reviennent pas. Les femmes abandonnées chantent leur tristesse. Oui, Lisbonne est un endroit de douleur, et le *fado* en est la complainte. Voilà pourquoi je ne vis pas dans cette ville. Je m'y rends le moins souvent possible. Pour vivre là-bas, il faut une tournure d'esprit qui ne me sied pas. Ne prêtez pas attention au *fado*. C'est juste un moyen qu'a trouvé Salazar pour endormir le peuple. Ça et l'apparition miraculeuse de la Vierge à Fátima... Oui... le catholicisme.

— Il doit avoir du pain sur la planche si tous les fidèles sont morts dans les églises en 1755.

— Vous savez que notre bon professeur a eu une formation de prêtre, c'est un « moine manqué »... Il sait mieux que personne comment contrôler une population. Vous avez entendu parler de la P.I.D.E. ?

— Pas encore, mentit-elle.

— C'est sa police secrète. Ses inquisiteurs. Ils traquent tous les non-croyants, les hérétiques, les blasphémateurs et les mettent sur la roue.

Elle afficha un air sceptique.

— Je vous l'assure, Anne, il n'y a aucune différence, sauf qu'il s'agit de politique et non plus de religion.

Il fit signe au domestique, qui approcha, une bouteille de whisky à la main, pour remplir le verre de Wilshere aux trois quarts. Le maître des lieux prit une olive, et cracha négligemment le noyau sur la pelouse. Puis il but une gorgée d'alcool, alluma une cigarette avant de s'apercevoir, avec surprise, que la précédente se consumait encore dans le cendrier. Il l'écrasa et regarda brusquement sa montre, comme si quelqu'un venait de lui brûler le poignet.

— Il est temps d'aller se changer pour le dîner ! J'ignorais qu'il était si tard.

Anne se leva avec lui.

— Non, non, restez ici, lui dit-il en lui tapotant le bras. Vous êtes très bien comme ça. Parfaite. C'est moi qui sens le canasson.

C'était la vérité. Et le whisky, aussi. Et autre chose encore, de vaguement aigre, comme une odeur de peur, mais ce ne pouvait être le cas.

— Votre femme dînera-t-elle avec nous ? demanda Anne dans son dos.

— Ma femme ? répéta-t-il en faisant volte-face, le whisky, agité dans le verre, venant éclabousser son poignet.

— J'ai cru la voir...

— Où ça ? Quand ça ? interrogea-t-il d'une voix brève, en tirant une bouffée sur sa cigarette avant de la jeter dans le jardin.

— En sortant de ma chambre tout à l'heure. Une femme en chemise de nuit... C'est tout ce que j'ai vu. Dans le couloir au premier étage.

— Que vous a dit Cardew sur ma femme ? demanda Wilshere, avec une fureur de plus en plus ostensible.

— Juste qu'elle n'allait pas bien... c'est pour cela que je vous posais la question.

— Qu'elle n'allait pas bien ?

— Voilà pourquoi je vous ai demandé si elle se joindrait à nous au dîner, c'est tout, répondit Anne, faisant de son mieux pour ne pas flancher devant l'air farouche de Wilshere.

Ce dernier referma la bouche sur son verre et avala d'un trait deux centimètres de whisky, le feu de l'alcool dans la moiteur de l'air faisant naître un chapelet de perles sur son front.

— Nous dînons dans un quart d'heure, annonça-t-il.

Il disparut par la porte-fenêtre en heurtant le vantail au passage. Anne se rassit. Voyant sa cigarette trembler entre ses doigts, elle la porta à sa bouche et tira une bouffée. Elle but une nouvelle gorgée de gin, termina sa cigarette et partit se promener sur la pelouse sous le crépuscule. Les lumières d'Estoril étaient allumées – des fenêtres ici et là, les enfilades monochromes des réverbères, les couronnes des pins parasols, épanouis tels des nuages noirs, la gare ferroviaire, les gens attendant sur les quais, regardant les rails de droite à gauche, comme s'ils pouvaient y lire l'avenir et le passé. La simple normalité urbaine et, juste derrière, le ventre noir et insondable de l'océan.

Deux rectangles de lumière apparurent derrière la jeune femme. Une silhouette se profila à l'une des fenêtres illuminées et regarda dans sa direction – mais pouvait-on la voir dans cette obscurité ? Elle crut entendre le bruit du ressac, le crissement sinistre des galets. Une marée irrépressible l'entourait, l'emportait dans ses courants abyssaux, l'attirant dans le flot tumultueux d'autres vies.

9.

Samedi 15 juillet 1944, maison des Wilshere, Estoril, aux environs de Lisbonne

Le domestique vint chercher Anne sur la pelouse. Perdue dans ses pensées, elle sursauta devant cette brusque apparition. Elle contemplait la zone incertaine où les lumières de la ville se fondaient dans le ciel nocturne. En se retournant vers le garçon, elle découvrit que la façade de la maison était illuminée par des projecteurs comme un monument historique. Soudain, ce détail la frappa. Toutes ces lumières artificielles. Elle n'y avait pas songé en regardant les feux d'Estoril. Pas de black-out ici. Un pays étonnant – libre et pourtant enchaîné.

Elle suivit le domestique. Les cuisses de l'homme, massives comme celles d'un haltérophile, distendaient le tissu de son pantalon. Ils traversèrent la terrasse – son verre de gin-tonic avait déjà été débarrassé – et rejoignirent la salle à manger. Trois lustres éclairaient la grande table, dont la longueur avait été réduite à cinq mètres pour offrir plus d'intimité. Wilshere se leva, presque au garde-à-vous. Il était vêtu d'une veste du soir, avec une chemise à plastron blanc rehaussée d'une cravate noire. Il présenta son épouse, en robe longue, les seins corsetés, les hanches pincées, les pans du tissu décorés de volatiles multicolores. Ses cheveux étaient coiffés en chignon et à son cou étincelait un collier de trois gros rubis. Son visage était toujours d'une pâleur cadavérique – elle n'avait pas le teint d'albâtre d'Audrey Aspinall, mais la lividité du lait caillé.

Anne serra la main que la femme lui présentait mollement, tel un évêque attendant le baiser du fidèle – une main bouffie, enflée par de la rétention d'eau, les articulations et les jointures réduites à des replis de chair. Chacun s'assit. Anne se trouvait au milieu, entre les deux extrémités de la table, et se sentait déplacée dans sa tenue quotidienne. Les lustres dispensaient une lumière dure et crue de bloc opératoire.

On servit une soupe gris-vert, avec une rondelle de saucisse flottant au milieu. Du vin blanc accompagnait le plat. Mafalda refusa le vin, plongea sa cuillère dans sa soupe et détourna la tête. Le vin avait un goût de métal froid, comme lorsque l'on porte le bout de la langue sur les languettes d'une pile électrique. La soupe fut remplacée par un plat contenant trois poissons, leurs yeux blanchis par la cuisson. Anne supportait mal ce silence, mais Wilshere, nullement troublé, décortiquait son poisson d'une main experte de chirurgien, tandis qu'elle-même, malgré ses efforts, le réduisait en une bouillie infâme. Les couverts de Mafalda attaquèrent deux ou trois fois la chair blanche, puis ils furent reposés dans l'assiette. On débarrassa de nouveau. De gros morceaux de viande, d'origine indéterminée, parsemés de choses rouges, furent servis dans un tintement de coquilles de palourdes.

Anne, suffoquant sous cette chape de plomb, sentait ses pensées se télescoper et se heurter aux parois de son crâne, comme des fêtards titubants, cherchant désespérément de la nourriture dans la cuisine déserte d'un hôtel, au petit matin. Mafalda plaça la viande d'un côté de l'assiette, les palourdes de l'autre, et reposa ses couverts. Du vin rouge fut proposé. La cuvée sentait les vieilles chaussettes, mais avait un goût aussi riche et complexe qu'un baiser. Wilshere fit tourner le liquide dans sa bouche, les lèvres en cul de poule sous ses moustaches fantaisie.

— Votre mari m'a parlé du *fado*, cet après-midi, lâcha Anne, en s'y reprenant à deux fois.

Ce n'était pas un chat qu'elle avait dans la gorge, mais un mammouth laineux.

— Je me demande bien pourquoi ! s'exclama Mafalda. Il n'y connaît rien. Il déteste le *fado*. Il court – que dis-je, il se rue ! – pour éteindre la radio quand il en entend.

Wilshere mâchonnait sa viande interminablement, comme un ruminant réticent à avaler sa bouchée d'herbe.

— Il m'a expliqué, poursuivit Anne, que ces chansons parlent du regret, de la mélancolie...

Mafalda posa d'un geste brusque son couteau sur le bord de son assiette. Anne se tut.

— J'aime cette nouvelle chanteuse, annonça Wilshere. Amália Rodrigues. Elle est intéressante.

— Tu parles de sa voix ? répliqua Mafalda avec un regard noir.

— Je ne vois pas ce qu'il y a d'autre dans le *fado*. À moins qu'il ne soit question de savoir si elle a su capter l'esprit, l'âme, l'*alma* du *fado* ?

La paupière gauche de Mafalda se mit à battre spasmodiquement. Elle se frotta l'œil de son petit doigt. Anne les observait tour à tour, en spectatrice idiote.

— Bien sûr, elle a également une belle... (Wilshere

chercha ses mots et l'air sembla vibrer dans le silence) une belle allure.

— Une belle allure ! railla Mafalda. Dis plutôt un beau...

Elle se retint. Son petit poing gonflé cogna le bord de la table.

— J'aurais peut-être dû choisir un sujet moins délicat, concéda Wilshere. Nous avons simplement parlé de notre cher professeur et, bien sûr, les trois F sont venus sur le tapis. Peut-être aurions-nous dû nous cantonner à l'Histoire, mais même ce domaine est un champ de mines... Tu seras heureuse d'apprendre que je n'ai pas parlé de l'*Encoberto*, le Grand Fantôme, ma chère.

— Le Grand Fantôme ? répéta Anne.

— Dom Sebastião, précisa Wilshere. Non, je n'ai fait aucune allusion à lui, ma chère. Je t'en laisse le soin. Il faut savoir que mon épouse, Anne, est royaliste. Un régime qui a disparu du pays depuis plus de trente ans. Elle pense que le Grand Fantôme, le roi qui est mort il y a... hou, là ! près de quatre cents ans, non ? pendant la bataille de Ksar el-Kébir au Maroc, va revenir [1]...

Mafalda se leva avec difficulté. Wilshere s'interrompit. Un domestique vint tirer sa chaise et lui offrit son épaule.

— Je ne me sens pas très bien, déclara-t-elle. Je préfère me retirer dans ma chambre.

Elle quitta la pièce, s'appuyant de tout son poids sur l'épaule de l'homme, empoignant le tissu de sa livrée à

1. Le corps du roi Sébastien (1554-1578), tué lors de cette bataille, ne fut jamais retrouvé. Le peuple ne voulut pas croire à la mort de son souverain et se mit à attendre son retour, ce qui généra nombre de faux Sébastien. *(N.d.T.)*

pleines mains. Mafalda avait paru moins faible lorsque Anne l'avait aperçue dans le couloir en chemise de nuit. Elle fit un vague salut de la tête à l'intention de la jeune femme, et la porte se referma dans un cliquetis de cuivre. Anne se laissa tomber sur sa chaise molletonnée, encore sous le choc. On retira son assiette de viande, à moitié entamée, et une salade de fruits apparut sur la table. Les serveurs disparurent en cuisine, laissant l'Irlandais et la jeune Anglaise seuls sous la lumière crue des lustres, le vin rouge trônant sur un petit plateau d'argent devant le maître de maison.

— Des mots, soupira Wilshere. Rien que des mots.

Plus tôt, sur la terrasse, Wilshere avait commencé à se saouler. Son accès de colère, lorsque Anne avait fait allusion à la santé de sa femme, avait été un simple hiatus dans une progression éthylique parfaitement continue. Durant le quart d'heure qu'il avait pris pour se changer, il avait dégrisé et repris une apparence de sobriété. Mais il était capable, à présent, de passer de but en blanc d'un état belliqueux au larmoiement, de la colère à l'auto-apitoiement. Et si Cardew se trompait au sujet de l'état de santé des Wilshere ? Au fond, peut-être Mafalda était-elle simplement souffreteuse et l'homme qui, à l'extrémité de la table, tapotait son plastron en contemplant le niveau du vin dans son verre était-il, sinon le fou, tout au moins celui qui flirtait le plus avec la démence.

— Je ne prends jamais de dessert, annonça-t-il. Je ne suis pas très sucreries.

Il repoussa son assiette, vida son verre et se versa le reste de la carafe. Les domestiques arrivèrent avec le café. Wilshere leur demanda de le servir sur la terrasse. Il but son vin d'un trait, comme Roméo avalant son poison.

Une fois sur la terrasse, Wilshere insista pour

qu'Anne prenne un verre de son porto du siècle précédent. Cette fois, on ne buvait plus pour le plaisir.

— Allons faire un tour au casino ! s'écria-t-il après un long silence durant lequel son visage se transforma en une forteresse impénétrable qui protégeait ses pensées en proie à quelque tourment mystérieux. Allez vous parer de vos plus beaux atours.

Anne enfila sa seule et unique tenue de soirée – une robe appartenant à sa mère. Elle regarda, par la fenêtre de la salle de bains, la terrasse en contrebas. Wilshere était assis dans son fauteuil, immobile. En surprenant son reflet dans la glace, elle fut envahie par une onde de peur. Elle se souvint des leçons apprises à l'entraînement – garder son calme, rassembler sa volonté – et, prenant de profondes inspirations, elle parvint à repousser la panique.

Elle descendit l'escalier, ses chaussures à la main, ne voulant pas croiser de nouveau le spectre de Mafalda. Sur la terrasse elle retrouva Wilshere, le regard perdu au-dessus de la ligne des projecteurs, vers l'obscurité de la nuit. Il bondit de son siège et la prit par les épaules, mais pas avec la douceur d'antan de son professeur de piano. Son souffle – un relent d'ammoniac à décaper de la peinture – la fit vaciller. Des gouttes de sueur maculaient sa moustache crochue. Sa bouche était à quelques centimètres de la sienne. Anne sentit tout son corps se rétracter et un cri monta dans sa gorge. Il la relâcha. Elle avait la chair de poule à l'endroit où ses mains avaient touché sa peau.

Ils traversèrent le rideau de lumière et suivirent l'allée pavée qui menait au bout du jardin. Une demi-lune éclairait le chemin. Un peu avant de quitter la propriété, l'allée se scindait en deux. Une branche se dirigeait vers un pavillon d'été, flanqué d'une charmille qui déroulait son dais de verdure au-dessus d'un banc offrant au promeneur un joli point de vue sur l'océan. L'endroit paraissait à l'abandon, comme si les occupants n'avaient pas besoin de cette oasis de tranquillité et préféraient les couloirs sombres et les pièces implacables de leur demeure.

Wilshere et Anne s'enfoncèrent dans l'ombre épaisse des pins qui bordaient l'arrière du casino, une construction moderne sans faste dont l'attrait principal se trouvait à l'intérieur. Ils rejoignirent le flot de personnes élégantes qui pénétraient dans le temple – frou-frou du taffetas, chuintement du nylon et crépitement des liasses de billets neufs.

Wilshere se dirigea aussitôt vers le bar et commanda un whisky. Anne opta pour un cognac soda. Au moment où Wilshere allumait sa cigarette, un bras puissant se posa sur son épaule. Son corps vacilla sous la pression.

— Wilshere ! tonna une voix à l'accent américain. (L'homme se pencha sur Wilshere, sans le regarder, mais frottant presque sa joue contre la sienne, et tendit la main vers Anne.) Beecham Lazard.

— Troisième du nom, précisa Wilshere en repoussant le bras de l'Américain. Beecham, je vous présente miss Anne Ashworth.

Lazard était plus grand et plus costaud que Wilshere. Comme lui, il était vêtu d'une veste de soirée, mais la sienne semblait prête à craquer sous la pression des muscles. Il était de vingt ans son cadet, ses cheveux étaient bruns, séparés par une raie impeccable. Son sourire était franc et sa peau ferme et hâlée. On eût cru un personnage de cire, à la fois parfait et vaguement repoussant.

— Il faut qu'on parle, annonça Lazard à l'oreille de Wilshere.

Wilshere baissa la tête, comme s'il contemplait un précipice.

— Anne est ma nouvelle locataire, dit-il. Elle est arrivée de Londres cet après-midi. Je lui montrais dans quel endroit merveilleux nous vivions.

— Ça, c'est bien vrai ! répliqua Lazard, en lâchant la main d'Anne qu'il n'avait cessé de caresser du pouce. C'est juste pour parler de dates... J'en ai pour deux secondes, pas davantage.

Wilshere, ennuyé, s'excusa auprès de la jeune femme et partit avec Lazard vers l'entrée du bar. Les deux hommes étaient sans cesse bousculés par la foule des nouveaux arrivants. Anne tripota sa cigarette, se sentant un peu niaise dans sa robe. La haute couture paraissait avoir quitté Paris pour émigrer à Lisbonne ; devant ces individus si raffinés, si élégants, elle avait l'impression d'être une écolière attendant la distribution de bonbons à une *tea party*. Elle continua à fumer pour se donner contenance et trompa le temps en observant les alentours. Même cela lui était pénible. Ses yeux indolents et tranquilles rencontraient trop souvent d'autres yeux, intenses et inquisiteurs. Elle surprenait, dans les mirois multiples du bar, un océan de regards – certains ivres, d'autres tristes, d'autres affamés, d'autres sinistres... tous avides.

— Les Américains ! soupira Wilshere en venant la retrouver. Ils n'ont aucune idée des convenances.

Il l'entraîna vers une table et la présenta à un groupe de quatre femmes et deux hommes. Des noms aux consonances étrangères fusèrent autour d'elle comme une compagnie de chasse à courre, avec titres, ancêtres, fanfare et armoiries. Ils s'adressèrent à Wilshere en français, ignorant la présence de la jeune femme. La robe bon marché d'Anne, de toute évidence, en révélait suffisamment sur elle – une boniche que Wilshere s'envoyait. Il s'écarta de leurs mains noueuses, scintillantes de diamants, et prit congé avec une petite révérence.

— Il fallait en passer par là, chuchota-t-il à l'oreille de la jeune femme. Méfiez-vous des Roumains. Ce sont de vraies langues de vipère.

Ils se rendirent à la caisse, où Wilshere acheta des jetons, puis ils passèrent les portes qui ouvraient sur la salle de jeu. L'Irlandais donna à Anne une pile de plaques, puis il se dirigea vers la table de baccara, s'installa à côté d'un joueur et se coupa du reste du monde. Anne se tint dans son dos, parmi les volutes de fumée. Les cartes étaient tirées du paquet. Les joueurs relevaient les coins. Certains se retiraient du jeu, d'autres réclamaient d'autres cartes, rares étaient ceux qui se déclaraient servis. C'était ennuyeux au possible, à moins de faire partie de ces joueurs aux yeux figés par la concentration, qui serraient les poings, soupirant de désespoir, à chaque perte, et s'illuminaient, l'espace d'une seconde, lorsqu'ils remportaient une manche.

La métamorphose de Wilshere fut instantanée. Toute trace de lassitude ou de gaieté s'évanouit. Dans sa tête, une litanie de chiffres ; son intelligence réduite à tenter de forger un lien télépathique avec les cartes colorées. Anne, pour se divertir, évalua les probabilités de gain de la banque, puis bâilla d'ennui. La fièvre du jeu semblait consumer tout l'oxygène ambiant. Elle arpenta la salle, soulagée de ne plus avoir à contempler les nuques luisantes des joueurs de baccara. Cette fois, aucun regard avide ne la croisa ; ici l'argent tournait davantage les esprits que le sexe. La pièce était silencieuse, mais vibrante d'espoirs et de tourments. Les feutrines vertes des tables promettaient toutes les richesses et étouffaient l'effondrement brutal des fortunes.

La roulette attira l'attention d'Anne. Le bruit, à cette table – en particulier lorsqu'un Américain jouait –, associé au cliquetis de la bille d'ivoire déroulant son propre *fado* sur les cases, était revigorant après le silence de plomb de la partie de baccara. La jeune fille rejoignit la foule, se trouva phagocytée par cette masse, accueillie en son sein, pressée de toutes parts. On lui offrit même une cigarette en signe de bienvenue ; et c'est au milieu de cette mêlée échevelée qu'elle eut la confirmation de ce qu'elle avait senti depuis le moment où elle avait franchi les portes battantes du casino : quelqu'un l'observait.

Elle aurait pu se retourner pour scruter cette litanie de corps prostrés devant les dieux de la feutrine. C'eût été un jeu d'enfant de repérer le seul visage insensible au ballet des numéros, épargné par la frénésie du gain. Mais elle en fut incapable. Les muscles de son dos étaient tétanisés. Un bras, soudain, lui entoura les épaules et l'attira contre un pan de chemise humide.

— Les femmes portent chance ! rugit le joueur américain qui venait de l'enlacer. Venez ! Voyons si ça va marcher avec le numéro vingt-huit.

La poigne de l'homme se resserra encore. Le croupier clôtura les mises, lança la roue et jeta la boule dans le tourbillon. Des femmes poussaient des cris excités. La bille rebondit sur les cases. Anne était plaquée contre la poitrine de l'Américain, de plus en plus fort. Son odeur était aussi lourde que de la viande grillée. La boule joua l'écervelée – hésita, taquina, minauda –, sautant dans les cases, ressortant, bondissant sur les séparations de cuivre. La joue d'Anne se trouva écrasée contre la poitrine de l'homme, tant était forte sa détermination. Du coin de l'œil, parmi la foule, juste à l'orée du halo de lumière de la table, elle entr'aperçut le tendon d'un cou, la ligne d'une mâchoire proéminente, le creux prononcé d'une joue... l'inconnu qui l'observait était là.

L'homme détourna aussitôt la tête. Les pommettes hautes sous les yeux bleus, la bouche délicate, le menton à fossette, la pomme d'Adam, tel un petit poing enchâssé dans les chairs nerveuses du cou. Ces yeux-là compliquaient l'affaire... Il était impossible de deviner les motifs du guetteur, de traduire ce que véhiculait ce regard. La gorge de la jeune femme se serra, une bouffée de chaleur remonta dans sa nuque. Elle baissa les yeux vers la table, non pas vers les cases et les numéros de la roulette, ni sur les losanges rouges et noirs du tapis, mais sur le feutre doux et vert, pour apaiser ses pensées. Puis elle releva la tête d'un coup, presque malgré elle. Il était toujours là. Aussi envoûtant qu'un nuage d'orage. Soudain, un coup de tonnerre déchira le silence.

— Vingt-huit ! annonça le croupier.

L'Américain, cigare au coin de la bouche, creva du poing les nappes de fumée. Anne, brutalement libérée de son étreinte, perdit l'équilibre. Elle aperçut alors une autre fille serrée contre le flanc gauche de l'Américain, une petite personne fluette, avec des seins pointus et un visage d'oiseau. L'Américain embrassa le crâne de sa compagne. Le croupier récupéra les mises, en laissant celle du gagnant. Celui-ci se livra à ses calculs et plaça de nouveau une pile vertigineuse de jetons sur le tapis. Anne, cigarette aux lèvres, battit en retraite, s'extirpa de la foule et se dirigea vers les tables de baccara. Elle devait se concentrer sur sa démarche, comme si on lui avait greffé les jambes de quelqu'un d'autre, des jambes qui risquaient à tout moment de détaler au triple galop.

Le dos de Wilshere était toujours penché sur la table, tel un contrefort de cathédrale, mais à présent

Beecham Lazard était assis à côté de lui. Anne passa au large. Le croupier leur tournait le dos, préparant de nouveaux jeux de cartes. L'Américain jeta un tas de grosses plaques sur le tapis devant Wilshere. Les épaules de ce dernier se redressèrent un moment, puis s'affaissèrent de nouveau.

Il fallait qu'Anne sorte de cet endroit, qu'elle s'échappe de cette atmosphère empoisonnée, loin de cette folie générale, et loin de ces yeux bleus. Elle se dirigea vers les portes battantes. La sortie de cet asile de fous. Elle entendit de la musique qui montait de la salle de bal et partit s'y réfugier. Elle chercha un coin d'ombre, loin de la piste illuminée, et fuma sa cigarette jusqu'à se brûler les doigts.

— Je suis surpris de vous voir livrée ainsi à vous-même pour votre premier soir, lança une voix derrière elle.

Le batteur de l'orchestre exécuta un roulement de tambour qui se termina par un coup de cymbale. Jim Wallis était assis à une table à un mètre sur sa gauche, une chaise libre à côté de lui. De l'autre côté de la piste de danse, le visage aux yeux bleus apparut à la lisière des projecteurs, observant les alentours, et disparut de nouveau dans l'ombre. Anne accepta la cigarette que lui offrait Wallis et but une gorgée de son whisky. L'alcool lui brûla la gorge. Ses joues rosirent.

— Je crois que je suis déjà suivie, déclara-t-elle sur la musique.

— Pas étonnant, répondit Wallis, d'un air penaud.

— Je croyais que personne ne savait qui j'étais.

— Mais ils brûlent de le savoir, répondit-il en se penchant pour lui offrir du feu.

— Je ne vous suis pas.

— Vous êtes belle, expliqua-t-il en éclairant son

visage de la flamme de son briquet. C'est aussi simple que ça.

— Jim, je vous en prie.

— C'est vous qui avez posé la question.

— Et vous, que faites-vous ici ?

— J'attends et j'observe. Vous voulez danser... histoire de passer le temps ?

— Vous n'êtes pas accompagné ?

— Elle est accro de la roulette, répondit Wallis, en ouvrant les mains d'un air innocent.

Il conduisit Anne sur la piste. L'orchestre commençait une série de slows. Ils dansèrent proches l'un de l'autre, mais de manière tout à fait convenable. Anne lui parla du pavillon d'été et de la charmille, un excellent endroit pour laisser des messages. Elle s'en assurerait dès demain. Le chef du groupe annonça une nouvelle danse, et de nouveaux couples s'assemblèrent sur la piste.

Anne dansa pendant une demi-heure, puis elle se rendit aux toilettes pendant une pause de l'orchestre. Lorsqu'elle revint au bar, Wilshere était assis au comptoir, dos à elle, les pieds sur la barre de cuivre, l'inclinaison de son coude indiquant qu'il était en train de boire. Elle lui annonça qu'elle aimerait rentrer se coucher. Il vida son verre d'un trait, lui offrit son bras, qu'elle prit, et ils rejoignirent l'air nocturne qui n'avait rien perdu de sa touffeur.

— Ah ! ces nuits... commença Wilshere d'un air las, le souffle court, mais sans poursuivre.

Il ralentit le pas au moment où ils abordaient les grands pins près de l'entrée du parc. Au début, elle crut qu'il ne se sentait pas la force de rentrer chez lui : il y avait de nouveau cette odeur sur lui, qui n'était pas de la peur, mais qui y ressemblait tant. Il lâcha le coude de la jeune femme et passa son bras sur ses épaules. Ils continuèrent à marcher, Anne le soutenant tant bien que mal.

Le clair de lune parait les ombres du jardin de bleu. Wilshere trébuchait, s'agrippait aux feuilles grasses des haies. Il sanglotait, et ses pleurs venaient de si profondément en lui que l'on aurait cru des haut-le-cœur, comme s'il essayait de vomir une chose immonde qui lui dévorait les entrailles. Il se serra contre sa compagne. Les arêtes des plaques de casino qui emplissaient ses poches meurtrissaient les côtes de la jeune femme. Tout à coup, le pied d'Anne ripa sur l'une des marches inégales de l'allée. Déséquilibrés, ils culbutèrent dans la haie pour atterrir l'un sur l'autre sur la terre molle de l'autre côté. Wilshere gisait sur le dos, le visage amorphe, le souffle régulier. Anne se dégagea de sa molle étreinte et sursauta en entendant le feuillage bruisser derrière elle. Quelque chose approchait, traversait la haie... Une chemise blanche luit soudain dans l'obscurité, et des bras se penchèrent vers Wilshere endormi.

— Vous allez devoir me donner un coup de main, annonça la voix dans un anglais au léger accent.

Elle parvint à jucher Wilshere sur les épaules de l'inconnu, tandis qu'une pluie de plaques de casino tombait des poches du maître de maison. Ils ressortirent de la haie et empruntèrent le chemin de la maison. Les lumières étaient éteintes, à l'intérieur comme à l'extérieur. Ils passèrent par les portes-fenêtres de la terrasse.

— Où est sa chambre ?

— Je ne sais pas... Laissez-le ici, ça ira.

L'inconnu obliqua vers le salon, déposa Wilshere dans le premier canapé qu'il trouva et lui retira ses chaussures. Wilshere s'agita un instant, faisant un mauvais rêve, puis redevint calme. Anne se dirigea vers la fenêtrc afin d'ouvrir les volets que les domestiques avaient fermés pour la nuit. Lorsqu'elle se retourna, l'inconnu avait disparu. Par la fenêtre, elle le vit traverser la pelouse baignée de lune et s'éloigner d'une démarche tranquille de veilleur. Il se retourna un instant pour observer la maison, le visage toujours dans l'ombre, puis il descendit l'allée pavée avec souplesse, et le bruit de ses pas se perdit dans la nuit.

10.

Dimanche 16 juillet 1944, maison des Wilshere, Estoril, environs de Lisbonne

Anne resta au lit, terrassée par la fournaise du matin, contemplant la lame de lumière qui filtrait des volets et venait chauffer ses chevilles. Les événements de la nuit hantaient son esprit. Voilà comment l'existence des adultes se compliquait si vite : trop d'actions et de pensées en même temps, trop d'événements dans un même espace, trop de désirs, d'espoirs et de regrets dans une seule tête... Alors que la vie des enfants s'écoulait lentement, avec ces étés interminables où il ne se passait rien. Son esprit tournait en boucle, revenant inlassablement à l'image qui l'avait troublée davantage encore que le comportement de Wilshere – le visage de cet homme, son regard, lourd et intense... impénétrable – étaient-ce des yeux amis ou ennemis ?

Pour la centième fois, elle rejoua la scène finale dans le casino. Lorsqu'elle avait récupéré Wilshere au bar. Jim Wallis se trouvait alors à une table en compagnie d'une fille – celle qui, plus tôt, gloussait sous le bras de l'Américain à la roulette. Elle était jolie, comme une poupée de porcelaine, si tant est qu'un visage si lisse pût être attirant. Un visage parfait qui promettait beaucoup mais ne donnait rien. Le brave Wallis risquait de se casser les dents sur ce joli minois.

Sa robe, pendant sur le dossier de la chaise, était maculée de terre. Elle se souvenait de leur chute dans les buissons et de Wilshere cherchant le coma éthylique pour échapper à ses mystérieux fantômes. Anne enfila des vêtements et descendit pieds nus au rez-de-chaussée. Nulle trace du maître de maison dans le grand salon silencieux où des volutes de poussière dansaient dans le rai de lumière qui filtrait d'un volet ouvert.

Elle sortit de la maison, traversa la pelouse à toutes jambes, sentant le contact rugueux de l'herbe sous ses pieds, descendit l'allée pavée jusqu'à la haie où ils étaient tombés. Le sol avait été ratissé. Les sillons rectilignes grouillaient de fourmis. Elle fouilla la terre et trouva une plaque de casino – la plus grosse : cinq mille escudos, soit cinquante livres. Elle se dirigea alors vers le pavillon d'été et la charmille, dont les arches de bois croulaient sous les passiflores, ses cascades de fleurs pourpres et blanches abritant le banc de pierre. Elle déposa la plaque de casino au sommet du pilier de gauche. Si la plaque y demeurait, l'endroit serait assez sûr pour servir de boîte à lettres.

Le soleil lui cuisait déjà les épaules lorsqu'elle prit le chemin du retour. Elle traversa en courant la pelouse, franchit la terrasse. Au moment où elle franchissait la porte-fenêtre, les mains de Wilshere se refermèrent sur ses bras. La poigne était si ferme qu'Anne sentit ses pieds décoller du sol un court instant. Les pouces de Wilshere glissèrent sur ses épaules brûlantes, puis ses doigts effleurèrent ses biceps jusqu'aux coudes, provoquant un frisson chez la jeune femme.

— Mafalda n'aime pas que l'on coure dans la maison, annonça-t-il, comme s'il édictait une loi.

Wilshere portait la même tenue que lors de leur première rencontre – son habit de cavalier. Pas la moindre trace de gueule de bois chez lui. Il était frais comme un gardon, même si cet état lui avait demandé quelques efforts de préparation ; il paraissait avoir été, tel un linge sale, lavé, bouilli, amidonné et passé au fer chaud – mais il ne ressemblait en rien à l'homme qui, la veille, avait cherché le coma et l'oubli.

— Cela vous plairait, une promenade à cheval ? interrogea-t-il.

— J'imagine qu'il ne s'agit pas d'un petit tour à la longe sur la plage avec un poney ?

— Bien sûr que non.

— Il se trouve que mon expérience de cavalière se limite à cela.

— Je vois, dit-il en jouant avec les pointes de sa moustache. C'est un début. Vous êtes au moins déjà montée sur le dos d'un animal.

— Je n'ai pas d'habits... ni de bottes.

— La femme de chambre a étalé tout le nécessaire sur votre lit. Allez l'essayer. Il doit être à votre taille.

De retour dans sa chambre, Anne s'aperçut que sa robe avait été emportée et découvrit, sur le lit, un fuseau, des chaussettes, une chemise et une veste, ainsi qu'une paire de bottes sur le sol. Tout était parfaitement à sa taille ; seul le pantalon était un peu court. Elle s'habilla dans la salle de bains, boutonna la chemise face à la fenêtre, en se demandant s'il s'agissait des affaires de Mafalda. De toute évidence, ces vêtements appartenaient à une jeune femme. En bas, Wilshere remontait l'allée vers la maison en fouettant ses bottes de sa cravache.

Sentant une présence derrière elle, Anne se retourna.

Mafalda se tenait sur le seuil de la salle de bains, les cheveux tombant sur ses épaules, en chemise de nuit, le visage pâle d'effroi, le regard courant sur Anne de la tête aux pieds, comme si elle voyait une revenante.

— Je suis Anne, l'Anglaise, Dona Mafalda. Nous nous sommes rencontrées hier soir...

Ces paroles ne dissipèrent pas le malaise. Mafalda recula d'un pas, l'air stupéfait, puis fit volte-face et s'en alla dans un bruissement de coton, le tissu, plaqué contre ses cuisses, claquant contre ses chevilles à chacune de ses longues enjambées. Le plancher du couloir grinça, tandis que l'épouse de Wilshere disparaissait dans un bruissement de voiles de bateau. Anne enfila les bottes, une chape de plomb pesant sur ses épaules. Sutherland allait être chagriné d'apprendre que sa présence dans cette maison avait été voulue et préméditée par Wilshere et que, dans cette affaire, Cardew avait été manœuvré.

Le maître des lieux l'attendait dans le hall. Il hocha la tête d'un air satisfait lorsqu'il la vit apparaître dans l'escalier.

— Parfait, lâcha-t-il en se dirigeant vers sa voiture – une Bentley décapotable, rutilante.

— À qui appartiennent ces habits ?

— À une amie de Mafalda.

— Votre femme paraissait surprise de me voir les porter.

— Elle vous a vue ?

— Elle est entrée dans *ma* salle de bains.

— Mafalda est une obsédée de la propreté. Toujours à surveiller le travail des domestiques. Ne soyez jamais à son service, je vous le dis !

— Elle semblait ne pas me reconnaître, me prendre pour une autre, insista la jeune femme.

— Je ne vois pas pour qui, répondit Wilshere avec

un petit sourire en coin. Vous ne ressemblez à personne... que nous connaissions.

Ils roulèrent jusqu'au front de mer, puis empruntèrent à droite la nouvelle route qui menait à Cascais par la côte. Anne regardait devant elle, cherchant un angle d'attaque susceptible d'ouvrir une brèche dans la belle cuirasse de Wilshere. Mais aucune idée ne lui vint. Ils contournèrent le port, laissèrent derrière eux le vieux fort et obliquèrent vers l'ouest. La mer, plus houleuse que la veille, martelait les petites falaises et soulevait dans chaque trou de rocher des gerbes d'écume aussitôt emportées par la brise et transformées en bruine.

— La *Boca do Inferno*, annonça Wilshere, presque pour lui-même. Je n'imagine pas vraiment l'enfer ainsi. Et vous ?

— Pour ma part, j'en suis restée aux descriptions des sœurs.

— C'est vrai que vous êtes si jeune.

— Et comment est l'enfer, selon vous ?

— Un monde de silence, et non un... (Wilshere s'interrompit, et changea de position sur son siège.) Je sais que nous sommes dimanche, mais ne pourrait-on parler d'autre chose ? L'enfer n'est pas...

Il laissa sa phrase en suspens et écrasa la pédale de l'accélérateur. La route se frayait un chemin à travers un dédale de pins maritimes et longeait la côte vers Guincho. Le vent était plus fort par ici ; des paquets de sable accumulés sur la chaussée malmenaient les ressorts des suspensions.

La masse de la Serra de Sintra se dressa devant eux, surmontée de son phare. La route serpentait sur le versant, virait, revenait sur ses pas. Une chapelle grise et des fortifications, sur un sommet dénudé et battu par les vents, surplombaient la côte striée d'écume, à présent loin en dessous d'eux, face à l'Atlantique.

À la fin de l'ascension, la voiture bifurqua au nord et s'enfonça dans un nuage. La vapeur se condensa sur leur visage. Le jour se fit automnal. Le mal du pays gagna aussitôt la jeune femme.

Au hameau du Pé da Serra, Wilshere s'engagea dans une rue pentue et s'arrêta devant un portail de bois flanqué de deux grandes urnes en terre cuite. Un domestique ouvrit les portes et ils pénétrèrent dans une cour pavée où des vignes vierges formaient un dais de verdure. Des tas de crottins constellaient les pavés et une Traction était garée sous l'une des arcades.

Lorsque la Bentley stoppa, un homme, monté sur un étalon noir, sortit de derrière la bâtisse. Le cheval marchait d'un pas précautionneux entre les déjections, ses sabots tintant sur les pavés humides et luisants comme du satin. Le cavalier, voyant Wilshere, vira dans sa direction, les cuisses de sa monture se bandant, prête au galop. Le cheval renifla, mordit son mors. Wilshere enfila sa veste, présenta Anne au major Luís da Cunha Almeida et voulut caresser l'encolure du cheval, mais celui-ci chassa son bras d'un coup de tête. Le major était costaud, ses épaules paraissaient aussi robustes que celles de l'étalon. Ses mains tenaient ferme les rênes, ses cuisses et ses genoux étaient serrés contre les flancs de l'animal pour contenir sa fougue. Les deux hommes échangèrent quelques mots, puis le major quitta la cour au petit trot. Le palefrenier sortit des écuries une grande jument grise et une pouliche alezane. Wilshere monta sur la jument, prit les rênes de la pouliche et l'entraîna vers des marches de pierre. Le palefrenier maintint l'étrier tandis qu'Anne se hissait sur la selle. Wilshere ajusta la longueur des rênes, lui donna quelques instructions, et ils suivirent le major dans les collines.

Ils avançaient au pas, s'enfonçant dans la pinède par

une piste sablonneuse. Wilshere, le torse voûté au-dessus de l'animal, paraissait perdu dans ses pensées. Anne, tout en tentant de suivre les mouvements de sa pouliche, cherchait encore le moyen de briser la carapace de son hôte, muré dans son monde de silence – l'enfer, selon lui. Après trois quarts d'heure de marche, ils parvinrent à une fontaine et à une construction basse de pierres sèches, surmontée d'une croix, mangée par la végétation alentour, les murs maculés de mousse. Wilshere sembla surpris et contrarié de se retrouver à cet endroit.

— Qu'est-ce que c'est ? demanda Anne.

Wilshere arrêta son cheval.

— Le convento dos Capuchos. Un monastère.

— On peut y jeter un coup d'œil ?

— Non ! rétorqua-t-il brutalement. Je me suis trompé de chemin.

— Pourquoi ne pas aller le visiter, puisque nous sommes là ?

— J'ai dit non.

Wilshere tira la pouliche d'Anne et lui fit faire demi-tour. Sa jument ne cessait de se cabrer, frappant le sol des sabots, n'appréciant guère son cavalier. Il se battit un moment avec sa monture, puis il se carra dans ses étriers et la laissa s'ébrouer. La jument dévala la pente en crabe, Wilshere penché sur l'encolure. Ils rejoignirent rapidement Anne en contrebas. Arrivé à sa hauteur, Wilshere pivota sur sa selle et donna un coup de cravache sur la croupe de la pouliche. L'animal partit au triple galop. Sous le choc, Anne lâcha les rênes et se retrouva plaquée contre la crinière, les poils rêches et âcres dans sa bouche.

Les sabots nerveux de la pouliche martelaient les pierres du chemin qui défilait à toute allure sous eux. Les bras refermés autour de l'encolure, la joue pressée contre le poil soyeux, sentant jouer sous sa peau les muscles épais, Anne percevait à la périphérie de son champ de vision l'œil écarquillé de terreur de sa monture.

Le chemin se rétrécit, les arbres les cernèrent de toutes parts. La langue de la pouliche pendait, la bouche pleine d'écume. Les branches fouettaient leurs flancs, se brisaient contre le dos d'Anne, cinglaient le poitrail de l'animal, l'excitant plus encore. L'adrénaline avait inondé son organisme. La jeune femme se sentait curieusement détachée de la situation, à la fois actrice et spectatrice.

La cavalière et sa monture sortirent de la pinède et du brouillard pour retrouver le grand soleil. Le vent hurlait à leurs oreilles. Anne entendit un grand fracas sur sa droite. Perçut une masse lancée à sa poursuite dans un nuage de poussière. Le flanc chaud de l'étalon du major apparut tout à coup à côté d'elle et une grosse main empoigna la bride. Le temps parut alors se comprimer, chaque instant s'unissant à un autre pour former quelques secondes interminables de terreur, jusqu'à ce que le monde arrête enfin sa course vertigineuse.

Prenant appui sur le bras du major, Anne se redressa, les jambes flageolantes.

— Où est le senhor Wilshere ? demanda le major en anglais.

— Je ne sais pas... je...

Elle le revit en pensée, la cravache brandie, le grand coup...

— Quelque chose a effrayé le cheval ?

Haletante, Anne tentait de mettre de l'ordre dans ses pensées, de trouver une explication à l'attitude étrange de son hôte.

— À qui sont ces vêtements ? demanda-t-elle.

— Je ne vois pas de quoi vous voulez parler, répondit le major en fronçant les sourcils.

— Mr. Wilshere... N'est-il jamais venu ici avec quelqu'un d'autre... avant ? Avant moi ? Avec une autre femme ?

— Vous voulez parler de l'Américaine ?

— Oui, l'Américaine. Comment s'appelait-elle ?

— Senhora Laverne. Senhora Judy Laverne.

— Que s'est-il passé ? Qu'est-il arrivé à Judy Laverne ?

— Je l'ignore. J'ai été absent pendant plusieurs mois. Elle est peut-être rentrée aux États-Unis ?

— Sans ses vêtements ?

— Ses vêtements ? répéta-t-il, troublé.

— Ces vêtements-là, insista Anne en frappant sa cuisse.

Le major essuya son front luisant de sueur.

— Depuis combien de temps connaissez-vous le senhor Wilshere ? demanda-t-il.

— Je suis arrivée au Portugal hier soir.

— Vous ne le connaissiez pas avant ?

— Avant quoi ?

— Avant de venir ici, précisa-t-il, calme et impassible comme un roc.

Anne prit une grande inspiration et déboutonna sa veste. La pouliche se tourna et posa la tête contre le flanc de l'étalon. Sur une crête, Wilshere apparut, sa chemise blanche contre le ciel azur. Il leur fit un petit signe et engagea sa jument dans le dédale de broussailles et de rocs pour rejoindre le chemin.

— Je vous ai perdue, annonça-t-il en arrivant sur une monture cette fois totalement soumise.

Comme s'il ne s'était rien passé.

— Mon cheval s'est emballé, répondit Anne, ne se sentant pas prête à mener une attaque de front, encore moins devant témoin. Le major est venu à ma rescousse.

L'effarement se lut sur le visage de Wilshere. Il semblait si sincère qu'Anne faillit le croire. Mais elle remarqua que Wilshere avait retiré sa veste et l'avait roulée sur sa selle – ce qui n'était en rien l'attitude d'un homme pressé de porter secours.

— Eh bien ! merci beaucoup, major, dit Wilshere. Vous devez être toute retournée, ma chère. Rentrons.

Anne écarta sa pouliche de l'étalon. Wilshere salua le major d'un signe de la main. Ils redescendirent le chemin, vers le nuage qui recouvrait la pointe nord de la *serra*. Le major resta en arrière, immobile sur son cheval, telle une statue équestre dans un jardin public.

Ils progressèrent en file indienne vers la *quinta*, dans le clair-obscur du nuage. Anne, bercée par le roulis des chevaux, revivait en pensée l'incident. Non pas le coup de folie de Wilshere, mais l'excitation due à la montée d'adrénaline, lorsqu'elle avait été emportée sur le dos de l'animal – la peur n'avait pas été aussi terrible qu'elle l'aurait cru... Cela levait un peu du mystère qui régnait dans la salle de jeu du casino, celui de ces êtres pris entre la joie de gagner et l'angoisse de perdre. Peut-être y avait-il également de l'excitation dans le fait de perdre – une jouissance morbide ? La jeune femme frissonna ; Wilshere se retourna vers elle. Elle lui renvoya un sourire parfaitement lisse.

Arrivés à la *quinta,* ils mirent pied à terre et le palefrenier emmena les chevaux. Les fesses et les cuisses d'Anne étaient comme du métal en fusion qui refroidissait, l'intérieur irradiant d'un feu intense, la surface se durcissant de seconde en seconde. La sueur dans ses cheveux tournait en glace, chaque muscle lui était douloureux tandis qu'elle traversait les arcades avec Wilshere pour rejoindre une salle aux pierres rustiques, décorée de quelques gros meubles campagnards. Un sinistre portrait de famille trônait sur un mur, ainsi que quelques gravures anglaises de scènes de chasse. Une collection de trophées diffusaient dans l'air immobile de la pièce une odeur musquée. Un lustre macabre, éteint, fait de bois de cerf, pendait au plafond, au-dessus d'une grande table où étaient disposés assiettes de fromages, *chouriços, presunto* [1], olives et pain. Wilshere versa une grande rasade de vin blanc dans une jarre d'argile puis servit un verre à Anne.

— À la vôtre ! lança-t-il. Buvez, cela vous remontera.

Furieuse de le voir aussi serein, Anne vida son vin d'un trait. Les questions se bousculaient dans sa tête. Il lui fallait trouver le point faible dans l'armure de l'Irlandais, attaquer à cet endroit précis à l'aide d'un objet bien pointu.

— Vous voulez manger quelque chose ? interrogea-t-il en désignant d'un geste vague les victuailles, lui-même étant bien plus intéressé par son vin.

— Oui. Je n'ai pas déjeuné.

— Vous préférez que je vous ramène à la maison ?

— Non, non. C'est parfait, répliqua-t-elle en fixant des yeux le masque irréprochable de politesse qu'affichait son hôte. Je voulais vous demander...

— Oui ?

— À propos du major, précisa-t-elle, non pas qu'elle trouvât un intérêt particulier à l'homme, mais il pouvait être un levier, éveiller chez Wilshere la rivalité masculine.

Elle prit une olive sur la table.

— Eh bien ?

1. Jambon fumé. *(N.d.T.)*

— Il semble avoir une... âme noble, dit-elle en passant de l'autre côté de la table tout en rognant le noyau d'olive.

— Une âme noble ? répéta Wilshere, pensif. Oui, noble, c'est le mot juste. Son amitié aussi est noble.

— La noblesse paraît une notion bien désuète aujourd'hui, reprit Anne en surveillant les réactions de Wilshere, qui avait à son tour contourné la table pour la rejoindre.

— C'est une valeur trop associée à des conflits d'un autre temps.

— Sauf que le major ne mène pas de guerre. Pourtant, il a...

— C'est vrai, Anne. Tout à fait vrai. Peut-être est-ce le cheval qui induit cela, la noblesse ainsi que les autres aspects de la chevalerie.

— Quels autres aspects ?

— Sauver les demoiselles en détresse, répliqua-t-il en battant des paupières.

Anne retira la peau d'une tranche de *chouriço.* Wilshere arborait l'expression concentrée d'un enfant qui s'apprête à arracher les pattes d'une araignée.

— J'imagine que s'il avait eu une veste ourlée de satin rouge et un tricorne à plumes... commença-t-elle.

Anne fut interrompue par les éclats de rire de Wilshere, qui cherchait à réduire l'événement à une démonstration de romantisme pour midinette. Anne serra les dents.

— C'est la famille de Mafalda ? demanda-t-elle, en désignant le tableau où un groupe de personnes aux visages blafards se détachait sur un fond sombre.

— Oui, répondit Wilshere sans quitter la jeune femme des yeux. Ils venaient ici autrefois...

— Chasser ?

— Non, non, ces trophées proviennent d'un peu

partout... D'Espagne, de France, et même d'Écosse, je crois... Tenez, là-haut, Glamis Castle ! La famille y passait l'été pour échapper à la canicule. Lisbonne, vous savez, peut être une fournaise insupportable, et ils habitaient l'Alentejo, où il fait encore plus chaud.

— Où vit sa famille, à présent ?

— La plupart sont morts. Le père de Mafalda est décédé l'année dernière. Cela a été un choc pour elle... cela n'a fait qu'altérer sa santé. Elle s'est mise à ne pas aller bien, comme dirait Cardew.

Anne déambula dans la pièce. Sous les trophées, des photographies représentaient des groupes de chasseurs posant devant le tableau de chasse. Parfois, les bêtes étaient si nombreuses que les tireurs étaient réduits à des figurines juchées sur la masse de lapins, de perdrix, de cerfs et de sangliers.

— C'est Mafalda, ici ? demanda Anne, surprise de voir une femme jeune et souriante, à son aise au milieu du groupe. Avec un fusil ?

— Oh oui ! répondit Wilshere, qui se découpait en contre-jour dans le rectangle gris de la fenêtre. Elle est très habile au calibre douze. Et une tireuse hors pair à la carabine. Je ne l'ai jamais vue en action, mais son père me racontait qu'elle faisait mouche à chaque fois.

— Mafalda... (Anne n'en revenait pas. Elle s'approcha du grand tableau.) C'est elle, là ?

— Ce n'est pas très ressemblant, n'est-ce pas ? C'est la troisième en partant de la gauche, à côté de son frère.

— Et le frère ? interrogea Anne, en examinant les deux visages.

— Un accident de chasse... Il y a des années, avant que je ne fasse la connaissance de Mafalda, précisa

Wilshere comme s'il voulait prouver qu'il n'avait rien à voir dans ce décès. C'est bien triste.

— Mafalda doit se sentir très seule aujourd'hui.

Wilshere ne répondit pas.

11.

Dimanche 16 juillet 1944, maison des Wilshere, Estoril, environs de Lisbonne

La chaleur monta encore en fin d'après-midi. La Quinta da Águia plongea dans le silence. La chambre d'Anne, sur l'aile ouest de la maison, était une étuve malgré les volets clos. Et elle ne pouvait dormir à cause du bruit du ventilateur. Elle prit son maillot de bain, un peignoir, une serviette, et partit pour la plage. Estoril était nimbé d'une brume de chaleur, l'océan se fondait dans le ciel.

Pas un souffle de brise dans les jardins. Les palmiers ployaient, terrassés par les rayons. Les cafés étaient vides. Elle traversa la rue, les rails argentés du chemin de fer, laissa derrière elle la gare ferroviaire silencieuse et rejoignit la mer. Elle réveilla un plagiste qui somnolait à l'ombre d'une des cabines, lui donna une pièce et se changea.

Au premier coup d'œil, la plage paraissait déserte, mais en s'approchant de l'eau, elle aperçut un couple étendu au fond d'une déclivité de sable, un chien creusant à ses pieds. La femme, dans un bikini blanc, se releva. Elle avait sur le nez une paire de lunettes de soleil et à la bouche un fume-cigarette noir. Anne s'installa sur sa serviette à dix mètres du couple.

— Hal ! geignait la femme avec un fort accent américain.

— Quoi... ? marmonna l'homme dans un demi-sommeil, son chapeau de paille sur les yeux, la main posée sur sa poitrine, un cigare se consumant entre ses doigts.

— Je ne vois pas pourquoi nous devons faire des risettes à Beecham Lazard.

Pas de réponse. Du pied, elle lui tapota la cuisse.

— Ça va. Ça va. Avant que tu ne commences ta tirade sur Beecham, laisse-moi te poser une question : pourquoi, à ton avis, sommes-nous ici, Mary ? Que venons-nous faire à Lisbonne ?

— Gagner de l'argent, répondit la femme d'un air las.

— Exact.

— Sauf que l'on n'a pas vu l'ombre d'un escudo.

— Encore exact. Et tu sais pourquoi ?

— Parce que tu penses que Beecham est la clé de tout. Et moi, je dis que...

— Je sais ce que tu veux dire... mais Beecham est mon seul contact.

La femme s'accroupit et regarda autour d'elle. Anne feignit d'observer le sable à ses pieds. Hal se mit à ronfler. Mary secoua la tête, se leva et marcha vers la jeune femme.

— Vous parlez anglais ?

— Je suis anglaise.

— Magnifique ! s'exclama-t-elle, avant de se présenter. Mary Couples. Je savais que vous n'étiez pas du coin... à vous voir ici, toute seule sur la plage. Une Portugaise ne ferait jamais ce genre de choses.

— Ah bon ?

— Pas encore. Elles se sont débarrassées de leurs chaperons, mais elle n'ont pas encore l'idée d'aller seules quelque part. Vous avez déjà vu dans un bar une Portugaise qui ne soit accompagnée d'un homme ?

— Je n'ai pas eu le...

— Exactement, renchérit Mary Couples, en retirant sa cigarette de son embout anthracite.

Hal grommela dans son sommeil et se remit à ronfler.

— C'est mon mari, Hal, là-bas... qui fait tout ce bruit ! précisa-t-elle, en l'observant d'un air attristé comme s'il s'agissait d'un infirme. Il a eu un déjeuner un peu arrosé. Il a aussi pas mal picolé hier soir, au casino. Il jouait à la roulette. Il a gagné. Il boit toujours quand il gagne. Il boit tout le temps, en fait.

— J'étais au casino, hier soir, répondit Anne. Je ne vous ai pas vue.

— Je reste à la maison quand il va jouer.

— Où habitez-vous ? interrogea Anne par politesse.

— Une petite maison à Cascais. Et vous ?

— Je séjourne chez les Wilshere, ici, à Estoril.

— Ah oui... C'est une charmante propriété ! Hal et moi y allons ce soir, pour un cocktail. Vous y serez ?

— C'est probable, répondit Anne, en creusant le sable de ses talons. Vous connaissez beaucoup d'Américains, dans le coin ? Je vous ai entendue parler de Beecham Lazard.

— Beaucoup, bien sûr... Beecham n'est pas mon favori...

— Vous connaissez une certaine Judy Laverne ?

— J'ai entendu parler d'elle. Mais c'était avant notre arrivée. Hal et moi ne sommes ici que depuis deux mois.

— Vous savez ce qui lui est arrivé ?

Il y eut une hésitation, un silence d'une fraction de seconde, avant que Mary ne réponde :

— Je crois qu'elle a été expulsée. Il y a eu des problèmes avec son visa. Elle est allée à la P.I.D.E. pour le faire renouveler, comme chaque ressortissant étranger, tous les trois mois, doit le faire, mais ils ont refusé. Elle a eu trois jours pour quitter le territoire. Je crois que c'est le délai légal. Judy Laverne... répéta-t-elle d'un air pensif en hochant la tête.

— Vous ne savez pas pourquoi on l'a expulsée ?

— La P.I.D.E. n'a pas à donner d'explication. C'est une police secrète. Ils font ce qu'ils veulent et, la plupart du temps, ce n'est pas joli-joli. Pour nous, les étrangers, ça va, le pire qui puisse nous arriver, c'est l'expulsion... Non, ce n'est pas vrai, le pire, c'est qu'ils vous envoient en prison, avant de vous expulser. Mais bon, ils ne vous font rien.

— Comment ça, « ils ne vous font rien » ?

Mary Couples rechargea son fume-cigarette.

— Ils réservent la torture à leurs concitoyens. Comme dit Hal, c'est palmiers et casino en surface, mais dessous... Vous êtes nouvelle ici, n'est-ce pas ?

— Judy Laverne travaillait bien pour quelqu'un ? Personne n'a pu l'aider ?

Mary réfléchit un moment.

— Beecham Lazard, dont vous parliez tout à l'heure....

— On me l'a présenté hier soir... au casino, répondit Anne. Elle travaillait pour lui ?

Mary eut une moue de sa bouche surchargée de rouge à lèvres.

— Si lui n'a pas pu la faire rester au Portugal, alors personne ne le pouvait.

— Et que fabrique Beecham Lazard dans ce pays ?

— Si vous voulez faire des affaires dans cette

ville... avec qui que ce soit – le gouvernement, les Alliés, les nazis, n'importe qui – vous devez passer par Beecham Lazard... C'est, en tout cas, ce que prétend Hal.

— Vous ne semblez pas le porter dans votre cœur... J'ai surpris vos paroles tout à l'heure.

— Parce qu'il aime tâter la marchandise et ce qui va avec. Or, je me considère comme une pièce de musée : on regarde, mais on ne touche pas ! déclara-t-elle en relevant ses lunettes pour se frotter l'arête du nez.

Mary Couples n'était plus une sirène à la beauté saisissante. Mais *elle l'avait été*. Les yeux émeraude, sous les cheveux bruns, avaient perdu leur éclat d'antan. Ils s'étaient voilés à force de voir trop de vilaines choses. Elle approchait la quarantaine et, quoique intacte à l'extérieur, l'âme usée s'était frayée un chemin jusqu'à la surface et commençait d'y imprimer les premières marques de lassitude.

— Pourquoi Beecham Lazard n'a-t-il pu lui venir en aide ?

Mary regarda la jeune femme droit dans les yeux.

— Pourquoi le cas de Judy Laverne vous intéresse-t-il autant ?

— Je me suis retrouvée dans ses vêtements d'équitation, ce matin. J'étais avec Patrick Wilshere sur la *serra*. Forcément, je me pose des questions.

— Bienvenue à Estoril ! lâcha Mary en laissant retomber ses lunettes sur son nez.

— Vous voulez dire que Wilshere a eu une histoire avec elle ?

Mary acquiesça.

— Et que quelqu'un s'est arrangé pour la faire expulser du pays ?

— Je n'en sais rien ! s'écria l'Américaine avec irritation. Demandez donc à Beecham Lazard ! L'un de ses amis, le capitaine Lourenço, est le chef de la P.I.D.E.

— Il se serait débarrassé d'elle ?

Mary se figea, puis, d'une main nerveuse, elle se mit à chercher son briquet qu'elle avait laissé à côté de son mari.

— Il me faut du feu, déclara-t-elle en retournant vers Hal Couples, dont le cigare continuait à lâcher dans l'air sa fumée âcre.

Au loin, une silhouette plongea dans l'eau et se lança dans un crawl endiablé.

— La P.I.D.E., reprit Mary en tendant à Anne une cigarette, est un État dans l'État. Personne ne lui donne des ordres... Vous m'avez dit votre nom ?

— Non. Pardonnez-moi. Je m'appelle Anne. Anne Ashworth.

— Vous travaillez dans le coin ?

— Pour la Shell. Je suis secrétaire. Mon patron est un ami de Patrick Wilshere... C'est ainsi qu'il a offert de m'héberger.

— Qui est votre patron ?

— Mr. Cardew. Meredith Cardew, répondit Anne, sentant ses entrailles se liquéfier en voyant la balle changer de camp.

— Merry... c'est ainsi que l'appelle Hal. Ce qui, au fond, est assez juste. Cet homme sourit tout le temps[1]. Il ne dit pas un mot, il sourit.

— Oui... eh bien, c'est mon patron.

— On se demande ce qu'ils peuvent avoir en commun, ces deux-là... Merry et Pat, le magnat du pétrole et le franc-tireur.

1. « Merry » signifie joyeux en anglais. *(N.d.T.)*

— Et que chasse-t-il ?

— Ah ! ça, Anne, c'est l'essence même du franc-tireur, répondit l'Américaine, qui dessinait un grand cœur dans le sable avec son doigt. Personne ne le sait.

Elles fumèrent en silence. Anne aurait aimé nager dans l'océan, être à mille lieues de cette femme à l'accent du *middle-west*, oublier cette chasse à l'information qui, un jour ou l'autre, pourrait la transformer en proie.

— À votre place, reprit Mary, en effaçant le cœur qu'elle avait dessiné, je ne creuserais pas trop. Restez à la surface, les palmiers, le casino... C'est bien plus joli.

— Aïe ! rugit Hal, en jetant en sursaut son cigare dans le sable.

— Hal vient de se brûler les doigts, marmonna Mary. Par ici, Hal !

L'homme se leva, souffla sur sa main. Anne le reconnut : c'était l'Américain qui l'avait, à la table de la roulette, plaquée contre sa poitrine, celui qui serrait la poupée de Wallis dans son autre bras... Mary fit les présentations. Hal aussi reconnut Anne. Il consulta sa montre et annonça qu'il devait s'en aller. La jeune femme regarda le couple s'éloigner, sachant que Mary lui rapportait déjà leur conversation. En effet, Hal jetait de petits coups d'œil derrière lui, soit par inquiétude, soit par regret de ne n'avoir pu la saluer plus chaleureusement.

Anne se dévêtit et marcha vers l'océan. Elle vérifia les alentours ; personne dans l'eau. Elle glissa ses cheveux sous un bonnet de bain, avança dans les petites vagues et s'élança en un crawl rapide, ses mains fendant l'onde paresseuse. Au fil de la nage, les problèmes paraissaient glisser sur son corps et se perdre dans les remous. Elle écoutait l'air et l'eau clapoter contre ses clavicules, savourait la fraîcheur sur son front. Elle se laissa porter par le rythme de ses membres, son corps roulant doucement sur la houle telle une coquille de noix, tandis qu'elle inspirait de grandes goulées d'air par-dessous son aisselle.

Elle releva la tête juste avant l'impact. Un sixième sens, sans doute. Un choc brutal, os contre os. Son visage ripa sur une épaule, le haut d'un humérus heurta sa gorge. Elle battit des bras dans un mélange d'eau et de soleil, roula sur l'omoplate dure d'un homme. Un nuage de bulles s'éleva de sa bouche. La lumière faiblit. Elle s'enfonça dans une nuée bleue. Au-dessus d'elle, les jambes du nageur soulevaient des gerbes d'écume.

Le sentiment de paix était surprenant, un silence lent et calme, un endroit où la peur ne pouvait plus l'atteindre. Même lorsqu'elle revit le visage de sa mère, la maison en feu de Clapham, la jambe de bois de Rawlinson, les sœurs du couvent,

$$x = \frac{-b \pm (b - 4ac)}{2a}$$

la roulette tournoyant sur son axe, la bille d'ivoire bondissant sur les cases, puis Mary...

Des mains surgirent sous ses aisselles, deux corps étrangers qui la tirèrent vers la surface. La lumière qui fondit soudain sur elle l'aveugla, l'air et l'eau déchirèrent ses poumons comme des lames de rasoir. Elle hoqueta et se mit à cracher un fluide âcre et acide. Elle se débattit de toutes ses forces. Tout allait trop vite, la renaissance était trop brutale et trop réelle. Sur sa nuque une bouche prononça des paroles d'apaisement, courut sur sa peau, sur ses cheveux. Sa tête fut penchée en arrière, calée dans le creux d'une épaule, et ils se mirent à nager ; elle percevait les mouvements puissants des jambes de l'inconnu sous elle, ses bras autour de sa poitrine. Le ciel bleu glissait au-dessus d'elle et elle avait l'impression d'être allongée dans son berceau au milieu du jardin de Clapham.

L'homme la tira hors de l'eau et l'étendit à plat ventre sur le sable. L'eau de mer s'écoula de sa bouche et de ses narines en un filet d'argent. Elle porta sa main pleine de sable à son crâne et tâta la protubérance sur le côté. Elle vomit sans même relever la tête... Le sable s'assombrit.

Mourir... et deux fois le même jour... C'est ce qui arrivait donc aux jeunes filles qui quittaient le foyer maternel ? Le monde extérieur était-il aussi dangereux ?

La voix de l'inconnu lui parvenait à distance, caverneuse, faible, comme si son crâne était une caisse de résonance. C'était la même voix que la veille au soir. Un visage aux pommettes saillantes, les os affleurant sous la peau, prêts à la transpercer... une peau fine et translucide. Des yeux bleus. Des cheveux blonds. Un menton à fossette. Un visage à l'expression ambiguë – à la fois fort et vulnérable, naïf et pénétrant. Une boule d'angoisse monta dans la gorge d'Anne.

— Qui êtes-vous ? demanda-t-elle, effrayée, les paupières battantes, les yeux courant du cou de l'étranger à ses petits tétons rétractés par le froid.

— Karl Voss.

12.

Dimanche 16 juillet 1944, Estoril, environs de Lisbonne

Anne s'éveilla sur son lit, le montant lui écrasant la joue, la tempe en feu, les genoux repliés sous son menton. La fenêtre était ouverte et l'air avait perdu de sa touffeur. Elle avait froid dans le dos. Les murs étaient teintés d'ambre par la lumière du couchant. Elle se retourna et aperçut un grand nuage rose recouvrant un segment du ciel azur.

Son oreiller était humide, son oreille pleine d'eau bourdonnait. Elle se releva et secoua la tête. Un jus chaud sortit du conduit auditif et coula sur sa mâchoire. Son regard se perdait entre ses jambes croisées, tandis que des bribes de conversation lui revenaient en mémoire.

— Vous êtes allemand, n'est-ce pas ? avait-elle demandé, étendue haletante sur le sable.

— Oui. Je suis l'attaché militaire de la légation allemande à Lapa.

Décidément, personne n'était au Portugal pour passer des vacances.

— Je vous connais ?

— Pas encore.

— Votre visage m'est familier.

— Je vous ai aidée à ramener votre ami chez lui, hier soir.

— Vous me suiviez ?

— Votre ami était saoul. Je savais que vous alliez avoir besoin d'aide.

— Je vous ai vu avant... vous étiez au casino, à regarder la roulette.

— Ce n'était pas la roulette que je regardais.

Puis la cabine de bain. Se rhabiller dans ce réduit à l'odeur de bois chaud, avec le sable qui crissait sous les pieds, les planches disjointes, hérissées d'échardes. Et cet homme, Karl Voss, assis sur le caillebotis au-dehors, dans son pantalon de toile, sa chemise blanche ouverte, pieds nus dans ses tennis. Le chemin du retour, les rails de chemin de fer, les jardins... Pas un mot. Aucune parole ne lui venait à l'esprit. Le bras de Voss pendait à côté du sien, si près que de temps en temps le duvet de son poignet se soulevait. Arrivée à la porte du jardin des Wilshere, elle ne trouva rien de mieux que de lui tendre la main.

— Je ne vous ai pas remercié.

Il secoua la tête – inutile.

— Nous avions tout l'Atlantique pour nous, dit-il.

Elle remonta l'allée vers la maison en songeant à ces paroles : « Ce n'était pas la roulette que je regardais. »

Anne se laissa retomber sur son lit, les mains jointes sur son ventre, le nuage rose se métamorphosant dans le ciel en une sorte de candélabre juif. Elle songea à tous ces mots non exprimés, à tous ces gens qui ne laissaient rien paraître – au hurlement silencieux de Dona Mafalda, au trou noir, béant, dissimulé au tréfonds de Wilshere, derrière ses manières impeccables, à la sérénité complexe de Karl Voss.

Des voitures arrivaient devant la maison. Elle entendait leurs pneus chuinter sur les pavés quand ils contournaient la fontaine du parvis. Les portes s'ouvraient et claquaient, comme des vannes déversant des flots de gaieté. Des éclats de rire hystériques fusaient, tailladant la vigne vierge sous sa fenêtre. Les projecteurs de façade s'allumèrent, chassant l'ambre délicat du ciel, zébrant de raies et de rectangles jaunes le plafond de sa chambre.

Sur le dossier de la chaise l'attendaient une robe de soirée – une autre que la sienne – ainsi qu'un porte-jarretelles et des bas. Sans réfléchir, elle enfila la robe, délaissant le porte-jarretelles, trop intime. D'une coupe moderne, la robe, de satin bleu marine, avait un décolleté plongeant. Une paire d'escarpins assortis l'attendait au pied du lit. Un écrin posé sur la table, rehaussé d'une inscription en lettres d'or, renfermait un collier de perles. Elle le passa à son cou d'un geste automatique. Les perles semblaient lumineuses sur sa peau, hâlée après ces deux heures passées au soleil. D'autres voitures arrivèrent, d'autre rires cristallins tintèrent sur le parvis.

— Henrique ! lança une femme.

— Françoise ! répondit l'intéressé. *La déesse de Lisbonne*[1] *!*

— *Dieter, wo ist meine Handtashe ?*

— *Ich weiss es nicht. Hast du im Wagen nachgeschaut*[2] *?*

Puis une voix ironique s'éleva au-dessus du lot :

— Hé ! Myrtle ! t'étais pas avec moi dans les bateaux, à Mylae !

1. En français dans le texte. *(N.d.T.)*
2. — Dieter, où est mon sac à main ?
— Je ne sais pas. Tu as regardé dans la voiture ? *(N.d.T.)*

— La ferme, Julian... tu es déjà ivre !

— Alors, ce cadavre que tu as enterré dans ton jardin, il a fait des pousses ?

— Tu ne dis même pas les bons vers [1] !

— Va te faire foutre !

Anne sentit ses mains devenir moites lorsqu'elle aperçut les voitures rutilantes en contrebas, les hommes dans leurs beaux habits noirs, les femmes, scintillantes de bijoux, attendant un bras pour les conduire à l'intérieur. Elle rassembla ses cheveux en chignon, passa ses doigts sur sa bosse qui avait désenflé, et se mit du rouge à lèvres, en questionnant du regard son reflet dans la glace. La robe lui procurait une confiance nouvelle, cette assurance d'actrice de cinéma éprouvée à son arrivée.

Elle longea le couloir, mais s'arrêta bientôt, intimidée par les éclats de rires qui fusaient au bas de l'escalier. Des voix s'échappaient d'une chambre dont la porte était entrebâillée, sur sa gauche. La pièce était vide. Pas le moindre meuble – pas même un lit. Les voix provenaient du trou de la cheminée. Anne se repéra mentalement. Elle devait se trouver au-dessus du bureau de Wilshere, qu'elle avait entr'aperçu, plus tôt dans la journée – des murs couverts de livres, une table de travail, un coffre-fort... Elle entra, s'agenouilla devant l'âtre et tendit l'oreille.

Ils étaient trois dans la pièce du dessous. Wilshere,

1. *The Burial of the Dead* in *The Waste Land* (La Terre vaine) de T.S. Eliot.

Les vers exacts étant :

« Stetson ! You who were with me in the ships at Mylae !*
That corpse you planted last year in your garden,
Has it begun to sprout ?..."

* Allusion à la bataille de Mylae durant les guerres puniques, en 260 av. J.-C., où Rome a anéanti la flotte carthaginoise. *(N.d.T.)*

Beecham Lazard et un autre homme qui parlait anglais avec un accent germanique. De temps en temps, cette voix et Wilshere passaient à l'allemand pour clarifier un point, mais Beecham les interrompait très vite : « Quoi ? Qu'est-ce que vous dites ? »

Il était clair, toutefois, d'après les propos qui suivirent, que Lazard, loin d'être exclu de la conversation, s'associait à l'Allemand pour faire pression sur Wilshere.

— Vous pouvez raconter ce que vous voulez, répliquait l'hôte d'un ton hautain, je ne lâcherai pas la marchandise tant que les Suisses ne m'auront pas confirmé que les fonds ont été virés.

— Avons-nous jamais failli à notre parole, cher ami ? insista l'Allemand.

— Le problème n'est pas là.

— Peut-être pensez-vous, maintenant que les Alliés ont débarqué en France, que nous devrions cesser ce genre d'activités ?

— Ce sont vos affaires. Mon travail à moi, c'est de m'assurer que la marchandise est payée. Comme vous le savez, il ne s'agit pas uniquement de *ma* marchandise. Je représente plusieurs vendeurs... et ce n'est pas, en l'occurrence, une livraison classique... ni en quantité ni en qualité.

— Tout ce que je sais, c'est qu'un avion part de Dakar mardi soir pour une correspondance avec le vol de Rio le mercredi matin, répondit Lazard. Et je veux que les pierres soient à bord.

— Pourquoi est-ce aussi urgent ?

— Nous avons un acheteur à New York.

— Et il va s'envoler ?

— La marchandise pourrait tomber entre de mauvaises mains.

Il y eut un silence. Des murmures. D'autres voitures arrivèrent.

— Les Soviétiques ? interrogea Wilshere.

Pas de réponse.

— Quand les fonds arriveront-ils à Zurich ?

— Vendredi.

— C'est une affaire qui sort visiblement de l'ordinaire, reprit Wilshere. Ne pouvez-vous rien me donner qui pourrait convaincre ceux que je représente d'accepter ces conditions inhabituelles ?

— Que voulez-vous dire ? lança l'Allemand d'un ton sec.

— Vous parlez d'un bonus ? avança Lazard, en bon négociateur.

— Nous serons peut-être d'accord pour un bonus, confirma l'Allemand, à condition de voir la marchandise.

— Je vous renvoie l'argument, répliqua Wilshere. Ai-je déjà manqué à ma parole ?

— Allons, Paddy ! lança Lazard.

— Vous ai-je déjà fait faux bond ? Non. J'ai suivi vos instructions à la lettre. Il n'y a aucune pierre de moins de trente carats dans le lot.

— C'est la valeur par carat qui nous importe, rétorqua l'Allemand. Il nous faut mieux que la qualité habituelle. Même si nous avons toute confiance en votre production angolaise et avons été déçus par la dernière livraison congolaise, nous sommes toujours prêts à faire appel à Léopoldville.

— Mes pierres sont ici... disponibles immédiatement, contre-attaqua Wilshere. Prêtes à partir pour Dakar dès que...

— Combien ? demanda l'Allemand, ce mot tombant comme un couperet.

— Que pouvez-vous me donner... en acompte ? Pour montrer vos bonnes intentions.

— En escudos ? demanda Lazard.

— Je ne veux pas d'escudos, mais plutôt cette matière qui vous sert à acheter vos escudos.

— De l'or ? Tout est en dépôt à la banque du Portugal. Il est impossible de...

— Ah oui ? l'interrompit Wilshere. J'ai ouï dire que depuis le 6 juin certains retraits avaient été effectués...

Il y eut un silence – glacial, crépitant comme du givre. Anne regarda fixement la grille du foyer, où une pomme de pin gisait sur le côté, ses écailles ouvertes révélant ses graines brunes et noires. Le plancher grinça dans le couloir. Elle tourna lentement la tête, le cœur battant entre ses poumons figés. Par l'entrebâillement de la porte, elle distingua un pan de chemise de nuit qui passait.

Anne se déchaussa et marcha sans bruit vers le seuil. Un sixième sens lui rappela la luminescence des perles à son cou. Par réflexe, elle cacha le collier de sa main.

Mafalda se tenait près de la chambre qu'occupait la jeune femme, surveillant l'escalier noyé dans la pénombre. Encore une insomnie ?

— Je ne vois pas de quoi vous voulez parler, Paddy, répliqua la voix de Lazard dans la pièce du dessous.

Anne serra les poings en voyant Mafalda entrer dans sa chambre.

— D'une curieuse coïncidence. Les Alliés débarquent en Normandie et Salazar lance l'embargo sur les exportations de tungstène.

— Il l'a déjà fait.

— Cette fois, l'embargo est réel. Désormais, il ne

craint plus d'être envahi. Il a rallié le camp des vainqueurs. Mes trois mines dans le Beira ont été fermées... officiellement. Un Anglais sillonne le pays pour s'en assurer. Et pourtant, pourtant...

— Crachez le morceau, Paddy.

— ... l'or continue d'arriver. Deux livraisons le mois dernier. Si le commerce des sardines était aussi florissant, je me serais pressé d'en profiter !

Un nouveau silence. Wilshere était bien renseigné... La nuque douloureuse, Anne sortit de la pièce et se dirigea vers sa propre chambre. La porte était ouverte et les bruits du dehors filtraient par les fenêtres. Mafalda avait tiré les draps et les reniflait comme un chien humant l'odeur d'une femelle.

Anne alluma la lumière. Mafalda se redressa, battant des paupières, interdite. Anne feignit la surprise.

— Que faites-vous ici ? demanda Mafalda.

— Il se trouve que c'est ma chambre...

— Pourquoi êtes-vous revenue ?

— Vous savez qui je suis, Dona Mafalda ?

La femme revint vers le milieu de la pièce, frissonnant sous le coton de la chemise de nuit.

— Même si vous n'avez aucun sens de l'honneur, ayez au moins la décence de ne pas remettre les pieds ici.

— Je m'appelle Anne Ashworth. Je suis anglaise. Je ne suis pas Judy Laverne.

Mafalda tressaillit en entendant ce nom. Elle leva les mains pour se boucher les oreilles, un geste vain puisque le nom avait déjà été prononcé. Puis elle se dirigea vers le seuil, bousculant Anne sur son passage, et s'enfuit dans un bruissement de coton blanc, tel un papillon de nuit cherchant une nouvelle lumière où se brûler les ailes.

Anne s'assura que le couloir était de nouveau désert

et retourna dans la pièce à la cheminée. Wilshere et Lazard étaient désormais seuls dans le bureau.

— Comment avez-vous eu vent de ces livraisons d'or à la Banco de Oceano e Rocha ?

— Pourquoi ? Vous n'étiez pas au courant ?

— Bien sûr que si, bluffa Lazard.

— Sans doute par la même source que vous, dans ce cas. La question est : savez-vous à quoi vont servir ces diamants à New York ?

— À acheter des dollars, répondit Lazard, heureux de pouvoir se montrer coopératif.

— Et avec ces dollars ?

— Vous n'avez vraiment aucun remords, Paddy ?

— Je sais que vous aimez m'appeler « Paddy », mais je préfère « Patrick », c'est clair Beecham ?

— D'accord, Patrick.

— Et en quoi devrais-je en avoir ? rétorqua Wilshere. (Quelqu'un gratta une allumette.) Je m'interroge seulement sur les raisons de cette agitation, de cette urgence quant à cette livraison. Et, bien entendu, de ces exigences particulières concernant la qualité de la marchandise... Le lot de pierres aura sur le marché une valeur supérieure à un million de dollars.

— La réponse est : je l'ignore.

— Vous l'ignorez – *vous* ?

— Exactement.

— Alors personne n'est au courant, poursuivit Wilshere, pas même vos vieux amis à I.G.-Amérique.

— Cela ne vous met pas la puce à l'oreille, Patrick ? Peut-être s'agit-il d'une information que nous ne devrions pas avoir.

— L'âge de l'innocence, Beecham, est depuis longtemps révolu.

Anne descendit l'escalier, traversa le grand hall obscur et rejoignit la terrasse illuminée où se tenait le cocktail. Cardew, dans un coin, lui fit un petit signe. Anne se fraya un chemin parmi les robes et les costumes, chipa au passage une coupe de champagne sur un plateau, et sentit tout à coup une main se refermer sur son coude. Elle se retourna et tomba nez à nez avec le plastron blanc de Hal Couples.

— Vous avez bavardé avec ma femme sur la plage, lança-t-il d'une voix très amicale.

— J'ai eu un contact encore plus proche avec vous, Mr. Couples.

— Hal, répondit ce dernier, pris de court. Appelez-moi Hal.

— Votre femme est ici ?

Il eut un geste vague de la main.

— Quelque part à l'intérieur.

Il sortit son paquet de Lucky Strike. Ils fumèrent et burent leur champagne, chacun évaluant l'autre.

— Vous travaillez pour la Shell, m'a appris Mary.

— C'est exact... Elle ne m'a pas révélé ce que vous faisiez, à part chercher à plaire à Beecham Lazard.

— Je travaille pour une société appelée Ozalid. Nous vendons des machines d'imprimerie, pour reproduire des plans d'architecte, ce genre de choses. Lisbonne va connaître un boom dans le secteur du B.T.P. ; alors on a pensé qu'il fallait être sur place, pour être les premiers à vendre notre matériel... Sitôt la guerre terminée, nous serons à pied d'œuvre pour placer nos machines... Le marché est colossal.

— Intéressant.

— Pour être honnête avec vous, Anne, ce n'est pas intéressant du tout. Mais c'est mon gagne-pain, et quand Roosevelt aura Berlin, ce sera la fortune assurée ! L'Europe entière est en ruine... ajouta-t-il en secouant la tête, voyant déjà pleuvoir les dollars.

— Je suis anglaise, vous savez ?

— Ah bon ? répondit-il avec un étonnement forcé, croyant bienséant de se montrer surpris.

— Je vais vous apprendre une chose sur les Anglais. Nous avons consacré des centaines d'années à édifier notre empire et, pendant toute une époque, nous avons gagné beaucoup d'argent... Pourtant – et c'est là l'étrangeté de la chose – nous ne pouvons y faire allusion. Curieux, non ? On nous a appris que c'était... grossier.

— Je suis désolé, Anne.

— Inutile de vous excuser. C'est juste un comportement que j'ai remarqué, chez les Américains. Vous, vous osez parler d'argent, pas nous. Parce qu'à nos yeux, c'est... ma mère dirait « m'as-tu-vu », une façon de faire son intéressant et, en Angleterre, il s'agit d'un crime national.

— Ah oui ?

Brutalement, Anne se remémora un point de son entraînement : ne jamais se moquer des Américains.

— C'est sans doute pour cette raison que nous appliquons la peine de mort ! ajouta-t-elle en guise de plaisanterie.

— Vous direz à votre mère, de ma part, commença Hal Couples d'un air de conspirateur, que tout est affaire d'argent en ce monde, et que si vous ne parlez pas d'argent, vous n'en gagnerez pas. Vous êtes tellement coincés, vous, les Angliches, que l'on se demande comment vous arrivez à baiser.

À ces mots, Anne imagina sa mère au lit avec Rawlinson, l'aidant à retirer sa jambe de bois... Elle réprima un frisson. Mieux valait ne pas y penser.

— Je ne sais pas, répondit-elle, soudain déstabilisée par cette vision.

— Toujours avec votre air pincé ? poursuivit Hal en retroussant sa lèvre supérieure.

— Par bonheur, notre sens du ridicule nous interdit d'être aussi grotesque ! répliqua-t-elle.

Hal l'observa d'un air dubitatif, la voyant désormais sous un jour nouveau. Anne jeta un regard sur la foule autour d'elle, et un sentiment enivrant de liberté la gagna. Personne ne la connaissait. Elle ne connaissait personne. Elle pouvait se faire passer pour qui elle voulait... tant qu'elle restait Anne Ashworth.

— Vous jouez à la roulette ? demanda Hal.

— Nous nous sommes trouvés à la même table.

— Ah bon ?

— Hier soir, au casino. J'étais de l'autre côté de votre petite muse.

— Ma petite quoi ?

— Votre petite muse porte-bonheur. Et, non ! je ne joue pas à la roulette. Les probabilités sont trop faibles.

— Ouais. Je m'en doutais. Vous n'êtes pas le genre à ça.

— Ça y est, vous avez finalement fait connaissance ! lança Mary en s'immisçant entre eux.

— Ouais, répondit Hal, soudain sur la réserve, se demandant d'où allait partir l'attaque.

— J'essayais de convaincre Hal d'abandonner la roulette, déclara Anne. Je lui parlais des chances de réussite.

— Si seulement vous y parveniez !

Beecham Lazard apparut dans l'encadrement d'une porte-fenêtre. Hal passa le bras autour de la taille de sa femme et l'entraîna.

— Excusez-nous, Anne... (Il se tourna vers Mary.) Chérie, Beecham est là. Allons lui parler. À plus tard, Anne.

— Au revoir, Hal.

Mary roula des yeux. Ils rejoignirent Beecham, qui

passa aussitôt son bras autour de Mary, lui caressant l'épaule. Anne termina sa cigarette, vida son champagne tiède, plutôt satisfaite d'elle-même. Une main prit son verre vide et lui en donna un plein.

— La bosse est partie, constata Karl Voss.

— J'ai dormi. Tout va bien, maintenant, répondit-elle, sa belle assurance fondant comme neige au soleil.

Ils se tenaient côte à côte sur le bord de la terrasse, regardant la foule de convives.

— Je voulais vous demander quelque chose plus tôt, mais je ne souhaitais pas paraître... brutal.

— Brutal, vous l'êtes ! répliqua-t-elle dans une tentative d'humour, mais les mots lui parurent maladroits – durs et pas drôles.

Karl Voss rit. L'un comme l'autre étaient nerveux.

— Cela aurait semblé un peu froid, de poser cette question... un peu clinique, même.

— Et quelle était cette question ?

— Je voulais savoir si, pendant que vous étiez en train de vous noyer, vous avez vu le film de votre vie défiler devant vous. Tout le monde raconte ça.

— Cela signifierait que les vieux mettent plus de temps à se noyer ? Avec toutes les bobines de souvenirs qu'ils ont à visionner...

— Je n'avais pas songé à ce détail.

— J'ai vu des choses, mais pas à proprement parler une vie entière... Plutôt une bande d'actualités. Et passablement ennuyeuse. Et vous, à quoi ressemblerait votre film ?

— Sûrement pas à *Autant en emporte le vent*.

— Je n'ai pas vu le film.

— Lisbonne est la seule ville d'Europe où il passe, nous pourrions... (Il s'interrompit, se souvenant *in extremis* de l'endroit où il se trouvait et de la nationalité de son interlocutrice.) Peut-être, quand la vie sera moins compliquée...

— Vous pensez qu'elle peut l'être ?

— J'en doute. Mais il y a de bonnes et de mauvaises complications...

— Nous avons le choix ?

— Non, mais il faut savoir attraper les bonnes quand elles se présentent... comme cet après-midi.

— C'était un accident, non ? dit-elle, les yeux au sol.

— Bien sûr, répondit-il, en regardant la rampe de projecteurs sur la pelouse.

Les insectes crissaient au-dessus de leurs têtes. La lumière rendait le visage de l'Allemand blanc et noir, avec des hachures grises. Une vision d'artiste. Ou de mathématicienne. Elle le dévisageait fixement, les yeux écarquillés, comme une enfant, avant de se rappeler qu'il était inconvenant d'observer les gens ainsi, que cela ne se faisait pas, pas plus que de parler d'argent et de nourriture, ou de quitter la table sans en avoir demandé la permission. Les règles du savoir-vivre. Pourquoi y en avait-il autant ?

— À quoi pensez-vous ? demanda Karl Voss, en se retournant vers elle.

Anne, reprenant pied dans la réalité, chercha une pensée intelligente à avouer.

— Au destin, mentit-elle. Au fait qu'il vous ait mis sur mon chemin.

— Je doute que le destin existe, en temps de guerre. C'est comme si Dieu avait perdu son autorité et que les enfants n'en fassent qu'à leur tête... de vilains garnements. Vous ne pensez pas ? Nous sommes aujourd'hui entre les mains de...

— Ah, Voss ! vous ne m'avez pas présenté à votre charmante compagne.

C'était la voix de l'Allemand qui se trouvait dans le bureau de Wilshere, une voix hachée, comme des impacts de pieds sur des pavés. Voss tendit la main dans la direction de la jeune femme, cherchant frénétiquement dans ses souvenirs – tous vides de noms. Il ouvrit son autre main vers le nouvel arrivant, un homme grand, chauve, avec un pince-nez sur son visage dodu, souligné d'un bouc qui lui donnait des airs d'érudit, d'historien d'art, par exemple.

— Général Reinhardt Wolters, permettez-moi de vous présenter...

Voss se tourna vers la jeune femme, son esprit blanc comme une page vierge.

— Anne Ashworth, annonça-t-elle. Je réside chez les Wilshere.

— Une jolie maison, dit Wolters, alors qu'elle ne l'était pas. Et une magnifique soirée. Vous êtes anglaise, miss Ashworth ?

— Oui, je suis anglaise, répondit-elle en contenant sa défiance.

— Veuillez me pardonner de vous poser cette question. Vous avez l'accent, mais pas le physique.

— Je me suis exposée au soleil.

— Je crois savoir que vous êtes nouvelle ici... Cela doit faire un choc, de passer ainsi directement de l'Angleterre à tout ça...

Il fit un geste vague de la main.

— Vous parlez des lumières ?

— Oui, les lumières. Et de ce degré de fraternisation avec l'ennemi. À Lisbonne, on peut tous être amis.

Wolters sourit, découvrant ses dents jaunes et un trou noir à côté d'une canine. Il avait tort. Elle n'appréciait guère d'être aussi proche de l'ennemi – du moins de cet ennemi-là, car, au fond d'elle-même, elle ne parvenait pas à ranger Voss dans le même camp.

— Vous avez raison, monsieur Wolters, mais la

guerre ne fait pas rage ici. Si les bombes pleuvaient sur nous, les choses seraient différentes. Comme c'est le cas en...

Elle but une gorgée de champagne.

— C'est vrai, tout à fait vrai, concéda Wolters. Capitaine Voss, je peux vous dire un mot...

Voss et le général prirent congé. Ils quittèrent la terrasse et s'enfoncèrent dans les ombres du jardin, au-delà du halo des projecteurs. Anne passa le doigt sur la bosse à sa tempe, en songeant à la complexité du métier d'espionne. Les cartes étaient tellement brouillées... Comment pouvait-elle s'attendre à rencontrer quelqu'un comme Karl Voss, attaché militaire à la légation allemande, et à tomber si vite sous son charme ?

— Certaines personnes vont rester dîner, annonça Wilshere en posant la main sur l'épaule de la jeune femme. (Toujours cette manie de la toucher.) Vous vous joindrez à nous, n'est-ce pas ?

Il n'attendit pas sa réponse : les « Roumaines » – le groupe de femmes hautaines qu'Anne avait rencontré la veille au casino – le rejoignait. Elle battit en retraite vers la pénombre du parc. La fête tirait à sa fin.

— *Je vous remercie infiniment...* (une voix de femme haut perchée résonnant dans la nuit) *mais nous sommes invités à dîner chez le roi d'Italie*[1].

Anne se retourna, laissant ses yeux s'acclimater à l'obscurité. Il n'y avait plus personne sur la pelouse. Elle se dirigea vers les buissons, intriguée par les bruits qui s'en élevaient. Cependant, en s'approchant elle s'arrêta net – des grognements, des halètements, des frottements de peau. Elle se tint à l'orée de la haie, hésitante. Les bruits cessèrent. Quelques instants plus

1. En français dans le texte. *(N.d.T.)*

tard, Beecham Lazard sortit d'une trouée dans les buissons, se recoiffa, rajusta son col, et repartit vers la maison. Une minute plus tard, Mary Couples apparut dans la même ouverture. Elle souleva les pans de sa robe et se frotta les genoux, puis elle rejeta la tête en arrière pour redonner du volume à ses cheveux.

13.

Dimanche 16 juillet 1944, maison des Wilshere, Estoril, environs de Lisbonne

Anne espérait qu'il y aurait un Anglais au dîner, Cardew et sa femme peut-être... Il lui avait fait un petit signe en début de soirée, mais elle n'avait pu le rejoindre qu'à la fin. Elle avait juste eu le temps de lui communiquer l'endroit qui pouvait servir de boîte aux lettres, et les Cardew étaient partis dîner avec une délégation espagnole. Restaient, finalement, deux couples portugais, un couple argentin, un couple espagnol, Wolters, de la légation allemande, Beecham Lazard, et une seule autre femme non accompagnée, une comtesse d'un certain âge à la beauté fanée.

Anne se trouvait entre l'Argentin et Lazard, côté fenêtre. Elle avait en face d'elle l'une des deux Portugaises – une femme mini-format avec des cheveux très bouclés et vêtue d'une robe de couturier trop élégante pour elle. Wilshere était en bout de table. La chaise réservée à son épouse était vide. Personne ne parut s'en étonner.

Un consommé, jaune et épais, fut servi dans des soupières en argent. La soupe avait un arrière-goût douceâtre, peut-être à cause du métal. Lazard ne cessait de plaquer sa jambe gauche contre la cuisse d'Anne, tout en baragouinant dans un portugais abominable avec la femme assise à sa droite. Celle-ci lui répondait dans un anglais irréprochable, mais cela n'entamait aucunement les velléités linguistiques de l'Américain.

Le poisson arriva – le signal pour les hommes d'engager la conversation avec leur voisine de l'autre côté. Lazard se tourna donc vers Anne, la dévorant des yeux comme un dessert appétissant, se demandant quelle partie il allait goûter en premier.

— J'ai rencontré Hal et Mary Couples, déclara-t-elle pour le faire redescendre sur terre. Deux de vos compatriotes.

— Ah oui ! Hal... répondit Lazard, comme s'il était un parent et non celui qui avait troussé sa femme dans les buissons. Je parie qu'il vous a parlé affaires. C'est tout ce qui intéresse ce pauvre Hal.

— De roulette, aussi, et de muses. Une autre de ses passions.

— Qui l'eût cru ? Et vous, Anne, quelle est votre passion ? J'espère que vous n'allez pas me répondre la sténodactylographie.

Imitant Lazard, elle ouvrit son poisson, tranchant le long de l'arête dorsale pour lever les filets. Elle était ravie de ce moment de répit. Quelle était sa passion, maintenant qu'elle était Anne Ashworth ? Sûrement pas les mathématiques !

— Je suis peut-être une fille du bon vieux temps, mais qui n'a pas eu beaucoup le loisir d'en profiter. Il n'a pas fait bon vivre en Angleterre, ces dernières années.

— Je pourrais vous sortir... vous montrer les bonnes adresses de Lisbonne.

— Il y en a ?

— Bien sûr. Nous pourrions dîner au Negresco, danser au Miami Bar, faire un petit tour à l'Olympia Club. Ce sont tous des endroits très à la mode.

Il retira la tête et l'arête dorsale de son poisson, puis coupa la chair blanche dessous.

— Hier, une émeute a eu lieu en plein centre de Lisbonne, juste avant que mon avion atterrisse. On m'a raconté que c'était à cause d'un problème de nourriture : de la sciure dans les *chouriços*.

— Des communistes ! lâcha Lazard, comme s'il s'agissait de la peste. Plusieurs mondes se côtoient dans cette ville, Anne, mais, pour simplifier, disons qu'il existe deux grands groupes : « ceux qui ont » et « ceux qui n'ont pas ». Si vous faites partie de « ceux qui ont », il faudra vous habituer à côtoyer « ceux qui n'ont pas », ou alors rester confinée à Estoril, où on ne rencontre que ceux de la première espèce.

Il reposa ses couverts sur le squelette du poisson et avala le reste de son vin blanc. Son verre fut immédiatement rempli. Les garçons débarrassèrent les assiettes. Pendant le silence relatif de l'entre-deux plats, la comtesse choisit de faire son entrée en scène. Elle lança du bout de la table :

— Maintenant que Cherbourg est tombé, Herr Wolters, et que les Alliés marchent sur Paris, que va faire votre Herr Schicklgruber [1] ?

— La voilà qui recommence, chuchota Lazard derrière sa serviette.

Wolters prit l'affront de plein fouet. Tenant son verre par le pied et sondant les reflets du vin comme

1. Nom maternel d'Adolf Hitler. Employer ce patronyme est insultant, puisque c'est une façon de rappeler qu'Hitler fut un enfant illégitime. *(N.d.T.)*

pour y lire l'avenir, il lissa son bouc et répliqua avec la même rudesse :

— Le Führer, madame, est serein. Quant à Paris, c'est peut-être un saut de puce sur une carte, mais soyez assurée que les Alliés vont se heurter à une résistance féroce.

— Et les Russes ? demanda-t-elle, portant les coups là où ils faisaient mal.

Wolters serra le bord de la table, se leva à demi de son siège. Tout le monde attendait sa réponse, avide d'informations fraîches ; seuls les tintements de couverts des domestiques servant le riz et les légumes rompaient le silence. Wolters paraissait brûler de renverser la table sur cette assemblée vénale. Il les foudroya du regard, un à un, hormis la comtesse milanaise et la jeune Anglaise, comme autant de parasites s'engraissant sur le dos du Reich.

— C'est vrai. Les Soviétiques ont connu ces temps-ci quelques succès, répondit-il d'une voix mesurée, mais n'imaginez pas une seconde qu'un seul hectare de terre al... de terre française, se reprit-il, sera abandonné sans une lutte dont l'âpreté restera dans les annales de l'Histoire. Il n'y aura pas de reddition.

Cette certitude inflexible glaça le sang des convives, hormis celui du maître de maison. Au contraire, Wilshere semblait amusé par cette démonstration de fanatisme.

— Vous ne pensez pas qu'ils vont se débarrasser de lui, si... ? poursuivit la comtesse.

— Qui ça, « ils » ? l'interrompit Wolters.

— Les Allemands. Ceux qui aimeraient qu'il reste encore une Allemagne à la fin de toute cette histoire.

— Il y aura toujours une Allemagne ! s'écria Wolters qui, visiblement, ne s'était jamais aventuré dans ces conjectures glacées.

— Vous croyez encore aux miracles !

— Nous ferons feu de tout bois, lâcha le général, en prenant soudain conscience du ridicule de ses paroles. Peut-être n'êtes-vous pas au courant des fusées automatiques qui tombent sur Londres.

Les regards se tournèrent une seconde vers Anne. Tous savaient que la jeune femme était anglaise.

Wolters tendit un doigt volontaire.

— Et elles ne sont qu'un simple avant-goût, précisa-t-il.

Les couverts cessèrent de tinter dans les assiettes.

— Cela fait des années que la presse allemande nous parle de cette arme miracle, intervint Lazard. Où en êtes-vous, au juste ?

Sans répondre, le général attaqua sa viande avec un appétit de loup, comme si c'était l'Europe qu'il s'apprêtait à dévorer.

Après le dîner, les femmes se rendirent au salon pour boire du café, tandis que les hommes se réunissaient dans une pièce attenante à la salle à manger, où furent proposés cigares et porto. Wolters s'approcha de Wilshere, au moment où tout le monde quittait la table.

— Qui c'est, celle-là ? demanda-t-il à voix haute.

— La comtesse della Trecata, répondit Wilshere dans un sourire.

— Juive ?

La comtesse prit le bras d'Anne dans le couloir qui menait au salon, sa main serrant par à-coups la chair du bras.

— Je le suis, bien entendu, murmura-t-elle d'une voix frêle.

— Vous êtes quoi ?

— Juive. Je l'ai trop insulté... lui et son Herr

Schicklgruber. Et vous, vous êtes anglaise, n'est-ce pas ?

— Oui. Je travaille à Lisbonne et je réside ici.

— Que pensez-vous de votre Mr. Mosley [1] ?

— Je crois qu'il est dans l'erreur.

— « Dans l'erreur ». C'est fort juste. Peut-être devrais-je avoir votre sagesse quant au choix des mots. Inutile de vous préciser que nous sommes les seules non-fascistes, ici. Les Argentins sont péronistes, les Espagnols, franquistes, les Portugais, des aristocrates pro-Salazar, quant à notre ami Allemand...

— Et Mr. Lazard ?

La comtesse eut un reniflement dédaigneux.

— Un *capitalista*.

— Et Mr. Wilshere ?

— Imprévisible. Un pur Irlandais. Il est neutre, un peu comme Salazar, si vous voyez ce que j'entends par là. Le cœur dans un camp et le portefeuille dans les deux. Quoique, dans le cas de Wilshere, je suppute que ce n'est pas de l'amour, mais plutôt du mépris...

— Ce n'est donc pas un fasciste.

Les femmes s'installèrent devant la cheminée vide, les deux Portugaises enfonçant leurs cigarettes dans des fume-cigarette démesurés. La comtesse fuma la sienne sans accessoire, et en offrit une à Anne. Une domestique servit le café.

— Quelqu'un a-t-il vu Mafalda ? demanda l'une des deux Portugaises.

— On m'a appris qu'elle était souffrante, répondit la comtesse.

— Depuis un certain temps déjà, précisa l'Espagnole.

1. Sir Oswald Mosley (1896-1980), homme politique britannique, fondateur, en 1931, du British Union of Fascists. *(N.d.T.)*

— Nous étions dans le Nord, expliqua l'autre Portugaise. Hors de contact.

— Moi, je l'ai vue, annonça Anne.

— Ah oui, ma chère ?

— Mais je ne suis ici que depuis hier.

— Cependant vous l'avez vue.

— Oui.

— Racontez-nous ça.

— C'est que...

— Nous sommes toutes des amies de Mafalda, ici, répondit l'Espagnole, d'un ton presque menaçant.

— Laissez cette enfant parler, intervint la comtesse.

— Elle semblait avoir les idées quelque peu confuses, déclara Anne avec précaution.

— Confuses ? Comment ça ?

— Elle m'a prise pour quelqu'un d'autre.

— Mafalda ?

— Cela n'a rien d'étonnant, lança la Portugaise à sa compatriote dans sa langue natale. Vous avez vu sa robe ?

— Quelle robe ? s'enquit l'Argentine en anglais.

Tous les yeux se braquèrent sur Anne. Seule la comtesse resta imperturbable, fumant, accoudée à la cheminée, d'un air supérieur, comme si elle n'éprouvait que mépris pour ces vulgaires commérages.

— Cette robe ne vous appartient pas, n'est-ce pas ? demanda la première Portugaise.

La comtesse intervint :

— Si vous la laissiez s'exprimer, elle vous le dirait.

— Non, ce n'est pas ma robe. La mienne est à la blanchisserie. On a déposé celle-là pour moi dans ma chambre pendant que je dormais.

— Je le savais ! C'est une création de cette couturière parisienne du Chiado. Elle en a créé une aussi pour moi.

— Ce n'est pas celle que vous portez, j'espère ! railla la comtesse.

— Je crois que cette robe ainsi que la tenue d'équitation que l'on ma prêtée ce matin appartiennent à une Américaine... Dona Mafalda semble le penser aussi. C'est ainsi qu'elle m'a prise pour elle.

— Hoody Laberna ! lança l'Espagnole en levant les bras d'un air triomphant.

La tasse de l'Argentine glissa dans sa soucoupe.

— Hoody qui ?

— Judy Laverne, précisa Anne. On m'a raconté qu'elle a été expulsée du pays, il y a quelques mois.

— Qui vous a raconté ça ?

— Une autre Américaine. Mary Couples.

— Qu'est-ce qu'elle en sait ? rétorqua la Portugaise.

— Elle n'était même pas là, cette *puta* ! confirma l'Espagnole.

À ces mots, l'Argentine pouffa de rire.

— Judy Laverne est morte dans un accident de voiture, expliqua la comtesse, *avant* d'être expulsée.

— Si vous êtes partie faire du cheval dans la *serra*, vous avez dû passer à l'endroit de l'accident, renchérit la Portugaise. Elle revenait de Cascais et sa voiture est sortie de la route dans ce virage en épingle à cheveux, juste après le carrefour d'Azoia. Il y a un ravin très escarpé. C'est terrible. L'auto a explosé. Elle n'a pas eu la moindre chance d'en réchapper.

— Ils ont dit qu'elle avait bu, ajouta l'autre Portugaise.

— Je ne vois pas comment ils pouvaient le savoir, intervint la comtesse. Le corps était totalement carbonisé.

Le collier de perles au cou d'Anne sembla soudain se resserrer. Elle glissa un doigt dessous pour soulager la pression. Mary Couples devait forcément être au courant, songea-t-elle.

— Pourquoi me fait-on porter les affaires de Judy Laverne ?

— Elle a dû les laisser là... répondit la Portugaise. C'est sûr qu'en Angleterre, vous ne devez pas avoir grand-chose à vous mettre.

L'assemblée échangea des regards entendus. Anne étouffait dans cette robe, au milieu de ces femmes et de cette société : l'Argentine, avec ses cheveux tirés en arrière et ses sourcils remontés jusqu'en haut du front, l'Espagnole avec son mépris ouvert pour Mary Couples, les Portugaises et leurs ragots, calées sur leur gros derrière, tirant à tout va sur leurs grands fume-cigarette – toutes avides de montrer qu'elles étaient dans le secret des dieux. Seule la comtesse semblait garder une certaine retenue.

— J'espère qu'aucune d'entre vous ne souffre de la même confusion d'esprit que cette malheureuse Mafalda, répliqua Anne. Je porte peut-être ses habits, mais je ne suis pas Judy Laverne.

— Bien sûr, ma chère, lança la Portugaise d'un ton mielleux. Personne n'a prétendu cela.

La condescendance irrita davantage encore la jeune fille. Elle ne put se contenir davantage.

— Vous savez toutes que Judy Laverne était la maîtresse de Wilshere et en me voyant porter ses vêtements, vous en concluez que c'est également mon cas. Eh bien, je ne le suis pas et ne le serai jamais !

Anne brûlait de partir en claquant la porte, mais deux choses l'en empêchèrent. D'abord, le chemin vers la sortie était tortueux, encombré de meubles et de bibelots. Puis la main de la comtesse vint lui tapoter doucement l'épaule. Était-ce pour la réconforter ou pour lui conseiller de ne pas aller plus loin ?

L'atmosphère était devenue très lourde autour de la cheminée. Cigarettes et fume-cigarette restaient suspendus dans le silence.

— Qui arrivera à Berlin le premier, à votre avis ? demanda la comtesse.

La question traversa le groupe comme une flèche enflammée et alla se ficher dans le mur opposé. Chacune l'ignora. L'Argentine et l'Espagnole commencèrent à parler course de chevaux, les deux Portugaises se lancèrent dans la longue litanie de leurs connaissances communes. La maison serait réduite en poussière avant qu'elles ne répondent.

On maintenait visiblement Anne et la comtesse à l'écart. Les deux femmes se mirent à bavarder. La comtesse vivait seule dans une petite *pensão* à Cascais. Sa famille l'avait envoyée en Espagne, en 1942, parce que la guerre devenait trop proche, lui avait-on expliqué. C'est en rencontrant d'autres réfugiés, dans le bateau, puis dans le train pour Madrid, qu'elle avait compris pourquoi sa famille lui avait fait quitter l'Italie. C'était la première fois qu'elle avait entendu parler de rafles de Juifs à travers l'Europe. Depuis, elle n'avait plus eu de nouvelle des siens restés au pays.

— Ils doivent vivre dans la clandestinité, expliqua-t-elle. Ils pensaient qu'à mon âge, je ne pourrais me faire à cette existence, et c'est pour cette raison qu'ils m'ont envoyée ici. Dans quelques mois, tout ça sera terminé et ils viendront me chercher. Je suis patiente.

Tout en parlant, la comtesse explorait la pièce du regard. Ses paroles paraissaient sortir toutes seules, par un processus purement mécanique qui mouvait sa langue et sa mâchoire. Les mots se voulaient convaincants, tandis que le subconscient luttait contre la certitude inconcevable qu'elle était désormais seule au monde. Les beaux habits, les coiffures savantes, le rouge à lèvres cachant des dents avides, ces langues qui s'agitaient dans les bouches creuses, ce gazouillis incessant dans la pièce agressèrent brutalement Anne comme la stridence d'une scie de boucher sur des os.

Une domestique vint annoncer que les voitures étaient prêtes. Anne accompagna la comtesse jusqu'à la porte, l'aida à monter dans l'habitacle. Au moment où la jeune fille s'apprêtait à refermer la portière, la comtesse se pencha et lui prit la main.

— Ne vous approchez pas du senhor Wilshere, dit-elle. Ou Mafalda vous fera expulser du pays, comme elle l'a fait pour Judy Laverne.

Elle lâcha sa main et Anne claqua la porte. La voiture partit en queue de peloton. Le visage fatigué et figé de la vieille femme disparut dans l'obscurité – la nuit, son alliée, la cachait du reste du monde, pour quelques heures de répit avant que le soleil, cruel et implacable, ne se lève à nouveau.

Anne souhaita bonne nuit aux invités de Wilshere et partit sur la terrasse fumer une cigarette dans la lumière crue des projecteurs, oppressée par ces vies qui croisaient soudain la sienne. La dernière voiture s'en alla et les projecteurs de la façade s'éteignirent, les filaments des lampes se métamorphosant en vers luisants orange dans les ténèbres. Une odeur de cigare précéda l'apparition dans la nuit d'une braise rouge flottant dans l'air. Wilshere s'assit en face d'Anne, de l'autre côté de la table basse, et croisa les jambes. La faible lumière filtrant des fenêtres se réfléchissait sur le pourtour de son verre lorsqu'il le porta à sa bouche.

— Encore un autre jour au paradis, annonça-t-il du tréfonds de son cocon d'alcool.

Anne ne répondit pas, songeant encore aux événements de la journée. Comment trier le bon grain de l'ivraie, comment en tirer la substantifique moelle – si tant est qu'il y en ait une ? Trop de faits se télescopaient, trop d'informations à traiter simultanément. C'était ça, l'âge adulte ? On pouvait nager contre le flot des événements, mais après un moment la fatigue prenait le dessus, et on se laissait emporter par le courant, jusqu'à être, comme la comtesse, rejeté sur le rocher sinistre qui vous était destiné.

— Dix sous pour vos pensées...

— Je me demandais pourquoi, commença Anne, en tentant de cacher son irritation, pourquoi vous ne cessez de m'habiller comme Judy Laverne.

Les mots sortirent, tranchants comme des lames. Elle regarda chaque syllabe cingler le visage noyé d'ombre de son interlocuteur.

Il y eut un long silence, ponctué par le crincrin des grillons, durant lequel la présence de Wilshere se fit plus tangible, le rouge de son cigare plus vif sous ses aspirations nerveuses.

— Elle me manque, articula-t-il enfin.

— Que lui est-il arrivé ? demanda Anne avec froideur, encore pleine de fureur. (Voyant qu'il ne répondait pas elle ajouta :) Il plane un doute sur ce sujet. Cet après-midi, on me dit qu'elle a été expulsée du pays et ce soir qu'elle est morte dans un accident de voiture.

— Il n'y aucun doute à avoir, répondit-il, paraissant lutter contre quelque chose qui montait dans sa gorge – sa fumée de cigare ou une bouffée d'émotion ? –, Judy est morte... dans un accident de voiture.

Les ténèbres et la fraîcheur sépulcrale du soir donnaient au lieu des airs de confessionnal. Un rossignol chanta dans les frondaisons ; le verre de Wilshere fut reposé sur la table ; la braise du cigare trembla dans la nuit.

— Nous nous sommes disputés. Nous étions montés à la maison du Pé da Serra. Nous avons fait du cheval tout l'après-midi, puis nous nous sommes mis à boire. J'étais au whisky ; elle, comme d'habitude, au cognac. L'alcool nous est monté à la tête et nous nous sommes disputés... Je ne me souviens plus à quel sujet. Elle était venue avec sa propre voiture. Elle a claqué la porte et est partie. Je l'ai suivie. C'était une bonne conductrice, d'ordinaire. Je la laissais tout le temps conduire la Bentley. Mais elle était si furieuse... et si saoule. Elle roulait trop vite. Dans un virage serré, sa voiture a quitté la route et est passée par-dessus le parapet. Même si le réservoir n'avait pas explosé, elle n'aurait pas pu...

— Quand est-ce arrivé ?

— Il y a quelques mois. Début mai. (Le rossignol cessa de chanter.) Je suis tombé amoureux d'elle, éperdument, Anne, comme jamais je ne l'avais été.

À son ton vibrant, à sa façon de triturer ses lunettes, Anne se demanda si la dispute ne portait pas sur le fait que Judy Laverne ne lui vouait pas les mêmes sentiments.

— Cette dispute... commença-t-elle, mais Wilshere se releva, secouant la tête et les bras, pris de panique, comme s'il se sentait sur le point de tomber dans un précipice.

Le cigare décrivit dans l'air un arc de cercle et retomba au bout de la terrasse. Wilshere lui tourna le dos, fit face à la maison, penchant la tête en arrière pour refouler des souvenirs trop douloureux. Anne serrait les accoudoirs de son fauteuil et ne vit pas ce qu'aperçut Wilshere derrière une fenêtre du premier étage : la chemise de nuit de Mafalda, ses mains pâles plaquées contre les carreaux. Il tira Anne par le bras et la fit se lever.

— Je vais me coucher, annonça-t-il.

Il l'embrassa sur la joue, tout près de sa bouche. Elle tressaillit sous ce contact.

Anne n'était pas fatiguée, la journée avait été trop riche d'émotions. Elle prit deux cigarettes dans le coffret et quelques allumettes. Elle retira ses chaussures et traversa la pelouse pour rejoindre le pavillon d'été et sa charmille. Elle s'assit sous les lianes des passiflores, ramena ses pieds sur le rebord du banc et coinça une cigarette entre ses lèvres, calant son menton sur ses genoux. Elle gratta une allumette et aperçut dans le halo lumineux un homme au bout du banc – assis en tailleur, les bras croisés... Karl Voss.

— Vous pourriez provoquer une crise cardiaque, comme ça, vous savez, monsieur Voss ?

— Pas à vous, apparemment.

Anne alluma une cigarette, jeta l'allumette et se laissa aller contre le dossier carrelé.

— L'attaché militaire de la légation allemande surveillerait-il cette maison ?

— Pas la maison.

— Mais les gens à l'intérieur de cette maison ?

— Pas tous.

Un fil d'argent se referma en nœud coulant autour de son estomac.

— Que va-t-il se produire cette fois ?

— Je ne comprends pas ce que vous voulez dire.

— Vous avez le don de tomber à pic, monsieur Voss.

— À pic ?

— Toujours là quand on a besoin de vous, pour m'aider à porter de la viande saoule, ou me sauver de la noyade, par exemple.

— J'aime me rendre utile. On verra bien ce qui nous attend, cette fois.

Il observa l'extrémité de la cigarette de la jeune

femme. Ses lèvres, son nez et ses joues luirent dans la nuit lorsqu'elle tira une bouffée, imprimant sur la rétine de Voss ce fragment irradiant de visage. Il cherchait ses mots, comme un voyageur ayant trop bien rangé son billet et qui ne le retrouve plus.

— Que savez-vous au juste sur Mr. Wilshere ? interrogea-t-elle.

— Le nécessaire.

— Assez pour le ramener chez lui lorsqu'il est ivre ? Ou assez pour ne pas avoir envie d'en savoir plus sur son compte ?

— Je suis en affaires avec lui. Il semble honnête. C'est tout ce qu'il me suffit de savoir pour l'heure.

— Vous l'avez déjà vu avec sa maîtresse, une certaine Judy Laverne ?

— Quelquefois... Ils ne se cachaient pas, du moins pas quand ils étaient à Lisbonne. Ils fréquentaient des boîtes de nuit, des bars, au vu et au su de tous.

— Comment étaient-ils ensemble ?

Il y eut un grand silence, suffisamment long pour qu'Anne ait le temps de finir sa cigarette, qu'elle écrasa sous le banc.

— Je ne pensais pas que ma question allait vous mettre dans un tel état de perplexité.

— Amoureux, répondit-il finalement. C'est l'image qu'ils donnaient.

— Il vous en a fallu, du temps ! Vous pensez que l'amour était réciproque ?

— Oui, mais connaît-on les gens par leur seule apparence ?

Anne apprécia la réponse. Cela prouvait qu'il cherchait une compréhension plus fine des êtres, au-delà des mots et des comportements.

— Je n'ai qu'une cigarette ; si vous voulez, on peut la fumer à deux ? proposa-t-elle.

Il avait les siennes dans sa poche, mais il s'approcha et s'assit à côté de la jeune fille. Anne chercha sa main dans l'obscurité, posa la cigarette dans sa paume. Elle gratta une allumette et une petite flamme naquit entre eux. Voss attira les doigts de sa compagne vers la cigarette. Comme au cinéma, songea Anne.

— Pourquoi me posez-vous ces questions sur Wilshere ? demanda-t-il en posant la main qui tenait la cigarette sur son genou replié.

— Je loge chez un homme qui m'habille comme son ex-amante ; non, comme *feu* son ex-amante. J'ignore ce que cela cache, sinon que ça met sa femme dans tous ses états. Il m'a dit ce soir qu'elle lui manquait... l'amante, s'entend.

— C'est peut-être vrai.

— Mais vous, en tant qu'homme, vous ne trouvez pas ça bizarre ?

— Il voudrait qu'elle ne soit pas morte. Il cherche à tromper son esprit.

— Pourquoi ferait-il une chose pareille ?

— Peut-être n'a-t-il pas tout avoué.

— Ou alors, il se sent coupable...

— Possible.

Elle prit la cigarette entre les doigts de Voss, tira une bouffée et la remit en place, se sentant plus hardie avec lui. Un baiser à distance.

— Vous avez entendu parler de l'accident ?

— Oui... j'ai aussi entendu raconter qu'elle partait.

— L'expulsion.

— C'est ce qu'ils ont prétendu.

— Vous pensez que ce n'est pas le cas ? Qu'elle voulait quitter le pays ?

— Je ne la connaissais pas, répondit-il dans un haussement d'épaules. Je n'en sais rien.

Ils fumèrent en silence, leurs doigts se frôlant.

— Vous pourriez tuer une personne si celle-ci ne vous aimait pas ? demanda Anne.

— Cela dépend de beaucoup de facteurs.

— Quel genre de facteurs ?

— Jusqu'à quel point je suis amoureux. Du degré de ma jalousie...

— Mais vous pourriez tuer ?

Voss ne répondit pas tout de suite. Il tira une bouffée, pensif.

— Je ne crois pas... non.

— C'est la réponse que j'espérais, monsieur Voss !

Et ils rirent tous les deux.

Il écrasa le mégot sur sa semelle. Ils restèrent assis. Lorsqu'ils tournèrent la tête l'un vers l'autre, leurs bouches n'étaient qu'à quelques centimètres. Il l'embrassa. Ce baiser bouleversa tout – un mélange de peur et de désir indissociables. Ce fut si brutal, qu'elle battit en retraite et se leva d'un bond.

— Demain soir, lança-t-il dans son dos. Je serai ici.

Elle s'enfuyait déjà.

Anne remonta l'allée en courant, rejoignit la terrasse et s'écroula sur le fauteuil, haletante, les poumons en feu, son cœur tressautant dans sa poitrine. Elle laissa aller sa tête en arrière, contempla les étoiles, écoutant les pulsations du sang dans sa gorge. Une idiote, voilà ce que je suis, pensa-t-elle. Une petite sotte. Le souvenir de sa mère la giflant dans le jardin de Clapham la ramena sur terre.

Fraterniser avec l'ennemi, voilà ce qu'avait dit Wolters. Fraterniser. Pactiser. Elle avait fait pis encore. Son acte était irresponsable et dangereux. Elle quittait le droit chemin, filait vers les ornières. Anne se recroquevilla, se prenant le front dans les mains. Pourquoi lui ? Pourquoi pas Jim Wallis ? Pourquoi pas n'importe qui d'autre que lui ?

Elle ramassa ses chaussures, soudain épuisée. Elle ne valait guère mieux que ces héroïnes de roman à l'eau de rose. Elle rentra dans la maison, emprunta le couloir pour rejoindre le hall d'entrée en se demandant comment on apprenait à devenir enfin adulte et responsable. Sûrement pas en écoutant les prêches des mères. Les figurines d'argile dans la vitrine attirèrent son regard, l'une d'entre elles en particulier. Elle alluma la lumière et ouvrit les portes vitrées. La figurine n'était pas tout à fait semblable aux autres. Elle constituait une sorte de variation sur un même thème. Elle représentait une femme aux yeux bandés. Anne retourna la statuette, cherchant un indice, une inscription pour comprendre sa signification. Sous le socle, le nom de l'artisan, rien d'autre. Une chose floue s'approcha, un visage se matérialisa tout à coup de l'autre côté de la vitrine. La peau, autour des yeux, était translucide et tendue.

Mafalda contourna le meuble et arracha la figurine des mains d'Anne.

— Je voulais juste comprendre ce qu'elle représentait, bredouilla la jeune femme.

— *Amor é cego,* répondit Mafalda en replaçant la figurine sur l'étagère et en refermant les portes vitrées. L'amour est aveugle.

14.

Lundi 17 juillet 1944, bureaux de la Shell, Lisbonne

Meredith Cardew écrivait au porte-plume sur des feuilles volantes posées à même le plateau poli de son bureau. Anne était fascinée par ce travail de scribe, qui rappelait davantage les coups de pinceau d'un peintre ou la calligraphie chinoise que l'écriture. Rien ne touchait la feuille, hormis la paume de la main, protégée d'un mouchoir, et la pointe de la plume, qui s'élargissait ou s'affinait au fil des pleins et des déliés. L'écriture de Cardew n'était pas très lisible, même vue à l'endroit. Elle tenait davantage des caractères cyrilliques ou des hiéroglyphes que de l'anglais romain. Cardew n'écrivait qu'au recto, sur des feuilles vierges qu'il prélevait d'un bloc rangé dans le troisième tiroir de son bureau. De temps en temps, il soulevait sa feuille et essuyait de son mouchoir la surface du bureau. Manie excentrique ou réelle mesure de sécurité ?

La réunion fut longue, plus de trois heures, parce que Cardew se faisait expliquer au moins deux fois chaque point et, pour ce qui concernait la conversation à trois entre Wilshere, Lazard et Wolters, il exigea d'en entendre le récit détaillé à cinq reprises. Ce qui semblait le chagriner le plus était l'allusion aux Russes. Il voulait être certain que c'était Wilshere qui avait prononcé ce mot, sous une forme interrogative, et qu'il n'avait reçu, en retour, aucune réponse.

— C'est tout, ma chère ? demanda-t-il finalement, alors que l'horloge sonnait midi et que la chaleur au-dehors l'avait contraint à retirer sa veste de costume.

— Cela ne vous suffit pas ? s'étonna Anne, craignant de décevoir pour son premier rapport de mission.

— Non, non, c'est très bien. Parfait. Du bon travail. Vous allez pouvoir vous reposer dans votre bureau. Je voulais simplement être sûr que nous n'avions rien oublié.

« Nous » ? songea Anne. Elle avait mentionné le nom de Karl Voss au cours de son résumé de l'incident sur la plage et de la conversation avec Wolters au cocktail, mais elle n'avait soufflé mot de leur rencontre sous la charmille plus tard dans la nuit. Ce point n'avait pas à figurer dans son rapport.

— Non, nous n'avons rien oublié.

— Parfait, répéta Cardew en posant sa plume et en comptant les pages manuscrites. (Il bourra sa pipe.) Nous allons peut-être accomplir un petit miracle.

Cardew pivota sur sa chaise pour faire face à la fenêtre avec son panorama de toits rouges cuisant au soleil.

— Éveiller l'intérêt de Sutherland !

La rencontre était prévue pour 16 heures dans une maison de la rua de Madres, dans le quartier Madragoa de Lisbonne. Anne avait rendez-vous au Q.G. de la P.I.D.E., rua António Maria Cardoso, après déjeuner, pour déclarer son lieu de résidence et recevoir son permis de travail. De là, elle devrait se rendre rua Garette, acheter des gâteaux à la pâtisserie Jerónimo Martims, puis filer rua de Madres et sonner au numéro 11, trois coups brefs. À celui ou celle qui ouvrirait la porte, elle devait annoncer : « Je viens vois la senhora Maria Santos Ribeira. »

Si la gouvernante déclarait que la senhora était sortie, Anne répondrait : *Il advient ce qui doit advenir / le temps et les heures filent, même au jour le plus douloureux.*

La gouvernante la ferait alors entrer. Anne adorait ce genre de mise en scène absurde.

Peu après 16 heures, les phrases de Macbeth furent récitées et Anne se retrouva assise sur une chaise de bois dans une pièce aux volets clos. La pénombre était si dense qu'il lui fallut un certain temps pour s'apercevoir de la présence de Sutherland. Il était installé dans un fauteuil dans un coin de la pièce. Du thé était servi devant lui. Une assiette vide attendait les gâteaux d'Anne. Derrière lui, une fissure s'était frayée un chemin dans le mur et se perdait en un delta confus dans l'immensité du plafond. Sutherland se montra attentionné comme une mère poule – cela signifiait, apprit-elle plus tard par Wallis, qu'il était content de son travail.

— Du citron ? Il est difficile de garder du lait par cette chaleur, mais je peux en avoir en poudre. Quoique ce ne soit pas pareil, bien entendu.

— Du citron, merci.

L'Anglais se rassit, croisa les jambes, sa tasse et la soucoupe à la main, le gâteau posé sur le côté.

— Les citrons sont dans leur élément naturel, dans ce pays.

Sa première question fut surprenante, mais – comprendrait-elle plus tard, avec l'expérience – finalement assez prévisible.

— Wilshere qui cravache votre cheval... Qu'est-ce que cela cache, selon vous ?

— Judy Laverne... je portais sa tenue d'équitation.

— D'après les notes de Cardew, ou plutôt les notes de Rose résumant celles de Cardew, parce que je ne suis pas fichu de déchiffrer un traître mot de ses pattes de mouche, vous n'avez pas demandé à Wilshere ce qui lui avait pris de frapper ainsi votre cheval.

— C'est vrai.

— Pourquoi donc ?

— Je voulais éviter une confrontation devant le major ; et puis, s'il savait ce qu'il faisait, il n'allait pas...

— Vous voulez dire, s'il l'a fait *sciemment* ?

— Il aurait trouvé une excuse, inventé une perte d'équilibre ou je ne sais trop quoi.

— À moins qu'il n'espérât une réaction de votre part...

— À l'inverse, s'il n'est pas conscient de ses actes, c'est qu'il a de sérieux problèmes mentaux, et je devrai en tenir compte pour la suite. J'ai donc décidé d'attendre... de laisser venir.

— Vous ne pensez pas qu'il cherchait à tester votre couverture ?

Les mots s'insinuèrent en elle comme des morceaux de glace. Le choc thermique, dans la fournaise ambiante, lui donna le tournis.

— Je sais que votre situation est délicate... Les convenances, les codes de ce milieu... mais cette possibilité ne vous est réellement pas venue à l'esprit ? insista-t-il en croquant dans son gâteau.

— Si, mais je pensais surtout à Judy Laverne... J'ai été troublée par la réaction de sa femme devant mes vêtements...

— Vous devriez mettre cette histoire sur le tapis.

Le plus tôt sera le mieux. Trouvez une explication plausible... Vous ne vouliez pas en parler devant le major Almeida, vous y avez réfléchi pendant un jour ou deux... ce genre de choses... Donnez-lui une chance de présenter ses excuses, et acceptez-les.

— Et s'il n'en fait rien ?

— Vous voulez dire si son geste était *réellement* inconscient ? Alors cela signifierait que ce qui s'est passé entre Wilshere et Judy Laverne l'a rendu pour le moins imprévisible.

— Qui était au juste Judy Laverne ?

— Oh !... une emmerdeuse. Une emmerdeuse de première. Je ne sais pas si nous connaîtrons le fin mot de l'histoire sur elle. C'était une ancienne secrétaire d'I.G.-Amérique.

— I.G.-Amérique ? interrogea Anne.

— La filiale yankee d'I.G. Farben, le conglomérat pétrochimique allemand. Et, comme vous le savez désormais, après la conversation que vous avez surprise dans le bureau de Wilshere, Lazard a été un cadre supérieur d'I.G.-Amérique. D'après ce que je sais, Judy Laverne aurait perdu son emploi dans cette société et Lazard l'aurait fait venir au Portugal.

— Elle ne travaillait donc pas pour les Américains ?

— Dans le Renseignement ? Pour l'O.S.S.[1] ? Le service des « études stratégiques »... Encore un doux euphémisme dont les Ricains ont le secret, soit dit en passant ! Non, non, je ne crois pas, mais certaines personnes l'ont cru. Les Américains ont voulu lui faire faire certains travaux pour eux, mais elle était très loyale envers Lazard et se plaisait bien chez Wilshere, alors elle a refusé de marcher dans la combine. Nous

1. Office of Strategic Studies. *(N.d.T.)*

ignorons ce qu'ils espéraient découvrir chez Lazard. Et nous ne sommes pas près de le savoir ! Les Yankees sont des obsédés du secret. Et ce, même après le jour J, alors que, nom de Dieu, nous avons fait notre...

Sutherland se reprit et se pinça le nez pour retrouver son calme.

— Vous saviez qu'elle avait péri dans un accident de voiture ? demanda Anne. Il y a des choses pas claires à propos de son expulsion...

— La P.I.D.E. a refusé de renouveler son visa. Ça, c'est la vérité. Elle avait trois jours pour quitter le pays. Et elle a trouvé la mort dans un ravin. Sa voiture est sortie de la route dans un virage, aux environs du carrefour d'Azoia.

— Vous savez pourquoi elle a été expulsée ?

— Non, pas plus que les Américains, officiellement. Avec le recul, je me demande si ce ne sont pas eux qui sont derrière tout ça – des représailles, en quelque sorte, parce qu'elle n'a pas voulu jouer dans leur camp –, mais ils nient catégoriquement. Ils disent qu'ils ont été aussi surpris par cette décision que Judy Laverne elle-même.

— La comtesse italienne prétend que c'est un coup de Mafalda.

— Et pourquoi pas du Père Noël ? Beecham Lazard est très proche du chef de la P.I.D.E., le capitaine Lourenço. Il l'aurait su.

— Vous pensez que Lazard suspectait qu'elle avait été approchée par l'O.S.S. ?

— Possible.

— Un soupçon ou une certitude ?

— S'il avait réellement cru qu'elle travaillait pour les Américains, il ne se serait pas contenté de la faire expulser.

— Autrement dit, il l'aurait tuée, conclut Anne. Or, justement, il se trouve qu'elle est morte...

— Dans un accident de voiture.

— Et cette version vous satisfait ?

— La P.I.D.E. a réglé l'affaire rapidement. En quelques heures, tout était bouclé. Ils détestent la publicité quand il s'agit de résidents étrangers. Ils ont envoyé un rapport complet au consulat des États-Unis. Les Américains l'ont accepté ou, du moins, ils n'ont pas réagi. Encore un peu de thé ?

Anne vida le fond de sa tasse. Sutherland la remplit. L'air redevint respirable.

— Vous ne pensez pas que ma position est vulnérable ?

— Non, pas avec votre couverture, répondit Sutherland. Ce n'est pas vraiment nous qui vous avons placée là, je vous le rappelle. Nous avons tiré profit d'une opportunité offerte par Wilshere à Cardew. Votre couverture est donc solide. L'ex-secrétaire tombant enceinte, voulant s'arrêter de travailler... tout ça est vrai. Mais dites-moi ce qui vous inquiète...

— Ma crainte, c'est que Judy Laverne ait réellement travaillé pour l'O.S.S., que Wilshere ou Lazard l'ait découvert et que l'un ou l'autre l'ait tuée.

Sutherland contempla la fissure qui montait vers le plafond.

— Vous en pensez Wilshere capable ? Vous dites qu'il était amoureux d'elle. On les a vus ensemble à Lisbonne, et nos rapports parviennent à la même conclusion.

Connaît-on les gens par leur seule apparence ? songea-t-elle. Les paroles de Voss, qu'elle avait trouvées si justes, ouvraient soudain des doutes béants dans son esprit, concernant leur relation à eux deux.

— Quelle serait votre réaction si vous appreniez

que la femme que vous aimez est un agent ennemi, une personne qui vous espionne ? Vous penseriez automatiquement que ses sentiments à votre égard sont également un simulacre, n'est-ce pas ? Cela vous mettrait dans une colère noire de savoir que l'on a ainsi abusé de votre confiance.

— Encore faudrait-il qu'elle eût été un agent... ce qui n'est pas le cas.

— Vous m'avez demandé ce qui m'inquiétait.

— Votre crainte est sans fondement... Quand bien même Judy Laverne aurait travaillé pour l'O.S.S., je doute que Wilshere l'eût tué... Lazard, en revanche...

— Voilà qui me rassure !

Sutherland remua sur son siège, exaspéré par cette discussion qui n'avait aucun intérêt professionnel.

— Cessez de penser à Judy Laverne. Elle n'a rien à voir avec votre mission.

— Mais elle est peut-être un indice, une piste, insista Anne.

— Nous avons étudié la possibilité que Wilshere se serve de vous comme vecteur de désinformation. Cependant, nous sommes arrivés à la conclusion que ce serait parfaitement inutile, en la circonstance. Pourquoi s'amuserait-il ainsi, alors que les enjeux sont si grands ?

— Parce que c'est un joueur dans l'âme, intervint Cardew.

— Certes, répondit Sutherland. (Il tripota la plaque de casino que ses hommes avaient récupérée dans la cachette du pavillon d'été.) Qu'est-ce que c'est ?

— L'une des nombreuses plaques que Lazard a données à Wilshere.

— Vous voyez, Wilshere n'aime pas le risque. C'est un homme qui s'assoit à une table de baccara pour miser l'argent des autres. Il ne joue que lorsqu'il est sûr de ne rien perdre.

Anne rougit de sa propre naïveté. Elle n'avait pas vu ça. Son esprit n'était pas concentré sur l'information. Elle s'était laissé distraire par ce que Sutherland aurait baptisé du brouillage émotionnel. Et ce, pas uniquement à cause de Judy Laverne...

— Une autre question encore... L'homme qui vous a aidée à ramener Wilshere chez lui ? demanda Sutherland. Vous ne précisez pas de qui il s'agit.

— Il n'a pas dit son nom.

— Mais de toute évidence, il vous a suivie.

— Ce n'était pas Jim Wallis.

— Oui, je lui ai demandé de garder un œil sur vous, discrètement. Si ce type a porté Wilshere jusqu'à sa maison, ce n'est pas par hasard...

— C'est l'invité mystère.

— Nous sommes tous environnés de mystère, répliqua Sutherland.

— Sauf Beecham Lazard.

— C'est vrai. Il semble, lui, purement et uniquement vénal... Néanmoins, je suis surpris de sa relation avec Mary Couples.

— Peut-être les Couples sont-ils plus aux abois qu'on ne le suppose ?

— En effet, c'est un point intéressant. Vous dites qu'il travaille pour Ozalid ?

— C'est ce qu'il m'a annoncé.

— On parlait d'I.G.-Amérique, tout à l'heure. Dans leur groupe, on trouve la General Aniline & Film, Agfa, Ansco et... Ozalid. La G.A.F. fournit les tissus et les teintures pour les uniformes ; leurs commerciaux ont donc accès à toutes les bases militaires aux États-Unis. Tous les films d'entraînement sont développés dans les laboratoires Agfa/Ansco. Toutes les reproductions de plans d'installations de l'armée sont tirés chez Ozalid.

— Et toute cette information remonte jusqu'à Berlin ?

— Il s'agissait d'une brèche monumentale dans leurs défenses, mais ils ont changé tout ça après Pearl Harbor, répondit Sutherland. Ils ont fait le grand nettoyage de printemps.

— Et l'une de ces personnes « balayées » fut Beecham Lazard ?

— C'est la raison de sa venue ici... en tant qu'agent free-lance. Il ne travaille pas exclusivement avec les Allemands, mais il a chez eux des contacts haut placés, et il a leur confiance...

— Et les Américains, ils lui font confiance aussi ?

— C'est ce qu'il semble.

— Puisqu'ils travaillaient pour des sociétés appartenant au même groupe, il est possible que Hal Couples et Beecham Lazard se connaissent de longue date ?

— Possible. Nous ne sommes sûrs de rien.

— Vous savez quand Hal Couples est entré chez Ozalid ?

— Nous avons demandé les infos aux Américains. Mais cela prend du temps.

— Que peut avoir à vendre Hal Couples ? interrogea Anne. Je ne vois pas en quoi des plans de bâtiments situés sur un continent à l'autre bout de la Terre auraient un intérêt pour les Allemands.

— Bonne question. Les chiens étant sur le pas de leur porte, que leur importe l'état de la niche ? En attendant, ne vous lancez pas dans des conclusions hâtives concernant les Couples. Les Américains éclairciront tout cela en temps voulu. De notre côté, nous allons surveiller tous les vols Lisbonne/Dakar. Votre prochaine tâche est de fouiller le bureau de Wilshere et de découvrir l'origine de ces diamants, l'endroit où ils sont stockés et comment l'opération va être menée... tout ce qui pourra nous être utile. Si Wilshere a les diamants en sa possession, mettez au point avec Wallis un moyen de l'avertir quand les pierres quitteront la maison.

« Passons, à présent, aux V.I.P... Wolters : vous avez eu un aperçu du personnage pendant le dîner. Il a pris ses fonctions au début de l'année, en tant que colonel SS. Lorsqu'ils ont limogé l'amiral Canaris, le chef de l'Abwehr, il a eu une promotion. Il est désormais général. C'est lui qui dirige la légation allemande. Et personne d'autre. La comtesse della Trecata : je vois que vous l'avez prise en sympathie. Ne lui parlez plus. Elle est dangereuse, pour la raison même qui la rend sympathique. Quant aux autres... vous êtes au courant, je crois.

— Vous n'avez pas parlé de Karl Voss.

— L'attaché militaire est un homme de l'Abwehr. Il fait ses rapports directement à Wolters, répondit Sutherland, qui marqua un temps arrêt, comme s'il s'apprêtait à ajouter quelque chose, mais il se ravisa.

— Le major Almeida ?

— Un officier de l'armée portugaise. Je ne sais pas dans quelle assiette il mange, alors croisez au large. On a fait le tour, non ?

Anne n'eut soudain plus de questions à poser. La tension qui se lisait sur le visage de Sutherland, et qui emplissait toute la pièce, formait une sorte d'écran devant ses pensées. Ce n'est que plus tard, sur le chemin du retour, qu'Anne s'aperçut qu'il ne s'agissait pas de stress, mais d'excitation. Cette affaire pouvait bien être, pour Sutherland, son grand fait d'armes de la guerre.

Karl Voss était heureux, même s'il n'en avait pas encore totalement conscience. Il était à cette phase du bonheur où son comportement pouvait être encore qualifié de normal – pas d'éclats de rire intempestifs, pas de sprints échevelés dans les rues, pas de générosité démesurée à l'égard des mendiants –, mais un changement s'était opéré en lui. Ses entrailles lui semblaient moins lourdes, ses pas plus légers sur les pavés disjoints, il sautait sur les trottoirs, par-dessus les rails de tramways, sinuait entre les passants, laissait passer les dames, sans jamais faire un faux pas. Il regardait loin et mieux à la fois. Il profitait du moindre événement d'une façon plus instinctive, sans calcul ni réflexion, comme du temps de l'enfance. Les façades des immeubles, les motifs des *azulejos*, les devantures des magasins, les rails argentés, les chiens batifolant dans le parc, l'adolescente qui suspendait son linge à la fenêtre, la poussière sur les feuilles des arbres, et le ciel bleu, bleu azur, derrière les arches squelettiques de la Igreja do Carmo, détruite par le tremblement de terre et laissée en monument à la mémoire des victimes... tout cela était sujet d'admiration. Il était à ce stade de la métamorphose amoureuse où il ne regardait ni le sol à ses pieds ni l'intérieur de lui-même. Il ne pensait même plus à son travail.

Il se mit à courir en voyant des gens apparaître sur la passerelle de métal. L'*elevador* venait d'arriver. Il sauta dans la cabine qui descendait vers la Baixa, dévala les marches de l'escalier vers la rua do Ouro, deux par deux, et obliqua vers le fleuve d'un pas vif et alerte. Il traversa la rue devant le bâtiment de la Banco de Oceano e Rocha qui, à cette heure de la journée, était fermée. Il chercha des yeux la voiture qui devait le prendre devant la banque. Peu lui importait d'attendre cinq minutes, lui qui d'ordinaire s'irritait du moindre contretemps. La voiture arriva. Il sonna aux bureaux du premier étage de la banque. Un quart d'heure plus tard, il était assis à l'arrière du véhicule, avec une mallette, petite mais très lourde, à côté de lui.

15.

Lundi 17 juillet 1944, faubourgs de Lisbonne

Anne, dans le wagon, était assise en face d'un couple de Portugais sexagénaires. À leurs pieds, un chien avec des pattes trop courtes pour son corps et des yeux proéminents. L'homme avait un goitre de la taille d'un melon, la femme était si petite que ses pieds ne touchaient pas le sol ; sa jambe gauche étaient enflée de deux fois son volume. Anne évitait de les regarder, mais chaque fois qu'elle cessait de contempler la mer, où un bateau à trois cheminées crachait un nuage noir vers le ciel, elle rencontrait leur triple regard rivé sur elle – celui de l'homme, de la femme et du chien. La troisième fois, alors que ses yeux quittaient l'excroissance thyroïdienne pour s'arrêter sur l'animal, elle remarqua que le couple se tenait la main.

Elle posa son front sur la vitre. Le train argenté longea le rivage, captant sur ses vitres les lumières océanes. Un banc de sable affleurait au milieu de l'estuaire du Tage, les vagues léchant son ventre brun. Elle aurait tant aimé se trouver là-bas, toute seule, loin de la complexité de cette ville. Elle détourna la tête. Jim Wallis lisait le *Diário de Noticías*. Il leva les yeux de son journal, mais sans lui jeter un coup d'œil. Ils avaient parlé un peu plus tôt des diamants – de la façon dont elle l'avertirait si les pierres quittaient la maison. Anne retourna à sa contemplation de l'Atlantique. Ses pensées tournaient en boucle dans son esprit : Karl Voss. L'Abwehr.

Il fallait arrêter... mais arrêter quoi, au juste ? Devait-elle cesser de voir Karl Voss ? Un baiser... Était-ce si important ? Il fallait ne plus y penser. La claudication de Rawlinson – le danger arrive avec la réflexion. Agir. Simplifier les termes de l'équation. Réduire les variables.

Oublier Judy Laverne. S'intéresser de trop près à son cas, c'était le meilleur moyen de griller sa couverture.

Sutherland voulait qu'elle aille fureter dans le bureau de Wilshere. Était-ce bien raisonnable ? Était-il indispensable de courir un tel risque ? Sans doute les Américains avaient-ils raison, c'était Lazard qu'il fallait surveiller. Il était le contact, le point de passage obligé.

Anne était appuyée contre la vitre, ses yeux posés involontairement sur la gorge de la femme assise en face d'elle. Elle se renfonça dans son siège. Le train freina dans un grincement de métal en entrant dans la gare de Paço de Arcos. Le vieux couple se leva et quitta le wagon – la femme au bras de l'homme, le chien dans leur sillage.

L'image de Karl Voss lui revint en pensée, plus forte encore. Ils avaient fumé ensemble. Leurs lèvres s'étaient touchées. C'était presque rien, pourtant cela avait tout changé. Ils ne savaient rien l'un de l'autre, et il en serait ainsi – à l'exception des mensonges qu'ils étaient autorisés à dire. Mais qu'avait-on besoin de connaître chez l'autre ? Tout ? Tout, à l'exception de ce qui alimente l'intérêt – à savoir, le mystère. Le lever, c'était tuer l'amour.

Les pensées se multipliaient. Au carré. Au cube. À la puissance n.

Elle monta vers la place d'Estoril. La chaleur était encore vive, mais semblable à celle de braises mourantes ; l'air chaud se dissipait contre les bâtiments, se dissolvait dans les frondaisons immobiles des palmiers. Éreintée par l'agitation frénétique de son esprit, la jeune femme se sentit tout engourdie, comme si elle avait couru toute la journée.

Le chemin jusqu'à la propriété des Wilshere paraissait ne pas avoir de fin. Anne traversa la pelouse d'un pas lourd et pénétra dans la maison par les portes-fenêtres. Il y avait des voix dans le salon. Elle passa la tête dans l'entrebâillement. La comtesse della Trecata et Mafalda se turent aussitôt. Sutherland n'avait pas parlé de Mafalda, jugée sans doute irrécupérable. La comtesse tapota les coussins du canapé.

— Venez vous asseoir, mon enfant, et donnez-nous des nouvelles du vrai monde ! s'écria-t-elle.

Mafalda, dans une robe d'intérieur bleue, avait toujours cette pâleur cadavérique – un visage lisse et vide.

— Le vrai monde de la sténodactylo n'avait rien de passionnant aujourd'hui.

Elle voulut prendre congé, mais la comtesse insista pour qu'Anne reste.

— Ils ne vous ont pas laissé prendre l'air ?

— Je suis allée à la P.I.D.E., faire tamponner mon visa, c'est tout.

— Mais le déjeuner. Vous avez bien dû aller déjeuner quelque part ?

— Mr. Cardew est un patron très... exigeant.

— Je suis surprise qu'une jeune fille telle que vous

ait envie de s'enterrer dans un trou comme Lisbonne... surtout comme secrétaire.

— J'ai essayé de rejoindre l'armée de réserve. Mais ils n'ont pas voulu de moi. Un problème aux poumons.

— À vous voir courir partout ici, vous ne semblez guère avoir de problèmes de souffle ! railla Mafalda.

— À Londres, je ne pouvais pas aller au coin de la rue sans que...

— Il est vrai qu'avec votre *fog*, répliqua la comtesse. C'est étouffant.

— Ma mère pensait que c'étaient les bombardements.

— Oui, c'est bien possible, intervint Mafalda. Les nerfs commandent tellement de choses.

— Que dit votre père de tout ça ?

— Mon père... je n'ai pas de... (Elle s'interrompit. Sa vraie famille avait pris le pas sur ses parents fictifs.) Je n'en sais rien, reprit-elle. Il n'a pas d'opinion, je pense.

— C'est pour le moins curieux, s'étonna Mafalda. Mon père était le premier à se soucier de ma santé. Il aurait dû être docteur.

— Je n'ai jamais connu mon père, déclara la comtesse.

— Vous ne parlez jamais de lui, en effet, dit Mafalda.

— Il surveillait le chargement de l'un de ses bateaux à Gênes. Une palette l'a fait tomber par-dessus bord. Il est mort noyé. Ma mère ne s'en est jamais remise. Cela l'a rendue amère, acariâtre. La vie n'est jamais revenue à la normale. Elle a vécu jusqu'à un âge avancé uniquement à force de volonté.

— Ma mère non plus n'est pas facile à vivre, précisa Anne, les mots sortant de sa bouche malgré elle.

— Je suis sûre qu'il y a une souffrance en elle, qui la rend comme ça.

— Votre mère travaille ? demanda Mafalda.

Anne avait un trou de mémoire. Un grand mur tout blanc. Elle n'arrivait pas à se souvenir de ce que faisait sa mère. Même son nom lui échappait. Ashworth, oui, mais son prénom ?

— Elle fait comme tout le monde, ces temps-ci, répondit-elle lentement, espérant que la mémoire allait lui revenir soudain. (Pure chimère !) Elle travaille pour le gouvernement.

Ce n'était pas ça, mais il faudrait que ça fasse l'affaire. Elle allait devoir improviser, à présent. Pourquoi ne pouvait-elle pas se souvenir de son prénom ? C'était comme oublier le patronyme de la personne la plus importante au monde du moment. Se concentrer. *Autant en emporte le vent*, l'héroïne... Clark Gabble était le héros et l'héroïne, c'était... Scarlett O'Hara... Allez, souviens-toi !

— Tout va bien, ma chère ? s'enquit la comtesse. Il a fait une chaleur torride, aujourd'hui...

— Excusez-moi, vous m'avez demandé quelque chose ? Oui, la journée a été longue, et je m'en ressens. Je devrais peut-être...

Qu'est-ce qui lui prenait ? Cela ne lui était jamais arrivé. Votre personnage est miss Ashworth. Vous jouez son rôle. Le texte est...

Cependant la réalité reprenait ses droits. Elle ne voyait plus que le public devant elle. Elle avait oublié son texte. Le trou ! Dans sa tête, la panique totale.

— Mafalda vous parlait de votre père, c'est tout. Il est au front ?

— Non, bredouilla-t-elle, incapable de déglutir.

Même ses réflexes corporels étaient hors d'usage.

— Non ? s'étonna la comtesse.

Les deux femmes fixaient des yeux la jeune fille désarçonnée.

— Non, répéta-t-elle, les larmes lui montant aux yeux, des larmes de frustration. (Elle ne se souvenait ni du nom de son père fictif ni de sa profession. Le seul qui lui venait à l'esprit était Joaquim Reis Leitão.) Il est mort, bredouilla-t-elle.

— Pas dans un bombardement, au moins ? répliqua Mafalda, épouvantée.

— Vous êtes toute retournée, mon enfant, intervint la comtesse. Il vaudrait mieux aller vous étendre.

— Non, pas dans un bombardement, répondit Anne, pour gagner quelques secondes, espérant encore que son texte allait lui revenir.

Elle baissa les yeux vers les pieds de Mafalda, comme vers le trou d'un souffleur imaginaire. Un nom, rien qu'un nom, par pitié...

— Que lui est-il arrivé, alors, ma chère petite ? insista la comtesse, sa curiosité piquée au vif.

Une voiture se gara devant le perron, la calandre du radiateur visible depuis la fenêtre. Mafalda annonça que son mari était de retour.

— Cette chaleur est intenable... lâcha Anne en se levant. Si vous voulez bien m'excuser.

D'un pas chancelant, elle quitta la pièce et se mit à courir dans le couloir, un bourdonnement dans les oreilles. Elle croisa Wilshere qui entrait dans le hall, monta les escaliers quatre à quatre, sentant le regard du maître de maison dans sa nuque, telle une onde brûlante, entrecoupée par les balustres d'acajou. Une fois réfugiée dans sa chambre, elle fut prise de haut-le-cœur. Elle se laissa tomber sur le lit. Son souffle s'apaisa peu à peu. Les spasmes aussi. Pourquoi était-elle devenue si fragile ? Une coquille d'œuf fendillée.

Proche du point de rupture. Pas d'omelette. Pas encore. Elle but un peu d'eau au broc.

C'était pourtant la couverture la plus simple qui fût... Elle se déshabilla, sentit sous ses doigts sa colonne vertébrale humide, et leva sa robe devant la fenêtre. Une traînée sombre maculait le milieu du dos. Personne n'est au courant. Elle se tint sous le jet de la douche, se savonna et rinça toute trace de sueur. Non, personne. Elle se sécha et s'allongea nue sur le lit, sa serviette étendue sur le corps. La P.I.D.E. sait ! C'était écrit sur le formulaire d'immigration. Graham Ashworth. Comptable. Mais pas décédé. Tout lui revenait enfin. La couverture la plus simple du monde...

Un autre véhicule arriva. Anne se releva, s'enveloppa dans la serviette et s'approcha de la fenêtre. C'était justement celui qu'elle ne voulait pas voir – Karl Voss. Il sortit de la voiture, alla ouvrir la portière côté passager et récupéra une mallette qui semblait peser très lourd. L'estomac de la jeune femme se contracta ; le fil d'argent resserrait son nœud coulant. Voss s'arrêta sur le pas de la porte. Anne plaqua son front contre la vitre pour ne pas le perdre de vue. Il passa une main sur son visage osseux, comme s'il enfilait un masque.

Anne s'habilla et se dirigea dans la chambre vide au-dessus du bureau de Wilshere. La voix de Voss résonna dans l'escalier. La jeune femme s'installa à côté de l'âtre. Politesses d'usage, tintements de bouteilles, gazouillis du soda. Elle imagina les lèvres du jeune Allemand se refermant sur le délicat rebord de cristal.

— Encore une journée de canicule à Lisbonne ? demanda Wilshere.

— Il y en aura d'autres... à ce qu'ils disent.

— Quand il fait chaud comme ça, je pense à l'Irlande, à cette douce pluie qui ne cesse de tomber là-bas.

— Et quand vous êtes en Irlande... ?

— Je me languis du soleil, exactement, Herr Voss. Personne n'est jamais satisfait de son sort.

— Moi, je ne pense jamais à Berlin.

— C'est un autre genre de pluie qui tombe, là-bas.

— Ma mère s'est réfugiée chez des proches à Dresde. Elle vivait à Schlachtensee. Tous les bombardiers passaient au-dessus de la maison pour se rendre à Neukölln... Peut-être ne le savez-vous pas, mais le bombardement aérien est loin d'être une science exacte. Trois bombes sont tombées dans son jardin. Qui n'ont pas explosé, par bonheur.

— J'ignorais cette particularité des attaques aériennes.

— Mais en y mettant le nombre... (Voss se tut.) J'aimerais vous poser une question, Mr. Wilshere. Que pensez-vous de l'idée d'une bombe unique pouvant rayer de la carte une ville entière ? Les personnes, les bâtiments, les arbres, les parcs, les monuments... toute vie et toute construction ?

Il y eut un silence. Le bois grinça. Une risée fit bruisser les feuilles des arbres au-dehors. On alluma des cigarettes. Le cuir des sièges crissa.

— Je pense que c'est impossible, répondit Wilshere.

— Vraiment ? Néanmoins, du point de vue de l'évolution de l'art militaire, c'est la seule finalité possible. Au siècle dernier, on se battait en bataillon formé, chaque côté s'envoyant des salves de mousquets au petit bonheur la chance. Au début de ce siècle, les soldats étaient fauchés à la mitrailleuse et les deux camps se bombardaient à des kilomètres de distance. Vingt ans plus tard, nous avons des milliers de raids aériens, des chars qui prennent d'assaut des pays entiers en l'espace de quelques semaines, des bombes volantes qui tombent sur des villes situées à des centaines de kilomètres. Il est parfaitement raisonnable de penser, connaissant le génie inventif humain, qu'un jour quelqu'un invente le système de destruction ultime. Et croyez-moi, ce jour est imminent. Ma seule question, c'est : qu'est-ce que cela marquera ?

— La fin de toute guerre, peut-être ?

— Une bonne chose, alors ?

— Oui... à long terme.

— Voilà qui est bien observé, Mr. Wilshere. C'est justement à court terme que le bât blesse, n'est-ce pas ? Au début, on devra démontrer la toute-puissance de cette arme, et, bien sûr, sa capacité de destruction, grandeur nature. Il est donc possible qu'avant la fin de cette guerre, selon le camp qui possédera cette arme, Berlin, Moscou ou Londres ait cessé d'exister.

— Cela fait froid dans le dos, répliqua Wilshere sans grande conviction.

— Mais c'est la seule issue logique. À mon avis, les militaires sont sur le point d'inventer ce que H. G. Wells prédisait pour la fin du siècle dernier.

— Je n'ai jamais lu Wells.

— Il appelait ça des bombes atomiques.

— Vous semblez bien connaître la question.

— J'étudiais la physique à Heidelberg avant la guerre. Je me tiens au courant par les revues scientifiques.

Il était difficile de décrypter le silence qui suivit. Était-ce de l'embarras ou de la réflexion ? Voss le rompit le premier :

— Mais nous n'avons rien à craindre ici, à Lisbonne, où le soleil brille haut et fort, que cela nous plaise ou non. Je vous ai apporté votre or. Il a été pesé à la banque, comme l'indique le reçu, mais si vous voulez vérifier...

— Ce ne sera pas nécessaire, répondit Wilshere, en traversant la pièce. Je vous demande simplement de compter ces pierres pour pouvoir confirmer qu'il y en a bien cent soixante-huit.

— Leur qualité sera vérifiée demain matin.

— Je suis sûr qu'il n'y aura aucun problème, mais le cas échéant, je serai chez moi toute la journée.

Du métal cliqueta lorsque Wilshere manipula les manettes pour entrer la combinaison du coffre. Puis il y eut un autre silence, pendant que Voss comptait les diamants. Wilshere faisait les cent pas dans la pièce. Un document fut signé. La porte s'ouvrit. Des voix résonnèrent dans le hall d'entrée. Anne retourna dans sa chambre et suspendit sa serviette à la rambarde de sa fenêtre. Le signal pour Wallis.

Voss retourna à Lisbonne, suivi par Wallis. Il se rendit directement à Lapa, à la légation allemande, où il remit à Wolters les pierres ainsi que le reçu. Celui-ci les compta à son tour et les plaça en sécurité dans un coffre.

Alors que le soir tombait, Voss regagna à pied son appartement qui dominait les jardins d'Estrela et la basilique. Il prit une douche et s'étendit sur son lit, pris d'une bouffée de désir. Il brûlait de faire venir Anne ici, non pas que ce fût le plus bel appartement de Lisbonne, mais c'était un endroit sûr, loin des regards indiscrets, un lieu où chaque seconde qu'ils passeraient ensemble n'appartiendrait qu'à eux... Ils auraient le temps, alors... Oui, le temps, et l'intimité. Il passa sa main sur son ventre et sa poitrine, tira une bouffée sur sa cigarette, sentant son sang et ses pensées s'apaiser peu à peu dans la touffeur du soir.

— Je ne suis plus seul, articula-t-il à voix haute, conscient du côté théâtral de cette phrase – le pathétisme d'un chanteur de cabaret berlinois devant un public assoupi.

Il rit de sa propre naïveté et se redressa sur un coude. Soudain les visages de son père et de son frère lui apparurent. Ses yeux s'emplirent de larmes, brouillèrent sa vision. Ainsi se termina cette longue journée de canicule.

16.

Lundi 17 juillet 1944, Estrela, Lisbonne

À 21 h 30, Voss se leva, s'habilla, acheta le journal, but un café au bar du coin et alla s'asseoir sur son banc dans les jardins d'Estrela, son journal posé sur les cuisses. Les passants se promenaient sous les arbres. Il régnait un soulagement général après cette chaleur torride. Les femmes avaient sorti leurs plus beaux habits – des soies de luxe ou, si elles n'en avaient pas les moyens, du coton de très bonne qualité. Les hommes, s'ils étaient portugais, portaient chapeaux et costumes sombres ; s'ils étaient étrangers, les riches se vêtaient de lin, les autres d'étoffes trop chaudes pour le climat. Pour un peu, on aurait cru que l'argent coulait à flots à Lisbonne.

Voss battit des paupières, comme pour changer d'objectif et distinguer les autres personnes qui rôdaient dans les jardins. Celles-ci n'étaient pas des hommes et des femmes savourant une promenade dans la fraîcheur du soir, elles étaient la transpiration de la ville, les scories que cette dernière rejetait dans la nuit. Elles sortaient des ténèbres de bâtiments lépreux et de *pensões* sordides, puant les égouts, ou descendaient de greniers surchauffés dans des sous-vêtements trempés de sueur qui se raidissaient au soleil. Elles cherchaient l'escudo pour alourdir leurs poches collées à leurs cuisses. C'étaient des guetteurs, des espions, des colporteurs de ragots – des menteurs, des tricheurs, des arnaqueurs, des corbeaux.

L'un de ces spectres s'assit sur le banc de Voss. Il était petit, avec un visage émacié, une bouche édentée, des joues mal rasées, des sourcils noirs et drus. Voss tapota le banc avec son journal et un peu de l'odeur fauve de l'homme lui parvint aux narines. Il s'appelait Rui.

— Votre Français n'a pas quitté sa chambre depuis trois jours, annonça ce dernier.

— Il est mort ?

— Non, non. Il est juste sorti prendre un café.

— Et il l'a bu tout seul ?

— Oui. Il a acheté du pain et des sardines en boîte.

— Il a parlé à quelqu'un ?

— Il était terrorisé. Je n'ai jamais vu quelqu'un avoir les jetons comme ça. Sa propre ombre lui faisait peur !

Tu n'en mènerais pas plus large à sa place, songea Voss.

Olivier Mesnel avait quitté Paris, laissant derrière lui un seul et unique ennemi, pour s'installer à Lisbonne, où deux ennemis désormais l'attendaient – les Allemands et la P.I.D.E. Il ne faisait pas bon être un communiste français au Portugal.

— Il est sorti de la ville ?

— Ces voyages à Monsanto semblent l'épuiser. Ce type est au bout du rouleau...

— Prévenez-moi dès qu'il bouge. Vous connaissez la procédure.

Voss se leva et laissa le journal. Rui commença à le

feuilleter et récupéra le billet de vingt escudos glissé entre les pages de sport.

Voss quitta les jardins du côté de la basilique et descendit la Calçada da Estrela vers le Bairro Alto, en se retournant de temps en temps dans l'espoir de repérer un taxi, mais également pour s'assurer qu'il n'y avait pas de *bufos* dans son sillage. Un taxi s'arrêta et il demanda à être déposé au Largo do Chiado. Il songeait encore à Mesnel. Quelque chose l'inquiétait. Toujours les mêmes interrogations. Pourquoi les Soviétiques avaient-ils choisi un homme comme lui pour faire de l'espionnage ? Lui, ce pauvre type, ce névrosé, ce minable, ce... cafard.

Voss descendit de la voiture et s'enfonça dans le dédale des ruelles du Bairro Alto jusqu'à une *tasca,* où l'on servait du maquereau grillé. Il prit un siège dans un coin sombre, avec une vue sur les deux portes. Il commanda un plat et un pichet de vin blanc. Il mangea sans enthousiasme et fit passer le tout à grandes rasades de vin, très vite, pour ne pas sentir l'acidité de la piquette. Personne ne se montra aux portes. Il commanda un *bagaço*. Il avait envie d'une boisson forte, de sentir du feu dans sa gorge. Il fuma, la cigarette collée à ses doigts moites de sueur.

Anne testa la porte du bureau. Elle n'était pas fermée à clé et la pièce était vide. Elle se rendit alors au salon. Personne. Sur la terrasse, Wilshere fumait, en compagnie de son whisky sec. Elle s'assit à ses côtés. Il ne sembla pas remarquer sa présence et continua à scruter la pelouse déserte, tout en ruminant ses doutes et ses angoisses en silence.

Comment allait-elle pouvoir obéir aux consignes de Sutherland, étant donné la relation étrange qu'elle entretenait avec Wilshere ? Elle était toujours mal à l'aise avec lui. Peut-être le charme que lui trouvait Cardew n'opérait-il que sur les hommes ? Avec elle, il était soit d'une intimité dérangeante soit d'une froideur d'airain. Il pouvait lui caresser l'épaule, l'embrasser au coin de la bouche ou cravacher son cheval pour l'effrayer. La richesse avait séparé cet homme du commun des mortels. Comment éveiller l'intérêt d'un tel individu ?

— Le dîner est prêt ? demanda-t-il, épuisé à la simple idée de se lever.

— Je ne sais pas. J'étais à l'étage.

— Un verre ?

— Non, merci.

— Une cigarette ?

Il lui offrit du feu, jeta son mégot et en alluma une autre.

— Finalement, je veux bien boire quelque chose.

— João ? appela Wilshere, en vain. Je trouvais la maison étrangement calme. Je me demande si nous allons avoir à dîner ce soir !

Il prépara un cognac soda pour Anne.

— Je n'ai pas faim, répondit-elle.

— Ils doivent nous nourrir. Mais Mafalda leur fiche parfois tellement les jetons qu'ils en oublient leur travail !

— Lorsque nous nous promenions, hier, commença Anne, décidée à attaquer bille en tête, pourquoi avez-vous cravaché mon cheval ?

— Cravaché votre cheval ? répéta-t-il lentement.

— Vous vous souvenez qu'il s'est emballé, n'est-ce pas ?

— Oui, répondit l'Irlandais d'un air précautionneux, comme s'il se méfiait de la suite. Votre pouliche s'est effectivement emballée.

— Parce que vous l'avez frappée avec votre cravache en passant à côté de moi.

— J'ai fait ça... articula-t-il, à mi-chemin entre l'aveu et l'étonnement.

— Pourquoi ? Je n'ai pas voulu en parler devant le major. J'ai pensé que cela avait peut-être un rapport avec cette Judy Laverne. Et cela m'a inquiétée.

— Inquiétée ?

— Oui, répondit-elle, en prenant conscience qu'elle venait de se découvrir dangereusement.

Les yeux de Wilshere s'agitèrent dans leurs orbites – une vision à faire froid dans le dos. Sutherland avait tort. C'était une très mauvaise idée de mettre cette histoire sur le tapis.

— Je pensais que... que c'était ma jument qui avait fait peur à votre pouliche, en fonçant ainsi sur elle.

Elle revoyait son hôte en pensée, une image parfaitement claire – debout sur les étriers, penché sur le côté, il levait sa cravache, avec l'intention de faire mal.

— Peut-être était-ce le cas, dit-elle, désireuse de trouver un consensus. Judy Laverne était bonne cavalière ?

— Non, répondit-il avec brusquerie. C'était une *excellente* cavalière. Elle n'avait peur de rien.

Il vida son whisky, tira rageusement sur sa cigarette et se mordit l'ongle du pouce, en la fixant de ses yeux d'illuminé.

— Je crois que je ferais mieux d'aller voir ce qui se passe pour le dîner, lâcha-t-il.

La pelouse s'était encore assombrie. Anne termina son cognac d'un trait. Le crédit qu'elle accordait à Sutherland venait de voler en éclats. De toute évidence, sa présence dans cette maison avait un lien avec Judy Laverne. Il n'était même question que de cela.

Voss laissa quelques pièces sur la table, le prix du repas était si ridicule que l'on se demandait comment survivaient les propriétaires. Il se dirigea vers la statue de Luís de Camões, fit le tour de la placette pour s'assurer qu'aucun des badauds assis sur les bancs de pierre ne lui prêtait attention, puis descendit la rua do Alecrim. Arrivé à la gare de Cais do Sodré, il acheta un billet pour Estoril. Il s'installa dans un wagon en milieu de rame ; le train était quasiment vide. Juste avant le départ, il descendit de voiture et s'éloigna sur le quai. Personne ne le suivit. Le chef de gare donna du sifflet et il remonta dans le train en marche.

À Estoril, il traversa les jardins de l'hôtel Parque, observant le ballet des voitures et des gens sous les frondaisons des palmiers, attendit que la rue se vide et traversa la chaussée. Il feignit de se diriger vers le casino, puis d'un seul mouvement, il ouvrit la portière d'une voiture et s'installa au volant. Il démarra le moteur, contourna le casino et emprunta la route de Cascais et de Guincho, où de grandes lignes droites lui permirent de s'assurer qu'il n'était pas suivi.

La route escalada bientôt la Serra de Sintra. Il dépassa le virage où l'Américaine avait trouvé la mort, laissa derrière lui le carrefour d'Azoia, traversa le Pé da Serra, redescendit vers Colares et remonta sur le versant nord de la *serra*. Il dépassa un village sombre, quelques *quintas* éteintes. Après plusieurs kilomètres, il gara son véhicule sous le couvert d'un bosquet. Il traversa la rue, franchit un portail en fer forgé et descendit l'allée pavée qui s'enfonçait dans le parc de Monserrate.

Vingt mètres plus loin, deux hommes l'entourèrent, un derrière, un devant, ce dernier braquant une lampe électrique sur son visage.

— Bonsoir, annonça une voix anglaise. *Quel est le pire des malheurs qui viennent avec les années ?*

L'homme à la torche lâcha un rire, tandis que celui derrière Voss murmurait à son oreille :

— *Qu'est-ce qui creuse les rides si profond sur le front ?*

Voss soupira, mais se souvint de son texte :

— *Voir chaque être aimé rayé de la liste des vivants, et se retrouver seul sur terre, comme je le suis à présent.*

— Allons, la situation n'est pas si grave que ça. Nous sommes tous amis, ici !

Les Anglais et leur sens de l'humour ! songea Voss. C'était l'œuvre de Richard Rose, le scribe. Il demandait à tout le service de dégoiser des classiques. « Se cultiver tout en travaillant, avait-il dit. C'est notre façon d'appréhender les affaires sérieuses. »

Les trois hommes descendirent vers la construction, noyée d'ombres, qui se dressait au centre du parc. La première fois que Rose avait rencontré Voss en ce lieu, il lui avait appris que les jardins avaient été dessinés par un esthète britannique du dix-huitième siècle, un dénommé William Beckford, qui avait dû fuir son pays pour échapper à la pendaison[1].

— Que lui reprochait-on ? avait demandé Voss, en toute innocence.

— Il aimait les petits garçons, avait répliqué Rose, avec des yeux pétillants de malice et de sous-entendus. Certaines amours sont interdites.

Il avait répété sa phrase en allemand, pour épier la réaction de Voss et connaître ses inclinations sexuelles.

1. W. Beckford (1759-1844), auteur de *Vathek* (la « bible » de Byron) et contemporain du marquis de Sade. *(N.d.T.)*

Voss et son escorte arrivèrent à l'étrange palais construit au milieu du siècle dernier par un autre Anglais excentrique. L'homme de tête fit courir le faisceau de sa torche sur les colonnades mauresques afin d'éclairer une paire de portes-fenêtres ouvertes. Voss fut soulagé de voir que Sutherland se trouvait avec Rose à l'intérieur, assis sur des chaises dans la pièce vide, une lampe-tempête projetant sur les murs sa lumière tremblotante.

— Ah ! lança Rose, en se levant pour accueillir Voss. *Le rebelle errant, fuyant son âme noircie.*

— Je ne suis pas sûr de bien comprendre, lança Voss, loin d'être amusé par le trait d'esprit de Rose.

— Ce n'est rien, mon vieux, rien du tout, répondit Rose. Juste un vers du poème d'où j'ai tiré votre nom de code... Childe Harold[1]. Vous savez que l'auteur a écrit cela à deux pas d'ici, à Sintra ?

Voss ne répondit rien. Les deux hommes s'assirent et allumèrent leurs cigarettes. Sutherland suçait sa pipe vide. Rose sortit trois timbales d'une sacoche de cuir et les remplit à moitié d'alcool.

— Nous ne vous avons jamais remercié pour les précieux renseignements sur les fusées, déclara Sutherland en levant son verre.

Il cherchait à engager cette rencontre du bon pied, à faire oublier les manières agaçantes de Rose.

— Cela ne les empêche pas de tomber, bien entendu ! lança Rose, en passant un bras sur son dossier. Mais à la bonne vôtre quand même !

— Au moins, vous étiez prévenus, répondit Voss. Vous avez sondé les cratères ?

— Oui, nous l'avons fait.

1. Héros du *Chevalier Harold*, de Byron, dandy ténébreux et misanthrope déçu par le genre humain. *(N.d.T.)*

— Vous savez à présent que je disais vrai.

— Aucune trace de radiation, reconnut Sutherland. Des explosifs conventionnels. Mais cela ne suffit pas à lever toutes nos craintes.

— Selon nous, il s'agit de vols d'essai, ajouta Rose.

— Étant donné la gravité de la situation en Italie, en France et sur le front de Russie, vous pensez que le Führer perdrait du temps à faire des essais ? rétorqua Voss.

— Oui, nous le pensons, répondit Rose. Pour ajuster la trajectoire des fusées. En attendant qu'Heisenberg ait mis au point sa pile atomique permettant de créer votre ekarhénium.

— On a déjà parlé de tout ça. Heisenberg et Hahn ont été explicites. Il n'y a pas de programme atomique, insista Voss.

— Heisenberg n'a pas été aussi catégorique avec Niels Bohr... or Bohr est avec les Américains, désormais. Lui et quelques autres sont convaincus que l'Allemagne a une sérieuse avance en ce domaine. Que vous êtes à deux doigts de toucher au but.

Voss ferma les yeux, douloureux au fond de ses orbites. Il y eut un silence.

— Nous savons, Voss, que vous n'êtes pas venu ici pour aborder une fois encore ce sujet, précisa Sutherland. Mais il faut que vous sachiez que vous ne pourrez jamais nous convaincre... Et quand bien même y parviendriez-vous, nous serions incapables de faire avaler ça aux Américains, pas avec la masse de preuves qu'ils ont accumulées.

— Il existe peut-être vingt scientifiques au monde qui maîtrisent le sujet, intervint Rose. Même à vous, malgré vos années d'études à Heidelberg, certaines choses échappent. Vous avez peut-être saisi la théorie, mais ne nous faites pas avaler que vous avez la moindre idée de la faisabilité de ce projet. Il s'agit d'une technologie de pointe. Les génies voient le monde autrement que le commun des mortels. L'un d'entre eux peut avoir une illumination subite, trouver une astuce pour contourner une difficulté majeure. Heisenberg et Hahn en sont capables. Il faudrait plus que votre parole pour nous faire rentrer à Londres et annoncer à nos compatriotes qu'ils n'ont rien à craindre.

— J'ai autre chose pour vous, annonça Voss, las de cette discussion sans fin.

Les services secrets du monde entier ne voulaient entendre que ce qui les arrangeait, ou ce que leurs dirigeants leur demandaient d'entendre.

Sutherland se pencha pour cacher son excitation. Rose referma les mains sur ses genoux et inclina la tête d'un air attentif.

— Nous venons d'acquérir un certain nombre de diamants, de qualité supérieure. Il y en a pour plus d'un million de dollars. Ces diamants, que je viens de porter à la légation allemande à Lapa, vont être confiés à Beecham Lazard, qui s'envole demain matin, via Dakar et Rio, pour New York. J'ai cru comprendre qu'avec la vente de ces diamants, il doit acquérir quelque chose susceptible d'accélérer ou de finaliser un programme de recherche pour l'Allemagne concernant une arme secrète. J'ignore ce qu'il doit acheter, et à qui, et même si la transaction doit avoir lieu à New York.

— Vous dites une arme secrète ? Comment en savez-vous autant ?

— Je vous rapporte ce qui se dit en Allemagne : on y parle d'une arme secrète et d'un projet entériné par le Führer. La meilleure confirmation que je puisse fournir, c'est qu'en ce moment nous n'avons pas les fonds en Suisse pour acheter ces diamants et que, pour avoir les pierres, nous avons dû emprunter de l'or à la Banco de Oceano e Rocha. Cet or n'aurait pas été lâché sans l'accord de la plus haute autorité de Berlin. Je pense que ça vaudrait le coup de faire suivre Lazard à New York.

— Nous le filerons depuis Lisbonne.

— À votre place, je ne mettrais personne dans l'avion. Lazard est un homme très prudent. Nos propres agents ne doivent le suivre qu'après son arrivée à Rio.

— On fera des pointages aux aéroports, précisa Sutherland. Richard, je peux te dire un mot en privé ?

Les deux Anglais s'éloignèrent sous les colonnes. Ils descendirent quelques marches et disparurent derrière une déclivité de la pelouse. Voss entendit le début de leur conversation :

— On ne peut pas lui dire ça maintenant, objecta Sutherland.

— Au contraire, répliqua Rose. Le moment est idéal.

Voss essuya la sueur qui perlait sur son front. Cinq minutes plus tard, les deux hommes étaient de retour. Sutherland, comme à son habitude, était sérieux, mais la légèreté de Rose avait disparu. Ils avaient cessé de jouer les Anglais pince-sans-rire pour devenir des hommes graves. Voss sentit son estomac se nouer.

— Nous allons passer un communiqué à Wolters selon nos voies habituelles, annonça Sutherland.

— Vos voies habituelles ? répéta Voss. Je ne suis pas sûr de bien comprendre.

— Nous avons mis au point un système pour que Wolters obtienne les renseignements dont nous désirons qu'il ait connaissance.

— De vraies infos ?

— Oui.

— Pour faire pression ?

— Parfois.

— Et vous allez me le dire en premier... pour voir comment je réagis ?

— Pas exactement, répondit Rose. Nous savons déjà quelle sera votre réaction. Il se trouve que l'information que vous venez de nous fournir fait de vous un membre à part entière de notre club.

— Je n'aime pas les clubs, répondit Voss, révélant soudain un trait de sa personnalité. Je ne suis membre d'aucun club.

— Nous tenons également à ce que vous sachiez que ce message pour Wolters n'est en rien lié aux renseignements que vous venez de nous livrer.

— Le communiqué qui sera donné à Wolters demain est le suivant, dit Sutherland, d'une voix si faible que les deux autres durent se pencher pour ne pas perdre un mot : si nous n'avons pas une reddition sans condition de l'Allemagne le 15 août, alors, à la fin de ce même mois, une bombe atomique sera lâchée sur Dresde.

Voss ne pouvait plus déglutir. C'était comme si son esprit et son corps tout entier refusaient d'assimiler ces paroles. La chaleur, accumulée dans ses cheveux sous la touffeur du soir et le rayonnement de la lampe-tempête, se mua soudain en sueur ; des filets translucides se mirent à suivre les lignes brisées de son visage. Il dut s'essuyer les joues, comme s'il pleurait. Il pensait à sa mère.

— Y a-t-il un moyen, mis à part cette reddition sans condition, d'éviter cette horreur ?

Les deux hommes réfléchirent à la formule « reddition sans condition ».

— Eh bien, je suppose que... la mort d'Hitler pourrait nous convenir... à condition qu'Himmler ne prenne pas le pouvoir, ni quiconque de son acabit, répondit Rose.

— Si vous nous apportez la preuve irréfutable qu'il n'y a pas de programme allemand de bombe atomique, ou si vous nous donnez les sites exacts de tous les laboratoires de recherche ainsi que les lieux de résidence des scientifiques impliqués dans le projet – Heisenberg, Hahn, Weizsäcker – afin que nous puissions les détruire, alors, oui, il serait envisageable de... répondit Sutherland, laissant sa phrase en suspens.

— Cette bombe sauverait un grand nombre de vies, ajouta Rose.

— Expliquez cela aux habitants de Dresde, répliqua Voss.

Les deux Britanniques se levèrent. Voss, les jambes coupées, était incapable de se lever. Avant de partir, Rose, généralement guère démonstratif, lui tapota l'épaule. Voss dut rester assis un quart d'heure avant de retrouver l'usage de ses membres. Il ramassa la lampe-tempête et, en quittant la pièce, la rendit à l'agent britannique qui se tenait sous les arcades mauresques.

— Belle soirée, n'est-ce pas ? lança l'agent en éteignant la lampe.

Les pieds de Voss avaient du mal à manœuvrer les pédales de l'auto. Il se fit des frayeurs, prenant plusieurs virages un pied sur le frein, l'autre encore sur l'accélérateur. Les pneus hurlaient, le moteur rugissait, le volant glissait entre ses doigts humides, lui échappait des mains. Il pensa à Judy Laverne, qui avait perdu le contrôle de son véhicule sur cette même route. Était-elle dans le même état que lui ? Lui avait-on révélé quelque chose de terrible, d'insoutenable, si bien que, lasse de la capacité humaine à faire le mal, elle avait perdu l'envie de vivre et s'était jetée dans le ravin ?

Voss marcha sur la plage de Guincho pendant vingt minutes pour faire cesser le tremblement de ses jambes, espérant que les rouleaux de l'Atlantique pourraient emplir le vide béant qui déchirait sa poitrine et ses entrailles. Mais le sol continuait de vibrer à chacun de ses pas, faisant naître des trépidations dans tout son corps. Il se souvenait de ce qu'avait dit Rose lors d'une précédente rencontre... Encore une citation... à propos d'hommes creux comme des coquilles vides. Voss ne se rappelait pas précisément les paroles, mais les premiers mots de Rose, ce soir, lui revinrent brusquement en mémoire : *Le rebelle errant, fuyant son âme noircie.* Oui, voilà ce qu'il était devenu. Un être seul, coincé entre la terre et la mer. Personne. Il n'était plus personne. Modelé, façonné, fabriqué, forgé... Sans nul chemin de retour vers l'ancien Karl Voss. Celui qui... qui quoi ? Qui croyait en l'avenir ? Qui éprouvait de l'admiration pour autrui ? Pour le Führer ? Pouah ! Il était perdu corps et biens, celui-là. Et Rose, après cette tirade, avait ajouté : « Ce n'est rien, mon vieux. Rien du tout. » Il avait raison. Karl Voss n'était rien, sinon un homme excommunié – excommunié par lui-même.

Il était revenu à sa voiture, comme si un câble invisible l'y avait ramené. Il s'installa derrière le volant, la tête pendant à la vitre, le menton sur le rebord de la portière, fumant en contemplant le sol. Il laissa errer ses pensées ; son âme noircie s'insinuait en lui, l'enveloppait, le phagocytait tout entier. Soudain, pris de panique par ce néant qui l'aspirait, Voss se redressa, démarra la voiture et rejoignit Estoril.

Il se gara quelque part à côté de l'hôtel Parque.

Fumer était la seule activité qui l'empêchait de sombrer dans la folie. Il grillait cigarette sur cigarette. Il marcha à pas vifs vers le casino. Il avait cessé de penser. Il agissait. Avec l'énergie du désespoir. Il passa devant Jim Wallis dans sa voiture, sans remarquer sa présence. Il pénétra dans le jardin des Wilshere sans même regarder derrière lui. Wallis dut courir pour ne pas le perdre de vue. Il entrevit sa silhouette disparaître sous les premières arcades du pavillon d'été. Wallis ralentit le pas, et prit position derrière la haie. Il attendit.

17.

Mardi 18 juillet 1944, maison des Wilshere, Estoril, environs de Lisbonne

Il était 2 heures du matin. Anne était étendue sur le lit, comme clouée au matelas, abîmée dans la contemplation du plafond, attendant que le temps lui porte conseil. Elle ne pensait pas à sa mission – fouiller le bureau de Wilshere. Elle flottait à la surface de la conscience, entre réalité et rêve éveillé, entre Judy Laverne et Wilshere, Karl Voss et elle-même.

Wilshere disait que Judy Laverne lui manquait, qu'il était tombé amoureux. Ils semblaient s'aimer, au dire de Voss et des autres. Aujourd'hui, Wilshere se servait d'elle pour ressusciter Judy Laverne. À moins que ce ne fût pour tourmenter sa femme ? Ou lui-même ? Il avait bel et bien frappé la pouliche. Il avait été en colère, dérangé par l'image qui se présentait devant ses yeux. Il avait voulu la chasser de sa vue, la bannir de ses pensées.

Karl Voss savait-il qui elle était ? Était-il en opération ou pensait-il, victime lui aussi de la paranoïa galopante de cette ville, que c'était elle qui était en service commandé ? Comment savoir ce qui était réel ou non ? Elle ne le reverrait plus, décida-t-elle, ou du moins elle ne se mettrait plus en position de le rencontrer. Il n'y aurait pas de visite, ce soir, au fond du jardin. L'équation contenait trop d'inconnues, elle ne pourrait jamais être simplifiée. La logique arithmétique était inopérante. Aucun outil mathématique ne pouvait lui fournir la solution, même partielle. Avec le temps, le fil d'argent finirait bien par laisser son estomac tranquille.

Il était temps de se mettre au travail. Elle longea le couloir enténébré, rasant les murs. Elle attendit sur le palier. La maison craquait comme du pain sorti du four. Le clair de lune projetait un losange bleu sur les carreaux à damiers du hall. Elle descendit les escaliers, contourna la flaque de lumière, laissa sur sa gauche les figurines silencieuses de Mafalda. *Amor é cego.* Elle traversa la maison et alla ouvrir les portes-fenêtres du salon – si elle devait s'enfuir par la fenêtre, il lui fallait pouvoir regagner sa chambre. Elle revint ensuite vers le bureau, entra dans la pièce et referma la porte derrière elle.

Elle ouvrit aussitôt la fenêtre derrière le bureau et déplaça la plante sur le rebord de quelques centimètres pour se ménager une voie de retraite. Elle souleva sa chemise de nuit et prit la lampe électrique glissée sous l'élastique de sa culotte. Elle s'assit dans le fauteuil de Wilshere et jeta un regard circulaire dans la pièce baignée par le clair de lune.

Des livres de collection, reliés de cuir, couvraient les murs. Deux tableaux flanquaient la porte – l'un représentant des hommes en burnous, à dos de chameau, dans une scène de désert, l'autre un bateau de pêche accostant sur une plage noyée dans la brume. L'Irlande, peut-être. Un coin de la pièce était réservé à l'Afrique, avec trois masques accrochés au mur. Celui du milieu mesurait près d'un mètre avec des fentes pour les yeux et la bouche ; il était fin et long, et ne dépassait jamais quinze centimètres de largeur. Les cheveux étaient symbolisés par une touffe de chanvre plantée au sommet. À l'intérieur de la bouche, on apercevait des dents.

Anne écouta encore le silence et explora le dessus du bureau avec sa lampe. Un sous-main, deux vieux journaux, un porte-plume, un encrier. Le tout parfaitement rangé. Elle ouvrit le tiroir central. Un bloc de feuilles blanches et, à côté, un feuillet où figurait une strophe de quatre lignes, biffées avec des renvois dans la marge, les mots reliés par des flèches à ceux qu'ils devaient remplacer. La strophe, une fois reconstituée, donnait :

Un corbeau noir au cœur de la nuit
Autour des soldats marchant vers une nouvelle bataille.
Nulles bottes, mais des griffes raclant la poussière,
Nulle armure, mais des balles rouillées.

Le poème n'était pas terminé ; il y aurait d'autres brouillons qui, tous, seraient condamnés à finir à la poubelle. Pour l'instant, la corbeille à papier était vide. Anne se tapota le menton du bout des doigts et réprima un frisson. Si ces mots rendaient compte de l'état d'esprit de Wilshere – une âme sombre, hantée, brûlant d'une énergie sinistre – alors, oui, peut-être était-il sur la pente de la folie. Un souvenir lui revint tout à coup en mémoire, une histoire que lui avait racontée sa mère lorsqu'elle visitait une grotte en Inde... Audrey Aspinall, bien que seule, avait éprouvé le sentiment de ne pas l'être. Au-dessus d'elle, couvrant le moindre centimètre de plafond, des chauves-souris endormies étaient suspendues, tête en bas. La vision de cette armée immobile, leurs ailes de cuir repliées, avait terrorisé sa mère ; l'instant suivant, elle se sauvait en courant, la tête rentrée dans les épaules, pour retrouver l'air libre. Était-ce ainsi, à l'intérieur du crâne de Wilshere ?

La jeune femme ouvrit les autres tiroirs du bureau ; certains vides, d'autres sans intérêt. Le tiroir du bas était verrouillé. Elle souleva les livres sur leurs rayonnages, inspecta le dessous des tableaux, sonda la cheminée. Sur la gauche du linteau, dans le recoin le plus sombre de la pièce, elle découvrit un placard où se trouvait le coffre-fort de Wilshere. La jeune femme revint vers le bureau. Elle tendit encore l'oreille. Elle avait les mains moites à présent – les premiers nerfs lâchaient. Les craquements de la maison se transformaient... des pas dans l'escalier ? Elle cessa de respirer. La sueur s'accumulait sous ses seins. Elle se releva brusquement. Les leçons du camp d'entraînement lui revinrent à l'esprit : ne jamais laisser une chaise chaude. Elle ouvrit à nouveau tous les tiroirs, explora les parois. Un objet était collé à l'aide de résine sur le tiroir central, contre la plaque du fond : une clé !

La clé ouvrait le tiroir du bas ; à l'intérieur, un gros carnet, relié dans du cuir fin et souple, les pages noircies de la même écriture que la strophe du poème. Il y avait des dates. Un journal – intime, s'aperçut-elle au premier coup d'œil. Jour après jour, sans autre référence. Il commençait le 1er janvier 1944. Au début, les notes ne dépassaient pas quelques lignes, des observations telles que : « *14 janvier. Il givre. La pelouse est toute blanche. Le soleil, encore bas, va la faire reverdir dans quelques minutes. Rien à voir avec le blanc de l'Irlande. Ce serait si agréable d'avoir, pour une fois, de la vraie neige sous le pied.* » « *23 janvier. C'est la tempête au large. Suis parti au Cabo da Roca, ai marché sur la côte jusqu'à la Praia Adraga. Une pluie cinglante était crachée par l'océan. Les vagues mordaient les rochers et griffaient les parois des falaises. Je n'ai jamais vu d'aussi gros rouleaux sur la plage. Des gerbes furieuses... J'ai dû courir pour ne pas être pris sous les trombes. »*

Un homme gagné par l'ennui ou simplement contemplatif ? Comment savoir ? La première note de quelque longueur datait du 3 février – le jour où Beecham Lazard lui avait présenté sa nouvelle assistante, Judy Laverne. *« Je n'ai jamais vu une telle bouche. Si grande, et ces lèvres !... L'inférieure est si pleine que je brûle de poser mon doigt dessus, d'éprouver le moelleux des chairs. Et ce rouge à lèvres lumineux qui laisse une corolle sanguine sur chacune de ses cigarettes – que je ramasse et garde en secret. »* Amoureux transi depuis le premier jour ; le visage de Karl Voss flotta dans les pensées d'Anne.

Elle feuilleta le carnet. Wilshere et Judy Laverne montaient à cheval presque tous les jours, sous la pluie revigorante, sous le soleil ardent, sous les cieux turbulents et magnifiques. Le mauvais temps ne semblait pas exister, à l'époque. Ils couchaient ensemble au Pé da Serra. Wilshere était amoureux. Il n'arrivait pas à lâcher sa plume lorsqu'il parlait d'elle. Ses cheveux bleu nuit, ses seins d'albâtre, ses tétons roses et durs, comme des pièces d'un shilling, sa bande de poils pubiens, si différente des triangles habituels. C'était embarrassant, touchant, tellement intime qu'Anne sentait la sueur rouler sur son torse. Cela dura jusqu'à la fin avril.

« 25 avril. Lazard a perdu la tête. Il passe trop de temps à Lisbonne. Il voit des choses bizarres partout, dans les gestes les plus anodins de la vie quotidienne. C'est toujours le cas lorsque l'on reste trop confiné

dans cette ville – tout le monde surveille tout le monde. À force, tout le monde paraît suspect ! Pourquoi Judy ne parlerait-elle pas à un Américain ? Elle est américaine. Elle a besoin de fréquenter des compatriotes. La belle affaire s'ils vont se promener à Igreja do Carmo ! C'est un joli endroit à visiter. Ils se tenaient la main ? Non. Alors je ne vois pas ce qui le chagrine... »

Le laïus se poursuivait jusqu'au bas de la page, les insinuations de Lazard semant leurs vilaines graines. Les parasites proliféraient. Le doute imprégnait page après page, telle une araignée noire sur le blanc du papier qui cherchait à tisser sa toile jusque dans les entrailles secrètes de la reliure. Tout lyrisme avait quitté la prose. L'écriture penchée de Wilshere se contractait, on sentait la main crispée autour de la hampe du porte-plume. Lazard avait rapporté une autre rencontre au café A Brasileira, avec un autre Américain. Il les avait suivis jusqu'à la *pensão* Londres, où ils étaient restés plus d'une heure. La jalousie prenait racine, s'étendait, croissait comme du chiendent. Wilshere éprouvait les pires tourments. Le spectre de Lazard hantait les pages, aussi sûrement qu'un Iago. Puis, début mai, Judy Laverne lui annonça que la P.I.D.E. avait refusé de renouveler son visa. Elle devait partir. Wilshere en était malade. Il écrivit des mots terribles, des mots qui n'auraient jamais dû être couchés sur le papier, indicibles, dans une langue enfiellée qui ne pouvait avoir cours qu'aux Enfers. La page était maculée de taches d'encre comme autant d'éclaboussures de sang, le papier lacéré par la pointe de la plume, à force de frustration. Anne tourna les pages, des pages vides, des pages qui avaient été pleines et déchirées, encore et encore, jusqu'à la fin du carnet. Sur la face interne de la couverture, elle découvrit une série de chiffres et de lettres : R12, R6, L4, R8, L13, R1.

Cette fois, le craquement d'une marche fut suivi par le claquement de mules sur le carrelage du hall. Anne essuya le journal avec sa manche, le replaça dans le tiroir, le referma, tourna la clé. La lumière du couloir s'alluma ; une ligne jaune souligna le bas de porte. La jeune femme retrouva la motte de résine au fond du tiroir du milieu, y recolla la clé, replaça la chaise, enjamba l'appui de la fenêtre, quitta la pièce, tira les vantaux derrière elle et remit la plante à sa place. La porte s'ouvrit. La lumière inonda l'espace. Anne s'accroupit, son dos était trempé de sueur, glacé comme une échine de poisson, sa chemise de nuit collée à la peau. Wilshere tira son fauteuil, s'installa devant son bureau. La jeune femme traversa la pelouse au pas de course et descendit l'allée vers le pavillon d'été.

Dans le bureau, Wilshere se laissa aller contre le dossier de sa chaise et se frotta les doigts. Il huma l'air. Une odeur de glycine. Il se leva, poussa les battants entrouverts de la fenêtre et se frotta de nouveau les doigts. Il regarda le sol sous le rebord de la fenêtre, puis releva la tête vers son ombre qui s'étirait sur la pelouse déserte.

Anne ralentit le pas au bout de l'allée. Son cœur tambourinait dans sa poitrine. Sa gorge était serrée, bloquée, comme si le cordon de la chemise de nuit l'étranglait. Elle tira le lacet et se frotta le visage, tout en glissant sa lampe dans sa culotte. Elle jeta un regard derrière elle, réprima un frisson et pénétra sous la charmille. Voss était étendu sur le banc de pierre, endormi. Elle voulut rebrousser chemin, mais il se redressa.

— Je n'y croyais plus, dit-il.

Ses seins se soulevaient encore spasmodiquement sous le coton.

— Je ne pensais plus que vous alliez venir, ajouta Voss en se frottant les yeux pour chasser le sommeil.

— Je ne comptais pas venir, objecta-t-elle en allant se réfugier dans le coin le plus sombre, derrière lui.

Il pivota sur le banc.

— Vous ne comptiez pas venir ? répéta-t-il.

— Non.

— Vous êtes effrayée. Ça se voit.

— J'ai des raisons de l'être, répliqua-t-elle du ton cinglant qu'employait sa mère.

— À cause de moi ?

— Nous sommes ennemis, non ?

— Là-bas, peut-être, répondit-il, et sa main, dans son mouvement, attrapa un rayon de lune.

— Il y a plus de « là-bas » que d'« ici ».

— C'est vrai. Mais ce qui se passe ici est à nous seuls.

— Ah oui ? Vous croyez ça ? Et comment pourrais-je en être certaine ?

— Parce que nous sommes justement ici en train de parler.

— Nous pouvons parler, mais je ne peux savoir si vous êtes quelqu'un de... confiance.

— C'est pour cela que vous ne vouliez pas venir... Que faites-vous ici, alors ?

— Je suis à court de cigarettes.

Il rit. Les nœuds se relâchaient dans les entrailles de la jeune femme. Des espions amoureux. Amour sans espoir. Que pourraient-ils se dire l'un l'autre ? Il lui offrit une cigarette.

— Vous êtes probablement un espion, monsieur l'attaché militaire, déclara-t-elle. Je travaille pour la Shell, la société pétrolière. Un point sensible dans l'économie de guerre.

— Tout le monde est espion, répondit Voss en cherchant son briquet.

— À Lisbonne, peut-être.

— Partout, dit-il en lui offrant du feu. Nous avons tous nos secrets.

— Les espions encore davantage.

— C'est juste leur métier, et il s'agit de secrets impersonnels.

— Vous semblez être bien au courant.

— Nous sommes en guerre et je travaille à la légation allemande. Le secret est partout.

— Voilà bien le problème. Où et quand s'arrête le travail ?

— Vous pensez que l'attirance est facile à jouer ? Et l'amour aussi ?

Elle tira une bouffée sur sa cigarette, ses joues se creusant. Une injection de nicotine pour tromper l'affolement de son cœur, la trépidation du sang hérissant le duvet de ses bras, battant dans ses gencives.

— Ça dépend, dit-elle en jetant sa cendre d'une pichenette, la tête lui tournant un peu.

— De quoi ? Je vous écoute.

— Si l'objet de cette attirance est prédisposé à la recevoir...

— C'est la voix de l'expérience qui s'exprime ?

— En tout cas, pas une expérience personnelle.

— Comment, alors, avez-vous déduit cela ?

— Je l'ai lu dans un livre.

— C'est là toute votre expérience ?

— Apprendre dans les livres n'est pas si mal.

— Ma mère me disait qu'en matière de cœur

aucune règle ne s'applique, répliqua Voss. L'amour est unique et différent à chaque fois. La comparaison ne sert à rien. Même l'amour entre deux personnes évolue, il n'est jamais le même que la veille.

— Votre mère vous a dit ça ?

— J'étais son chouchou. Et mon frère aîné était plutôt celui de papa.

— Vous savez ce qu'elle entendait par là ?

— Sans doute qu'aimer mon père n'était pas une sinécure. Elle l'a fait, mais mon père ne lui a jamais facilité la tâche.

Il y eut un silence. Anne attendit la suite, priant pour qu'il continue à parler. Voss, fixant le sol des yeux, se prépara à raconter son histoire pour la première fois.

— Au commencement, dit-il, comme s'il narrait une légende, mon père était un homme excitant, un officier de l'armée, ma mère était une belle femme... enfin, une jolie jeune fille. Elle avait seize ans et elle pensait avoir trouvé le grand amour, jusqu'au jour où elle a découvert qu'il y avait eu quelqu'un avant elle. Une femme que mon père avait aimée et qui était morte. Cette révélation a mis en pièces son « grand amour ». Mais que pouvait-elle faire ? S'interdire de l'aimer ? Mes parents se sont mariés l'année suivante, en 1910. Quatre ans plus tard, mon père partait pour la guerre. Pendant ces quatre années, elle l'a à peine vu. Il eut quelques permissions... juste le temps de nous concevoir, mon frère et moi, et lorsqu'il est revenu, en 1918, du côté des vaincus, il était un homme différent. Blessé. Il n'était plus le jeune officier fringant de jadis. Ma mère racontait qu'il était comme une maison aux fenêtres murées. Elle a dû trouver d'autres moyens de l'aimer, et elle y est parvenue pendant une vingtaine d'années... jusqu'à la nouvelle guerre.

« Mon père était un homme de principes – l'un de ces généraux qui se sont élevés contre les ordres donnés à l'armée avant la campagne de Russie, concernant la question juive – et ça lui a coûté son commandement. Ils l'ont mis à la retraite et l'ont renvoyé dans ses pénates. Il perdit sa flamme et devint un homme aigri. Puis mon frère est mort à Stalingrad. Ça a été le coup de grâce pour mon père. Il s'est tué parce que, de son point de vue, il avait tout perdu. Il ne l'a pas dit, mais la vérité, c'est que ma mère ne suffisait pas à justifier son existence. C'est ainsi que j'ai tout découvert. Dans une lettre, il m'a demandé de répandre ses cendres sur la tombe de cette première femme, et ma mère, qui l'aimait toujours, a tenu à ce que j'exécute à la lettre ses dernières volontés.

Il y eut un nouveau silence pendant que Voss retournait ses souvenirs dans sa tête, labourait encore une fois sa mémoire.

— Voilà ce qu'elle a voulu me dire, je pense. Vous avez toujours peur de moi ?

— Pas de vous.

— Mais de ce que je représente ?

— Non.

— Mais quelqu'un vous fait peur.

— Patrick Wilshere.

— Pourquoi ?

— J'ai lu son journal intime, dit-elle, brûlant soudain de se confier.

— N'ai-je pas dit que nous étions tous des espions ?

— Je trouve son comportement... inquiétant. Je voulais savoir ce qu'il avait dans la tête.

— Et maintenant ?

— C'est pis encore. Ce que j'ai lu n'était guère rassurant.

— Que raconte-t-il dans son journal ?

— Qu'il était fou amoureux de Judy Laverne jusqu'à ce que Lazard lui souffle qu'elle voyait d'autres hommes à Lisbonne. Il est devenu d'une jalousie maladive et, bien que ce ne soit pas écrit mot pour mot dans son journal, ses phrases laissent entendre qu'il a souhaité ardemment sa mort.

— Je ne vois pas pourquoi cela vous affecte autant.

— Je ne sais pas ce que je fais ici. Je ne sais pas pourquoi on m'a invitée dans cette maison, mais je suis certaine que ce n'est pas simplement pour héberger une secrétaire.

— Racontez-moi.

Elle lui narra l'incident sur la *serra* et sa dernière conversation avec Wilshere. Voss alluma deux nouvelles cigarettes à son mégot et lui en tendit une.

— Et lorsque vous lui avez demandé des explications, il a semblé ne pas avoir eu conscience de son acte, répéta Voss. Vous pensez à présent que Wilshere n'a plus toute sa tête, qu'il a attiré une autre femme pour la punir des crimes – réels ou imaginaires – que l'originale a perpétrés. À mon avis, vous faites fausse route.

Cette remarque agaça Anne. Comme s'il repoussait les élucubrations d'une gamine.

— Et que pense le grand attaché militaire omniscient ?

— Excusez-moi. Je ne cherchais pas à vous donner de leçon. Je ne mets pas votre jugement en doute. Je pense simplement qu'il y a autre chose. Wilshere est un être complexe. Il ne vous aurait pas fait venir ici dans le simple but d'assouvir un besoin de vengeance, même si la jalousie peut être un moteur puissant. Non. Il a vu dans votre présence chez lui une opportunité précieuse. En lui demandant des explications sur cet incident à cheval, vous avez mis à nu son talon d'Achille. Maintenant, il est inquiet. Il sait que vous avez trouvé la faille de sa cuirasse. Ça, ça pourrait le rendre dangereux.

— En effet, jusqu'à présent, c'était une partie de plaisir... ironisa Anne.

— C'est curieux que les Anglais n'aient pas un mot pour désigner le *sang-froid*[1]. Alors que les Français, qui ont inventé cette expression, en font, eux, si rarement preuve.

— Prendre les choses trop sérieusement risque de renforcer notre inclination au fatalisme.

— Nous autres, Allemands, prenons tout très au sérieux.

— On ne peut pas dire que cela vous ait rendus enclins à l'immobilisme !

Le rire de Voss fut presque un grognement. Il ne s'attendait pas à trouver quoi que ce soit de drôle après ce qu'il venait de lui raconter.

Ils restèrent silencieux. Un silence complice, chacun perdu dans ses pensées. Deux personnes sachant que les mots n'étaient plus d'aucune utilité. Il fallait faire un geste, peut-être deux. Puis les mots reprendraient leur droit, mais sous un jour nouveau, une lumière que les autres seraient incapables de voir et de reconnaître.

Voss jeta sa cigarette ; Anne l'imita peu après. Les braises s'éteignirent lentement sur le sol noir, la fumée dérivant sous la lune. Leurs lèvres se cherchèrent dans le noir. Se trouvèrent. Ce n'était pas un moment de tendresse. Il y avait tant de désespoir... Au moment où Anne s'apprêtait à s'abandonner, sur ce banc de pierre, sous le clair de lune, elle se souvint de la lampe électrique glissée dans sa culotte. Ce serait pour une autre fois, en un autre lieu.

1. En français dans le texte. *(N.d.T.)*

Voss lui proposa de venir chez lui le lendemain, après le travail. Il laisserait la porte en bas ouverte. Elle caressa les os de son visage, telle une aveugle, voulant garder dans sa chair cette image.

La jeune femme prit le chemin de la maison, l'adrénaline inondant son organisme. Lorsque ses pieds trouvèrent les marches de la terrasse, son nez perçut l'odeur du cigare. Le tunnel aveuglant d'une lampe électrique l'entoura soudain.

— Que faites-vous ici ? demanda Wilshere, la voix liquide, flottant entre la menace et la question.

— J'avais trop chaud pour dormir. Je me suis promenée dans le parc. Et vous ?

Ses mules claquèrent dans le silence lorsqu'il se rapprocha d'elle, le faisceau se concentrant sur son visage. Anne porta la main devant ses yeux.

— Je n'étais pas fatigué, répondit-il. J'avais trop de choses en tête pour trouver le sommeil.

Il éteignit la lampe électrique et la glissa dans sa poche, jeta son cigare.

— Vous tremblez de froid, à présent.

— Ce n'est pas de froid, répliqua-t-elle, la peau tendue comme du caoutchouc.

Il l'attira à lui et l'embrassa. Le goût du tabac. L'aigreur du whisky...

— Veuillez m'excuser, lâcha-t-il d'une voix dénuée de regret. Vous étiez irrésistible.

Elle recula d'un pas, les pieds lourds comme du plomb.

— J'ouvre le chemin, lança-t-il presque gaiement.

Il alluma la lampe et passa les portes-fenêtres, le faisceau bondissant de mur en mur. Elle le suivit dans les escaliers, sous les protestations de chaque marche, le dégoût montant dans sa poitrine.

Lorsqu'elle pénétra dans sa chambre, Wilshere lui envoya un baiser.

De l'autre côté du palier, Mafalda referma la porte de sa chambre.

Voss arriva à Lisbonne vers 4 heures du matin. Il avait dépassé le stade de la fatigue. Il se gara devant son appartement et vérifia la cache dans le jardin, au cas où on lui aurait laissé un mot. Bien qu'il l'inspectât régulièrement, cette boîte aux lettres n'était guère usitée. Il fut donc surpris d'y trouver un message codé lui demandant de se rendre, quelle que soit l'heure, à une adresse dans Madragoa, chez un colonel des Forces libres polonaises. Il descendit la Calçada da Estrela et tourna à droite dans les petites rues de Madragoa.

Il trouva la rua Garcia da Horta et pénétra dans l'immeuble. Il monta au premier étage, toqua à la porte deux fois, puis trois et encore deux fois. La porte s'entrouvrit avant de pivoter tout entière. Voss pénétra dans un appartement sombre, suivit le colonel polonais qui, en silence, désigna les fenêtres ouvertes où il passait le plus clair de ses nuits à chercher la fraîcheur. Après une vie passée à Varsovie, il ne parvenait pas à s'acclimater à la chaleur.

Malgré la pénombre qui dissimulait son visage, Voss reconnut le personnage assis sur une chaise à côté de la fenêtre – c'était l'homme qu'il avait rencontré au Lutétia à Paris, fin janvier.

— Un verre ? demanda ce dernier en brandissant une bouteille.

— Qu'est-ce que c'est ? s'enquit Voss.

— Je ne sais pas comment le colonel appelle ça, mais c'est fort.

Il lui en versa une mesure dans un verre à vin.

— Comment cela se présente, avec les Anglais ?

— Très mal, répondit Voss. Ils ne croient pas un traître mot de ce que je leur raconte, sauf, évidemment, lorsque les faits vont dans leur sens. Ils me remercient, me disent à quel point ils ont souffert et me renvoient dans mes pénates avec des menaces.

— Des menaces ?

— Ils lâcheront une bombe atomique sur Dresde à la fin août si l'Allemagne ne se rend pas sans condition.

— Cela vous paraît du bluff ?

— Ils sont très inquiets à propos de notre programme atomique. J'ai beau leur certifier qu'il est au point mort, ils ne veulent rien entendre. Et les Américains sont encore plus nerveux que les Anglais.

— Que veulent-ils de plus ?

— Rien, une peccadille, répondit Voss, caustique. Juste la mort de tous nos savants – Heisenberg, Hahn, Weizäcker, tous ! Et la localisation de nos installations afin qu'ils puissent les bombarder, ou bien la mort du Führer, à condition qu'il ne soit pas remplacé par un chef du parti national socialiste.

Il y eut un silence, durant lequel l'homme détourna la tête et alluma une cigarette.

— Vous avez été seul bien longtemps, j'en ai conscience. Cela a été très dur. Diplomatiquement, les Anglais se doivent d'avoir des exigences cruelles. Mais ce sont nos uniques interlocuteurs. Il faut à tout prix les tranquilliser, leur en apprendre le maximum. Vous allez leur parler des V2. Dites-leur qu'ils peuvent bombarder nos laboratoires de Berlin-Dahlem, si cela peut les aider à trouver le sommeil. Dites-leur aussi que le Führer sera assassiné vers midi, heure de Berlin, dans son bunker de la Wolfsschanze, le 20 juillet.

Voss en eut le souffle coupé. L'alcool trembla dans son verre. Il l'avala d'un trait par réflexe. L'homme continua de sa voix tranquille :

— Votre travail, une fois que vous aurez reçu confirmation du lancement de l'opération Walkyrie, sera de prendre le contrôle de la légation allemande, ici, à Lisbonne. Utilisez la manière forte si besoin. Si le général SS Wolters n'obéit pas à vos ordres, tuez-le sans hésitation. Vous avez une arme ?

— Seulement celle de la légation qui doit rester à la consigne.

— Le colonel vous en fournira une autre.

— Cet attentat, c'est du certain ?

— Nous avons été, plusieurs fois, à deux doigts d'y parvenir, mais des changements de programme de dernière minute ont contrecarré nos plans. Cette fois, le Führer est bloqué à la Wolfsschanze, et c'est nous qui allons à lui. C'est l'opportunité la plus certaine que nous ayons eue ; c'est la raison pour laquelle vous êtes informé de l'opération et autorisé à l'annoncer aux Anglais. J'espère qu'il en sera terminé de votre isolement, ajouta-t-il. Une chose encore avant de vous laisser. Olivier Mesnel ?

— Mesnel, autant que je le sache, ne fait rien, à l'exception de rencontres occasionnelles avec de jeunes gitans dans des grottes des environs.

— Le colonel a découvert qu'il a pris contact avec un messager communiste qui lui rend visite à la Pensão Silva, rua Braancamp. Le colonel pense que ce que lui confie Mesnel revient directement à l'oreille des Russes.

— Je ne sais pas ce qu'il peut lui donner comme info. Il ne sort jamais.

— Peut-être, alors, reçoit-il des instructions ? L'important, c'est qu'il peut nous être utile dans nos négociations avec les Anglais. Si nous pouvons prouver que les Russes ne sont pas des partenaires fiables, cela pourra servir notre cause.

18.

Mardi 18 juillet 1944, légation allemande, Lapa, Lisbonne

L'homme dans son costume sombre était assis, les mains jointes et enfouies entre ses genoux, inquiet. La courbure naturelle de son dos, après des années de pratique de son métier, laissait croire qu'il s'attendait à recevoir une volée de coups. Son chapeau trônait sur la table, face à lui. Un feutre noir. Les poches sous ses yeux allongeaient son visage, lui donnant un air encore plus triste.

— Vous auriez pu trouver quelqu'un d'autre ! s'exclama Voss, en observant l'homme derrière la porte vitrée. Ce ne sont pas les bijouteries qui manquent au Rossio ! Choisir un autochtone.

Hein, l'un des assistants de Voss, ne répondit pas, mais son geste de la main fut éloquent. Ils étaient trop bavards, là-bas.

— Où l'avez-vous déniché ?

— Au bureau de réfugiés juifs.

— Il est volontaire ?

— Kempf lui a promis qu'en échange il s'arrangerait pour avoir des nouvelles de sa famille.

— Et il l'a fait ?

Hein lança un regard oblique et haussa les épaules.

— En voilà un qui ne parlera pas, c'est sûr ! admit Voss. D'où vient-il ?

— Anvers. Il travaillait beaucoup avec le comptoir du Congo belge.

— Il ne faut pas que Wolters le voie.

— C'est plus facile à dire qu'à faire, chef. Il va falloir que vous vous en chargiez.

— Comment s'appelle-t-il ?

— Hirschfeld... hum... Samuel Hirschfeld, répondit Hein, d'un air soudain maussade.

Voss entra, serra la main de l'homme et lui demanda de préparer son matériel. Sans un mot, l'homme ouvrit un coffret en bois et sortit sa balance, ses poids, ses pincettes, son œilleton et un carré de velours noir.

Voss alla frapper à la porte de Wolters et annonça la présence de l'expert joaillier.

— Faites-le entrer, Voss, faites-le entrer !

— Je l'ai déjà installé dans l'autre pièce.

— Chaque pierre doit être pesée et évaluée.

— Oui, général.

— Et ne le laissez seul sous aucun prétexte !

— Oui, général.

Wolters lui lança la bourse comme s'il s'agissait d'un vulgaire sac de billes. Voss revint auprès du Belge, qui déclina l'offre d'une cigarette et se mit au travail.

Jim Wallis avait remis son rapport à 8 heures du matin et était rentré chez lui dormir. Sutherland le lut aussitôt et médita longuement son contenu, le temps de fumer une pipe entière. À 9 h 30, Cardew envoya à l'ambassade son rapport en langage codé ; une heure plus tard, Sutherland et Rose convoquaient Anne dans une maison aux environs du Largo do Rato. Comme le vieux limier des services secrets s'y attendait, la jeune femme était assise les genoux serrés, son sac à main posé sagement sur ses cuisses, telle une jouvencelle intimidée.

Pendant qu'elle leur faisait le compte rendu de ses trouvailles de la nuit, Sutherland tirait sur sa pipe vide, émettant des sifflements dérangeants. Il étudia les numéros qu'elle avait découverts dans le journal de Wilshere. On lui posa des questions sur le coffre... quel était son type, fallait-il une clé pour l'ouvrir en plus de la combinaison ? Cardew lui expliquerait la marche à suivre... Anne poursuivit son récit, le même qu'elle avait conté à Cardew : l'irruption de Wilshere dans le bureau, sa fuite par la fenêtre, ses errances dans le jardin et l'incident final sur la terrasse. Sutherland l'écouta en hochant la tête.

— Votre rapport est incomplet, déclara-t-il.

— Je ne crois pas.

— Vous n'oubliez pas quelque chose ?

— Non, je n'oublie rien.

Elle était moite de sueur dans cette pièce aux rideaux tirés. La lumière que diffusait l'ampoule unique au plafond paraissait jaunâtre après la clarté solaire du dehors. La nausée montait par vagues.

Sutherland retroussa les lèvres, découvrant ses dents qui pinçaient l'embout de sa pipe.

— Votre ange gardien, l'aida Rose.

Anne battit des paupières. Jim Wallis ! Elle avait oublié Jim Wallis ! Cette fois, la sueur roula en grosses gouttes.

Des notes lugubres résonnèrent dans la rue – un rémouleur appelant le chaland de son pipeau.

— Reprenez depuis le début, je vous prie, précisa Sutherland.

Elle lui parla alors de Karl Voss. Le casino. L'homme qui l'avait aidée à ramener Wilshere chez lui. La plage. Le cocktail. La première rencontre, accidentelle, et la seconde, observée par Wallis, tout aussi involontaire malgré les apparences.

— Je vous ai pourtant avertie que Voss est un agent de l'Abwehr, grogna Sutherland.

— Oui, vous m'avez prévenue.

— Lui avez-vous parlé de nos affaires, aussi allusivement que ce soit ?

— Non, en aucun cas. Il me prend pour une secrétaire à la Shell.

— Karl Voss est un officier expérimenté, objecta Sutherland. Il a été membre des services de renseignements de Zeitzler à Rastenburg. Il a travaillé au Q.G. de Zossen, à Berlin, avenue Foch à Paris et, aujourd'hui, il est à Lisbonne. Vous pensez qu'il ne sait pas comment bercer les illusions romantiques d'une jeune femme ?

— Tout ce que je sais, c'est que je ne lui ai rien dit qui...

— Avez-vous eu une relation sexuelle avec Voss ? intervint Rose avec brusquerie.

— Non.

— C'est étonnant ! Ce Voss a du charisme. Il a beaucoup de succès avec les femmes. Vous ne seriez ni la première ni sûrement la dernière.

Les paroles de Rose s'insinuèrent dans les veines d'Anne comme du poison. Elles allèrent droit au cœur puis s'inscrivirent dans son cerveau, où elles se propagèrent avec la vélocité d'un virus. La colère monta la première, une fureur irrépressible, puis le froid, acide, de la jalousie. Tout se mit à tourner dans la tête de la jeune Anglaise, de plus en plus vite – un tourbillon d'émotions à la poursuite de ces mots venimeux, des mots venimeux qui restaient aussi clairs et tranchants que lorsqu'ils avaient été prononcés.

— Puis-je vous donner un conseil, Anne ? commença Sutherland, sans attendre quelque assentiment de sa part. Laissez le capitaine Voss à ses conquêtes féminines et occupez-vous de votre travail.

Lorsque la jeune femme se leva, son sac à main oscilla au bout de sa sangle tel un petit chiot récalcitrant soulevé de terre. Elle se carra devant Sutherland, et se pencha vers lui.

— Je n'ai pas eu de relation sexuelle avec Karl Voss, répéta-t-elle. Et je ne lui ai rien dit de nos affaires.

— Si vous l'aviez fait, ma chère, vous seriez déjà dans un premier avion pour Londres, répliqua-t-il en la regardant de ses yeux fatigués, ourlés de grands cernes violets. Remerciée et congédiée.

Lorsque la comtesse della Trecata arriva à la légation allemande à 11 heures, la température dépassait les trente degrés à l'ombre ; les agents anglais étaient, comme d'habitude, à leur poste d'observation dans les appartements bordant le bâtiment. Sutherland avait placé d'autres hommes dans des voitures, tandis que leurs *ardinas* – de jeunes vendeurs de journaux – arpentaient la *calçada* brûlante nu-pieds, prêts à lancer le signal qui déclencherait l'opération Chalut.

La comtesse, dans une longue robe de soie bleue qui laissait voir ses jambes au galbe intact, mais à la démarche vacillante, monta les marches du perron, lança un regard vers la croix gammée qui pendait au-dessus des portes et agita son éventail pour se rafraîchir. Elle fut conduite à l'étage, où on lui demanda d'attendre devant la porte de Wolters. Elle s'assit sur une chaise dorée et continua à s'éventer, patientant dans le couloir silencieux. Voss l'observa par-dessus l'épaule de l'expert joaillier.

On la fit entrer dans le bureau de Wolters. Ils ne se serrèrent pas la main. Aucun contact – une part implicite de leur arrangement. Wolters tira de grosses bouffées sur son cigare, comme s'il avait décidé d'enfumer la pièce pour la stériliser.

— Je sais que cela fait partie de votre couverture, mais vous pourriez être moins insolente, quand nous sommes en public, déclara-t-il.

— Je suis désolée d'avoir un peu trop forcé le trait.

— Un défaut que vous aviez sans doute déjà sur scène.

La comtesse essuya la pique sans sourciller.

— Qu'avez-vous pour moi ? demanda Wolters.

La comtesse passa au français, leur langue commune, et le soliloque baroque commença, résonnant dans l'air lourd de la pièce. Wolters était avachi dans son fauteuil, le cigare au coin de la bouche, calé dans le trou de sa dentition. Il était habitué aux embellissements, fioritures narratives et fleurs de rhétorique qui enrobaient les quelques renseignements de seconde zone que la comtesse lui apportait. Pour Wolters, c'était comme devoir soulever des centaines de jupons jusqu'à... ah ! une cheville, enfin ! Mais pas aujourd'hui – il n'avait pas la patience d'attendre. Il cogna du poing sur la table de travail. L'éventail de la comtesse tressauta entre ses doigts.

— Des faits ! ordonna-t-il.

— La petite Anglaise qui réside chez les Wilshere est une espionne.

— Des preuves ?

— Dona Mafalda la voit rôder dans la maison à toute heure du jour et de la nuit, et elle a menti sur le formulaire d'immigration de la P.I.D.E., à propos de son père. Elle a écrit qu'il était comptable et encore en vie ; or, à moi, elle a dit qu'il était mort.

— C'est tout ?

La comtesse voulut contourner la question, donner corps et profondeur à ses paroles, pour masquer ce qu'elle faisait en réalité : meubler le silence. Wolters la fit taire d'un geste. Il se leva pour la raccompagner. La vieille femme baissa la tête et se mit à trembler, comme une souris craintive.

— Ma famille, demanda-t-elle. On les a retrouvés ?

Wolters la dévisagea. Qu'allait-il choisir, aujourd'hui ? Espoir ou désespoir ? Il se sentit l'âme charitable.

— On les a retrouvés, claironna-t-il. Elle sera ici sous peu. Elle était en Pologne.

— En Pologne ?

— Maintenant, j'ai du travail, répondit-il en désignant la porte.

Voss regarda la comtesse s'en aller. Samuel Hirschfeld signa un reçu en échange de la petite rétribution pour son travail.

— Je vais m'en aller, maintenant, murmura-t-il, en s'essuyant les mains sur ses genoux.

— Remballez votre matériel, mais attendez ici un moment.

Hirschfeld voulut s'appuyer au dossier de sa chaise, mais des éperons acides réveillèrent ses ulcères et le maintinrent penché vers l'avant. Voss prit les diamants et l'estimation du joaillier, puis se rendit dans le bureau de Wolters. Ce dernier se tenait à la fenêtre, contemplant l'activité nonchalante, mais soutenue, de la rua do Sacramento à Lapa.

— C'est inhabituel, vous ne trouvez pas ? demanda Wolters en prenant la feuille de calcul, le doigt pointé sur la rue. Ils nous observent, nous les observons, mais là... ils ont sorti le grand jeu.

— Ils sont sur une piste, général.

— Ou alors quelqu'un leur a appris quelque chose, répliqua Wolters, sans menace théâtrale, mais d'une voix calme et grave.

— Que vous a révélé la comtesse ? demanda Voss. Elle a été concise, cette fois.

— Oui. J'ai tenu la laisse courte, aujourd'hui.

Voss fronça les sourcils dans le dos de Wolters.

— La routine, poursuivit ce dernier. Rien que des choses que je savais déjà. Tout un verbiage pour des évidences ! Ah ! Ces gens me répugnent. Ils lèchent la main qui frappe avec autant d'empressement que celle qui nourrit.

Il secoua sa main, comme si de la salive y était encore collée.

Voss préférait savoir Wolters dans cet état d'esprit – persuadé qu'il avait les rênes en main et que seule sa poigne de fer pouvait les tenir.

— Vous voulez connaître la révélation du jour ? demanda Wolters par-dessus son épaule. Les miettes de caviar qu'elle m'a apportées ?

— Qu'est-ce donc ? interrogea Voss, laissant Wolters ménager son effet.

— La petite Anglaise chez Wilshere est une espionne. Vraiment ? Elle nous prend pour des idiots, cette vieille pute milanaise !

— À l'évidence ! répondit Voss, les idées se bousculant dans sa tête.

— Et maintenant voilà que ces... (Wolters renifla d'un air dédaigneux en désignant la rue) ces cafards sont de sortie !

Il tourna le dos à la fenêtre, sa silhouette se découpant en ombre chinoise sur la clarté du ciel. Il se laissa tomber dans son fauteuil et tapa du pied.

— Nous allons les écraser.

— Le lot de diamants approche un million cent mille dollars, annonça Voss.

— Cela devra aller, vous ne croyez pas ?

— Tout ce que je connais de l'opération, c'est que Lazard doit prendre l'avion avec les pierres et rejoindre New York, répondit Voss. Faut-il que j'en sache davantage ?

— Je ne veux pas que vos hommes importunent Lazard à Dakar ! aboya Wolters. Ne le filez pas, il est déjà assez nerveux comme ça. Il ne sait plus qui est qui. Laissons-le aller à Rio en paix ; récupérons-le là-bas et assurons-nous qu'il atteint New York sans encombre.

— Et pour le voyage de retour ?

— Cela dépend du succès des négociations.

— Entendu, mon général, dit Voss en se levant, espérant tromper Wolters par son petit air vexé.

Wolters était déçu par la déférence de Voss. Il brûlait d'expliquer l'ingéniosité de son plan. Il voulait que Voss lui pose des questions, le travaille au corps pour lui tirer les vers du nez.

— Je comprends la nécessité du secret, annonça Voss en se dirigeant vers la porte. Je voulais simplement vous offrir mon aide.

— Bien sûr, Voss ! lança Wolters. Merci. En effet, il s'agit de la plus grosse opération d'espionnage de la guerre, et vous y aurez votre part. *Heil Hitler !*

Voss répondit au salut nazi de Wolters et quitta le bureau avec la confirmation de ce qu'il pressentait la veille... à savoir que ces diamants allaient servir à acheter l'arme secrète du Führer.

Kempf confia à Voss les messages reçus dans les caches. Voss les lut. Kempf attendait tranquillement, les mains dans le dos, les yeux fixant l'horizon, comme à la parade.

— Que se passe-t-il ?

— Comment ça, Kempf ?

— On se croirait à Picaddilly Circus, dehors ! Si ça continue, ils vont se mettre à rouler à gauche avant la fin de la journée !

— C'est bien possible.

— Vous croyez ?

— Nous attirons l'attention plus que d'habitude.

— C'est *Ring a ring of roses*, en bas !

— Pardon ?

— C'est une sorte de ronde, un jeu anglais pour bambins.

— Vous êtes un puits de culture, Kempf.

— J'ai eu une petite amie anglaise avant la guerre. Elle travaillait comme nounou dans la maison d'en face. C'était le seul jeu qu'elle connaissait, mis à part évidemment... mais il serait déplacé d'en parler ici.

Kempf, béat, parut perdu un moment dans ses souvenirs. Voss sourit.

— Je ne peux rien vous dire, Kempf. Je suis dans le brouillard complet moi-même.

— Le Juif attend toujours. Le bijoutier.

— Zut ! Je l'avais oublié. Hein m'a dit que vous lui aviez fait une promesse.

— Vous savez ce que c'est, répondit Kempf, laconique. Je le fiche dehors, alors ?

— J'y vais, Kempf. J'y vais.

Dans les yeux d'Hirschfeld brillait une lueur d'angoisse. Voss lui annonça qu'il pouvait partir. Ses petits pieds claquèrent dans l'escalier ; on entendit ses pas pressés résonner jusqu'au portail donnant dans la rue.

Voss s'installa sur la chaise encore chaude d'Hirschfeld et se tapota la lèvre d'un air dubitatif.

L'une des lettres révélait qu'Olivier Mesnel avait bougé – et, cette fois, pas pour un rendez-vous galant dans une grotte de Monsanto. Il s'était rendu dans une maison, rua da Arrábida, à proximité du Largo do Rato.

Voss quitta la légation. Kempf avait raison, les *ardinas* était aussi discrets que s'ils vendaient le *Times* à Trafalgar Square ! Il acheta un exemplaire du *Diário de Notícias* et descendit la colline par ses ruelles pavées pour rejoindre la rua das Janelas Verdes. Il s'engagea dans l'escalier sombre de la Pensão Rocha, rejoignit la cour, tout en écrivant sur un bout de papier l'adresse du rendez-vous de Mesnel pour le glisser à l'intérieur du journal avec un billet de vingt escudos. Il s'installa à une table. Les clients, exclusivement des hommes, l'observèrent derrière leurs journaux, dont certains ne dataient pas du jour. Le serveur, un gamin, se planta devant lui, pieds nus, le tablier noué à la taille par une ficelle.

— Appelle-moi Paco, ordonna Voss.

Le garçon se fraya un chemin entre les tables, épié par les pages déployées des divers journaux. Il disparut dans la salle et ne revint pas. Paco apparut quelques minutes plus tard – un Espagnol râblé, originaire de Galice, dont l'implantation de cheveux touchait les sourcils et la concavité maladive des joues portait les stigmates de la malnutrition. Il s'installa à la table de Voss. Un costume bon marché, la chemise boutonnée jusqu'au col, pas de cravate et une vague odeur d'urine.

— Vous êtes malade ? demanda Voss.

— Je vais bien.

— Vous cherchez du travail ?

L'Espagnol haussa les épaules, détourna les yeux, pour cacher son besoin ardent d'argent.

— J'ai apporté ce journal. Il y a une adresse. Je veux savoir qui habite là-bas. Travaillez en solo.

Paco ferma les yeux une fois. L'un des journaux derrière lui se replia, s'éleva dans l'air et s'en alla avec son propriétaire.

— De nouvelles têtes ? demanda Voss.

— Pas ici.

— À Lisbonne ?

— On a parlé d'une Anglaise.

— On a des choses sur elle ?

— Elle travaille comme secrétaire à la Shell, répondit Paco avec des yeux éteints, voilés de fatigue. Elle vit dans une grande maison à Estoril.

— C'est tout ? insista Voss en posant deux paquets de cigarettes sur le journal.

— Elle est du métier.

— Comment vous le savez ?

— J'ai vu Wallis répondit l'Espagnol en haussant une épaule. Je crois qu'il la surveillait.

— Faites vite, lâcha Voss avant de s'en aller.

De retour à la légation, il découvrit quatre voitures garées dans l'allée. Voss monta au premier étage et observa, par la fenêtre, le carrefour entre la rua do Pau de Bandeira et la rua do Sacramento. C'était l'heure du déjeuner ; les employés de la légation quittaient le bâtiment, par groupes curieusement nombreux. Certains montaient dans les voitures, d'autres se dirigeaient vers les portes, grandes ouvertes. Les véhicules partaient chacun dans des directions différentes. Tout à coup, les rues grouillèrent de monde, les *ardinas* allaient à droite, à gauche, dans la confusion la plus totale. En quelques instants, il y eut un encombrement et des gens se faufilant partout entre les véhicules. Des hommes qui déambulaient jusqu'alors sur les trottoirs tels des zombies indolents ne savaient soudain plus où donner de la tête, tentant de surveiller les quatre sorties possibles, en pleine indécision. Voss traversa le bâtiment désert et rencontra, au bas des escaliers, Wolters qui arborait un grand sourire.

— Nous leur avons donné de quoi s'occuper un moment !

Beecham Lazard était adossé contre la rambarde du petit ferry qui assurait la traversée du Tage. Sur le bateau se trouvaient quatre voitures et près de cent passagers. Il avait vu son contact monter à bord au terminal de Cais do Sodré. Il avait surveillé les abords sous tous les angles pour s'assurer qu'il n'avait pas été suivi. Le ferry faisait route vers Cacilhas et tout le monde était sur le pont pour profiter de l'air frais. Le bateau devait se frayer un chemin entre les cargos et les paquebots qui encombraient le fleuve, attendant leur admission au port, et les puissants remorqueurs qui faisaient la navette entre les quais. La fumée noire d'une cheminée rejoignait la brume fluviale, voilant le soleil. Les colonnes de la grande Praça do Comércio, derrière eux, ne furent plus qu'une silhouette dans l'air humide.

Lazard fit un nouveau tour complet du ferry et se dirigea vers la portion libre de rambarde où se tenait son contact – celui-ci appartenait à la fournée qui avait quitté subitement la légation allemande. Les deux hommes se connaissaient de vue. Ils échangèrent discrètement leurs mallettes identiques et se séparèrent. Lazard était à présent en possession des diamants. Un quart d'heure plus tard, il quittait le ferry et se dirigeait vers le terminal des autobus de Cacilhas. Il fit le voyage le long de la rive sud de l'estuaire jusqu'au village de Caparica, puis il se rendit au terminal du ferry à Porto Brandão. Il attendit l'arrivée du bac pendant une demi-heure ; il retraversa le fleuve jusqu'à Belém et le site de l'ancienne Expo de 1940[1]. Il s'assura qu'il n'était pas suivi, laissa la gare derrière lui et rejoignit une maison rua Embaixador.

Il avait loué un appartement au premier étage. Il retira son costume gris pour en enfiler un bleu clair. Dans la penderie, il prit un chapeau blanc, cerclé d'un bandeau noir, et le posa sur le couvre-lit. Il rangea son costume gris et la mallette dans l'armoire désormais vide. Il s'assura que la rue était déserte, puis il décrocha le téléphone et appela Lisbonne. Il eut au bout du fil un homme à l'accent brésilien.

— Vous avez pris mon linge ? demanda Lazard.

— Oui, répondit l'interlocuteur avec la raideur d'un mauvais acteur. Et tout a été repassé.

Lazard raccrocha et consulta sa montre, l'air maussade. Il était en avance. Il avait des heures à attendre avant l'embarquement. Il retira sa veste, poussa le chapeau sur le côté et s'étendit sur le lit. Des pensées encombraient son esprit telles de grosses anguilles alanguies. Il sinua entre elles jusqu'à en trouver une qui puisse l'aider à tromper l'attente. Mary Couples s'agenouillant au pied de la haie, sa robe remontée sur les hanches, sa culotte tendue entre ses cuisses, la raie sombre entre ses fesses blanches, les lignes de bronzage de son maillot de bain, ses pouces à lui crochetés aux bretelles du porte-jarretelles, ses épaules à elle tressautant à chaque coup de reins.

Pourquoi avait-elle fait ça ? Elle qui refusait d'ordinaire toutes les avances qu'il lui susurrait à l'oreille. Pourquoi avait-elle accepté si soudainement ? Pourquoi s'était-elle abandonnée de cette manière aussi

1. Exposition du monde portugais, voulue par Salazar. *(N.d.T.)*

dégradante ? Lazard était certain qu'elle n'éprouvait aucune affection pour lui.

Elle ne devait pas plus aimer Hal, et encore moins elle-même... Ces pensées l'excitaient. Pourrait-elle aller encore plus loin ? Il s'imaginait déjà lui faire des propositions inacceptables. Sa main chercha les boutons de sa braguette tandis que son esprit s'enfonçait dans des abîmes obscurs.

À 16 h 30, il se leva, rajusta son pantalon, enfila sa veste, mit le chapeau blanc ainsi qu'une paire de lunettes de soleil. Il prit la mallette et une valise dans le même cuir aux tons miel, les deux estampillées d'un B.L. en lettres grenat. Il se rendit à l'arrêt de taxi et demanda à être conduit à l'aéroport, où il enregistra sa valise. Il but un café au bar et repéra les agents anglais et allemands qui déambulaient dans le bâtiment.

À 17 h 45, il alla aux toilettes, urina, se lava les mains et attendit que la pièce soit déserte pour pénétrer dans la cabine la plus proche du mur. L'*A Bola*, un journal de sport, était posé sur le réservoir. Lazard verrouilla la porte, retira son chapeau, ses lunettes et les glissa sous la paroi de la cabine voisine. Il retira ensuite son costume, sa cravate rouge, ses chaussures anglaises marron et leur fit suivre le même chemin. Un frisson de panique le traversa. Il vérifia le journal – oui, c'était le bon, le numéro de la veille. Lazard eut la vision fugitive d'un inconnu voyant apparaître un chapeau, une mallette et un tas de vêtements dans sa cabine... Il se voyait déjà interrogé par la police de l'aéroport en slip et chaussettes.

Un costume sombre apparut sous la cloison. Un chapeau noir, une cravate sombre, une paire d'Oxford noire, mais pas de mallette. Lazard s'habilla, quitta les toilettes et l'aéroport. Il prit un taxi pour retourner en ville, puis un train pour Belém.

À 18 h 20, un homme en complet bleu clair, avec un chapeau blanc et des lunettes de soleil, portant une mallette aux initiales B.L., embarqua sur le vol du soir pour Dakar. Lorsque l'avion décolla, les agents des deux camps, épuisés, rentrèrent à leur base faire leurs rapports.

Sutherland, encore ébranlé par la catastrophe du matin, était avachi sur sa chaise, bourrant sa pipe. Rose entra dans le bureau sans frapper et se pencha vers lui.

— Nous avons peut-être sauvé quelque chose du fiasco de ce matin, à la légation.

— Lazard est dans l'avion ?

— Espérons que les renseignements de Voss sont corrects et qu'il a bien les diamants avec lui.

— Voss a demandé un autre rendez-vous.

— Déjà ? s'étonna Rose.

— Il dit que c'est encore plus urgent qu'hier soir.

Après avoir laissé un message dans sa boîte aux lettres pour les Anglais, Voss attendit Paco dans les jardins d'Estrela. Il avait un autre journal à la main... Décidément, cette situation était le rêve pour tous les éditeurs de presse. Lorsque la guerre serait terminée, il y aurait une chute vertigineuse des ventes. Les journaux étant sous le joug d'une censure draconienne, personne ne les lisait vraiment. Il y avait aussi la question du style des journalistes portugais, qui rappelait celui des comptes rendus alambiqués de la comtesse, sans espoir toutefois, sous les quatre cents jupons, de trouver une cheville délicate.

Paco se laissa tomber sur le banc. Il sentait encore plus mauvais que de coutume, comme si son corps rejetait des miasmes malins par tous les pores de sa peau – à l'instar des malades de la fièvre jaune ou de la peste. En fait, Paco avait un liseré noir sur la face interne des lèvres. Le nom vulgaire de la fièvre jaune n'était-il pas justement le « vomi noir » ?

— Vous êtes sûr de ne pas être malade ? insista Voss.

— Pas plus qu'à midi.

— Vous disiez alors que vous alliez bien.

— Je suis allé me coucher, dit l'Espagnol en posant ses coudes sur ses genoux, plié en avant comme s'il avait le ventre en feu.

— Qu'est-ce que vous avez ?

— Je ne sais pas. Je suis toujours patraque. Comme ma mère, et elle a vécu jusqu'à quatre-vingt-quatorze ans.

— Allez voir un médecin.

— Les toubibs... les toubibs... Tout ce qu'ils disent, c'est : « Paco, avec vous le bon Dieu s'est loupé. » Puis ils me filent leur note. Je ne vais plus voir les toubibs. Fini.

— Alors, cette adresse ?

— C'est la planque d'un communiste.

— Comment le savez-vous ?

— Ils ne sont pas discrets. La P.I.D.E. va repérer l'endroit en un rien de temps.

— Attendez quelques jours.

— Ils n'ont pas besoin de moi pour trouver cette baraque. Ces crétins de rouges ! s'exclama-t-il en secouant la tête. Ils vont placarder l'adresse dans leur journal, *Avante*, sur les pages d'offres de location.

Le visage de Paco se contorsionna en une mimique de sourire qui évoquait la souffrance du constipé évacuant une crotte récalcitrante.

Voss rentra chez lui, avec l'angoisse que son informateur lui ait refilé quelque virus. Ce Paco pouvait bien être son billet pour l'au-delà.

19.

Mardi 18 juillet 1944, appartement de Voss, Estrela, Lisbonne

Assis sur le dossier du canapé, Voss contemplait par la fenêtre les jardins d'Estrela et le parvis de la basilique. Anne avait déjà traversé le parc et il avait reconnu Wallis derrière elle, adossé contre la barrière, l'incontournable journal devant le visage. Il était curieux de voir comment la jeune femme allait se débarrasser de son chaperon. Sitôt qu'elle eut traversé le parvis et pénétré dans la basilique, Wallis alla se poster sous le porche ; il alluma une cigarette, appuyé contre le pilier. Des pigeons s'envolèrent d'une des tours de l'édifice, survolèrent la place et revinrent se poser sur leur perchoir. Une nonne monta les marches du perron et passa devant Wallis. Deux garçons au crâne rasé, les chemises crasseuses, pieds nus, sortirent en courant des jardins, poursuivis par un policier qui brandissait sa matraque et perdit sa casquette dans sa course. Voss posa la main sur la serviette humide accrochée à la poignée de la fenêtre pour tester la fraîcheur de la bouteille de vin blanc qu'elle abritait. Il fuma, jeta les cendres sur les tuiles sous sa fenêtre.

— Combien de temps passez-vous derrière cette fenêtre à guetter vos petites amies ?

Voss se retourna en sursautant et tomba assis dans le canapé. Anne était installée sur le fauteuil en face et avait retiré ses chaussures. Son visage était sévère, sans aucune douceur ; ce n'était pas ce visage qu'il avait vu la veille dans la lumière ambrée de la flamme de l'allumette. Il esquissa un sourire. C'est ce qu'il aimait chez elle... cet air de défi incessant. Il voulut s'approcher, mais un mur invisible l'en empêchait, le plaquait au fond du canapé.

— Où est-ce que je suis sur la liste ? demanda-t-elle. Quelle place j'occupe ?

Il fuma en silence tout en l'observant.

— Vous m'en lancez une ?

Il se leva de nouveau.

— Lancez, j'ai dit !

Elle attrapa le paquet d'une main, ramassa une boîte d'allumettes qui traînait sur la table, lut l'inscription sur la pochette et alluma sa cigarette.

— Le Negresco, dit-elle. Beecham Lazard m'a proposé de m'emmener là-bas un soir. Il dit que c'est l'endroit de Lisbonne où se montre le gratin... des gens comme Judy Laverne et Patrick Wilshere. C'est là aussi que vous œuvrez ?

— Que je quoi ?

— Bien sûr, je n'aurais pas droit aux dorures du Negresco ! Un verre de vin tiède et hop, couche-toi là, j'imagine ?

Elle jeta un œil vers le lit que l'on apercevait par la porte entrouverte de la chambre. Un lit de métal d'ascète, bien loin du moelleux d'une couche second empire, tendu de soie avec une strie sur les montants pour chaque conquête. Elle tira une bouffée d'un air revêche.

— Est-ce encore une blague typiquement anglaise ? Un trait d'humour que nous autres, Allemands, sommes incapables de comprendre ?

Anne jeta à Voss un regard noir, perçant comme une flamme de chalumeau. Par sécurité, Voss ne la quittait pas des yeux ; elle paraissait à deux doigts de lui lancer quelque chose à la figure. Il écrasa sa cigarette dans le cendrier sur la table basse entre eux deux et s'enfonça dans les coussins, avec des gestes lents, précautionneux, comme s'il avait devant lui un animal sauvage. Il ignorait comment procéder, tel un comédien ayant entraîné son public dans la tragédie et ne sachant plus comment lui redonner le sourire. La jeune femme observa de nouveau la chambre, puis le salon, son regard s'arrêtant sur l'étagère avec ses trois livres et sa photo de famille, les deux paysages au mur, la bouteille de vin dans sa serviette humide, les tapis battus et propres, le canapé bordeaux aux deux accrocs, propre lui aussi.

— Je n'aime pas faire partie d'un troupeau, annonça-t-elle.

Voss hocha la tête, assimilant l'information, sans comprendre ce qu'elle sous-entendait. Il jeta à son tour un regard circulaire dans la pièce, pour chercher d'éventuels éléments de réponse.

— Êtes-vous un homme d'honneur, monsieur Voss ?

— Je n'ai jamais mis les pieds au Negresco, si cela peut vous rassurer.

Elle lui lança la boîte d'allumettes au visage. Les allumettes s'égaillèrent dans les airs.

— Je sais, dit-il, mais je n'y ai jamais mis les pieds. On m'a donné cette boîte.

— Qui ?

— Heu, Kempf, j'imagine.

— Vous voulez dire *Mein Kempf* !

Il la dévisagea en silence. Après la tension des premières minutes, le jeu de mots mit du temps à atteindre son objectif. Voss lâcha alors un gloussement, qui se mua bientôt en un fou rire inextinguible, tonitruant, décuplé encore par l'air pincé de sa visiteuse devant ce débordement d'hilarité. La crise dura une bonne minute. Cet homme avait été privé trop longtemps de plaisanteries décentes, conclut Anne, lorsque Voss eut enfin recouvré ses esprits. On ne devait pas rire très souvent, dans son monde... Cette pensée l'émut.

— J'ai acheté du vin, dit-il, en s'essuyant les yeux du revers de la main.

— Et des verres ?

Il quitta la pièce et revint avec deux verres. Elle observait ses mouvements, son visage. Il avait l'air d'un adolescent, empressé de faire plaisir. La tendresse qu'elle avait laissée sur le palier s'était frayée un chemin sous la porte et était revenue dans la pièce.

— De toute évidence... commença-t-il, quelqu'un vous a raconté des trucs sur moi.

— Que vous étiez un homme à femmes.

— C'est drôle. Je ne connais personne chez Shell. À l'exception de Cardew. Mais juste bonjour, bonsoir... On ne se raconte pas notre vie, et il est marié. Le Negresco n'est pas fait pour les hommes mariés. Il ne peut donc m'avoir vu là-bas, quand bien même y aurais-je mis les pieds.

Ils burent leur premier verre rapidement. Voss servit une nouvelle tournée. Anne ne le quittait pas des yeux – pas une seconde. Les paroles de Sutherland étaient oubliées pour le moment, sa journée de stress laissée sur le portemanteau.

— Alors, vous l'êtes ?

— Quoi ? Un homme à femmes ? Pour être franc,

Anne, et pour vous prouver que mon honneur est sauf, j'ai la possibilité de faire des rencontres, à Lisbonne, mais je n'en ai pas le goût. Je travaille et je dors. Il me reste très peu de temps entre les deux. Je ne sais pas qui vous a...

— Ils avaient leurs raisons.

— Ils ? C'est donc une attaque collective ? C'est fou comme on peut avoir d'ennemis sans même le chercher.

— C'était pour me protéger.

— Vous savez ce qui me ferait plaisir ? lança Voss en regardant la porte. C'est qu'ici il n'y ait que nous deux, juste vous et moi.

Il y eut une pause, comme s'il demandait à tous les intrus de sortir de la pièce. Anne s'approcha du canapé, les jambes flageolantes. Elle jeta sa cigarette par la fenêtre et passa sa main dans les cheveux de Voss. Elle l'embrassa et il poussa un gémissement, comme si quelque chose lui mordait soudain les entrailles. Il l'attira sur le canapé. La tête de la jeune femme roula sur le dossier, ses cheveux répandus tout autour. Ils s'embrassèrent avec fougue, sachant qu'ils ne s'arrêteraient pas là. Le verre d'Anne tomba et roula au sol.

Voss s'écarta et reposa sa nuque sur le dossier, tout en tenant la main de la jeune Anglaise. Celle-ci contemplait la pièce, goûtant la lumière tamisée, l'air tiède. Elle savait que tout allait se passer ici, que toute sa vie allait basculer entre ces quatre murs. Voss lui embrassa les doigts, se tourna vers elle, glissa sa main sur ses hanches graciles, remonta vers sa poitrine, sentant la peau frémir sous ses doigts. Elle roula vers lui, lui prit le visage, explora ses traits. Il passa une main dans son dos pour la presser contre lui. Avec des gestes maladroits, Anne tira sur le nœud de sa cravate, ne faisant que le resserrer davantage. Il retira sa cravate, la jeta derrière lui, chercha l'ourlet de sa robe, trouva le grain doux de la jambe. Il la regarda défaire les boutons de sa chemise, avec cette fois plus de dextérité. Elle tira les pans hors du pantalon, glissa les mains sur son torse. Voss se baissa, lui embrassa le genou, la cuisse, et chacun de ses baisers l'unissait davantage à elle. Elle défit les boutons de sa robe pour qu'elle puisse s'ouvrir. Il lui embrassa le ventre, ses seins encore cachés dans le soutien-gorge. La jeune femme fit glisser la chemise de Voss sur ses épaules, ses bras, lui entravant les poignets dans son dos. Il se débattit avec les manches comme un fou pris dans une camisole. Elle se débarrassa de sa robe, détacha son soutien-gorge. Il sautait sur place pour ôter ses chaussures, ses chaussettes, son pantalon, qui tomba au sol dans une pluie tintinnabulante de pièces et de clés. Il la libéra de la robe – une chrysalide qui gisait ouverte et éventrée sur un coin de canapé.

Voss l'emmena dans la chambre, retira son slip et s'assit sur le petit lit. Il lui embrassa le ventre, descendit sa culotte le long de ses jambes. Leurs corps se raidirent lorsqu'ils entrèrent en contact dans toute leur nudité. Il l'embrassa sur tout le corps, chaque côte, les minuscules tétons bruns, tandis que les mains de la jeune femme exploraient chaque os, chaque muscle de son dos.

Leurs regards se vrillèrent lorsqu'il la pénétra, la douleur étincelant fugitivement dans les prunelles de la jeune femme. Elle aimait son corps osseux, le sillon de poils qui joignait ses mamelons, les ondulations des muscles sous la peau fine et tendue. Elle baissa les yeux vers la touffe sombre. Elle le voulait tout entier. Elle referma ses jambes autour de ses reins, coinçant ses talons sur ses fesses, et l'attira encore plus profond en elle.

Anne s'éveilla, la bouche sur la peau de Voss, sa tête sur sa poitrine qui se gonflait doucement. Par-delà le rempart de ses côtes, au-delà du plat pays de son ventre, son pénis était endormi. Elle le prit dans sa main, l'examina, joua avec lui, d'une manière attentive, presque polie, jusqu'à ce qu'il grossisse et durcisse. Sa langue glissa sur la peau salée du torse de son amant. Les tendons de ses pieds saillirent lorsqu'il recourba ses orteils sur les barreaux du lit. Ses cuisses se raidirent, son abdomen frémit. Anne releva la tête vers son visage creusé, ses yeux clos, sa bouche ouverte, luttant contre l'exquise souffrance ; émue, la jeune femme l'embrassa, un baiser furtif sur sa lèvre, tandis qu'elle sentait son sexe soubresauter dans sa main.

Voss roula sur le côté et regarda par la porte de sa chambre. Anne était agenouillée sur le canapé, nue, les coudes posés sur le rebord de la fenêtre, contemplant les lumières du soir, les oiseaux traversant le carré de ciel dans l'encadrement des montants. Il suivit des yeux les courbes de violoncelle de son corps et s'approcha. La jeune femme tourna la tête vers lui, puis reporta son attention sur le ciel. Il posa ses mains de part et d'autre de ses coudes, sur l'appui de la fenêtre, lui embrassa le dos, chaque vertèbre, des fesses jusqu'à la nuque, soulevant chez elle des tremblements. Elle passa une main derrière lui et, calant son menton sur ses avant-bras, l'attira en elle. Ses tétons durcirent contre la peinture écaillée du rebord de la fenêtre. Les mains de Voss serraient le creux de ses hanches, ses cuisses dures pressant l'intérieur de ses jambes. Tout à coup les cloches de la basilique se mirent à sonner, annonçant la messe. Ce tintement agit comme une sorte de signal et Voss se mit à accélérer son mouvement. Anne s'accrocha au rebord de la fenêtre, rejetant la tête en arrière, riant de ce petit blasphème ; les cloches sonnaient si fort qu'ils pouvaient hurler de plaisir sous le ciel rougeoyant sans que personne ne les entende.

Dans la pénombre de la pièce, nus, ils étaient assis à chaque bout du canapé, les genoux d'Anne entre ceux de Voss, un verre de vin posé dessus, et une cigarette pour deux. Voss lui avait posé des questions sur sa famille et elle lui avait parlé de sa mère, de sa vraie mère, et de Rawlinson – sans citer son nom – avec sa jambe de bois. Sa mère lui avait trouvé ce travail parce qu'elle ne voulait pas qu'Anne la surprenne avec son capitaine Crochet, en train de lui défaire sa postiche le soir, de l'adosser contre le mur avant le coucher et de la briquer au matin avant que le bel amant ne parte en claudiquant au boulot. Voss riait, secouant la tête devant tant d'irrévérence ; jamais il n'avait entendu une femme tenir ce genre de propos. Il voulut la faire parler de son père. Il savait qu'il était mort, rien de plus, mais elle refusa d'aborder le sujet.

— Je veux m'habiller et aller me promener avec toi, lança-t-elle. Comme des amoureux le feraient... après.

— C'est dangereux. La ville est spéciale. Tout le monde se surveille. Et le secteur pétrolier est un domaine sensible.

— Le pétrole, répéta-t-elle, le regard vague.

— On peut se rencontrer à un cocktail, Anne, mais...

— Je veux que tu m'appelles Andrea.

— Andrea ?

— Ne me pose pas de questions. Juste Andrea.

Voss se leva et regarda par la fenêtre, observant la place et les jardins. Il se rassit sur le canapé et murmura tout près de sa bouche :

— Je voulais voir comment tu allais semer... Wallis.

— Tu savais...

Ses yeux se vrillèrent dans les siens.

— Je t'ai vue entrer dans la basilique.

— Il y a toujours plusieurs sorties dans une église, répondit-elle. Depuis combien de temps es-tu au courant ?

— La comtesse a fait un rapport à Wolters, répondit-il, malheureux de voir le travail s'immiscer dans la pièce, comme un bruit de moteur, ruinant la paix du moment. Et d'autres t'ont remarquée.

— Je n'ai pas fait long feu.

— Ici, à Lisbonne, c'est un tout petit monde. (Voss ajouta, pensant à l'avenir :) Il faut nous accrocher, survivre, jusqu'à ce que tout ça soit fini.

Il chassa Beecham Lazard et l'avion de Dakar de ses pensées, et songea à un autre avion qui risquait de survoler Dresde, lorsque les feuilles des arbres s'apprêteraient à se parer de rouge et d'or.

— Il fait déjà presque nuit, insista-t-elle. Allons faire un tour. Je te tiendrai le bras. Je veux te montrer quelque chose.

— Nous ne pouvons sortir ensemble, répondit-il.

Il lui indiqua un itinéraire pour rejoindre une petite église dans le Bairro Alto.

Olivier Mesnel avait passé l'après-midi et la soirée étendu sur le sol. Sa chambre était un four, son matelas était fin et bourré d'une matière si répugnante, rappelant la poudre d'os, qu'il était plus confortable de dormir par terre, sur le bout de tapis élimé. Son esprit ne voulait pas le laisser tranquille, ne cessait de le tourmenter comme un spectre invisible. Pourquoi les Russes l'avaient-ils choisi, lui ? Pourquoi le pensaient-ils capable de mener à bien une telle mission ?

Son estomac était brûlant, une outre rongée jusqu'à la trame. Il ne serait plus jamais le même. La digestion était une activité organique remontant à la nuit des temps. Il ne se souvenait même plus quand il avait produit ses dernières selles solides et vérifiait à présent la cuvette des toilettes après chacun de ses passages, de crainte d'y trouver ses propres entrailles. Il était une carcasse vidée, une carcasse avec un esprit qui bourdonnait à l'intérieur de son crâne, comme les moustiques la nuit contre son oreille.

Il se leva, glissa ses jambes tremblantes dans son pantalon trop grand, son buste malingre tressautant sous le maillot de corps fripé comme un torchon. La taille du pantalon portait encore la trace de sueur après son périple du matin à la rua da Arrábida. Au-dehors, la circulation était dense et bruyante.

Il enfila une chemise, une veste, rehaussée d'une cravate sombre. Il épongea la sueur qui s'accumulait sur sa moustache et s'assit sur le bord de son lit de torture, les os du bassin meurtrissant ses fesses décharnées. Le revolver que les communistes locaux lui avaient donné le matin se trouvait sous son oreiller. Il le sortit de sa cachette et l'actionna pour se remémorer son fonctionnement. Il vérifia le barillet. Quatre balles, ce qui était amplement suffisant.

— Les Russes ! articula-t-il tout haut, un extrait des pensées qui tournaient en boucle dans sa tête. Pourquoi m'ont-ils choisi pour jouer les assassins ? Je suis un intellectuel ! J'étudie la littérature ! Et voilà que je dois tirer sur quelqu'un...

À 21 h 30, il dépassait les faubourgs de la ville, trempé de sueur, incapable de dominer la peur et l'appréhension qui l'avaient, un peu plus tôt, littéralement écrasé au sol. Il avait à présent tout le côté maculé de poussière, le bras droit encore ankylosé et le flanc meurtri par la masse du revolver.

Rui et son acolyte suivaient les ordres de Voss et filaient Mesnel discrètement, un devant, un derrière, en vieux habitués des manies nocturnes de cet homme. Après des mois de surveillance, ils s'ennuyaient ferme. Ils savaient où Mesnel les emmenait. Il faisait chaud, cette nuit, et ils auraient préféré ne pas se trouver dehors par cette touffeur, et encore moins suivre une fois de plus le Français. À l'approche des collines de Monsanto, ils laissèrent Mesnel passer devant, pour qu'il puisse aller assouvir dans les grottes ses besoins répugnants avec les petits gitans. Au pied du versant, les deux hommes s'étendirent dans l'herbe brûlée par le soleil et parlèrent de cigarettes, que ni l'un ni l'autre ne possédaient.

Mesnel se retourna, cherchant du regard les deux ombres qui le suivaient chaque fois qu'il allait à ses rendez-vous galants. Il constata avec satisfaction qu'il était seul. Il laissa les grottes derrière lui et commença l'ascension vers l'Alto da Serafina et le belvédère qui dominait la pointe occidentale de Lisbonne. Il s'assit, épuisé, sur un rocher et contempla, haletant, l'aura qui nimbait la ville, ses franges piquetées de points lumineux telle une galaxie lointaine. La sueur roulait sur son menton. Il aurait tant voulu être ailleurs. Paris lui manquait tellement. Paris, qui serait libéré dans quelques mois, voire quelques semaines. Il aurait survécu à l'occupation... mais les Russes lui avaient demandé de faire cette chose. Pour le parti.

— On ne peut voir les mûriers à cette heure de la nuit, annonça la voix américaine dans son dos.

L'homme avait été là depuis le début, à l'observer.

— Le ver transforme les feuilles en soie, répondit Mesnel pour s'identifier.

— Vous êtes seul ?

— Vous le savez bien. Mes escortes sont en bas, comme d'habitude, allongées dans l'herbe à parler football et courses de chevaux.

L'Américain s'approcha, monta sur son bout de rocher et se planta devant lui, le visage toujours dans l'ombre.

— Alors ? Que m'apportez-vous dans votre musette ?

Mesnel soupira. Une brise chaude soufflait de la ville, portant des relents d'égouts et de pollution.

— Vous avez vu vos gars ? insista la voix. Je vous ai dit que c'était l'offre de la dernière chance.

— Comme vous le savez, ce n'est pas chose aisée sans une légation russe à Lisbonne.

— On a déjà parlé de ça maintes fois.

— Mais, oui, je les ai vus.

— Alors ? Que proposent-ils pour devenir non seulement une puissance atomique, mais éviter que l'Allemagne n'en devienne une ?

— Rien, répondit Mesnel en changeant de position sur son rocher, sa main se déplaçant vers la protubérance contre sa hanche gauche.

— Rien ? répéta l'Américain. Ils comprennent de quoi il s'agit ? C'est leur seule chance de faire jeu égal avec les États-Unis dans la course à la bombe. Ils l'ont bien compris ? Je sais que vous êtes un universitaire, mais vous êtes certain de bien leur avoir expliqué les enjeux ?

— Je leur ai parfaitement exposé la situation...

comme vous me l'avez demandé. Ils ont bien compris, mais cela ne les intéresse pas.

— Depuis combien de mois discutons-nous, monsieur O ?

— Quelques mois.

— Quelques mois ? Cinq mois ! Et au bout de cinq mois, ils décident qu'ils ne sont pas intéressés ?

— Vous savez, à Paris, il ne suffit pas de décrocher son téléphone pour avoir Moscou au bout du fil. Pendant quatre ans, il nous a été impossible d'avoir ne serait-ce que Londres. Vous imaginez l'organisation que cela représente. Tout passe par messager...

— Vous m'ennuyez.

Mesnel déplaça de nouveau sa main.

— Et ne bougez pas !

— Je voulais juste m'essuyer le visage. Il fait lourd, ce soir.

L'Américain sortit un revolver de sa poche et plaqua le canon sur le front de Mesnel

— Qu'est-ce que vous faites ? bredouilla le Français, ses intestins se liquéfiant alors que sa propre main se refermait sur la crosse de son arme.

Il entendit le clic du chien qu'on redressait.

— C'est un Smith & Wesson, monsieur O.

— Je ne suis qu'un messager.

— Ah oui ? lâcha l'Américain. Je ne sais plus qui vous êtes, au juste, mais une chose est sûre, vous n'êtes pas l'homme qui devait m'apporter l'offre des Russes, une offre que j'attends patiemment depuis cinq mois.

— Je leur ai donné vos schémas de la pile, comme vous me l'avez demandé ! Mais ils ont leurs propres sources d'information, à l'intérieur même du programme américain. Et de meilleures. C'est tout. Me tuer ne servira à rien.

— Ils ont de meilleures infos, ah oui ?

— C'est ce qu'ils disent. Ils ont leurs propres gens en Amérique.

Le revolver glissa sur le front graisseux de Mesnel. L'Américain fit feu, la balle effleurant le crâne du Français. Mesnel sortit son arme, mais son assaillant avait déjà réagi, le revolver de nouveau sur son visage, pressé contre son œil, enfoncé dans l'orbite.

— Juste un messager, monsieur O ?

— Pas maintenant, je vous en prie, lâcha Mesnel au bord des larmes. On voit le bout du tunnel. Paris va être libéré dans quelques semaines. Je vous en prie, tout est quasiment fini.

— Je sais, répondit l'Américain avec douceur. C'est juste une histoire de politique.

Il y eut un second coup de feu, et les affres de Mesnel prirent fin.

En entendant la première déflagration, Rui et Luís se levèrent d'un bond.

— Qu'est-ce que c'était ? demanda Rui.

— Ne sois pas idiot, *homem*.

— Qu'est-ce que tu en penses ?

Second coup de feu.

— J'en pense que les garçons des grottes n'ont pas d'armes à feu.

Ils dévalèrent la colline et retournèrent vers la sécurité de la ville et de ses lumières.

Voss attendait Anne dans les ombres de l'église du Largo de Jesus. Ils se retrouvèrent comme s'ils ne s'étaient pas vus pendant une semaine. Elle était excitée comme une enfant, suspendue à son cou, écrasant les tendons de sa nuque. Il la tenait dans ses bras, presque de façon paternelle. Elle l'embrassa, se lova contre son corps.

— Maintenant, allons nous promener ! dit-elle.

Ils sortirent par la porte du fond, traversèrent la rua do Século pour s'enfoncer dans les ruelles du Bairro Alto. La fraîcheur de la nuit était vécue par les habitants du quartier comme une bénédiction. Les fenêtres et les volets étaient ouverts, des odeurs d'oignons frits, d'ail et de poisson grillé embaumaient l'air. Des familles chuchotaient derrière les rideaux de dentelle, des notes de mandoline accompagnaient leurs pas sur les pavés.

Une voix de femme s'éleva, chantant une ligne mélodieuse, puis s'arrêta, comme les passants dans la rue. Des femmes apparurent sur le pas des portes, des femmes sombres, sombres comme le destin, pieds nus, cachant sous leurs robes immenses des grappes de bambins. Les amoureux s'adossèrent contre un mur lépreux pour écouter. Une autre phrase mélodieuse, un vagissement dans le silence, les mots incompréhensibles, mais chargés de mélancolie. Après un silence, la voix vibra de nouveau dans la nuit. Anne et Voss étaient pris sous le charme, même s'ils avaient désormais compris ce que pleurait cette voix – tous les amoureux savent dans leur chair à quel point l'amour est fragile.

Ils s'enfoncèrent encore dans les rues, gravissant toujours le versant pentu, pour rejoindre la rua São Pedro de Alcântara. Ils suivirent les rails argent des tramways jusqu'au quai du funiculaire. Ils gagnèrent un petit parc qui jouxtait les voies, tandis que la cabine illuminée amorçait sa descente cliquetante.

Ils étaient seuls au monde. Les lumières de Lisbonne s'étendaient devant eux, à travers la Baixa, jusqu'à la médina de l'Alfama et le château São Jorge.

Anne se pencha sur le garde-fou, attira Voss à elle, le serrant de toutes ses forces, comme si elle voulait disparaître en lui.

— C'est normal, ce qui nous arrive ? demanda-t-elle.

— Je ne sais pas. Je n'ai été amoureux qu'une fois.

Ces mots ouvrirent un abîme en elle.

— De qui ?

— De toi, idiote !

Elle rit ; le soulagement, comme une onde de bonheur, effaçant le cataclysme entrevu. Tout était si fragile. Tout était tenu par des fils et le moindre mot malheureux pouvait les trancher net.

Ils parlèrent, comme se parlent tous les amoureux du monde. Un babillage insupportable pour des oreilles de simples mortels ayant un travail, vivant dans une pièce mansardée avec quelques sous pour finir la semaine. Des paroles que les gens mariés surprenaient par bribes dans les bars et les cafés et qui leur faisaient hocher la tête d'un air blasé et dépité, des paroles qui pouvaient inciter une épouse à se demander si son époux lui avait déjà murmuré ces mots-là une fois dans sa vie. Bref, des paroles si passionnantes qu'Anne en oublia de fumer jusqu'à ce que Karl sorte un paquet froissé de sa poche... Accoudés à la rambarde du belvédère, ils allumèrent leurs cigarettes.

La Baixa commençait à être recouverte par la brume du fleuve. Les silhouettes des immeubles se brouillèrent, leurs lumières noyées dans une corolle. Le château luisait dans la nuit, tel du carton phosphorescent. Anne se lova contre Karl, les mains de part et d'autre des siennes sur le garde-fou.

Voss consulta sa montre.

L'heure du retour avait sonné. Ils traversèrent le Bairro en sens inverse, les rues et les porches toujours aussi noirs de monde. Voss devenait nerveux, scrutant la foule dans la crainte de reconnaître un visage. Ils se séparèrent et empruntèrent deux chemins différents pour rejoindre les jardins d'Estrela. Voss monta en courant à son appartement et récupéra l'arme que le colonel polonais lui avait donnée. Il voulait l'avoir sur lui. Il n'était plus question de sa seule et unique sécurité, à présent... Il glissa l'arme dans la boîte à outils du coffre de sa voiture et récupéra Anne dans une rue derrière les jardins. Il la raccompagna à Estoril. Le faisceau des phares éclaboussait la brume océane, l'air était frais sur la côte. Il la déposa derrière le casino, l'embrassa et s'en alla pour le lointain parc de Monserrate.

20.

Mardi 18 juillet 1944, domicile des Couples, Cascais

Il y avait eu une vilaine scène dans la cuisine, en fin de matinée. La chaleur avait traversé le toit et surchauffait la petite maison. Ne pouvant se tenir à distance confortable, Hal Couples et Mary s'étaient retrouvés assis de chaque côté de la table de la cuisine, accoudés au dossier de leur chaise, en train de se disputer au-dessus d'une culotte froissée et maculée de terre.

— Je pourrais, moi aussi, monter sur mes grands chevaux ! hurlait Mary. De quel droit fouilles-tu mon linge sale ?

— Je ne fouillais pas. En plus, le crime n'est pas là.

— Le crime ? Depuis quand est-ce un crime ? Ce mot en révèle long sur toi, Hal !

— Je te demande simplement de me dire avec qui t'as fait ça et pourquoi. Ensuite, le débat sera clos. On tire un trait et on passe à autre chose.

Mary se pencha sur le dossier de sa chaise. Hal Couples jeta un coup d'œil furtif sur son décolleté et revint vers son visage.

— Beecham Lazard, murmura Mary au-dessus du morceau de coton chiffonné.

Il tourna la tête sur le côté, comme si elle l'avait giflé.

— Tu as couché avec Beecham Lazard ? répéta-t-il, les mots ayant du mal à sortir de sa bouche. Quand ça ?

— Au cocktail.

— Tu es monté chez Wilshere pendant le cocktail ?

— Non. On a trouvé un endroit dans le jardin.

Couples pressa les doigts sur ses paupières et se pinça la racine du nez.

— Je ne comprends pas. Je pensais que tu le détestais.

Mary était furieuse. Elle s'attendait à – elle espérait – une réaction différente, plus explosive, plus physique. S'il y avait eu crime, il devait y avoir châtiment ! Mais pas ça, pas la raison, parce qu'il n'y avait aucune raison, en tout cas, aucune dont elle ait conscience.

— Cela fait trop longtemps que nous vivons comme ça, déclara-t-elle.

Les entrailles de Couples tournèrent en glace. Il prit son cigare à demi fumé dans le cendrier et le ralluma.

— On a eu des semaines éprouvantes, dit-il pour gagner du temps, dans le vain espoir de repousser ce qui allait arriver.

— Je parle du truc entre mari et femme, rétorqua-t-elle en croisant les bras en un geste qui souleva ses seins. Tu le sais très bien...

Couples tirait fébrilement sur son cigare. Qu'est-ce qui lui prenait ? Il fixa des yeux la culotte. Elle craque. Nom de Dieu, remballe la marchandise, poupée, on n'a plus que vingt-quatre heures à tenir.

— Tu ferais peut-être bien d'aller chercher le courrier, dit-il.

Elle hocha la tête, se leva et s'éloigna dans le hall.

Elle se regarda dans la glace, se passa un coup de rouge à lèvres, et sortit de la maison. Couples la regarda s'éloigner de sa démarche chaloupée. Il ramassa la culotte, retourna dans la salle de bains et reposa le sous-vêtement sur le couvercle du panier à linge, là où il l'avait trouvé. Les femmes normales ne laissent pas traîner leurs culottes de cette manière.

Hal Couples – Harald Koppels – était un commercial d'Ozalid, à Los Angeles, depuis douze ans, lorsque le F.B.I. lui était tombé dessus une nuit, au début de l'année 1942, en lui proposant deux options : soit aller en prison pour espionnage, soit travailler pour le gouvernement. Il était divorcé, vivait seul ; personne ne le pleurerait. Il accepta donc leur offre, et révéla tous les secrets d'Ozalid, ainsi que ceux de G.A.F. et d'Agfa. Il leur livra les noms de toutes les personnes susceptibles d'espionner pour les Allemands. Il avait respecté sa part du contrat, mais les services de renseignements ne voulaient pas le lâcher, maintenant qu'ils l'avaient ferré. Un dernier travail, le der des ders, ils avaient dit. Vous allez vous rendre à Lisbonne pour retrouver un vieil ami. Votre nouvelle femme, qui s'appelle Mary, vous aura à l'œil. Ce qu'ils avaient omis de préciser, c'était : ne couchez pas avec elle, elle est dingue ! Mais Hal avait couché avec elle, et on ne l'y reprendrait plus ; ils faisaient désormais chambre à part. Hal Couples prenait son plaisir où il le pouvait. Et Mary devenait folle.

La nuit était tombée. Les Couples étaient dans le salon, Mary les pieds sur le canapé, un magazine de mode à la main, l'agitant comme un éventail. Elle n'avait pas mangé de la journée et avait les nerfs à vif. Elle voulait parler à Hal, mais il avait affiché une froideur toute professionnelle la journée durant, préparant son colis – les bandes de microfilms, les plans des bâtiments, les spécifications techniques... Il glissa les films dans les coutures de l'enveloppe à bulles, agrafa les plans avec les documents correspondants et rangea le tout à l'intérieur. Mary fit claquer son talon à quelques centimètres de ses yeux. Il ne releva pas la tête.

— Oh ! Hal, susurra-t-elle, rejouant l'épouse amoureuse. Je ne pourrai pas attendre que l'on soit rentrés.

Voyant son peu d'enthousiasme, elle soupira et recommença à feuilleter son magazine.

— Je peux y aller seul, si tu veux, proposa-t-il avec un vague espoir.

— Il risque de trouver ça bizarre, répliqua-t-elle d'une voix râpeuse.

Peut-être devrait-il la laisser boire ? Cela pourrait la calmer. Couples se rendit dans la cuisine, prépara deux Tom Collins avec beaucoup de glace. Ils burent en silence, mais l'alcool ne lui fit aucun bien. Il termina ses préparatifs.

— Tu es prête ? demanda-t-il.

— Je ne saurais l'être davantage, Hal.

Il enfila une veste noire sur sa chemise sombre et se passa un coup de peigne dans les cheveux.

— Tu es parfait, Hal.

Il lui retourna un regard noir. Feignant d'ignorer son agacement, elle s'approcha de lui, épousseta ses épaules, rajusta son col et lissa ses cheveux dans la nuque.

— Ce n'était qu'une question de sexe, Hal, soufflat-elle dans son dos. Rien d'important.

— Ouais, mais cela ne faisait pas partie du plan. On ne sait jamais ce que genre de trucs peut générer. Ni comment cela va affecter nos affaires avec lui.

— Cela n'affectera rien du tout, Hal. Du moins, pas d'après ce que je sais de l'opération.

Ça recommençait !

— Mary, je ne sais plus qui tu es, à présent... ni ce que tu veux.

— Je suis ta femme, Hal. (Cette réplique l'inquiéta.) Tout ce que je veux, c'est un petit baiser avant de partir.

Il se pencha pour lui embrasser le front, mais elle renversa la tête en arrière et plaqua sa bouche contre la sienne ; ses lèvres, mouillées et refroidies par les glaçons, étaient des sangsues molles qui aspiraient, s'insinuaient. Leurs dents s'entrechoquèrent. C'était comme manger un mollusque dans sa demi-coquille.

Elle s'éloigna dans le hall. Hal suivit sa silhouette – chemisier sombre, jupe noire, bas et escarpins de cuir. Ils montèrent en voiture et quittèrent Cascais, prenant la direction de l'ouest sur la route du Guincho. Couples surveilla Mary et son rétroviseur durant tout le voyage.

Il avait demandé à l'O.S.S. de la retirer, mais elle était leur agent. Il les avait prévenus que son comportement risquait de mettre en péril la mission, mais ils ne voulaient rien entendre. Elle était de la maison, donc forcément sans tache. « L'opération est trop importante pour que des considérations personnelles puissent êtres prises en compte », répliquaient-ils. Et voilà le résultat ! L'esprit de cette femme s'effilochait comme un mauvais tricot.

— Tout va bien se passer, dit-elle. Après ça, on ne sera plus que tous les deux, toi et moi.

Elle posa une main sur la cuisse de Hal, serra le muscle. Pour cette nuit, la meilleure façon de s'en sortir, décida Hal, était de marcher dans son jeu.

— La Floride ? avança-t-il.

— Les Keys. Tu es déjà allé dans les Keys ?

— Oui. Pêcher, répondit-il, tandis qu'elle remontait la main vers le haut de sa jambe, le petit doigt effleurant sa braguette.

Il retira la main de Mary de son entrejambe, y déposa un baiser, la plaça sur son genou et la caressa doucement.

— Ils font venir du rhum de Cuba. On pourrait le faire, nous aussi.

— Je croyais qu'il était question de vacances ?

— C'est vrai... mais peut-être pourrions-nous nous installer là-bas... juste toi et moi sur une île.

Même sous la contrainte, il aurait du mal à passer dix minutes avec elle à New York, alors toute une vie dans les Keys de Floride... Mary se laissa aller au fond du siège de cuir, le visage alangui sur le dossier. Elle voulait attirer son regard. Sa jupe était remontée sur ses cuisses, à la lisière des bas. Elle étendit les jambes, mais cette fois en écartant les genoux et remontant les talons.

— On vivra grâce à notre rhum, poursuivit-elle. On boira tous nos profits !

Elle rit, prit la main de Couples sur le volant et la glissa vers son entrejambe, à demi sur les bas, à demi sur la peau nue. Couples déglutit. Seigneur ! voilà ce qui arrivait lorsque l'on marchait dans son jeu.

— On le fera sur la plage, en plein jour, et on s'en fichera... Pas comme ici, avec ces idiots de flics qui chassent les maillots de bain !

Elle poussa la main de Hal plus haut. Il la retira vivement, comme s'il avait touché un fer rouge.

— Nom de Dieu, Mary, où est ta culotte ?

— Tu sais que je n'aime pas que l'on jure, Hal.

— Où est-elle, bon sang ? Où est-elle ?

— Je n'en avais pas de propre.

— Mais tu ne peux pas...
— Personne ne s'en apercevra.
Il frotta son petit doigt, entré en contact avec le sexe humide de sa compagne. C'était comme une démangeaison. La voiture s'engagea dans les pinèdes qui couvraient le versant nord de la *serra*.
— On y va pour affaires, Mary. Pour le travail.
Le visage de Mary se durcit. Elle se redressa, redescendit sa jupe. Couples comprit qu'elle préparait un mauvais coup. Ils quittèrent Malveira et se dirigèrent vers Azoia.
— Je t'ai déjà parlé de Judy Laverne ?
— Non, répondit-il d'une voix morne.
Il n'avait aucune envie que Mary lui parle de Judy Laverne. Il aimait bien cette jeune femme. À I.G.-Amérique, elle était l'une des rares personnes sans tache ; mais peu importait, elle était liée à Lazard, et l'O.S.S. avait veillé à ce qu'elle soit mise à la porte de la boîte.
— C'est là que sa voiture est sortie de la route, annonça Mary lorsqu'ils abordèrent le virage en épingle à cheveux.
Couples changea de vitesse et braqua à fond pour s'engager dans un chemin de terre. Il ralentit et coupa les lumières. Mary observa les abords du ravin.
— Il n'y a aucune trace de pneus sur la route. Selon les types de l'O.S.S., si la voiture roulait à grande vitesse, le point d'impact aurait été plus bas dans le ravin.
— Où veux-tu en venir, Mary ?
— Je pense que sa voiture a été poussée dans le vide.
Hal Couples conduisait le nez contre le pare-brise, tentant de percer les ténèbres de la pinède. Ils longeaient la crête de la montagne.

— Par qui ? demanda-t-il.

— À ton avis ?

— Peut-être ne roulait-elle pas si vite que ça ?

— De toute façon, c'est triste, tu ne trouves pas ?

— Quoi ?

— Elle ne travaillait même pas pour nous. Elle a refusé leur offre, et ils n'avaient rien sur elle pour faire pression – à l'inverse de toi.

— Pourquoi l'auraient-ils balancée dans le ravin, alors ?

— C'est là tout le mystère, Hal. Un mystère sinistre. Elle était dingue de Wilshere. Vraiment dingue de lui.

Couples passa la tête par la vitre de la portière, autant pour mieux voir que pour ne pas en entendre davantage ; écouter Mary parler d'amoureux lui faisait froid dans le dos.

Ils croisèrent un autre chemin, tournèrent à droite et amorcèrent la longue descente pour rejoindre Malveira par l'arrière. Ils se dirigeaient vers la première construction, une villa inachevée qui dominait le village, sur la route principale en contrebas. La maison avait un toit et des murs, mais les fenêtres étaient bouchées, le terrain autour jonché des gravats du chantier. Aucune trace d'activité récente.

Dans le coffre de la voiture, ils prirent des lampes-tempête et une torche électrique. Mary partit en tête, portant l'enveloppe contenant tous les plans en microfilm. Couples glissa dans sa poche le petit revolver qu'il avait dissimulé dans la boîte à outils et lui emboîta le pas. Il trouva la clé dans sa cachette et ouvrit la porte d'entrée. Ils allumèrent les lampes et les posèrent sur une table de fortune, faite d'une planche posée sur des briques. Hal s'assit sur une palette de briques. Mary fit les cent pas dans la pièce. Il y avait quelque chose d'inquiétant dans sa façon de marcher, de choisir l'emplacement de chacun de ses pas. Il songea un instant à bavarder un peu avec elle pour la détendre, mais aucun sujet de conversation ne lui vint à l'esprit dans cette touffeur et cette odeur de ciment. À 23 h 30, une voiture se gara devant la maison. Mary s'approcha d'une fenêtre barricadée et scruta les alentours par les interstices des planches.

— C'est Lazard.

Elle repassa une couche de rouge sur ses lèvres à l'aide d'un miroir à main, en s'éclairant avec la torche posée dans une niche. Couples et Lazard échangèrent les mots de passe habituels, et Hal ouvrit la porte.

— Hi, Beech ! lança Mary.

— Hal... Mary, répondit Lazard en leur serrant la main à tous deux.

Mary l'embrassa sur la joue. Lazard était moite de sueur et elle s'essuya les lèvres après le baiser.

— Il fait chaud, ce soir ! lança Couples.

— Je pensais qu'il ferait plus frais ici.

Ils restèrent un moment silencieux, ne sachant trop comment engager la négociation.

— Je n'ai pas beaucoup de temps, expliqua Lazard, sachant que l'avion devait atterrir à Dakar dans une heure.

— Donne-lui l'enveloppe, Hal.

Hal eut envie de gifler Mary pour la faire taire. Lazard remarqua la tension entre les deux époux et tendit les diamants.

— Je suis obligé de procéder à une rapide vérification, annonça Couples.

— Bien sûr, répondit Lazard, soudain beaucoup plus tranquille.

— C'est chez vous, Beech ? demanda Mary.

Lazard hocha la tête.

— Pourquoi ne m'emmenez-vous pas faire le tour du propriétaire pendant que Hal termine ses petites affaires ? proposa-t-elle en agitant le faisceau de la lampe dirigé par hasard sur la cuisse de Lazard.

Couples lui aurait bien fichu son poing sur la figure. Lazard haussa les épaules en signe d'assentiment. Hal s'approcha de la table, déplia un carré de velours et déposa les diamants dessus. Mary prit Lazard par le bras et disparut dans le couloir. Hal les regarda s'éloigner, le faisceau de la torche rebondissant sur les murs, leurs voix se perdant en échos. Il se mit au travail. Les minutes passèrent.

— On est juste à l'étage, Hal ! chantonna Mary, du tréfonds de la maison.

Retour aux pierres. Couples les comptait, pratiquait les tests visuels standard comme on le lui avait appris, juste pour s'assurer qu'il ne s'agissait pas de verre. Tout à coup, un bruit attira son attention. Un bruit qui perçait le crincrin des cigales dans la nuit. Était-ce un grognement ? Il n'arrivait pas à le croire ! Il se leva. La voix de Mary, maintenant, forte et claire : « Oh oui ! »

Elle s'imagine me mettre en rogne, Seigneur !

Hal Couples se rassit, en secouant la tête. Encore quelques minutes et il aurait terminé. La voix de Mary retentit, presque un hurlement, surjouant le plaisir. Jamais le sexe ne la mettait dans des états pareils, il était bien placé pour le savoir.

Soudain, le silence. Dur comme un roc. Puis un bruit de chute : un corps renversant quelque chose ou tombant par-dessus... Couples sortit le revolver de sa poche et se dirigea vers l'escalier. Pas un bruit ne filtrait des murs... juste le bourdonnement des moustiques ou des acouphènes.

Il gravit l'escalier à mi-hauteur, dos au mur, l'autre

côté, dépourvu de balustre, donnant sur le vide. Sur le palier, des stries jaunes frappaient les planches qui muraient la fenêtre du fond. La lune était haute. La lumière, rasant le sol, provenait d'une pièce sans porte. Hal s'approcha. La lampe électrique gisait sur le plancher. Arme en avant, il entra. Contre le mur, sur sa droite, Mary était étendue sur le ventre, en travers d'un établi d'ouvrier, à côté d'une pile de briques. Une corde était nouée autour de son cou, si serrée que les yeux semblaient lui sortir de la tête. Sa jupe était remontée sur ses fesses, son porte-jarretelles noir contrastant sur la peau blanche. Une traînée sombre s'étirait de la fente de ses fesses, courait sur ses cuisses et ses bas. Du sang.

Couples eut du mal à déglutir, sa pomme d'Adam refusant de se mouvoir, une boule acide montant dans son estomac. Durant sa formation, personne ne l'avait préparé à ce genre de situation. Le canon de l'arme de Lazard se plaqua dans son cou.

— Oh, Seigneur ! souffla Couples.

— Mettez-vous à genoux derrière elle, ordonna Lazard. Je prendrai votre revolver pendant que vous vous assiérez.

Les jambes d'Hal tremblaient tellement qu'il tomba au sol, comme s'il avait reçu un coup derrière les genoux. Lazard récupéra l'arme dans sa main moite et tira Couples par le col pour l'obliger à se tenir droit.

— Maintenant, rampez jusqu'à ses pieds.

La sueur roulait sur le visage de Couples, la sueur et les larmes, parce qu'il savait ce qui l'attendait. Il avait survécu jusque-là, il s'en était sorti jusqu'à cette minute, cet instant précis, et, au lieu d'un nouveau départ, c'était la fin de tout qu'il récoltait. Toutes ces années perdues. Mon Dieu ! Sa tête oscillait de droite à gauche tandis qu'il avançait vers les pieds de Mary.

— Baissez votre pantalon.

Il s'exécuta.

— Et votre slip.

Il le retira et vit ce que Lazard avait fait, ce qu'il avait fait à Mary tout en l'étranglant. Il eut envie de vomir.

Lazard posa le canon sur la tempe de Couples, pressa la détente. La déflagration résonna tel un coup de tonnerre dans la pièce. Hal s'écroula la face contre le dos de Mary, son sexe sur ses fesses.

Lazard glissa le revolver dans la main molle de Couples, récupéra la clé de la porte d'entrée dans la poche du mort. Au rez-de-chaussée, il rangea les diamants dans leur sac, retira le carré de velours et l'oculaire de Couples. Il arracha une planche d'une fenêtre du bas, sortit de la maison, verrouilla la porte, monta dans sa voiture et s'éloigna dans la pinède de la *serra*.

21.

Mardi 18 juillet 1944,
parc de Monserrate, Serra de Sintra

Juste avant minuit, les trois hommes se retrouvèrent à leurs places habituelles dans le petit palais mauresque, cigarette pour Rose et Voss, pipe pour Sutherland, et chacun un verre de whisky.

— Deux soirs de suite, dit Rose. J'espère que ça vaut le déplacement ! Ce n'est pas une mince affaire de rendre cet endroit sûr.

Rose et ses sempiternels problèmes...

Voss avait préparé son intervention, quelques dizaines de mots qui pouvaient assurer un avenir à l'Allemagne, et non son éradication, ou une parodie de pérennité sous le joug des Russes.

— Vous avez transmis votre communiqué à Wolters ? demanda Voss.

— Vous ne lui avez pas parlé ? répliqua Sutherland.

— Pas depuis votre cirque ce matin devant la légation allemande.

— Oui, nous l'avons fait, déclara Rose. C'est pour ça que vous vouliez nous voir ?

— De l'incompétence à grande échelle ! lança Voss. On est loin des bourdes classiques du monde des services secrets ! Vous avez donc décidé de vous passer de mon aide... Quelle a été la réaction de Wolters, à votre avis ? Il m'a dit expressément qu'il y avait une taupe dans le service !

Rose et Sutherland fixèrent les damiers sur le sol. Voss se souvint des parties d'échecs qu'il disputait à distance avec son père. Les échecs. Toujours occuper le centre. Il reprit :

— Vous disiez hier soir qu'il existait deux possibilités pour l'Allemagne de négocier la paix.

— On a dit ça ? s'étonna Rose. Je croyais avoir précisé que nous épargnerions Dresde uniquement si vous nous donniez les moyens de détruire vos installations ou si vous vous débarrassiez de votre chef. Une paix négociable ne faisait pas partie de l'offre.

Voss se leva.

— Dois-je comprendre que même si nous accédons à vos exigences, vous réclamerez une reddition sans condition ? Je veux une réponse claire : oui ou non, êtes-vous prêts à vous asseoir à la table des négociations ?

Un silence. Les deux Anglais regardèrent l'Allemand se diriger vers la porte. Une odeur de pin et d'iode flottait dans la pièce, une senteur fraîche et vivifiante, comme si tout se conjuguait afin qu'ils trouvent un terrain d'entente.

— Cela vous mettrait en position de force, lâcha Sutherland.

— La réponse n'est donc pas « oui ».

— Mais elle n'est pas « non », Voss.

— J'ai en ma possession des infos sur ce programme d'arme secrète. J'ai la localisation des sites de nos laboratoires de recherche. Et des renseignements cruciaux sur le Führer. Mais avant de vous donner tout cela, j'exige des garanties. Des garanties que j'attends encore et toujours, après des mois de pourparlers avec vous, des mois à vous fournir des renseignements de la plus haute importance stratégique.

— Nous ne représentons plus seulement les Anglais, Voss, expliqua Sutherland. Mais l'ensemble des Alliés.

— Je sais, mais qu'est-ce que je récolte après des mois de bons et loyaux services ? Des menaces effrayantes !

— Vous nous aviez prévenus, pour les fusées V1, reprit Rose. Vous aviez raison. C'est arrivé. Elles sont bien tombées.

— Armées d'explosifs conventionnels, je vous avais prévenus aussi.

— L'un de vos... compatriotes nous a annoncé, il y a plusieurs mois, qu'Hitler serait assassiné.

— Et toujours rien, ajouta Sutherland.

— Nous vous avons parlé des U-bootes ! insista Voss. Nous avons lâché à l'état-major votre fausse information à propos d'un débarquement en juin dans le Pas-de-Calais. Tous les jours, je reçois des montagnes de dépêches concoctées par votre homme dans son grenier de Lisbonne, où il réinvente les systèmes de défense de l'Angleterre, l'emplacement des bases aériennes et Dieu sait quoi encore. Et je fais passer tout ça, comme si c'était de l'or en barre, sans changer une virgule...

— Oui, oui, acquiesça Sutherland. Mais tout cela est insuffisant pour que nous rompions nos accords avec nos alliés.

— Soyons plus *spécifiques*, intervint Rose. Nous pensons, en particulier, à un allié qui a, pour l'instant, sacrifié des millions de ses citoyens pour repousser une armée d'invasion, ce qui nous a permis, à nous, de prendre l'avantage sur le front occidental. Si nous trahissons les Russes, je doute que l'Europe connaisse la paix avant une centaine d'années.

— Vous ne voyez donc pas ce qui va arriver ? répliqua Voss. Vos amis les bolcheviques finiront à votre porte, et vous savez comment cela se passe avec eux... avec Staline. On ne peut discuter avec cet homme. Il ne vous lâchera rien, sauf son blizzard des steppes !

— Pour le moment, il a tenu parole, objecta Rose. Nous ne pouvons...

— Donnez-nous vos infos, Voss, intervint Sutherland, abandonnant le domaine des enjeux politiques sur lequel ni l'un ni l'autre n'avait la moindre influence. Votre seule chance, encore aujourd'hui, c'est de nous révéler ce que vous savez.

Voss s'était rassis. Il était courbé en avant, comme en proie à des coliques douloureuses. Il se redressa, tira une bouffée sur sa cigarette et but une lampée d'alcool. La vision d'un autre monde se matérialisa devant lui, une planète étrangère distante de cinquante petits kilomètres où les certitudes avaient existé – un corps frémissant dans ses bras, et au-delà, dans le ciel, derrière les barreaux du garde-fou du belvédère, une aura d'espoir, une infime possibilité d'espoir.

— Tout va bien, mon vieux ? interrogea Rose.

Voss se leva de nouveau, en un mouvement brusque, comme s'il voulait se débarrasser de cette gangue inutile qui lui servait de corps, avec cette peau desséchée, ces nerfs en pelote, ces os stupides.

— Une goutte de whisky, peut-être ? proposa Rose en lui versant une nouvelle rasade, aspergeant dans le mouvement la main de Voss.

Voss lécha les gouttes d'alcool, sentit l'odeur d'Andrea sur sa peau entre le pouce et l'index et se mit à l'aspirer goulûment.

— Vous êtes toujours avec nous, mon vieux ?

— Je réfléchissais, répondit Voss, en pensant que son amante serait fière de lui. Je vous imaginais en train d'embrasser Staline sur sa bouche rouge et moustachue.

— Ne poussez pas le bouchon trop loin, mon petit vieux ! lança Rose.

Voss soutint son regard. Où est votre sens légendaire de l'humour, Richard *verdammt*[1] Rose ? songea-t-il.

Sutherland leva la main pour séparer les deux hommes.

— Nous sommes l'antenne de Lisbonne, Voss. Cela veut tout dire. Nous transmettons toutes les informations à Londres. Nous n'avons pas autorité pour prendre des décisions politiques ou faire des offres. Notre boulot, c'est de rapporter ce que l'on nous apprend. Londres vous est très reconnaissant des renseignements que vous nous livrez...

— Nous vous aidons à gagner la guerre ! répliqua Voss. Une guerre qui est presque terminée, qui va bouleverser l'Europe et dont la moitié risque, si vous persistez dans votre attachement romantique à l'Est, de se retrouver fauchée par la faucille et écrasée par le marteau. C'est cela que vous voulez ?

— Monsieur verse dans la métaphore poétique ! railla Rose.

— Ce n'est pas notre décision, précisa Sutherland. Nous défendons votre cause, croyez-le. Avec vigueur.

— Et quelle est ma récompense ? demanda Voss, en écartant les bras. Une bombe atomique sur Dresde ! Merci du cadeau.

— L'eau coulera sous les ponts d'ici là, Voss,

1. Maudit. *(N.d.T.)*

répondit Rose, en se dirigeant vers la cheminée derrière Sutherland.

— Ce que nous pouvons faire, en revanche, ajouta Sutherland, c'est veiller sur vous.

— Sur moi ?

— Ici, à Lisbonne, précisa Rose. Vous savez comment cela se passe lorsqu'on perd une guerre. On traîne les traîtres sur le bûcher.

— Pour l'amour du ciel, Richard, ça suffit ! s'exclama Sutherland.

Rose croisa les jambes et agita la main d'un air précieux.

— C'est la vérité, non ?

— Vous pourriez vivre heureux à Lisbonne, poursuivit Sutherland.

— Tant que vous continuez à apprécier les *morenas* dans la gent féminine, précisa Rose avec un regard entendu.

Une alarme se déclencha dans l'esprit de Voss. Ils savaient quelque chose. Wallis avait dû l'apercevoir avec Anne. Mais quand ?

— Vous pensez que la question de ma sécurité personnelle entre en ligne de compte dans cette affaire ? s'écria-t-il. Que j'agis ainsi pour sauver ma peau ?

Sutherland se sentit soudain honteux. Rose beaucoup moins.

— C'est une possibilité, répliqua ce dernier avec la finesse d'un mammouth.

Ces hommes n'étaient pas meilleurs que le colonel SS Weiss à Rastenburg, songea Voss. Non seulement on ne pouvait leur faire confiance, mais ils étaient payés... payés, non pas pour ramener le monde à la lumière, mais pour fouiller les entrailles des hommes, exciter leurs besoins les plus profonds et les moins avouables, à la recherche de vermine dont ils puissent se repaître.

— Ce que Rose veut dire, reprit Sutherland, écœuré par l'attitude de son compatriote, c'est que nous veillerons à ce qu'il ne vous arrive rien de fâcheux. S'ils commencent à tourner autour de vous, nous le saurons et nous viendrons vous tirer de là.

— Ce n'est pas pour cette raison que je suis ici. Je pensais que vous l'aviez compris, répliqua Voss en regardant Sutherland droit dans les yeux. Je suis ici pour... pour...

— Oui ? susurra Rose.

Pourquoi était-il ici ? Quelles étaient ses réelles motivations ? Voss ne s'était jamais posé la question, n'avait jamais tenté de la formuler. Il s'était contenté d'impressions. Pour son pays ? Non, ce n'était pas ça. Ce n'était pas aussi précis.

— Pourquoi êtes-vous ici ? insista Rose, ravi de l'embarras de l'Allemand.

— Je suis ici pour mon père, articula le jeune homme en sentant les larmes lui monter aux yeux. Pour mon père et pour mon frère.

Sutherland parut mortifié. Rose avait espéré une réponse plus kitsch – *je suis ici pour délivrer mon pays des griffes de l'Ours russe*. Ce genre d'argument, il aurait pu le démonter facilement...

Voss se rassit, jeta un regard circulaire dans la pièce, percevant la qualité nouvelle du silence – le silence de l'écoute. Rose ? Non, qu'il aille au diable celui-là ! C'est à Sutherland qu'il s'adresserait. Il parla presque malgré lui, avant même de l'avoir décidé.

— Un nouveau type de fusée va être lancé à la fin du mois prochain. Ce sont des engins à longue portée et, à la différence des V1, vos *doodlebug*[1], comme vous les avez surnommés, elles seront totalement silencieuses. Et pèseront quatorze tonnes.

— Quatorze tonnes ! s'exclama Sutherland.

— Allons, Voss ! À quoi serviraient des engins de ce genre ? Ne me dites pas que...

— Je suis justement en train de vous en parler, si vous vouliez bien me laisser finir ! Ce sont ces fusées qu'Hitler appelle son arme miracle ; mais, ajouta Voss en levant un doigt pour accentuer son propos, elles transporteront toujours des explosifs conventionnels.

— Où sont ces fusées ? demanda aussitôt Sutherland, devançant Rose qui s'apprêtait à parler.

— Sous terre. Dans les monts Harz, pas très loin de Buchenwald. Il est quasiment impossible de les détruire par les airs.

— Je ne peux pas croire que... commença Rose.

— C'est pourtant la vérité.

— Alors, qu'est-ce que Lazard est parti acheter ? insista Rose. Ne me dites pas qu'il va revenir avec un million de dollars de T.N.T. !

— Lazard est hors de notre surveillance, désormais. Vous saurez la réponse lorsque vous reprendrez sa filature à New York. Mais je doute, si tant est que la chose fût possible, qu'il soit en train de se promener avec une caisse d'éléments radioactifs sous le bras.

— La coïncidence, toutefois, est curieuse, lâcha Rose. Vos nouvelles grosses fusées et le voyage de Lazard...

— C'est pour cette raison que vous devez redoubler de vigilance... Surtout ne lâchez pas Lazard d'une semelle. Quoi qu'il en soit, vous pourrez bombarder

1. *Doodle* : petit dessin aléatoire, gribouillis ; *bug* : insecte volant et bourdonnant. *(N.d.T.)*

notre centre de recherche à Berlin-Dahlem. Vous aurez cette petite satisfaction. Mais je vous le répète, et vos propres recherches ont dû vous l'apprendre : l'infrastructure industrielle nécessaire à la fabrication d'une bombe atomique est titanesque. L'Allemagne n'en a les moyens ni financiers ni matériels.

— Mais vous avez Hahn et Heisenberg.

— Ce sont des scientifiques, pas des magiciens. Ils sont comme Dornberger et von Braun.

— Les concepteurs des fusées ?

— La différence avec eux, toutefois, c'est que ceux-ci ont les matériaux nécessaires à la construction de leurs engins, tandis que Hahn et Heisenberg ne disposent que d'un petit cyclotron qui marche une fois sur deux, un peu d'eau lourde sauvée de Rjukan[1]. Même leur précieux uranium est bon à mettre à la poubelle avec la fermeture des mines de tungstène.

Sutherland consulta sa montre.

— Vous parliez tout à l'heure du cas de votre chef.

— Quelle heure est-il ? demanda Voss.

— Minuit passé.

— Demain, le 20 juillet, dans la matinée, Hitler va être assassiné par l'explosion d'une bombe dans la salle de stratégie de son Q.G. de Rastenburg, annonça Voss, d'une voix plus calme, mais espérant toujours impressionner son auditoire.

— On connaît cette rengaine ! Combien de fois Otto John nous l'a chantée en mars ? railla Rose.

— Mais, de ma bouche, c'est la première fois que vous l'entendez, répliqua Voss. L'assassinat déclenchera le plan Walkyrie. Je suis censé arrêter, ou tuer, le général SS Wolters – tout dépendra de sa réaction –,

1. Référence à l'affaire de l'eau lourde de Vemmork (janvier 1944), un haut fait d'armes de la résistance norvégienne. *(N.d.T.)*

ainsi que tous les autres responsables de la légation. À ce moment-là, messieurs les Anglais, j'espère que nous serons en mesure de commencer de réelles négociations.

— Et si l'attentat échoue ? demanda Sutherland.

On toqua au carreau de la porte. L'un des agents sous les arches demanda la permission d'interrompre la réunion. Rose sortit et alla parler à l'homme sur le perron.

— Pour répondre à votre question, reprit Voss, dans ce cas, peu d'entre nous, pour ne pas dire aucun, survivront, mais ce sera une déli...

Rose ouvrit la porte à la volée et la referma brutalement derrière lui. Le verre des vitres vibra dans les croisillons.

— Lazard n'était pas dans l'avion à l'atterrissage à Dakar ! déclara-t-il.

22.

Mardi 18 juillet 1944, Estoril, environs de Lisbonne

Anne marcha dans les rues calmes et chaudes jusqu'aux abords du casino. Elle traversa le parking, veillant à rester sous le couvert des arbres. Elle cherchait Jim Wallis, mais il n'était ni dehors ni dans l'une des voitures. Elle pénétra dans le jardin de Wilshere, par la porte du fond. Et attendit. Toujours pas de Wallis. Elle aurait dû rentrer et dormir un peu avant de s'occuper du coffre-fort aux petites heures de l'aube, mais elle craignait de tomber sur Wilshere. Elle se rendit donc dans un café de la place, se refit une beauté dans les toilettes des dames et revint dans la salle, pensant voir Wallis accoudé au bar. Elle s'installa à une table libre, commanda un cognac soda. Toujours pas de Wallis, mais du monde en pagaille. Cette promiscuité lui faisait du bien. Anne resta dans la salle jusqu'à ce que les serveurs se mettent à ranger les chaises, puis elle retourna chez Wilshere et attendit encore, dans l'ombre de la charmille, jusqu'à 1 heure du matin.

De guerre lasse, elle retira ses chaussures et prit le chemin de la maison, dont toutes les fenêtres étaient éteintes. Elle songeait au coffre-fort. Devait-elle aller maintenant explorer ses entrailles ? Cependant, la fatigue lui tomba sur les épaules tandis qu'elle traversait la pelouse ; elle s'arrêta un moment, balançant la tête de droite à gauche pour dénouer ses muscles engourdis, pensant à Voss et à son appartement qui dominait les jardins d'Estrela. Ses yeux étaient mi-clos, prêts au sommeil, lorsque, abordant la terrasse, elle heurta une chaise de jardin.

— Ah, vous voilà ! s'exclama Wilshere, comme s'il l'avait attendue toute la soirée. (Il y avait du soulagement dans sa voix.) Vous avez travaillé tard ?

Anne était agacée de le trouver là, assis au bout d'un banc, une bouteille et un verre devant lui, deux paquets de cigarettes empilés sur la table basse.

— Je suis sortie avec un collègue, après le bureau.

— Où êtes-vous allés ?

— Au Negresco. Je suis exténuée.

— J'ignorais que la Shell était aussi généreuse avec ses employés, répondit Wilshere en tapotant le banc à côté de lui. Venez donc vous asseoir.

— J'ai eu une longue journée.

— Un verre ?

— J'aimerais plutôt aller me coucher.

— Juste un petit. Histoire de tenir compagnie à un vieil homme par une longue et chaude nuit.

Anne lâcha les chaussures qu'elle avait à la main, s'assit comme une automate en réprimant un bâillement.

— Rien de trop alambiqué, s'il vous plaît, précisa-t-il. Je dois faire le service moi-même. Les domestiques sont de congé ce soir.

— Tous ?

— J'aime bien être seul de temps en temps. Avoir toujours ce personnel à demeure, vous n'imaginez pas le stress que cela génère. Aucun endroit tranquille. Jamais d'intimité. Alors, de temps en temps, nous les fichons dehors. Ils ont tous de la famille dans le coin. Enfin, un peu de paix et de tranquillité ! Cela me permet de réapprendre à faire des sandwichs !

Il lui prépara un cognac soda sans lui demander son avis, alluma deux cigarettes et se laissa aller au fond du siège, le bras étendu le long du dossier.

— Ils disent que le temps va changer.

— Il y avait du brouillard sur Lisbonne.

— Oui. C'est censé annoncer quelque chose, mais je ne me souviens plus quoi.

Son doigt se posa sur l'épaule d'Anne. Elle jeta un regard vers sa main, en crispant la mâchoire. Elle retira son épaule tout en croisant les jambes et le regarda droit dans les yeux, pour lui faire savoir que ce genre d'initiative n'était pas la bienvenue. L'effet ne fut pas celui escompté : il soutint son regard d'un air froid et impassible. La confiance de la jeune femme fondit comme neige au soleil pour laisser place à une panique insidieuse. C'était moins de mourir qu'elle redoutait à présent que de perdre ce qui venait juste de naître. N'être plus rien, cesser d'exister après les prémices d'un renouveau, c'était ça le plus terrible. Elle se détourna de Wilshere.

— Pourquoi m'avez-vous offert cette chambre et invitée à séjourner chez vous ? demanda-t-elle en prenant une grande rasade de cognac. Pourquoi suis-je ici ?

— Pour m'espionner, répondit-il avec calme.

Elle eut un hoquet de stupeur, ses lèvres pâlirent, tournèrent en glace. Elle y coinça vite sa cigarette, sachant, par sa petite expérience du monde clandestin du renseignement, que personne ne prononçait de telles paroles sans avoir une idée derrière la tête.

— Vous espionner ? répéta-t-elle dans un vain effort.

— Cardew est un amateur qui s'ignore. C'est le défaut de la plupart des individus de son groupe. La fatuité ! Rose, Sutherland, et tous ces gens qu'ils ont envoyés à ma porte. Vous pensez que j'aurais pu approvisionner l'Allemagne en diamants durant toute la guerre sans savoir qui est qui au S.I.S. et ne pas renifler leurs mascarades ? Des amateurs, tous autant qu'ils sont ! La troupe de théâtre du coin s'en sortirait mieux.

L'air était immobile, la fumée des cigarettes montait en ligne droite dans la nuit. Dans l'esprit de la jeune femme, les pensées bouillonnaient, évaluant les conséquences de ces paroles. Tout ce qu'elle avait entendu dans cette maison avait été des cadeaux prémédités. Pensés, réfléchis. Pas la moindre information dont l'impact n'eût été calculé. Lazard. Les diamants. New York... Si tel était le cas, Anne avait en main toutes les variables, cette fois. Elle résolut l'équation. Lazard – I.G.-Amérique, Ozalid. Lazard connaissait de longue date Hal Couples. Hal Couples travaillait toujours pour Ozalid ; il avait mis la main sur quelque chose et le monnayait à présent contre les diamants fournis par Wilshere.

— Hal Couples, déclara-t-elle.

— Bravo, s'écria Wilshere en applaudissant – quelques claquements sardoniques, c'était tout l'enthousiasme dont il pouvait faire montre à cette troupe de comédiens amateurs.

— Qu'a-t-il qui vaille cette fortune ?

— Les clés du nucléaire. Le cœur du gâteau atomique. Ne me demandez pas d'entrer dans les détails, ils me dépassent.

— Vous avez laissé Lazard vendre ça aux Allemands ?

— Vous êtes trop engluée dans votre petit jeu pour voir ce qui se passe à une autre échelle.

— À quelle échelle ?

— Tant que les actions des Allemands risquent de faciliter l'unification de l'Irlande, je prends. S'ils réduisent Londres en cendres, nous pourrons chasser les chiens anglais de notre terre.

Il fallait parler encore. En savoir davantage. Déséquilibrer Wilshere, percer sa cuirasse, même sans Wallis dans les parages, sans soutien.

Pourquoi moi ? songea-t-elle encore. Voilà une pensée qui n'aidait pas à la sérénité.

Wilshere se déplaça sur le banc et passa son bras autour de la jeune femme, sa main sèche et chaude se refermant sur le rond de l'épaule – un geste sans connotation sexuelle, plutôt paternel. L'idée jaillit soudain dans l'esprit d'Anne, obsédante : Judy Laverne, le talon d'Achille de Wilshere.

Pourquoi ne pas jouer son va-tout ? Si ce sujet la terrifiait, il en était de même pour Wilshere. Enfonçons le couteau dans la plaie et voyons ce qui se passe lorsque la lame touchera l'os.

— Quelqu'un a compris tout ça, n'est-ce pas ? dit-elle.

— Personne. Tous d'une bêtise crasse.

— Vous oubliez Judy Laverne. C'était une professionnelle. Quand avez-vous découvert le pot aux roses à son propos ? interrogea-t-elle, sentant les bras de Wilshere frémir dans sa nuque.

— Quel pot aux roses ?

— Que Lazard vous mentait.

— Lazard ? répéta-t-il, intrigué.

— Il a tenté de vous persuader qu'elle voyait d'autres hommes, n'est-ce pas ? poursuivit-elle en parcourant mentalement le journal intime de son hôte. Il devait pourtant savoir qu'elle était une espionne. Pourquoi, à votre avis, a-t-il fait ça ? À moins que vous ne le sachiez déjà...

Wilshere lui serra le bras, comprimant la chair.

— Qui aurait cru que Beecham Lazard fût un féru de Shakespeare ? insista-t-elle.

— Shakespeare ?

— *Othello*. La culture ne semble pourtant pas sa tasse de thé... À mon avis, il a trouvé ça tout seul : la toute-puissance de la jalousie et le pouvoir qu'elle confère à celui qui tire les ficelles. S'il était venu vous apprendre tout de go que Judy Laverne était une espionne, il aurait eu moins d'influence sur vous. Or c'est justement ça que recherche Lazard dans toutes ses opérations : avoir le contrôle sur les gens. De qui venait l'idée de m'accueillir sous votre toit, de vous ou de lui ?

— Je vois clair dans votre petit jeu.

— Vous me faites mal, répliqua-t-elle, se sentant reprendre confiance.

Il desserra son étreinte et se mit à caresser le muscle endolori.

— Ce qui doit advenir de vous est déjà décidé, dit-il, mais continuez à parler, vous m'amusez.

— Vous ne voulez pas répondre à ma question ? Vous n'êtes pas très *fair play*.

Elle se pencha vers son cognac. Il lui saisit fugitivement le bras, puis la laissa prendre son verre. Ils fumèrent en silence.

— J'ai été soulagé, au début, déclara-t-il.

— D'apprendre qu'elle était une espionne ?

— Cela expliquait tout.

Cette confirmation de Wilshere éclairait tout le reste.

— Sauf une chose, à l'évidence.

— Oui... lâcha-t-il, sa voix chargée de désespoir.

— Comment a-t-on découvert qu'elle était en... mission ?

— Beecham l'a surprise. Elle a commis une erreur une fois, dérangé des choses sur sa table de travail, ce qui lui a mis la puce à l'oreille. Si bien qu'un jour il a feint de quitter son bureau pour revenir à l'improviste et l'a prise en flagrant délit.

— Que cherchait-elle ?

— La piste des diamants. Il y a deux façons de faire cesser la pluie de fusées qui tombe sur Londres. La première est de bombarder les aires de lancement, sauf que les bombardements sont imprécis et que reconstruire est relativement aisé ; la seconde est d'empêcher les fusées d'être construites. Couper l'arrivage de diamants : pas d'outils de précision, pas de fusées.

— Comment les Américains ont-il appris que Lazard était l'intermédiaire entre vous et les Allemands ?

Wilshere parut sur le point de répondre, mais au dernier instant il fit une courte pause pour réfléchir – peut-être la réponse n'était-elle pas aussi évidente...

— Ils étaient au courant depuis qu'il était un cadre supérieur d'I.G.-Amérique.

— Y compris pour les diamants ?

— Peut-être... Ils savaient qu'il faisait pas mal d'affaires avec les Allemands, alors ils ont envoyé Judy dans les murs.

— Mais qui vous a averti qu'elle enquêtait sur les diamants ?

— Lazard, bien sûr.

— Comment est-elle remontée jusqu'à vous ? Je suppose que Lazard ne laissait pas traîner des mots disant « J'ai reçu pour quatre cents carats de diamants de la part de Wilshere le 20 mai 1944 », n'est-ce pas ?

— Je pense que... qu'elle a dû nous voir, Lazard et moi, au casino.

— Lors de vos petites transactions avec des plaques de jeu ?

— Oui.

— Et la seule façon pour elle de vous approcher était de tomber amoureuse de vous ?

La cigarette flotta dans l'air entre ses doigts tremblants. Il vida son verre d'alcool, le remplit de nouveau.

— Lazard l'a surprise. Elle se débrouillait très bien. Elle était si... charmante, si pétillante de vie. Comment ne pas lui donner le bon Dieu sans confession ? Lazard acceptait sa couverture, puis une nuit il est venu me voir. Il a dit... (Wilshere déglutit en faisant une grimace.) Il a dit qu'elle devait être... quel a été le terme exact ? neutralisée, oui, c'est ça... Elle devait être *neutralisée* avant qu'elle puisse s'échapper. J'étais violemment contre. Je ne... je ne pouvais y croire... Pourquoi la tuer ? Que savait-elle, au juste ? Pas grand-chose... Laissons-la filer. Mais Lazard a répliqué que ça ne marchait pas comme ça, qu'il lui fallait découvrir ce qu'elle savait et ce que les Américains connaissaient de nos activités, afin de pouvoir se protéger. Je ne voulais toujours pas accepter. Il a dit alors : « Vous verrez, Paddy, demain, elle viendra vous prévenir qu'elle doit s'en aller... sa mère mourante ou je ne sais quoi. Et nous serons en danger. » Qu'a-t-il ajouté ? Ah oui : « Je sais que vous l'appréciez beaucoup, Paddy, mais c'est une espionne. Quoi qu'il puisse y avoir entre vous, rien n'est réel, du moins de son côté. Nous devons la *neutraliser*. » Seigneur ! comme si elle était une tumeur ou je ne sais quoi.

« Je l'ai vue ce soir-là. Au casino. On a dansé, joué

aux cartes, un peu de roulette, quelques verres, aussi. Je l'ai raccompagnée chez elle. On a fait l'amour dans son petit lit... Elle n'était pas seulement calme, elle paraissait sereine. Sereine, et profondément heureuse. Lazard se trompait. Il devait forcément se tromper. »

Wilshere serra Anne contre sa poitrine. La cigarette tremblait moins entre ses doigts maintenant qu'il racontait son histoire. Il en alluma une autre et but encore. Anne resta silencieuse, ses pensées fébriles se mêlant au souvenir de Karl Voss. Était-ce « réel » ? Comment connaître la vérité d'un être ? Karl Voss ignorait tout du premier amour de son père. Il avait répandu ses cendres sur la tombe d'une inconnue... Soudain, comme un lambeau de rêve remontant à la conscience, une image vint flotter devant les yeux d'Anne : Mafalda... Mafalda lui reprenant la figurine d'argile des mains, celle de la femme aux yeux bandés – *Amor é cego*. L'amour est aveugle.

— Le lendemain, reprit Wilshere, Lazard m'a appris que le visa de Judy n'avait pas été renouvelé par la P.I.D.E. Elle avait deux ou trois jours pour quitter le Portugal. Nous avons appelé le capitaine Lourenço, mais il a répondu que ce n'était pas de son ressort. Il ne pouvait rien faire. Lazard est passé le voir, lui a offert de l'argent, en vain. Nous avons compris qu'il s'agissait d'une décision politique. Lazard a payé Lourenço, juste pour savoir pourquoi on ne lui renouvelait pas son visa. Lourenço a prononcé un seul mot : *Americanos*. C'est bien ce que Lazard avait prévu... Ils la rapatriaient. Plus tard, Lazard a découvert qu'il y avait un contrat pétrolier pour elle à la clé. J'en étais malade. J'ai réellement vomi. Lazard m'a convaincu qu'il nous fallait agir. Je devais la faire venir là-haut, au Pé da Serra, dans sa propre voiture...

une dernière promenade à cheval dans les collines, un prétexte de ce genre. Lazard nous retrouverait là-haut.

Wilshere interrompit un moment son récit, le regard si lointain qu'il devait contempler quelque chose au tréfonds de lui. Sa main serra de nouveau l'épaule d'Anne. Un geste bienvenu pour la jeune femme qui avait grand besoin de réconfort. Des choses terribles allaient lui être révélées. La moindre parcelle de son corps se révoltait contre cette abomination, contre cette évidence que son esprit venait à peine de comprendre. Sa chair se dissociait d'elle, son corps se recroquevillait de dégoût devant les conclusions funestes auxquelles parvenait son cerveau. L'air lui manquait, à moins que ce ne fût l'oxygène.

Wilshere reprit, imperturbable comme une sentence.

— J'ai d'abord parlé à Judy. Elle a tout nié. Elle était très convaincante, mais sitôt que j'ai commencé à lui poser des questions, j'ai vu la peur dans ses yeux. Elle a fait tout ce qu'elle pouvait, tout. Elle m'a répété à quel point elle m'aimait, que je devrais venir avec elle en Amérique, comme tout serait différent là-bas, loin de cette guerre. Et... et je n'en ai pas cru un mot. Je ne pouvais oublier sa peur. C'était terrible. Je croyais avoir atteint le pinacle, le zénith de l'amour absolu, et tout n'était plus que poussière.

« Lazard l'a emmenée... dans les écuries. Il m'a demandé de le laisser seul. Je ne suis pas venu. Je ne pouvais pas voir ça. Il devait avoir les réponses à ses questions. Il l'a attachée et frappée. Je n'ai pas... »

Il secoua la tête, comme s'il voulait tout effacer. Anne tremblait, son cœur tambourinait dans sa poitrine comme des coups sur la peau tendue d'un tambour. Wilshere la réconforta, lui frotta le bras, sentant poindre la chair de poule.

— Lazard l'a mise dans sa voiture. Elle était à

peine consciente. Il l'a forcée à boire. Il l'a conduite jusqu'au carrefour d'Azoia. Je suivais dans la voiture de Lazard. Il m'a demandé de l'aider à installer Judy derrière le volant. Mais je ne pouvais me résoudre à la toucher. Il m'a alors envoyé chercher le jerrycan d'essence dans le coffre de sa voiture. En m'expliquant que les voitures ne s'enflamment pas toutes seules. Il a versé de l'essence partout sur elle. Elle était effondrée sur le volant, le dos de sa robe était déchiré et plein de sang. Les vapeurs d'essence l'ont réveillée. Elle s'est redressée et s'est pris le flot d'essence en plein visage... Elle s'est mise à tousser, à hoqueter, en bredouillant quelque chose. Au début je n'ai pas compris. Elle disait... même à ce moment-là, elle disait : « Je t'aime, Patrick. Je t'aime. »

La voix de Wilshere se brisa. Il toussa pour contenir son émotion.

— On a poussé la voiture vers le bord du ravin. Lazard m'a donné les allumettes. Il tenait le volant. J'ai allumé l'allumette et, au moment où les roues ont basculé dans le vide, je l'ai jetée dans l'habitacle. La voiture a explosé comme une bombe.

« Nous sommes rentrés au Pé da Serra. Je me suis saoulé. J'ai tellement bu que je me suis réveillé dans les écuries, couché sur les pavés dans le brouillard du matin, ne sachant plus qui j'étais, ni où je me trouvais. »

Anne tenta de se dégager de l'étreinte de Wilshere, mais l'homme la serra davantage ; elle crut que sa cage thoracique allait s'écraser sous la pression. Elle cessa de se débattre et s'abandonna contre sa poitrine. Il lui embrassa la tempe, caressa ses cheveux. Et elle se mit à pleurer.

— Pourquoi ces larmes ?

Elle ne pouvait parler. Elle s'agrippait à lui, en sanglots. Il la caressait, gentiment, comme un père.

— Lazard va bientôt arriver, annonça-t-il.

Anne se redressa en hoquetant. Elle but le reste de cognac en deux gorgées et s'essuya le visage.

— Ne vous enfuyez pas, précisa Wilshere en se levant pour rapprocher la bouteille de cognac.

Il lui servit un plein verre.

— Pas de soda, dit-elle en allumant une cigarette.

Wilshere reposa la bouteille sur la table, huma l'air nocturne, avec une sorte de soulagement, comme s'il était arrivé à une sorte de *statu quo* avec lui-même. Le verre de cognac tintait contre les dents de la jeune femme. Il le lui prit des mains. Elle replia ses jambes sur le bord du banc et posa le menton sur ses genoux.

— À mon tour de vous raconter quelque chose, souffla-t-elle. Quelque chose que vous n'allez pas croire.

— Alors pourquoi essayer ?

— Parce que c'est la vérité et que vous devez l'entendre, même si vous risquez de trouver ça difficile à... insupportable à entendre.

— Il faut me croire, Anne, quand je dis qu'à présent plus rien ne peut m'atteindre. Je peux tout entendre. Tout.

— Pas ça. Pas ça.

— Allez-y.

— Le rapport que j'ai fait à Sutherland lundi matin, à propos de mon premier week-end chez vous... la première partie portait sur... Judy Laverne. Vous savez pourquoi ? Vous vous souvenez de votre attitude sur la *serra*... J'étais très inquiète sur le sens de votre geste. Je me croyais en danger. Sutherland, pour me rassurer, m'a raconté ce qu'il savait sur Judy Laverne. Il m'a appris qu'elle travaillait pour I.G.-Amérique, la société où Lazard officiait jusqu'à Pearl Harbor. L'O.S.S. a jugé que cette société représentait un risque majeur à cause de ses liens avec l'Allemagne, qu'elle devait être débarrassée de tous ses espions et assainie. Judy Laverne a donc été remerciée, sans doute à cause de ses liens avec Lazard, à qui l'on avait demandé de partir parce qu'on supposait qu'il faisait des affaires avec les Allemands. Lorsque Lazard a appris la nouvelle, il a fait venir Judy au Portugal pour travailler avec lui.

Anne se tut. Wilshere avait approché une chaise et s'était assis en face d'elle, la fixant avec de grands yeux comme s'il avait devant lui une prophétesse dont la parole allait lui offrir le salut de son âme.

— Continuez, articula-t-il, brûlant d'en savoir plus. Continuez.

— Elle est donc arrivée à Lisbonne et a commencé à travailler pour Lazard, puis l'O.S.S. l'a approchée. Ils lui ont demandé si elle pouvait leur fournir des infos sur les affaires de Lazard. Elle a refusé. Un non catégorique. Elle voulait rester fidèle à Lazard, qui lui avait offert ce nouvel emploi. L'O.S.S. n'avait aucun moyen de pression pour la faire changer d'avis. Ils l'ont donc laissée tranquille. J'ai demandé à Sutherland des éclaircissements sur cet ordre d'expulsion. Les Américains nient avoir le moindre rapport avec cette décision. La première fois que j'ai rencontré la comtesse, lorsque je l'ai aidée à monter en voiture, elle s'est penchée vers moi et m'a soufflé : « Ne vous approchez pas du senhor Wilshere, sinon Mafalda vous fera expulser du pays, comme elle l'a fait pour Judy Laverne. »

La chaise de Wilshere recula d'un coup. Le maître des lieux s'était levé, en se tenant la tête. Tentait-il de se boucher les oreilles ou d'arracher de son crâne ce qu'il venait d'entendre ? Son visage était déformé par la douleur, comme s'il venait de sentir dans sa poitrine la première secousse annonciatrice de la crise cardiaque.

— Quelles preuves réelles vous a fournies Lazard quant au fait que Judy était une espionne ? martela Anne. Vous avez pris ses propos pour argent comptant, mais vous a-t-il apporté le moindre élément tangible ? Même aux pires moments, lorsque Lazard la frappait dans les écuries ou qu'elle basculait dans le ravin dégoulinante d'essence, Judy a-t-elle reconnu quoi que ce soit qui puisse vous inciter à croire qu'elle était une espionne ?

Wilshere regarda Anne derrière la barrière de ses doigts, en homme prisonnier de ses propres tourments.

— Alors ?

Wilshere n'était plus en mesure de réfléchir... Mais ce n'était pas la peine... la vérité était là.

— La peur dans les yeux de Judy vous a convaincu que Lazard disait vrai, et c'est cela qui a changé l'amour en poussière... À sa place, vous n'auriez pas été terrorisé si votre amante vous accusait des pires méfaits ? N'aurait-ce pas été une expérience de cauchemar que de découvrir que l'être que vous aimez met en cause votre loyauté ? C'est comme un coup de poignard en plein cœur. C'est comme voir le sang s'écouler d'une plaie béante...

— Taisez-vous ! lâcha Wilshere derrière ses mains.

— *Amor é cego,* murmura-t-elle. Lazard, lui, s'en est souvenu.

Wilshere ne savait plus comment se tenir. Comme s'il avait des fils barbelés à l'intérieur du corps, chaque mouvement lui était une souffrance. Il tomba à genoux, rampa vers la table, telle une brebis égarée redécouvrant les vertus de la prière, retrouvant le chemin de Dieu après des années d'errance. Il releva lentement la tête, pathétique héros de Dante.

— Mais pourquoi ? Pourquoi ?

Anne n'eut pas même besoin d'y réfléchir. Sa journée d'angoisse après qu'on lui eut laissé entendre que Voss courait les jupons était encore fraîche à sa mémoire. Ainsi que ce moment d'agonie lorsqu'il lui avait avoué n'avoir été amoureux qu'une fois dans sa vie, avant de comprendre que c'était elle, l'être aimé... Il n'y avait donc qu'une seule réponse possible :

— Parce que Lazard aussi était amoureux de Judy.

Ces mots touchèrent droit au but. Ils étaient si limpides, si lumineux, qu'ils apaisèrent immédiatement Wilshere. Celui-ci se releva, épousseta son pantalon, but une gorgée de whisky et dévisagea Anne avec intensité, ses yeux perçant le crâne pour sonder l'esprit.

— Je n'ai aucune preuve de ce que j'avance, Mr. Wilshere, poursuivit la jeune femme, se sentant légèrement idiote d'utiliser une appellation aussi formelle en cet instant d'intimité. (Ils étaient plus proches l'un de l'autre qu'aucuns amants ne sauraient l'être.) Comment le pourrais-je ?

— Bien sûr, répondit-il. Personne n'aurait pu le savoir... Personne à part moi.

— Judy Laverne ne vous en a jamais rien dit ?

Il lissa sa moustache entre le pouce et l'index, comme pour effacer la facétie de ces pointes recourbées, tout en dodelinant de la tête, une pensée s'éveillant dans son esprit. Puis son visage se détendit, il détourna les yeux de la jeune femme et un sourire retroussa ses lèvres.

Beecham Lazard arrivait sur la terrasse. Il portait une valise et une veste. Il suait à grosses gouttes, mais la raie de sa chevelure était impeccable.

— Vous semblez avoir bien chaud, Beecham !

lança Wilshere. Je crains que nous n'ayons plus de glace. Vous voulez un verre ?

— Vous savez très bien ce que je veux, Paddy, répondit Lazard, utilisant une fois de plus le sobriquet que Wilshere détestait. Je prendrais bien un bourbon, mais je suppose qu'il en est hors de question. Donnez-moi donc un whisky... et soyez généreux, Paddy. Ce soir, c'est la fête. J'ai les plans !

Lazard agita une enveloppe pendant que Wilshere lui tendait son verre. Tout le monde était debout. Les deux hommes trinquèrent, ignorant la présence d'Anne.

— Allons dans mon bureau, annonça Wilshere. Nous finirons nos affaires là-bas. Vous devez nous accompagner, ma chère. Je ne peux prendre le risque de vous laisser filer.

Leurs verres à la main, ils pénétrèrent dans la maison, Anne encadrée par les deux hommes. Lazard enfonça son doigt entre ses omoplates pour la pousser dans le bureau. La jeune femme se retourna.

— Vous n'êtes pas un problème pour moi, déclara Lazard à voix basse.

— Un problème ?

— Je n'ai jamais été un partisan de cette idée de vous utiliser... quoique vous soyez beaucoup plus charmante que Voss.

— Voss ?

Lazard et Anne s'assirent devant le bureau. Wilshere s'adossa contre le meuble et observa Lazard avec insistance. Celui-ci avait posé la mallette au sol, calé sa veste et l'enveloppe sur ses genoux, et buvait tranquillement son whisky, sans remarquer le regard de Wilshere. Le plancher craqua au-dessus de leurs têtes – aucun des deux hommes n'y prêta attention.

— Je considérais que nous n'avions pas besoin de

deux voies de communication avec le S.I.S. de Lisbonne, expliqua Lazard à Anne. Voss était amplement suffisant, mais Paddy vous voulait... pas vrai ?

— Voss travaille pour l'Abwehr, répondit Anne.

— Ne me faites pas croire que vous ignoriez que c'est un agent double ! s'exclama Lazard en riant. C'est ainsi que les rosbifs opèrent, pas vrai, Paddy ? Personne ne sait ce que fait l'autre. Cela facilite grandement la vie de gens comme nous.

— Pourquoi aviez-vous besoin de moi ? demanda Anne en se tournant vers Wilshere.

— Parce qu'il a été très déçu, répondit Lazard en se penchant vers elle. Très déçu par quelqu'un et qu'il pensait que les Alliés devaient lui payer cet affront.

— J'avais une conversation très intéressante avec Anne, avant votre arrivée, Beecham.

— Ah oui ? Et à quel sujet ? lança Lazard sans montrer le moindre intérêt.

— Comme vous vous en doutez, cette jeune demoiselle s'interrogeait sur son avenir, alors elle a beaucoup cogité – et beaucoup parlé – dans l'espoir de me persuader qu'il n'était pas nécessaire de la... quel terme employez-vous ? Cela m'échappe toujours...

— De la neutraliser.

— C'est ça, la neutraliser. Personne n'apprécie d'être neutralisé. Rendu neutre. Inerte. J'imagine que ces mots proviennent de la même racine latine... *ne... uter...* ni l'un, ni l'autre.

— Où voulez-vous en venir, Paddy ?

Anne aussi était perplexe.

— Nous en sommes venus à parler d'une personne que nous avons dû aussi neutraliser... parce qu'elle s'était montrée indigne de notre confiance, poursuivit Wilshere. La personne qui m'a très déçu, comme vous disiez.

— Dépêchons-nous, Paddy, le temps joue contre nous.

— Anne m'a expliqué que les Américains ne sont pour rien dans l'expulsion de Judy. Que c'est un coup de Mafalda. Et maintenant que j'y réfléchis, je m'aperçois qu'elle est l'une des rares personnes à en avoir le pouvoir... Sa famille est très influente, ici, Beecham. On accomplit des miracles avec un tel nom, même avec des individus tel que le capitaine Lourenço – particulièrement avec Lourenço...

— Il faut vraiment que j'y aille, Paddy.

— Vous n'avez rien à m'apprendre à ce propos... Beech ?

— Écoutez, je venais juste vous annoncer la bonne nouvelle...

— C'est réellement la seule raison de votre présence ici... Beech ? Cette petite incongruité m'a fait pas mal cogiter. Pourquoi Beecham Lazard tient-il à me voir précisément ce soir, alors que c'est sa dernière nuit au Portugal ? Pour célébrer l'événement et me dire adieu ? Rien d'autre ?

— À part régler quelques petits détails, non, rien d'autre.

— Ne serait-ce pas plutôt pour contempler une dernière fois votre chef-d'œuvre ?

Wilshere devenait très étrange. Lazard le remarqua.

— Je ne suis pas collectionneur d'art, répliqua-t-il.

— C'est moi, votre chef-d'œuvre...

Anne sentit toute sa peau fourmiller – son cuir chevelu se contracter sur son crâne, ses cheveux se hérisser.

Lazard se figea, seuls ses yeux roulaient dans leurs orbites, passant tour à tour d'Anne à Wilshere et au coffre-fort. Ses joues luisantes se tordirent pour émettre un rire contraint.

— J'ai posé à Anne la question suivante, reprit Wilshere : Quelle sorte d'homme irait raconter à son collègue que sa petite amie fréquente d'autres hommes dans son dos, et qu'elle est avec lui uniquement pour l'espionner ? Quelle sorte d'homme se mettrait à lui expliquer, le jour où le visa de la femme en question n'est pas renouvelé, qu'il s'agit d'une manœuvre de ses supérieurs pour la retirer du jeu et s'arrangerait ensuite, en guise d'apothéose finale, par le rendre complice du meurtre de ladite petite amie – et plutôt deux fois qu'une, puisqu'il l'oblige à jeter lui-même l'allumette qui va la brûler vive ? Quelle sorte d'homme agirait ainsi ? Et surtout, pourquoi ? Vous savez quelle a été la réponse d'Anne ?

— Paddy, vous venez de m'expliquer que cette fille cherchait à vous embobiner...

— Écoutez, Beecham, ouvrez bien grand vos oreilles. Vous êtes prêt ? Elle a répondu : « Parce que cet homme aussi est amoureux de cette femme. » Alors, qu'avez-vous à répondre à ça ?

Wilshere se tenait au-dessus de Lazard, de toute sa hauteur, l'œil sauvage et illuminé, comme s'il avait chevauché toute la nuit à travers une lande en feu.

— Ça ne va pas, Paddy ?

L'Irlandais posa les mains sur les accoudoirs du fauteuil de Lazard, approchant son visage du sien.

— Non, ça ne va pas. Vous savez ce que m'a dit Judy après notre troisième ou quatrième nuit d'amour ? Non, bien sûr que non... Elle ne vous l'a jamais raconté, évidemment : elle détestait se montrer brutale envers qui que ce soit. Elle m'a dit : « Beecham a le béguin pour moi. Il est amoureux de moi, mais je... »

Wilshere s'interrompit dans un hoquet de stupeur. Le bras de Lazard avait jailli et s'était enfoncé dans son entrejambe. Dans sa main, le Smith & Wesson.

Wilshere recula sous le choc, heurta le bureau derrière lui et tomba à genoux, les doigts refermés sur ses testicules.

— Tu veux être neutralisé aussi, Paddy ? déclara Lazard. C'est ça que tu veux ?

Lazard verrouilla la porte et glissa la clé dans sa poche. Wilshere était toujours recroquevillé. L'Américain, d'un coup de pied, le projeta à terre.

— Va ouvrir le coffre, Paddy, ordonna-t-il en lui donnant un nouveau coup de pied. Allez, Paddy !

Il posa un pied sur son corps inerte, puis les deux, et se mit à le marteler de coups de talon d'un air hautain, tel un bélier affirmant sa supériorité sur un concurrent. Anne se précipita sur Lazard. Il l'attrapa à bras-le-corps, saisissant dans le même mouvement la robe, le soutien-gorge, les seins, et la projeta à travers la pièce.

Il tira alors Wilshere vers le coffre.

— Ouvre Paddy ! Ouvre ce coffre !

— Elle a dit... elle a dit... bredouilla Wilshere en tentant de retrouver la respiration, elle a dit : « J'aime bien Beecham, je l'aime beaucoup. Il a été très bon avec moi, mais physiquement... » Tu écoutes, Beech ? « Mais physiquement, il me dégoûte. » Tu entends ça, Beech ? « Il me dégoûte. »

Lazard leva son revolver.

— Tire donc, et le coffre restera fermé ! lança Wilshere.

Lazard traversa la pièce, empoigna Anne par les cheveux et la traîna vers le coffre.

— C'est ça que tu n'as pas supporté, Beech ? Qu'elle soit avec moi, avec un homme de deux fois son âge, et non avec toi, jamais avec toi ?

Lazard prit une bouteille de cognac dans le placard

au-dessus du coffre-fort et aspergea d'alcool la tête d'Anne.

— Tu veux revoir ça, Paddy ? Tu veux revoir une jolie fille brûler ?

Il sortit son Zippo de la poche, l'ouvrit et l'alluma en le frottant contre sa jambe. Une flamme jaune naquit entre ses doigts.

— Ça suffit, Beecham, je l'ouvre le coffre ! Éteins ce briquet ! rugit Wilshere. J'ai dit : éteins ce briquet !

Lazard agita la flamme, le cognac s'évaporait rapidement dans cette chaleur. Anne était tétanisée, l'odeur de l'ammoniac emplissant ses narines. L'Américain referma le Zippo, jeta Anne au sol. Péniblement, Wilshere se releva, s'approcha du coffre et commença à entrer la combinaison pendant que Lazard faisait glisser le canon de son arme le long de la jambe de la jeune femme, soulevant la robe un peu plus à chaque va-et-vient.

— Regarde comme elle est belle, Paddy !

Wilshere ouvrit le coffre, tira sur la lourde porte. Il plongea la main à l'intérieur, saisit le revolver qui s'y trouvait, releva le chien. Il n'avait plus de questions à poser à Lazard. Il se retourna. Lazard quitta des yeux la cuisse découverte de la jeune femme et releva la tête au dernier moment. La balle, qui aurait dû toucher le crâne, ouvrit la gorge. Le blessé tomba à la renverse, lâcha son arme, pressa ses mains pour contenir le flot rouge qui coulait de sa pomme d'Adam arrachée. Des borborygmes s'échappaient de lui, tandis que ses mains fébriles se plaquaient en vain sur son cou, tentant de sauver les précieuses gouttes de son sang.

— La clé ! Allez récupérer la clé ! lança Wilshere, d'une voix plus sinistre que la bise d'hiver.

Anne rampa jusqu'à Lazard, fouilla ses poches. Le corps de l'Américain était traversé de violents spasmes, tandis que de dernières étincelles de vie tentaient de s'accrocher à sa chair ou de s'en libérer.

— Ouvrez la porte, reprit Wilshere. Il est temps d'en finir.

Il prit Anne par le poignet, l'entraîna dans le hall, là où trônaient les figurines de terre cuite – *Amor é cego* –, et la fit monter l'escalier. Anne titubait, incapable de mettre un pied devant l'autre. Soudain, à mi-pente, Wilshere s'immobilisa.

Mafalda se tenait en haut des marches, dans sa chemise de nuit. Elle portait une cartouchière sur son épaule et un fusil de chasse calibre 12 dans les mains. Après le coup de feu et les paroles qu'elle avait entendues par la cheminée, elle avait compris qui serait la prochaine victime sur la liste. En jetant un coup d'œil sur la femme, Anne sut que toute discussion serait impossible. Elle se dégagea de Wilshere et sauta par-dessus la balustrade, au moment où Mafalda pressait les deux gâchettes. Wilshere reçut une double dose de plomb dans la poitrine. Sa cage thoracique explosa sous l'impact, expulsant tout ce qui se trouvait à l'intérieur... tout le mal qui le rongeait.

Mafalda ouvrit le fusil, éjecta les douilles, rechargea l'arme et visa le plafond. Deux salves. Le grand lustre en fer forgé se décrocha dans une pluie d'éclats de bois. Deux cent cinquante kilos de métal fondirent vers le sol. Le lustre s'écrasa sur les dalles où Anne s'enfuyait à toutes jambes, projetant une gerbe d'éclats de verre et d'acier tous azimuts. Mafalda rechargea de nouveau, descendit les marches, avec le calme et la détermination de celle qui veut aller au bout de ce qu'elle a entrepris. Anne se rua dans le couloir en direction des portes-fenêtres... Quelqu'un les avait refermées ! Lazard ? La seconde perdue pour les ouvrir risquait de lui être fatale. Mafalda contourna le lustre désintégré et aperçut Anne obliquer vers le salon. Elle ralentit le pas, vérifia son arme, releva les chiens, et avança vers son objectif.

23.

Mercredi 19 juillet 1944, parc de Monserrate, Serra de Sintra, environs de Lisbonne

Voss était assis tout seul dans le palais noyé d'ombres. Rose et Sutherland s'étaient précipités vers leurs voitures pour regagner Lisbonne. L'agent qui se trouvait sous les arches pénétra dans la pièce, baissa la flamme de la lampe-tempête et la ramassa. Il observa Voss qui se frottait les tempes, tentant de mettre de l'ordre dans ses pensées.

Au bout d'une minute d'attente durant laquelle l'agent joua avec les ombres projetées de la lampe, Voss se leva. L'homme le reconduisit jusqu'à sa voiture. Voss regarda fixement le volant, l'agent ne le quittait pas des yeux.

— Il vous suffit de tourner la clé, déclara-t-il. C'est comme ça que l'on démarre. Bonne nuit.

Voss reprit la route de Sintra, laissant dans le centre-ville le Palácio de Seteais, bleu et silencieux dans la nuit. Il emprunta la route des crêtes et gagna le village endormi de São Pedro, puis cap au sud, vers Estoril. D'abord aller chez Wilshere, songea-t-il – il y avait une chance que Lazard y soit, s'ils étaient de mèche tous les deux – et s'assurer que tout allait bien pour Anne. Puis il rentrerait à Lisbonne.

Dans la campagne entre la *serra* et la côte, il se gara sous un bosquet de pins. Une autre pensée lui était venue : le plan de Lazard était forcément prévu de longue date et Voss représentait un danger pour cette machine bien huilée. Il sortit de la voiture, ouvrit le coffre arrière et récupéra dans la boîte à outils le Walther PPK lubrifié et chargé. Il le posa sur le siège passager et reprit la route d'Estoril, descendant vers la mer et le casino.

Sitôt arrivé en ville, il traversa le jardin de Wilshere ; l'air résonnait d'aboiements de chiens, excités par le coup de feu de Wilshere. Soudain il entendit la double déflagration du fusil de Mafalda. Il se précipita à toutes jambes vers la maison lorsque retentirent deux nouveaux coups de feu. Arrivé sur la pelouse, il ralentit sa course, scrutant les fenêtres de la bâtisse. De la lumière dans le bureau, puis dans le salon... Il aperçut Mafalda avec le fusil de chasse, la cartouchière sur l'épaule, fouillant la pièce tel un chasseur cherchant sa perdrix blessée.

Il s'élança et plongea sous la dernière fenêtre du salon. Mafalda était juchée sur la table basse et scrutait la jungle des meubles.

— Judy, appelait-elle d'une petite voix cajolante, comme si elle appelait son chat. Judy, Judy...

Voss repéra Anne, cachée derrière le canapé à l'autre bout de la pièce, recroquevillée, une tache sombre sur le cou et le haut de sa robe. Il courut vers la terrasse, ouvrit les portes-fenêtres et s'arrêta sur le seuil du salon. Mafalda lui tournait le dos. Il leva son Walther PPK.

— Posez votre arme, Dona Mafalda.

Mafalda se tourna lentement, le calibre 12 à l'horizontale dressé contre sa hanche.

— Posez ce fusil, doucement, répéta Voss, en étudiant son visage.

Il recula derrière le mur du couloir au moment où la volée de plombs traversait l'encadrement de la porte et constellait de trous le plâtre de l'autre côté. Voss revint sur le seuil alors qu'un gros vase, lancé du bout de la pièce, s'abattait sur la table basse où se tenait Mafalda, dans une gerbe d'éclats de porcelaine. Mafalda perdit l'équilibre et tomba, le fusil glissant contre sa cuisse, la crosse heurtant le sol. Le coup partit alors que le canon était dirigé vers sa chemise de nuit. Mafalda fut projetée dans les airs et retomba dans un craquement sinistre. Voss se précipita vers la blessée, souleva les lambeaux du vêtement. Le sein gauche avait été emporté, le sang – épais, artériel, puissant – s'écoulait dans son poumon éventré comme dans une bouche d'égout.

Anne traversa la pièce en courant tandis que Voss glissait son arme dans sa ceinture. Au loin, une sirène de police retentissait. Anne, curieusement calme, dotée d'une acuité nouvelle, retourna dans le bureau. Elle ouvrit la mallette de Lazard, déposa l'enveloppe sur le sac de diamants, y glissa le contenu du coffre – d'autres sachets de diamants, divers documents – et referma la mallette, laissant ouvert le coffre où luisaient des lingots d'or. Des phares illuminèrent la vitre de la porte d'entrée. Voss et Anne s'enfuirent à toutes jambes par la terrasse du jardin, traversèrent la haie et foncèrent vers le mur d'enceinte. Puis ils se dirigèrent d'un pas rapide vers le casino, qu'ils contournèrent en découvrant qu'une foule s'était rassemblée au-dehors. Les chiens de la ville hurlaient à la mort.

Ils empruntèrent la route de la côte sans échanger un mot. Voss s'accrochait au volant comme à un surplomb au-dessus du vide, Anne était pelotonnée au fond de son siège, les jambes ramenées devant elle, tremblante. Lisbonne était noyée sous la brume et l'air était curieusement frais. Ils prirent la direction d'Estrela, se garèrent et montèrent chez Voss. Celui-ci fit couler un bain, alluma des cigarettes, remplit deux verres de *bagaço*. Il conduisit Anne à la baignoire, lui retira sa robe et l'installa dans l'eau. Il la lava comme si elle était une fillette et la sécha soigneusement. Puis il la mit au lit, où elle sanglota pendant une heure ; la vision d'une femme brûlée vive, d'une innocente les yeux pleins d'amour et d'essence dans une voiture transformée en four refusait de quitter son esprit. Voss nettoya la robe de sa compagne et l'accrocha à la fenêtre. Il se déshabilla, se coucha à côté d'elle et se lova dans son dos. Ils regardaient tous les deux le même coin sombre de la pièce. Elle lui raconta alors tout ce qui s'était passé.

L'aube arriva vite, apportant une brume marine, les arrachant à leur sommeil trop court pour les replonger dans la dure réalité. Le front d'Anne était pressé dans le dos de Voss, son bras en travers de sa poitrine. La main de Voss était posée sur les hanches d'Anne. Elle savait qu'il était réveillé ; elle entendait son cerveau cliqueter.

— Lazard et Wilshere savaient que tu es un agent double, dit-elle, les mots traversant la colonne vertébrale de Voss. Lazard me l'a appris hier soir. Wolters le sait-il ?

Sans répondre, Voss caressa du pouce le saillant de la hanche de la jeune femme. Il regardait la mallette posée sous la table. Il imaginait le colonel Claus

Schenk von Stauffenberg entrant dans la salle de stratégie de la Wolfsschanze (à moins que cela ne se passe dans ce nouveau bunker qu'il n'avait jamais vu, aux murs épais de cinq mètres ?), déposant sa mallette avant de quitter la pièce sous prétexte d'aller répondre au téléphone, puis l'explosion qui scellerait la fin de ce cauchemar et le retour à la vie normale – pas pour lui, bien sûr... Il n'y avait ni retour ni marche arrière possibles. Désormais, il n'y avait qu'une seule direction dans sa vie : la fuite en avant. Adieu les temps anciens d'une relative innocence, d'autres plus sinistres l'attendaient, en un labyrinthe infini.

— Karl, tu m'entends ? demanda Anne. Tu ne peux pas retourner là-bas.

— Là-bas ? répéta-t-il, encore perdu dans ses pensées.

— À la légation. Ils savent que tu es un agent double.

— Je n'ai pas le choix. Je dois y aller.

— Pas si tu viens avec moi à l'ambassade...

— C'est impossible. J'ai ma mission.

— Quelle mission ?

— Avec un peu de chance, demain marquera le début de la fin, et je dois être présent. On compte sur moi.

— Prends la mallette. Il y a tout dedans... les diamants, l'enveloppe avec les plans, tout ce dont tu as besoin pour sauver ta peau.

— Je ne peux pas prendre cette mallette. Il n'en est pas question. Si Wolters a ces plans, tout ce que j'aurai fait n'aura servi à rien.

— Alors laisse-moi les plans. Tu auras au moins sauvé les diamants.

— Prendre cette mallette, c'est avouer que j'étais au courant de l'affaire. Ils sauront que j'étais chez

Wilshere. Il y a là-bas trois cadavres, dont celui de Lazard, qui était censé être notre négociateur.

— Alors, invente quelque chose ! Si tu retournes là-bas les mains vides, tu n'en ressortiras pas vivant. Tu n'as aucune monnaie d'échange. Rien qui prouve que tu ne joues pas un double jeu.

— Cela ne fera guère de différence. Ma seule chance de tenir Wolters, s'il sait que je suis un agent double, c'est de lui donner la mallette complète et de sauver son opération du désastre. Ce que je me refuse à faire.

Il se leva, fit du café, qu'ils burent sans sucre parce qu'il n'était pas allé chercher sa ration. Ils partagèrent un biscuit rassis – la collation d'un condamné qui n'avait plus d'appétit pour la vie. Voss consulta sa montre et jeta un coup d'œil par la fenêtre.

— Le soleil va chasser cette brume en un rien de temps.

— Quand vais-je te revoir ? demanda Anne, terrifiée par l'insouciance de Voss.

— Cela risque d'être difficile. Toi aussi, tu vas avoir des ennuis. Ils vont exiger des explications. Je serai ici tous les soirs. Si tu peux te libérer, viens... mais pas demain. Je serai ici à 5 h 30, vendredi. Si quelque chose arrive, si je ne suis pas là, appelle ce numéro et demande à parler au père Goriot. Il t'expliquera.

Il lui donna le numéro et le code. Elle ne voulait pas les entendre – ces chiffres creusaient un gouffre en elle. Il lui confia les clés de son appartement. Ils s'embrassèrent, un baiser léger sur les lèvres, puis il lui tendit la mallette. Il l'accompagna à la porte, la regarda emprunter l'escalier ; elle ne le quitta pas des yeux en descendant les marches, jusqu'à ce qu'il disparaisse dans l'obscurité de la cage de l'escalier.

Voss se dirigea à la fenêtre et attendit de la voir sortir de l'immeuble. Elle grimpa la colline derrière la basilique ; arrivée au sommet, elle s'arrêta et lui fit au revoir de la main. Il agita le bras pour lui répondre.

Anne se rendit directement au travail. Elle eut avec Cardew une heure d'entretien, durant lequel elle dut raconter non seulement la débâcle chez Wilshere mais aussi ce qu'elle savait sur Voss. Dès que Wallis avait perdu sa trace, Rose et Sutherland n'avaient cessé d'appeler Cardew pour avoir des nouvelles ; il tenait à leur présenter un rapport le plus complet possible des faits et gestes d'Anne. Il avait l'air très ennuyé.

À 9 h 30, elle se trouvait dans la maison de la rua de Madres, dans Madragoa. Avec Rose et Sutherland se trouvaient deux membres de l'O.S.S. envoyés par le consulat américain.

Tout le monde prit place dans la pièce, les deux Anglais assis sur les chaises, les deux Américains debout, adossés au mur. On ne donna aucune explication à Anne quant à la présence des deux agents de l'O.S.S.

On lui demanda de raconter son histoire, la même qu'elle avait narrée à Cardew, depuis le moment où elle avait quitté la Shell, la veille dans l'après-midi. Elle devait donc commencer par des faits qu'elle aurait préféré passer sous silence – son séjour chez Karl Voss. Sutherland était toujours tracassé par le rapport de Cardew. Rose voulait des détails croustillants. Les Américains étaient bouche bée.

— Combien de temps êtes-vous restée avec lui ? interrogea Sutherland.

— Environ cinq heures.

— Où ça ?

— En partie dans son appartement, puis nous sommes allés nous promener dans le Bairro Alto. Il m'a raccompagnée ensuite à Estoril.

— Combien de temps êtes-vous restée dans son appartement ?

— Deux ou trois heures.

Les Américains semblaient s'ennuyer ferme. Ils n'étaient pas là pour ça.

— Vous avez eu des... relations sexuelles ? demanda Rose.

— Oui, répondit Anne, d'un air de défi. (L'un des Américains releva un sourcil, lâcha un petit rire et rajusta sa cravate.) Nous sommes amoureux, ajouta-t-elle.

— C'était juste pour ça ? s'enquit Sutherland.

— Pour quoi d'autre ? répliqua-t-elle.

Ils passèrent aux événements d'Estoril. Ils examinèrent, point par point, ce qui s'était passé au domicile de Wilshere, quatre ou cinq fois, jusqu'à ce que les Américains soient satisfaits.

— Je peux me permettre ? demanda l'un d'eux à personne en particulier.

Il ouvrit la mallette, prit l'enveloppe qui s'y trouvait, examina son contenu et la tapota du doigt.

— C'est vraiment dommage, dit-il.

Puis il quitta la pièce avec son acolyte.

Rose s'assit et pianota les accoudoirs, comme s'il jouait une sonate sur un piano imaginaire. Son geste agaça Sutherland.

— Pourquoi dommage ? s'étonna Anne.

— L'O.S.S. menait une opération sans nous en avoir avertis, répondit Sutherland, l'air las. Lorsque j'ai appris que Lazard n'était pas à Dakar, je les ai contactés. Ils avaient alors l'autorisation de nous parler de Hal et Mary Couples. Ils m'ont demandé quel était votre rôle au juste, et j'ai répondu que vous étiez là en tant qu'observatrice. Leur seul commentaire fut : qu'elle le reste.

— Et que faisaient Hal et Mary Couples ?

— Hal Couples travaillait pour Ozalid. Il espionnait leurs installations militaires. L'O.S.S. l'a retourné et il les a aidés à faire le ménage à I.G.-Amérique. C'était son dernier travail ici. Ils ont mis l'un de leurs agents avec lui et l'ont envoyé à Lisbonne avec un jeu de plans. Je crois vous avoir précisé que Bohr a été interrogé par les Américains à propos du programme atomique des Allemands... Il avait avec lui un croquis, que lui avait donné Heisenberg l'année passée. Il pensait qu'il s'agissait du schéma d'une bombe atomique. Les scientifiques américains y ont vu autre chose – non pas une bombe, mais une pile atomique... un dispositif pour produire de la matière fissile, le carburant de la bombe.

— Wilshere appelle ça le cœur du gâteau atomique.

— Un poète, ce Wilshere ! railla Rose.

— Les Américains s'inquiétaient des progrès scientifiques réalisés par l'Allemagne ces cinq dernières années, dans le domaine nucléaire. Après leur entretien avec Bohr, ils se sont interrogés sur les motivations d'Heisenberg. Était-ce pour la science ou pour le Führer qu'il se donnait autant à son travail ? Ils en ont conclu que, même s'il n'était pas un nazi fanatique, Heisenberg était suffisamment passionné par ses recherches pour se lancer dans la fabrication d'une bombe atomique. Sachant la maîtrise allemande de la technologie des fusées, cela devenait une éventualité très inquiétante.

— Mais si les Couples travaillaient pour l'O.S.S., qu'avaient-ils à vendre ?

— Des plans savamment falsifiés qui auraient permis aux Allemands de construire, à leur insu, une pile atomique extrêmement dangereuse, qui leur aurait sauté à la figure sitôt branchée. Les renseignements glanés par les services secrets américains laissent à penser que les Allemands étaient très proches d'inclure des explosifs non conventionnels dans leurs fusées.

— Vous voulez dire que Karl Voss aurait pu prendre cette mallette, qu'il aurait pu donner l'enveloppe au général Wolters, que c'était ce que voulaient les Américains ? Que ç'aurait été la solution idéale ?

Sutherland et Rose ne répondirent pas. Les yeux d'Anne s'embuèrent de larmes, qui roulèrent sur ses joues et tombèrent sur sa robe encore humide, silencieuses comme une pluie gouttant d'un toit.

Voss avait raison. Le temps d'arriver à la légation, le soleil achevait de dissiper la brume et la température dépassait déjà les vingt degrés Celsius. Il appela l'aéroport de Dakar et leur demanda un rapport sur le vol de Rio. L'avion n'avait pas encore décollé. Il se rendit tout droit au bureau de Wolters avec une information pour faire diversion, et trouva, à son grand étonnement, un Wolters enjoué.

— Il va peut-être faire un peu moins chaud aujourd'hui, Voss ! lança-t-il.

— Je ne sais pas, mon général. Je voulais juste vous informer que le vol Dakar-Rio n'a pas encore décollé.

— Merci, Voss. J'avais déjà vérifié. J'espère que ce n'est pas un rapport que l'on vous a transmis.

— Non, mon général. J'ai retiré tous nos hommes de l'aéroport.

— C'est très bien. Continuez comme ça.

Voss fut remercié. Il rentra dans son bureau encore vivant, et se laissa tomber dans son fauteuil, heureux.

— Vous êtes amoureux ? demanda Kempf.

Voss se retourna ; il ne l'avait pas vu dans le coin de la pièce, adossé contre la fenêtre.

— J'ai eu une bonne nuit de sommeil, c'est tout, Kempf. La première nuit fraîche depuis des semaines. Et vous ?

— Comment ça, moi ? Si j'ai bien dormi ?

— Ou si vous êtes amoureux ?

— Pas cette sorte d'amour, chef. Pas de celles qui rendent heureux.

— De quelle sorte, alors ?

— Un amour qui fait de votre premier pipi du matin une torture, chef. Je crois que j'ai eu la chtouille.

— Prenez votre matinée, Kempf.

— Merci, chef.

Voss alluma une cigarette, étendit les jambes et revit le corps d'Anne, aux courbes de violoncelle, devant la fenêtre, sa chevelure lui couvrant une épaule... Le téléphone sonna. Il écouta son interlocuteur, raccrocha, quitta la légation et acheta en sortant l'indispensable journal.

Il descendit à la Pensão Rocha, avec rien d'autre à l'esprit que le Tage bleu devant lui et les bateaux qui passaient derrière les immeubles, cap vers l'Atlantique.

Il s'installa à sa table habituelle sur la terrasse, posa le journal devant lui, et remarqua un entrefilet au bas de la première page. La P.I.D.E. annonçait qu'une cellule communiste avait été démantelée dans une maison de la rua da Arrábida, l'endroit où Mesnel avait ses rendez-vous clandestins et que Paco surveillait. Paco, songea Voss. Il fallait se méfier de Paco. Il n'avait qu'une loyauté... l'argent. Quelques minutes plus tard, Rui s'assit en face de Voss.

— Votre Français a été abattu hier soir. Il est mort.

— Racontez-moi ça.

— Nous l'avons suivi jusqu'aux grottes, comme d'habitude. Il est parti faire ses petites affaires et on l'a laissé tranquille, sauf qu'on a entendu un coup de feu – non, deux coups de feu. On est retournés là-bas ce matin. Quelqu'un avait trouvé le corps vers six heures. La P.I.D.E. était là parce qu'il s'agissait d'un étranger, alors on ne s'est pas trop approchés. Il a été tué d'une balle dans la tête au belvédère de l'Alto da Serafina.

— C'est tout ?

— J'ai entendu qu'on avait trouvé une arme sur lui. Des types de la P.I.D.E. parlaient aussi d'un triple meurtre dans une grosse maison d'Estoril : deux étrangers et une Portugaise, d'une riche famille.

Voss tapota la table des doigts, puis donna à Rui une cigarette qu'il glissa aussitôt dans sa poche.

— Que voulez-vous qu'on fasse ? demanda l'informateur.

Voss se leva et laissa le journal sur la table.

— Rien. Vous attendez mes ordres.

La P.I.D.E. avait travaillé d'arrache-pied depuis son arrivée à la Quinta da Águia, à deux heures un quart du matin. Un beau zèle pour cacher leur lenteur à intervenir. Le premier appel téléphonique rapportant des coups de feu chez les Wilshere était tombé à 1 h 50. Personne n'y avait prêté attention. Vers 2 heures, il y avait eu quatre autres appels, chacun annonçant les mêmes faits : des coups de feu – dont plusieurs très puissants, des coups de fusil. Deux hommes de la P.I.D.E. et deux policiers étaient montés de mauvaise grâce dans une voiture et s'étaient dirigés vers la Quinta da Águia, toutes sirènes hurlantes, histoire de réveiller le voisinage et d'impressionner la populace.

À 6 heures du matin, du fait de l'identité des morts trouvés dans la maison, le capitaine Lourenço fut informé de l'affaire ; il prit un vif intérêt à l'interrogatoire du personnel de maison puis, plus tard dans la matinée, demanda qu'on lui amène l'Anglaise qui, selon son visa, résidait dans la maison. Les hommes de la P.I.D.E. attendaient Anne devant l'immeuble de la Shell, alors qu'elle revenait de son entretien rua de Madres. Ils la firent monter dans une voiture et la conduisirent au quartier général de la police secrète, rua António Maria Cardoso, où régnait une activité fébrile suite aux trois autres meurtres de la nuit.

Sutherland et Rose avaient épluché les faits et gestes d'Anne et avaient buté sur une sérieuse difficulté : les heures passées au café, après que Voss l'eut déposée, prouvaient qu'Anne se trouvait à Estoril ce soir-là. Ils avaient espéré pouvoir dire qu'elle avait dîné chez Cardew et que, trop fatiguée pour rentrer chez Wilshere, elle avait dormi chez son patron. Mais cet arrêt au café rendait cette version impossible. Ils envisagèrent de raconter une part de la vérité, en taisant la présence d'Anne chez les Wilshere et en affirmant qu'elle avait passé toute la nuit chez Voss – mais cela aurait compromis l'Allemand. Ils étaient dans une impasse, jusqu'à ce que la jeune femme ait l'idée de faire intervenir Wallis.

Jim Wallis fut trouvé. Par chance, il avait passé la nuit seul. On concocta une nouvelle histoire : Anne avait dîné chez les Cardew ; une fois raccompagnée à la *quinta*, elle s'était rendue au café, avait attendu Wallis en vain et, de guerre lasse, était ressortie ; elle l'avait retrouvé dehors et ils étaient rentrés à son appartement de Lisbonne. Il y avait quelques éléments faibles dans cette version, en particulier le fait qu'Anne n'eût jamais mis les pieds dans l'appartement de Wallis et que Wallis avait une propriétaire à qui aucun va-et-vient n'échappait. On avait donc conseillé à Anne de se montrer rétive et timide durant l'interrogatoire jusqu'à ce qu'on lui parle des meurtres, et de laisser alors l'instinct de survie lui délier la langue. En se dirigeant vers l'immeuble de la Shell, Anne nourrit les germes de cette fabulation jusqu'à ce que l'infection se répande dans son esprit et revête une apparence de pure réalité. Il fallait que cela marche ! Sa plus grande terreur étant d'être arrêtée. Les agents de la P.I.D.E. pouvaient la garder en cellule, sans aucune charge, aussi longtemps qu'ils le voulaient.

La P.I.D.E. l'interrogea toute la matinée, au fil des informations qui lui parvenaient. Mesnel, le Français, dont le revolver n'avait pas servi, avait reçu deux balles, l'une n'ayant fait qu'effleurer la peau, l'autre mortelle. La balle récupérée sur le cadavre provenait du Smith & Wesson qui gisait auprès de la dépouille de Lazard, avec ses empreintes dessus, au domicile de Wilshere. Les flancs de la voiture de Lazard, retrouvée devant le casino, étaient maculés de poussière de ciment et de sable, et les dessins des pneus correspondaient aux empreintes relevées près de la villa en construction qui appartenait à Lazard et où avaient été retrouvés les corps des Couples. L'inspecteur de la P.I.D.E. n'était pas convaincu par la position des cadavres ; il doutait que Hal Couples ait infligé cette chose innommable à sa femme, puis l'ait étranglée et se soit donné ensuite la mort. Il ne croyait pas à ce scénario ; et c'est ce qu'il expliqua dans le premier rapport qu'il remit à Lourenço. Le capitaine avait, quant à lui, le rapport de l'autopsie pratiquée sur Lazard pour étayer les doutes de son inspecteur – les médecins légistes avaient retrouvé du sang sur le pénis et le slip de Lazard.

À la fin de la matinée, Lourenço s'était forgé sa petite idée : Lazard avait abattu Mesnel à Monsanto, s'était rendu à Malveira, avait violé et étranglé Mary Couples, puis tué Hal Couples avec sa propre arme. Il était ensuite parti à Estoril, où il avait eu avec Wilshere une violente dispute qui avait mal tourné. Wilshere avait abattu Lazard avec une arme sans doute cachée dans le coffre-fort. Wilshere avait été alors tué par Mafalda du haut des escaliers et Mafalda s'était apparemment tirée dessus, par accident, dans le salon. Il restait néanmoins quelques zones obscures. Pourquoi Mafalda avait-elle tiré au plafond ? Aurait-elle d'abord tenté de tuer son mari en faisant crouler le lustre sur lui ? Cela semblait peu vraisemblable... Pourquoi le bureau empestait-il le cognac ? Pourquoi cette bouteille vide, cette tache d'alcool au sol et aucune trace sur les corps ? Pourquoi, si le mobile était le vol, restait-il quatre lingots d'or dans le coffre ? Il ne fallut pas longtemps à Lourenço pour en déduire qu'il y avait une quatrième personne chez Wilshere ce soir-là.

Enfermée dans la salle d'interrogatoire n° 3, face à un enquêteur qui lui posait une foule de questions et consignait scrupuleusement ses réponses, Anne n'eut, bien évidemment, aucun écho de ces informations. Elle raconta qu'elle avait dîné chez les Cardew (soupe à la tomate, ragoût de mouton et fromage), qu'elle était partie dans un café boire un dernier verre et puis était rentrée chez les Wilshere où elle avait dormi jusqu'au matin. Puis qu'elle avait pris le train de Lisbonne pour se rendre à son travail, en retard, d'ailleurs. L'enquêteur lui demanda de répéter son histoire, la harcela de questions pour obtenir des détails, ce qu'il obtint, des montagnes de détails – ce qu'elle portait au lit, ses rêves, si elle avait entendu quoi que ce soit dans la nuit (« non, rien »), si elle avait déjeuné avec Wilshere (« oui, avec lui, mais sans Dona Mafalda qui se levait toujours très tard »), le récit de la marche jusqu'à la gare, la beauté du matin avec ce soleil qui perçait la brume, enfin un peu de fraîcheur après ces jours de canicule ! Ce fut lorsqu'il lui demanda de tout raconter une troisième fois qu'Anne commença à montrer des signes de nervosité.

L'enquêteur rassembla ses feuillets et quitta la pièce. On laissa la jeune femme seule pendant une heure – pause déjeuner matinale pour le personnel chargé des interrogatoires. Elle feignit de s'inquiéter – un sentiment qui ne demandait qu'à prendre corps en elle.

À midi un quart, deux hommes entrèrent dans la salle ; et l'ambiance fut toute différente. Ils sentaient l'alcool et le café, et les mots qu'ils employaient étaient terribles – menteuse, voleuse, meurtrière ! Anne demanda une cigarette, qu'elle n'obtint pas. Ils frappaient du poing sur la table, se tenaient de part et d'autre de la jeune femme, chacun une main sur le dossier de sa chaise, l'autre posée à plat devant elle. Ils la harcelaient, la cernaient de toutes parts, criaient en lui racontant ce qui s'était passé à la Quinta da Águia durant la nuit. Anne grimaça, se recroquevilla, pâlit et baissa la tête, tremblant de tous ses membres, le dos voûté sous le regard implacable des deux hommes de la P.I.D.E.

Ils lui donnèrent enfin sa cigarette, approchèrent leurs chaises et s'assirent à ses côtés pour fumer avec elle. L'un d'eux lui tendit son mouchoir, et c'est à lui que la jeune femme avoua sa liaison avec Jim Wallis. Deux *agentes* furent aussitôt envoyés au domicile de l'Anglais. Ils ramenèrent Wallis dans l'heure qui suivit. Durant cette heure, Lourenço reçut un rapport l'informant que Lazard avait officiellement quitté le pays pour Dakar la veille, dans l'après-midi. Cette nouvelle complication au dossier eut le don paradoxal de tout clarifier ; seuls les services secrets étrangers étaient capables de provoquer un tel bazar.

Voss revint à légation et appela son contact à la P.I.D.E., qui lui apprit les noms des trois tués au domicile de Wilshere. Il se rendit au bureau de Wolters et demanda à être reçu. Les deux hommes s'installèrent dans un coin sombre de la pièce, les volets fermés contre le soleil laissant filtrer des lames aveuglantes.

— J'ai à vous apprendre des nouvelles qui me laissent perplexe, annonça Voss. L'un de mes agents, qui suivait le communiste français Olivier Mesnel, m'a rapporté que ce dernier avait été tué la nuit dernière. Ce matin, l'agent est allé à Monsanto, où a été retrouvé le corps, et il a entendu deux hommes de la P.I.D.E. parler d'un triple meurtre dans une grande maison d'Estoril. Je viens d'appeler la P.I.D.E. ; elle m'a donné les noms des victimes : Patrick Wilshere, senhora Mafalda de Carmo-Wilshere et Beecham Lazard.

Le visage de Wolters resta d'une impassibilité d'airain, le seul mouvement dans la pièce était la volute grise qui s'échappait de son cigare. Le téléphone sonna, une sonnerie plus agressive que de coutume, sembla-t-il à Voss, qui se renfonça dans son siège pour assister à l'effondrement du monde de Wolters.

L'appel provenait du capitaine Lourenço, qui voulait voir un représentant de la légation. C'est ainsi que

Voss se retrouva, au plus fort de la journée, dans le bureau du chef de la P.I.D.E., à contempler la nuque de Lourenço, tandis que celui-ci observait le paysage à la fenêtre, en direction du théâtre São Carlos. Voss songeait encore à Wolters, convaincu que le général avait été aussi abasourdi que lui d'apprendre que Lazard était encore ici, au Portugal.

— Il a fait très chaud ces derniers jours, dit Lourenço. Une chance que mon bureau donne à l'est... même si la différence est minime. À Lisbonne, c'est l'humidité qui est insupportable.

— Vous devriez quitter la ville plus souvent, capitaine.

— J'aimerais bien... si les gens daignaient m'en laisser le loisir.

— Certes...

— Des gens comme vous, senhor Voss.

— Comme moi, capitaine ?

— Alors, senhor Voss, que se passe-t-il ?

— Je ne vous suis pas très bien.

— Au contraire, vous savez très bien de quoi je parle, senhor Voss. J'ai six meurtres sur les bras, dont cinq concernant des ressortissants étrangers, tout ça en une seule nuit. Je suis certain que c'est un record absolu à Lisbonne, et je me serais volontiers passé de ce genre de distinction !

— Tous sont allemands ? demanda Voss. C'est pour ça que...

— Non, aucun n'est de chez vous. C'est précisément pour cette raison que vous êtes ici, répliqua Lourenço. Je remarque, par ailleurs, que l'on m'a envoyé l'attaché militaire... édifiant, vous ne trouvez pas ?

— Il se trouve simplement que j'étais disponible, répondit Voss, en se demandant combien de temps ce simulacre ennuyeux allait durer.

— C'est évidemment une affaire des services secrets, senhor Voss, poursuivit Lourenço en s'asseyant derrière son bureau et en lissant ses moustaches. Alors, ne jouons pas au chat et à la souris tous les deux.

— Nous sommes les premiers surpris par ce qui s'est passé cette nuit...

— Oui, oui... Je vous en prie, senhor Voss, allez au fait !

— Nous attendions des choses que devait nous apporter senhor Lazard, c'est la vérité. Mais nous pensions qu'il devait quitter le pays pour aller se procurer ces dites choses. En fait, pour nous, il avait quitté le Portugal depuis hier et nous sommes très surpris d'apprendre qu'il était encore ici, et pis encore...

— Quelles sont ces choses ?

— Enfin, ce n'est pas exactement des « choses ». En réalité, il devait partir avec des diamants et aller acheter des dollars. Nous avons de gros problèmes de liquidités en Europe.

— Il aurait donc eu des diamants sur lui ?

— Sur lui, je ne sais pas, mais ils étaient en sa possession, à moins que les pierres ne soient parties dans l'avion de Dakar avec l'homme qui lui a servi de doublure.

— N'essayez pas de brouiller les cartes, senhor Voss. Tout est parfaitement clair dans mon esprit. Pour l'heure, ce que je veux savoir, c'est pourquoi Lazard a abattu un Français à Monsanto, s'est rendu à la Serra de Sintra pour violer et étrangler senhora Couples, puis tuer senhor Couples, avant de rejoindre Estoril où, j'en suis certain, il s'apprêtait à occire senhor Wilshere.

— Peut-être les agissements du senhor Lazard étaient-ils motivés par des intérêts personnels ? Les

Alliés ne vous ont sans doute pas tout dit sur les Couples...

— Je vois... Il est possible que Lazard ait utilisé les diamants pour soutirer quelque chose aux Couples, et une fois cette chose en sa possession, il les a supprimés. Le seul problème, c'est que, selon le consulat américain, Hal Couples était un simple commercial d'une société fabriquant des machines d'imprimerie dans le secteur de la construction. C'est plutôt sa femme qui est là-dessous... On prétend qu'elle avait une liaison avec senhor Lazard, ce que j'ai du mal à croire. Quelle est la valeur des diamants ?

— Pourquoi ?

— J'aimerais savoir, senhor Voss.

— Je disais pourquoi avez-vous du mal à croire que Lazard puisse avoir eu une liaison avec Mary Couples ?

— Les détails de sa mort ne sont guère ragoûtants... J'ai employé le mot viol, mais c'était bien pis... Berk ! Cet homme est un monstre ! lança Lourenço, en agitant la main pour chasser la sinistre image de son esprit. Et qui est ce Français ? Voilà encore un point qui mérite éclaircissement.

Voss baissa la tête, désolé de ne pouvoir lui apporter ses lumières.

— Avez-vous parlé à l'Anglaise qui séjournait chez Wilshere ? Elle doit... commença Voss.

— Elle ne sait rien. Elle n'était pas là. Elle raconte qu'elle y était, qu'elle a pris le petit déjeuner avec Wilshere ce matin, avant de se rendre au travail, mais en réalité... Décidément, je ne comprendrai jamais les étrangères !

— Les étrangères ?

— Elle a passé la nuit à Lisbonne avec son petit ami anglais... Ah, ces femmes ! Cette fille est là depuis seulement samedi ! J'aurais dû naître là-bas, au moins je...

Lourenço laissa sa phrase en suspens. Voss encaissa le coup. La peur se mua en jalousie irrationnelle puis, enfin, en joie. Il n'écouta plus Lourenço et regarda par la fenêtre le soleil se mirer dans les fenêtres de l'immeuble d'en face.

Wolters écouta le compte rendu de Voss. Celui-ci narra son entretien avec Lourenço, dans un silence de plomb, les paupières du général battant une fois par minute, comme pour prendre la mesure du désastre. Un million de dollars perdus, le plus bel échantillon de diamants envolé ! Et ces plans miraculeux, qui auraient permis de progresser d'un grand pas dans la fabrication de cette arme secrète, où étaient-ils passés – si tant est qu'ils eussent jamais existé ?

— Quelles infos possédons-nous ? demanda Wolters, cherchant déjà à reporter la responsabilité sur autrui.

— Rien qui puisse nous être utile, répondit Voss, savourant le moment, et regrettant de ne pouvoir partager sa joie avec quelqu'un.

Voilà ce qui se passait quand la SS dirigeait les opérations de l'Abwehr !

— Mais nous savons bien des choses, non ? insista le général.

— Nous savons qu'un homme se faisant passer pour Beecham Lazard a pris le vol Lisbonne-Dakar. Selon le service d'immigration, il est arrivé à bon port, mais personne de ce nom n'est monté dans l'avion de Rio qui, à l'heure actuelle, a décollé...

— Oui, oui... je suis au courant...

Voss étudia le général, cherchant une confirmation

à ses théories, mais le visage de Wolters restait impénétrable. Rien dans son expression ne permettait de croire qu'il savait que Lazard ne serait pas dans l'avion, que cela faisait partie d'un plan destiné à leurrer le S.I.S. et l'O.S.S., afin d'attirer leur attention hors du Portugal. Quoi qu'il en soit, qu'il fût ou non de la confidence, l'opération était un lamentable échec.

— C'est moi qui vais rédiger le rapport sur cette affaire, annonça Wolters. Je l'enverrai personnellement à Berlin. C'est bien clair ?

En fin d'après-midi, Voss vit une estafette emporter le rapport de Wolters. Le général SS sortit à son tour, quitta la légation pour se rendre à un cocktail à l'hôtel Aviz, puis à un dîner au Negresco.

Voss s'en alla à 19 heures et rentra chez lui. Il fuma à la fenêtre, un verre de son alcool préféré à la main, et contempla la place, dans l'attente que la nuit tombe et que la journée du lendemain commence enfin.

Parce qu'il ne prenait jamais de taxi, la marche fut longue pour Paco jusqu'au petit parc qui dominait le marché Santa Clara, dans le quartier de l'Alfama. On lui avait dit que l'information qu'on allait lui donner valait bien l'effort de traverser la ville à pied. Il s'installa sous les arbres, avec une vue sur l'église Santa Engrácia, en se demandant si l'endroit était réellement sûr. Derrière lui, quelqu'un l'observait, feignant de contempler le même édifice, toujours inachevé après deux cent soixante-deux ans de travail. Paco se laissa aller contre le dossier du banc, tentant de savourer l'air nocturne du parc désert, suivant du regard les feux d'un petit bateau qui passait sur le Tage, aux allures de mer intérieure à ce niveau de l'estuaire.

La voix qui se fit entendre derrière lui n'était pas portugaise. Paco avait déjà entendu cet accent. Une voix anglaise hachée, tout juste capable de baragouiner un portugais à peine compréhensible. Le parc était si sombre qu'en se retournant il ne put distinguer les traits de son interlocuteur. Il n'aimait pas cette voix. Paco n'aimait rien ni personne. Mais encore moins cette voix, parce qu'elle appartenait à ces gens qui ne voulaient pas se faire connaître, à ce genre de personnages qui restaient toujours à l'orée de la lumière, juste dans l'ombre.

— Ah oui ! Paco, la vue est belle, d'ici. En particulier la nuit. C'est si paisible. On est bien loin de la frénésie de cette ville.

Paco ne répondit pas. Les Anglais aimaient soliloquer.

— J'ai quelque chose pour vous, Paco. Une information. Quelque chose que vous pourrez sortir de votre chapeau au moment opportun. Je ne peux vous dire quand précisément ce moment viendra. Peut-être demain ou après-demain. Ouvrez grand vos yeux et vos oreilles, comme vous savez si bien le faire, et vous comprendrez quand il vous faudra rendre visite à une certaine personne avec cette information en poche, parce qu'elle sera prête à payer très cher pour l'avoir.

— Et qui est cette personne ?

— La P.I.D.E. doit ignorer tout ça.

— La P.I.D.E. ne paie pas bien.

— Alors, tout est pour le mieux, répliqua la voix anglaise. L'homme qui va vous donner beaucoup d'argent est le général SS Reinhardt Wolters, de la légation allemande.

— Il n'acceptera jamais de me recevoir. Pourquoi un tel homme s'abaisserait-il à accorder un rendez-vous au misérable Paco Gomez ?

— L'information que je vais vous donner sera votre sésame.

— J'écoute.

— Vous lui direz que vous avez vu son attaché militaire, le capitaine Karl Voss... Vous savez de qui je parle, n'est-ce pas, Paco ?

— Bien sûr.

— Vous lui direz que vous l'avez vu avec l'Anglaise...

— Celle qui travaille à la Shell et qui vit chez senhor Wilshere ?

— Oui, cette fille-là. Vous lui direz que vous les avez vus se promener hier soir dans le Bairro Alto et qu'ils sont amants. Cela suffira.

24.

Jeudi 20 juillet 1944, quartier général de la P.I.D.E., rua António Maria Cardoso, Lisbonne

Anne fut relâchée le matin à 9 heures. Cardew l'accueillit à sa sortie et l'emmena directement dans sa maison à Carcavelos, où elle put se doucher et passer des vêtements propres appartenant à son épouse. Anne insista pour aller travailler. Il fallait qu'elle s'occupe l'esprit, disait-elle. Elle ne précisa pas qu'elle voulait être à Lisbonne pour avoir une chance de voir Voss.

Ils repartirent en ville. Elle tapa à la machine le reste de la matinée et se mit à traduire des articles de physique publiés dans la revue *Die Naturwissenschaften*. Elle jetait si souvent des coups d'œil à l'horloge que ses mains restaient suspendues dans l'air au-dessus du clavier.

Dans son bureau, Voss lui aussi regardait l'horloge – réglée sur l'heure de Berlin car le Führer voulait que tout le IIIe Reich vive à l'heure allemande. C'était donc aussi l'heure à Rastenburg, l'heure à la Wolfsschanze. Il était midi, et dans quelques minutes le colonel Claus Schenk von Stauffenberg allait déposer sa mallette – peut-être était-elle déjà en place ?

Voss attendait qu'on l'appelle au téléphone, priait pour qu'on vienne le chercher et le conduise dans la salle des transmissions afin de prendre l'appel... Il tira sur la poignée du tiroir du bas : il était toujours fermé à clé. Il y avait rangé son Walther PPK donné par le colonel polonais, l'arme dont il devrait se servir pour prendre le contrôle de la légation allemande.

— Tout va bien, chef ? demanda Kempf.

— Oui, oui, un peu mal au dos. Et vous, ça va mieux ?

— Pas vraiment.

— Vous devriez vous contenter des nounous anglaises, Kempf.

— Je me souviendrai du conseil. La prochaine fois que j'irai me prendre une cuite sur le port, entouré de marins, j'exigerai une nounou anglaise...

— Sage résolution, Kempf.

— Si vous voulez ouvrir ce tiroir, chef, j'ai...

— Non, non. Je m'étirais seulement les muscles.

— J'allais dire, un bon coup de pied et il s'ouvre. Je connais ce bureau comme ma poche.

— Non, non, Kempf ! C'est juste pour détendre les nœuds. Voyons plutôt le courrier. Vous l'avez rapporté, n'est-ce pas ?

Kempf se figea.

— Allez le chercher, Kempf.

Voss se rassit, les nerfs en pelote.

Paco était étendu sur son lit, recroquevillé en chien de fusil, les genoux enfoncés dans ses orbites, la douleur au ventre lui arrachant des larmes. L'Anglais dans le parc lui avait non seulement donné une information mais également un billet de cent escudos. Sur le chemin du retour, Paco s'était arrêté pour prendre son premier repas de la journée. Il n'aurait pas dû commander du porc. Du porc par cette chaleur... Allez savoir depuis combien de temps il traînait dans leur cuisine, chez ces crasseux de l'Alfama ! Dès qu'il avait sentit le goût acide, il aurait dû s'arrêter. C'était le vinaigre... ils s'en servaient pour couvrir l'odeur faisandée de la viande. Paco avait passé la nuit entière au-dessus des toilettes puantes, vomissant entre ses genoux, tout en se vidant de l'intérieur. Une fois arrivé à l'état de baudruche sèche et ratatinée, il s'était traîné jusqu'à sa chambre et avait eu des spasmes et des haut-le-cœur jusqu'au matin, tandis que la fièvre s'occupait de détruire les derniers germes qui restaient dans son organisme. Ses draps étaient à présent trempés de sueur. Le garçon était monté lui faire boire de l'eau et les ressorts de barbelés dans son ventre s'étaient de nouveau contractés, le pliant en deux de douleur, faisant ressortir les pointes des vertèbres sous sa peau fine comme du papier. Vers midi son estomac se décida enfin à le laisser en paix ; épuisé, il s'endormit. Trois heures plus tard, des images étranges et affreuses le réveillaient en sursaut.

Au déjeuner, Anne se rendit dans les jardins d'Estrela, s'assit sur un banc et observa les gens autour d'elle pour s'assurer qu'elle n'avait pas été suivie. Elle pénétra dans la basilique, ressortit par la porte arrière et grimpa l'escalier de bois qui menait à l'appartement de Voss. Elle entra. Voss n'était pas là. Elle se promena dans les pièces, testa le moelleux du canapé, s'assit sur le lit et regarda la photo de famille sur l'étagère, où l'on apercevait trois hommes. Le père et Julius se ressemblaient – grands, solidement charpentés avec des cheveux bruns, séduisants, sportifs. Ils étaient en uniforme. Voss était vêtu d'un costume et d'une écharpe d'étudiant. Il avait le même air doux que sa mère et, apparemment, la même couleur d'yeux, la même ossature fragile. Elle examina le visage de la mère, se demandant si elle pouvait y lire la tristesse, la déception de savoir qu'elle n'était pas le grand amour de son mari. Non, elle paraissait heureuse.

La jeune femme déposa la photographie sur le lit, se dirigea vers la commode et ouvrit les tiroirs. En fouillant parmi les vêtements, elle découvrit un paquet de lettres retenues par un ruban. Elle lut les lettres. Voss lui manquait tellement... Elle avait tant besoin de sentir sa présence que l'idée qu'elle violait son intimité ne l'effleura pas. Les lettres étaient classées par date, la plupart ne comportaient que quelques lignes, signées du père, qui se concluaient par les coordonnées d'un coup pour une partie d'échecs. Anne les feuilleta avec une joie diffuse, jusqu'à tomber sur la lettre de Julius, datée du jour de l'an 1943. Les larmes coulèrent malgré elle, brouillant sa vision ; ce n'était pas le sort mérité d'une armée d'invasion qui s'imposait à son esprit, mais la souffrance d'une famille – le désespoir d'un père, un frère présentant à Julius un choix cornélien, enfin la lettre d'un lieutenant inconnu. Elle rattacha le ruban, remit les lettres à leur place et prit quelques cheveux de Voss sur sa brosse et son peigne, qui traînaient au fond du tiroir. Elle se rendit dans la salle de bains et examina son rasoir, son blaireau, à la recherche d'autres parcelles de lui. Rien. Elle devait s'en aller, mais elle voulait lui laisser quelque chose d'elle... Rien toutefois de compromettant, rien qui puisse permettre à un tiers de retrouver sa trace. Elle retourna vers la commode, s'arracha un cheveu et l'entortilla aux picots de la brosse.

Voss regardait l'horloge qui indiquait presque

17 heures – Stauffenberg devait être revenu à Berlin après les trois heures d'avion depuis Rastenburg. Toujours rien. Voss se força à rester calme. Assis à son bureau, il parcourait inlassablement les mêmes papiers, ses yeux ne lisant rien, son cerveau n'assimilant aucune information, tout son être transformé en vide béant.

Wolters avait fait travailler tard sa secrétaire. Elle quittait à présent le bâtiment, ses talons claquaient sur les dalles, descendaient les marches du perron pour s'enfoncer dans la touffeur de la ville. Voss se laissa aller au fond de son siège, le menton calé dans sa paume, l'index glissant sur sa lèvre inférieure, les yeux fixant la grande aiguille du cadran dans le silence pesant. Wolters sortit de son bureau. Voss écouta les craquements de ses chaussures de cuir qui se rapprochaient de sa porte, regarda la poignée tourner.

— Ah, Voss ! lança Wolters, vous travaillez tard, vous aussi ?

— Je réfléchis beaucoup.

— Vous voulez boire un verre avec moi ? Je viens de recevoir un excellent cognac.

Voss le suivit dans son bureau. Wolters sortit deux verres et les remplit d'alcool.

— À quoi réfléchissiez-vous ?

La réponse s'imprima devant les yeux du jeune officier, ne pouvant évidemment être prononcée. Les lèvres de Wolters oscillaient, en suspens au-dessus du verre, attendant. Il fallut à Voss un certain temps pour trouver quelque chose à répondre, tout son esprit étant focalisé sur ce qui devait se passer en ce moment à Berlin.

— À rien d'important.

— Dites toujours.

— Je me demandais pourquoi Mesnel était armé. À

la place de ses supérieurs, je ne l'aurais pas choisi pour perpétrer un assassinat. Rien de bien transcendant, vous voyez.

Le visage de Wolters s'assombrit. Il glissa deux doigts sous son col et tira le tissu comme s'il manquait d'air. Voss leva son verre. Les deux hommes burent en silence. L'alcool amollissait Wolters. Il alluma un cigare.

— Je réfléchissais aussi, déclara le général SS. J'ai parlé au capitaine Lourenço. Il est persuadé que deux personnes ont quitté, vivantes, le domicile de Wilshere hier soir.

— Pourquoi *deux* personnes ?

— À cause de la disposition des choses dans le salon, de l'endroit où l'on a retrouvé le corps de Dona Mafalda.

— Quelles choses ?

— Un vase a été jeté du fond de la pièce. Un vase faisant partie de la paire qui décorait le manteau de la cheminée.

— Ah bon ?

— Et il y a une trace de coup de feu, de l'autre côté, qui a abîmé le mur du couloir derrière la porte. Selon le capitaine Lourenço, Dona Mafalda a tiré sur quelqu'un qui se tenait sur le seuil et une autre personne, à l'autre bout de la pièce, a lancé le vase sur elle, voulant faire diversion ou la toucher. Le vase s'est brisé, surprenant Dona Mafalda, qui a perdu l'équilibre et s'est tuée accidentellement dans sa chute. Lourenço pense qu'il ne peut s'agir de la même personne. L'une se tenait dans l'encadrement de la porte, l'autre au fond de la pièce. C'est ainsi qu'il en a déduit qu'il manque deux personnes au tableau. Et je pensais justement, capitaine Voss...

— Oui, mon général ?

— Je pensais que j'aimerais beaucoup parler à ces deux personnes et savoir ce qu'elles ont emporté avec elles. Quelque chose me souffle que cela pourrait être très intéressant pour nous.

— En effet.

— Je veux que vous fassiez appel à tous vos moyens de renseignement pour trouver ces deux personnes.

Le téléphone sonna, faisant sursauter les deux hommes. Wolters décrocha et Voss entendit la voix urgente du caporal dans la salle des transmissions. Von Ribbentrop, le Reichsminister des Affaires étrangères, était en ligne. Wolters consulta sa montre. 20 heures passées. Il demanda à Voss de quitter la pièce un instant. Voss fit les cent pas dans le couloir, son verre à la main, puis retourna dans son bureau, soudain sans force : cet appel de von Ribbentrop était de mauvais augure. Il vida d'un trait son verre de cognac, qui laissa dans son œsophage une traînée brûlante. Il alluma une cigarette, fixa des yeux ses doigts tremblants jusqu'à ce que les mouvements cessent, et se laissa aller contre le dossier de son fauteuil. Avaient-ils encore ajourné l'opération ? Mais pourquoi von Ribbentrop appelait-il précisément ce soir ? Ils devaient avoir échoué. Le revolver ! Il devait le faire disparaître. Si on trouvait une arme dans son bureau, il était fini. Ils allaient soupçonner tout le monde, en particulier les gens de l'ex-Abwehr...

Wolters sortit de son bureau, ses chaussures couinant comme à la parade. Il ouvrit à la volée la porte du bureau de Voss. Le jeune homme releva la tête, cigarette aux lèvres, le regard d'un condamné à mort.

— On a tenté d'assassiner le Führer cet après-midi ! s'écria Wolters, qui ne tenait plus en place. Une bombe, placée dans la salle de stratégie de la

Wolfsschanze ! Elle a explosé juste sous les pieds du Führer, mais, et ce doit être un signe du ciel, le signe que la roue tourne, il n'a été que légèrement blessé. Un miracle ! Le Reichsminister dit que s'ils s'étaient trouvés dans le nouveau bunker, personne n'aurait survécu. Le Führer se trouvait dans le bureau du Reichsminister Speer : la bombe a soufflé les murs et l'onde de choc s'est dispersée. Onze personnes ont été blessés, dont quatre grièvement. D'après Von Ribbentrop, le colonel Brandt et le général Schmundt n'ont apparemment pas survécu à leurs blessures. Le Führer a une légère commotion, les tympans abîmés, une plaie au coude et des éclats de bois dans les jambes, mais il a assuré qu'il serait sur pied dès demain. L'attentat a échoué. Les terroristes ont été arrêtés à Berlin à l'heure où je vous parle ! C'est un grand jour pour notre Führer et pour le IIIe Reich. Un jour funeste pour nos ennemis, mais un jour de liesse pour nous, capitaine Voss. *Heil Hitler !*

Wolters fit claquer ses talons et leva son bras en un salut nazi. Voss l'imita. Ils retournèrent dans le bureau de Wolters, remplirent leurs verres et trinquèrent à la victoire du bon droit et de la justice, à la défaite du terrorisme, à la mort des conspirateurs et à bien d'autres choses encore, jusqu'à ce que la bouteille soit vide. Voss sortit du bureau, saoul, désespéré et terrorisé. Il retourna à sa table de travail, sortit le revolver du tiroir et le glissa dans son pantalon ; le canon lui comprimait les parties mais, dans son état, il était insensible à la douleur. Il ramassa sa mallette, enfonça son chapeau sur son crâne et quitta le bâtiment, ses pensées formant une sorte de tunnel autour de lui. Ses yeux, agressés par la chaleur, étaient vitreux, comme ceux d'un vieillard. Il rejoignit Estrela, trébuchant sur la *calçada* disjointe des trottoirs, les larmes roulant sur ses joues –

les nerfs craquaient... La petite comédie qu'il avait dû jouer avec Wolters, la tension des dernières semaines et la présence de ce mur désormais infranchissable qui barrait son horizon avaient eu raison de ses dernières forces.

Au sommet de la rua de São Domingos à Lapa, Voss se retourna pour contempler en contrebas l'Union Jack qui pendait au mât de l'ambassade britannique. Abordant la descente, un tramway passa en vrombissant à côté de lui. Le regard figé des voyageurs glissa sur lui ; deux garçons accrochés à l'arrière se mirent à pousser des cris, semblant s'adresser à lui et lui faire signe. Les paroles d'Anne lui revinrent en mémoire ; il avança de deux pas vers l'ambassade. Pouvait-il toquer à la porte des Anglais ? Il imagina son arrivée dans ce refuge et la suite, inéluctable... Le vide de la défaite, de la résignation, la fin de son combat pendant que les autres, fidèles au poste malgré les imprévus, se retrouveraient en danger, parce qu'eux continuaient la lutte – *sa lutte*.

Voss traversa la rue, tourna à droite dans la rua de Buenos Aires, transformée en cloaque puant par le cadavre d'un chien qui se décomposait dans le caniveau, boyaux répandus au sol, babines retroussées, crocs découverts et luisants en un simulacre d'attaque. Il vacilla un instant à la vue de la carcasse, puis il serra les dents en pensant à Wolters qui oubliait déjà son coûteux fiasco des diamants pour se lancer, le visage cramoisi d'excitation et d'alcool, dans la nouvelle guerre contre le terrorisme, dans la « répression promise » où ceux de son espèce brillaient de tout leur éclat, au-dessus de toute critique ou remise en cause. Voss se dirigea vers l'arrière de la basilique ; le cognac, chaud et acide, gargouillait dans son estomac.

Anne était allongée sur un lit dans la maison de Meredith Cardew, écoutant les babillages de ses filles dans la chambre voisine. Son estomac vide s'était révulsé devant le moindre morceau de nourriture ; elle avait passé le dîner à dessiner des motifs dans son assiette, sans rien avaler, à la manière de Dona Mafalda. Des images fantomatiques glissaient devant ses yeux : l'innocente Judy Laverne précipitée dans un ravin dans une cage en flammes, les doigts de Wilshere pressant son crâne, tentant de chasser une vérité insupportable, Lazard qui piétine Wilshere, la gorge de l'Américain béante après le coup de feu, le torse de Wilshere qui explose alors qu'il tombe à la renverse dans l'escalier, le sein arraché de Mafalda, le trou noir dessous, où bouillonne un sang pourpre et épais, la pâleur de son visage exsangue, ses lèvres grises. La guerre dans un salon ! Comme cette bombe qui était tombée sur la maison de son professeur de piano à Londres, dans cette autre vie. Sauf que, cette fois, elle se trouvait au milieu des décombres...

L'esprit de la jeune femme procédait à une sorte de réagencement interne, une révision complète des souvenirs. Certains sons, visions, odeurs et émotions ne pouvaient s'inscrire dans la douce vie naïve qui était encore la sienne une semaine plus tôt. Tous ces nouveaux morceaux avaient été rassemblés, compactés, ficelés en une sorte de paquet lourd et dense, puis poussés de force dans son œsophage, lui coupant l'appétit pour le restant de ses jours, afin que son être entier n'oublie jamais le goût de cette nourriture de cauchemar, afin qu'il en tremble à jamais de dégoût. Anne comprit alors, allongée, immobile sous le clair de lune qui filtrait de la fenêtre, à quel point Voss comptait désormais dans sa vie. Il était le seul à savoir, le seul qui puisse comprendre... Il serait son salut, celui qui l'aiderait à se relever de ces ruines et transformerait ce chaos en un simple chapitre sinistre de son existence.

Elle ne vivait plus que pour le vendredi 21 juillet 1944, 17 h 30. Tant qu'il y avait ce Graal devant elle, elle pouvait tout surmonter. Ce rendez-vous serait le code, le sésame, la solution de l'équation qui lui donnerait enfin la valeur inconnue de x.

Ses pensées filèrent tels des poissons d'argent dans les ténèbres du sommeil. Pour la première fois, elle fit ce rêve qui allait désormais hanter ses nuits : elle courait dans les rues d'une ville étrangère – des immeubles, des monuments défilaient autour d'elle, tous inconnus. Elle avait chaud. Elle était en combinaison, mais il y avait de la neige par terre et son haleine formait un nuage blanc devant son visage. Elle se rendait dans un endroit où elle pourrait le rejoindre. Elle trouvait la porte dans une ruelle sombre. De la lumière filtrait sous le battant, colorant d'or les pavés. Elle grimpait l'escalier quatre à quatre. Des escaliers qu'elle connaissait ; son cœur et son esprit vibraient d'espoir... elle allait enfin le voir, il l'attendait dans sa chambre, tout en haut, *leur chambre*. Elle montait de plus en plus vite, les paliers se succédaient, n'en finissaient pas. Il y en avait tant et tant... L'inquiétude, insidieuse, la gagnait. Était-ce le bon escalier ? Le bon immeuble ? La bonne rue ? La bonne ville ? Enfin, la porte était là, *sa porte*, derrière laquelle elle allait le trouver. Elle refermait la main sur la poignée, hors d'haleine, se préparant au bonheur de voir son visage, la ligne des pommettes, le modelé de sa peau translucide, qui rendait ce visage unique. La porte s'ouvrait, et il n'y avait rien derrière – pas de sol, pas de chambre, juste un vent brûlant sur la ville prisonnière de sa gangue de glace –, et elle tombait dans le vide et les ténèbres.

Anne s'éveilla en sursaut. Une lueur éclairait l'horizon noir. L'aube pénétrait dans la pièce, rassurante comme un animal de compagnie. Ses cheveux étaient trempés de sueur, son cœur tambourinait dans sa poitrine. Était-ce cela le nouvel agencement trouvé par son cerveau – son nouveau *moi*, sa nouvelle vie ?

Elle s'habilla avec les gestes lents d'une vieille personne, passant un pied puis l'autre dans sa culotte, la faisant ensuite glisser avec précaution le long de ses jambes jusqu'à la taille. Elle referma son soutien-gorge. Sa robe paraissait tomber d'une façon différente sur son corps. Les picots de la brosse semblaient des aiguilles acérées sur son cuir chevelu. Le miroir lui révéla un visage si proche du sien qu'elle dut s'approcher pour distinguer ce qu'il y manquait. Tout était là, au bon endroit – pas de bouleversement visible, mais une altération de l'ensemble. Situation honnie pour une mathématicienne ! Parce qu'une altération n'était pas une erreur manifeste, rien qui détruisît la logique structurelle de l'ensemble. C'était une simple imprécision, un germe étranger, une petite ligne de trop dans un système d'équations, quasiment impossible à identifier. Pour se sortir d'une telle situation, il fallait tout remettre à plat, tout recommencer de zéro... Cependant il n'y avait pas de retour à la case départ pour la jeune femme. Cette altération la suivrait jusqu'à la fin de sa vie. Une dénaturation subtile de sa personne qu'elle devrait accepter, assumer, et dissimuler au reste du monde... Subitement, Anne pensa à sa mère.

Elle avait déjeuné. Juste du café pour apaiser sa gorge en feu. Rien de solide. Une conversation anodine de famille résonnait autour de la table, aucun mot ne lui parvenait distinctement. Cardew la conduisit au travail, prenant la route de la côte sous un ciel azur – voir tout ce bleu lui était douloureux.

L'aube pénétra dans le bureau de Sutherland, chassant les ombres de la pièce. Il avait passé la nuit à l'ambassade après avoir appris l'échec de l'attentat, à fumer pipe sur pipe. Le jour le surprit assis dans son fauteuil, la tabatière vide gisant à terre, parmi les brins de tabac répandus et les allumettes carbonisées tombées du cendrier. Il avait réfléchi à tous les grands événements qui avaient marqué sa vie, en particulier à celui qu'il avait volontairement enfoui tout au fond de sa mémoire, depuis ce jour de 1940 où il avait reçu une lettre lui apprenant que sa femme avait péri dans un bombardement. Comment avait-il pu continuer à vivre après cela ? Tout le monde avait des proches morts dans les raids aériens, son cas n'était pas unique. Mais aujourd'hui il était là, épuisé, vidé, tombant en morceaux, pris d'une lassitude si profonde que l'apathie gagnait tous ses organes, s'insinuait jusque dans ses os, liquéfiant sa moelle.

Les responsabilités que Richard Rose endossait tel un léger costume d'été pesaient sur les épaules de Sutherland comme une enclume. Les pertes essuyées au fil des diverses opérations s'amoncelaient dans son esprit comme autant de cercueils dans l'atelier d'un menuisier. Cette fois, toutefois, il ne commettrait pas la même erreur : il sortirait Karl Voss, nom de code Childe Harold, de la nasse. Il le sauverait. Cet homme avait toujours été honnête avec eux, et aujourd'hui, avec cet attentat raté et ce qu'Anne leur avait révélé, il courait de grands dangers – sa fonction d'attaché militaire à la légation revenait à un arrêt de mort placardé sur tous les murs de la ville. Dès que Rose arriverait, il lui annoncerait son plan. Voss partirait pour Londres et ferait son rapport au Q.G. du S.I.S. le soir même.

À 9 heures, Rose annonça sa présence par un staccato de phalanges sur la porte. Il entra et, n'ayant pas vu Sutherland assis dans un coin, crut la pièce vide.

— On sort Voss de là, aujourd'hui, Richard ! annonça Sutherland.

— Salut, vieille branche ! s'exclama Rose en pivotant sur ses talons. Je suis juste venu te parler de ces messages décryptés.

— Après l'échec de l'attentat, il est assis sur un château de cartes... À la moindre brise, tout s'écroule autour de lui.

— Pour être franc, mon vieux, je suis surpris de ne pas le trouver ici. Il a dû se rendre compte de sa situation bien avant nous... Il aurait dû venir tout droit toquer à notre porte.

Sutherland était surpris par la réponse de Rose. Il s'attendait à quelque résistance de sa part. Rose détestait perdre ses informateurs. Combien de disputes avaient-ils eues à ce sujet !

— Tu as des nouvelles de lui ? demanda Rose.

— Pas encore.

— S'il s'est rendu à son travail, c'est qu'il pense pouvoir s'en sortir tout seul.

— On va le tirer de là, Richard. Je ne veux pas qu'il...

— Bien sûr, bien sûr, mais on ne peut pas aller sous ses fenêtres lui crier de descendre... Impossible, mon pote !

Vieille branche, mon vieux, mon pote... ça te dérangerait de m'appeler Sutherland ! songea ce dernier avec humeur, en se levant de son siège, le bras curieusement ankylosé, le pied gauche totalement engourdi.

— Tu vas bien ? Tu es pâle comme un linge.

— J'ai veillé toute cette nuit, répondit Sutherland, secouant sa jambe pour faire revenir le sang.

— Hé ! Attention...

Sutherland vit soudain le sol à hauteur de plancher, un paysage de tapis et de pieds de meubles, dans une atmosphère de poussière entrecoupée de rayons de soleil... Il ne comprenait pas ce qui arrivait, était incapable de formuler son incompréhension. Son esprit cliquetait comme une aiguille de gramophone à la fin du sillon.

À 10 heures, l'ambassadeur rassembla tout le monde à la légation allemande et fit la même déclaration que Wolters la veille au soir. Le discours qui suivit porta sur la trahison, la conspiration et le terrorisme. Wolters, la main de fer du premier diplomate, surveillait la pièce tel un oiseau de proie, si bien que tout le monde fixait des yeux le tableau du Führer trônant au-dessus des dignitaires. L'ambassadeur demanda finalement à ses fidèles de se réjouir de cette tragédie avortée et les exhorta à scander un *Heil Hitler !* qui fit vibrer tous les carreaux des fenêtres. Chacun put enfin repartir vers ses bureaux comme un écolier vers sa salle de classe après un sermon dans la cour. Le monde qui les attendait était le même, mais il y planait une ombre, une incertitude. Une ombre qui n'allait pas tarder à chercher la brebis galeuse.

Voss était assis à son bureau, la sueur roulait derrière ses genoux, glissait le long de ses mollets pour mouiller ses chaussettes. Il s'était réveillé à 5 heures sur le canapé, sa cravate encore autour du cou. Il avait desserré le nœud, ouvert le col de sa chemise, pour avaler goulûment l'air frais des petites heures du matin. Il s'était déshabillé pour se mettre au lit et avait trouvé le portrait de famille posé sur l'oreiller. Il avait replacé la photographie sur l'étagère, s'était allongé et avait senti sur la taie le discret parfum d'Anne. Il avait plongé la tête dans le tissu pour s'imprégner de cette odeur évanescente, puis avait relevé la tête et fixé le plâtre du mur derrière les barreaux du lit, entendant de nouveau les paroles de la jeune femme résonner dans sa tête : « Lazard et Wilshere savaient que tu étais un agent double. Lazard me l'a dit hier soir. Wolters le sait-il aussi ? »

Il s'était douché, rasé, puis dirigé nu vers la commode pour prendre des affaires propres. Le premier tiroir était entrouvert, la brosse dans une position différente. Il avait alors vu le long cheveu brun entortillé aux siens.

En arrivant à la légation, il avait lancé un grand bonjour à Hein et Kempf. Plein de gaieté. Toutes ses sombres pensées oubliées, enfouies au tréfonds de ses souvenirs, au côté de la caisse noire avec ses inscriptions en lettres blanches. Pour l'heure, il pensait à des champs de boutons-d'or traversés par les ombres mouvantes des nuages poussés par une brise d'été. Il parla à ses assistants, Kempf et Hein, des deux personnes supplémentaires qui, selon Lourenço, devaient se trouver chez les Wilshere la nuit de la fusillade. Il les envoya se renseigner, en spécifiant qu'il voulait entendre leur rapport oralement et en personne, rien ne devant être écrit. Il s'agissait d'une opération furtive, expliqua-t-il. Kempf et Hein échangèrent un regard. Ce concept n'existait pas.

— Ce sont les instructions explicites du général SS Wolters, précisa Voss.

— Rien d'écrit ?

— C'est ce qu'il a exigé. Il rédigera un rapport pour Berlin lorsque toute l'affaire sera éclaircie.

Kempf et Hein quittèrent la légation pour aller

répandre la nouvelle dans les cafés et les arrière-salles obscures où les Lisboètes prenaient le frais en attendant le soir. Dès le passage des envoyés de la légation, les *bufos* videraient leur verre de vin et s'en iraient, dans la fournaise du jour, à la pêche aux renseignements.

Voss resta à son bureau, cigarette à la bouche, se massant le front avec les pouces pour tenter de soulager la tension de son crâne. Lazard et Wilshere devaient être les seuls à connaître son rôle d'agent double. Tout ce que savait Wolters, sans doute, c'était qu'Anne était une taupe placée par Wilshere pour envoyer les Anglais à la poursuite d'un leurre... Sinon, comment lui-même aurait-il pu être encore en vie à l'heure qu'il était ? Personne ne savait qu'il se trouvait dans la maison ce soir-là. Lourenço avait cru à l'histoire d'Anne. Finalement, il allait peut-être s'en sortir. Les heures suivantes seraient cruciales... tout dépendait des infos qui viendraient de la rue. L'avait-on vu marcher avec Anne dans le Bairro Alto ? La cigarette tremblait dans sa bouche. Il tira une bouffée trop forte et se brûla les lèvres.

Ce matin-là, lorsque les miasmes de la ville sortirent des mansardes, des *pensões* lépreuses et des bars borgnes, ils trouvèrent les rues prises d'une activité fébrile, dopées par l'appel de nouvelles fraîches. Ils s'insinuèrent partout, ces soldats de l'ombre, buvant la moindre parole, affamés tels des cannibales qui doivent s'entredévorer pour faire acte d'héroïsme. Ils régurgitaient dans d'autres bouches leur moisson agrémentée de nouveaux morceaux produits par leur imagination fertile. La rumeur grandit, enfla encore lorsqu'on vit une ambulance pénétrer dans l'enceinte de l'ambassade britannique et repartir cinq minutes plus tard, toutes sirènes hurlantes, vers l'hôpital São José. La fièvre s'empara ainsi de la ville jusqu'à midi, heure à laquelle les colporteurs de nouvelles, ayant récolté quelques pièces, se mirent à table pour manger leur poisson et mastiquer leur pain.

Tous sauf Paco.

Paco s'éveilla à 3 heures de l'après-midi, toujours pris de spasmes. Il demanda au garçon de lui apporter de l'eau citronnée et salée. Il la but, se forçant à avaler ce breuvage aigre et acide. Le soulagement fut instantané. Il descendit l'escalier sur ses jambes chancelantes et s'assit dans un coin ombragé du patio comme un convalescent de sanatorium. Il trouva une moitié de cigarette dans son paquet. Le garçon, qui lui apportait une infusion, l'alluma pour lui. Paco prononça quelques mots de remerciements – et, parce qu'il était le premier individu à lui montrer de la considération, le garçon lui narra tout ce qui s'était passé pendant qu'il était malade. Paco se laissa aller au fond de son siège avec satisfaction : son heure était venue. C'était le moment dont avait parlé l'Anglais. Le reste n'était qu'une question de tempo et d'argent...

L'infusion lui donna une bonne suée ; il songeait à aller se changer dans sa chambre lorsqu'un Portugais s'assit sur la chaise en face de lui.

— Je ne t'ai pas vu ce matin, déclara Rui.

— J'étais malade.

— Tu as raté plein de choses.

— Je ne crois pas.

— Tu aurais pu te faire un peu de sous.

— Il y a encore tout le temps.

— Tu as donc des infos, conclut Rui. Je pensais bien que le seul qui pouvait réellement en avoir, c'était toi, Paco.

Rui s'éloigna de la table pour sonder l'état d'esprit

de Paco, décrypter les traits de son visage. Il lui offrit une cigarette, une générosité qui ne pouvait – Paco le savait par expérience – être innocente.

— Tu as entendu parler des meurtres ? interrogea le Portugais.

— Je sais qu'on a retrouvé six macchabées cette nuit. J'ignore combien, dans le lot, sont des meurtres.

— Il y a eu trois morts à Estoril.

— À la Quinta da Águia... là où il y a eu un vol.

— Le mari a tué l'Américain. La femme a tué le mari. Mais qui a tué la femme ?

— Je croyais qu'il s'agissait d'un accident ?

— Presque.

— Le voleur ?

— Exactement !

— Ils ont interrogé l'Anglaise qui séjourne chez Wilshere ?

— Elle n'était pas là... partie baiser avec son petit copain, le rosbif qu'on voit sur les quais... Comment c'est, son nom, déjà ?

— Wallis, répondit Paco, en se frottant le menton.

Rui comprit à cet instant que Paco avait toutes les cartes en main.

— Il y a de l'argent à se faire.

— Chez qui ? Et combien ?

— Chez les Allemands. Pour la somme, ça dépend.

— Pas avec la P.I.D.E. ?

— Non.

— Cela les intéresserait d'apprendre avec qui couche l'*Inglesia* ? demanda Paco. (Rui resta silencieux.) Que son amant *n'est pas* Wallis ?

— Je ne sais pas.

— Que veulent-ils savoir, au juste ?

— L'identité des deux personnes qui ont quitté la Quinta da Águia après la fusillade.

— Je peux leur filer une info qui leur permettra de tirer leurs propres conclusions.

— Combien tu veux ?

— Mais je veux en parler uniquement au général Reinhardt Wolters... À personne d'autre.

— Combien ?

— Cinquante mille escudos.

— Tu es fou !

Paco ferma les yeux pour montrer son agacement devant tant de lenteur d'esprit. Rui hocha alors la tête, saisissant soudain.

— Tu joues ton va-tout, c'est ça ? Tu penses qu'il est temps de partir ?

— Pour moi, oui. Toi, tu es d'ici.

— Acheter un lopin de terre, c'est ça que tu as en tête ?

Paco haussa les épaules. Tout juste. Retourner en Galice. Plus question de vendre de l'eau dans l'Alfama comme il l'avait fait pendant des années avant la guerre. Aujourd'hui, c'était son heure de gloire.

Le Portugais le pria de ne pas bouger, remonta à toutes jambes la rua das Janelas Verdes, dépassa l'ambassade britannique et obliqua à gauche vers la légation allemande. Il arriva devant les portes, les poumons en feu, bredouilla quelques mots au planton, puis à l'hôtesse dans le hall de réception. Sa sueur tombait à grosses gouttes sur le sol tandis que la femme s'éloignait et montait l'escalier, les muscles de ses mollets ondulant avec grâce. Elle réapparut quelques instants plus tard. Sans se donner la peine de descendre jusqu'à lui, elle lui fit signe de la suivre. Tenant son chapeau devant ses jambes d'un air penaud, Rui annonça la nouvelle à Wolters. Il vit les sourcils du SS se soulever d'intérêt lorsqu'il parla de l'amant de l'*Inglesia*, et essuya son explosion de rage lorsqu'il annonça le prix.

— Cinquante mille escudos pour apprendre que l'Anglaise à un petit ami ? rugit Wolters. Combien prends-tu au passage ?

— Rien. Je vous le jure, rien.

— Amène-le-moi !

Voss avait senti quelque chose. Aucun mouvement précipité ne passait inaperçu par quarante degrés Celsius. Il entrouvrit la porte de son bureau : l'hôtesse d'accueil sortait du bureau de Wolters et trottait vers les escaliers. Elle revint accompagnée de Rui, en nage. Voss attendit. Rui ressortit quelques instants plus tard et descendit rapidement les escaliers. Voss s'approcha de la fenêtre, qui surplombait les portes de la légation ; sitôt passé le portail, l'informateur piqua un sprint dans la rue. Dans les souvenirs de Voss, Rui n'était pas homme à courir... Il retourna à la porte et aperçut Wolters qui se dirigeait vers la salle du coffre, puis revenait avec des liasses d'escudos. Un achat se préparait.

Voss retourna à la fenêtre, fumant cigarette sur cigarette, tant et si bien qu'un épais nuage emplit son bureau. L'attente parut infinie, mais dura, en temps réel, vingt minutes. Le Portugais réapparut dans la rue, houspillant Paco pour lui faire presser le pas, mais l'Espagnol, comme le savait Voss, ne connaissait qu'une seule allure.

Lorsqu'ils arrivèrent, Voss ouvrit la porte de son bureau et s'accouda au chambranle, bien en vue. Rui toqua à la porte de Wolters, tenant par le bras Paco – devenu soudain une précieuse marchandise. En entrant, Paco lança un regard vers Voss et baissa les yeux d'un air de regret, lui communiquant ainsi tout ce que le jeune homme avait besoin de savoir.

Voss ne retourna pas dans son bureau. Il marcha droit vers la sortie, vers la fournaise du dehors, se forçant à adopter un pas nonchalant. Il passa les portes en faisant un petit signe au planton. Au moment où son pied rencontrait les pavés de la rue, il entendit le premier cri d'alerte. Inutile de se retourner. Il baissa la tête et partit en courant.

Il sprinta dans la rua do Sacramento ; dans son dos, les rayons du soleil traversaient sa veste et sa chemise comme autant de dards. La sueur inondait ses cheveux. Entendant des bruits de bottes sur les pavés derrière lui, il enfonça la tête dans les épaules et accéléra. Un tramway abordait la rue qui menait à l'ambassade britannique. Il atteignit le carrefour et vira derrière le tramway. Il courut entre les rails, gagnant peu à peu du terrain sur l'engin. L'Union Jack apparut au loin, une balise bleu, rouge, blanc. Puis Voss aperçut un autre groupe de soldats qui arrivait à sa rencontre ; ils avaient contourné la légation par la rua do Pau de Bandeira et remontaient la rua do Prior pour l'empêcher d'atteindre les portes de l'ambassade. Il se rapprocha de la voiture, où des gamins nu-pieds s'accrochaient à l'arrière, amusés par cet étranger qui courait derrière eux. Voss effleura la rambarde, une fois, deux fois, l'attrapa enfin, ses pieds battant l'air furieusement avant de trouver un point d'appui. Il plaqua son visage dégoulinant contre la vitre arrière. Une femme, à l'intérieur, recula d'un pas et poussa du coude son compagnon, qui se retourna, l'air choqué. Voss se déplaça vers le côté aveugle de la cabine, mais lorsque le tramway ralentit pour aborder un virage sur la gauche, il entendit les soldats derrière lui crier au second groupe de changer de direction. Le tramway reprit de la vitesse en amorçant la descente. L'un de ses poursuivants trébucha, faisant tomber quelques collègues dans son sillage ; quelques-uns continuèrent à courir pendant un temps, puis abandonnèrent.

Cardew annonça à Anne qu'une voiture l'attendait devant l'immeuble de la Shell. Il veillait sur elle, ne la quittait pas d'une semelle. Le malaise de Sutherland les avait tous les deux affectés, tandis que Rose, loin d'être abattu, s'était empressé de prendre le gouvernail du navire. Anne était désormais tenue en laisse – Rose ne la considérait pas comme une ennemie mais comme une variable aléatoire qu'il préférait tenir à l'écart de ses calculs. La jeune femme se rendit dans les toilettes des dames et sortit du bâtiment par l'arrière. Elle se dirigea aussitôt vers Estrela et sa basilique. Elle monta chez Voss, vit la photo de nouveau à sa place sur l'étagère, inspecta la brosse pour découvrir que son cheveu avait été prélevé. Elle s'assit sur le dossier du canapé, remonta sa robe pour se rafraîchir les cuisses et fuma à la fenêtre en contemplant la place entre les jardins et l'église. Il était 17 heures passées.

Le tramway s'arrêta à la Calçada Ribeiro Santos, juste en face de l'avenida 24 Julho. Voss sauta sur le trottoir. Les paquebots et les cargos amarrés sur les quais paraissaient offrir, de prime abord, un bon labyrinthe où semer ses poursuivants, mais le risque était grand de se faire arrêter par la police portuaire et d'être remis à la P.I.D.E. Il préférait se cacher dans le dédale des rues autour de l'Alfama et attendre la nuit pour prendre contact avec Sutherland.

Le tramway sembla rester à l'arrêt un long moment ; Voss chercha des yeux un taxi, rares dans cette partie de Lisbonne. Sa chemise mouillée était devenue une seconde peau. Il transféra le contenu des poches de sa veste dans celles de son pantalon, tout en surveillant la rue en direction de Lapa. Y avait-il des voitures de la légation garées devant le bâtiment lorsqu'il était sorti ? Non, du moins pas dans son souvenir. Au moment où le tramway s'ébranlait, Voss entendit des hurlements de pneus sur les pavés surchauffés. Il sauta sur le marchepied, plaqué contre la porte arrière. Une Traction noire de la légation, avec ses deux chevrons sur la calandre et une masse compacte de visages derrière le pare-brise, descendait en trombe la Calçada Ribeiro Santos.

À la sortie de Santos, le tramway progressait avec une lenteur souffreteuse, comme si l'électricité dans les caténaires se perdait en bout de ligne dans les eaux du Tage. La Traction doubla la voiture, deux hommes penchés aux portières scrutèrent les passagers à l'intérieur. Voss s'accroupit. L'engin reprit enfin de la vitesse en quittant Madragoa vers le Bairro Alto. S'il restait accroché à ce wagon jusqu'à Cais do Sodré, Voss pourrait sauter dans un taxi et rejoindre la vieille médina de l'Alfama. Là-bas, avec toutes ces ruelles et ces escaliers, les *tascas* et les boutiques, la foule, le chaos du début de soirée, il pourrait semer ses poursuivants.

La Traction s'arrêta plus loin en travers des voies, dans la rua da Boa Vista – le capot était levé, mais personne n'examinait le moteur. Devant la voiture, un homme leva les bras pour arrêter le tram. Voss contourna le wagon vers l'arrière, sauta à terre et profita de son élan pour grimper quatre à quatre les marches d'un escalier. Il reconnut la grosse main de Kempf qui se dressait dans l'air, le doigt pointé dans sa direction. Derrière lui, les pas vifs de trois hommes à ses trousses. Kempf ne présentait pas un réel danger

– trop lourd et trop affaibli par la petite vérole, il n'allait pas pouvoir suivre le rythme par cette chaleur. Mais les autres étaient en pleine forme, tout excités par cette chasse au traître, et brûlaient de ramener leur trophée à Wolters. Voss traversa un petit *largo,* emprunta des *travessas* et se précipita dans la rua do Poço dos Negros. Le tramway qu'il visait était juste devant lui, une ligne qui traversait la Baixa pour monter dans l'Alfama. Curieusement, ses poursuivants semblaient s'être évanouis dans la nature. Aucun bruit de cavalcade dans son dos. Il se retourna. La rue était vide. Pendant un moment, Voss crut qu'il allait s'en sortir, qu'il les avait semés. Il retira sa veste, la jeta sous un porche et courut encore, allongeant ses foulées, se sentant pousser des ailes. Il releva la tête, fixant le ciel au-dessus du canyon de la rue étroite, et soudain ses pensées bouillonnantes tournèrent en glace. Ses genoux se mirent à trembler. Il s'arrêta net et regarda sa montre. 17 h 15. Il s'était immobilisé au milieu des voies du tramway. La rue derrière lui était toujours déserte. Il baissa les bras en hochant la tête. Non, il ne s'en sortirait pas.

Anne. Anne était chez lui !

Ils allaient forcément se rendre à son appartement. Ils la trouveraient là-bas et ne se contenteraient pas de la tuer...

Voss arrêta un taxi qui roulait dans la direction opposée et demanda au chauffeur de l'emmener à Estrela. Il s'installa sur la banquette arrière, un rayon de soleil éclairait ses jambes. Il venait de s'extraire d'un nœud inextricable, de le trancher net. Il remonta ses manches tandis que le taxi se garait au bas de l'avenida Álvares Cabral. Il paya la course et s'enfonça dans les jardins, en direction de la basilique. Il marchait à grands pas dans les allées désertes – une succession d'ombre et de lumière, de noir et de blanc. Il était pris d'une étrange gaieté ; en d'autres temps, il se serait arrêté pour comprendre ce qui lui arrivait mais, cette fois, il le savait dans chaque fibre de son être. Il était heureux. Dieu qu'il était heureux ! Il se souvint des mots écrit par Julius à Stalingrad... Maintenant il comprenait ce qu'il voulait dire. Il était libre, enfin.

Il sortit des jardins, franchit les portes de fer forgé et releva les yeux. Elle était là, à la fenêtre, en train de l'attendre. À cet instant, il sut que dans ce monde écrasé de lumière, dans le vortex de cette ville paranoïaque, il n'était pas seul, et c'était là tout ce qui comptait.

Anne l'aperçut sitôt qu'il eut passé les portes du jardin. Elle jeta sa cigarette, se pencha à la fenêtre, en se hissant sur le dossier du canapé. Elle allait lui faire signe lorsqu'elle remarqua qu'il était en bras de chemise et qu'il tenait les bras levés derrière la tête – une attitude incongrue. Ils fondirent vers lui, des quatre coins du parvis. Une voiture surgit de nulle part. Voss ne tenta pas de fuir. Il se tenait immobile, comme un champion sur le podium, attendant l'adoration de la foule. Il baissa un bras, gardant l'autre levé comme un salut. Il agita alors la main et par ce geste, il lui dit tout ce qu'il y avait à dire : au revoir et sauve-toi.

La voiture s'arrêta devant lui. Ils le poussèrent dans l'habitacle. Anne courut vers la porte, entendit des bruits de bottes monter l'escalier de bois. Elle se précipita vers la commode, ramassa le paquet de lettres et la photo de famille, puis grimpa sur le toit. Elle s'étendit sur le chien-assis surchauffé par le soleil tandis qu'ils pénétraient dans l'appartement, tailladant l'air immobile de leurs voix gutturales.

Au-dessus d'elle, le ciel redevenait azur après avoir été blanchi tout l'après-midi. Un groupe de pigeons décolla des tours de la basilique. Le premier promeneur du soir passait les portes du jardin, et un rémouleur lançait dans la rue ses appels lugubres.

25.

30 juillet 1944

Ce n'est pas un journal. Je n'ai pas le droit de tenir un journal. Règle n° 1 du manuel du bon espion. Si je survis à ça, si je ne veux pas perdre l'esprit ou avoir les nerfs à vif au point de sursauter au moindre mouvement, comme un chat, jusqu'à la fin de mes jours, je dois trouver le moyen de libérer toutes ces choses en moi, ou, à défaut, une partie. Trouver une soupape pour faire redescendre la pression... Pour le moment, c'est pareil à une tumeur, un amas de cellules anarchiques. Parce que cette aberration est dans ma chair, elle continue d'être nourrie, choyée par mon organisme. Je n'y peux rien. Trop de vaisseaux sanguins l'alimentent. Et tout cela grossit, suce mon énergie, comme une sorte d'embryon monstrueux. J'ai bien tenté de contrecarrer le processus, de couper le cordon avec cette chose, de l'isoler dans le grenier comme une vieille tante toquée, mais je n'arrive pas à refermer la porte, elle se répand partout dans la maison, infectant tout sur son passage.

J'ai essayé de l'expulser, de la cracher, de la vomir... j'étais prête à tout pour que cesse cette vampirisation. La nuit, je suis allongée dans le noir, le paquet de lettres et la photo de famille sur ma poitrine, avec juste le plâtre granuleux du plafond pour horizon. Je respire à peine, par à-coups, tant l'air me paraît chargé de miasmes, et dans cette pestilence qui me cerne, je prononce ces mots, ces mots qui sont à l'origine même de ce cloaque : « Es-tu mort ou vivant ? » Je ne pourrai pas continuer ainsi bien longtemps, car la question ne porte déjà plus sur la seule survie de Karl, mais sur la mienne. En relisant ces lignes, j'ai souri... j'en ai presque ri. Ce n'était pas une mauvaise idée de coucher tout ça sur le papier. Sauf que l'échec est criant. Je décris les effets, les symptômes du mal, mais je suis incapable de dire de quoi il s'agit.

Que m'est-il arrivé réellement ? Rien. Je n'ai subi aucune blessure, hormis une bosse sur la tête. J'ai seulement vu et ressenti des choses. C'est ainsi que mon cerveau fonctionne. Rationnellement. Logiquement. J'ai seulement deux semaines de plus que depuis mon départ de Londres. Je mesure toujours la même taille, pèse le même poids. Il n'y a qu'une différence physique : je ne suis plus vierge. Mais est-ce si important ? Un hymen. Une membrane invisible. J'ai à peine eu mal, un peu de sang, peut-être. Je n'ai pas inspecté les draps. Non, la seule et grande différence, c'est qu'avant je vivais dans l'attente et que maintenant je vis dans l'espoir. Et d'où vient cet espoir ? Pourquoi suis-je habitée par ce sentiment indéfectible ?

La première fois, il y a une éternité, c'était au casino, le soir de mon arrivée. Voss était alors juste une présence, rien de plus. Lorsqu'il a transporté Wilshere chez lui, il n'était qu'un corps fournissant un travail mécanique. La rencontre proprement dite a eu lieu dans l'eau, lorsque nous nous sommes cognés et, là encore, nous n'avons échangé que quelques mots. Le fait qu'il ait manqué de me noyer l'a-t-il convaincu de devenir mon ange gardien ? J'ai revu Karl ensuite, au cocktail. De quoi avons-nous parlé alors ? Du destin... Comment ne pas parler du destin ? Qu'a-t-il dit ? « C'est comme si Dieu avait perdu son autorité et que les enfants n'en fassent qu'à leur tête... de vilains garnements. » Il a dit autre chose, mais cette fois au fond du jardin, à propos de Wilshere et de Judy Laverne. « Connaît-on les gens par leur seule apparence ? » Une parole d'espion ? Peut-être pas. Il voulait dire autre chose entre ces mots. « Tout le monde est espion... Nous avons tous nos secrets. » Ses parents et ceux des autres. Les miens. Que sais-je de mes parents, au fond ? Nous sommes façonnés par nos secrets. Ils pénètrent en nous comme des balles. Non... pas comme des balles, comme des virus. Une balle est une douce libération si elle vous tue. Le virus est plus sournois. Un jour vous êtes en bonne santé, le lendemain vous êtes malade. Vous voilà infecté. Les secrets sont les virus de l'âme. Vous vous en arrangez, ou non. Avoir de la force de caractère peut aider. Ma mère, en l'occurrence, est une montagne de volonté. Et moi, le suis-je ? Quel virus prolifère en moi ?

La fois suivante, nous nous sommes rencontrés dans son appartement. Je n'avais jamais éprouvé une telle fureur. Une rage ardente. Avec ma mère, je reste de glace. Une petite phrase de Rose et je deviens folle d'angoisse. Quelques mots de Karl et je retrouve la paix. Puis ce fut la tendresse, puis l'amour, et puis enfin la promenade. La promenade... Tous les deux dehors. J'en pleure à présent. Pourquoi ? Parce que c'est pendant cette promenade qu'il a dit : « Je n'ai été amoureux qu'une fois. » J'ai cru mourir sur place avant qu'il n'ajoute : « De toi, idiote. » C'est quand j'ai vu tout mon monde s'écrouler autour de moi, détruit pas ces seuls mots, que j'ai compris ce qui s'était passé avec Judy Laverne ; comment Wilshere avait pu être infecté par les paroles empoisonnées de Lazard, comment sa raison avait pu vaciller, malgré ce que lui soufflait si clairement son cœur. Moi aussi je suis tombée dans le ravin, jusqu'à ce qu'il prononce ces mots salvateurs : « De toi, idiote ! »

Comment de tels égarements sont-ils possibles ? *Amor é cego* – la figurine aux yeux bandés de Mafalda la Folle.

Maintenant, notre dernière rencontre. Pas exactement la toute dernière, la dernière avec contact. Après l'horreur chez Wilshere. Il s'est encore occupé de moi. Il m'a baignée, séchée, mise au lit comme une petite fille. Voilà ce que doit être un amant. Tout ensemble – un père, un frère, un ami, un amoureux. Ensuite, nous sommes couchés dans le lit, avec sous nos yeux cette mallette qui est la clé de tout. À notre première rencontre, il a dit quelque chose du genre : « Ce qui se passe entre nous n'appartient qu'à nous seuls. » C'était vrai, mais ce soir-là uniquement. Les autres fois, nous avions des chaperons de cauchemar à nos côtés.

Voss a pris une décision, une décision importante et noble, que seul un homme comme lui peut concevoir. Wolters ne devait pas avoir ces plans... Et tout ça pour quoi ? Pour rien. Un piège tendu pas les Américains. Est-ce là l'origine de mon mal, mon virus ? Qu'il se soit mis en danger à cause d'une supercherie inepte qui était sans doute incapable de porter le moindre fruit ? Karl aurait été un héros pour les deux camps s'il n'avait pas eu une âme si noble... Non. Ce n'est pas ça. Ça, c'est le virus qui a infecté le monde entier. Quel est mon virus à moi, mon virus intime ? Qu'est-ce qui vit dans mon esprit et qui ne cesse de grandir ?

Enfin, notre dernière rencontre – sans contact, juste par les yeux. Toute l'ironie réside dans la brièveté de ce moment. La discrétion et la retenue de Voss ont généré le plus lourd des fardeaux. Comme pour un sacrifice, il est sorti de l'ombre des jardins qui le protégeait pour s'exposer en pleine lumière, les mains en l'air afin que je sache qu'il était pris. Puis il a fait ce signe, ce salut, pareil à celui que je lui avais lancé au matin, lors de mon départ avec la mallette. Tant d'amour dans ce seul geste. Et aussi la mise en garde... Cette main qui s'agite dans l'air alors qu'ils fondent sur lui de toutes parts. Va-t'en ! J'étais la seule à pouvoir comprendre le message. Sauve-toi, Andrea !

Je sais maintenant des choses que j'ignorais alors. Rose et Sutherland discutaient du moyen de faire sortir Karl de Lisbonne lorsque Sutherland a eu son attaque. Rose m'a appris que la P.I.D.E. recherchait deux personnes qui, selon eux, étaient présentes le soir de la tuerie chez Wilshere. Wallis m'a dit qu'un *bufo* de la Pensão Rocha nous avait vus, Karl et moi, dans le Bairro Alto. Le *bufo*, un Galicien, avait été aperçu à la légation allemande l'après-midi. Karl avait alors quitté précipitamment le bâtiment. Alors qu'il avait semé ses poursuivants, il était revenu sur ses pas. Tout laissait croire qu'il avait oublié quelque chose dans son appartement, quelque chose de vital pour les Alliés. C'était la seule explication possible de ce retour kamikaze. Personne ne sait la vérité. Sauf moi.

Tel est mon mal. Mais puis-je l'écrire ? J'aurais préféré que tout soit aussi froid et impersonnel qu'une équation, un système algébrique dont la signification aurait été purement formelle ; mais ce n'est pas le cas. Origine de ma maladie : a) je l'ai forcé à se promener avec moi dans le Bairro Alto et l'on nous a vus ; b) il s'est sacrifié pour me dire de fuir son appartement. Pour me sauver la vie... encore une fois ; c) je ne garde presque rien de lui, alors qu'il m'a tout donné.

Alors, le voilà mon espoir. Mon espoir désespéré... Il n'est en rien un remède. Le seul remède serait que Karl me revienne. Une simple rémission du mal : j'ai compté et recompté les jours. Combien de fois suis-je revenue au 30 juin pour vérifier mes calculs ? J'aurais dû avoir mes règles avant-hier et, d'ordinaire, je n'ai jamais de retard.

26.

30 juillet 1944, maison des Cardew, Carcavelos, environs de Lisbonne

Anne brûla les pages du carnet roulées en boule dans la cheminée, ainsi que les quelques pages vierges qui conservaient en creux une trace d'écriture. Elle alluma une cigarette avec la même allumette, sachant que le tabac serait son compagnon jusqu'à la fin de son existence. Le diagnostic de sa maladie, la reconnaissance formulée de son mal couchée sur le papier se désintégrèrent dans une flamme verte. Mais en brûlant, l'encre laissa sur les restes calcinés de cellulose des stigmates de cuivre encore lisibles. Elle éparpilla les morceaux de la pointe du pied en une nuée de cendres.

Pas une seconde Karl Voss ne quittait sa conscience. Le simple fait d'allumer une cigarette réveillait l'image de sa main s'agitant dans les ténèbres de la charmille. Tout son être était empli de son souvenir. Les nombres avaient perdu tout attrait pour elle. Anne accomplissait son travail par automatisme. Toutes ses pensées la ramenaient à Voss ou à un engramme le concernant.

Aujourd'hui, toutefois, il y avait une différence. Cette confession écrite lui avait permis d'édifier une sorte de digue, de contenir le flot des émotions. Elle avait cru perdre la raison lorsqu'elle avait appris que Voss avait été emmené en Allemagne pour y être interrogé. Elle avait alors été hantée par des images de cauchemar, plongée dans un puits noir de peines et de douleur, l'esprit traversé d'éclairs aveuglants, vibrant d'angoisse et de questions infinies – des questions sans réponse, et d'autres dont les réponses étaient insupportables. On lui avait parlé des tortures... et le détail des sévices, rendu supportable par la distance lorsqu'elle en avait entendu le récit lors d'une conférence à Oxford, était aujourd'hui un ver hurlant qui lui dévorait les entrailles chaque matin.

Elle écrasa sa cigarette et, pour la première fois de la semaine, dormit six heures d'affilée sans cauchemar. Elle s'éveilla sans cette secousse électrique au moment où l'esprit reprend contact avec la réalité. Elle se trouvait sur le lit, sans drap ni couverture. La pièce était chaude, et le rose du levant éclairait les murs. Son corps était alangui, comme si elle avait marché toute la journée. Une lassitude délicieuse avait envahi ses muscles. Elle s'étira, telle une chatte indolente, jusqu'à ce qu'un souvenir la fasse se redresser en sursaut. Non, cette fois, il n'y avait personne dans la chambre.

Elle avait six ans, sa mère était assise à côté d'elle sur le lit, l'odeur des cigarettes et des cocktails se mêlait à son parfum « spécial fêtes » – une fragrance exotique, épicée. Elle avait la main posée sur l'épaule de sa fille, qui dormait. Le tissu de sa robe n'émettait pas son doux froufrou de coutume, mais il était traversé de crissements et de mouvements spasmodiques. Andrea, par la fente des paupières, avait vu que sa mère pleurait... des sanglots violents et sonores. La fillette était trop endormie, les membres trop écrasés de sommeil, pour avoir la force de poser ne serait-ce qu'un doigt sur le genou de sa mère pour la réconforter. Au matin, sa mère avait retrouvé son air froid et sévère, et Andrea avait oublié cet épisode.

Une image lui revint en mémoire. Rawlinson et sa jambe manquante. Une curieuse parabole de la complétude des nombres entiers, la fraction manquante qui ruine l'ensemble. Qu'en était-il de sa fraction manquante à elle, ou de celle additionnelle, invisibles toutes deux ? La structure était modifiée, l'équation n'aurait jamais de solution. Un esprit troublé qui transformait des émotions en mathématiques ! Pourtant, il y avait bel et bien une altération.

Les enfants de Cardew étaient déjà au lit. Anne descendit dans la salle à manger ; le dîner était servi tard en plein été et, ce soir, la table était dressée dans le jardin, sous la lumière jaune des lampes-tempête. Il y avait beaucoup de monde. Quelqu'un tira une chaise pour elle ; lorsque le visage de l'homme pénétra de nouveau dans la lumière, Anne reconnut le major Luís da Cunha Almeida, l'homme qui avait arrêté sa pouliche emballée.

Les hors-d'œuvre consistaient en fromage et *presunto* avec des olives, accompagnés de pain frais. Le vin provenait des vignes familiales du major dans l'Alentejo. Mrs. Cardew servit des fruits de mer pendant que les domestiques récupéraient au village le mouton qui cuisait dans le four à pain depuis le milieu de l'après-midi. C'était, paraît-il, la meilleure façon de le préparer pour que la viande conserve tout son fondant.

Chacun eut sa part de mouton, même le personnel à l'office. Les pommes de terre, qui avaient cuit dans le plat, étaient gorgées de jus, parfumées d'ail et de romarin. Ce plat fit revenir Anne dans la sphère des vivants, comme si elle avait traversé une steppe désolée pour retrouver enfin la civilisation.

À la fin du repas, le major lui proposa de l'emmener en ville un soir de la semaine suivante. Elle ne refusa pas. Rendez-vous fut pris pour le mercredi.

Au moment du coucher, Cardew intercepta sa jeune protégée au pied de l'escalier. Il lui posa la main sur l'épaule.

— Je suis heureux de vous voir reprendre le dessus, Anne. Ça a été un terrible choc, j'imagine... mais vous avez été parfaite.

Une fois au lit, elle songea que c'était cela, être anglaise. La gestion... La dissimulation est notre seconde nature. Nous sommes des espions-nés. Nous ne montrons jamais ce qu'il y a en nous. Napoléon avait tort, nous ne sommes pas *une nation de boutiquiers* [1], mais une nation de gardiens de secrets.

Comment pourrait-on se laisser aller à la confidence avec notre air pincé...

Richard Rose avait accepté de recevoir Anne le lundi après-midi. L'un de ses conseillers avait dû lui dire que c'était, psychologiquement, une bonne chose, puisque jusqu'alors il avait refusé d'accéder à sa demande. Wallis, voulant être honnête avec la jeune femme, lui avait révélé que, à l'inverse de Sutherland, Rose préférait conserver ses distances avec elle. Le nouveau chef de l'antenne du S.I.S. au Portugal n'avait aucune envie de se retrouver devant une femme éplorée. Rose se méfiait des femmes. Pour lui, elles appartenaient à une race à part.

C'était le dernier jour de juillet et la canicule ne diminuait pas. Rose se tenait derrière le bureau de

1. En français dans le texte. *(N.d.T.)*

Sutherland, les volets clos contre les rayons du soleil qui illuminaient, l'après-midi, cette aile de l'ambassade. Anne s'assit dans le clair-obscur étouffant, élément flou et insignifiant du mobilier, tandis que Rose feuilletait des documents et les contresignait. Au bout d'un moment, il se frotta les coudes, endoloris par ce travail de paperasserie, et marmonna de vagues excuses. Anne resta silencieuse. Elle savait qu'elle n'était pas la bienvenue. La secrétaire de Sutherland avait été remplacée par un dénommé Douggie, un type qui ne vous regardait pas lorsqu'on lui posait une question, et qui, pour toute réponse, agitait mollement son crayon en direction de la salle d'attente.

— Alors, vous vous plaisez chez Cardew ? demanda Rose en empilant ses dossiers.

— En tant que secrétaire ?

— Il pense beaucoup de bien de vous. Vous devriez continuer les traductions d'articles. C'est de toute première importance pour nous.

— Je croyais que c'était une simple couverture.

— Ça l'était, en effet. Mais vous ne pouvez plus travailler comme agent, vous le comprenez bien. Pas ici, pas à Lisbonne. Étant donné l'agitation ambiante, nous allons vous trouver une remplaçante très prochainement. Londres ne veut pas encore vous rapatrier. Ce sont des petits filous prudents. À l'heure qu'il est, ils doivent posséder un dossier sur vous... à Berlin.

Le mot Berlin passa devant elle comme un oiseau affolé dans la pièce.

— Si vous pensez que c'est là la meilleure façon d'utiliser mes compétences...

— Oui, nous le pensons, répondit-il trop rapidement... pour le moment.

— Vous savez que je tiens beaucoup à rester dans la Compagnie, Mr. Rose.

— Bien entendu.

— Si ma responsabilité dans la dernière opération doit avoir des répercussions sur mon avenir, je...

— Votre *responsabilité* ? répéta-t-il, les sourcils froncés, en la regardant pour la première fois dans les yeux.

— À cause de moi, nous avons perdu un agent double très précieux.

— Vous n'avez rien à vous reprocher, répondit-il, son visage arborant un vague apitoiement. Vous manquiez d'expérience. Mais Voss... Voss aurait dû le savoir. Il a pris un très grand risque. C'était de la folie pure, une grosse bévue pour un agent de sa trempe.

— On a des nouvelles ? demanda-t-elle en adoptant un ton détaché, mais la douleur fit chevroter sa voix malgré elle.

— Que savez-vous ?

— Uniquement qu'il a été emmené en Allemagne.

— Il y avait deux autres personnes dans l'avion. Des hommes qui ont été arrêtés dans la rue, comme Voss. L'un d'eux, le comte von Treuberg, a depuis été relâché. Il nous a dit que Voss est arrivé à l'aéroport dans un camion. Une fois à Tempelhof, ils ont tous été conduits au Q.G. de la Gestapo de la Prinz Albrecht-strasse. Von Treuberg a parlé à Voss, qui n'était pas en très bonne forme. Il l'a vu une fois encore, le jour où il a été libéré.

Rose se tut. Anne fixait le sol des yeux. Sa tête, telle une masse de plomb, tirait les tendons de sa nuque.

— Voss a subi trois jours d'interrogatoires intensifs. Von Treuberg en était tout chamboulé.

Les entrailles d'Anne tournèrent en glace, son cœur se mit à battre la chamade.

— Vous êtes sûre de vouloir entendre la suite ?

— Je veux tout savoir. Tout ! répliqua-t-elle avec véhémence.

Rose alla chercher un épais dossier dans les grandes armoires de métal qui couvraient les murs de la pièce.

— L'opération où Voss et vous étiez impliqués est arrivée à un moment très critique pour le IIIe Reich.

— Vous faites allusion à l'attentat ?

— Le général SS Wolters dirigeait une opération de renseignements. Il pensait que ça allait être son haut fait d'armes de la guerre. Par nature, le camp qui perd espère toujours un miracle pour renverser le cours des événements. Mais l'opération de Wolters a été un désastre. Il a perdu beaucoup d'argent et détruit l'un des moyens d'approvisionnement du Reich en diamants. Voss est son bouc émissaire. Hors de ce contexte, l'opération sabotée aurait valu à Voss une
arrivée à un moment très critique pour le IIIe Reich.
mais avec la tentative d'assassinat du 20 juillet, le cas devient plus sérieux, ce qui arrange Wolters. Il veut impliquer Voss dans l'attentat, ce qui, étant donné la distance à laquelle il se trouvait au moment des faits, paraît bien improbable ; mais voilà, vous comme moi, nous savons que Voss était au courant du complot. Il nous a prévenus, ce qui prouve qu'il était impliqué. Comme il est un ancien de l'Abwehr, le seul ici en ville, nous pensons que son rôle était de prendre le contrôle de la légation à Lisbonne. S'ils trouvent le moindre indice laissant supposer ce degré d'implication, alors...

Rose laissa sa phrase en suspens et alluma une cigarette.

— Alors, quoi ?

L'Anglais ouvrit le dossier, feuilleta les pages une à une, du bout du doigt, comme s'il s'agissait d'un vieux parchemin.

— L'enquête concernant les hauts officiers de la Wehrmacht impliqués dans le complot est conduite par le chef de la sécurité du Reich, le général SS Ernst Kaltenbrunner. Il est avocat, ce qui pourrait laisser croire que c'est de bon augure, mais il suffit de voir sa trombine en photo pour être convaincu du contraire. Un air sinistre de brute. Un fanatique total... d'une loyauté d'airain... Il ne recule jamais devant les sales besognes. Des milliers de personnes ont été arrêtées, des hommes, des femmes, des enfants... tous ceux qui avaient des liens familiaux, professionnels ou amicaux avec les conspirateurs connus. Tous les autres suspects sont interrogés par le colonel SS Bruno Weiss. Il était le responsable de la sécurité à la Wolfsschanze de Rastenburg, le Q.G. d'Hitler en Prusse-Orientale. S'il était plus jeune, il aurait pu être le fils spirituel de Kaltenbrunner. À croire qu'ils se reproduisent entre eux.

« Il ne fait aucun doute que ces individus vont trouver quelque chose parmi les milliers de dépositions, parce qu'il est dans la nature humaine d'écrire des mots qui ne devraient pas l'être, de prononcer des paroles qui devraient être passées sous silence et de parler à tort et à travers sous l'effet de la peur. Les chances de Voss sont maigres. S'il est inculpé, il passera devant le prétendu Tribunal du peuple, présidé par le juge le plus ignominieux que le monde juridique ait porté : Roland Freisler. S'il existe la plus petite preuve, le plus petit indice de sa collaboration au complot, il sera condamné à mort. Dans le cas contraire, il sera enfermé dans un camp de concentration, où il aura presque autant de chances de mourir.

Rose feuilleta d'autres pages. Anne se tenait raide sur sa chaise.

— Hormis les renseignements de von Treuberg, nous n'avons pas d'autres nouvelles, annonça Rose, visiblement tracassé par la maigreur de son dossier. À votre place, miss Ashworth, je m'efforcerais d'oublier Karl Voss. Repartez d'un nouveau pas et vivez votre vie. Ce sont les aléas de la guerre.

Anne se leva, les jambes chancelantes. Elle se tourna vers la porte.

— Vous continuez donc avec Cardew ? lança-t-il dans son dos.

— Oui, Mr. Rose, répondit-elle en quittant le bureau d'un pas titubant.

Anne travaillait avec une telle intensité que Cardew s'en inquiéta. Elle relevait rarement la tête de ses papiers et ne s'accordait qu'un quart d'heure de pause pour déjeuner. Le mercredi soir, elle sortit avec le major Luís Almeida. Ils se rendirent en voiture à Cascais et mangèrent du poisson dans un restaurant. Elle ne se souvenait plus quel poisson. Elle se rappelait que le major ne l'avait pas quittée des yeux durant tout le repas, et même pendant qu'il conduisait ; elle dut parfois lui jeter des coups d'œil agacés pour l'obliger à regarder la route. Anne comprit alors qu'elle survivrait... parce qu'elle ne voulait pas mourir. Elle avait peur de la mort, ce qui n'était pas le cas une semaine auparavant. Elle amorçait une orbite descendante qui pénétrait de nouveau dans les couches périphériques de la normalité ; chaque jour, une nouvelle pelure d'oignon enveloppait son mal et empêchait son expansion. L'absence de règles le rendait bénin.

Le major, en congé pour tout le mois d'août, intensifiait ses manœuvres d'approche et sortait Anne tous les soirs. Cette dernière acceptait toutes ses propositions, sauf lorsqu'il lui évoqua l'idée d'une promenade à cheval. Sa présence, ses attentions de vieil oncle lui faisaient du bien. Ils parlaient de tout et de rien, sans jamais aborder de sujets intimes. C'était pour le mieux. Elle pouvait se recroqueviller dans sa coquille quand elle était avec lui ; jamais il ne la pressait de questions. Elle était en train de changer, et ce mal était nécessaire à sa survie. Cependant cette métamorphose l'isolait du reste du monde. Même dans une salle de restaurant bondée, elle se sentait seule. La société l'avait reprise en son sein, elle était redevenue une pierre de l'édifice – non pas une brique dans ses murs porteurs, mais une gargouille, saillant au coin d'une corniche.

Un samedi soir, à la mi-août, Anne se trouvait à la terrasse d'un café sur la grande place d'Estoril. Le major avait tenté de la convaincre d'aller au casino, mais elle ne se sentait pas encore prête, si tant est qu'elle le fût un jour. Il était 11 heures du soir et il faisait encore chaud. Elle n'avait ni faim ni envie de boire. Elle proposa une promenade sur le front de mer, loin de l'agitation estivale, des familles braillardes et des palmiers écrasés de chaleur. Le major était ravi de se dégourdir les jambes.

Ils longèrent la plage. Un croissant de lune dispensait un peu de lumière. Il n'y avait pas de vent, l'air était doux. Les vagues dessinaient des lignes phosphorescentes sur l'eau et venaient lécher le sable. Anne prit le bras du major. Ses talons étaient les seuls bruits audibles sur le clapotis de l'océan.

Elle s'arrêta pour respirer l'air iodé et le major passa son bras autour de ses épaules ; il avait mal interprété son geste... Elle s'y attendait, bien sûr. Mais il lui était impossible de penser à la suite. Elle se tourna vers lui et posa ses mains sur sa poitrine pour le tenir à distance, mais le major ne connaissait pas les hésitations de Voss. Il l'attira contre lui et l'embrassa sur la bouche, un long baiser, intense et brutal, si bien qu'elle manqua d'air et resta totalement de glace.

Toute retenue, chez lui, s'envola. Ses manières, économes et simples, qui lui donnaient des airs de roc inébranlable, fondirent dans l'instant, révélant un être ardent et passionné. Anne fut saisie par cette métamorphose. Il lui tint le visage entre ses mains et lui dit à quel point il l'aimait, il le répéta tant et tant que les mots perdirent tout sens. Elle finit par ne plus écouter cette logorrhée, mais se demanda si ce n'était pas typique des Portugais que d'être ainsi le siège ardent de passions folles, telles des Cocotte-minute près d'exploser.

La major soufflait ses mots dans la bouche d'Anne, comme s'il voulait qu'elle les prononce à son tour. Elle se rappela alors son goût pour la nourriture, comment un plat lui évoquait le souvenir d'un autre, plus merveilleux encore. Le vin, pour le major, était une symphonie. Il savourait cet élixir les yeux clos, laissant les notes gustatives faire vibrer chaque cellule de son corps – tel un Mozart premier grand cru. Les fleurs qu'il lui offrait paraissaient l'enchanter le premier – il ne humait pas un bouton, il l'aspirait, inhalait toutes ses senteurs. Le major était un concentré de sensualité. Elle l'avait à peine remarqué car il n'avait aucun talent pour la conversation, mais il n'avait d'inclination en ce bas monde que pour les plaisirs terrestres.

Le major la ramena brusquement à la réalité. Il la tenait par les épaules et attendait une réponse, ses avant-bras frémissants, comme s'il se retenait de l'écraser. Il demandait à Anne de l'épouser... Elle ne savait que dire, aucun mot ne lui venait à l'esprit pour lui expliquer la complexité de sa situation.

— Dites oui... dites oui... insistait-il, encore et

encore, dans son anglais au fort accent, chaque demande plus désespérée, plus caverneuse, comme s'il se noyait au fond d'un puits.

— Vous me faites mal, Luís !

Il la lâcha. Ses mains quittèrent les bras de la jeune femme et vinrent se plaquer sur son propre visage, soudain honteux.

— Ce n'est pas si simple, articula-t-elle.

— C'est simple, au contraire. C'est très simple. Il vous suffit de dire un mot : oui. C'est tout. C'est le mot le plus simple que vous aurez jamais à prononcer.

— Il y a des complications.

— Alors tout est pour le mieux.

— Comment pouvez-vous dire ça ?

— Aucune complication n'est insurmontable. Je parlerai à toutes les personnes qu'il faudra. Aux types de l'ambassade anglaise. Au président de la Shell. À vos parents. Je...

— À ma mère. Je n'ai qu'une mère.

— Alors je parlerai à votre mère.

— Arrêtez, Luís. Taisez-vous et laissez-moi réfléchir.

— À condition que vos réflexions portent sur le moyen de régler ces complications, de les contourner, de les... (Il parut à court de mots pendant un instant, puis il reprit :) Je me fiche des complications. Il n'y en a aucune que je ne puisse... *Raios* ! comment dit-on chez vous ?

— Je ne sais pas... passer outre ?

— Passer outre ! rugit-il. Non, pas « passer outre ». Cela signifierait que le problème existe toujours, derrière soi peut-être, mais bel et bien là. Vaincre. Voilà, ce que je veux dire. Il n'y a aucune complication que je ne puisse *vaincre* !

Anne rit, en imaginant le preux chevalier Luís, avec

son épée et son bouclier étincelant au soleil, chargeant les moulins à vent de la complication.

— Je ne peux pas vous répondre encore.

— Alors je suis heureux.

— Vous ne pouvez pas vous réjouir Luís. Je n'ai rien dit.

— Je suis heureux, répéta-t-il.

Il savait pourquoi, mais ne voulait pas le lui révéler : ce qui le mettait en joie, c'était qu'elle ne lui avait pas dit non, la réponse finalement la plus facile.

Anne se glissa dans son lit à 2 heures du matin. Luís ne voulait pas la laisser rentrer. Depuis sa déclaration, il brûlait d'une nouvelle flamme et ne tenait plus en place. Il l'avait emmenée danser à Lisbonne, au dancing Bar Cristal. Il débordait d'énergie. Anne s'aperçut qu'il ne pouvait parler librement que si son corps était occupé. Dès qu'ils revenaient à leur table pour se reposer, il sombrait dans le silence, songeant à l'armée de géants qu'il allait devoir combattre. Puis, n'y tenant plus, il la tirait de nouveau sur la piste. Et il se mettait alors à parler, comme s'il en savait plus long qu'elle sur l'avenir. Tous les sujets étaient bons – sa famille, sa propriété aux environs d'Estremoz, dans les collines de l'Alentejo, à deux cents kilomètres à l'est de Lisbonne, son travail, le camp militaire dont il avait la charge, qui, par chance, se trouvait dans la région... tout pour lui montrer ce que serait leur vie commune, et comme elle trouverait sa place dans son monde.

Anne dormit et fit encore une fois le même cauchemar, avec cette chute dans ce puits noir. Elle s'éveilla en sueur, certaine qu'elle ne pourrait pas tenir à ce rythme. Comme un cavalier, le pied encore coincé dans l'étrier, traîné à côté des sabots du cheval emballé... elle avait besoin d'une pause, de reprendre les rênes, mais son intelligence seule ne pouvait démêler les nœuds de cet imbroglio.

Elle se posa finalement la question. Pourquoi ne pas épouser Luís ? Qu'elle ne l'aimât pas n'était pas une raison suffisante ; c'était précisément pour cela qu'elle était avec lui. Qu'elle fût toujours amoureuse de Voss n'avait rien à voir avec l'affaire. Richard Rose avait été clair sur ce sujet et ne lui avait laissé aucun espoir. Si elle fréquentait Luís, c'était justement pour survivre à son sentiment de culpabilité. Le problème, c'était qu'elle portait dans son ventre l'enfant de Karl... Sitôt formulée, elle chassa par réflexe cette pensée, soudain prise de terreur – une terreur engendrant non pas des frissons, qui n'étaient que des ondes de surface, mais réveillant une sorte d'angoisse morale plus profonde. Seule la religion pouvait faire naître de telles frayeurs, songea-t-elle. Toutes ces considérations sur le bien et le mal dont les sœurs lui avaient bourré le crâne...

Cette révélation ébranla Anne, lui donna le tournis. Elle se leva et se mit à arpenter la chambre, pour reprendre, au sens propre, pied dans la réalité, pour retrouver son calme et faire face à ce qui était désormais lumineux, la seule réponse possible : elle devait épouser Luís parce qu'elle portait l'enfant de Karl.

Elle s'assit sur le lit, examina ses mains. Elle avait été jeune. Elle avait été une jeune pousse souple, mais désormais la raideur cassante de l'âge s'immisçait dans sa chair. Seule, sur son lit pour une personne, en pleine canicule aoûtienne, avec cet embryon qui grossissait dans son ventre... Elle frissonna en sentant glisser sur ses épaules les ombres conjointes et glacées de la société, de l'Église et de sa mère. Anne avait pris sa décision, et la part catholique en elle savait qu'il y aurait un coût à ce mensonge, un prix à payer tôt ou tard. Elle épouserait Luís da Cunha Almeida et ce nouveau secret irait rejoindre le précédent ; ils s'uniraient comme deux frères siamois, deux entités se nourrissant l'une de l'autre.

La lumière du matin brillait d'une nouvelle clarté. La touffeur des jours précédents avait été mise en pièces par la brise iodée qui soufflait de l'Atlantique. Le soleil dardait toujours ses rayons dans un ciel azur, mais les corps avaient perdu leurs airs de carcasses desséchées. La Serra de Sintra n'était plus une ombre fantomatique dans la brume et les palmiers, vivifiés, redressaient la tête sur la place. Une fois sortie du couvercle sinistre de la nuit, Anne voyait les choses différemment. Il existait donc l'espoir d'une solution... Elle parlerait à Dorothy Cardew. Les femmes, entre elles, savaient mettre les problèmes à plat pour mieux les examiner.

La nounou emmena les filles de Cardew à la plage en milieu de matinée et Anne trouva Dorothy seule, assise dans le salon, sa boîte à couture sur les genoux. Elle faisait du point de croix, travaillant sur le « n » de « maison ». Meredith était dans le jardin, plongé dans la lecture d'un roman, sa pipe lâchant dans l'air un staccato enjoué de volutes bleues. Anne longea les murs, faisant un tour d'approche avant de se décider à atterrir, attendant une opportunité, la broderie n'étant guère compatible avec le sujet qu'elle voulait aborder. Dorothy Cardew observa la jeune femme, fit une erreur de point et abandonna son ouvrage.

— Luís m'a demandé en mariage, annonça Anne, ce qui cloua Dorothy au fond du canapé.

Puis la jeune Anglaise lut le soulagement sur le

visage de Dorothy – c'était finalement une bonne nouvelle.

— C'est merveilleux ! s'exclama son hôtesse. Absolument merveilleux... Luís est un homme si bon.

Et tout fut réglé. Ce devait être une belle journée radieuse, sans problème à l'horizon. L'air pur, la brise marine dans les pins, les oiseaux commentant la journée... Il n'y avait que les bonnes nouvelles qui avaient droit de cité, un jour comme celui-ci. Toute incartade à ce précepte aurait été une faute de goût.

— Oui, lâcha Anne avec brusquerie, comme on sort un ivrogne d'un bar.

— Il faut que j'annonce la nouvelle à Meredith !

La scène prit une nouvelle tournure, bien loin de ce que la jeune femme avait prévu. Dorothy courut à la porte-fenêtre et appela son mari, en se tenant sur une jambe comme une écolière excitée.

— J'ai une grande nouvelle, chéri !

Meredith referma son livre et fondit vers sa femme tel un pilote de chasse en piqué. Il la rejoignit sur le seuil, hors d'haleine, impatient.

— Luís a demandé Anne en mariage !

La déception de l'Anglais fut visible. Ce n'était donc pas l'annonce de la reddition d'Hitler...

— Félicitations ! Luís est un chic type.

— Oui, répondit Anne – encore un mot prononcé en aveugle.

Un regard appuyé de Cardew. Avait-il vu quelque chose, perçu autre chose que ce simple mot ?

— Vous l'avez annoncé à quelqu'un ? demanda-t-il.

— Pas encore.

— Mieux vaut en parler d'abord à Richard Rose... cela risque d'être compliqué.

— Oui.

— Mais c'est une bonne nouvelle... il n'y a pas plus gentil que Luís. Et c'est un cavalier hors pair, conclut-il comme si cela pouvait être un atout dans un mariage.

Anne se força à sourire. Tel était son avenir – des mots expulsés d'elle pour être mêlés au langage commun, le langage du récepteur, jamais le sien ? Les larmes lui montèrent aux yeux, parce que c'était l'un des dons de Karl... comprendre tous les langages, en particulier celui des silences.

Le mardi suivant, Anne se trouvait dans les jardins d'Estrela, à regarder jouer les enfants, trompant le temps en attendant de se rendre à Lapa pour son entretien avec Rose. Les enfants couraient parmi les motifs changeants que projetait le soleil à travers les frondaisons. La course des événements ralentissait enfin. L'angoisse était toujours présente, mais la respiration était revenue à la normale. L'Histoire était de nouveau en marche, peut-être à cause de ce qui se passait en Europe, maintenant que les Russes, les Américains et les Anglais fondaient sur les ruines du Reich.

Elle passa les portes du jardin, de l'autre côté de la basilique, et leva la tête vers la chambre où elle attendait Karl, pleine d'espoir, quelques semaines plus tôt. Une femme de chambre nettoyait les carreaux, une main désincarnée apparut dans l'encadrement et jeta sur le toit une cigarette. À ses pieds, les rails d'argent du tramway, enchâssés dans les pavés, descendaient la colline vers São Bento et le Bairro Alto, pour croiser d'autres rails, d'autres voies, sans jamais pour autant dévier de leur chemin. Ce qui une nuit, autrefois, lui avait semblé être un chemin d'argent l'entraînant vers un avenir plein d'espoir lui apparaissait à présent comme une voie funeste où l'accident et le déraillement étaient les seules échappatoires possibles.

Anne s'assit une nouvelle fois devant le bureau de Rose. Ce jour-là, il ne feignit pas d'ignorer sa présence et, parce qu'il venait de déjeuner, il était avachi dans son fauteuil, cigarette à la main, une lueur dans les yeux – effet de la fumée ou d'un mépris à peine dissimulé ?

— Cardew m'a fait part de vos projets...

Mes projets ? s'étonna Anne en pensée, comme si elle s'était déjà désintéressée de son sort, n'était plus que la représentante d'une autre.

Rose agita son allumette devant la jeune femme et la jeta dans le cendrier. Ce simple geste la mit en rage, sans qu'elle sache pourquoi.

— Lorsque l'on vous a formée comme...

— Sauf votre respect, vous ne m'avez pas formée à être traductrice. J'avais déjà cette compétence auparavant.

— Lorsque nous vous avons formée comme *agent* et que vous avez été affectée ici, à Lisbonne, je... nous n'avons pas discerné, dans votre personnalité, de fortes tendances émotionnelles. Tout laissait à penser que vous étiez un être logique, rationnel, voire froid. C'est pour cette raison que vous nous plaisiez.

— Que je vous plaisais ?

— Sur le papier, vous étiez parfaite pour cette mission, reprit Rose en se laissant aller au fond de son siège. (Il agita la pointe fumante de sa cigarette dans sa direction.) Vous étiez une femme très intelligente, excellente comédienne, et d'un physique... très agréable, mais vous étiez aussi une personne déterminée, avec les idées claires, la tête bien sur les épaules... Bref, la prétendante idéale pour cette mission.

Il y eut un silence durant lequel Rose inspecta son coffret à cigarettes, pour vérifier ses réserves.

— Vous êtes arrivée, reprit-il, et vous nous avez aussitôt impressionnés par la rapidité avec laquelle vous êtes entrée dans la peau de votre personnage. De bonnes informations. Une belle immersion dans le milieu socioculturel. Une parfaite gestion des problèmes. Tout allait son bonhomme de chemin jusqu'à ce que...

Rose souffla un nuage de fumée d'un air exaspéré.

— Mêmes les gens rationnels, logiques et froids peuvent tomber amoureux, rétorqua Anne.

— Deux fois, coup sur coup ?

Cette pique la transperça de part en part. Tant d'injustice lui fit sortir les griffes.

— C'est vous qui m'avez dit d'oublier Voss, qu'il n'y avait aucun espoir.

— C'est vrai, mais de là à... (Il laissa sa phrase en suspens. Elle plana dans l'air avec les volutes de fumée, chargée de reproches, puis Rose chassa le tout d'un mouvement de main.) Bref, vous voulez maintenant épouser le major Luís da Cunha Ameida ?

— Il m'a fait sa déclaration. Je voulais savoir si c'était possible. Cela n'affectera pas mon travail... le travail que vous m'avez confié en attendant de... enfin, jusqu'à nouvel ordre.

— Il y a un petit problème d'identité. Si vous voulez vous marier, rien ne vous en empêche, mais vous devrez le faire sous votre nom d'emprunt et vous ne pourrez inviter à la cérémonie aucun membre de votre famille. Au Portugal, vous êtes Anne Ashworth et vous devrez le rester.

— Mon nom changera de toute façon.

— Certes.

— Vous devez savoir que j'ai grillé ma couverture.

— Comment ?
— Encore ma propension à l'émotivité...
— Dites-moi simplement comment.
— J'ai dit à Dona Mafalda et à la comtesse que mon père était mort.
— Je doute que cela pose problème. Nous expliquerons que vous étiez émotionnellement perturbée, que votre père était mort récemment dans un bombardement et que vous avez eu du mal à l'accepter. Sur les formulaires, vous continuez à écrire qu'il est vivant, mais en réalité il est bel et bien mort. Nous établirons un certificat de décès. Point final.

Et ce fut effectivement la fin de l'affaire. La fin d'Andrea Aspinall, aussi. Anne se leva, serra la main de Rose et se dirigea vers la porte.

— Nous avons des nouvelles de Voss, au fait. De mauvaises nouvelles. Selon nos sources, il a été fusillé à la prison de Plötzensee, vendredi dernier à l'aube, avec sept autres suspects.

Anne quitta le bureau sans se retourner. Le couloir oscillait comme une coursive de bateau dans la tempête. Elle se concentra sur chaque marche à descendre pour rejoindre la rue, aucun de ses pas n'était acquis d'avance, chacun exigeait un effort. Elle inhala une grande goulée d'air frais au sortir du bâtiment, espérant que cela repousserait la chose qui obstruait sa poitrine, cette arête de poisson, cet éclat d'obus, cette aiguille de glace aiguisée... N'y tenant plus, elle grimaça de douleur, pliée en deux, et s'enfuit en courant vers Estrela. Cela faisait mal comme une crise cardiaque... Lorsqu'elle atteignit les jardins, elle n'avait plus qu'une idée en tête : pénétrer dans la basilique et trouver un coin sombre où se réfugier.

À l'intérieur de l'édifice, elle se signa et tomba à genoux, le visage enfoui dans ses bras, les mots « plus jamais » tournant en boucle dans sa tête. Elle ne reverrait *plus jamais* Voss, *plus jamais,* elle ne serait celle qu'elle avait été. La douleur monta de sa poitrine vers sa gorge. Elle se mit à pleurer, mais c'étaient des pleurs d'un type nouveau... jamais elle n'avait versé ces larmes. Ce n'étaient pas des sanglots de petite fille, car ce chagrin-là, rien ne pouvait l'exprimer. Aucun son humain ne pouvait l'incarner. Sa bouche restait ouverte, béante, ses yeux étaient fermés, les paupières contractées. Il lui aurait fallu pousser un hurlement inhumain pour évacuer cette douleur, mais rien ne sortait, c'était au-delà de ses capacités. Les larmes roulaient sur ses joues, des rus acides qui brûlaient le coin de ses lèvres. Morve et salive s'échappaient d'elle, pendaient de sa bouche, son menton. Elle pleurait pour tous, pas seulement pour elle – pour Karl Voss, pour son père mort, sa mère au loin, pour Patrick Wilshere, Judy Laverne, Dona Mafalda... Elle était certaine de pleurer ainsi jusqu'à la fin de ses jours, lorsqu'une sœur vint poser la main sur son épaule. Ce contact lui fit l'effet d'une décharge électrique. Immédiatement elle fut debout. Elle ne se sentait pas la force d'affronter les religieuses, ni l'antre noire du confessionnal.

— *Não falo português,* articula-t-elle, en s'essuyant le visage avec un mouchoir trempé.

Elle s'enfuit de la nef et s'échappa par une porte latérale. Dehors, le soleil brillait et la brise du large soufflait toujours. L'air frais s'engouffra dans sa poitrine comme à travers des planches à claire-voie.

Deuxième partie

Le grand œuvre du froid

27.

16 août 1968, maison de Luís et Anne Almeida, Estoril, environs de Lisbonne

La veille de prendre l'avion pour Londres, Anne fit encore le même cauchemar. Presque toutes les nuits, depuis son retour du Mozambique à feu et à sang, elle faisait ce rêve où elle se voyait courir – parfois en plein jour, mais le plus souvent au crépuscule. Cette fois, c'était dans les ténèbres et dans un tunnel, un tunnel rudimentaire comme le boyau d'une ancienne mine. Elle tenait une lampe électrique qui faisait luire dans l'ombre les parois noires et le sol inégal, où se profilaient les sillons des anciennes voies des wagonnets. Quelque chose la faisait fuir et elle regardait de temps en temps derrière elle, mais l'obscurité dans son dos formait un mur compact. Elle avait également la sensation de se précipiter vers une autre chose. Elle ignorait ce dont il s'agissait et ne voyait rien au-delà du faisceau de sa torche.

Elle courait à toutes jambes. Son cœur tambourinait dans sa poitrine, ses poumons étaient en feu. La lampe électrique commençait à donner des signes de faiblesse. Le faisceau clignotait, virait au jaune. Elle secouait la torche, mais l'intensité continuait de faiblir.

Elle se retrouvait en train de fixer des yeux le filament jaunâtre de l'ampoule, son souffle soulevant des nuages blancs. Puis les ténèbres totales l'engloutissaient. Aucune source de lumière alentour. La peur montait dans sa gorge, elle voulait crier, mais aucun son ne sortait. Elle s'éveilla dans les bras de Luís qui tentait de la réconforter, en pleurs, comme c'était le cas depuis plus de vingt ans.

— Tout va bien, ce n'est qu'un cauchemar, chuchota-t-il, de sa voix rassurante. Ta mère va bien. Tu vas bien. Nous allons tous bien.

Anne hocha la tête contre la poitrine de son mari, incapable d'articuler un mot, sachant que le mal était plus profond que cela. Le point de non-retour était encore une fois franchi. Cette rivière souterraine qui emportait la vie de ses victimes dans son onde silencieuse pour la précipiter de plus en plus vite, de plus en plus fort, contre les rochers, dans les tourbillons bouillonnants, les chutes et les cataractes, venait de refermer à nouveau ses serres sur elle. Un courant puissant, d'une lenteur trompeuse et qui gagnait déjà de la vitesse sur la surface, l'arrachait à son passé tranquille.

Elle ne se rendormit pas et resta allongée sur le côté, regardant le grand dos de son mari, atténuant les bruits de ses ronflements par des pensées restées enfouies en elle depuis deux décennies. La maladie de sa mère avait sauvé *in extremis* son couple de la séparation après qu'elle eut refusé d'accompagner Luís dans une autre guerre africaine... Mais le mal était fait et maintenant sonnait l'heure du bilan. Elle songeait à sa vie passée, à la lumière nouvelle d'un avenir troublé. Un avenir qui la renvoyait à Londres tandis que son mari et son fils, respectivement colonel et lieutenant, partaient combattre ensemble dans le même régiment, pour mater la révolte des indépendantistes en Guinée, en Afrique occidentale.

Ce deuxième nouveau départ qu'elle avait pris, vingt-quatre ans plus tôt, lui revint en mémoire, comme la biographie d'une autre personne, objectivement riche d'événements mais également morne et sans saveur. Elle se revit le jour des noces, par une matinée caniculaire à Estremoz. Elle avait pu paraître heureuse car elle était touchée par la flamme de Luís qui désirait l'épouser à tout prix. Il avait organisé la cérémonie en toute hâte, ne lui laissant pas le temps de réfléchir aux complications qui la hantaient. Ainsi, lorsque le bébé naquit trois semaines plus tard que prévu, il n'y eut aucune incompatibilité de date entre leur nuit de noces et la naissance de *leur* fils, le 6 mai 1945.

Le mensonge était impardonnable. L'éperon de la culpabilité ne quittait plus Anne depuis le jour où elle avait annoncé à Luís qu'elle était enceinte. Le bonheur qu'il avait éprouvé, la tendresse dont il l'avait entourée avaient pincé le cordon qui reliait le double secret d'Anne, le réveillant, l'affolant, si bien que plus le cœur de Luís s'emplissait de joie, plus le sien s'emplissait d'aigreur. C'est alors qu'elle comprit la véritable nature de l'espion. Le travail qu'elle avait accompli pour Rose et Sutherland n'avait rien à voir avec l'espionnage. C'est ce qu'elle infligeait à Luís qui était de l'espionnage. Le laisser croire en elle – l'admirer, l'aimer – tandis qu'en secret elle le trompait à chaque instant de son existence. Voilà pourquoi la punition réservée de tout temps aux espions était toujours cruelle et brutale.

Il s'était passé tant de choses depuis leur mariage que, en se retournant sur le passé, en particulier la toute première année, elle ne parvenait pas à comprendre pourquoi tout lui semblait si morose. Toutes ces décisions prises – ces nuits solitaires passées à interroger les confins de son esprit – avaient décidé des décennies suivantes... Pourtant, ces années lui revenaient avec une telle clarté, un tel détachement... Elles étaient vides de toute excitation – de simples mesures blanches sur la partition de son existence.

Le long week-end des noces avait marqué le début d'un schisme dans son rapport au monde. Des images fugitives traversèrent son esprit... La famille de Luís, les Almeida, qui s'occupaient de leur domaine au fin fond de l'Alentejo selon des principes qui dataient du Moyen Âge. Le matin des noces, alors que Luís lui faisait faire le tour du propriétaire en voiture, ils avaient croisé des travailleurs de tout âge, y compris de tout jeunes enfants, habillés de la tête aux pieds pour se protéger du soleil, et qui cueillaient le maïs à main nue. Anne les avait revus, plus tard dans la journée, assis sous un chêne-liège, mangeant la maigre pitance fournie par le maître et grimaçant de dégoût à chaque bouchée. Elle avait reconnu parmi eux certains des chanteurs qui avaient diverti l'assistance la veille au soir – des chansons lentes, mélancoliques, qui avaient ému aux larmes tous les Almeida, y compris les hommes.

Anne avait voulu sensibiliser Luís aux conditions de vie de ces employés, mais il avait fait la sourde oreille. Il en serait toujours ainsi. Elle était sur le point d'importuner sa belle-sœur, espérant recevoir un accueil plus compréhensif, lorsque celle-ci, qui lui faisait visiter les cuisines, expliqua avec une sorte d'amusement dans la voix qu'ils mettaient des brins de genêt dans la saumure des olives pour les rendre amères afin que les ouvriers agricoles n'en mangent pas trop. Lorsque

Anne reprit le train de Lisbonne pour retourner à son travail – un crime de lèse-majesté pour les Almeida, qui considéraient que la place de l'épouse était dans la maison du maître ! – de nouvelles idées germèrent dans son esprit sur la façon de rendre le monde plus juste, plus équitable, des idées qui l'empêcheraient de trop penser à sa propre condition.

Anne roula sur le dos, s'éloignant de Luís et de ses grognements d'ours. Elle était allongée dans ce même lit vingt-quatre ans plus tôt, son bébé, dans son ventre, grandissant de conserve avec son sentiment de trahison à l'égard de tous les préceptes catholiques qu'on lui avait inculqués. Elle savait alors qu'il y aurait tôt ou tard un prix à payer. Des dommages et intérêts pour le mal causé lui seraient réclamés et elle espérait, aujourd'hui encore, que Dieu, dans sa miséricorde infinie, la punirait elle seule.

Ses paupières devinrent lourdes comme du plomb, malgré sa terreur de se retrouver dans ce tunnel de cauchemar, et finalement elle s'endormit. Ce fut Luís, pendant sa toilette du matin, qui la réveilla.

Si sa mère n'avait pas été sérieusement malade, Anne aurait rebroussé chemin à l'aéroport et aurait accompagné son mari et son fils en Guinée. Elle eut une crise d'angoisse dans le hall des départs. Luís dut la faire lâcher de force Julião, qu'elle serrait dans ses bras. Elle pleura dans les toilettes jusqu'aux derniers appels d'embarquement. Pendant le vol, elle ne mangea rien, mais but des gin-tonic et fuma cigarette sur cigarette au fond de l'appareil. Elle ne parvenait pas à penser à la suite des événements. Comme la veille, tout ce qu'elle voulait, c'était se laisser porter par les vagues du temps. Cette fois, son fils Julião occupait le centre de ses pensées. Comment elle l'avait abandonné, et comment à son tour il l'abandonnait.

Elle avait appris quelque chose sur la génétique le jour de sa naissance. En observant son visage, tout froncé sous la lumière crue de la salle d'accouchement, elle avait su immédiatement que ce bébé ne ressemblait ni à elle ni à Karl Voss. Elle n'avait pas été étonnée de voir Luís, l'heureux papa, soulever le bébé à bout de bras et déclarer :

— C'est moi tout craché !

À cet instant, la photo de la famille de Voss lui était revenue à l'esprit – le père et le frère aîné, Julius, qui avait péri à Stalingrad. C'était Julius que Luís tenait dans ses bras.

— Je crois que nous devrions l'appeler Julião, avait-elle dit.

Et Luís avait applaudi à l'idée qu'elle ait choisi le prénom du grand-père paternel.

Cela avait été si poignant lorsqu'ils avaient quitté la maternité quarante-huit heures plus tard, le jour de l'armistice. Ils avaient quitté la colline de l'hôpital São José vers les Restauradores et avaient trouvé les rues pleines de gens qui brandissaient l'Union Jack, le Stars and Stripes, le bras levé, les doigts écartés en signe de victoire, ou qui agitaient de grands V de bois. Anne avait remarqué des drapeaux vierges et demandé à Luís des éclaircissements.

— Berk ! avait-il lâché, dégoûté, en s'éloignant de la foule. Des communistes ! Le marteau et la faucille sont interdits par l'« État nouveau », alors ils agitent ces guenilles... Ça me rend malade de voir ça, je...

Il n'avait pu continuer. Anne n'avait pas compris les raisons de cette colère. Ils avaient abandonné le sujet, et le fossé avait commencé à se creuser entre eux.

Le premier jour noir arriva vingt mois plus tard lorsque, après avoir tenté – en vain – durant chaque sieste, chaque nuit, d'avoir un autre enfant et consulté trois gynécologues différents, Luís se rendit chez un médecin, un médecin civil (pas question de voir un praticien de l'armée pour ce genre d'affaire !). Il emmena Julião avec lui afin de se donner courage et pour montrer, supposait Anne, qu'il avait déjà réussi une fois.

Luís revint à la maison abasourdi et déprimé. Le médecin lui avait fourni une explication qu'il n'était pas préparé à entendre. Après avoir essuyé la première salve d'un Luís outragé, le docteur l'avait prié de venir regarder lui-même au microscope. Cela arrivait parfois, lui expliqua le médecin : un homme, en particulier dans une profession active, et cavalier de surcroît, pouvait devenir stérile.

Luís resta sur le perron en plein froid de janvier, fixant des yeux la lente palpitation de l'Atlantique. Il était immobile, inconsolable. Rien ne pouvait le faire bouger de son siège. Anne, le voyant ainsi, tête baissée, sut qu'elle ne pourrait jamais lui révéler la vérité. Après quelques heures, elle essaya de le cajoler pour lui remonter le moral, mais il resta de marbre. Il repoussa même sa main qui caressait son épaule. Elle envoya alors Julião pour le convaincre de rentrer à la maison. Luís prit l'enfant, le posa sur ses genoux et le tint serré contre lui. Quand, une heure plus tard, tous deux revinrent enfin dans la maison, Anne sut que quelque chose était résolu. Luís présenta des excuses polies à Anne et regarda son fils avec une telle intensité que la jeune femme comprit – et ce fut presque un soulagement – que Julião serait désormais le centre de la vie de son mari.

Lorsque l'avion amorça sa descente sur Londres,

l'adrénaline commença à monter dans l'organisme d'Anne. Elle atterrit à Heathrow juste après midi. Le taxi la conduisit dans Londres, avec ses immeubles de bureaux, ses alignements de maisons sans fin, sa circulation chaotique... L'Angleterre lui était devenue un pays étranger, un pays qu'elle avait quitté, et qui avait grandi sans elle. Elle s'aperçut alors à quel point l'*Estado novo* de Salazar était devenu obsolète. Un seul coup d'œil dans une rue de Londres, un après-midi d'été près d'Earl's Court – avec ces garçons aux longs cheveux, portant des pantalons de velours rouge et des gilets comme ceux des paysans, mais teintés de couleur vives et décolorés par endroits –, suffisait à montrer tout ce à côté de quoi passait le Portugal. Là-bas, ces jeunes gens n'auraient pas fait dix pas dans la rue sans être arrêtés par la P.I.D.E.

Le chauffeur de taxi exigea un supplément pour les deux semaines de bagages qu'elle emportait chez sa mère, à Clapham.

— C'est au compteur, ma belle. Je l'invente pas.

Elle paya et attendit que la voiture s'éloigne, rassemblant ses forces pour la rencontre. La dernière entrevue entre la mère et la fille datait de Pâques 1947. Luís parti en manœuvre, Anne était allée passer une semaine à Londres. Le séjour avait tourné à l'aigre. Londres était une ville blessée – grise, jonchée de décombres, rationnée, où les passants erraient dans les rues comme des ombres endeuillées. Sa mère n'avait guère montré d'intérêt pour Julião et n'avait rien changé à son emploi du temps, si bien qu'Anne avait passé la majeure partie de son temps seule avec son fils dans une maison vide. Elle était rentrée à Lisbonne furieuse. Depuis lors, les coups de fil s'étaient espacés, les lettres étaient devenues purement formelles et, pour la Noël ou les anniversaires, la poste acheminait des cadeaux qui ne faisaient plaisir ni à l'une ni à l'autre.

Le seul changement dans le quartier de son enfance était un nouvel immeuble à l'endroit où la maison de son professeur de piano avait été soufflée par une bombe, au coin de Lydon Road et d'Orlando Road. Anne monta l'allée qui menait au perron de la maison maternelle et eut un moment de panique en apercevant la porte immuable aux carreaux rouges. Elle sonna. Des pas résonnèrent dans l'escalier. Un prêtre ouvrit la porte, vit le visage de la visiteuse pâlir.

— Non, non ! Ne vous inquiétez pas, s'empressa-t-il de préciser. Je suis juste passé dire bonjour. Vous devez être sa fille. Audrey disait que vous arriviez aujourd'hui. De Lisbonne. Vous avez de la chance, nous avons beau temps... Entrez donc, entrez.

Il saisit sa valise. Ils restèrent dans l'entrée, ne sachant trop comment se comporter. Anne contempla le mobilier familier derrière l'épaule du prêtre, comme on est heureux de voir des visages connus dans un cocktail.

— Elle a passé une bonne journée, annonça le prêtre pour attirer de nouveau son attention.

— Elle ne m'a toujours pas dit ce qu'elle avait. Je lui ai posé la question, hier soir, au téléphone, mais elle est restée très évasive.

— Il y a de bons jours et des moins bons, répondit le prêtre qui, malgré sa calvitie, paraissait du même âge que la visiteuse.

— Vous savez ce qu'elle a, mon père ?

— Il vaut mieux que ce soit elle qui vous l'apprenne.

— Elle m'a dit que c'était sérieux.

— Ça l'est, et elle le sait. Elle sait même combien de temps...

— Combien de temps ? bredouilla Anne, sous le choc, ne s'attendant pas à ce degré de gravité. Vous voulez dire que...

— Oui. Elle a toujours minimisé, prétendu que c'était sérieux, sans plus, mais c'est une question de semaines. Pas de mois, de semaines, c'est ce que prédisent les docteurs.

— Elle ne devrait pas être à l'hôpital ?

— Elle refuse. Elle ne supporte pas l'odeur de la nourriture. Elle dit qu'elle est mieux chez elle... avec vous.

— Avec moi ? répéta Anne pour elle-même. Pardonnez-moi, mon père, mais vous me semblez bien enjoué, étant donné...

— Oui, je sais. Je suis toujours comme ça avec Audrey. Votre mère est une femme extraordinaire, vous savez.

— Je suis surprise de vous trouver ici. Maman n'a jamais été très...

— Oh oui ! je le sais. Il y a eu quelques trous dans son parcours de chrétienne.

— Elle a toujours cru en Dieu, a toujours été une bonne catholique... c'est ainsi qu'elle m'a élevée. Mais de là à aller à l'église... Les prêtres, les confessions, la communion, ce n'est pas son genre, mon père. Mon père comment, au fait ? Vous ne me l'avez pas dit.

— Père Harpur. Harpur avec un u[1], précisa-t-il. Je vais vous laisser. J'ai mis du tonic au frigidaire.

— Du tonic ?

— Elle aime boire un gin-tonic vers six heures.

— Où est-elle ? Dans sa chambre ? interrogea Anne, brûlant de retenir le prêtre pour l'aider à surmonter cette... épreuve.

1. Sans doute pour insister sur ses origines indiennes. *(N.d.T.)*

— Non, non. Elle est dans le jardin, à profiter du soleil.

— Dans le jardin ? s'étonna la visiteuse en regardant l'escalier.

— Elle venait de me demander de porter quelque chose dans votre chambre, c'est pourquoi je me trouvais à l'étage quand vous avez sonné.

— Ce n'est pas cela qui me trouble. C'est le fait qu'elle soit dans le jardin, à prendre le soleil.

— C'est pourtant le cas.

— Vous avez entendu la confession de ma mère ?

— Oui, je l'ai entendue, répondit le prêtre, surpris par ce soudain changement de cap.

— Elle vous a dit quand elle s'est confessée pour la dernière fois ?

— Il y a trente-sept ans. Cela ne date pas d'hier.

— Et ce doit aussi être la dernière fois qu'elle a pris le soleil dans le jardin !

— À mon avis, c'est plutôt sous le soleil des Indes que cette confession a dû avoir lieu.

— Oui, vous avez raison.

— Vous devriez aller la voir. Je dois retourner à l'église.

Ils se serrèrent la main et le prêtre, Fantômas noir et silencieux, sauveur d'âmes, quitta la maison. Anne monta ses affaires dans sa chambre, qui avait été repeinte et décorée de nouveaux rideaux. Des fleurs étaient posées sur la coiffeuse. Tous ses anciens livres étaient alignés sur leurs étagères, son vieux nounours déplumé trônait sur le lit comme un chien chéri mais sentant mauvais. Une odeur de cigarette montait du jardin. Anne se revit vingt-quatre ans plus jeune, assise devant le miroir, feignant d'allumer une cigarette à la flamme d'un briquet que lui tendait un soupirant imaginaire. Elle s'approcha de la glace pour examiner les dégâts d'un quart de siècle, mais il y avait peu de stigmates en surface. Elle pouvait toujours porter les cheveux longs si elle le voulait ; ils étaient épais et bruns, avec seulement cette curieuse mèche blanche qu'elle arrachait régulièrement. Son front était lisse, malgré les ridules au coin des yeux, la peau de son visage était toujours aussi ferme, les joues ne présentaient aucun affaissement. Elle était « bien conservée », comme on dit. Cadeau de la génétique familiale !

Au rez-de-chaussée, Anne poussa la porte de la chambre de sa mère. Une forte odeur de lys planait dans l'air, masquant une autre odeur – non pas celle de la mort, mais celle de la dégénérescence de la chair. Elle recula dans le couloir, traversa l'entrée dallée de carreaux blancs et noirs, puis la cuisine, et sortit dans le jardin. Sa mère était assise au soleil, la tête renversée protégée d'un chapeau de paille orné d'un ruban rouge, le visage tourné vers le soleil, tandis que les grands arbres, en pleine feuillaison, ombrageaient l'arrière de la maison. Une volute de fumée montait de sa main sur l'accoudoir. Un tabouret avec un cendrier et une chaise vide étaient disposés à ses côtés.

— Bonjour maman ! lança Anne, ne trouvant rien de plus enjoué à dire.

Sa mère ouvrit les yeux sous la surprise – la surprise et, Anne le vit, la joie.

— Andrea ! bredouilla-t-elle, comme si elle prononçait ce prénom au sortir d'un rêve.

Anne l'embrassa. Il y eut un moment de gêne au moment où elle se tourna vers l'autre joue.

— Ah oui, c'est vrai qu'ils en font deux, au Portugal !

Des doigts osseux se posèrent sur ses épaules, tâtèrent les clavicules, comme s'ils cherchaient quelque chose.

— Assieds-toi, assieds-toi ! Et prends du thé. Il est un peu trop infusé, mais sers-toi quand même. Le père Harpur t'a laissé un scone ? Il est fou des scones !

Audrey Aspinall était maigre. Son corps avait perdu sa consistance, sa vigueur. Cette fois, les grincements ne provenaient plus de l'armature de son soutien-gorge ou de son corset, mais des articulations mal huilées. Elle portait une robe à fleurs, et ses jambes étaient protégées par une couverture légère, beige et bleu ciel. Son visage pâle avait perdu sa fermeté. La peau était flasque et molle, tiédie par le soleil. Ses traits étaient toujours aussi fins, mais comme effacés. Elle avait perdu cet air sévère. Pour une mourante, elle avait bonne mine, à moins que ce rayonnement ne vînt de l'intérieur.

— Tu as rencontré le père Harpur ?

— Oui, c'est lui qui m'a ouvert. Ça m'a causé un choc, je dois le reconnaître.

— Ah oui ?

— Mais il était très aimable, et joyeux.

— Oui, on s'amuse bien, James et moi. On rigole beaucoup.

Le mot « rigole » se tortilla comme un ver dans sa bouche. Anne remua, mal à l'aise, sur sa chaise.

— Il m'a dit qu'il a été ton confesseur.

— Oui, c'est vrai. Et cela n'a pas été une partie de plaisir, je dois le reconnaître. C'est un poète aussi, il te l'a dit ?

— Nous n'avons échangé que quelques mots dans l'entrée.

— Un bon poète. Il a écrit un très beau poème sur son père. Sur la mort de son père.

— J'ignorais que tu aimais la poésie.

— Je n'aime toujours pas ça. Enfin, je n'aime pas

l'emphase. « Les gens errant comme des nuages solitaires... » Ce genre de trucs, très peu pour moi !

Il y eut un long silence. Les arbres bruissèrent sous la brise. Anne sentait qu'on la préparait à quelque chose, qu'on l'amadouait pour amoindrir le choc.

— La poésie est différente aujourd'hui, reprit sa mère. Comme la musique, les vêtements, la révolution sexuelle. Tout change. Tu t'en es sans doute rendu compte en sortant de l'aéroport. On a même gagné la coupe du monde... l'année dernière, ou celle d'avant... Bref, une première. Comment vont Luís et Julião ?

Le silence s'appesantit, tandis qu'Audrey Aspinall terminait sa cigarette, les yeux clos, le renflement des pupilles s'agitant sous la fine membrane des paupières.

— Parle-moi de Luís et de mon petit-fils, insista-t-elle doucement.

— Luís et moi avons eu une grosse dispute.

— À propos de quoi ?

— À propos des guerres en Afrique ! répondit Anne, regrettant aussitôt son ton glacial, mais les sujets politiques lui produisaient toujours cet effet.

— Au moins, ce n'est pas à cause d'œufs trop cuits...

— Il sait que ces guerres ne sont pas... enfin si cela a un sens... de « bonnes » guerres. Elles sont injustes.

— C'est un officier, il n'a pas le choix.

— Il aurait dû laisser Julião hors de tout ça... Et maintenant, ils sont tous les deux en Guinée... du moins, ils y seront dans quelques jours.

— C'est ce qui arrive quand les hommes rejoignent l'armée. Le combat est censé être le but de leur vie... jusqu'à ce qu'ils soient dedans jusqu'au cou et qu'ils en découvrent l'horreur.

— Luís a connu l'horreur. La première fois en 61, en Angola. Il a vu des choses terribles... dans le nord du pays. Mais il s'est endurci, s'est habitué. Va savoir, c'est peut-être lui qui a perpétré ces atrocités dont on parle au Mozambique ? Luís sait exactement de quoi il retourne. Il sait absolument ce que c'est. Mais il est colonel... C'est mon Julião qui sera en première ligne. Julião va se retrouver à la tête des unités qui patrouillent la savane. Les guérilleros vont... excuse-moi, je me tais. Je ne veux pas t'ennuyer, mais c'est plus fort que moi.

Sa mère lui prit la main. Anne crut qu'elle voulait du thé, mais elle sentit les doigts crochus attirer sa main sur sa cuisse, puis la paume parcheminée caresser sa peau.

— Tu ne peux rien y faire. Il faut t'armer de patience.

— Bref, c'était la raison de notre dispute. J'étais censée partir avec eux, mais je ne voulais pas. Ton appel m'a sauvée.

Quelques gouttes tombèrent sur le dos de sa main. Croyant qu'il se mettait à pleuvoir, Anne releva la tête et les arbres lui apparurent brouillés par les larmes. Elle pleurait sans s'en être rendu compte, sans comprendre pourquoi. Prémices d'un dénouement douloureux ?

Le soleil disparut derrière les arbres. Les deux femmes rentrèrent dans la maison. Anne jeta des glaçons dans deux verres et prépara les gin-tonic, avec une rondelle de citron. Elle songeait à la nouvelle écoute de cet être qu'elle avait connu distant toute sa vie, à la porte de ce cœur qui s'ouvrait tout grand.

— Je ne veux pas que tu dépenses ton argent ici ! lança sa mère depuis le salon. Je sais comment est la vie au Portugal, et j'ai plein d'argent. Tout sera à toi dans quelques semaines, alors autant te servir dès aujourd'hui.

— Le père Harpur n'a pas voulu me dire ce que tu as. Il préférait que ce soit toi qui le fasses, annonça Anne en tendant à sa mère son gin-tonic, la voix chevrotante d'émotion malgré son ton léger.

Audrey Aspinall prit le verre et haussa les épaules, comme si tout cela n'avait guère d'importance.

— Ça a commencé par une douleur à l'estomac, qui ne cessait pas. Pas un moment de répit. Rien ne pouvait me soulager – thé à la camomille, lait de magnésium, rien ne faisait effet. Je suis allée voir un médecin. On m'a auscultée sous toutes les coutures et on m'a dit qu'il n'y avait pas de quoi s'inquiéter. Un ulcère, peut-être. La douleur a empiré. Des types en blouse blanche ont sorti leur machine et ont jeté un coup d'œil à l'intérieur. Je n'avais rien à l'estomac, mais j'avais un gros machin dans l'utérus.

Elle but une gorgée et fronça les sourcils. Anne sentit son estomac se contracter à l'idée d'un corps étranger et malin grandissant dans les entrailles.

— Tu veux bien ajouter une goutte de gin ? demanda sa mère. Ils veulent toujours te dire sa taille – la taille de la tumeur –, comme si on pouvait en tirer quelque fierté, à la manière de ces jardiniers avec leurs tomates bouffies comme des têtes de boxeur. D'ailleurs, les plus petites tumeurs sont toujours comparées à des fruits. Ils t'expliquent qu'elles sont de la taille d'une orange. J'imagine que c'est pour te donner l'illusion que l'on peut les cueillir facilement. Dès que la taille dépasse le pamplemousse, ils abandonnent l'échelle végétale et passent à celle des ballons. Ils m'ont dit que la mienne était grosse comme un ballon de rugby – un sport dont je n'ai jamais même regardé un match !

Elles rirent toutes les deux, libérant l'angoisse, le gin s'insinuant dans leurs veines.

— Bref, ils l'ont enlevée. Je leur ai recommandé d'envoyer cette saleté à Twickenham ! Ça ne les a pas fait rire. Sérieux comme des croque-morts, ces toubibs. Ils m'ont expliqué qu'ils avaient tout enlevé – le sac, les capillaires, tout –, mais que cela ne suffirait pas. Je leur ai répondu que je n'avais rien d'autre à quoi m'accrocher, et ils m'ont répliqué que c'était trop tard. Les métastases s'étaient déjà répandues. Ça a été une sale journée. Attention, je n'ai jamais imaginé que j'allais vivre jusqu'à la saint-glinglin, pas avec les antécédents des Aspinall. Chez nous, la mort a toujours été la chef de famille.

Anne prépara un ragoût de mouton, avec de l'ail et des pommes de terre, mijoté dans du vin blanc.

— Je n'en peux plus ! s'exclama sa mère, toujours dans le salon. Ça sent trop bon ! Et je veux un autre verre !

— C'est comme ça qu'on prépare le mouton au Portugal, répondit Anne, réapparaissant à la porte.

— Magnifique ! Nous boirons aussi du vin et non pas cette piquette que je donne au père Harpur. Non. À la cave, il y a du château-batailley grand cru de 1948. Ce sera parfait pour célébrer le retour de ma fille !

— J'ignorais que tu étais amateur de vin.

— Je ne le suis pas. Du moins pas assez pour en acheter. Ce sont les réserves de Rawly. Tu te souviens de Rawlinson à la jambe de bois ? Il m'a légué son vin dans ses dernières volontés.

— Tu le voyais toujours ?

— Grands dieux, non !

— Mais tu le voyais en 44, n'est-ce pas ?

— Il n'y a pas quelque chose qui brûle sur le feu ?

— Non, maman, rien ne brûle. C'est bien pour cela que tu m'as envoyée à Lisbonne ? Pour être tranquille avec lui.

— Je suis sûre que quelque chose brûle...

— Inutile de nier, maman. Je vous ai vus tous les deux à St. James's Park, après mon entretien avec Rawlinson.

— Tu le savais ? bredouilla la vieille femme. Je pensais bien qu'il s'était passé quelque chose ce jour-là.

— Je t'ai suivie quand tu es sortie de ton bureau de Charity House.

— Ah oui, je travaillais pour la section V à cette époque. C'est là que se trouvaient nos locaux. Rawlinson travaillait au recrutement. Je t'ai recrutée pour...

— Tu m'as recrutée ?

— Oui, avec l'aide de Rawly, et j'ai veillé à ce que l'on t'envoie dans un endroit tranquille. Je pensais que tu serais à l'abri à Lisbonne.

— C'était juste pour ma sécurité ?

— Oui, répondit Audrey Aspinall d'un air penaud.

— Avoue que tu voulais aussi ne plus m'avoir dans les pattes !

La malade remua sur sa chaise, mal à l'aise.

— Ce n'est pas le genre de chose qu'une jeune fille doit savoir sur sa mère... La situation était embarrassante.

— Aujourd'hui, il y a prescription.

— Grands dieux, oui ! Plus rien ne m'embarrasse à présent. Pas même le fait de mourir.

La mère et la fille passèrent à table. Mrs. Aspinall but du vin, mais mangea à peine. Elle s'excusa de ne pas avoir d'appétit. Après le repas, elle tombait de fatigue. Anne l'emmena au lit, l'aida à se déshabiller. Elle vit son corps pâle et malingre, ses petits seins comme des sacs vides, son ventre encore bandé.

— Il faudra changer le pansement demain, expliqua la malade. Si cela ne te dérange pas.

— Cela ne me dérange pas, répondit Anne, en l'aidant à enfiler sa chemise de nuit.

Sa mère se lava, se brossa les dents, se glissa sous les draps et lui demanda un baiser pour lui souhaiter bonne nuit. Les rôles étaient inversés. Les yeux d'Audrey étaient embués de sommeil et d'alcool.

— Je suis désolée d'avoir été une mère aussi inutile, murmura-t-elle d'une voix chevrotante.

Anne se dirigea vers la porte, éteignit la lumière et les pensées qui l'avaient assaillie dans l'avion refirent surface – elle aussi était une mère indigne. Elle aimait Julião plus que tout, mais l'avait toujours gardé à distance.

— Je t'expliquerai tout, articula sa mère dans l'obscurité. Je t'expliquerai tout, demain.

28.

17 août 1968, Orlando Road, Clapham, Londres

Anne était assise sur le rebord de sa fenêtre, la brise s'infiltrait sous le coton de sa chemise de nuit, faisait faseyer les feuilles des arbres, apportant avec elle la rumeur sourde de la ville. Une demi-lune éclairait l'herbe bleue, des mesures de musique résonnaient dans l'air, provenant d'un tourne-disque quelques maisons plus loin. Si elle avait pu oublier les éperons d'anxiété concernant Julião qui traversaient son ventre, elle aurait pu se prétendre heureuse. Elle était de retour à la maison. Après toute l'aigreur accumulée entre elle et Luís, Anne se retrouvait auprès de quelqu'un qui lui paraissait soudain de confiance... tout cela grâce à quelques mots échangés, quelques mots qui avaient suffi à lever quarante-quatre ans d'incompréhension. Sa mère n'était plus la personne qu'Anne avait connue. Tout en elle avait changé, comme si cela avait été de tout temps son état naturel. Était-ce l'approche de la mort qui produisait cet effet ? La libérait de ses craintes, maintenant qu'elle n'avait plus rien à perdre ? Anne frissonna. Rawly avait été la partie émergée de l'iceberg qui avait percé la surface à un moment donné. Mais il y avait autre chose. « Je t'expliquerai tout, demain. » C'était là le problème lorsque l'on changeait de personnalité, ou que l'on souhaitait revenir à l'original : le monde autour changeait avec soi. Une légère nausée se tortilla dans son estomac, un spasme secoua ses intestins. La peur de la vérité.

Elle aurait voulu ne pas penser au passé, mais comment s'en empêcher, en ces circonstances ? Elle tenta de se limiter aux souvenirs agréables : elle avait continué à travailler, même après la guerre, au grand dam des Almeida ; Cardew avait quitté la Shell à la fin 1945 pour rentrer à Londres et entamer une nouvelle carrière... Ce départ avait contraint Anne à reprendre ses études de mathématiques afin de décrocher un poste à l'université de Lisbonne, le Portugal ne reconnaissant pas son diplôme anglais. Cependant, derrière ces faits anodins se cachaient d'autres vérités, douloureuses, irréfutables. Luís avait vampirisé Julião, avait fait de lui son fils exclusif, et non plus celui d'Anne. Elle s'était laissé faire, sans savoir pourquoi à l'époque.

Elle s'était plongée dans les mathématiques et les causes politiques. Le traitement indigne que subissaient les *ganhões*, les journaliers employés au domaine des Almeida, n'était guère différent de celui subi en ville par les ouvriers dans les usines et les entreprises de B.T.P. Sous le régime fasciste de Salazar, les conditions de vie étaient terribles. La moindre tentative pour organiser des syndicats était aussitôt rapportée par les *bufos* et les fauteurs de troubles arrêtés par la police politique, qui ne s'appelait plus la P.I.D.E., mais dont les méthodes restaient tout aussi brutales. Ces injustices endurcirent le cœur d'Anne, et pas seulement à l'égard des oppresseurs. Au fil de ses absences prolongées, Luís perdit son statut de mari pour se transformer en une figure lointaine, mais il restait le père incontesté de son enfant – un constat dont l'ironie secrète continuait d'être douloureuse.

Pour chasser ces souvenirs, Anne alluma une cigarette et se mit à faire les cent pas dans la pièce. Elle songea à son premier jour à l'université, à l'automne 1950. À la rencontre avec son directeur d'études et mentor, João Ribeiro. Cet homme sec et raide comme un tuyau, d'une pâleur cadavérique, ne mangeait rien, buvait des litres de café sous la forme de *bicas* corsés et fumait ses trois paquets par jour de Três Vintes. Ses dents, dont seules deux arboraient encore une blancheur jaunâtre – les autres n'étant plus que des chicots noirs et pourris –, le faisaient continuellement souffrir. Dès leur première rencontre, lors de l'entretien d'embauche, il avait deviné qu'il avait affaire à une étudiante brillante, et ils devinrent rapidement amis. Quand, quelques mois plus tard, ils virent la P.I.D.E. arrêter un groupe d'étudiants et leur professeur, Anne et Ribeiro échangèrent un regard et se risquèrent à quelques commentaires. João Ribeiro se sentait libre de parler devant cette étrangère, mais il prenait un risque, son mari étant officier de l'armée. Après cet épisode, leurs sujets de prédilection furent les mathématiques et les discussions politiques. Au bout de quelques semaines, Ribeiro fut autorisé à présenter Anne à des hauts responsables du parti communiste portugais.

Le parti était intrigué par le *curriculum vitæ* de cette Anglaise, bien qu'il n'y figurât pas les détails de ses activités durant la guerre. Cependant, parce qu'il y avait eu à l'époque collaboration entre les communistes portugais et les services secrets britanniques, ils avaient une certaine idée du rôle qu'avait tenu la jeune femme et étaient très intéressés par sa formation d'agent de terrain. Les rangs des communistes avaient été décimés par les taupes de la P.I.D.E. ; l'un des principaux chefs du mouvement, Alvaro Cunhal, avait été arrêté. Les cadres du parti voulaient tirer profit de la formation d'Anne au S.I.S. pour améliorer leur sécurité.

L'habitude fut prise : après chaque séance de travail où Anne soumettait à son directeur d'études ses dernières recherches en mathématiques, le maître et l'élève œuvraient ensemble pour le parti. La jeune femme mit au point un système de protection grâce auquel les membres des cellules ignoraient l'identité de leur responsable et qui imposait à tout nouveau membre l'emploi d'un mot de passe individuel régulièrement changé. Avec Ribeiro, elle inventa un nouveau système de codage qui se révéla indéchiffrable, puisque lorsque, en avril 1951, la P.I.D.E. fit main basse sur des documents sensibles dans un centre de réunion, il n'en découla aucune nouvelle arrestation. Pendant le printemps, Anne organisa un système de couverture généralisée pour les membres du parti et dirigea des stages de formation afin de leur apprendre à endosser au mieux la peau d'un personnage.

Après l'arrestation d'Alvaro Cunhal, le comité central avait deviné qu'il y avait un traître en leur sein, au plus haut échelon. Anne et Ribeiro élaborèrent une série de leurres destinés à tester la discrétion de chaque membre du comité central, chacun recevant des informations spécifiques. Manuel Domingues, l'un des grands pontes du parti, se révéla le maillon faible. Jusqu'alors, Anne pouvait considérer son activité comme une sorte de jeu purement intellectuel, mais à partir de ce soir-là il en fut tout autrement. Domingues fut interrogé ; il se révéla être un agent de Salazar, doublé d'un provocateur. *A Voz*, le journal de Salazar, rapporta la découverte du corps le lendemain, 4 mai 1951, dans la forêt de Belas, au nord de Lisbonne. Il avait été tué d'une balle dans la tête – une exécution en règle, Anne fut bien obligée de le reconnaître.

En 1953, ils lancèrent le journal du parti, le rural *O Camponês*, dont les revendications trouvaient un écho dans le cœur d'Anne – entre autres, un salaire journalier minimum de cinquante escudos. Les travailleurs obtinrent gain de cause après une série de grèves et de batailles rangées entre paysans et policiers... mais il en coûta la vie à Catarina Eufémia : cette jeune femme de Beja, enceinte, et tuée par un lieutenant de la garde républicaine, devint une martyre et le symbole de la brutalité du régime. Sa photo fit la une du *O Camponês* dans tout le pays...

Anne cessa brusquement d'arpenter sa chambre et, se tournant vers le miroir, s'aperçut que sa raideur et son air sévère étaient réapparus. En revisitant ces souvenirs, elle avait omis, ou plutôt écarté les autres moments – comment les appelait-elle déjà ? – les petits drames familiaux. Des petites blessures à l'âme qui s'ajoutaient les unes aux autres, encore et encore...

Au matin, sa mère ne lui expliqua rien. Elle était malade et souffrait. Anne changea le pansement qui protégeait la grande cicatrice blême, cousue de fils noirs. Audrey Aspinall prit des calmants qui la firent somnoler dans un nuage de morphine la journée durant. Le lendemain ne fut guère mieux. Anne appela le médecin. Il examina l'entaille, les pupilles de la vieille femme, tentant en vain de la réveiller. Si elle ne se réveillait pas, annonça-t-il en partant, il faudrait l'emmener à l'hôpital. Ces paroles durent pénétrer l'inconscient d'Audrey, raviver son vieil entêtement.

Le lendemain, elle ne prit pas de morphine et dormit toute la matinée.

Le soleil radieux des premiers jours avait été chassé par un ciel de plomb. L'air avait tourné à l'orage et se pressait contre les vitres de la maison. Audrey mangea un peu, lut le journal. Anne prit le thé avec elle dans sa chambre, assise devant la fenêtre, les pieds sur le rebord. Sa mère suait beaucoup et s'épongeait avec un mouchoir de flanelle.

— C'était comme ça aux Indes, avant l'arrivée de la mousson. Plus les pluies tardaient, plus l'air devenait étouffant. Tout le monde montait au nord. Pour chercher la fraîcheur auprès des lacs du Cachemire, par exemple... Mais nous, les missionnaires, nous devions rester dans cet enfer. Une chaleur terrible !

— C'était pareil en Angola.

— Quels endroits abominables pour des femmes comme nous ! Des morts partout dans la rue... étalés par terre comme de vieux tapis.

— Et l'odeur...

— Je ne sais pas si j'aurais pu supporter de vivre dans ce cloaque.

— Que veux-tu dire ?

— Si j'étais restée aux Indes.

— Tu aurais voulu rester ?

— Non, répondit Audrey après un moment. Non, je ne voulais pas... je ne pouvais pas.

— Pourquoi ? insista Anne, sentant qu'elles abordaient le fond du problème.

Sa mère regarda la bosse que formaient ses pieds sous les draps.

— Apporte-moi donc le coffret qui se trouve sur la coiffeuse.

C'était une boîte de bois rouge. Sur le couvercle étaient sculptées les silhouettes d'un homme et d'une femme. Des Indiens. Sa mère ouvrit le coffret et étala les bijoux sur le couvre-lit.

— C'est un bel objet, dit-elle en passant les pouces dans le fond de la boîte, juste sous les charnières.

Le fond s'ouvrit comme une mâchoire et deux feuilles de papier tombèrent sur les draps.

— Tu vois, ajouta la malade, sur le couvercle il y a les amants, et dans le double fond leurs secrets.

La lumière au-dehors avait viré au jaune. Les rayons du soleil s'épuisaient à traverser cette nuée noire, comme un hématome dans le ciel. La touffeur s'amplifia encore et la transpiration fit luire leur peau.

— Tu ferais mieux de t'asseoir, conseilla sa mère en prenant ses lunettes.

— Ça va me causer un choc ? interrogea Anne.

— C'est probable. Je vais te montrer qui était ton père.

— Je croyais que tu n'avais pas de photos de lui...

— J'ai menti.

Audrey Aspinall tendit à sa fille l'une des deux feuilles de papier tombées du coffret. Au verso, il était écrit *Joaquim Reis Leitão, 1923*. Anne le retourna. C'était la photo d'un homme, en costume d'été.

— Il y a un truc bizarre, avec cette photo, commença Anne. Ou alors c'est la lumière ? Ou le temps, peut-être...

— Non, c'est à ça qu'il ressemblait.

— Mais, sa peau est si... noire.

— C'était le cas. Il était indien.

— Je croyais qu'il était portugais.

— Il l'était... en partie. Son père était membre de la garnison portugaise, sa mère était de Goa. Joaquim était catholique et de nationalité portugaise. Sa mère était d'une beauté étonnante. (La vieille femme secoua la tête d'un air admiratif.) Tu as hérité ça d'elle, dieu merci ! Le père était un brave homme, d'après ce que je crois savoir, mais pas beau pour deux sous...

— Mon père était indien...

— Demi-indien.

Anne approcha la photographie de la fenêtre, mais il faisait trop sombre. Elle plaça le cliché sous la lampe de chevet, tentant de discerner les traits du personnage.

— Tu ressembles à sa mère, claire de peau mais...

Anne serra l'image comme s'il s'agissait d'une chair vivante, cherchant à en extraire quelque chose, une trace de vie.

— Pourquoi n'es-tu pas restée là-bas ? À cause du choléra ?

— Non, c'était avant l'épidémie.

— Avant l'épidémie ?

Sa mère s'épongea le visage et le cou de son mouchoir humide.

— L'orage va bientôt éclater, dit-elle.

— Toute ta famille est bien morte du choléra ?

— Oui, j'ai perdu mes parents durant l'épidémie, mais cela s'est passé en 1924. Ce dont je te parle date de 1923.

— Quand t'es-tu mariée ? Je suis née en 1924, alors...

— Nous ne nous sommes jamais mariés. Cela ne s'est pas passé comme ça.

Le tonnerre gronda quelque part au-dessus de Tooting ou de Balham. La chambre n'était éclairée que par la lampe de chevet, qui clignota puis s'éteignit. Les deux femmes restèrent immobiles dans la pénombre de l'orage.

— C'était ça, ta confession ?

— Oui. Le père Harpur m'a montré son poème sur son père, après. Cela m'a été d'une grande aide. Pour la première fois, j'ai pu mettre de l'ordre dans tout ça... comprendre ma stupidité.

« Je suis tombée amoureuse de Joaquim. Folle amoureuse. Comme on peut l'être à dix-sept ans. Je ne savais rien de la vie. J'avais été élevée suivant les préceptes catholiques. Le couvent, puis la mission. Je ne connaissais rien aux garçons... aux hommes. Joaquim avait fait des études de médecine. Mon père s'entendait bien avec les Portugais. Parce qu'ils étaient catholiques, eux aussi, je suppose. Les Portugais envoyaient des médicaments et du personnel à la mission. Un jour, c'est Joaquim qui est arrivé. Je travaillais comme infirmière à l'hôpital, à l'époque. J'ai donc fait sa connaissance dès le premier jour... et tout ce qu'on m'avait enseigné, la colère divine, la peur du péché... tout ça s'est envolé d'un coup quand j'ai vu Joaquim.

« C'était physique. Il était l'homme le plus beau que la terre ait porté. Des yeux noisette avec de grands cils, une peau comme du bois poli. Je voulais le toucher, sentir cette texture sous ma main. Il avait de belles mains, aussi. Des mains dont le moindre mouvement te berçait, t'envoûtait. Je m'égare, je sais, mais c'était si nouveau pour moi... Avoir ce sentiment à l'intérieur de moi, cette... je ne sais comment l'exprimer car c'était tellement de choses à la fois – cette certitude, cette plénitude, cette joie. « Comme le sentiment que procure la foi », m'a dit le père Harpur. Oui, ça devait être ça, si le sexe avait droit de cité chez les bigots.

— Le sexe ? répéta Anne, le mot s'échappant de sa bouche, piquant comme une gangue de châtaigne.

— Oui. Le sexe. Et hors mariage en sus ! N'en déplaise à nos jeunes d'aujourd'hui, ils n'ont rien inventé ! Joaquim et moi étions inséparables, *indétachables*. Il fallait que l'on se touche – tout le temps.

Nous en avions la possibilité la nuit, dans l'hôpital de la mission. Nous avions même un lit. Nous étions jeunes et infatigables. J'ai essayé de compter les jours, de faire attention, mais nous étions trop amoureux pour prendre des précautions. Et je suis tombée enceinte.

Le tonnerre s'approcha. Les roulements graves montaient à présent de la Chambre des communes, l'odeur ionisée de la pluie filtrait des fenêtres, l'électricité était palpable dans l'air.

— Ce fut une journée atroce. Joachim était absent, reparti à Goa. Je ne cessais de prier pour qu'il me revienne au plus vite. Mon père était surpris par ma soudaine dévotion. Et un jour, ça m'a frappée. J'avais deux semaines de retard. Alors j'ai compris. J'ai paniqué. Je suis restée éveillée toute la nuit, le cerveau liquéfié, m'imaginant annoncer la nouvelle à mon père... Tu n'imagines pas comment était mon père. Il était inconcevable de lui avouer que j'étais enceinte, qui plus est d'un Indien. Mes parents aimaient beaucoup Joachim. Ils appréciaient les Indiens, mais les mariages mixtes... non. Les Portugais étaient différents : ils se mêlaient volontiers à la population locale dans leurs colonies, mais les Anglais... Une Anglaise blanche, catholique, avec un noiraud de Goa ! C'était impensable. C'était contre nature. C'était aussi scandaleux que l'homosexualité de nos jours. Bref, j'ai eu peur. J'ai inventé une histoire. Un récit détaillé racontant comment j'avais été violée et étais tombée enceinte.

— Violée par qui ?

— Un homme. Un homme inventé de toutes pièces. Quelqu'un qui n'existait pas. C'était plus facile comme ça. J'étais paniquée, folle de terreur. Tout plutôt que d'affronter la colère de mon père.

— Et Joaquim ?

— Il n'était toujours pas rentré. Les Portugais nous ont envoyé un autre étudiant en médecine pendant deux semaines. J'étais seule. Désespérée. Il fallait que je fasse quelque chose. Alors j'ai dit à mon père que j'avais été violée. J'ai craqué devant lui et me suis mise à pleurer, en me jetant à ses pieds. J'étais prostrée au sol, ravagée de chagrin. J'ai pleuré tant et tant, jusqu'à me faire vomir. Mon père a appelé la police. Les flics du coin étaient dirigés par un certain Longmartin. Un type terrifiant, costaud et râblé, avec de petites moustaches et un cou toujours rouge comme s'il était en colère. Il a pris ma déposition, une déposition concernant des faits totalement fictifs. Il s'est également entretenu avec mon père. J'ignore de quoi ils ont discuté. Peut-être mon père voulait-il s'assurer que l'affaire ne s'ébruiterait pas, que Longmartin resterait discret en menant son enquête ? Ce que je sais, en revanche, c'est qu'une fois ces mots sortis de ma bouche, tout a changé. J'ignore si j'ai lu ça quelque part ou si c'est le père Harpur qui me l'a appris... Mais c'est bel et bien une loi fondamentale de l'univers : après le premier mensonge, il en vient d'autres, comme une traînée de sang, jusqu'à sa fin tragique.

Le vent agita les frondaisons, les vitres vibrèrent.

— Quelle a été la réaction de Joachim quand tu lui as annoncé ça ?

— Que voulais-tu qu'il dise ? Le mal était irréversible. Il fut rongé de culpabilité à l'idée que j'avais été contrainte d'agir de cette manière, comme si, d'une certaine façon, je regrettais tout ce qui s'était passé entre nous. Je n'ai jamais vu quelqu'un d'aussi tourmenté. Il ne supportait pas de me voir porter cette infamie – l'infamie d'une femme déshonorée. Tout était sa faute, pensait-il. Il voulait aller voir mon père. Prendre le blâme à ma place.

— Oh, Seigneur ! Et il l'a fait ?

— Attends, tu n'en as pas encore entendu la moitié.

Les premières gouttes de pluie tintèrent aux carreaux. Une odeur de bitume chaud emplit l'air. Le tonnerre éclata au-dessus de leurs têtes, des éclairs embrasèrent la pièce. Puis les rideaux de tulle s'agitèrent tandis que le toit recevait la douche colossale.

— Ce qui s'est passé, reprit Audrey Aspinall en élevant la voix pour se faire entendre derrière le tintement de la pluie, c'est que la police a attrapé quelqu'un. Oui, la justice coloniale s'est mise en branle. Longmartin est venu à la maison, avec deux de ses adjoints. Il voulait que j'identifie une personne. C'était dix jours après mon agression supposée. Jusqu'alors, je tenais le coup, mais lorsque mon père est venu m'apprendre que je devais me rendre au poste de police avec Longmartin, j'ai pâli de terreur. Bien sûr, mon père m'a dit qu'il venait avec moi, mais Longmartin était un type finaud, c'est pour cela qu'il s'était fait accompagner de deux agents. Il n'y avait pas de place pour papa dans la voiture. Il voulait que je vienne seule. J'ai donc fait le voyage sur la banquette arrière, à côté de Longmartin. Il m'a expliqué comment cela allait se passer. Les six suspects seraient alignés, tous indiens. Ils se tiendraient sous la lumière, derrière une sorte de moustiquaire, et je serais, moi, dans l'ombre, si bien qu'ils ne pourraient me voir. J'ai hoché la tête, puis Longmartin s'est montré sous un nouveau jour. Le policier direct, d'une franchise un peu brusque, s'est transformé en une personne beaucoup plus solennelle, plus menaçante, parlant avec plein de sous-entendus.

« Il m'a dit qu'il était content d'avoir pu régler cette

affaire. Il commençait à se poser des questions sur la véracité de cette histoire parce qu'ils n'avaient pas le moindre indice. Aucun de ses informateurs n'avait de renseignements à lui donner, sinon une histoire à dormir debout avec un étudiant de Goa, résidant à la mission. Les gens du pays détestent ceux de Goa, m'a-t-il dit, parce qu'ils sont catholiques. Des petites choses, comme ça, insidieuses, qui, à force, s'accumulent et pèsent des tonnes. Bref, lorsque nous sommes arrivés au poste de police, j'étais convaincue que Longmartin avait vu clair dans mon jeu, et, quand il m'a murmuré à l'oreille, au moment où je me suis approchée du voile : « le troisième en partant de la droite », je n'ai pas hésité. Je me suis dirigée vers le troisième de la ligne, un homme que je n'avais jamais vu de ma vie, et j'ai tendu le doigt vers lui.

« Longmartin était ravi. Il m'a ramenée à la maison et a dit à mon père : « Votre fille a été très courageuse, Mr. Aspinall. Très courageuse. Elle l'a regardé dans les yeux et l'a désigné. Très téméraire, je dois dire. » Je me tenais à côté, brisée, exsangue, pendant qu'il achevait de me réduire en bouillie avec ces sous-entendus ironiques. Il y avait même du mépris dans sa voix. Je me suis retournée toute la nuit dans mon lit, sans pouvoir trouver le sommeil ; lorsque je ne voyais pas flotter le visage de cet inconnu derrière la moustiquaire, je me tordais de douleur comme... comme avant qu'il ne me retire cette saloperie de tumeur. »

— Joaquim n'a donc pas été inquiété ?

— Les choses tournent toujours mal, aux Indes. Certes, cela se passait un quart de siècle avant l'indépendance, mais la loi coloniale était déjà mise en cause. C'était quatre ans à peine après le massacre d'Amritsar, où le général Dyer avait fauché à la mitrailleuse des manifestants sans défense. Il y avait des troubles partout dans le pays. L'homme que j'avais désigné était un chef local de la résistance indoue. Longmartin voulait sa peau depuis des années. Lorsque les Indiens ont appris de quoi était accusé leur chef, il y a eu une émeute et ils ont marché sur la mission. Mais Longmartin s'y attendait, et la troupe a chargé.

« Joaquim n'a pu en supporter davantage. Tout était devenu de la boue. Notre désir s'était évanoui. Nous évitions de nous trouver dans la même pièce, tant nous étions tourmentés par les conséquences de nos actes. Pour lui, tout était sa faute. Il avait six ans de plus que moi, il aurait dû prévoir, faire attention, etc. Un homme allait être pendu à cause de lui. Il était outragé par cette injustice. Cette ignominie ne serait jamais arrivée à Goa, disait-il. Il voulait que je lui répète mon mensonge : comment s'était déroulé le viol, tous les détails. C'était une obsession, Andrea, ça en devenait effrayant. De guerre lasse, je lui ai tout raconté. Il s'est rendu à Longmartin, en déclarant que c'était lui l'auteur du viol, en lui restituant mot pour mot mon histoire. »

— Et Longmartin y a cru ?

— J'imagine qu'il était furieux. Il avait tout prévu, sauf ça. Un être ignoble ne peut prévoir un acte de noblesse. Il a dû résister longtemps. J'ignore ce que Joaquim lui a dit pour le convaincre. Il a dû lui faire peur, lui annoncer la violence des émeutes qui s'ensuivraient s'il révélait aux Indiens la preuve de l'innocence de leur chef. Bref, l'activiste indou fut finalement relâché et Joaquim... Joaquim...

Sa mère ne put continuer. Elle se laissa aller contre la tête de lit, bouche ouverte, manquant d'air, la poitrine prise de spasmes. Puis elle s'effondra sur le flanc. Anne s'assit à côté d'elle, posa une main sur son épaule, se souvenant de cette nuit, lorsqu'elle était enfant, durant laquelle sa mère s'était mise à pleurer. Peu à peu, le frêle corps sous sa main s'apaisa, les yeux se rouvrirent.

— Joaquim est mort au poste de police. Il s'est suicidé, ont déclaré les autorités. Il se serait pendu aux barreaux de sa cellule. L'autre version, c'est que Longmartin s'est vengé parce que Joaquim avait ruiné son beau petit plan. Pour tout le monde, pas seulement pour mes parents et les gens de la mission, mais pour toute la ville, indous et musulmans confondus, justice avait été rendue. Dix jours plus tard, on me mettait dans un bateau en partance pour l'Angleterre. Le destin voulut que moi, qui étais à l'origine de cette affaire sordide, survive à tous les autres. Le choléra fit des milliers de morts, dont mes parents, le chef de la résistance indoue et Longmartin. En tant qu'infirmière dans un hôpital de campagne, mes chances de survie auraient été maigres. C'est ainsi que je suis devenue le mémorial vivant de ma propre couardise. Et Joaquim, l'homme le plus honorable qui soit, est mort rejeté de tous. Même son père n'a pas voulu de son corps et l'a laissé enterrer dans la fosse commune réservée aux intouchables, à l'extérieur de la ville.

La pluie cessa. Un air frais pénétra dans la pièce, apportant une odeur de terre humide. La veille femme se redressa. Anne rajusta les oreillers dans son dos. Dans ses mains, Audrey Aspinall tenait la seconde feuille de papier tombée de la cache du coffret. Une lettre.

— Telle est mon histoire, pleine de bruit et de fureur. Shakespeare avait raison. Tout retourne en poussière. On fait régulièrement table rase du passé, dit-elle en tendant le document à Anne. C'est sa première et dernière lettre, la seule qu'il m'ait jamais écrite... Il l'a rédigée en prison. L'un des chefs indous me l'a rapportée. Lis-la. Lis-la à haute voix pour moi.

Chère Audrey,

Je me sens propre pour la première fois depuis bien longtemps. Mon corps est puant, ils ne m'autorisent pas à me laver, mais à l'intérieur je suis propre comme une roupie neuve, un mur passé à la chaux, d'une blancheur miraculeuse et aveuglante. Je suis heureux comme je l'étais petit garçon.

Tu dois me croire quand je te dis que c'est la meilleure solution. Que serait devenu notre amour avec la mort de cet homme entre nous ? Mieux vaut garder le souvenir d'une chose vraie et digne, même si nous en avons été privés trop vite. J'ai conscience que ces quelques lignes ne sauront te persuader que rien de ce qui s'est passé n'est ta faute. Pourtant, il faut me croire. Je paye les conséquences de mes propres erreurs. Tu dois partir d'ici et continuer ta vie, l'esprit libre, en emportant dans ton cœur l'assurance que tu as été le grand amour de ma vie.

Joaquim

— Ce n'est pas une excuse pour t'avoir menti, Andrea, mais une explication.

29.

Août 1968, Orlando Road, Clapham, Londres

Les jours raccourcirent avec la fin de l'été. Le soleil brilla de moins en moins. Audrey ne quittait son lit que pour une heure ou deux, l'après-midi. Les deux femmes bavardaient pendant ces courts moments de lucidité, avant que la douleur réimpose sa tyrannie et exige le retour de la morphine.

Anne transforma en bureau la pièce voisine de la chambre de sa mère ; elle installa une table de travail devant la fenêtre, décorée d'une des nombreuses photos de Julião qu'elle avait emportées. Pendant la journée elle lisait des ouvrages sur la théorie des nombres et, la nuit, des romans de Jane Austen. Lorsqu'elle ne lisait pas, elle réfléchissait en fumant une cigarette, regardant les volutes bleues aspirées sous l'abat-jour par les mouvements de convection de l'air avant de se perdre en un écoulement laminaire dans la pénombre du plafond.

Un après-midi, des enfants jouaient dans la rue, rassemblés autour d'un petit garçon qui expliquait les règles du jeu à venir. Anne se revit des années auparavant, à Estoril, en train d'observer Julião et ses petits camarades qui jouaient sur la pelouse. Il n'avait que huit ans, pourtant tous les regards étaient tournés vers lui, ses camarades lui vouant une sorte d'adoration fascinée. Comment ne pas penser à Julius, à ce moment-là, et à sa dernière lettre écrite pendant le siège de Stalingrad ? Julius et son amour pour ses hommes. Cette pensée avait déclenché une douleur dans la poitrine d'Anne. C'était à l'époque où le parti lançait *O Camponês*. Julião aurait pu être une passion si douce, si chaleureuse dans sa vie, bien plus épanouissante que l'activisme politique dans lequel elle s'était jetée – mais c'était une passion qu'elle ne méritait pas, qu'elle redoutait, même. Anne ne pouvait s'ôter de la tête qu'elle devait être punie, expier sa faute. Elle photographiait Julião tout le temps, tout en songeant aux peuplades primitives qui prétendaient que les photos volaient l'âme. Photographier son fils était une façon de se convaincre qu'il était bien vivant, bien réel. Cependant, aujourd'hui qu'elle caressait le cadre de bois qui trônait au coin de la table, elle se demandait si ce n'était pas la seule façon dont elle s'autorisait à l'aimer – en spectatrice.

Anne dormit peu durant cette période. Sa mère l'appelait à toute heure de la nuit ; Anne la veillait jusqu'à ce que la vieille femme se rendorme. Elles évoquaient le passé, Audrey comblant les lacunes de sa fille.

À la mort des parents d'Audrey, la grand-tante avait hérité de la maison de Clapham. Elle s'y était installée avec sa nièce et son enfant illégitime, et elle lui avait tout laissé à sa mort. Anne était alors âgée de sept ans. Audrey travaillait à Whitehall, comme secrétaire, depuis cinq ans. C'était sa tante qui lui avait trouvé cette place. Lorsque celle-ci était morte, il n'y avait plus personne pour veiller sur l'enfant, voilà pourquoi Anne avait été envoyée si tôt chez les sœurs.

— C'est ta grand-tante, ma tante G, G pour Gladys, qui a imposé ce régime de discipline. Elle était très stricte, avec toi comme avec moi, et à sa mort j'ai repris le flambeau. Ce n'était pas moi, mais c'était un personnage pratique derrière lequel je pouvais me cacher.

— De quoi te cachais-tu ?

— De ta curiosité. De mes remords. J'étais totalement différente au bureau. On me prenait pour une boute-en-train, toujours partante pour boire un verre, pour aller faire la fête. J'ai appris à rire. Un bon rire bien sonore est un atout très précieux en Angleterre.

— Tu as dû avoir pas mal de... propositions.

— Bien sûr, mais je ne voulais personne dans mon petit cercle. Rawlinson était parfait. Je dois reconnaître que sa jambe manquante a joué en sa faveur. Je ne m'en rendais pas compte à l'époque, d'autant plus que le seul homme que j'aie aimé était physiquement parfait. Cela ne m'est venu à l'esprit que l'autre jour... Un homme mutilé, voilà ce que je méritais. Puisque je ne voulais pas d'engagement complet, je n'avais pas droit à un homme entier. Je n'étais d'ailleurs sans doute pas sa seule maîtresse.

— Je l'ai suivi à Flood Street...

— C'est sa femme que tu as vue là-bas. Ils ne partageaient pas grand-chose. Elle n'était pas même au courant pour sa cave à vins. C'est terrible, cette... religion du secret, n'est-ce pas ? Nous étions des experts en la matière, Rawly et moi. C'est drôle comme ils sentent ça.

— Qui ça ?

— Ceux de la Compagnie. Au début de la guerre, on m'a mutée au ministère de l'Économie de guerre. J'étais assez douée pour les chiffres... les vrais chiffres, pas tes hiéroglyphes ! Les secrétaires faisaient la grosse partie du boulot, et tout était classé top secret. Ils m'aimaient bien. Et lorsqu'ils ont déménagé la section V de St. Albans pour l'installer à Ryder Street, ils m'ont envoyée là-bas pour veiller aux finances.

— Qu'est-ce que c'était, la section V ?

— Le contre-espionnage. Et tu sais qui dirigeait cette section ? Kim Philby. Oui, Philby était là depuis le début ! Je suis tombée des nues lorsqu'il s'est enfui à Moscou. En 1963. Il faisait un froid de canard ce jour-là. C'était autour de janvier.

— Tu parlais de leur flair...

— Oui. Comment ils flairent ceux qui peuvent garder un secret.

— De quelle manière s'y prennent-ils ?

— Ils cherchent en priorité ceux qui ont déjà un secret à protéger. À présent, je ne serais bonne à rien. Raconter tout, comme ça, à qui veut l'entendre ! Ils m'appelleraient Aspinall la Bavarde et me signifieraient mon congé.

— Tu as continué à travailler pour la Compagnie après ta retraite ?

— Oh oui ! Toujours dans les comptes. Tu les verras tous aux funérailles... sauf Kim, bien sûr.

— Tu aimais bien Philby ?

— Tout le monde l'aimait. C'était un type plein de charme.

Audrey demanda à Anne d'aller ouvrir un tiroir de la commode, de chercher sur la gauche, sous les soutiens-gorge et les culottes. Un petit écrin de cuir. À l'intérieur, il y avait une médaille.

— C'est ma décoration pour services rendus à la nation ! annonça Audrey. Ma O.B.E. [1].

1. O.B.E. : Order of the British Empire. *(N.d.T.)*

— Pourquoi ne m'en as-tu rien dit ?

— De mes grands faits d'armes ! répliqua-t-elle en balayant cette pensée d'un geste. Il n'y en a pas eu tant que ça en quarante ans de service.

— J'aurais aimé savoir.

— Maintenant, oui... À présent, tu sais que ce n'est pas juste à cause de ma liaison avec Rawly que je t'ai envoyée au Portugal. Je voulais te mettre à l'abri, c'est vrai, mais la vérité c'est que je ne voulais plus t'avoir sous les yeux. Tu me rappelais sans cesse ma faiblesse, ma lâcheté. Tu te souviens que je ne supportais pas la chaleur. J'ai rapporté ça de l'Inde. Des maux de tête à n'en plus finir.

Ce soir-là, Anne resta plus longtemps que de coutume à son bureau, le roman de Jane Austen ouvert devant elle, délaissé, son reflet immobile dans les carreaux de la fenêtre, un filet de fumée s'élevant du cendrier. Après les révélations de l'après-midi, Anne songeait à sa propre vie passée sous le joug du secret, un règne qui avait perduré même après qu'elle eut décroché son diplôme de l'université de Lisbonne – Ribeiro lui ayant proposé de faire une thèse sur un nouveau sujet sensible du monde de l'ombre : la théorie des jeux.

Elle avait saisi la balle au bond. Julião, sous l'influence de son père, s'immergeait de plus en plus dans son univers de jeune mâle et s'éloignait d'une influence maternelle déjà bien faible. Deux ans plus tard, Anne fut stupéfaite – et déprimée – d'apprendre qu'il avait rejoint les rangs de la jeunesse portugaise, la Mocidade, sans même lui demander son avis. Pour Anne, la Mocidade ne valait guère mieux que les Jeunesses hitlériennes... Seul Ribeiro parvint à la tranquilliser en lui expliquant qu'il était parfaitement normal qu'un garçon ait envie d'aller camper et faire des randonnées dans le collines avec ses camarades.

Ses activités secrètes revêtirent alors une importance nouvelle. De manière parfaitement irrationnelle, elle ne pouvait s'empêcher de voir dans les actions de Julião un défi lancé à sa personne, voire une trahison. Le garçon passait son temps avec Luís. Il était sportif, excellent cavalier, bon en mathématiques sans être brillant, et avait de graves lacunes en physique. Tout ça, ajouté à la fierté de porter l'uniforme de la Mocidade, laissait à penser que son fils était un Almeida pur sang, qu'il n'y avait pas une goutte de Voss en lui.

Un jour, alors qu'elle prenait le train pour Lisbonne et observait les voyageurs autour d'elle, Anne eut une sorte de révélation : c'était son secret qui la rendait si différente des autres ! Elle savait déjà qu'il mettait du sel dans sa vie mais, ce jour-là, elle s'aperçut qu'il lui donnait également du *sens*. Ses recherches cryptographiques avec Ribeiro étaient toute son existence, tout comme les trajets tortueux qu'elle accomplissait entre les lieux de rendez-vous secrets et les imprimeries illégales de l'*O Campionês* et de l'*Avante,* les cours qu'elle dispensait sur l'incarnation de personnages de couverture et autres roueries innombrables de la lutte clandestine.

Envers son mari, elle éprouvait une affection en pointillé, envers son fils un amour inconditionnel quoique distant ; pour les mathématiques, elle ressentait un intérêt rationnel, intellectuel et, pour son monde de l'ombre, un besoin élémentaire, viscéral, plus essentiel encore que les cigarettes et le café – deux vices qu'elle partageait avec Ribeiro. Voilà ce qui la définissait.

Elle se revoyait étendue sur son lit, à côté de Luís qui ronflait, ressentant tout à coup la plénitude d'avoir recomposé les morceaux épars de son existence en un tout cohérent, complet. Le remords avait été enfin effacé. Son travail clandestin pour la justice et l'équité était son *Ave Maria*, sa pénitence pour ses péchés. Cela faisait partie du processus de purification de son âme. Mais sitôt qu'elle arrivait à cette conclusion, elle chassait ces inepties de sa tête... Elle était une communiste, une athée ! – son esprit s'égarait.

Anne se versa un nouveau verre de cognac, ouvrit un autre paquet de cigarettes et se laissa emporter, malgré elle, vers ses années de gloire. En 1959, Ribeiro et elle mirent au point l'opération qui, un an plus tard, déboucherait sur l'évasion spectaculaire de leur chef Alvaro Cunhal de la prison de Peniche, au nord de Lisbonne. Ils enchaînèrent ensuite avec un nouveau haut fait de guerre, encore plus spectaculaire, qui attirerait l'attention du monde sur la souffrance du peuple portugais : en janvier 1961, un groupe de communistes détournèrent le paquebot *Santa Maria* aux Antilles. Ces deux opérations représentaient son âge d'or, mais avec le recul celui-ci paraissait bien éphémère. De ce moment datait l'apogée de Ribeiro au sein du P.C.P. Ensuite, il entama une longue descente aux enfers. Les membres du comité central considérèrent ses succès d'un mauvais œil, et lorsqu'il se produisit un nombre inexplicable d'arrestations parmi les cadres du parti, les soupçons se tournèrent naturellement vers Ribeiro et son assistante étrangère. Ribeiro fut mis au placard, condamné à des tâches subalternes. Puis il eut vent du fait que le parti cherchait à faire expulser Anne du pays. Il coupa aussitôt les ponts avec elle, l'exorta à rester chez elle et à détruire tous les documents risquant de l'incriminer aux yeux de la P.I.D.E.

Anne passa un mois à faire les cent pas dans sa maison d'Estoril, fumant cigarette sur cigarette, attendant que l'on frappe à sa porte. Luís, parti en manœuvre, était absent. Cependant aucun policier ne se présenta. En 1961, le soulèvement angolais scella la sortie définitive d'Anne du théâtre de la résistance : Luís et son régiment avaient été envoyés en Afrique mater la rébellion. Six mois plus tard, une fois les troubles terminés et les combats confinés dans le nord du pays, Anne débarqua à Luanda, accompagnée de son fils alors âgé de seize ans...

Anne se laissa aller contre le dossier de sa chaise, faisant tourner son verre entre ses doigts. Elle attendait mieux de ces souvenirs – ressentir quelque chose de fort, une intense émotion, mais, comme lors de son réveil après son cauchemar à Lisbonne, elle avait l'impression d'être spectatrice de sa propre vie. Elle alla voir sa mère, qui s'était vite endormie, l'air sifflant entre ses lèvres ouvertes... Anne s'aperçut qu'elle avait vécu plus d'émotions durant ces deux semaines avec elle qu'en vingt ans d'existence.

Vers la fin août, le temps changea. Un vent froid souffla du nord-est ; l'été était terminé. Audrey restait au lit toute la journée, bercée par les ondes de la morphine. Elle marmonnait des strophes de poèmes, tandis que des gamins criaient dans la rue. Un ballon était tombé sur une voiture. Un homme, furieux, les admonestait, puis, après un temps, une petite voix se fit entendre :

— On peut avoir notre ballon, m'sieur ?

— Non, vous ne l'aurez pas !

Anne passait ses journées aux côtés de sa mère, lui tenant la main, la serrant à intervalles comme pour soulager le travail du cœur. Elle songeait à ces jours interminables sur le perron de leur maison en Angola, pendant que Luís traquait les rebelles dans le maquis et que Julião jouait à la guerre dans le jardin, à cette suite d'événements qui avait conduit Julião à cette autre trahison – du moins était-ce ainsi qu'elle avait interprété son acte : en 1963, le jour de ses dix-huit ans, Julião avait annoncé qu'il s'était engagé à l'école militaire des officiers. Pourquoi avait-elle pensé à une trahison ? Comme si elle s'était attachée, durant toutes ces années, à développer chez son fils la moindre conscience politique ! Une brèche s'ouvrit dans son esprit et, au moment où elle s'approchait pour risquer un coup d'œil inquiet par l'ouverture, prête à découvrir un nouveau morceau amer de vérité, la voix de sa mère résonna dans le silence :

— Tu ne m'as jamais parlé de Karl Voss.

Anne sursauta, tournant brusquement la tête vers la malade. Celle-ci avait les yeux clos, le souffle faible et contraint.

— Maman ?

Il n'y eut pas de réponse. L'occasion était passée. Sa mère avait dû voir passer les rapports de mission, devait connaître sa liaison avec leur agent double, l'attaché militaire de la légation allemande. Depuis qu'elle était revenue dans la maison familiale, Anne n'avait pas parlé de Karl Voss à sa mère et n'en avait aucune intention. Ces heures appartenaient à sa mère – le temps de la confession. Plusieurs fois, la vieille femme avait conseillé à sa fille de rendre visite au père Harpur. Anne aimait bien le prêtre, mais il n'était pas question d'aller lui parler, parce qu'elle prévoyait sa réaction : il la conjurerait de révéler la vérité à Luís et à Julião. Si elle pouvait vivre avec le mépris de Luís, elle ne supporterait pas celui de Julião... À présent, elle regrettait de n'avoir pas raconté son histoire à sa mère. Audrey aurait écouté et emporté ce secret dans sa tombe.

Anne écrivit à Louis Greig, un ami de João Ribeiro, professeur de mathématiques à Cambridge, entreprenant ce qu'elle appelait une demi-initiative. Ribeiro lui avait donné les coordonnées de ce professeur avant son départ pour Londres, lorsqu'elle était venue lui confier un coffret provenant d'Angola et qui contenait la photo de famille de Karl et son paquet de lettres, afin qu'il le mette en lieu sûr. Elle ne voulait pas que Luís découvre ces reliques si d'aventure il lui prenait l'envie de la chasser de sa vie.

Louis Greig répondit à sa lettre par retour du courrier, la pressant de venir lui rendre visite. Anne lui expliqua l'état de santé de sa mère, lui exposa ses dernières idées de recherches en mathématiques et lui demanda s'il y aurait une place pour elle à Cambridge, non pas dans le domaine de sa thèse de doctorat – la théorie des jeux étant aujourd'hui usée jusqu'à la corde –, mais en mathématiques pures. Greig lui répondit que Ribeiro avait déjà pris contact en ce sens et que les possibilités d'accueillir quelqu'un de son calibre étaient loin d'être négligeables. Sa demi-initiative risquait d'en devenir une à part entière. Peut-être n'allait-elle jamais remettre les pieds au Portugal...

D'ordinaire, quand elle rentrait à Lisbonne après un séjour dans une Afrique à feu et à sang, elle trouvait le Portugal métamorphosé. Mais à son retour d'Angola en 1964, tout le mouvement d'opposition au régime était au point mort. Alvaro Cunhal avait rejoint l'Union soviétique. João Ribeiro avait passé deux ans en prison, sa femme était morte, il avait perdu son poste à l'université et vivait désormais dans une petite chambre dans le Bairro Alto, dans un grand dénuement. Le P.C.P. avait abandonné la lutte. Selon le parti, tout espoir était perdu.

Anne eut à peine le temps de s'habituer à cette nouvelle situation que la guerre au Mozambique éclatait et que Luís, de par sa grande expérience de ce genre de conflit, fut immédiatement envoyé à Lourenço Marques[1]. Se déclara alors une autre guerre, une guerre des nerfs, entre elle et Luís. Le commandant des forces armées au Mozambique introduisit des techniques utilisées par les Anglais en Malaisie et les Américains au Viêt-nam : placer la population devant un choix cornélien – coopérer avec l'occupant ou subir de grandes souffrances. Les nouvelles des atrocités perpétrées au camp militaire parvinrent aux oreilles d'Anne. Elle eut avec Luís de fréquentes disputes, acharnées et violentes. Elle lui jetait des objets au visage, le harcelait sur l'iniquité de ces guerres coloniales ; ces tueries destinées à maintenir l'empire de Salazar n'étaient pas des guerres dignes de son fils. Luís passait de plus en plus de temps au camp militaire, pendant qu'Anne buvait du mauvais cognac en fulminant de rage sur le perron.

Sa fureur vibrait encore dans ses veines lorsqu'elle s'assit à son bureau, un gin-tonic à la main, la lettre de Greig devant elle – non, elle ne vivrait pas ça une seconde fois ! La coupe était pleine. Elle avait eu tout le loisir d'y songer, durant ces heures interminables sous les auvents des maisons coloniales, mais il avait suffi de ces quelques semaines avec sa mère, au milieu d'une ville trépidante tout entière tournée vers l'avenir, pour la décider à en finir une fois pour toutes avec vingt-cinq ans d'inertie.

Le 30 août, Anne s'assit à côté de sa mère pour l'ultime fois. Le père Harpur lui avait donné les derniers

1. Aujourd'hui Maputo, capitale du Mozambique. *(N.d.T.)*

sacrements. Audrey n'avait pas prononcé une parole cohérente depuis vingt-quatre heures ; la fin était imminente. À 2 heures du matin, Anne tombait de sommeil. Elle se leva pour aller dans sa chambre. La main d'Audrey serra la sienne, ses yeux étaient grands ouverts.

— Ils vont venir te chercher. Mais tu ne dois pas aller avec eux...

Ses paupières se refermèrent. Anne tâta son pouls, impressionnée par cette prédiction pleine de sous-entendus. La vie était encore là, spasmodique, fragile. Anne alla se coucher et dormit jusqu'à midi. Elle s'éveilla groggy, le visage bouffi portant l'empreinte des draps. La chambre de sa mère paraissait plus silencieuse que de coutume. Anne sut avant même d'ouvrir la porte qu'il n'y avait plus personne de vivant à l'intérieur.

Sa mère était étendue sur le dos, les yeux clos, un bras sur le dessus-de-lit. Les lys apportés par le père Harpur, qui commençaient à faner, ne parvenaient pas à masquer l'odeur des fluides corporels se figeant. Le visage d'Audrey était froid. Anne contempla la dépouille avec une absence totale de chagrin ; ce corps ne signifiait rien pour elle – juste une chose destinée à être mise en terre.

Anne appela le médecin et le père Harpur. Elle se fit du café et fuma une cigarette dans la cuisine. Le docteur vint, constata la mort et dressa un certificat de décès. Le père Harpur joignit par téléphone une société de pompes funèbres et attendit, jusqu'à l'heure du thé, que les employés emportent le corps. Il prit ensuite congé en annonçant qu'il dirait une messe pour la défunte le lendemain matin. Une fois seule, Anne remonta dans la chambre de sa mère. Le lit était fait.

Les mules d'Audrey, gardant encore la forme des pieds, gisaient sur le sol. C'est l'image de ces chaussons vides qui lui fit venir les larmes.

Les funérailles eurent lieu un jour froid et venteux. Anne avait suivi les dernières volontés de sa mère : une grande fête devait être organisée après la cérémonie. La maison regorgeait donc de liqueurs, de gin et de whisky ; elle avait préparé une centaine de sandwichs. Anne était encore étonnée par l'ampleur des biens de sa mère – non seulement la maison de Clapham, mais cinquante mille livres en liquide, ainsi que divers titres. L'avocat déclara qu'elle n'avait jamais touché au capital légué par sa tante. Il lui remit également la clé d'un coffre, n° 718, se trouvant à l'Arab Bank, sur Edgware Road.

Dans l'église, Anne était seule sur le banc réservé à la famille. Le père Harpur fit un sermon émouvant sur la fidélité de la défunte envers Dieu, envers son pays et envers elle-même. La cérémonie terminée, l'assemblée se rendit au cimetière. Anne sentit le fil d'argent d'autrefois lui nouer l'estomac devant ces hommes et ces femmes – et même quelques adolescents – qui se dirigeaient vers le trou noir et oblong de la tombe. Tous les humains sont pareils. Ils vivent et ils meurent. Les vivants tirent leur révérence aux morts, si insignifiante que fût leur existence, parce que tous connaissent la difficulté du chemin. Nous finissons tous ainsi, sous terre ou en fumée, rois comme miséreux, et chacun, à défaut d'autres prodiges, est au moins certain d'en arriver là.

Au moment où le cercueil descendait dans le trou, il se mit à pleuvoir, comme si quelqu'un, là-haut, orchestrait l'événement. Les parapluies s'ouvrirent, des petites flaques s'amoncelèrent sur le bois vernis.

Le père Harpur prononça les bénédictions. Anne jeta la première poignée de terre et un psaume lui revint en mémoire, quoique de façon incorrecte : « Dans ta fin, vois mon commencement. »

De retour à Clapham, elle commença enfin à distinguer des visages et non plus de gros pardessus et des parapluies. Les gens se présentaient : Peggy White, du service financier ; Dennis Broadbent, des archives ; Maude West, bibliothécaire. Parfois, des personnes donnaient uniquement leur nom, et Anne sentit qu'il aurait été malséant d'en demander davantage. Pendant tout ce temps, un homme se tenait à la périphérie de son champ de vision. Un gros type au crâne déplumé – quelqu'un qui attendait le moment propice pour l'aborder. Anne alla dans la cuisine chercher d'autres sandwichs. L'inconnu la suivit et se tint sur le seuil, lissant ses dernières mèches sur son crâne chauve.

— Vous ne me reconnaissez pas, n'est-ce pas ?

— Je devrais ?

— Oui... nous avons été amants, autrefois. Vous ne vous en souvenez pas ? Nous avons passé une nuit ensemble à Lisbonne, ajouta-t-il, en souriant.

— Si c'était le cas, je m'en souviendrais.

— Et pourtant nous l'avons fait... du moins sur le papier.

— Jim Wallis ! souffla-t-elle.

Ils se firent la bise.

— Gros et chauve ! lâcha-t-il. Les années ne m'ont pas épargné. En revanche, vous, vous n'avez pas changé.

— À quelques rides près.

— Vous vous êtes mariée, je crois, juste après qu'ils m'ont fait quitter le Portugal.

— Oui. Et vous... vous êtes encore ?...

— J'en suis à mon deuxième mariage. Je passais

trop de temps à Berlin au goût de ma première femme. Mais je suis à Londres pour quelques jours. Vous avez des enfants ?

— Un garçon. Julião.

— Il est ici ?

— Non. C'est un militaire... il est en Afrique.

— Ah oui, avec son père.

— Vous en savez long, dites donc !

— Je me suis toujours intéressé à vous, Anne. Et pas seulement sur le papier.

— Mais aujourd'hui, vous êtes marié... pour la deuxième fois.

— Oui. Deux enfants de mon dernier mariage. Un garçon, une fille.

— Et vous connaissiez ma mère ?

— Tout le monde connaissait Audrey. Il était vital d'avoir Audrey dans sa poche lorsque vous dépassiez le budget. Elle était très tatillonne, vous savez. Mais cela n'a jamais entaché les relations humaines. Après vous avoir passé un savon, elle vous invitait à boire un verre au pub. Elle et moi étions des habitués du French, à Soho. Elle va me manquer. À tous. En particulier à Dickie.

— Dickie ?

— C'est curieux, d'ailleurs, qu'il ne soit pas venu boire un verre. Dickie Rose.

— Vous parlez de Richard Rose ?

— *Himself !* Vous vous souvenez, il a pris la suite de Sutherland, après la crise cardiaque du vieux à Lisbonne, en 44. Aujourd'hui, Dickie fait partie des huiles. Il y a eu un grand nettoyage après que Kim s'est fait la belle en 63. Une sale époque, avec l'affaire Profumo et tout le reste ! Mais ça lui a laissé la voie libre. Il va bientôt être sir Dickie, et on devra tous lui faire des courbettes !

— Richard Rose était un ami de ma mère ? lâcha Anne, incrédule.

— Oh oui ! Audrey avait le chic pour choisir les valeurs montantes ! C'était un grand admirateur de Kim, lui aussi. Ça lui a fichu un sacré coup quand il s'est enfui en U.R.S.S. On est tous tombés des nues. Vous voulez une cigarette ?

Wallis lui offrit un B&H, ainsi que du feu avec son Zippo. Ils fumèrent en silence, puis il enfourna dans sa bouche une pile de trois sandwichs.

— Je ne devrais pas. Le pain ne me réussit pas. Vous avez des projets, Anne... à moins que je ne doive dire Andrea ?

— C'est toujours Anne.

— Vous retournez à *Lisboa* ?

— Non, je ne crois pas.

— Je vois.

— J'ai eu mon compte en Angola et au Mozambique. Je ne veux pas aller en Guinée, en sachant mon mari et mon fils au combat.

— Je vous comprends. On se demande ce qu'ils fichent là-bas. C'est une sale guerre. Une guerre inutile. Du gâchis. Ils ne peuvent la gagner. À mon avis, ils feraient mieux de leur laisser le pays, pour ce qu'il vaut. Des cacahuètes, du cacao, des paillassons en jonc... À quoi bon dépenser son argent pour ça ? Prends tes cliques et tes claques, Salazar, et tire-toi ! Dans deux mois, les nègres vont s'égorger entre eux, de toute façon. Il suffit de regarder ce qui s'est passé au Biafra.

— J'espère trouver une place à Cambridge.

— Toujours dans vos additions ?

— J'ai aussi le diplôme pour les divisions, maintenant, Jim !

— Bravo ! Tout découle de la théorie des jeux,

aujourd'hui, n'est-ce pas ? La stratégie. Comment garder les couilles des Russes dans un étau, ce genre de choses, non ?

— Vous devriez donner des cours, Jim. Vous avez le chic pour trouver des images parlantes.

— J'ai essayé. Je me suis fait lapider par les étudiants au L.S.E.[1]. Ils m'ont traité de fasciste. La fois suivante, ils ont fait un *sit-in* devant mon amphi pour m'empêcher de faire cours, et ce fut la fin de ma carrière d'enseignant. Tous ces chevelus... À la place, ils ont trouvé un type pour leur parler du désarmement ! Je ne sais pas comment ces glandeurs peuvent apprendre quoi que ce soit !

— Vous êtes amer comme un vieux royaliste.

Il lâcha un rire dans un nuage de fumée.

— Nous sommes une race mourante, dit-il, mais ils ont encore besoin de nous. Vous avez vu la tête de Brejnev ? Vous croyez qu'un type comme lui va écouter un hippy en tunique indienne et parfumé au patchouli, qui fume de la marijuana ? En fait, je préférais Khrouchtchev. Au moins, il annonçait la couleur, lui !

— Si tu aimes bien Khrouchtchev, lança une voix dans le couloir, c'est uniquement parce qu'il est aussi ignare que toi dans le domaine de l'art !

— Ah, te voilà Dickie ! Je me demandais où tu étais passé. Comme je disais à Anne, je trouvais bizarre que tu rates l'occasion de t'en jeter un derrière le gosier.

Richard Rose avait des cheveux gris, coiffés en arrière et luisants de lotion tonifiante. Ses yeux étaient toujours aussi vifs et sa bouche lippue s'incurvait comme si elle espérait un baiser. Anne et lui se serrèrent la main. Rose brossa une poussière imaginaire sur son costume bleu marine.

1. L.S.E. : London School of Economics. *(N.d.T.)*

— Que disait Khrouchtchev à propos de l'art moderne, Jim, toi qui l'aimes tant ?

— « Des coups de queue d'âne sur une toile », répondit Wallis en prenant l'accent russe.

— Un paysan ! Un cul-terreux ! Un plouc ! Voilà ton cher K !

— Je vous sers un verre, Mr. Rose ? demanda Anne, impatiente de s'éloigner de lui.

— Je m'en occupe, lança Wallis. Qu'est-ce que ce sera ?

— Un pinkers, si la chose est possible.

— L'angustura est là-bas, précisa Anne, quelque peu agacée.

— Toutes mes condoléances, Anne, annonça Rose d'un ton doucereux. Votre mère était une femme bien. Un sacré personnage. Lorsqu'elle a pris sa retraite, elle a laissé un grand vide.

— Je doute qu'elle s'illusionnât sur la réelle importance de son travail.

— Certes, mais elle y avait mis sa patte, et c'est ça qui est irremplaçable. Consciencieuse, sévère même, mais une grande camarade, et drôle, avec ça.

Ils abordèrent les mêmes sujets qu'avec Wallis ; Rose était toujours marié ; ce fut la seule information qu'Anne put glaner.

— Qui est susceptible de vous trouver un poste à Cambridge, dites-vous ? interrogea Rose.

— Louis Greig.

— Quelle est sa spécialité ?

— Je ne sais pas trop, au juste. Ce devait être la théorie des jeux dans les années cinquante, mais je pense qu'il a dû passer aux...

— Ah oui, je me souviens d'avoir vu ce nom-là de temps en temps. Un spécialiste de la stratégie. Une grosse tête.

— Sans doute.

— Il a travaillé un temps au Rand[1], en Californie, durant les années cinquante. Service recherche et développement, ça en dit long.

— Ce devait être après sa thèse à Princeton.

— Ce n'est pas un Yankee, pourtant...

— Eton et Cambridge.

— Effectivement, marmonna Rose, sentant Anne froide comme une banquise.

Wallis réapparut avec le cocktail à base de gin.

— Au groupe de Lisbonne ! lança-t-il en levant son verre.

— Au bon vieux temps ! renchérit Rose. Mon Dieu... nous étions tellement innocents.

— En voilà un autre de l'équipe de 44 ! s'écria Wallis. Tout le groupe de Lisbonne est là, ma parole !

Une main, tenant une pipe, se glissa entre les deux hommes et les écarta pour se frayer un passage. L'homme embrassa Anne sur les deux joues avant qu'elle ait le temps de se rendre compte de ce qui se passait. Puis il la tint par les épaules, à bout de bras pour mieux la contempler, comme un vieil oncle.

— Je suis vraiment désolé, déclara Meredith Cardew. Vraiment désolé, Anne. Cela a été un choc, pour nous tous, pas vrai Dickie ? quand elle nous a appelés en juillet. Une femme très courageuse. Seigneur ! je doute que j'aurais réagi aussi bien qu'elle.

Il relâcha Anne, mais laissa un bras sur son épaule, comme si elle était sa protégée.

— C'est drôle de se retrouver ainsi réunis, dit Rose. Il ne manque plus que Sutherland.

— Pauvre vieux, lâcha Cardew.

— Un pinkers, Merry ? demanda Wallis.

1. Institut de recherche militaire. *(N.d.T.)*

— Pourquoi pas.

— Comment va Dorothy ? demanda Anne à Cardew.

À 2 heures de l'après-midi, ils étaient tous partis. Wallis fut le dernier à s'en aller. Il soutenait Peggy White, l'assistante comptable, qui avait négligé les sandwichs, mais s'était rattrapée sur l'alcool – sept pinkers dans un estomac vide. Anne rangea la maison et s'assit à la table de la cuisine, songeant à Wallis et à Rose, à la façon dont ces deux hommes, chacun à leur manière, l'avaient jaugée, examinée. Rose ne pouvait penser à lui confier une mission, pas avec leur inimitié commune, cependant c'était l'impression qu'il donnait. Wallis ? Peut-être Wallis espérait-il simplement une aventure. Il se lassait déjà de Mrs. Wallis numéro deux. En Angleterre, la vie de famille partait à vau-l'eau. Plus personne ne s'angoissait à l'idée de tomber enceinte. Il suffisait de prendre la pilule et de faire ce qui vous plaisait. Salazar préférerait mourir plutôt que d'autoriser la pilule au Portugal, de même que Franco en Espagne. Les pensées d'Anne, engagées sur ce chemin, se portèrent naturellement sur sa propre famille – éclatée, séparée par des milliers de kilomètres, les hommes partis à la guerre et elle seule dans sa grande maison... Les larmes coulèrent malgré elle. Les vêtements de sa mère avaient été confiés à un magasin de vente de charité ; les vers pointaient déjà leur museau sur le bois verni du cercueil.

30.

7 septembre 1968, Angleterre

Anne prit le train pour Cambridge. Elle acheta le journal à la gare et, une fois n'est pas coutume, la lecture du *Guardian* la rendit heureuse. Sur la première page de la rubrique « International », il y avait un article sur Salazar : celui-ci avait été emmené d'urgence à l'hôpital Cruz Vermelha, à Lisbonne, après avoir été victime d'une hémorragie cérébrale. Plus tard un médecin avait annoncé qu'on avait découvert un hématome intracrânien sous-dural. Anne esquissa un sourire : les Portugais ne pouvaient pas dire simplement un caillot de sang dans le cerveau ! L'article se terminait par une déclaration d'un chirurgien, expliquant que le chef de l'État allait subir une opération.

Le soleil perça les nuages et pénétra dans le wagon. Anne alluma une cigarette pour fêter l'événement et porta un toast en pensée à la fin du régime fasciste et de ses guerres coloniales.

Louis Greig avait ses bureaux au Trinity College, dominant la cour d'honneur. Il fumait le cigare, des Villiger, une marque suisse. Anne sentit l'odeur du bas de l'escalier et imagina un bureau débordant de livres et de documents, dans un indescriptible chaos où seul le maître des lieux pouvait se repérer. Mais, à son arrivée, elle découvrit une pièce curieusement ordonnée. Aucun papier ne traînait, des rayonnages supportaient des carnets de notes par centaines et des piles de dossiers fermés par des rubans de diverses couleurs. Greig avait également échappé aux excentricités vestimentaires des mathématiciens, tels que socquettes et sandales, pantalons gris feu de plancher, vestes de tweed avec ronds de cuir au coude et cravates décorées de restes d'œufs au bacon. Greig était chauve, sa couronne de cheveux restante était coupée ras, son crâne était grand et carré, son corps solide, musclé, sans une once de graisse. À la vue des coutures distendues de sa veste et de la ligne droite des épaules, l'homme devait être un adepte de la culture physique.

Anne le trouva affalé au fond de son siège, les pieds, dans de grosses chaussures de cuir, posés sur le coin de sa table de travail. Lorsqu'elle referma la porte derrière elle, il se leva et contourna le meuble pour venir vers elle, masse sombre à son côté. Elle lui tendit la main. Elle sentit l'odeur de l'eau de toilette mêlée à celle du tabac. Il garda la main dans la sienne et l'entraîna vers un canapé de cuir. Il s'assit en face d'elle sur le bord d'un fauteuil. Malgré sa petite cinquantaine d'années, l'homme pétillait de vie.

— João Ribeiro disait que vous étiez exceptionnelle, mais il a omis de préciser dans sa lettre que vous l'étiez aussi physiquement.

— Il y a également certaines choses sur vous qu'il ne m'a pas révélées, répliqua Anne, bottant sa flatterie en touche. Par exemple, j'aimerais savoir comment vous avez fait sa connaissance.

— Oh ! João est venu participer à un colloque sur les nombres premiers, je crois. Puis j'ai fait un séjour à Lisbonne avant de me rendre à Princeton. J'ai donné là-bas quelques cours sur les équations diophantines.

Ses yeux ne quittaient pas le visage d'Anne. Il se tenait les mains jointes, doigts tendus pointés vers elle. Sa tête était enfoncée dans ses épaules musclées et ses pieds étaient calés contre le bas du fauteuil, comme s'il se préparait à plonger sur elle. Une excitation étrange gagna la visiteuse. Elle n'avait pas été le siège d'un tel trouble depuis plus de vingt ans. Elle avait du mal à suivre la conversation, les questions se bousculaient dans sa tête.

— Quelqu'un, récemment, m'a appris que vous avez travaillé au RAND ?

— Pendant deux ans. Une vraie marmite, cette boîte, avec tous ces cerveaux bouillonnant sous le même toit ! J'avais déjà connu ça avec Alan Turing [1], à Bletchley Park, pendant la guerre. Cela a retardé ma thèse, d'ailleurs ; c'est ainsi que je me suis retrouvé à Princeton au milieu des années cinquante, puis au RAND à Santa Monica. Vous savez qu'il n'existe que deux temps sur la côte ouest : le soleil ou la brume. Les saisons me manquaient. Rien ne vaut un bon froid de canard et un soleil pâlichon derrière des arbres nus.

— Moi, ce sont les étés qui me manquaient, avec leurs odeurs d'herbe coupée.

— Qui vous a dit que j'ai travaillé au RAND ?

— Quelqu'un, aux funérailles de ma mère, je ne sais plus qui.

— Je suis désolé. João ne m'a pas prévenu.

— Je ne lui ai pas encore annoncé la nouvelle.

— Ce pauvre João traverse une période difficile. Il suffit de lire entre les lignes.

1. Alan Mathison Turing (1912-1954), mathématicien anglais, spécialiste de cybernétique. *(N.d.T.)*

— Peut-être les choses vont-elles s'arranger. Vous avez lu le journal, ce matin ?

— Sur Salazar, oui. Ils racontent que pour lui la politique, c'est fini.

— C'est une nouvelle porteuse d'espoir pour moi aussi, commença Anne avant de s'interrompre, traversée d'un premier éperon de culpabilité.

— Vous faites allusion à votre fils et à votre mari en Guinée ? João, d'ailleurs, disait que vous ne viendriez peut-être pas. Mais vous voilà, alors...

Ils discutèrent mathématiques pendant un temps qui leur parut très court, tant ils étaient, l'un comme l'autre, passionnés par le sujet. Greig était un débatteur pugnace, démontait tous les arguments d'Anne, les déclarant triviaux. Cependant son interlocutrice était une adversaire habile : sitôt qu'il pensait l'avoir mise à terre, elle contre-attaquait en lançant une autre piste excitante. À la fin de leur discussion, ils tenaient la matière pour une publication scientifique. Avant de se quitter, Greig annonça qu'il lui chercherait une place dans l'une des universités du campus.

Anne reprit le train pour Londres et fit le voyage dans une voiture bondée de touristes américains qui revenaient d'Écosse, affublés de vestes de tartan. Le Back Watch, à la rigueur, pouvait être seyant, mais le Macleod, certainement pas ! Elle se sentit soudain comme une paysanne observant des citadins bouche bée. Elle sortit dans le couloir fumer une cigarette et se mit à penser à Louis Greig, à sa présence physique, à leurs liens intellectuels et à l'odeur de son cigare qui imprégnait encore son manteau. Elle mit la tête à la fenêtre ; ses longs cheveux bruns agités par le vent battaient devant ses yeux, brouillant sa vue. À l'arrière du train, les rails argentés s'enfuyaient vers Cambridge et Anne sentit encore une fois monter en elle une bouffée d'excitation. Elle tourna son visage vers la locomotive, le vent puissant lui arracha des larmes. Ses cheveux flottaient dans sa nuque en une crinière noire et elle se mit à rire, grisée de voir sa vie prendre un nouveau départ, de sentir le cours véloce des événements se précipiter vers elle... Enfin, il se passait quelque chose !

Le lendemain, il pleuvait. Dans le clair-obscur de la maison de Clapham, elle attendait que le téléphone sonne, ce qui n'arriva pas. Le soir, la pluie cessa et le soleil couchant inonda soudain la chambre. Anne se rendit sur la tombe de sa mère et découvrit que deux nouvelles couronnes avaient été déposées – aucune inscription autre que l'étiquette du fleuriste de Pimlico. Anne se promena parmi les autres sépultures, ses talons s'enfonçant dans les gravillons des allées. Pour tromper l'attente elle se rendit dans un salon de thé et mangea une part de gâteau en se demandant si elle ne s'était pas raconté des histoires à propos de Greig, si elle n'avait pas embelli cette rencontre. L'attirance qu'elle avait cru discerner chez lui n'était peut-être que pure chimère ? Il était sans doute marié. L'absence d'alliance ne signifiait pas grand-chose en Angleterre. Elle fit tourner sa propre alliance qui ne pouvait plus passer la protubérance de l'articulation. Pourquoi Greig s'intéresserait-il à elle alors que le campus regorgeait de jeunes étudiantes en pleine révolution sexuelle ? Anne rentra chez elle ; le trottoir était jonché de feuilles mortes et de détritus trempés.

Le téléphone sonnait lorsqu'elle arriva devant la maison. Elle grimpa les cinq marches du perron et décrocha, hors d'haleine. C'était Greig. Il avait eu le feu vert du directeur du département de mathématique ; il lui avait trouvé un poste à Girton. Les papiers d'inscription suivaient et on faisait le nécessaire pour lui trouver un logement. Il l'attendait pour début octobre.

Elle s'offrit un gin-tonic avant de dîner et ouvrit un pomerol de Rawly pour accompagner ses côtes de mouton. Elle alla se coucher un peu grise et se réveilla avec la gueule de bois.

Londres était emportée dans le tourbillon des années soixante comme dans un bain de jouvence : modes bigarrées, variété inconcevable de musiques comparée à la monotonie du Portugal, marchandises débordant des étalages et célébrant la jeune ère de la grande consommation. Anne acheta des vêtements d'hiver, porta un jean pour la première fois, fuma des Gitanes tout en se demandant par quel miracle sa mère possédait une collection complète de Herb Albert et son orchestre Tijuana Brass, et avala son premier hamburger dans un endroit appelé un Wimpy Bar. Elle eut l'impression de mâcher du caoutchouc enrobé de coton. Elle effectua quelques démarches sérieuses, également, telles que contacter des agences immobilières pour louer la maison maternelle de Clapham.

Les papiers de l'université arrivèrent le même jour qu'une lettre de Ribeiro. La lettre avait été ouverte et lue par la censure du Portugal, le rabat recollé. Elle était rédigée suivant l'un de leurs codes, et Anne dut aller à la bibliothèque se procurer les œuvres complètes de Fernando Pessoa pour le décrypter :

> Chère Anne,
>
> À l'heure qu'il est, tu as sans doute appris la bonne nouvelle, mais tu peux constater, vu l'état de cette enveloppe, que, même si le chef de

l'*Estado novo* gît comme un légume à l'hôpital, ses mesures de répressions, elles, restent toujours aussi énergiques. On espérait beaucoup ici, mais rien n'a changé. Le gouvernement est désormais entre les mains de Marcelo Caetano, qui est moins mégalomane que notre vieux professeur. Néanmoins, maintenant qu'il a atteint le sommet, il va découvrir tout ce qu'il doit à ses amis financiers, à l'Église et aux militaires. Tout, je le crains, restera en l'état. En fait, sa première allocution était destinée à rassurer les ultra-conservateurs. Il y expliquait que les Portugais, dirigés jusqu'alors par un génie, devaient à présent s'habituer à avoir un gouvernement composé de simples mortels. C'est l'ânesse en pâmoison devant le pur-sang Salazar, et tout ce qu'il résultera de cette union, ce sera une vieille mule stérile. J'espère me tromper. Je veux croire que les guerres coloniales vont prendre fin et que le peuple portugais trouvera sa place parmi les pays modernes d'Europe.

J'ai laissé trois dents de plus sous la pince du colporteur qui fait office de dentiste. Il m'a dit qu'il était également cordonnier et je lui ai donné mes chaussures à réparer. Cet homme prend soin de moi de la tête aux pieds !

Je pense à toi et te souhaite toute la réussite possible.

João Ribeiro

Elle huma la lettre, espérant y trouver une bouffée d'iode marin, l'odeur des maquereaux grillés ou d'une *bica* bien fraîche – souriant au souvenir des *saudades* et des complaintes – mais tout ce qu'elle perçut, ce furent la mélancolie, le désespoir d'un homme adouci uniquement par sa foi indéfectible en l'espèce humaine, et le parfum âcre de la sueur qui avait migré des pores de sa peau pour imprégner le papier.

Le stylo d'Anne oscillait au-dessus des cases du formulaire d'inscription ; elle hésitait encore, troublée par les implications de la lettre de Ribeiro. Tout à coup, le téléphone sonna. Ellc décrocha dans le vestibule glacial ; elle n'entendit pas le nom de l'interlocuteur, mais comprit qu'il téléphonait du consulat portugais et qu'il aimerait la rencontrer. Elle voulut savoir à quel sujet, mais celui-ci refusa de lui donner plus amples détails – « seulement en privé, senhora Almeida ». Elle donna son accord et raccrocha, s'apercevant alors que l'homme ne lui avait pas demandé son adresse...

Une heure plus tard, il frappait à sa porte. Un petit homme aux oreilles décollées qui se présenta comme étant le senhor Martims ; un mètre cinquante de hauteur, un imperméable noir – on eût cru un écolier. Elle lui offrit du café. Il ne cessait de lisser ses moustaches sur sa lèvre supérieure, comme s'il voulait cacher sa bouche afin que l'on ne puisse le voir parler. Son visage se fit grave et solennel. La panique envahit Anne. L'envie de s'enfuir de la pièce l'assaillit. Martims sortit une lettre de sa poche et la posa sur ses genoux joints. Anne distingua son nom écrit de la main de Luís. Le petit homme gardait la tête baissée, comme pour rassembler ses forces. Il parla d'une voix rapide, en un anglais rigide, à peine audible entre ses dents.

— J'ai le triste devoir de vous annoncer, senhora Almeida, que votre fils, le capitaine Julião Almeida, a été tué au combat, il y a quatre jours, en Guinée.

Il y eut un long silence. Les paroles de Martims ne pénétraient pas en elle par les voies classiques. Anne ne les entendit pas au sens propre du terme. Les mots étaient des pierres dures qui heurtèrent son visage, comme lors d'une lapidation. Ils transperçaient sa peau, s'enfonçaient dans sa chair. Ce n'étaient pas des mots intelligibles, du langage articulé. Elle ne les comprenait que par la douleur qu'ils lui infligeaient. Martims ne put supporter davantage ce silence, sachant les ravages que causaient ses paroles. Il poursuivit son rapport et, malgré lui, lança sur Anne une nouvelle volée de pierres :

— Votre fils conduisait une patrouille dans la forêt, et elle a été attaquée par des rebelles.

Martims répéta la phrase pour être sûr qu'il avait été compris. Anne acquiesça en silence devant ces salves de mots qui fondaient sur elle des quatre coins de la pièce.

— Les rebelles ont attaqué la patrouille, et votre fils, qui la dirigeait, a été touché au cou et à la poitrine. Le combat a duré plus d'une heure et ses hommes n'ont pu se porter à son secours. Le temps de repousser les rebelles, votre fils était mort ; il avait perdu trop de sang. Je suis sincèrement désolé, senhora Almeida.

Il y avait de la couleur dans ces mots, ainsi que des sons, ils ne véhiculaient pas seulement des faits en noir et blanc. Ils faisaient jaillir des images dans la tête d'Anne. La forêt équatoriale, les hululements des animaux. Les premiers coups de feu – des claquements de mort. Le rouge du sang sur la peau blanche, assombrissant le vert de l'uniforme. Julião étendu dans l'herbe haute, les balles sifflant au-dessus de lui et le ciel au-dessus encore, derrière les frondaisons, blanc, lumineux telle une pierre polie, mais qui s'assombrissait à mesure que la vie s'écoulait de lui, au fil des battements de cœur, de son cœur mourant en Afrique.

— Je suis sincèrement désolé, psalmodiait le senhor Martims. Je n'ai aucun moyen d'adoucir ce choc. C'est la pire chose qui puisse arriver à une mère. Je... je...

Elle aurait dû pleurer, peut-être, pousser une longue plainte pour expulser le mal, mais les mots avaient enfoui la douleur trop loin, trop profond. Pleurer était insignifiant. On pleurait quand on se donnait un coup de marteau sur le doigt, pas quand un abîme s'ouvrait au fond de soi. Elle referma ses bras autour d'elle pour s'empêcher de tomber. Le petit homme lançait de nouveaux mots, mais elle rassemblait toute son énergie pour ne pas être mise en pièces par cette nouvelle salve. L'effort était si titanesque qu'elle ne perçut que des bribes :

— ... il se sentait responsable... ses camarades officiers... un geste désespéré... il s'est servi de son revolver de service... déprimé... très fier... une terrible tragédie... deux fidèles serviteurs de la nation... Il a laissé une lettre pour vous, senhora Almeida.

Elle ne prit pas la lettre. Elle n'arrivait pas à déplier les bras tétanisés sur son torse. Martims, en désespoir de cause, la déposa sur l'accoudoir du fauteuil d'Anne.

— Vous avez de la famille ici ? s'enquit-il en regardant ses yeux, qui lui semblèrent deux puits sans fond.

— Ma mère est morte le mois dernier. Je ne connais personne à Londres.

— Vous n'avez pas de famille du tout ? bredouilla Martims, stupéfait.

— À Lisbonne... peut-être.

— Des amis de votre mère ? insista-t-il. Vous ne devez pas rester toute seule après de telles nouvelles.

Le seul nom qui lui vint à l'esprit fut celui de Jim Wallis. Martims trouva le numéro et parla à voix basse. Il resta avec Anne, faisant les cent pas dans la pièce, jetant des coups d'œil vers la lettre qu'Anne n'avait toujours pas ouverte, attendant l'arrivée de Wallis.

Elle se revit en pensée à la fenêtre du train qui la ramenait à Londres. Il y avait ces événements qui se précipitaient vers elle, mais le vent aussi qui faisait venir les larmes et l'aveuglait ; le paysage devant elle était noyé dans un brouillard, une masse floue... la menace d'un cataclysme imminent. De l'autre côté, il y avait ces deux rails d'argent qui s'enfuyaient, à demi occultés par la masse de ses cheveux fouettant son visage. Et maintenant le modèle prenait forme, sinistre augure : le récit de sa mère, la mort de son père, Julius Voss mourant à Stalingrad, le suicide du père de Karl, l'arrestation et l'exécution de Karl, la mort de leur fils, le suicide du père de substitution... Le mensonge entraîne d'autres mensonges avait dit sa mère, il faut en dire un autre pour sauver le premier. Pour la tragédie, c'est le même processus. La tragédie suit son propre chemin de sang. La seule chose à laquelle elle ne s'attendait pas, c'était d'être elle-même tragique – une femme de quarante ans, terrorisée, seule dans une grande maison glaciale, ne sortant plus jamais de chez elle parce qu'elle savait où allait frapper la foudre la fois suivante. La voilà donc, figure pathétique, inspirant la pitié du senhor Martims, une mère ayant tout perdu, n'ayant plus de famille. La colère l'envahit et elle ouvrit la lettre pour savoir ce que son mari avait à dire pour sa défense :

Chère Anne,

Il est tard et j'ai trop bu. L'alcool n'a pas produit les effets escomptés. Je suis trempé de sueur et les mots, qui n'ont jamais été mon fort, passent au travers de moi, mais la douleur, qui devrait être amoindrie à présent, reste toujours aussi forte, un diamant pointu, tranchant comme un rasoir par toutes ses facettes.

La nuit et le bruit des insectes m'envahissent. Mes amis, mes compagnons d'armes, sont partis se coucher. Ils pensent que j'ai bien pris la chose. Mais ce n'est pas vrai.

Toi et moi, nous nous sommes quittés en mauvais termes parce que tu pensais que ces guerres étaient iniques. Je le savais déjà, la première fois, en Angola, et je le vois aujourd'hui plus clairement encore. Et j'ai tout perdu – mon fils, et toi, parce que tu ne me le pardonneras jamais. Vous étiez les deux personnes qui comptaient le plus dans ma vie, et sans vous l'existence n'a plus d'intérêt.

Je n'ai jamais été homme à accomplir ce genre de geste. J'ai toujours aimé la vie. Peut-être que si j'attendais, je pourrais m'ôter cette idée de la tête et supporter le sort qui me guette. Mais pour l'heure, avec cette chaleur qui presse les murs de ma chambre, le monde rendu flou par-delà la moustiquaire, la distance titanesque entre nous et cette absence infinie... je n'ai pas la force, pas le courage. Pardonne-moi ce geste, à défaut de me pardonner le reste.

Ton mari, Luís

Anne rangea la lettre dans son enveloppe et la glissa entre l'accoudoir et le coussin du fauteuil. Martims avait cessé d'arpenter la pièce et méditait sur les Anglais. Les mots « pitié » et « admiration » lui vinrent à l'esprit. Pourquoi ne laissaient-ils pas libre cours à leurs émotions ? Pourquoi s'interdisaient-ils de verser une larme ? Si elle avait été portugaise, cette femme se serait évanouie, ou jetée à ses pieds, en gémissant, mais ce silence... ce silence d'airain, ce stoïcisme inflexible ! Comment faisaient-ils ? Cette histoire de sang-froid, sans doute. Les Anglais étaient des animaux à sang froid, des reptiles bipèdes. Une bouffée de culpabilité le gagna aussitôt. Ce n'était guère le lieu et l'heure d'avoir de telles pensées. Cette femme... Cette souffrance... était inimaginable. Et, de surcroît, elle venait de perdre sa mère...

Le senhor Martims se trompait. Il ne pouvait soupçonner qu'il se trouvait au pied d'un volcan près d'exploser. Une faille s'était ouverte dans les entrailles d'Anne et un magma de rage bouillonnant remontait vers la surface. Ses mains, serrées sur ses genoux, vibraient pendant l'ascension de cette lave en fusion.

— Je vous remercie d'être venu me trouver, senhor Martims, dit-elle d'une voix chevrotante. Et je vous remercie de votre sollicitude. Ça va aller. Vous pouvez rentrer au consulat.

— Non, non, j'insiste pour rester jusqu'à l'arrivée de Mr. Wallis.

— J'aimerais être seule un moment, c'est tout. Si vous voulez bien avoir la gentillesse de me laisser...

Elle le raccompagna jusqu'à la porte. Le petit homme se dirigea vers sa voiture et attendit. Anne ne retourna pas au salon, mais se réfugia dans les ténèbres de la salle à manger. Elle se précipita vers la table, prise de violents haut-le-cœur, ne pouvant vomir cette chose trop grosse pour son œsophage, se heurtant, dans le mouvement, le tibia contre une chaise. La douleur fulgurante la fit tomber au sol. Elle se mit à marteler la chaise de coups de pied furieux, jusqu'à en arracher les talons de ses chaussures.

— Espèce de salaud ! Salaud... Salopard... lâcha-t-elle entre ses dents.

Tout étonnée de s'entendre articuler un mot, elle se releva, saisit la chaise et la projeta contre le mur. Le dossier et les pieds arrière se détachèrent de l'assise. Anne s'empara des restes et les abattit de toutes ses forces sur la chaise voisine. Les deux pieds avant se brisèrent. Elle projeta le dossier contre le mur, le faisant voler en petit bois, puis fit subir le même sort aux pieds. Elle se releva, haletante. La porcelaine frémit dans le buffet. Elle ouvrit les portes, sortit une assiette et la lança contre le mur, puis une autre, et une autre encore, le plaisir de détruire faisant trembler sa poitrine. Elle jetait la vaisselle avec de plus en plus de violence et, lorsque les muscles commencèrent à fatiguer, la haine et le venin prirent le relais et soutinrent son bras. Au moment où elle avait l'impression que son biceps allait se détacher de l'épaule et que sa poitrine allait éclater, ne pouvant contenir l'agitation des organes, elle se trouva emmaillotée dans un imperméable mouillé, la bouche de Wallis contre son oreille lui murmurant des paroles de réconfort. Encore des mots, des mots incompréhensibles.

Il l'emmena dans une chambre, la chambre de sa mère, et la mit au lit. Un médecin vint, lui donna des calmants. Il laissa des Valium pour plus tard. Anne gisait dans le lit comme une figurine dans son écrin de coton, coupée du monde extérieur, l'intérieur soudain silencieux – les pensées, les émotions étouffées dans l'œuf, ne pouvant atteindre le seuil de douleur.

Elle crut flotter ainsi pendant des jours. Quand elle s'éveilla, il y avait une femme inconnue dans la pièce. Anne dut bander toute sa volonté, faire un effort littéralement physique pour garder le contact avec la réalité. La femme se présenta. C'était l'épouse de Wallis.

Anne voulut se remémorer ce qui s'était produit, mais les événements lui parurent très lointains. Une muraille capitonnée se dressait désormais entre le présent et le passé. Elle se souvenait des faits, la douleur aux épaules était là pour les lui rappeler. Elle vit même les stigmates que portaient les murs, mais ne put retrouver l'intensité du moment. Elle se sentait curieusement dépossédée. Le souvenir de la mort de son fils et de son mari générait de la tristesse, des larmes silencieuses, intarissables, mais sans folie. Et cette folie lui manquait. Elle avait été la chair même de cet instant. Anne se sentait spoliée, déconnectée, pas seulement de cet instant, mais de sa vie entière. Sa mémoire était toujours intacte, aussi précise qu'autrefois, cependant les souvenirs ne formaient plus une biographie contemporaine, juste un épisode d'une histoire ancienne. Ce changement de perception la terrifia, jusqu'à ce qu'elle s'aperçoive que c'était un *modus vivendi*, une trêve trouvée par son esprit après la canonnade meurtrière.

Le soir, Wallis passa relever sa femme. Ils discutèrent sur le palier. Elle lui fit le récit de la journée. Tout avait été calme. Wallis vint s'asseoir sur le lit, prit la main d'Anne. La porte d'entrée claqua au rez-de-chaussée.

— Me voilà de retour, articula-t-elle.

— Apparemment.

— Je suis partie combien de temps ?

— Trois jours. Ordre du toubib. Il pensait que c'était mieux.

— Je suis toujours droguée ?

— Moins qu'hier. C'est pour cela que vous êtes de retour parmi nous, mais encore groggy.

Anne s'habilla, avec une curieuse sensation de dédoublement, comme si quelqu'un d'autre enfilait les vêtements. Wallis et elle dînèrent en bas, le tintement des couverts lui vrillait les tympans. Le mobilier, quoique inchangé et reconnaissable, lui semblait peu familier, éclairé par un jour nouveau. Wallis lui demanda ce qu'elle comptait faire, d'un ton précautionneux, comme s'il craignait qu'elle eût l'intention de commettre, quel était le terme, déjà ? l'irréparable. Le plus curieux, c'est que cette idée ne lui avait pas effleuré l'esprit – le suicide. Elle avait sans doute hérité de l'opiniâtreté maternelle.

— Je ne sais pas, répondit-elle. Ma vie semblait prendre un nouveau départ, avant tout ça. J'aimerais peut-être retrouver cette énergie.

— Je peux vous trouver un travail, si vous voulez.

— Où ?

— À la Compagnie, bien sûr. Ils n'ont toujours pas comblé le trou laissé par Audrey, à la grande satisfaction de Dickie. Chaque fois que se présente un prétendant au poste, Dickie secoue la tête en disant qu'Audrey est irremplaçable, et l'affaire est entendue.

— Merci, Jim ; mais Rose et moi, vous savez... Je crois que je vais plutôt prendre ce poste à Cambridge.

— Enfin, vous savez qu'en cas de besoin, Anne, nous sommes là.

Une idée se forma dans son esprit... peut-être l'explication de son hésitation à remplir le formulaire d'inscription à l'université.

— Oui, Jim, vous pouvez faire quelque chose pour moi. Me redonner mon ancienne identité. J'aimerais être de nouveau Andrea Aspinall.

31.

1968-1970, Cambridge et Londres

Sa dernière action en tant qu'Anne Ashworth fut de se rendre à Lisbonne pour les funérailles de Julião et de Luís. À cause du climat tropical, les corps avaient été brûlés en Guinée, mais une messe devait être prononcée à la basilique da Estrela, ainsi qu'un service funéraire au mausolée de la famille à Estremoz.

Anne séjourna à la York House, rua das Janelas Verdes, à Lapa. La veille de la cérémonie, elle se promena dans ce quartier qui lui était familier, dépassa l'ambassade britannique rua de São Domingos, tourna à droite dans la rua de Buenos Aires, à gauche rua dos Navegantes, et descendit la rua João de Deus, soulignée de sa voie de tramway. Cela faisait vingt-quatre ans qu'elle n'était pas revenue dans cette partie de la ville. Lorsqu'elle vit les jacarandas ondulant au-dessus du dôme blanc de la basilique, elle s'attendait à être assaillie par les souvenirs comme par une meute d'enfants excités, mais ils restèrent bien sagement dans leurs petites cages.

Anne s'arrêta devant le vieil immeuble de Voss. Rien n'avait changé : la façade parsemée de carreaux vert et bleu, les losanges noirs, la plaque commémorative du poète João de Deus au-dessus de la porte.

Anne retrouva la famille Almeida sur les marches de l'église. Même s'ils n'avaient jamais aimé « l'étrangère », ils l'acceptèrent en leur sein, partagèrent avec elle leur douleur. Ils pénétrèrent ensemble dans la basilique, Anne au bras de la mère de Luís. Cela confirmait ce qu'elle connaissait de l'âme portugaise. Ce peuple comprenait la tragédie, c'était leur territoire, et ils accueillaient quiconque la vivait avec eux. La veillée dura toute la nuit, l'assistance assise en cercle autour des urnes.

La messe fut prononcée le lendemain matin. Hormis la famille, peu de gens assistèrent à l'office. Les amis de Luís et de Julião étaient tous en Afrique, au combat. Les Almeida emportèrent les urnes à Estremoz pour les placer dans le caveau de famille, à côté des autres cercueils, empilés les uns sur les autres tels des soldats dans leur baraquement. La grille de fer forgé fut refermée sur les défunts, leurs photographies placées dans des cadres, à l'extérieur : Luís, fidèle à son habitude, paraissait solennel devant l'objectif, comme s'il posait déjà pour ses propres funérailles, Julião, un grand sourire aux lèvres, pétillait de vie.

Anne passa la nuit dans la maison de famille et rentra à Lisbonne par le train. Le soir, elle rendit visite à João Ribeiro, le dernier fil de son ancienne vie à nouer, avant de s'envoler le lendemain matin. Ribeiro vivait dans une autre chambre, mais toujours au cœur du Bairro Alto. Il l'accueillit par une profusion de baisers et en la serrant chaleureusement contre son corps malingre. Lorsqu'elle se recula, elle vit qu'il pleurait. Il tenta de passer un mouchoir sous ses lunettes pour s'essuyer les yeux avant de se rendre compte qu'il était plus simple de les ôter.

— Regarde ce qui m'arrive ! Voilà ce que tu fais à un vieil homme comme moi ! Tu pars une toute petite période et je pleure comme une madeleine quand tu reviens ! De joie... et de tristesse, aussi. Je suis désolé pour tous tes disparus. Tu en as eu plus en un mois qu'on devrait en supporter en une vie entière... La vie est parfois un animal stupide – stupide et brutal, Anne.

— Toi aussi, tu as eu ton lot de souffrances, João, répondit Anne en contemplant la pièce spartiate et décatie.

— Tout ça, répondit-il en faisant un geste circulaire du bras, ce n'est rien comparé à ce que tu viens d'endurer.

— Tu as perdu ta femme, ton travail, un travail qui était toute ta vie.

— Ma femme était malade depuis longtemps. La mort a été pour elle une délivrance. L'université ? Sous ce régime, on ne peut plus rien enseigner à qui que ce soit. Comment apprendre aux jeunes à réfléchir avec tous ces mensonges que racontent les journaux. Quant au travail, j'en ai un ! Cette chambre est plus cosy que la précédente, tu ne trouves pas ?

— Quel travail ?

— J'apprends aux enfants à compter et aux mères à lire et écrire. Je suis devenu un vrai communiste depuis que je vis au milieu de ces gens ! Ils me nourrissent, m'habillent, veillent sur moi. Mais parlons de toi... que comptes-tu faire après ces terribles événements ?

— Je n'ai guère le choix. Il y a une sorte de fatalité dans tout ça, mais j'appartiens toujours à ce monde. Je dois continuer. Recommencer de zéro.

Elle lui parla de Louis Greig et du poste de chercheur à Cambridge. Ils discutèrent mathématiques jusqu'à ce qu'une femme leur apporte un plat de sardines grillées. Ils passèrent à table.

— Ce n'est pas une mauvaise vie pour un vieil homme. On me prépare mes repas, on lave mon linge, on fait mon ménage et je passe mes soirées à écouter le *fado*. C'est peut-être ainsi que tout le monde devrait vivre... Je trouve ça harmonieux.

La femme revint, débarrassa la table et laissa du café et du cognac.

— Ils savent que tu comptes beaucoup pour moi, expliqua Ribeiro, alors ils mettent les petits plats dans les grands. Ils voulaient te mitonner un bon petit plat, mais je leur ai dit que tu adorais les sardines, que tu étais l'une des nôtres... comme Louis Greig, malgré sa fortune.

— Louis Greig ?

— Un mathématicien *et* un communiste.

— Je suis surprise. Il m'a dit qu'il avait travaillé au RAND à sa sortie de Princeton.

— C'était après la chasse aux sorcières de McCarthy... de toute façon, il n'a jamais été inquiété.

— Grâce à sa fortune ?

— Son père possède plusieurs milliers d'hectares en Écosse. C'est un député ultra-conservateur au Parlement ; il a même été, en coulisses, un membre influent du gouvernement. Louis est allé à Eton et n'a jamais été inquiété pour ses opinions politiques. Il est resté discret afin de pouvoir œuvrer à grande échelle.

— Et les conférences qu'il a données ici ? C'est toi, João Ribeiro, chef du département de mathématiques et communiste réputé, qui l'as invité !

— Moi ? Non. C'était ça le plus beau ! Salazar en personne l'a fait venir ! Le père de Louis avait des intérêts à Porto. Le vin, je crois. Le rapprochement fut fait, l'invitation lancée. Louis était ravi. Cela faisait bien sur son *curriculum vitæ*. Un philtre diplomatique protégeant de toute suspicion !

— Et vous avez parlé, tous les deux...
— Je voulais le rencontrer.
— Il savait donc, pour toi ?
— Au niveau où Louis opère, le parti communiste est planétaire.

Au matin, Anne prenait un café à la terrasse du Café Suiça sur la place du Rossio, accompagné d'un *pastel de nata*, sans doute son dernier avant plusieurs années. Des mendiants tournaient autour de sa table – un homme sans mains, sa poche gardée ouverte par un bâton, une femme avec le côté du visage brûlé, des gosses nu-pieds que les serveurs chassaient. Elle paya et se rendit dans la rue des bijoutiers, à proximité, pour faire couper son alliance. Le joaillier pesa la bague et la paya en liquide. Elle retourna sur la place, distribua l'argent aux mendiants et héla un taxi. Dans une nuée de pigeons affolés, le véhicule l'emporta vers l'aéroport.

L'avion roula en bout de piste et le pilote lança les moteurs. Alors qu'elle se préparait au décollage, son moment préféré, la panique l'envahit. L'avion vibrait de partout en s'élançant sur le ruban de bitume ; elle dut fermer les yeux pour contenir la terreur qui montait dans sa gorge au moment où les roues quittèrent le sol. Jamais elle n'avait eu peur du vide sous ses pieds, mais à présent, alors que l'avion se cabrait pour s'arracher à la pesanteur, elle se sentait vulnérable, glacée d'angoisse, persuadée que Dieu, lassé d'intervenir en sa faveur, allait la laisser tomber du ciel ; elle mourrait alors, simple numéro dans la Compagnie des ombres, inconnue, oubliée de tous. Enfin, l'appareil retrouva l'horizontale. Une hôtesse descendit l'allée. Le voyant

« Interdiction de fumer » s'éteignit et Anne fouilla son sac à la recherche de ses fidèles amies.

Le soir de son retour à Londres, Wallis débarqua à Clapham prendre un verre. Il avait un passeport au nom d'Andrea Aspinall, un numéro de sécurité sociale, tout ce dont elle avait besoin. Ils évoquèrent Lisbonne. Il regarda le sillon rouge à son annulaire. Pour éviter le sujet, elle le fit parler de sa femme.

— C'est une gentille fille. On s'entend bien, ça va. Elle est indépendante. Elle n'a pas besoin de moi à chaque instant. Et se débrouille très bien toute seule à une soirée.

— C'est si important ?

— Je n'aime pas qu'on s'accroche à moi, Anne. Pardon, *Andrea*. J'ai besoin d'air, si vous voyez ce que je veux dire.

— Pour pouvoir batifoler de votre côté ?

— Oui, sans doute. Même si, aujourd'hui, mes chances sont maigres.

— Vous avez eu de jolis succès, au casino, par exemple, avec cette fille, à Lisbonne...

— Tout le monde a eu sa chance avec elle, sauf moi. Je n'étais pas un assez bon parti, répondit-il en frottant ses doigts en signe d'argent. Et aujourd'hui, rien n'a changé.

— Vous montrez trop vos sentiments, Jim.

— Vous croyez ?

— Nous désirons toutes un peu de mystère. Vous devriez pourtant être un expert en ce domaine. Vous êtes un espion, bon sang !

— Je n'ai jamais été très doué pour les rôles de composition, Andrea. Je suis dans la paperasse désormais. J'ai toujours trop parlé. À l'inverse de vous, qui êtes plutôt avare de mots.

— Je ne l'étais pas à l'époque.

— Et maintenant ?

— J'ai eu mon compte de coups... ça m'incite à tenir ma langue.

— Excusez-moi. Je ne voulais pas être lourd. C'est vraiment dommage que vous partiez à Cambridge.

— Vous n'avez pas besoin de moi pour apprendre à jouer du mystère.

— Non, non. Mais je pensais que vous reviendriez travailler pour nous. Je peux vous avoir un poste d'un coup de baguette magique, vous savez.

— Même avec Richard Rose aux commandes ?

— Dickie ne s'occupe plus de l'organisation interne. Il est quasiment au gouvernement. De retour aux premières loges.

— Pourquoi, dans ce cas, continue-t-il de soutenir que ma mère est irremplaçable ?

— C'était un pilier de la maison... Ils se connaissaient depuis les années quarante. Ils prenaient le thé ensemble une fois par semaine, même après la retraite d'Audrey.

— Ils prenaient le thé ?

— Enfin, c'était leur euphémisme pour désigner une beuverie de quatre heures au Wheatsheaf. Audrey tenait l'alcool comme personne ! Je ne l'ai jamais vue ne serait-ce que tituber. C'était incroyable ! Pour Dickie, c'était sa façon de garder le contact. Audrey... Auders, comme il l'appelait. Auders sait tout, disait-il. C'est elle qui tient le porte-monnaie.

— Je vais à Cambridge, Jim.

— Oui, oui, bien sûr. Simplement, si cela ne marche pas... je suis là, la Compagnie est là.

Wallis voulut l'embrasser sur la bouche en partant –

cinq double gin-tonic dans l'estomac et un autre renversé sur sa chemise... Elle tourna légèrement la tête, juste pour dérober ses lèvres sans le vexer. Il s'éloigna d'un pas incertain. Andrea referma la porte et l'observa derrière les vitres. Il monta dans sa voiture, démarra et la regarda droit dans les yeux avant de partir. Elle ne comprit pas ce regard. Ce n'était pas de la déception, ni la vague humiliation d'avoir été repoussé, encore moins de la colère... C'était le regard d'un homme concentré sur son travail, à mille lieues de la fausse bonhomie qu'il avait affichée en sa compagnie.

Andrea loua pour un an la maison de Clapham à un couple d'Américains. Dans le train qui l'emmenait à Cambridge, elle fut victime de la même crise d'angoisse que dans l'avion à Lisbonne. Louis Greig lui avait trouvé un appartement au premier étage d'une maison mitoyenne, à proximité de la gare. Elle se mit au travail immédiatement, mais ne retrouva pas ses dons d'autrefois pour se lier d'amitié avec ses collègues. L'idée de perdre du temps l'effrayait. L'automne fut sombre et venteux. La pluie martelait ses fenêtres, mais Andrea ne relevait pas la tête de son bureau, de crainte de voir, reflétée dans les vitres, la pièce vide derrière elle.

Greig était parti à Washington pour deux semaines. Elle passerait donc seule les deux premiers dimanches. En début de soirée, des chants de prières se firent entendre à la télévision des voisins du dessous, et l'image de Julião apparut dans sa tête, gagna toute sa poitrine. Elle dut faire les cent pas pour contraindre la douleur à refluer, pour qu'elle rentre dans son trou tel un serpent dans la crevasse d'un mur. À 7 heures du soir, les pubs ouvraient et elle partit s'y réfugier en compagnie d'une pinte, environnée par des groupes d'étudiants braillards. Il en serait ainsi tous les soirs.

Greig rentra à la mi-octobre. Elle lui présenta ses premiers feuillets, qu'il jeta à la corbeille sans plus de considération qu'il n'en avait pour ses fonds de cendrier. Andrea regagna ses pénates, vidée, se sentant inutile et idiote. Elle s'étendit sur son lit, se demanda si son cerveau de quarante ans était encore capable de trouver une idée novatrice. Greig passa la voir en fin de soirée. Après avoir accroché son manteau et son parapluie derrière la porte, il lui présenta ses excuses pour sa brusquerie. Une bouffée de soulagement envahit Andrea. Il avait apporté du vin, un bon cru provenant des celliers du Trinity College, et un triangle de brie volé en cuisine. Elle le fit parler de son séjour à Washington. Il pesta contre les Américains, qui se croyaient si supérieurs au reste du monde. Il lui demanda comment s'étaient passées les funérailles à Lisbonne, en s'excusant de ne pas s'y être intéressé plus tôt : il sortait d'une réunion pénible avec le doyen, où il avait été question de réduction de budget. Greig et Andrea évoquèrent ensuite le Portugal, la famille Almeida, João Ribeiro.

— Il enseigne *l'arithmétique* ? répéta Greig, abasourdi. Un type qui peut résoudre une équation diophantienne avant le petit déjeuner ? À quoi joue-t-il ?

— Il assure qu'il est devenu un vrai communiste.

— Ce n'est pas une raison pour apprendre les divisions aux gosses des rues, nom de Dieu !

— Il satisfait la demande des habitants du quartier. Ils n'ont pas besoin de savoir résoudre des équations pour vendre leur poisson.

Les sourcils de Greig se dressèrent d'ennui.

— Salazar n'est pas encore mort ? demanda-t-il.

— Non, mais il est hors de combat.

— Ce type a ramené son pays au Moyen Âge. À mille kilomètres de son lit d'hôpital, il y a des étudiants qui manifestent dans les rues de Paris. Toute la jeunesse d'Europe bouge. Nous sommes en pleine révolution culturelle, et la péninsule Ibérique est aux mains de vieilles badernes qui dilapident les deniers publics pour la conservation d'un empire inique, affament leur peuple et le réduisent à l'état de serfs. Ils ne rattraperont jamais leur retard ! Excusez-moi, Anne, je m'emporte... rien ne vaut une bonne diatribe contre nos vieux amis fascistes pour se requinquer !

— C'est Andrea, maintenant... Je vous l'ai écrit dans ma lettre.

— Oui, oui, bien sûr. Pourquoi ce changement d'identité ?

— J'étais un agent des services secrets britanniques durant la guerre.

— Seigneur !

— Pour des raisons assez complexes, entre autres politiques, j'ai dû me marier sous mon pseudo d'agent ; et je l'ai gardé pendant vingt-quatre ans, jusqu'au mois dernier. Aujourd'hui, c'est un nouveau départ. Une page vierge pour Andrea Aspinall.

Elle se s'attendait pas à voir Greig aussi étonné. Les grosses têtes de Bletchley Park ne connaissaient pas le prestige de l'action sur le terrain. Percer le cryptage d'Enigma était moins spectaculaire. Les yeux de Greig retrouvèrent la même brillance que lors de leur première rencontre. Ce regard la clouait sur le bord du lit où elle était assise, avait un effet curieux sur les muscles de ses cuisses.

— Une chance que nous ne nous soyons pas trop penchés sur votre *curriculum vitæ* !

— Et même que je sois tout simplement ici, répliqua-t-elle. Ils voulaient me faire rempiler.

— Qui ça ?

— La Compagnie, comme nous nous surnommons. Le S.I.S. Ma mère travaillait pour eux. Tous ses vieux copains de boulot étaient à ses funérailles. J'en avais rencontré quelques-uns dans les années quarante, à Lisbonne. Ils cherchaient du monde, à l'époque.

Greig se laissa aller au fond de son siège. Andrea s'étendit sur le lit, passant une main sous sa tête, tirant une longue bouffée sur sa cigarette, en tentant de se souvenir si c'était ainsi que l'on séduisait un homme...

— Vous êtes une femme de l'ombre.

— Toujours là où on ne l'attend pas !

Il rit, mal à l'aise, sentant soudain son sang converger au milieu de son corps – dans son entrejambe. Il déglutit et croisa les jambes, gêné aux entournures.

Sa mère avait tort. Le sexe avait subi une révolution en vingt ans, ou alors Rawly était véritablement un précurseur en la matière, bien plus doué que Luís. Après leur premier baiser, elle voulut éteindre sa cigarette, mais Greig lui dit de continuer à fumer et passa ses mains sous sa jupe. Elle sentit ses doigts frémir lorsqu'ils trouvèrent les attaches du porte-jarretelles et la peau nue au-dessus des bas. Il lui retira sa culotte, enfouit son visage entre ses cuisses, referma ses mains rugueuses sur ses fesses et l'attira à lui.

Il était un expert au lit. Il n'hésitait pas à lui demander ce qu'il voulait, continuant sa relation professeur-élève, lui enseignant des choses sur les hommes, comme un entraîneur de patinage artistique apprend à ses pouliches de nouvelles figures. Il lui demanda de ne pas fermer les yeux, en une fausse extase, mais de les garder grands ouverts, de ne pas le quitter du regard, en particulier lorsqu'elle s'agenouilla devant lui. Elle oscillait entre la gêne, l'excitation et le dégoût. En quelques heures, il lui fit faire des choses qui n'avaient jamais effleuré l'esprit de Luís. La découverte par Andrea de sa propre animalité était à la fois dérangeante et étrangement gratifiante.

Elle s'endormit au petit matin et s'éveilla seule. Il faisait si sombre qu'elle crut que c'était l'aube, mais il était déjà 11 heures. Elle tâta ses lèvres, encore sensibles, meurtries. Ses jambes étaient courbaturées, comme si elle avait monté à cru. Dans ses entrailles, coexistaient la désolation et la luxuriance, dans sa tête la honte et le ravissement.

Elle prit un bain, chercha sa plus belle lingerie. Elle s'habilla avec un soin inhabituel pour se rendre au travail, et enfila ses nouveaux vêtements d'automne. Greig n'était pas à l'université. Ses collègues l'observaient avec de grands yeux derrière leurs chemises de nylon crépitant et leurs pantalons toujours chiffonnés. Elle se rendit au Trinity College et tomba sur Greig alors qu'il sortait de la conciergerie. Il lui tournait le dos et agitait la main.

— Allez viens, Martha ! s'écria-t-il. Pour l'amour du ciel, nous sommes en retard !

Une femme, très maquillée, avec une crinière blond platine, un grand manteau qui touchait le sol, rehaussé d'une écharpe de soie, prit la main de Greig. Andrea recula, se préparant à fuir, lorsque Greig l'aperçut.

— Anne ! lança-t-il.

— Andrea, rectifia-t-elle.

— Tu n'as aucune mémoire des noms, mon pauvre ami ! lança Martha avec un accent américain à couper au couteau.

Greig présenta sa femme et demanda à Andrea de passer à son bureau à l'heure du thé. Il pressa le bouton-poussoir de son parapluie, qui s'ouvrit comme une chauve-souris géante, et le couple s'éloigna sous la pluie.

Cela avait été aussi fulgurant qu'un coup de couteau, et non moins destructeur. Andrea regarda le large dos de Greig osciller à côté des étroites épaules de Martha, pressée contre lui. La désolation, cinglante comme le vent du nord, la transperça de part en part.

Elle rentra chez elle et s'écroula sur le lit encore vêtue de son manteau détrempé. La vacuité enivrante du matin avait été remplacée par la pelote de fils barbelés de la jalousie. La jalousie était une chose tranchante sous toutes les facettes – quel que soit le mouvement, quoi que l'on fasse, elle vous déchirait les entrailles.

À l'heure du thé, elle était exsangue. Elle prit le chemin du Trinity College comme un soldat éreinté remontant au front, mais elle n'avait pas le choix. Greig retira son manteau de ses épaules raides, l'accrocha et lui désigna le canapé.

— J'ai vu que tu étais surprise par la présence de Martha, dit-il doucement. Je pensais que João te l'avait appris, mais il ne fait pas attention à ce genre de détail... Cela a dû être un gros choc pour toi. Je suis désolé.

Elle ne savait que répondre. Toutes les paroles acides qu'elle prévoyait de lancer paraissaient innocentes et naïves.

— J'espère que tu n'en déduis pas pour autant que l'autre nuit ne comptait pas pour moi, que ce n'était qu'une aventure d'un soir...

Un espoir absurde naquit en Andrea. Comme lorsqu'elle avait vingt ans ! En ce domaine, elle n'avait pas progressé d'un iota.

— Tu es une femme très belle. Très douée. Très mystérieuse...

— Et ta femme ? lâcha-t-elle comme une salve de plomb.

— Je comprends, répondit-il simplement – sans chercher d'excuses, ou à nier l'évidence.

Les questions s'empilaient dans l'esprit d'Andrea comme autant de cartes perforées d'ordinateur, des problèmes binaires et banals dont, pour certains, elle préférait ne pas connaître la réponse. Que suis-je pour toi ? Un cinq à sept confortable ? Un bon coup ? Une épaule charitable ? Cette dernière supposition la blessa, car elle savait à quel point elle était elle-même en mal d'affection.

Greig s'assit à côté d'elle sur le canapé, prit sa main comme un médecin tâtant le pouls de sa patiente. Pourquoi avait-il les mains si rugueuses ? Ce n'était sûrement pas à force d'écrire des équations à la craie. Les mots de Greig coulaient en elle comme du musc – exotiques, presque privés de sens, mais faisant vibrer tout son corps.

— La première fois que je t'ai vue, j'ai su que tu allais prendre une grande place dans ma vie. Je ne comptais pas rester avec toi l'autre nuit, mais il y avait une telle connexion entre nos esprits que je n'ai pu y résister. Je voulais mieux te connaître, me rapprocher de toi. Ta façon de fumer cette cigarette, de t'étendre sur ce lit... j'ai été ensorcelé.

Pendant qu'il parlait, sa main s'était arrêtée sur son genou. Elle savait ce qu'il allait faire et ne fit pas un geste pour l'en empêcher, parce qu'elle voulait que cela arrive. La paume rêche frotta sur le nylon des bas, remonta la jambe, s'insinuant entre les cuisses, gagnant la peau douce et nue, puis un doigt ferme vint fouiller la fente de son sexe sous la soie fine de sa plus belle culotte. Une décharge de désir monta en elle, mais une autre pulsion, plus ancienne, jaillit. Elle bondit sur ses jambes et le gifla. La claque laissa un crépitement sur la paume d'Andrea. La joue de Greig était cramoisie. Elle s'en alla en claquant la porte.

Quelques heures plus tard, elle le cherchait dans la cour d'honneur. Les lumières étaient éteintes dans son bureau. Elle trouva son adresse chez le concierge et se planta devant sa maison, de l'autre côté de la rue, portant toujours les mêmes vêtements, mais son maquillage refait. À 23 h 30, une lampe illumina l'étage. Martha apparut derrière une fenêtre pour fermer les rideaux. Une autre lumière éclaira le vestibule. La porte d'entrée s'ouvrit et Greig sortit sur le perron en compagnie d'un teckel à poil ras tenu en laisse. Andrea traversa la rue, se fraya un passage entre deux voitures en stationnement et surgit devant lui, le faisant sursauter. Si elle avait brandi un couteau, l'effet aurait été identique.

— Je suis désolée, dit-elle, en partie pour la frayeur qu'elle venait de lui causer, en partie pour la gifle.

— Je l'ai probablement mérité, répondit-il en continuant son chemin.

— Tu as profité de moi, expliqua-t-elle en le rattrapant.

— C'est vrai. Je le reconnais, mais c'est plus fort que moi.

Le chien trottait entre eux, insensible aux tourments humains.

— Tu sais ce que ça représente pour moi ? J'ai été mariée pendant vingt-quatre ans. Tu es le deuxième homme que j'ai connu.

Cela sonnait si vrai qu'elle faillit le croire elle-même. Greig s'arrêta net. La laisse se tendit et le chien revint, de mauvaise grâce, aux pieds de son maître.

— Comment pouvais-je le deviner ? Tu ne m'as

rien dit sur toi. De mon côté, j'ai senti quelque chose. J'étais attiré par toi. J'ai agi comme n'importe quel homme en la circonstance. Je suis allé vers toi. Cela n'avait rien à voir avec mon passé, ma femme, ton passé ou ton ex-mari. C'est le moment qui a décidé pour nous.

— Et cet après-midi ?

— Je n'ai pas pu résister. Je te trouve si sexy.

— Ta femme, articula-t-elle, ce mot sortant de sa gorge comme une lame de rasoir... elle est... enfin elle semble très...

— Si je veux de la force de caractère, du pragmatisme, de l'efficacité, elle est parfaite. Martha dirige nos vies, la sienne et la mienne, comme une expérience contrôlée. Ma carrière, mon travail... à quoi sert tout ça ? À atteindre le pinacle de la logique, le zénith de la rationalité – c'est le Graal du mathématicien. Mais, en chemin, j'ai besoin de passion, de mystère et de joie, nom de Dieu !

Ils recommencèrent à marcher. Le chien trottait en tête, tout content de pouvoir se dégourdir les pattes. Ils arrivèrent devant une zone découverte, un stade de football.

— Je pensais que tu savais où tu mettais les pieds, dit Greig en détachant le teckel.

— Je le croyais, mais il me manquait certaines données.

Le vent se leva. Les pans du manteau de Greig battirent dans l'air. Les cheveux d'Andrea volèrent devant ses yeux comme un voile cachant son visage. Il écarta les mèches, passa sa main derrière sa nuque et l'attira à lui. Ils s'embrassèrent comme la nuit précédente. Elle passa sa main sous sa veste et se plaqua contre lui. Le chien réapparut, tourna autour d'eux un moment, puis repartit vaquer à ses occupations.

Sur la base de ces nouvelles règles, leur liaison reprit. Durant le premier trimestre, ils eurent leur plus long moment d'intimité un dimanche soir, lorsque Martha fut retenue au Parlement pour une session de nuit. Greig, au lieu de rentrer chez lui, passa chez Andrea et resta avec elle jusqu'à 2 heures du matin. Il avait aussi un lit de fer dans ses bureaux, au Trinity College, où ils s'accordaient quelques bonheurs fugaces. Au printemps, ils se retrouvaient dans son jardin. Pendant qu'il plantait ses œillets (c'était le travail de la terre qui lui rendait ainsi les mains calleuses), elle lui communiquait l'avancée de ses recherches. Après, ils s'étendaient sur le plancher de l'abri de jardin, parmi les fourches et les bêches. Certains soirs, lorsqu'elle n'en pouvait plus, elle l'attendait devant chez lui, pour promener le chien en sa compagnie, profitant des nuits sans lune. Le chien batifolait et ils faisaient l'amour bon an mal an sur un banc public, Greig se redressant en sursaut chaque fois que les feux d'une voiture éclairaient les arbres.

Le trimestre suivant, lorsqu'il fit trop froid pour permettre quelque ébat en plein air, ils trouvèrent refuge dans sa voiture, qu'il prenait soin de garer au bout de sa rue. Ils attachaient le chien à la portière ; elle se retrouvait le visage plaqué contre la vitre arrière, son haleine embuant le verre, avec le teckel de l'autre côté qui l'observait avec des yeux ronds.

Elle ne comprenait pas ce qui lui arrivait ni ce qu'elle faisait. Greig lui demandait d'avoir certains gestes, comme dans un rôle. Au début, elle trouvait cela plutôt ridicule, puis, à la longue, vaguement répugnant, mais elle obéissait, et plus elle obéissait, moins ça lui répugnait... jusqu'à devenir excitant, quasiment normal.

Après le départ de Greig pour les vacances (chaque été, Martha et lui se rendaient au États-Unis, dans la famille de son épouse à Cape Cod), Andrea resta à Cambridge, faisant de son mieux pour l'oublier. Elle restait éveillée la nuit, tentant en vain de comprendre pourquoi elle avait tant besoin de lui... et finit par s'apercevoir qu'elle connaissait la réponse depuis le début. Maintenant que sa mère, son mari et son fils n'étaient plus de ce monde, elle était une âme errante, sans attaches, une coquille vide. Greig, son mentor, était son ancre flottante, l'empêchait de dériver trop loin. Mais tout cela ne la soulageait en rien. Elle ne devait rien attendre de Greig, et pourtant... pourtant...

Dans les premiers temps, Andrea avait pensé que Martha était le seul obstacle à leur bonheur, jusqu'à ce qu'elle s'aperçoive que la présence de l'épouse légitime mettait, au contraire, du piment à leur relation. Greig et elle aimaient ça – leurs rencontres secrètes, les rendez-vous au milieu de la nuit, le viol de l'interdit.

Des souvenirs d'un autre âge, des réminiscences d'un autre amour secret venaient s'immiscer dans le présent et troubler sa perception.

Durant l'année universitaire suivante, Greig perçut un changement en elle, un changement qu'il n'apprécia guère. Andrea paraissait plus sûre d'elle. Greig, en réaction, se fit de moins en moins prudent avec ses autres liaisons. Andrea arrivait parfois juste au moment où une autre femme le quittait, se remettant du rouge à lèvres. Elle trouvait une boucle d'oreille dans sa chambre, une culotte minuscule, un préservatif usagé. Andrea ne parla jamais de ses découvertes. Greig étant devenu ombrageux, elle ne voulait pas détériorer davantage leur relation. L'été suivant, il partit pour Cape Cod sans lui dire au revoir.

Andrea devint sujette à des crises de larmes soudaines, qui cessaient aussi subitement qu'elles étaient apparues. Lorsque la bibliothèque ferma, l'idée de partir seule en vacances et de se retrouver au milieu des familles et des amoureux lui fut insupportable. De même, lorsque Jim Wallis l'invita dans sa maison du sud de la France, elle ne se sentit pas la force d'être la seule célibataire et d'affronter le regard apitoyé et bienveillant du couple.

Elle préféra donc rester à Cambridge, en comptant les jours qui la séparaient de la rentrée comme une écolière. Lorsque la solitude se fit trop douloureuse dans son appartement et que les repaires classiques des étudiants furent désertés, Andrea chercha d'autres pubs grouillant de vie, des pubs fréquentés par des ouvriers et des employés. Elle s'éveillait au matin comme si elle avait bu tout l'alcool de la terre avec ses compagnons de bar. Elle frissonnait de dégoût et enfouissait la tête sous l'oreiller dans l'effort illusoire de ne plus voir la personne qu'elle était devenue.

Greig revint tard – trois semaines après la rentrée universitaire. Andrea était contente, même lorsqu'il jeta à la poubelle tout son travail de l'été, même lorsqu'elle sentait sur lui l'odeur d'une autre femme.

À l'approche de la Noël de 1970, elle ne savait plus que faire, n'entrevoyait plus aucune issue. Elle était écœurée par sa propre faiblesse – tous les matins, elle songeait que ce serait la dernière fois, qu'elle allait jeter l'éponge, rentrer à Londres. Puis elle s'habillait, choisissait ses plus beaux atours pour lui plaire et allait rendre visite à cet homme qui l'avait entraînée dans cette impasse.

Éveillée à 4 heures du matin, Andrea se forçait à

rappeler les bons moments de sa vie passée. Elle ne pouvait évoquer Julião parce que son sentiment d'échec était toujours trop douloureux, mais elle trouvait un certain réconfort dans les quelques semaines qu'elle avait partagées avec sa mère. Elle y avait appris tant de choses qui mettaient du baume au cœur : la noblesse de son père, l'honnêteté de sa mère, son amour nouveau pour la femme qu'avait été sa mère, après l'avoir tant honnie autrefois. Elle se rejouait leurs conversations, pensait à Rawly et à son vin. À sa femme. À sa mère lui racontant qu'elle ne méritait que ces trois quarts d'homme... Était-ce la même chose pour elle ? Cette relation avec Greig, était-ce là tout ce qu'elle méritait, tout ce qu'elle voulait vivre ?

À la fin novembre, elle lui rendit visite à son bureau du Trinity College, apprêtée comme de coutume, telle une poupée programmée. Avec sécheresse, il lui ordonna d'aller l'attendre dans la chambre. Il aimait jouer les maîtres. Elle venait de se déshabiller sous les yeux de Greig qui se tenait sur le pas de la porte lorsqu'ils entendirent la voix de Martha résonner au bas des escaliers. Martha ne venait jamais dans ses bureaux de l'université. C'était un accord tacite. Greig ferma la porte, laissant Andrea seule dans la chambre. Martha entra dans le bureau sans frapper. Son accent de la Nouvelle-Angleterre claquait dans l'air comme des coups de fouet. Ils poursuivaient une dispute laissée en suspens la veille au soir – elle voulait passer Noël aux États-Unis, et lui chez son père en Écosse. Andrea, tétanisée, était assise nue sur le lit, fixant des yeux la porte. Elle priait pour que la porte ne s'ouvre pas, mais s'aperçut, finalement, que ce n'était qu'une terreur de surface, de pure convenance, et qu'au fond elle désirait que Martha la découvre. Ce serait un électrochoc, qui débloquerait sa situation dans un sens ou dans l'autre.

Martha tirait à boulets rouges sur Greig, le réduisait en charpie... le problème des vacances ne pouvait être qu'un prétexte à une telle fureur. Pourquoi Martha était-elle venue ici ? L'épouse répondit à la question silencieuse d'Andrea la minute suivante, comme si elle l'avait entendue en pensée.

Elle ouvrit la porte.

Elle ne le fit pas doucement. C'était un acte volontaire, une mise à mort. Le battant s'ouvrit à la volée, alla rebondir contre le mur et fut refermé en une fraction de seconde – on eût dit l'obturateur d'un appareil photo. L'image s'imprima pour toujours dans l'esprit des deux femmes – Andrea nue sur le lit, Martha figée de stupeur.

La porte ne fut pas réouverte. Il n'y en avait nul besoin.

Le silence était cristallin, un morceau de glace pure.

Cette fois, ce ne fut pas la voix de Martha qui retentit comme un coup de fouet, mais le son d'une gifle – on avait dû l'entendre jusque dans la cour ! – puis une porte claqua. Greig fit irruption dans la chambre, retira son pantalon, plaqua Andrea sur le lit, lui tint les poignets et la pénétra. Ce fut brutal, rapide, puis il s'effondra sur elle. Andrea se dégagea de la masse de son corps. Greig roula sur le côté et s'assit, se tenant la tête dans les mains.

— Putain de merde ! lâcha-t-il après un moment.

Andrea s'assit sur l'autre bord du matelas, dos à lui.

— Je me suis toujours demandé ce que toi et Martha faisiez ensemble, déclara-t-elle comme si ces paroles pouvaient être de quelque consolation.

— Son père est sénateur.

— C'est tout ?

Elle enfila un bas, puis l'autre.

— Je voudrais que tu rencontres quelqu'un... cela fait déjà un certain temps que j'y pense.

Cette déclaration souleva chez Andrea une bouffée de nausée – comme si Greig l'avait pas à pas amenée à l'état psychologique qu'il recherchait, afin qu'elle soit prête à entendre de mauvaises nouvelles. Il se dirigea vers le lavabo, se lava et s'essuya l'entrejambe. Il passa son slip et son pantalon, rajusta les bretelles sur ses épaules, sans quitter Andrea des yeux, contemplant la nouvelle situation. Elle prit des mouchoirs en papier, s'essuya entre les cuisses, et alluma une cigarette. Elle s'habilla, sans se laver. Elle aurait besoin d'une tonne de savon pour nettoyer cette journée sordide.

Il prépara du thé. Ils s'installèrent à son bureau. Il remua son breuvage bien longtemps pour quelqu'un qui ne mettait pas de sucre.

— Quelle est cette personne que tu veux me faire rencontrer ?

— Quelqu'un, à Londres.

— À Londres ?

Les choses avaient effectivement changé entre eux, mais elle n'était pas sûre que cette nouvelle situation lui convienne mieux.

— Nous ne pouvons pas continuer.

— Tu veux dire « je » ne peux pas continuer.

Il recommença à touiller son thé.

— C'est une opportunité. Une opportunité unique...

— Pour te débarrasser de moi, répliqua-t-elle. Je sais reconnaître une mauvaise nouvelle. Inutile, Louis, d'arrondir les angles.

— Il s'agit d'un travail. Et tu es la meilleure candidate que nous puissions trouver.

32.

Londres, 1970

Ils se rendirent à Londres par des trains séparés. Andrea eut droit à l'horrible petit déjeuner de la compagnie ferroviaire, toast en carton-pâte et jus de chaussette. Elle préféra fumer, en regrettant que ce ne fût pas une heure convenable pour prendre un gin. Greig n'avait toujours pas dit à Andrea qui elle allait rencontrer, ni levé le mystère quant à cette « opportunité unique ». Voilà l'impasse où ils se trouvaient. Plus d'échanges. Plus de confidences. Chacun s'observait en chien de faïence. Une relation dominant-dominé, plus d'égalité entre eux. Une équation bancale. Chacun profitant des besoins psycho-sexuels de l'autre.

Toute l'énergie de Greig émanait d'une seule et unique source – sa queue. Ce qu'il admirait en Andrea n'était pas ce qui l'excitait. Il ne lui parlait plus jamais de sa beauté, de son esprit brillant, de son mystère, comme il l'avait fait autrefois lorsqu'il lui faisait la cour – tel un bulldozer en marche. Seul le sexe le guidait, d'accord... mais Andrea ignorait ce qui, dans la tête de cet homme, alimentait ce désir... Quant à son désir à elle, elle ne voulait pas trop fouiller... Un animal famélique, griffant la poussière de ses doigts crochus.

Le train arriva à King Cross Station. Au moment où le wagon s'arrêta dans une secousse, alors qu'elle se penchait pour récupérer son sac, elle crut avoir trouvé la clé de Greig, le sésame ouvrant sa tanière secrète. Mais cette illumination fugitive sitôt conçue s'évanouit ; tout ce qu'elle put se rappeler, c'est que cela avait trait au pouvoir et à la domination.

Comme on le lui avait demandé, elle se rendit au siège du R.A.C. [1], sur Pall Mall, et demanda à parler à Louis Greig. L'homme à la réception lui remit alors une enveloppe qui contenait une longue liste d'instructions. Aller à Waterloo, prendre le train jusqu'à Clapham, puis le bus jusqu'à Streatham, un autre train pour Tulse Hill, un bus encore pour revenir à Brixton, etc. Andrea se lança dans ce long périple, agacée que Greig ne l'ait pas prévenue. Si elle avait su, elle aurait choisi des chaussures plates ! Elle songea à cette litanie d'ordres alors qu'elle se dirigeait vers Waterloo et se surprit à se retourner pour s'assurer qu'on ne la suivait pas. Cette liste portait la marque des barbouzes. Dans le bus qui l'emmenait de Tulse Hill à Brixton, le passager assis à côté d'elle se pencha et lui dit :

— Nous descendons au prochain arrêt.

Ils se retrouvèrent sur Norwood Road et se rendirent à Brockwell Park. Son nouveau compagnon entraîna Andrea vers les pelouses du boulodrome, au milieu du parc, désigna du menton le club-house et s'en alla. Son cœur battait la chamade lorsqu'elle tourna la poignée en bakélite de la porte d'entrée. L'intérieur était

1. R.A.C. : Royal Automobile Club. *(N.d.T.)*

plongé dans la pénombre. On était en novembre et c'était déjà la fin de l'après-midi. Sous la faible lumière qui tombait d'une fenêtre, elle reconnut Greig, assis dos au mur, à côté d'un homme à forte stature engoncé dans un gros pardessus sombre et coiffé d'un feutre gris souligné d'un ruban noir. Elle marcha vers les bancs où les deux hommes étaient installés. L'odeur du grésil s'insinua dans ses narines. Ils parlaient à voix basse. Pas en anglais, s'aperçut-elle, mais dans une langue aux consonances chantantes qui lui rappelait le portugais.

Greig et l'inconnu se levèrent à son arrivée. Leurs visages sortirent de l'ombre. Il devait s'agir d'un Russe, songea Andrea. L'homme retira son chapeau. Ses cheveux étaient de la paille de fer.

— Je te présente Alexeï Gromov, annonça Greig. Il va t'expliquer où te rendre ensuite.

Il serra la main du Russe et s'en alla, du pas sinistre du messager s'esquivant pour que puisse se jouer la grande scène de tragédie. Le cœur d'Andrea tambourinait dans sa poitrine. Il y avait tant d'adrénaline dans son organisme que le simple fait de respirer lui demandait un effort de concentration ; des plaques de sueur se formaient en divers endroits de son corps.

Le visage de Gromov avait la fixité d'un homme habitué aux grands froids, comme si les lois de l'évolution avaient fait reculer les terminaisons nerveuses dans la chair afin de réduire la sensibilité de l'épiderme. Ses yeux, enfoncés dans leurs orbites, arboraient le regard serein de celui qui se sait protégé par une couverture sans faille. Il lui montra une chaise placée de sorte qu'Andrea se retrouve dans la lumière falote et que son visage à lui soit en contre-jour.

— Nous avons suivi vos exploits avec intérêt, déclara-t-il lentement en anglais.

— Je ne suis pas sûre d'en avoir un seul à mon actif.

— La lutte politique est une profession de foi. On peut ne pas pratiquer pendant un temps, mais elle existe toujours, bien vivace.

— Vous pensez que nous, les communistes, ne pouvons connaître la désillusion ?

— Seulement si vous perdez foi en l'espèce humaine. Le communisme est fait pour le peuple et par le peuple.

— Et l'État ?

— L'État n'est qu'une structure, rétorqua-t-il en se tapotant les paumes.

— Et vous croyez qu'on peut être déçu par la structure et continuer à faire confiance aux gens ?

Gromov se sentait entraîné sur un terrain semé d'ornières. Il n'était pas un spécialiste de l'idéologie, la dialectique n'avait jamais été son fort, et ce n'était pas là la raison de leur rencontre. Greig l'avait mis en garde contre l'esprit caustique d'Andrea, mais n'avait-il pas surestimé son engagement ?

— Il paraît que vous êtes une ardente combattante de notre cause.

— Tout dépend de celui qui vous a appris ça.

— L'un de nos invités en Union soviétique. Un hôte portugais.

— Je ne vois pas de qui il peut s'agir.

— Du camarade Alvaro Cunhal.

— Je ne crois pas l'avoir jamais rencontré.

— Vous avez organisé son évasion. Une opération brillante et très hardie.

— Je n'étais pas seule à l'organiser ! répondit Andrea, la colère montant en elle. Vous savez très bien qui a conçu cette opération avec moi.

— João Ribeiro, il me semble.

— Vous savez ce qui lui est arrivé ?

Gromov remua sur son siège, mal à l'aise, maudissant Greig qui prétendait Andrea psychologiquement prête pour cette mission.

— Il a quitté le parti, non ?

— Il en a été chassé, Mr. Gromov ! Après quarante ans de lutte contre le fascisme, après avoir mené les plus belles opérations contre l'*Estado novo,* ils l'ont fichu dehors comme un malpropre ! Et vous savez pourquoi ?

— Selon le rapport, il y a eu des problèmes de sécurité.

— Non. C'est la structure, Mr. Gromov ! La structure qui l'a chassé.

— Je ne vous suis pas.

— Le comité central trouvait qu'il devenait trop important. Il menaçait la position des huiles du parti. Alors, ils ont lâché leur rumeur, leur odieux mensonge, et Ribeiro, l'un des meilleurs d'entre tous, le plus fidèle serviteur de la cause, a été banni du parti. Il a fini en prison et perdu son emploi, Mr. Gromov.

— Cela m'étonne.

— Demandez au comité central du P.C.P. qui opérait entre 61 et 62.

— Je vois que vous êtes en colère.

— João est un ami cher et fidèle. Le P.C.P. l'a traité de façon indigne.

— Je vous promets de mener une enquête, répondit Gromov, par pure forme.

— Dites-moi donc ce que vous voulez, lança-t-elle, surprise elle-même par sa détermination, maintenant qu'elle se trouvait hors de l'orbite de Greig.

Les mains de Gromov étaient serrées en poing sur ses genoux. Il avait perdu l'initiative ; il était urgent de redresser la barre s'il voulait arriver à ses fins.

— Nous abordons une phase critique dans nos relations avec l'Ouest.

— Et avec l'Extrême-Orient, à présent que la Chine a la bombe atomique.

— Cela n'a aucune incidence sur nos relations avec l'Occident.

— Hormis le fait que vous êtes encerclés et que vous avez rendu l'Ouest nerveux avec le printemps de Prague !

Il aurait dû demander à Greig de rester pour jouer les modérateurs. Cette femme était vraiment impossible.

— Afin de pouvoir passer à la phase suivante, reprit-il, celle de la négociation, nous avons besoin d'informations, les plus fiables possible.

— Vous voulez que j'espionne pour vous ? Que j'abandonne ma vie, mes travaux de recherche, mon...

— Votre histoire d'amour ? Non, pas nécessairement. Il vous suffit d'être à Londres.

Son « histoire d'amour ». Cette remarque la déconcerta. Quels détails leur avait donnés Louis Greig ? Ces mots ne décrivaient pas, à proprement parler, la nature de leur relation. Mais Greig avait dû employer ces termes. Andrea se sentait aspirée dans un tourbillon infernal ; seul le ridicule de la situation l'empêchait de se noyer.

— Nous voulons que vous travailliez pour le Secret Intelligence Service anglais, annonça Gromov en se penchant vers elle, la sentant déstabilisée, sans savoir exactement pourquoi. Si vous êtes toujours de notre bord – ou plutôt, si vous *croyez* encore à ce que nous tentons de réaliser –, nous aimerions que vous contactiez votre vieil ami du S.I.S., Jim Wallis.

— Jim est à l'administration.

— Excellent ! répliqua Gromov, comme s'il parlait d'un gâteau.

— Quel est votre objectif ? Du renseignement spécifique ou général ?

— Vous m'avez passablement inquiété tout à l'heure, miss Aspinall.

— Je suis désolée d'avoir été un peu agressive.

— J'ai craint que vous n'ayez changé de camp, poursuivit Gromov, pensant avoir trouvé la bonne approche pour l'amadouer.

— Ma colère est dirigée contre le comité central du P.C.P. entre 61 et 62.

— Les gens, parfois, quand ils ont de l'argent, de la reconnaissance... changent d'opinion politique, continua Gromov, retournant le couteau dans la plaie maintenant qu'il avait porté l'estocade – une petite vengeance. Quand on passe du caniveau au haut de l'échelle, le regard que l'on porte sur le monde peut s'en trouver altéré.

— J'ai passé la moitié de mon existence au Portugal et dans ses colonies, sous la dictature de Salazar. Vous n'avez rien à craindre de mon embourgeoisement de surface.

— C'est une chance que vous considériez les choses sous cet angle.

— Je suis surprise que Louis ne vous ait pas rassuré sur ce point. Il a dû vous raconter que le fascisme, l'impérialisme et la dictature m'ont pris mon fils et mon mari.

— Cela fait plaisir de voir quelqu'un de motivé tant intellectuellement qu'émotionnellement. Je regrette d'avoir douté de vous. Je ne sais pas comment j'ai pu avoir cette attitude, étant donné vos origines.

Andrea ne perçut pas immédiatement les implications de ces derniers mots. Elle se demandait ce que pouvaient être ces fameuses origines, sa déclaration sur l'impérialisme portugais l'entraînant un moment sur une fausse piste. Gromov, imperturbable, la regardait se creuser les neurones derrière sa face glaciale.

— Je peux fumer ? demanda-t-elle.

— Je vous en prie.

Elle fouilla son sac à main, tout en continuant à réfléchir. Elle trouva ses cigarettes. Gromov lui offrit du feu. Les mots résonnaient dans sa tête – « ses origines ».

— Sous-entendriez-vous, Mr. Gromov, que ma mère travaillait pour vous ?

— Exact. Elle était une fidèle servante de la cause. Sa position au sein de l'administration de la Compagnie était vitale.

— J'ai du mal à croire que...

— Elle n'a jamais été très explicite sur les motivations de son engagement. La plupart de ceux qui travaillent pour nous se montrent impatients de justifier leur choix. Cela les déculpabilise. Votre mère n'appartenait pas à cette espèce. Elle n'a jamais été un membre clandestin du parti, à l'inverse de vous.

— Comment l'avez-vous recrutée ?

— Kim Philby l'a recrutée pendant la guerre.

— Elle n'a jamais donné ses raisons ?

— Elle a simplement expliqué qu'il s'agissait de raisons personnelles qu'elle préférait ne pas révéler. Ce genre de motivation nous sied à merveille. Ceux qui font ça pour l'argent... montrent déjà un attachement suspect aux valeurs capitalistes. Nous rémunérions votre mère pour les risques considérables qu'elle prenait, mais elle m'a confié un jour que l'opulence la mettait très mal à l'aise.

— C'est vous qui avez mis ces couronnes sur sa tombe ?

— Oui. L'une venait de moi, l'autre du camarade Kossyguine. C'était la moindre des choses pour honorer ses services.

— Elle travaillait au service financier.

— Une position très intéressante.

— Je suis sûre qu'ils ont trouvé une personne qui convienne pour le poste. Cela fait quatre ans que ma mère avait quitté le S.I.S.

— Contactez déjà Jim Wallis... rappelez-vous à son bon souvenir.

— Vous disiez que vous cherchiez un renseignement spécifique...

— Je ne crois pas avoir répondu à votre question tout à l'heure, répliqua Gromov, reprenant l'ascendant. Mais c'est effectivement le cas. Un dossier sur lequel travaillait votre mère avant de prendre sa retraite. Comme vous le savez, la culture et la langue communes aux deux Allemagnes nous permettent d'infiltrer facilement des agents à l'Ouest. Il est très difficile de les démasquer, sauf si quelqu'un les trahit. Nous sommes sur le point d'ouvrir des négociations avec l'Occident, en particulier avec le chancelier de l'Allemagne de l'Ouest, Willy Brandt. Certains des informateurs très bien placés collectent des renseignements précieux en vue de ces pourparlers. Dernièrement, nous avons perdu plusieurs de ces agents, pour l'instant aucun de première importance, mais nous voulons que cesse cette hécatombe. Et lorsque Philby est passé à l'Est, nous avons perdu notre première source d'information.

— Néanmoins, il vous reste encore des agents.

— Votre mère faisait partie du lot. Sa retraite nous a porté un grand coup. Dans le monde de l'espionnage, comme dans celui des affaires, l'argent est le nerf de la guerre. En remontant la piste de l'argent, vous arrivez à ceux qui tirent les ficelles.

— Cela paraît simple.

— Sauf que votre mère suivait la piste du moindre penny et qu'elle s'est aperçue que le traître dans nos rangs soit ne recevait pas d'argent, soit en recevait par une autre voie à l'intérieur du S.I.S. Nous avons découvert, depuis, qu'il n'existe qu'un seul et unique système de financement pour les opérations à l'étranger.

— Vous avez donc affaire à un traître dont la motivation n'est pas l'argent.

— Le cas est encore plus exceptionnel, miss Aspinall. Nous avons ici un traître qui opère sans réclamer le moindre remboursement de frais ! Très peu de nos officiers, que ce soit au KGB ou à la Stasi, seraient prêts à financer eux-mêmes leurs opérations. Nos officiers sont bien rémunérés, mais ils sont payés en ostmarks ou en roubles, ce qui n'est pas d'une grande utilité de l'autre côté du mur.

— Il trouve bien l'argent quelque part.

— « Il » ou « elle ». Même ça, nous l'ignorons.

— À vous entendre, vous êtes persuadé que cet agent, homme ou femme, est à Berlin.

— Oui.

— Vous avez enquêté sur tous vos agents qui ont accès à Berlin-Ouest, vérifié leurs antécédents, et vous n'avez rien trouvé.

— Il s'agit d'un travail titanesque.

— Mais vous êtes dessus.

Gromov bougea un pied, son premier mouvement depuis le début de leur entretien.

— En effet, il est en cours.

— Et grâce à moi, ce travail se trouverait grandement facilité...

— Vous serez dédommagée de votre peine.

— Le seul dédommagement possible serait de voir João Ribeiro réhabilité au sein du comité central... s'il le veut encore.

— Ce sera fait, promit Gromov.

— Mon autre exigence, c'est que ce devra être la seule et unique mission que je réaliserai pour vous. Ma foi idéologique est intacte, mais je n'entretiens pas avec mon pays le même passif que ma mère. J'imagine que je peux dire adieu à mes recherches à Cambridge... Je vais donc devoir expliquer à Jim Wallis que cela n'a pas marché. C'est la politique de la terre brûlée. J'aurai besoin d'un emploi ensuite. Travailler à l'administration de la Compagnie n'est peut-être pas un mauvais poste, mais je ne veux pas rester espionne toute ma vie.

Gromov hocha la tête en signe d'assentiment. La partie n'était pas encore gagnée avec cette femme. Néanmoins il était persuadé que, au final, elle resterait avec eux.

— Le seul indice que nous ayons sur le traître nous a été fourni par votre mère, une info qu'elle a surprise en 66, prononcée par Wallis. Il s'agit d'un nom de code qu'elle n'avait jamais entendu auparavant et pour lequel elle n'a pu trouver aucun dossier financier. Ce nom est « Léopard des neiges ».

— Comme par hasard, ce genre de bête est plutôt rare, n'est-ce pas ?

— Rarissime, même ! Je viens de Krasnogorsk, en Sibérie, pas très loin de la frontière avec la Mongolie. Là-bas, ce sont les monts Sayan qui délimitent la frontière, et ces montagnes sont l'habitat naturel du léopard des neiges. Mon père m'y emmenait chasser quand j'avais seize ans. Au moment où Wall Street connaissait son fameux krach, j'ai tiré le premier et dernier léopard des neiges que j'aie jamais vu de ma vie. Ma femme en a fait une veste et la porte aujourd'hui encore lorsqu'elle se rend au ballet.

Andrea s'assit sur un banc, au bout du parc, au-dessus de Dulwich Road. Le vent s'était levé. Un côté de son visage était congelé, ses yeux pleins de larmes, son nez cramoisi. Elle espérait que le froid l'aiderait à s'éclaircir les idées, à comprendre pourquoi elle venait d'accepter d'être l'espionne de l'Union soviétique. Elle avait donné à Gromov de bonnes raisons. Elle voulait voir Ribeiro réhabilité. Elle avait dit aussi que son engagement était motivé par la mort de son fils et de son mari. Gromov avait, de son côté, lancé sa petite bombe sur ses « origines ». Être espion était donc une tradition familiale. Il avait souligné le rôle de Louis Greig. Était-ce entré en ligne de compte ? Avait-elle eu peur de faire faux bond à son amant ? En cas de succès, la position de Louis face à Gromov se trouverait sans doute renforcée... Et sa position à elle, vis-à-vis de Louis, le serait-elle aussi ? Était-ce cela qu'elle désirait ? Étaient-ce bien les seules et uniques raisons ?

Puis l'illumination lui vint. La pensée l'avait effleurée plus tôt dans le train. Le pouvoir, la domination... Tout le monde, dans ce milieu et ailleurs, cherchait le pouvoir. Louis avait fait d'elle sa maîtresse parce que ce secret lui donnait un certain pouvoir sur Martha. Andrea s'accommodait de ses exigences sexuelles parce qu'elle voulait avoir une influence sur Louis. Quand Greig avait senti son emprise sur Andrea s'évanouir, il l'avait placée dans une position vulnérable. Elle l'avait acceptée, désirée, parce que, paradoxalement, céder à sa vindicte lui donnait à son tour de l'ascendant. Et si elle voulait réintégrer la Compagnie, c'était à cause du pouvoir absolu qu'offrait le statut d'espionne. C'était peut-être cela l'explication.

L'espionnage était devenu pour elle une seconde nature. Gromov avait parlé de ses origines, et il avait raison. Elle était bien la fille de sa mère. Vingt-cinq ans de traîtrise maternelle envers son pays pour se venger de Longmartin... Audrey l'avait-elle avoué au père Harpur lors de sa confession ?

Transie de froid, Andrea quitta le parc. Gromov lui avait demandé d'aller retrouver Greig à l'hôtel Durrant sur George Street, dans le West End – l'endroit, s'aperçut-elle, était tout près d'Edgware Road, la rue de l'Arab Bank. Elle s'assura que la clé du coffre 718 était toujours dans son sac à main. Elle prit un autobus pour Clapham, puis le métro pour West End. Elle descendit à la station Marble Arch, sur Oxford Street, et remonta Edgware Road, en se demandant pourquoi elle n'était pas encore allée voir ce que contenait ce coffre.

Une demi-heure plus tard, elle était dans une cabine, un boîtier oblong d'acier posé devant elle, les mains moites. À l'intérieur se trouvaient des liasses de billets de dix livres. Inutile de les compter, une note de sa mère indiquait un total de trente mille cinq cents livres.

Une fois dehors, sous les bourrasques automnales, Andrea héla un taxi. Elle resta penchée un moment à la portière, hésitante, puis se décida. Elle demanda au chauffeur de la conduire à la gare de King Cross. Elle prit le train de l'après-midi pour rentrer à Cambridge et passa la soirée à faire ses valises. Puis elle se rendit au pub, commanda un double gin-tonic et appela Jim Wallis.

33.

15 janvier 1971, Berlin-Est

Le Léopard des neiges, se tenant un mètre derrière la fenêtre de son salon, regardait, du haut de son quatrième étage, le ruban blanc et morne de la Karl Marx Allee qui longeait les cinq immeubles de sa cité. Il fumait une Marlboro dans ses mains en coupe, étudiait les alentours, attendait... sa vie se résumait désormais à des chiffres – un mètre, quatre étages, cinq immeubles – environnés d'un *no man's land* de neige immaculée. Zéro voiture. Zéro passant. Zéro mouvement.

Les deux immeubles d'habitation face au sien étaient plongés dans l'obscurité, pas une fenêtre allumée sur leur façade, pas même une ombre s'étirant derrière les vitres en prévision d'une nouvelle nuit à surveiller tout le monde et personne. Le ciel au-dessus était d'un gris cendré. Le niveau sonore approchait de ce que les citadins appelaient le silence. La femme du Léopard des neiges dormait profondément dans la chambre, la porte ouverte – toujours ouverte. Il tendit l'oreille lorsque l'une de ses filles geignit dans son sommeil, puis reporta son attention sur la rue au-dehors. La main qui tenait la Marlboro revint à sa bouche, et sur ses papilles pétilla de nouveau le goût unique de l'Amérique d'importation.

Il se rendit dans la cuisine, éteignit son mégot sous le robinet et le jeta dans la poubelle. Il enfila son gros manteau. Il faisait moins douze degrés dehors, de la neige étant tombée dans la journée... Il posa la main sur le radiateur. Il chauffait toujours. Par chance, ils n'habitaient pas au dixième étage, une altitude probablement inaccessible pour la chaudière de l'immeuble, dans un quartier où les techniciens chauffagistes de l'État étaient aussi rares que les T-bone. Le Léopard des neiges analysa la situation une fois encore. Écouta le silence.

2 heures du matin. Son heure préférée pour opérer. Son climat de prédilection. Il enfonça son chapeau, prit son uniforme enveloppé par du papier kraft, quitta l'appartement et descendit à pied jusqu'au parking en sous-sol.

Il déposa l'uniforme dans le coffre, monta dans sa DS noire. Il roula doucement sur la rampe de bitume verglacé pour rejoindre la Karl Marx Allee, autrefois la Staline Allee, avant que l'oncle Joseph ait été mangé à la sauce Khrouchtchev, puis à la sauce Brejnev. Il tourna à gauche et se dirigea vers le centre-ville et le Mur. Bien qu'il n'y eût aucune voiture dans les rues, il ne cessait de jeter des coups d'œil dans le rétroviseur. Personne ne le suivait. Arrivé à Alexanderplatz, il prit la Grunerstrasse, traversa la Spree et se gara dans la Reinhold-Huhnstrasse. Il marcha d'un pas rapide jusqu'à un bâtiment anonyme, montra un laissez-passer à deux gardes, qui hochèrent la tête sans lui accorder un regard, et descendit les deux volées de marches qui menaient au sous-sol. Il emprunta une série de tunnels et d'escaliers de ciment jusqu'à une porte qu'il ouvrit avec une clé. Cette porte, qu'il verrouilla derrière lui, donnait dans un petit hall d'immeuble. Passé le perron, il marchait dans la Friedrichstrasse, du côté ouest du Mur.

Il avançait d'un pas vif et traversa la rue à la hauteur de la station de métro, à l'angle de la Kochstrasse. Cent mètres plus loin, il donnait dix deutsche Mark à un employé moustachu basané dans sa guérite de verre sous une enseigne néon : *Les cinémas pornos de madame Schenk.* Il poussa la lourde porte capitonnée et se tint au fond de la salle, incapable pendant un temps de comprendre ce qu'il voyait à l'écran ; à la bande-son, il était évident que des gens approchaient du paroxysme, dans une symphonie d'ahanements extatiques, et que la caméra s'attachait à révéler des détails intimes de leur anatomie. Le porno, songea-t-il, la profanation du sexe.

Il longea la salle et ouvrit au pied de l'écran une porte qui débouchait dans un réduit éclairé par une ampoule nue. Un rouquin, de la même largeur que le réduit, se tenait au bout du passage, les mains croisées devant son entrejambe. En s'approchant, le Léopard des neiges s'aperçut que l'individu avait des cils comme des soies de porc. Il tendit un nouveau billet de dix marks et ouvrit son manteau. L'homme le fouilla, tâta ses poches.

— La 3 est libre, annonça-t-il.

Le Léopard des neiges pénétra dans la cabine n° 3 et referma la porte. Il y avait une poubelle pleine de mouchoirs usagés et des graffitis inspirés sur les murs. Derrière la vitre teintée, une fille était agenouillée par terre, le visage tourné vers la vitre, la joue contre le sol, les yeux clos, la langue glissant sur ses lèvres, reins cambrés, fesses au garde-à-vous. Elle se masturbait. Il se détourna de la scène, consulta sa montre et toqua à la paroi en contreplaqué sur sa droite. Pas de réaction. Il frappa de nouveau ; cette fois, il obtint une réponse. Il sortit de la doublure de son manteau un rouleau de papier, un message codé, et le glissa dans le trou ménagé dans le mur. Le cylindre de papier disparut de l'autre côté. Il attendit. Rien ne revint par le trou. Quelques minutes plus tard, la cabine voisine était de nouveau libre.

Il attendit encore, dos à la paroi vitrée, jusqu'à ce que retentissent quelques coups polis sur la porte. Ils frappaient toujours avant d'entrer, au cas où. Il suivit un autre homme dans le couloir qui longeait les autres cabines. L'individu ouvrit une porte sur sa gauche et fit signe au Léopard des neiges d'avancer. Il retrouva les éclairages classiques au néon.

— La deuxième à gauche, annonça l'homme dans son dos.

Il pénétra dans la pièce indiquée. Un type bedonnant se tenait derrière un bureau, lisant le journal. Ils se serrèrent la main. On lui offrit du café. Le Léopard des neiges posa un petit sachet blanc sur les pages « Sport » que l'homme lisait à son arrivée. Après avoir servi le café, celui-ci souleva le sachet, referma le journal et déplia un petit carré de velours bleu marine. Il vida le contenu du sachet sur le tissu, inspecta les diamants à l'œil nu, les triant par calibre, puis les pesa à l'aide d'un jeu de balances qui trônaient dans un coin de la pièce.

— Trois cent mille, annonça-t-il.

— Dollars ? demanda le Léopard des neiges.

L'homme rit.

— En cigarettes, ça vous va, Kurt ? demanda-t-il, se moquant de la tentative de marchandage.

— J'en ai déjà plein.

— Vous avez apporté quelques-uns de vos délicieux havanes ?

— Pourquoi ? Nous avons quelque chose à fêter ?

— Non, Kurt. Rien de particulier.

— Alors pourquoi en aurais-je sur moi ?

— La prochaine fois, alors ?

— À condition que vous payiez en dollars et non en deutsche Mark.

— Vous prenez des habitudes de capitaliste !

— Qui ça ? Moi ?

L'homme rit de nouveau, et lui dit de se retourner. Le Léopard des neiges vida sa tasse de café, du vrai café, noir et fort, pivota sur sa chaise et découvrit six liasses de billets sur une desserte. Il les glissa aussitôt dans la doublure de son manteau.

— Par où je sors ? Je ne veux pas prendre le même chemin que la dernière fois.

— À gauche, puis à droite, et marchez tout au bout jusqu'à la porte. Vous vous retrouverez dans la station de métro Kochstrasse.

— Pourquoi ne puis-je passer par là à l'aller ?

— On perdrait les vingt marks qu'on vous fait payer à l'entrée.

— Sales capitalistes ! lança le Léopard des neiges en secouant la tête.

L'homme éclata de nouveau de rire.

Le Léopard des neiges remonta dans sa voiture, du côté est du Mur. Il traversa le Prenzlauer Berg, l'ancien quartier juif sur la Schönhauser Allee. Il bifurqua à droite après le cimetière juif, et lorsque la rue se rétrécit, il monta sur le trottoir et se gara sous les arcades à l'entrée d'une grande *Mietskasern* [1] décrépie.

1. Cité ouvrière. *(N.d.T.)*

Il attendit, moteur au ralenti, puis pénétra dans la première cour, flanquée de bâtiments du dix-neuvième siècle, forteresse austère préfigurant les cités d'habitation contemporaine. Il se gara et marcha jusqu'au bâtiment du fond, qui ne recevait jamais le moindre rayon de soleil. Tout était silencieux et désert. Les lieux étaient inhabitables, l'humidité, à cette époque de l'année, s'était transformée en givre sur les murs. Des plaques de plâtre et de ciment jonchaient les escaliers et les paliers. Il frappa à la porte de métal d'un appartement au troisième étage. Des bruits de pas se firent entendre de l'autre côté. Le Léopard des neiges sortit une cagoule de sa poche et l'enfila sur sa tête.

— *Meine Ruh'ist hin* [1], annonça une voix.

— *Mein Herz ist schwer* [2], répondit-il.

La porte s'ouvrit. Il pénétra dans le halo de chaleur.

— Sommes-nous vraiment obligés de déclamer ces phrases sinistres de Goethe ?

— Je choisirai Brecht la semaine prochaine.

— Encore un boute-en-train !

— Que puis-je pour vous, Herr Kappa ?

Le Léopard des neiges retira son manteau, le posa sur le dossier d'une chaise et sortit un passeport appartenant à un colonel, un certain Peter Taylor, d'après ce qui était écrit. Glissée entre les pages se trouvait une photo d'identité.

— Vous connaissez les termes du marché. Retirez l'ancienne photo, et mettez la nouvelle à la place.

L'homme, âgé d'environ quarante ans, le visage neutre et austère, ouvrit le passeport et entreprit de le feuilleter avec la familiarité du douanier qu'il avait été une quinzaine d'années plus tôt. Son séjour en prison

1. C'en est fini de ma paix. *(N.d.T.)*
2. Mon cœur est lourd. *(N.d.T.)*

de neuf ans, pour avoir fait passer clandestinement des gens à l'Ouest, n'avait en rien amoindri son acuité professionnelle, mais au contraire avait fait de lui un contrefacteur hors pair.

— Il est authentique, déclara-t-il en relevant les yeux.

— Exact.

— J'ai besoin de quarante-huit heures.

— Je veux un visa d'entrée également. Je vous donnerai la date plus tard.

— Cinq cents...

— Comme la dernière fois, alors.

— Cinq cents maintenant, et cinq cents quand j'aurai fini.

— Depuis quand vos tarifs ont-ils doublé ?

— Comme je vous l'ai dit, Herr Kappa, les passeports sont une fenêtre ouverte sur l'intimité des individus. J'ai examiné celui-ci, et je le trouve bien chargé.

— Qu'il soit vide ou plein, cela ne change rien à votre travail.

— C'est non négociable, Herr Kappa.

Le Léopard des neiges sortit son uniforme du coffre et se changea dans la voiture. Il retourna sur la Schönhauser Allee et se dirigea au nord, vers les piliers du métro aérien. Il passa sous la ligne qui menait à Pankow, tourna à droite et poursuivit son chemin à travers les faubourgs de Bushholz. Juste avant Schönerlinde, il dut montrer ses papiers au poste de police. On le salua et il fut autorisé à passer, sans qu'aucun garde ne se donne la peine de jeter un coup d'œil à l'intérieur de l'habitacle. Il roula jusqu'au petit village et mit cap au nord de nouveau, à travers Schönwalde et la forêt de sapins au-delà. Une petite neige commença à tomber au moment où il s'engageait sur la route de Wandlitz. Lorsqu'il atteignit le poste de contrôle qui donnait accès au village lacustre, lieu de villégiature des élites du pays, il jurait entre ses dents. Cette neige allait lui faire prendre du retard.

Le garde le salua dans un claquement de talons.

— Je viens voir le général Stiller, annonça le Léopard des neiges.

— Oui, Herr Major, lâcha le soldat en soulevant la barrière.

Il se dirigea vers le quartier réservé au ministère de la Sécurité de l'État, la Stasi, et se gara devant la villa appartenant au général Lothar Stiller. Le vent soufflait fort à présent, tourbillonnait entre les constructions. Le Léopard sentait de fins cristaux de neige piqueter le côté encore sensible de son visage. Avait-il entendu quelque chose à son arrivée ? se demanderait-il plus tard. Un coup de feu ? Ou était-ce simplement un volet claquant sur le côté de la maison ?

Il entendit un autre bruit, celui-là parfaitement rcconnaissablc, lorsqu'il monta les marches du perron, sous les bourrasques de neige : la porte d'entrée qui heurtait le chambranle. Il poussa le battant de sa main gantée et pénétra dans la pénombre du hall.

Un rai de lumière filtrait sous une porte à sa gauche. Il l'ouvrit et découvrit les restes d'une fête – trois petits verres de schnaps et de vodka, et des verres plus grands, portant encore une corolle de mousse de bière. Personne dans la pièce, mais une cravate gisait abandonnée sur le dossier d'une chaise. Il se fraya un chemin entre le mobilier et se rendit dans la chambre du général.

Il ne le vit pas tout de suite. Une petite lampe de chevet brillait dans un coin et une mauvaise odeur planait dans la pièce. Il alluma le plafonnier. Le général Stiller, nu et à genoux, était effondré sur l'accoudoir d'un fauteuil où trônait son uniforme bleu clair, plié avec soin. Une grosse tache pourpre maculait la poche de la veste et gagnait les rubans des décorations. La chemise blanche, à côté, était éclaboussée de sang. L'odeur provenait de dégoulinades diarrhéiques qui maculaient les chevilles et les mollets du mort.

Le Léopard des neiges, une main devant son nez, inspecta le corps. Stiller avait été abattu d'une balle dans la nuque. Il s'agenouilla à côté de lui. L'orifice de sortie était énorme, un magma de chair et de cartilages broyés délimitant un trou noir là où se trouvait le nez. Les yeux étaient écarquillés, comme étonnés de voir un visage parfaitement harmonieux pulvérisé ainsi sur le dossier d'un fauteuil.

Le Léopard des neiges passa la main sous le siège et trouva des sous-vêtements de dentelle. Il se releva, jeta un regard circulaire dans la pièce, puis se rendit dans la salle de bains et tira le rideau de douche. Elle était là, étendue sur le ventre, une blonde décolorée, les racines brunes maintenant rouge grenat, en porte-jarretelles et bas résille.

De retour dans la chambre, il souleva les couvertures du lit. Quelque chose tomba au sol. L'arme du crime ? Un Walther PPK, sans silencieux. Il le prit dans sa main gantée, alla dans le salon, ouvrit la porte de la chambre du fond et découvrit les affaires de la fille posées sur une chaise. Le lit était défait, retourné comme un champ de labour. Les couvertures pendaient du matelas telle une grosse langue, et une large tache maculait les draps du dessous. Il inspecta le reste de la maison. Personne. La porte côté jardin était ouverte. Le vent l'avait maintenue béante et une fine couche de neige recouvrait le sol. Pas de traces.

Il décrocha le téléphone et s'immobilisa, réfléchissant à la marche à suivre. Il fallait agir avec précaution. On prétendait que les téléphones du village n'étaient pas sur écoute, mais il fallait être bien naïf, connaissant l'ubiquité de la Stasi, pour croire à cette rumeur.

La moitié de l'argent qu'il avait sur lui était destinée au général Oleg Yakoubovski, chef du KGB. Il aurait aimé pouvoir l'appeler pour lui demander son avis, mais cela risquait d'éveiller les soupçons. Il ne pouvait quitter le village comme si de rien n'était. Son passage était consigné dans les registres au poste de garde. Il n'avait qu'une possibilité... néanmoins, cela valait le coup de se creuser un peu les méninges au cas où une autre solution, miraculeuse, lui viendrait à l'esprit. Cependant, il n'y eut aucune illumination ; il devait se résoudre à prévenir le général Johannes Rieff, chef des forces spéciales d'investigations.

La voix de Rieff se fit entendre, lourde de sommeil.

— Qui c'est ?

— Le major Kurt Schneider.

— Je vous connais ?

— Je travaille à l'Arbeitsgruppe Ausländer [1].

— Quelle heure est-il ?

— 5 h 30.

— D'ordinaire, on ne me dérange pas avant 7 h 30.

— Il y a eu un incident au village de Wandlitz. Le général Stiller a été tué, et il y a une fille morte dans la baignoire... pas sa femme.

— Ça fait longtemps que Frau Stiller n'est plus de la première jeunesse, Herr Major.

— Il se trouve que la fille a été abattue aussi... d'une balle dans la nuque.

— Qu'est-ce que vous faites là-bas ?

— Je venais voir le général Stiller.

— C'est bien tôt pour une visite de courtoisie.

1. Services des étrangers. *(N.d.T.)*

— Nous avions l'habitude de nous rencontrer avant les heures de bureau, pour régler des affaires internes.

— Je vois, répondit Rieff, laissant entendre qu'il n'en croyait pas un traître mot. Je serai là dans une heure. Attendez-moi là-bas, major. Et ne touchez à rien.

Le major Schneider raccrocha et renifla l'arme qu'il avait dans l'autre main. Elle sentait le lubrifiant, et non la poudre. Il vérifia le chargeur. Plein. Il reposa le pistolet sur le couvre-lit.

Il examina le cendrier sur la table basse du salon : trois mégots de cigare, dont un mâchonné ; six cigarettes, trois avec un filtre marron, trois avec un filtre blanc, les six maculées de rouge à lèvres de deux couleurs. Deux femmes, trois hommes. Les femmes n'avaient pas bu ? Il se rendit dans la cuisine. Deux coupes de champagne dans l'évier, les deux portant une trace de rouge à lèvres, ainsi qu'une assiette vide à la vague odeur de poisson. Une bouteille de Veuve Clicquot dans la poubelle. Les filles étaient venues discuter ici, décider comment elles allaient jouer le coup.

Il ouvrit le réfrigérateur. Trois boîtes de caviar Beluga – du russe. Deux bouteilles de Veuve Clicquot et une de Krug. Une bouteille de vodka au citron, incrustée de glace, dans le freezer.

Il retourna dans la chambre d'ami où il avait trouvé les affaires de la fille, son esprit se remettant enfin à fonctionner. Il passa la main sous le lit, souleva les couvertures. Le sac à main ! Il le vida sur le drap taché. Un passeport. Russe, au nom d'Olga Choumilov, ses cheveux, sur la photo d'identité, d'un blond parfait. Il rangea le tout et replaça le sac à main sous les couvertures, se souvenant soudain des raisons qui l'amenaient ici et de tout l'argent qui se trouvait dans la doublure de son manteau.

Il sortit les liasses de billets, les glissa dans ses poches et se dirigea vers la voiture. Il cacha les trois paquets sous le siège passager et remonta l'allée couverte de neige. De gros flocons tombaient sur ses épaules, il percevait leur contact doux et humide sur son front.

Il trouva un cendrier propre dans la cuisine, et alluma une cigarette, les idées se bousculant dans sa tête. L'argent, moins ses vingt mille deutsche Mark de commission et les soixante mille pour les frais, devait être partagé entre Stiller et Yakoubovski, lequel l'attendait au Q.G. du KGB à Karlshorst. Le trafic, d'après ce qu'il avait compris, fonctionnait de la façon suivante : Yakoubovski fournissait les diamants, qui arrivaient par valise diplomatique de Moscou, et Stiller apportait les acheteurs, tel ce propriétaire de la chaîne des cinés porno de Mme Schenk – dont il ne savait rien, sinon qu'il n'était pas « Mme Schenk ». Schneider n'était qu'un convoyeur œuvrant pour Stiller et ses amis de la Stasi et qui, de temps en temps, touchait au passage de coquettes sommes.

Pourquoi était-il persuadé que ce double meurtre était signé du KGB, alors que les agents russes avaient plutôt l'habitude de tirer en plein visage de leurs victimes ? Il ne comprenait pas bien non plus la présence de cette fille. Il s'agissait d'un règlement de comptes interne, de toute évidence, et même très interne, puisque ne rentrait pas qui voulait au village. Seuls le chef de l'Allemagne de l'Est, le secrétaire général Walter Ulbricht, et les membres du comité central avaient accès à cette enclave protégée, ainsi que les chefs d'état-major et les hauts responsables de la Stasi, c'est-à-dire du MfS [1], selon la terminologie officielle.

Stiller ne manquait ni d'amis, ni d'ennemis. On verserait peu de larmes sur sa tombe. Le mouchoir du chef du MfS, le général Mielke, ne sortirait pas de sa poche aux funérailles. Mielke tolérait Stiller uniquement à cause des relations particulières que ce dernier entretenait avec Ulbricht et de son poste à la tête de son service de sécurité personnelle. Mielke et Stiller partageaient les mêmes intérêts dans la vie : la soif de l'or et la soif du pouvoir, ce qui faisait des deux hommes des ennemis jurés. Malgré tout, il paraissait peu vraisemblable que Mielke élimine ainsi Stiller du jeu, et certainement pas d'une façon aussi ostentatoire, sauf si... Peut-être les Russes avaient-ils maquillé leur mode opératoire et laissé l'une de leurs agents sur le carreau pour tromper l'adversaire ? C'était un raisonnement purement paranoïaque... il ne pouvait germer que dans l'esprit d'un Berlinois de l'Est. Et il ne répondait en rien à la question fondamentale : quelle erreur avait commise Stiller ? Schneider devait à tout prix avoir un entretien avec Yakoubovski, et ce matin même !

Les pensées de Schneider tournaient en boucle, sans parvenir à élucider le mystère de cette exécution. Tout ce qu'il savait avec certitude, quand deux faisceaux de phares balayèrent la façade de la maison, c'était que le meurtre d'une personne si haut placée allait déclencher un branle-bas de combat général et lui compliquer passablement l'existence.

Il fit entrer Rieff dans le hall sombre. Le général, un grand type massif de la même taille que Schneider,

1. Ministerium für Staatssicherheit (ministère de la Sécurité d'État). *(N.d.T.)*

tapota ses pieds pour chasser la neige de ses semelles. La couche était déjà épaisse de dix centimètres. Rieff contempla les traces de neige maculant le paillasson et retira ses gants marron et sa casquette, se préparant à la scène sanglante qui l'attendait. Autour de lui flottait une forte odeur de lotion capillaire.

— On s'est déjà vus, major ? demanda-t-il dans un froncement de sourcils gris, le menton relevé.

— Je pensais que vous vous en souviendriez, répondit Schneider en allumant la lumière.

— Ah oui, je reconnais votre visage, dit le général en plissant les yeux. Comment est-ce arrivé, déjà ?

— Un accident de laboratoire... à Tomsk.

— Ça me revient, à présent. Quelqu'un m'a dit pour votre visage. Je suis désolé... mais vous n'êtes pas le seul Schneider de la terre. Où est le général Stiller ?

Schneider ouvrit le chemin et s'arrêta devant la porte de la chambre. Rieff lâcha un juron devant l'odeur, en faisant claquer ses gants contre sa cuisse.

— Et la fille ?

— Dans la salle de bains, à votre droite mon général.

— Elle a sans doute été tuée en premier, annonça Rieff, sa voix résonnant dans la pièce carrelée.

— L'arme du général Stiller est par terre, là-bas. Elle n'a pas été utilisée.

— Je croyais vous avoir dit de ne toucher à rien...

— Je suis tombé dessus par hasard, avant de vous appeler, mon général.

Rieff revint dans le salon.

— Qui est cette fille ?

Schneider hésita.

— Ne me prenez pas pour un idiot, major. Je sais

que vous n'êtes pas resté à vous tourner les pouces en attendant mon arrivée.

— Olga Choumilov.

— Parfait ! lança Rieff en faisant claquer ses gants dans sa main. Et que traficotiez-vous, Stiller et vous ?

— Je vous demande pardon, mon général ?

— Ma question est pourtant simple. Que traficotiez-vous ? Ne me parlez pas de réunions de travail. Stiller en a toujours fait le minimum en ce domaine.

— Je ne peux vous éclairer davantage, mon général. Nous parlons uniquement travail. Quant à cette participation qui vous semble minimale, c'est uniquement parce que le général Stiller sait déléguer les tâches.

— Comme c'est touchant, major ! railla Rieff. Je vous laisse cogiter là-dessus et vous me répondrez plus tard.

— C'est tout réfléchi, mon général.

— Et si je fouille votre voiture, que vais-je y trouver, major ?

— Une roue de rechange et un cric.

— Et cette villa ? Si je la passe au peigne fin ? Une toile roulée d'un grand maître russe ? Une icône ? Un joli triptyque ? Un sac de diamants ?

Schneider se félicitait d'avoir eu le visage brûlé, sa chair étant devenue un masque quasiment inexpressif. Il garda, par précaution, les mains enfouies dans ses poches.

— Vous en savez sans doute plus que moi sur les affaires personnelles du général Stiller...

— J'ai une connaissance exhaustive des activités personnelles du général Stiller. Alors, où est la marchandise ? Dans le frigo ?

— Vous n'y trouverez que les munitions classiques

de tout officier russe s'apprêtant à passer du bon temps, mon général.

— Des munitions classiques ? renifla Rieff. Il vous a bien fait la leçon, major.

— Il est mon supérieur. C'est un choc pour moi de le trouver dans cet état.

— Je suis surpris qu'il n'y ait pas deux filles dans la salle de bains... et un jeune garçon dans le lit.

C'était vrai. Des rumeurs couraient. Schneider en avait eu vent.

— J'espère que j'ai bien agi en vous appelant, mon général. J'ai un instant pensé que l'affaire était peut-être suffisamment sérieuse pour déranger le général Mielke.

— Je m'en occupe, major ! Où puis-je vous trouver ? Comme vous vous en doutez, je n'en ai pas encore terminé avec vous.

— Je rentre à mon bureau, mon général. Cela m'étonnerait que je sois à l'heure avec ce sale temps.

— On ne me la fait pas, major ! lança soudain Rieff. J'ai déjà vu des hommes qui ont eu un face-à-face avec un lance-flammes.

Schneider resta de marbre devant cette remarque. Il salua le général et prit congé.

Sa DS fendit la neige épaisse, traversant les villages endormis. Deux voitures noires saupoudrées de blanc, des drapeaux flottant aux coins de leurs pare-brise, apparurent devant lui, dans un nuage de flocons luminescents. Schneider ne put distinguer les occupants derrière les vitres teintées, lorsqu'il croisa le cortège. Il se sentit tout à coup oppressé, l'air lui manqua. Il entrouvrit la fenêtre ; le vent froid lui fit du bien. C'était une catastrophe – une catastrophe avec des conséquences en cascades ! Rieff n'allait pas le lâcher.

Merde ! Il n'était plus protégé par le gros écran de corruption de Stiller... c'était la fin du financement de ses activités occultes. Mille marks pour le passeport du colonel américain... ça lui laissait dix-neuf mille marks... et ensuite ? Il pouvait donner à Yakoubovski sa part du butin et garder celle de Stiller. C'était tentant, mais risqué. Son visage, déjà bien abîmé, n'avait nul besoin d'être affublé d'un gros trou comme celui de Stiller. Schneider referma la fenêtre et alluma l'une de ses cigarettes de capitaliste.

Le va-et-vient des essuie-glaces le berçait. L'habitacle tiède et enfumé était douillet comme un cocon. Schneider rejoignit le centre-ville. Les parkings vides tapissés de coton, les immeubles délabrés recouverts d'un crépi blanc, les perrons et les rebords de fenêtres soulignés d'un trait virginal... la neige, grande démocrate, rendait la ville presque présentable. Même le Mur, cette balafre de béton en travers du visage de Berlin, paraissait presque amical sous les flocons – du sucre glace sur un gâteau rassis. Le *no man's land* mortel était enveloppé d'un suaire immaculé, les miradors se dressant tels des sapins de Noël.

Schneider s'engagea dans la Karl Marx Allee et rejoignit la circulation du matin – deux lignes pétaradantes de Trabant et de Wartburg, leurs fumées noires éclaboussant la neige, qui se transformait déjà en boue sur le macadam. Il gagna Lichtenberg par Friedrichshain et tourna à gauche avant la station de la Magdelenstrasse pour rejoindre la Ruschestrasse. Il se gara dans le parking privé devant le gros bâtiment gris du Ministerium für Staatssicherheit. Les seuls indices prouvant qu'il s'agissait du Q.G. de la Stasi étaient le nombre de vopos au-dehors et la batterie d'antennes qui hérissait le toit. L'immeuble s'appelait officiellement l'Oscar Ziethon Krankenhaus Polyklinik, ce qui faisait de lui le plus gros hôpital psychiatrique de la planète. Trente-huit bâtiments, trois mille bureaux, plus de trente mille employés. C'était une petite ville, un monument dédié à la paranoïa.

Schneider franchit les portes de métal, lança des saluts à droite, à gauche, et gagna son bureau. Il retira son manteau, ses gants, refusa le café gris que lui apporta sa secrétaire et appela Yakoubovski sur la ligne interne. Ils convinrent d'un rendez-vous à l'étage de la H.V.A., la Hauptverwaltung Aufklärung, mot à mot, la direction générale de l'« éclaircissement », autrement dit le service de renseignements et de contre-espionnage de l'État.

Les gros sourcils de Yakoubovski passèrent devant Schneider. Comment un homme qui se rasait de près tous les matins pouvait-il laisser ces deux buissons hirsutes lui manger le visage ? Ils se firent un signe de tête et le Russe tourna les talons, offrant à l'Allemand la vue de son dos large comme une piste d'atterrissage. Yakoubovski tirait sur une grosse cigarette. Il ne cessait de crachoter des brins de tabac qui s'accrochaient à sa langue. Les deux hommes commencèrent à marcher lentement dans les couloirs. La graisse de Yakoubovski, comme celle d'un ours brun, ondulait sous son uniforme. Schneider délivra ses nouvelles. Yakoubovski écoutait, la bouche pincée.

— Et l'argent ? s'enquit-il.

— Dans la voiture.

— Tout l'argent ?

Tentait-il le coup ?... Non.

— Oui. Tout.

— Venez à Karlshorst, à 17 heures.

— Le général Rieff est en charge de l'enquête.

— Ne vous inquiétez pas pour Rieff.

Yakoubovski accéléra soudain le pas, laissant Schneider seul dans le couloir.

À 16 h 15, il faisait déjà nuit. La neige avait cessé de tomber. Schneider nettoya les vitres de sa voiture. Il se rendit d'abord chez lui, au cas où Rieff le ferait suivre. Il se gara et récupéra ses dix-neuf mille cinq cents marks de commission de l'une des liasses. Il fit un tour complet dans le quartier avant de revenir sur la Karl Marx Allee et de prendre à l'est, vers la Frankfurter Allee. Il tourna à droite dans Friedrichsfelde, longea les étendues blanches du Tierpark, passa sous le métro aérien puis tourna à gauche dans la Köpenicker Allee. Le Q.G. du KGB se trouvait dans l'ancien hôpital Saint-Antoine, sur la Neuwiederstrasse. On lui prit sa carte d'identité au poste de contrôle. Un appel fut passé.

Il se gara à l'endroit qu'on lui avait indiqué, récupéra ses liasses de billets sous le siège passager. Une estafette vint à sa rencontre et l'emmena au troisième étage. On lui fit traverser un bureau qui lui était familier pour le conduire dans un salon qui lui était inconnu. Yakoubovski se tenait assis bien droit dans un fauteuil de cuir, à côté d'un feu. Il fumait les derniers centimètres de son cigare. Schneider songea aux reliques dans le cendrier de la villa de Stiller... Cette pensée le rendit nerveux, mais il se convainquit que n'importe qui d'autre pouvait fumer le cigare.

L'estafette réapparut avec un plateau – une vodka dans un seau à glace, une assiette de harengs marinés, du pain noir, deux petits verres et un paquet de cigarettes portant une étiquette en caractères cyrilliques. L'estafette sortit de la pièce à reculons, comme s'il craignait que Yakoubovski ne lui tirât dans le dos.

Le Russe écrasa son cigare. Le bout était mouillé et mâchonné. Schneider frémit sous son manteau. Il tendit les liasses de billets.

— Je ne veux pas vous priver de vos invités, déclara-t-il. J'ai déjà pris mes vingt mille marks. Il reste deux cent quatre-vingt mille.

— C'est vous, mon invité, répondit le général. Et vous feriez bien d'en prendre plus. Les vaches maigres s'annoncent pour vous, et ce pour un bon moment.

Il sortit d'une liasse un paquet de billets qu'il glissa dans la poche de Schneider – un gros paquet. Il y avait au moins cinquante mille marks.

— Ôtez votre manteau. Nous allons boire une vodka pour nous remonter le moral.

Ils vidèrent trois verres rapidement ; la vodka était gelée à souhait, visqueuse et citronnée. Schneider ouvrit son col de chemise, le tissu irritant ses greffons. Yakoubovski lâchait dans sa gorge des harengs marinés, comme une otarie d'un cirque.

— Stiller est donc mort, déclara-t-il – pas de pathos ; un simple constat pour rompre le silence.

Le feu crépitait dans l'âtre. Nouvelle tournée de vodka. Le côté indemne du visage de Schneider commençait à chauffer. Des morceaux de pain noir tournaient dans la bouche de Yakoubovski tels des bas dans une machine à laver.

— Vous savez qui a fait ça ? demanda Schneider d'une voix voilée qui paraissait sortir d'une tierce personne. Et que fabriquait cette Olga Choumilov là-bas ? C'était l'une de vos agents, n'est-ce pas ?

Yakoubovski ouvrit un paquet de cigarettes, le dépiautant comme un sauvageon.

— La situation est délicate, répondit-il, en parvenant enfin à extraire une cigarette. Politiquement délicate.

— Pardonnez-moi d'insister, mais vous étiez chez Stiller la nuit dernière, n'est-ce pas ? demanda Schneider, la vodka lui déliant la langue. Qui d'autre était présent ? Cela risque de diriger les...

— Je comprends parfaitement votre inquiétude, major. Vous vous pensez exposé... répondit Yakoubovski derrière ses épais sourcils. J'étais là, effectivement, avec le général Mielke, si cela peut satisfaire votre curiosité. Nous avons quitté Stiller vers minuit. Il a été abattu cinq heures plus tard.

— Et les filles ?

— Elles sont arrivées alors que nous étions sur le départ. Elles sont venues avec Horst Jäger.

— Le champion olympique de javelot ? Que faisait-il chez Stiller ?

— J'ai cru comprendre qu'il avait aussi un javelot de bonne dimension entre les jambes, lança Yakoubovski, en relevant les sourcils. Et il semble toujours prêt à l'exhiber, en privé comme en public.

— Qui était l'autre fille ?

— Elle n'était pas de chez nous. C'est une petite amie de Jäger.

— Quand Jäger et sa copine sont-ils partis ?

— 4 heures du matin, d'après le poste de garde.

— Pourquoi Olga Choumilov a-t-elle été tuée ?

— Parce qu'elle s'est trouvée au mauvais endroit au mauvais moment.

— Pourquoi n'est-elle pas repartie avec les deux autres ?

— Sans doute pour s'assurer que Stiller ne quittait pas la villa. Étant donné la situation, major, je ne pense pas qu'il soit opportun que vous en sachiez davantage. Comme je vous l'ai dit, il s'agit d'une affaire politique, et non d'espionnage... moins on en sait, mieux on se porte. Prenez donc un hareng mariné...

Ils burent encore, finirent les poissons, puis le Russe alla chercher le manteau de Schneider – le signal du départ. Pendant qu'il l'enfilait, Yakoubovski chuchota dans son oreille :

— À partir d'aujourd'hui, on ne doit plus nous voir ensemble, vous le comprenez. S'il vous arrive quoi que ce soit, je ne pourrai rien pour vous. Et je vous conseille fortement d'oublier mon nom.

Grâce à la demi-bouteille de vodka ingérée, la peur restait diffuse en Schneider et les poils de sa nuque demeurèrent aussi lisses qu'une fourrure de phoque.

— Puis-je vous demander quel est le pouvoir réel du général Rieff dans cette affaire ?

— Il est très puissant. Il suffit de regarder son parcours avant qu'il ne soit nommé à la direction des forces spéciales d'investigations.

— Vous pensez qu'il fermera les yeux sur notre trafic ?

— Non, Herr Major. Il est de la vieille école. Un type collet monté.

Dehors, un vent glacial s'était levé. Le temps de rejoindre sa voiture, les bourrasques faisaient battre son manteau comme une voile de bateau. Schneider s'installa au volant, les yeux pleins de larmes, l'alcool lui ayant coupé le souffle. Il se frotta les yeux pour s'éclaircir la vue et retrouver un semblant de concentration.

Selon Yakoubovski, il s'agissait d'un travail du KGB, et des intérêts politiques étaient en jeu... Une affaire qui, à l'en croire, dépassait ses propres compétences. Un ordre de Moscou ? Mais dans quel but ? Et pourquoi donner à Rieff ce soudain pouvoir ?

Aucune réponse ne lui vint.

Il démarra le moteur, franchit le poste de garde et rejoignit la Neuwiederstrasse. À cause de la souplesse des suspensions et de son ébriété, Schneider roulait de droite à gauche sur son siège, comme s'il se trouvait sur un manège de chevaux de bois. Il s'arrêta dans la Köpenicker Allee et se gara près d'une bouche d'égout. Les dents serrées, il se mit à cogner sur le volant, de rage et de frustration. Il sortit la liasse de billets que lui avait donnée Yakoubovski, sentant sous ses doigts leur propreté immaculée, humant l'odeur de l'encre neuve. Du bel l'argent. Du vrai argent. Mais en bien trop grosse quantité pour quelqu'un dans sa situation... Il récupéra également les billets de sa commission et jeta le tout dans l'égout. Maintenant, il allait même avoir des problèmes pour récupérer ce passeport !

Il prit le chemin de la maison, se gara dans le parking souterrain sous son immeuble. Il verrouilla la portière, monta les escaliers d'un pas lourd et déboucha dans la lumière vive d'un faisceau de phares. Deux hommes sortirent de l'ombre derrière le halo lumineux, les chaussures crissant sur le ciment.

— Major Kurt Schneider ?

— Oui, répondit-il en s'humectant les lèvres.

— Veuillez nous suivre, quelqu'un voudrait avoir une petite conversation avec vous...

34.

De décembre 1970 à janvier 1971, Londres

Andrea s'assit à son bureau, le même bureau que sa mère avait occupé pendant plus de vingt ans, accomplissant le même travail. La tâche n'était pas très difficile. Elle rencontrait tous ceux qui étaient impliqués, à un degré ou à un autre, dans une opération et, en retour, chacun était gentil avec elle de crainte qu'elle ne soit trop regardante sur les notes de frais.

Andrea dut subir un long entretien avec Dickie Rose, comme il était séant de l'appeler, en compagnie d'un type timide, dénommé Roger Speke, qui ne posait des questions que par l'intermédiaire de Rose. Elle n'avait rien appris sur eux, ni sur leur travail exact ni sur leur fonction officielle. Meredith Cardew était passé la voir, mais davantage pour évoquer le passé – Lisbonne... les sardines grillées sur la plage... Et le restaurant Tavares, était-il toujours ouvert ? Ce n'est qu'au moment du départ qu'elle lui fit part de sa surprise quant à sa présence dans les murs du S.I.S.

— J'y ai pris goût pendant la guerre, répondit-il. Je m'ennuyais à la Shell, alors, lors d'un séjour en Angleterre, je me suis arrangé pour avoir un entretien. C'était stupide de ma part... J'avais beaucoup plus à gagner dans le pétrole. Et puis, Dorothy voulait rentrer en Grande-Bretagne.

— À Londres ?

— Grands dieux, non ! On a acheté une maison dans le Gloucestershire. Nous sommes tranquilles comme Basile, là-bas. Les filles ont quitté le nid, bien sûr. Elles sont toutes mariées. Aujourd'hui, on garde les petits-enfants et les chiens !

— Et vous avez rejoint la Compagnie...

— C'est bientôt la retraite pour moi. Les meilleurs moments sont derrière moi. Berlin dans les années cinquante, ça c'était quelque chose ! Il faudrait que l'on aille boire un verre ensemble... parler du bon vieux temps. Passez me voir à mon appartement un de ces soirs, Anne, histoire de tenir compagnie à un vieil homme.

— Je suis Andrea aujourd'hui.

— Bien sûr. Pardonnez-moi. Toutes mes condoléances pour Luís et Julião. Jim m'a appris le drame. Cela a dû être un choc terrible pour vous.

Il avait dit cela comme si l'événement datait du mois précédent. Et en quelques mots, il l'avait ramenée un quart de siècle en arrière, dans la maison de Carcavelos. Ça aussi, c'était un terrible choc. Quelque chose s'agita dans la poitrine d'Andrea, un oiseau battant des ailes tentant de s'échapper de sa cage thoracique.

Andrea commença son travail début décembre. Wallis lui fit visiter tout le bâtiment. Il la présenta une seconde fois à toutes les personnes qui avaient assisté aux funérailles. Peggy White, l'assistante de sa mère. John Travis du service documentation. Maude West à la bibliothèque, Dennis Broadbent aux archives – ce dernier étant le seul à avoir quelque chose à lui apprendre sur le fonctionnement de la maison :

— Vous êtes accréditée classe 5 bleu et jaune. Le niveau 5 correspond à un niveau de sécurité moyen, bleu pour les documents financiers, jaune pour le domaine étranger, ce qui signifie que vous avez accès à tous les dossiers de ce type et d'un niveau de confidentialité inférieur ou égal à 5. Ici, nous commençons tous classe 5.

— Quel est le niveau de sécurité le plus élevé ?

— Classe 10 rouge. Avec ça, vous avez accès partout, y compris dans la Hot Room. Ceux de la classe 10 rouge ne courent pas les rues ! Il y en a seulement cinq dans ce bâtiment, et l'un d'eux est Cardew.

— La Hot Room ?

Broadbent désigna une porte avec un lecteur de carte magnétique, flanquée d'un clavier numérique sur le chambranle.

— C'est là que sont enfermés tous les documents classés top secret.

— Quelles sont les autres couleurs qui me sont interdites ?

— Le vert : affaires nationales M.I.5 – ennuyeux comme la pluie. Le blanc pour les ressources humaines, mais vous y aurez accès dans une ou deux semaines.

— Et le rose ? Il y a du rose ?

— Oui. Forcément.

— Et qu'est-ce que c'est ?

— Le sexe.

— C'est conservé aussi dans la Hot Room ?

— Sous clé !

— Qui a la clé ?

— Roger Speke.

— Il faut forcément quelqu'un de discret...

— Comme votre mère, répondit Broadbent en riant. À vous en fiche les jetons !

Peggy White lui expliqua les diverses procédures du service financier en sirotant son verre d'eau – transferts d'argent internationaux, bordereaux de dépenses, fonds pour les imprévus, réserves d'urgence, bilans comptables trimestriels, réserves en liquide, prévisions budgétaires et autres pièces du même acabit...

— C'est plutôt calme en ce moment. Le dernier gros ramdam date de 68, après le printemps de Prague. On envoyait des agents partout. L'argent volait tous azimuts ! Votre mère avait pris sa retraite, à l'époque. Le printemps de Prague nous a montré à quel point il nous fallait quelqu'un pour la remplacer... On a dépensé des fortunes. Mais on pensait tous que c'était nécessaire. Les Rouges relevaient le rideau de fer et chargeaient droit devant... rien ne semblait les arrêter. Mais tout ça, c'est du passé. Aujourd'hui c'est le calme plat. Moi, j'adore le branle-bas de combat ! Pour être franche, on s'ennuie un peu à présent. Pourtant, avec les Russkofs, on ne sait jamais, pas vrai ?

Andrea se lia d'amitié avec tout le monde, en particulier avec Broadbent. Il la laissait seule aux archives afin qu'elle puisse consulter à loisir les dossiers auxquels elle n'avait pas officiellement accès. Ainsi, elle avait la possibilité de surveiller les allées et venues de ceux qui avaient l'accréditation pour la Hot Room. Seuls Rose, Speke et Wallis s'y rendaient. Broadbent lui apprit qu'il fallait une carte magnétique pour y entrer, ainsi qu'un code à quatre chiffres, changé chaque semaine par Speke.

À la mi-décembre, Andrea avait exploré quasiment toutes les archives et n'avait rien trouvé d'intéressant, en particulier aucune référence au Léopard des neiges.

Dix jours avant Noël, les locataires américains quittèrent sa maison de Clapham et Andrea put abandonner la chambre mansardée qu'elle louait chez Wallis pour s'installer chez elle. Elle rencontra Gromov une fois encore au boulodrome de Brockwell Park. Il lui confia une nouvelle mission (un objectif qu'Andrea s'était déjà fixé) : avoir accès à la Hot Room et tenter d'y trouver des renseignements sur le Léopard des neiges. Si elle parvenait à se procurer une carte magnétique, Gromov pourrait la faire dupliquer dans la nuit. Une fois qu'elle serait en possession de ce sésame, il lui suffirait alors de connaître le code hebdomadaire. Un jeu d'enfant... Un jeu d'enfant pour Gromov, bien au chaud dans son gros manteau, en train de déguster un sorbet au citron – son péché mignon consenti aux plaisirs du monde capitaliste !

Andrea recommença à espionner les utilisateurs de la Hot Room, cherchant à découvrir où ceux-ci rangeaient leurs cartes. Wallis et Rose, qui s'y rendaient rarement, la gardaient dans leurs portefeuilles. Speke, qui y entrait deux fois par jour, la conservait dans la poche de sa veste. Elle surveilla Speke pendant une semaine et s'aperçut qu'il ne venait jamais dans la Hot Room l'après-midi. Les dossiers classe 10 rouge ne sortaient pas de la Hot Room. Ceux qui les consultaient devaient prendre des notes – photocopies interdites.

Speke était un homme élégant, toujours tiré à quatre épingles, affublé d'une méticulosité horripilante... le genre d'homme toujours prêt à débattre des mérites du costume droit sur le costume croisé, et qui ne travaillait jamais avec sa veste sur les épaules. Il l'enfilait pour passer d'un bureau à un autre et la retirait invariablement avant de s'asseoir. Il portait un cardigan dessous, et le vêtement était toujours accroché à un cintre derrière la porte. Le seul problème, c'est qu'Andrea n'avait guère l'occasion de parler à Speke. Speke ne s'entretenait qu'avec les chefs des autres services. Il quittait son bureau à 5 h 30 tous les après-midi et ne buvait jamais un verre avec ses collègues après le travail. Pas étonnant qu'il ne soit pas venu aux funérailles de sa mère, songea Andrea. Speke était trop cul pincé pour elle !

Andrea commençait à perdre espoir, se demandait si sa seule chance de réussite n'était pas de découvrir l'identité du possesseur du cinquième sésame miraculeux, lorsqu'une note de frais arriva sur son bureau, nécessitant une rallonge de budget. Elle éplucha ses comptes et découvrit que l'agent, nom de code Cléopâtre, devait toucher encore quatre mille cinq cents livres. La base d'opération de Cléopâtre était Tel-Aviv. Le Moyen-Orient... la chasse gardée de Speke.

Deux minutes avant l'heure du déjeuner, elle toqua à la porte de son bureau. Speke se tenait devant la fenêtre, contemplant Trafalgar Square, les mains dans les poches, tirant les pans de son gilet de laine. Il sursauta en la voyant et se dirigea vers sa table de travail, comme s'il allait sortir un pistolet de l'un des tiroirs. Andrea transpirait sous son tailleur, son chemisier lui collait dans le dos. Elle lui tendit la note de frais et lui expliqua l'affaire. Speke se gratta le bout du nez, en battant des paupières derrière ses lunettes à double foyer. Il décrocha son téléphone. Andrea lui dit qu'elle repasserait le lendemain matin. Il se leva alors qu'elle s'en allait et se dirigea de nouveau vers la fenêtre. Andrea ouvrit la porte. Speke se baissa pour arranger une plante sur le rebord de la fenêtre. Elle glissa deux doigts dans la poche de la veste, prit la carte magnétique et referma la porte.

De retour à son bureau, Peggy White lui demanda si elle se sentait bien.

— C'est le chauffage central. J'ai du mal à le supporter, Mrs. White.

— C'était pareil pour votre mère.

Andrea sortit pour déjeuner et fit la queue à un photomaton à la gare de Charing Cross. Un homme se trouvait derrière elle. Elle pénétra dans la cabine et glissa la carte de Speke derrière le sous-verre qui présentait un florilège de photos. Passé la série de flashes, elle attendit à l'extérieur que la machine développe ses clichés. L'homme s'installa à son tour dans la cabine. Encore une série de flashes. Mais au lieu d'attendre au-dehors le résultat de la prise de vue, l'homme s'en alla. Les photos d'Andrea tombèrent enfin dans le réceptacle, suivies, quelques minutes plus tard, par celles de l'homme – toutes noires.

Le lendemain matin, il y avait deux cartes dans la boîte aux lettres d'Andrea, la copie et l'originale. Elle se rendit au travail de bonne heure, au cas où il prendrait à Speke l'envie d'aller dans la Hot Room au plus tôt. Il arriva. Elle lui laissa quelques minutes pour s'installer et toqua à sa porte. Il portait encore sa veste... Elle battit des yeux pour chasser sa lueur de panique. Il était de nouveau à la fenêtre, contemplant le givre du matin. Le pauvre Speke, qui aimait avoir dix minutes de tranquillité pour se remettre de son voyage en métro, se raidit en voyant entrer Andrea.

— Je reviendrai, s'empressa-t-elle d'annoncer.

— Non, non... c'est pour quoi ?

— Les frais de Cléopâtre.

— Il faudrait changer ce nom de code, vous ne trouvez pas ?

— Je suis d'accord. Ces basses considérations matérielles sont indignes de Cléopâtre.

— Exactement ! Un jour, nous aurons comme dernière note de frais : un aspic à venin mortel – 3£, 9s et 6p ! lança-t-il, riant de son propre trait d'humour.

Le pauvre Speke ne se ferait jamais au nouveau système décimal[1].

— Espérons que non, Mr. Speke. Je vous débarrasse de votre veste ?

— Oh... sapristi ! s'exclama-t-il en s'apercevant de son oubli.

Elle retira la veste de ses épaules, replaça la carte magnétique dans la poche, et accrocha le vêtement au portemanteau.

— Vous avez raison, dit-il, Cléopâtre n'a pas à recevoir une rallonge. Je vais lui envoyer un message sur-le-champ en ce sens. Comment devrais-je formuler ça... miss Aspinall ?

— Je vous souhaite bien du plaisir avec le serpent ? répondit Andrea, sachant que Speke apprécierait cette référence à Shakespeare.

Speke poussa un rire aigu, ressemblant au cri d'une hyène dans la nuit.

— C'est peut-être un peu trop sinistre... mais cela reste excellent. Envoyez le message à Tel-Aviv. Cela le calmera.

Andrea ressortit du bureau épuisée. Ce genre de choses paraissait facile à réaliser dans les films, mais dans la réalité, vous en ressortiez les nerfs en pelote ; cela lui rappelait ce jour où elle avait volé six pence dans le porte-monnaie de sa mère... sauf que, dans le cas présent, le chapardage lui vaudrait dix ans de réclusion à Holloway. Restait encore à obtenir le code de la semaine... et à s'introduire dans la Hot Room, et y rester suffisamment longtemps pour avoir une

1. Speke parle encore en shillings : 3 livres, 9 shillings et 6 pence (un système qui, en 1971, venait d'être abandonné, au profit du décimal où le shilling n'existe plus et où un penny vaut un 1/100 de livre et non plus de 1/12 de shilling ou encore un 1/240 de livre. *(N.d.T.)*

chance de découvrir quelque info utile. Andrea savait ce qui l'attendait là-dedans. Des montagnes de paperasse, des centaines de dossiers – et ce, uniquement pour la section Berlin-Est.

Cardew l'invita à souper dans son appartement – un deux-pièces dans une maison bourgeoise de Queen's Square, à Bloomsbury. Ils burent du gin-tonic pendant que son ancien patron de la Shell préparait une sauce bolognaise dans sa kitchenette, sous les trémolos de *Don Giovanni* que diffusait le tourne-disque.

— Les spaghettis bolognaise sont mon plat de base, lança-t-il, paraissant un peu misérable, vu de derrière, avec son pantalon gris trop large. Il faudrait que j'essaie autre chose, mais je reviens toujours à de la viande émincée et à la sauce tomate. C'est pathétique. On mangeait si bien à Lisbonne...

— Le poisson me manque, reconnut-elle. Même la morue séchée, à mon grand étonnement.

— Le poisson est ici une rareté. Moi, j'adorais la morue séchée avec une tranche de jambon fumé dessus. Vous avez déjà essayé ? L'une de mes filles habite dans le Nord ; c'est ainsi qu'ils la mangent, là-haut.

— Dorothy ne descend jamais vous voir pour vous préparer des petits plats, pour aller au cinéma ?

— Dorothy ne viendra à Londres que les pieds devant. Elle déteste cette ville. Trop sale. Trop de bruit. Trop d'agitation. Quelle misère ! Passer ainsi tout seul ses vieux jours... Gin-tonic, pâtes et opéra, voilà comment j'occupe mes soirées.

Ils mangèrent les spaghettis et la salade, et ouvrirent une deuxième bouteille de vin. La conversation dériva vers le travail.

— Oui, les années cinquante étaient géniales, une

fois que l'on s'est débarrassés de ces deux taupes – Burgess et Maclean. On se croyait intouchables, jusqu'à ce que l'on découvre que George Blake refilait au KGB tout le détail de nos opérations à Berlin et que Kim faisait de même ici, à Londres. On est passés pour des idiots. Khrouchtchev a dit un jour à Kennedy que si l'on s'échangeait la liste de nos agents, on s'apercevrait que ce sont les mêmes. Il avait raison, le bougre ! Du vin ?

Il remplit le verre d'Andrea. La sueur luisait sur sa lèvre supérieure. Il commençait à être ivre.

— La sécurité est bien meilleure aujourd'hui, répondit Andrea. Ils ont totalement séparé l'administratif de l'opérationnel. On est chacun dans notre compartiment. Personne ne sait ce que fait l'autre.

— Comme si c'était là le problème ! Ils ont faux sur toute la ligne. Rien n'a jamais filtré de l'administration. Cela vient du département des opérations, c'est là le panier percé. On est confinés dans nos petites cages, ligotés, un bandeau sur les yeux, sans plus oser prendre la moindre initiative. Nous voilà dix ans en arrière, je vous le dis ! J'ai encore mon accréditation classe 10 rouge... beaucoup l'ont perdue. Il y a eu plein de mises à la retraite, une ou deux arrestations. Ils ont saigné la Compagnie. À tel point que le cœur ne bat presque plus.

— Je ne vous vois pas souvent aux archives, s'étonna-t-elle. À brandir votre statut de classe 10 rouge.

— Je ne travaille pas ainsi, Andrea. Ce n'est pas mon style. Je n'ai jamais été un rat de bibliothèque. À l'inverse de Speke. Lui, les dossiers, c'est son dada. Son petit nid douillet. C'est lui qui a mis au point le système. Il nous a donné nos petites cartes et passe tous les lundis matin pour nous communiquer le code de la semaine. Je n'arrive jamais à me souvenir de ce satané numéro. Un jour, après nous avoir donné les codes, il a oublié de reprogrammer la serrure, et cet idiot en a déduit qu'il y avait une taupe dans les murs ! Évidemment il a lâché les chiens sur nous, une fois de plus. Il s'est trouvé tout penaud après, le vieux Speke. Il pouvait l'être !

Ils finirent le vin. Cardew mit la *Flûte enchantée*, se servit un whisky et offrit un cognac à Andrea. Il se tenait devant le poêle, feignant de diriger un orchestre imaginaire. La bouteille retrouvait le chemin de son verre toutes les demi-heures. Après la troisième tournée, il s'effondra dans son fauteuil.

— Le Bell's, c'est tout ce qui me reste, lâcha-t-il, en se servant un quatrième verre, faisant son possible pour cacher son ivresse.

Andrea but une gorgée de cognac et annonça qu'elle devait partir. Cardew la raccompagna à la porte, tenant le manteau d'Anne serré dans ses bras. Il était vraiment saoul à présent, le regard vague.

— J'imagine que vous n'avez aucune envie de rendre un vieil homme heureux ? demanda-t-il. (Puis il ajouta, de crainte d'essuyer une rebuffade :) Non, non. C'est parfaitement ridicule. Je ne sais plus ce que je dis. Ne faites pas attention. J'ai toujours pensé beaucoup de bien de vous, Anne. Je vous ai toujours beaucoup appréciée. Beaucoup, beaucoup...

— Je peux récupérer mon manteau, Meredith ?

— Oh ! pardon, pardon. Bien sûr. Quel empoté je fais !

Il l'aida à enfiler le vêtement et, sur le seuil, il lui colla un gros baiser mouillé sur la joue.

— Vous avez été mon rayon de soleil, ce soir, lâcha-t-il en se lassant aller contre le mur derrière lui.

Le lundi suivant, Andrea se trouvait dans le bureau de Cardew lorsque Speke arriva pour lui donner le code de la semaine. Cette scène, où un adulte chuchotait à l'oreille d'un compère, les mains en coupe, comme deux enfants se faisant des messes basses, lui apparut comme un vaudeville. Dès que Speke eut quitté le bureau, Cardew nota les chiffres dans un calepin.

— Je ne sais pas pourquoi je me donne cette peine, maugréa-t-il. La seule fois où j'ai eu besoin de me rendre dans la Hot Room, je suis allé voir Speke parce que j'avais oublié le code de la semaine, et ce connard n'a pas voulu me le redonner. C'est pire qu'à l'école, ici ! Bien que je ne connaisse rien de pire que Charterhouse.

En se levant pour prendre congé de Cardew, Andrea lut le numéro à l'envers. Elle avait enfin le code de la semaine... Dernier obstacle à franchir : le barrage de Broadbent.

Broadbent travaillait de 9 heures à 17 h 30, avec une heure de pause déjeuner. D'ordinaire, il faisait sortir tout le monde de la salle des archives et verrouillait la porte, le temps d'aller avaler une pinte et un sandwich au Coach & Horses, à Soho. Andrea le persuada de la laisser travailler. Il pouvait, si ça le rassurait, l'enfermer le temps de sa pause.

— Juste pour quelques jours, le temps que je boucle ce dossier, expliqua-t-elle. Il faut que j'aie en tête tous les antécédents. Peggy White n'arrête pas de me le répéter.

— Je suis étonné que Mrs. White puisse encore articuler un mot, avec ce qu'elle boit ! lança Broadbent en agitant la main. Ce n'est pas de l'eau qu'elle s'enfile toute la journée, vous savez.

Broadbent l'enferma donc dans la salle des archives. Andrea resta assise cinq minutes, feignant de lire ses dossiers, puis se dirigea vers la Hot Room. Elle glissa la carte dans la fente, entra les numéros, et le penne se retira. Elle ôta ses chaussures pour les poser sur la table. Elle avait utilisé un savon sans odeur ce matin et ne s'était pas lavé les cheveux du week-end pour être sûre de ne laisser aucune trace olfactive derrière elle. Elle se dirigea tout droit vers la section Berlin-Est et commença à feuilleter tous les dossiers des agents en activité, chacun portant sur la couverture son nom de code. Aucun Léopard des neiges, mais il y avait un fichier estampillé Cléopâtre qu'elle ouvrit à cause de sa dernière discussion avec Speke, et parce qu'elle était étonnée de voir un agent au Moyen-Orient figurer dans la section allemande.

Selon les documents, Cléopâtre ne travaillait pas à Tel-Aviv, mais à la section politique du S.I.S. à Berlin. L'agent recrutait des officiers du KGB pour des missions d'espionnage. Andrea mémorisa les noms des officiers impliqués, tous russes à l'exception d'un Allemand. À la fin du dossier se trouvait une chemise contenant les sommes versées à ces hommes. De coquettes sommes. Elle examina les dates. Puis revint au début du livret. Cléopâtre était en mission depuis le 1er août 1970. Elle rangea la boîte d'archives, jeta un regard circulaire dans la pièce et trouva la section réservée à Londres. Il n'y avait aucun dossier administratif et toutes les boîtes portaient des noms de code d'agents. Il y eut un clic – le même clic que lorsqu'elle avait ouvert la serrure de la Hot Room, mais plus éloigné. Le bruit la traversa comme une décharge électrique.

Elle ramassa ses chaussures. Le son provenait de derrière les rayonnages de droite. Un autre clic – la porte s'était refermée. Des bruits de pas sur le linoléum. Elle se cacha derrière les étagères de bois. Speke descendait l'allée de l'autre côté, une boîte d'archives sous le bras. Il y avait une autre porte. Elle aurait dû y penser ! Comment les chefs de service auraient-il pu accéder à cette pièce en dehors des heures de bureau ? Elle se glissa derrière les étagères, observant Speke entre les alignements de dossiers, et consulta sa montre. Vingt minutes encore avant que Broadbent ne rentre de sa pause déjeuner... La sueur se mit à sourdre par tous les pores de sa peau.

Speke rangea son dossier et se dirigea vers des rayonnages protégés par une grille, derrière la section Berlin-Est. Il sortit un trousseau de clés relié par une chaîne à son pantalon et ouvrit le cadenas qui verrouillait la porte. Sa main survola les boîtes d'archives et s'arrêta sur un dossier. Il alla le déposer sur la table au milieu de la pièce, retira sa veste, la suspendit derrière la porte, s'assit et ouvrit le dossier. Il le feuilleta jusqu'à trouver une enveloppe à bulles. Il glissa la main à l'intérieur et en sortit un paquet de photographies couleur. Il poussa un petit grognement et releva soudain la tête, regardant autour de lui, puis ses yeux s'arrêtèrent, pile dans sa direction. Andrea se liquéfia sur place. Speke étala les clichés sur la table et se pencha pour les examiner. Sur les photos, au premier plan, il y avait une femme nue, à quatre pattes, un homme devant et un homme derrière. Broadbent disait vrai ! La section « rose » était devenue la bibliothèque érotique personnelle de Speke. La grande aiguille de l'horloge derrière le chef de service pivota d'un cran, serpent mâchonnant un à un, inéluctablement, des morceaux du temps. Speke se laissa aller contre le dossier, puis se pencha brusquement en avant, pour mieux apprécier quelque détail savoureux.

Andrea était au supplice. Son envie de crier, confinée dans sa gorge, gagnait à présent tout son corps. Elle ne pouvait plus déglutir, ni battre des paupières, son esprit était bloqué, les engrenages enrayés, comme une vieille boîte de vitesses. La grande aiguille soubresauta encore – 14 h 30 ! Elle serrait les dents, à réduire l'émail en poudre.

Speke consulta brusquement sa montre, ramassa les photos, rassembla le dossier et le rangea sur son étagère. Il referma la porte grillagée et sortit si vite de la pièce qu'Andrea eut à peine le temps de contourner le rayonnage pour se cacher.

Elle entendit la serrure cliqueter, le battant se refermer. Elle se força à compter jusqu'à quinze, puis glissa la carte dans le lecteur et composa la série de chiffres. Pas de clic salvateur. La serrure refusait de s'ouvrir ! Elle entra de nouveau le code... Rien ! C'étaient pourtant les bons chiffres. Ce chiffre était facilement mémorisable. 1729. Aucun mathématicien ne risquait de l'oublier ! C'était le plus petit nombre qui puisse s'écrire sous la forme de deux sommes différentes de deux cubes distincts. Son cerveau atteignait à présent l'Everest de la panique, une terreur blanche, blanche comme une lame d'acier.

Elle prit deux profondes inspirations. Lentement, le souffle lui revint. Essayer les chiffres à l'envers, penser à Holloway, Holloway. Le penne s'escamota enfin. Les clés de Broadbent fourrageaient dans la serrure de la porte d'entrée de la salle des archives. Andrea fonça vers le bureau, jeta ses chaussures sous le meuble et s'assit sur sa chaise avec une telle vélocité qu'elle manqua de tomber à la renverse.

— Toujours là ? s'étonna Broadbent.

Elle mordillait un crayon.

— Quoi ?

— Toujours ici ?

— Pour être honnête avec vous, Mr. Broadbent, je me suis absentée.

— Ah bon ?

— Je suis allée déjeuner à Lisbonne. Homard grillé et vin blanc en terrasse.

— C'est vrai que je vous avais enfermée... répondit-il d'un voix monotone.

Le nœud dans le ventre d'Andrea se desserra et elle put enfin respirer.

Elle rencontra Gromov la nuit, dans une planque de Peckham ou d'East Dulwich, aux environs de Lordship Lane. Un homme aux cheveux gris et clairsemés la fit entrer dans une maison mitoyenne de Pellatt Road, qui se dressait derrière une pelouse où une compagnie de nains de jardin s'activait. Elle suivit l'homme en pantoufles jusqu'au salon. Gromov était assis à côté d'une cheminée carrelée, le manteau décoré d'une horloge et d'une figurine de femme en coiffe folklorique portant une corbeille de fleurs. Le Russe paraissait déplacé avec son visage gris à côté d'un tableau qui représentait deux petites filles aux joues roses courant dans les champs.

— Je n'ai jamais mis les pieds dans cette partie de Londres, annonça Andrea. Brockwell Park, et maintenant Lordship Lane. Je croyais que tout devait se passer à Hamstead Heath ?

— Pas à cette époque de l'année. En été, ça grouille de hauts fonctionnaires qui se donnent du bon temps avec leurs mignons dans les fourrés.

— J'ignorais ce détail.

— Certains de ces jeunes éphèbes sont d'ailleurs des hommes à nous.

— Vous êtes donc partout, Mr. Gromov.

— Presque.

Elle lui apprit qu'il n'y avait aucun dossier au nom du Léopard des neiges dans la section du personnel en activité. Gromov hocha la tête, comme s'il s'y attendait. Andrea omit de préciser qu'elle n'avait pas eu le temps d'examiner toute la section à cause de l'irruption de Speke, et fit savoir qu'elle ne réitérerait pas l'expérience, bien trop risquée à son goût.

Gromov battit des paupières, et accepta la situation. Ce silence conciliant agaça Andrea. Elle lui parla du cas Cléopâtre, ce qui éveilla immédiatement l'intérêt du Russe. Il était ravi de la voir prendre des initiatives. Elle lui narra le caractère étrange de ce dossier, la position de Cardew au sein de la Compagnie, l'atmosphère de suspicion qui y régnait, le fossé entre l'administration et le département des opérations. Elle énuméra le contenu du dossier Cléopâtre. Gromov, encore une fois, ne parut pas surpris outre mesure.

— Il y avait six noms sur la liste, expliqua-t-elle.

— Six ? Vous êtes bien certaine d'en avoir vu six ?

— Il y a moins de deux mois, je faisais de la recherche en mathématiques pures, Mr. Gromov. Je sais encore compter.

— Donnez-moi les noms.

— Andrei Youriev, Ivan Korenevskaïa, Oleg Yakoubovski, Alexei Volkova, Anatoly Osmolovski et un Allemand – Lothar Stiller.

— Nous allons vérifier tout ça ! lâcha-t-il avec brusquerie.

— Vérifier ?

— Vous avez fait du très bon travail.

— Comment espérez-vous vérifier ces informations, Mr. Gromov ?

— Je vais envoyer quelqu'un d'autre là-bas... quelqu'un avec une autorisation classe 10 rouge.

Andrea se mura dans un silence hostile.

— Vous avez montré votre valeur, poursuivit Gromov. C'était la priorité de cet exercice.

Elle était furieuse.

— Ne faites pas un geste avant de recevoir de nouvelles instructions, dit-il en se dirigeant vers son manteau.

Il lui tendit une enveloppe.

— Qu'est-ce que c'est ?

— Cinq cents livres.

— Je ne veux pas de votre argent.

— Votre mère n'avait pas ces scrupules, répondit-il.

Andrea se souvint du coffre 718 de l'Arab Bank.

Le week-end, Louis Greig débarqua chez elle. Il sonna et elle ne répondit pas. Il se mit à faire les cent pas sur le trottoir, en surveillant la fenêtre du salon et en scrutant les vitraux de la porte d'entrée. Il se lassa et s'en alla. Il revint après déjeuner. Si elle ne lui ouvrait pas, il allait faire le siège de la maison toute la journée...

Elle comptait lui dire deux mots sur le perron ; pas question de le laisser entrer... mais sitôt qu'elle eut ouvert la porte, il s'engouffra dans le hall. Il paraissait aux abois. Sa prestance coutumière s'était envolée. Ses cheveux se dressaient sur sa tête, comme s'il avait vu un spectre. Ses yeux étaient sombres, rougis par le manque de sommeil.

— J'ai essayé de te revoir.

— Je séjournais chez un ami...

— Oui, les Américains, tes locataires, me l'ont dit.

— Je viens juste d'emménager, répondit-elle en tentant de rester distante.

— Martha et moi étions aux États-Unis.

— Tu as cédé, finalement.

— Elle est partie d'abord, j'ai suivi ensuite. Je devenais fou à Cambridge.

Il y eut un long silence. Greig faisait peine à voir, mais Andrea ne savait que dire pour alléger son désespoir.

— Je suis désolé, lâcha-t-il, entre ses lèvres pincées pour contenir son émotion. (Andrea se sentait presque en faute.) C'est juste que... je ne... Je n'en peux plus, Andrea.

— Cela ne sert à rien d'y penser, Louis. C'est fini.

— Ne pourrait-on pas... ?

— Quoi ?

— Parler ?

— C'est fait. Tu es pardonné. Maintenant, va-t'en.

— C'est au-dessus de mes forces... j'ai besoin de toi. Je ne cesse de penser à toi.

— À moi ? Et quel genre de pensées, au juste ? demanda-t-elle, devenant cruelle par plaisir. Moi, sur le banc du parc, à l'arrière de la voiture, sur ton lit de camp dans ton bureau... dans l'abri de jardin ?

Il devenait de plus en plus agité.

— Martha m'a quitté. Nous... nous pourrions être ensemble... comme n'importe quel couple.

— Non.

Il passait la main dans ses cheveux hirsutes, palpait son visage tendu d'angoisse.

— On pourrait... ?

— Non.

Il ferma les yeux, tentant de reprendre ses esprits. De se rappeler la vraie raison qui l'amenait ici.

— Juste une fois. Je t'en prie, Andrea, une dernière fois.

Cette demande la révolta. Elle ouvrit la porte d'entrée pour le faire partir.

— Caresse-moi, comme tu le faisais avant. Tu te souviens... comme je te l'ai appris.

— Sors d'ici, Louis.

Il déglutit.

— Juste une petite caresse et je m'en vais.

Elle le poussa dehors. Curieusement, il n'offrit aucune résistance. Il était devenu docile comme un mouton. Elle claqua la porte derrière lui.

— Tu te souviens comme c'était bon, Andrea ? la supplia-t-il, le visage plaqué contre le carreau. Tu t'en souviens ?

Le lundi matin, l'atmosphère avait changé au bureau. Il y avait une tension palpable dans l'air ; Andrea avait l'impression d'être de retour à l'école, lorsqu'il s'était passé quelque chose de grave dans la classe et que le grand sermon était imminent. Peggy White avait déjà à moitié vidé son premier verre de gin et il n'était que 9 h 05.

— Ils veulent vous voir, articula-t-elle.

— Qui ça, « ils » ?

— Tous les chefs de service. Ils vous attendent dans le bureau de Speke.

Andrea vacilla sur place. Son cœur se mit à battre à tout rompre dans sa poitrine et cognait contre ses côtes comme un poing fébrile. Elle avait laissé la copie de la carte magnétique à Gromov. Elle avait pris toutes les précautions possibles. Elle s'était même assurée qu'on ne l'avait pas suivie lorsqu'elle s'était rendue à Pellatt Road. Elle joignit les mains devant son visage en signe de prière, ferma les yeux, articula quelques mots à l'intention d'un Dieu dont elle s'était détournée depuis longtemps, et toqua à la porte du bureau de Speke. Cardew ouvrit. Speke était à la fenêtre, dans son gilet de laine. Wallis était adossé dans un coin. On pria

Andrea de s'asseoir sur une chaise placée au milieu de la pièce. Speke s'installa à son bureau, Cardew se tint debout à sa gauche.

— C'est intimidant, dit-elle. Aurais-je été trop dure pour les notes de frais de vos agents ?

— Nous ne cherchons nullement à vous intimider, répondit Speke. L'affaire est sérieuse, voilà tout.

— Je suis ici depuis trop peu de temps pour vous fournir un bilan comptable, poursuivit-elle. Je ne vois pas comment je...

— Il n'est pas question de votre travail, Andrea, expliqua Wallis, assis sur le radiateur à côté de la fenêtre.

Les ongles d'Andrea virèrent au bleu tant elle avait les mains glacées.

— Wallis s'occupe d'un agent double à Berlin-Est depuis six ans, annonça Speke. Aucun d'entre nous n'a la moindre information sur cette personne – pas de nom, rien. Tout ce que nous savons, d'après la qualité de son travail de renseignement, c'est que cet agent a des contacts à la fois au KGB et à la Stasi. En plus de cette collecte de données, toujours irréprochable et précieuse, il a organisé un certain nombre de défections. Il est parvenu à conserver un anonymat total en s'autofinançant et en ne demandant jamais aucune rétribution. Nous ignorons comment il paie ses opérations, mais toujours est-il qu'il assume chaque fois les frais inhérents à son travail. Malheureusement, aujourd'hui, nous nous trouvons devant un problème...

— Nous avons beaucoup d'argent, tant dans le compte réservé aux imprévus et que dans la caisse noire, déclara-t-elle,

— Merci, répondit Speke.

— Mais il ne s'agit pas d'une affaire de finance, intervint Wallis.

— L'agent organisait la défection d'un homme dont les connaissances nous auraient permis d'obtenir des informations importantes sur le déploiement des missiles intercontinentaux en Union soviétique. Or, de récents événements ont mis la vie de cet agent en danger. Nous devons lui apporter un soutien jusqu'à ce qu'il fasse passer notre homme à l'Ouest. Après cette opération, il pourra retrouver sa couverture et rebâtir dans l'ombre son système de financement.

— Quel genre de soutien ?

— Opérationnel.

Elle les dévisagea tous un à un.

— Je suis une administrative, répondit-elle, citant Jim Wallis.

— Pour le moment, répliqua Speke.

— J'ai eu une formation d'agent de terrain en 44. Mon service actif a duré moins d'une semaine et, comme le sait Jim, cela n'a pas été un grand succès.

— Ce n'était pas votre faute, Andrea, précisa Wallis. L'opération était gangrenée depuis le départ.

— Mais vous pouvez trouver quelqu'un ayant davantage d'expérience que moi... Je veux dire, l'espionnage pendant la guerre froide est une tout autre...

— Ce n'est pas si différent, intervint Cardew. Les Américains continuent de taire leurs manœuvres et les services secrets de l'Allemagne de l'Ouest font cavalier seul. Une semaine d'entraînement à Lisbonne en 44 est la meilleure formation qui soit.

— La vérité, expliqua Wallis, c'est que notre agent ne veut pas avoir affaire à un professionnel. Il ne veut pas d'une personne que l'on pourrait suivre à la trace, avec un lourd passé d'espion et traînant derrière lui un dossier d'une tonne. Il veut, pour reprendre son expression, « quelqu'un de vierge ».

— On doit forcément pouvoir trouver une personne

qui a le bon profil. Pourquoi envoyer une gratte-papier sur le terrain ? Une maniaque des additions et des soustractions ? C'est ridicule.

Les hommes échangèrent un regard entendu.

— C'est justement votre nouveauté dans la maison qui nous a décidés, et le fait que vous nous offriez une couverture toute trouvée, annonça Cardew. Nous n'avons personne sous la main que nous puissions envoyer aussi facilement en Allemagne de l'Est, sinon vous. Vous êtes la candidate idéale.

— En Allemagne de l'Est ?

— Vous avez des antécédents très particuliers, dit Speke. Nous avons parlé au chef du département de mathématiques à Cambridge. Selon lui, il pourrait être parfaitement crédible que vous rendiez visite au professeur Günther Spiegel, qui a une chaire de mathématiques à l'université Humboldt à Berlin-Est. Une invitation pour un séjour en R.D.A. est en cours de validation...

— En cours de validation... Cela signifie que tout est déjà...

— Le temps nous presse, expliqua Speke.

— Par conséquent, je n'ai pas vraiment le choix.

— Vous pouvez toujours refuser.

— Auquel cas, nous perdrons un transfuge de la plus haute importance stratégique pour nous, précisa Wallis, et probablement l'un de nos meilleurs agents à l'Est.

Les trois hommes se turent, laissant le temps à Andrea de s'entretenir avec sa conscience.

— Ce Günther Spiegel, articula-t-elle après un long moment, c'est l'un des nôtres ?

Les hommes se redressèrent, visiblement soulagés.

— Non, non. C'est un vrai professeur de mathématiques. Il est votre sésame pour entrer en R.D.A., c'est tout.

— Qu'attend-on de moi ? Que dois-je faire, au juste ?

— Ce qu'on vous demandera. Et improviser sur place, répondit Speke.

— Qui est ce transfuge ? Suis-je censée prendre une part active à cette opération ?

— Vous connaîtrez, en temps et en heure, l'identité du transfuge, et, oui, vous êtes censée donner un coup de main.

— Et pour qui vais-je accomplir ce travail ?

— Il prendra contact avec vous.

— Comment saurai-je que c'est bien lui ?

Speke fit un signe de tête à Cardew et les deux hommes quittèrent le bureau. Wallis déchira une feuille d'un bloc-notes et la posa sur ses genoux.

— Il vous posera cette question.

Il lui tendit le morceau de papier sur lequel était inscrit : *Où se trouvent les trois léopards blancs ?*

— Et quelle sera votre réponse ? interrogea-t-il.

Elle écrivit : *Sous le genévrier* et lui rendit le papier.

— Je savais que l'on pouvait compter sur vous, annonça Wallis.

Il enflamma le papier avec son briquet et le laissa brûler dans la corbeille en métal.

— Il a un nom de code, cet agent ?

Wallis se pencha, approcha sa bouche de l'oreille d'Andrea et murmura :

— Le Léopard des neiges.

35.

15 janvier 1971, Berlin-Est

Premier indice : l'un des hommes demanda au Léopard des neiges les clés de sa voiture – il ne s'agirait donc pas d'une innocente conversation. Schneider fut convié à s'installer sur la banquette arrière de leur véhicule, à côté de l'autre comparse, puis les deux voitures s'engagèrent en convoi sur la Karl Marx Allee. Deuxième indice : ils ne se dirigèrent pas vers le Q.G. de la Stasi, mais filèrent, cap au nord, vers le centre d'interrogatoire de Hohenschönhausen, où, pendant la guerre, les wagons de viande venaient approvisionner les cuisines nazies. Aujourd'hui, toutefois, c'était de la chair vivante que l'on faisait venir – vivante et suspecte –, et que l'on questionnait dans les caves sombres du bâtiment surnommé le U-boote.

Une fois son nom consigné dans le registre des admissions, on confisqua le contenu de ses poches, ainsi que sa montre, pour les ranger dans une enveloppe kraft. L'un des hommes emporta l'enveloppe et le manteau de Schneider dans une pièce au bout du couloir. On lui demanda ensuite de retirer ses chaussures et de se déshabiller. Les habits et les souliers furent emportés à leur tour. Le garde lui demanda de mettre ses mains contre le mur et d'écarter les jambes. Un homme en blouse blanche apparut et le fouilla avec méticulosité : les cheveux, les oreilles, les aisselles, les parties génitales et enfin, humiliation ultime, le rectum exploré par un doigt ganté et huilé. On l'entraîna dans le couloir, vers l'escalier qui menait aux caves. Passé une porte recouverte d'un matelassage isolant, Schneider pénétra dans une caverne éclairée par des lampes au sodium, glaciale et bruyante. Des haut-parleurs diffusaient des interrogatoires sans fin, on entendait des gens hurler et hurler encore... jusqu'à éreintement des cordes vocales. Ils le conduisirent dans une cellule sans mobilier, dont le sol de ciment était couvert de glace, refermèrent la porte et le laissèrent dans les ténèbres. Quelques minutes plus tard, une lumière aveuglante inonda la pièce, et au bout d'une demi-heure, il eut la même réaction que tous les autres pensionnaires du centre de détention : il s'accroupit au sol, enfouit la tête dans ses mains et se retrancha dans son esprit. Il ne connaissait que trop les méthodes de la Stasi. Les vopos n'étaient ni des cogneurs ni des bouchers. Ils préféraient faire mijoter leur sujet à petit feu... Une lente destruction psychologique était l'effet recherché. Au bout d'un moment, Schneider parvint à trouver refuge dans une sorte de néant mental, une région où toute chose physique semblait annihilée, comme une chauve-souris endormie au plafond d'une grotte, coupée du monde.

Une clé cliqueta dans la serrure. Il se releva, grimaçant sous la lumière terrible. On l'emmena dans la pièce où on l'avait fouillé. Schneider demanda une cigarette. Ils ignorèrent sa requête, le firent asseoir sur une chaise et s'en allèrent en laissant la porte ouverte. On le fit attendre la durée *ah hoc* pour le fragiliser nerveusement puis, au bout de plusieurs minutes, il vit sa femme et ses deux filles passer dans le couloir.

— Kurt ? articula son épouse, déconcertée.

— Papa ! s'exclamèrent les filles.

On les éloigna aussitôt. Puis il fut reconduit dans sa cellule. Il savait à présent que sa famille était interrogée et que son appartement était passé au peigne fin. Rester calme. Sa femme et ses filles ne savaient rien et il avait toujours veillé à ne laisser aucune pièce compromettante à son domicile – pas d'accessoires d'espion, pas d'argent étranger, pas de documents. Dieu merci, il n'était plus en possession du passeport américain !

Il devait être minuit passé lorsqu'ils revinrent le chercher pour l'installer dans une salle d'interrogatoire – deux chaises, pas de table, un grand miroir mural et, peut-être, des observateurs derrière. Ils le placèrent, debout, au milieu de la pièce et la litanie commença... Des questions sans fin, des questions en boucle. Quel que soit l'angle d'attaque choisi, elles étaient destinées à explorer toutes le même point focal : sa relation avec Stiller, les activités de Stiller à Berlin-Ouest, les intérêts de Stiller au Arbeitsgruppe Ausländer.

C'était une méthode pour endormir les défenses du suspect ; Schneider se laissa faire. Il laissait sa tête rouler de droite à gauche, comme lourde de sommeil, lâchait de temps en temps des paroles ambiguës, pour les occuper, exciter leur avidité. Il réclamait constamment des choses : cigarettes, café, eau, aller aux toilettes. Ils le cernaient, le harcelaient, les questions fusant de toutes parts, pressant son esprit comme un citron. Ses genoux se mirent à chanceler au bout de six heures de station verticale ; ils le forcèrent à rester debout, dans la position dite de « la statue » : adossé contre un mur, bras écartés à l'horizontale, le poids du corps retenu pas les doigts. La douleur fut très vite insupportable. Répondre aux questions devint quasiment impossible, il bredouilla des mots à peine intelligibles entre deux gémissements.

Après trois heures d'alternance entre la position au garde-à-vous et celle de « la statue », Schneider n'avait plus besoin de jouer la comédie de l'épuisement. L'un des interrogateurs disparut pendant plusieurs minutes et revint avec son pantalon et sa chemise. Ils lui ordonnèrent de s'habiller puis le firent emprunter une série de couloirs, monter des escaliers, jusqu'à une porte qu'ils ouvrirent d'un coup d'épaule. Schneider se retrouva, seul, dans une pièce meublée d'un bureau et de deux chaises. Il s'assit et s'endormit aussitôt.

Il se réveilla sous la gifle d'une paire de gants marron. Le général Rieff se tenait devant lui, assis sur le bord du bureau, jouant le rôle du bon Samaritain apportant un peu d'espoir.

— Il y a du café pour vous, major, commença-t-il.

Cette petite comédie éculée ne suffirait évidemment pas à le faire craquer.

Le général lui jeta sur les genoux un paquet de Marlboro et lui tendit du feu.

— Il y a aussi une miche de pain, du beurre et du fromage...

— Vous êtes trop gentil avec moi, mon général. Qu'attendez-vous de moi, au juste ?

— Vous pourriez, par exemple, m'expliquer pourquoi vous avez tué le général Stiller et Olga Choumilov.

Schneider se laissa aller contre le dossier de sa chaise, croisa les jambes et tira une bouffée sur sa cigarette.

— Vous savez très bien que je n'ai tué ni l'un ni l'autre, général Rieff.

— Ah oui ? Nous avons pratiqué une autopsie. Le rapport médico-légal est édifiant. L'heure du décès est particulièrement digne d'intérêt.

Rieff prit le document et le parcourut du regard.

— Entre 5 heures et 6 heures du matin, dit-il. Cela concorde parfaitement.

Schneider se servit du café, ouvrit le pain, le beurra et ajouta une tranche de fromage. Il le mangea, prenant tout son temps, pour montrer que les manœuvres d'intimidation de Rieff n'avaient aucun effet sur lui.

— Où est l'arme, mon général ? Il n'y a pas d'arme.

— Au contraire, nous avons trouvé le Walther PPK de Stiller par terre, et deux balles manquant dans le chargeur. Vous devriez lire les rapports balistiques...

— Je sais déjà ce qu'ils contiennent.

— L'avantage des condamnations à perpétuité dans un camp de travail, c'est que le temps à purger y est forcément plus court qu'ailleurs. Vous mourrez sans doute au bout d'une quinzaine d'années.

— Plutôt que vous acharner sur le second couteau, général Rieff, vous feriez mieux de poursuivre les véritables meurtriers de Stiller. Vous savez très bien qui était à la villa cette nuit-là.

— Ne soyez pas ridicule, major ! rugit Rieff. Si vous persistez dans cette attitude, je vous renvoie en bas, et pour plus de dix heures, cette fois. Une semaine, ce sera un bon début. Votre esprit sera de la pâtée pour chat après ça.

Schneider termina son café pour se rincer la bouche et se servit une autre tasse. Il récupéra sa cigarette encore fumante et revint s'asseoir.

— À quoi bon vous répéter ce que vous connaissez déjà ? J'imagine que vous profitiez, vous aussi, en bout de chaîne, des largesses de Stiller. Vous savez qu'il avait un train de vie dépassant de loin les émoluments d'un général en activité. C'était un être vénal et dépravé. Je pourrais vous fournir des détails salaces, certains carrément répugnants, mais je doute que cela ferait avancer notre affaire.

Ces paroles parurent faire mouche. Rieff eut soudain le regard étonné de l'éléphant ayant traversé un magasin de porcelaine et se demandant pourquoi il y a tant de débris sous ses pieds.

— Que faisiez-vous à Berlin-Ouest pour le général Stiller ?

— Des emplettes. Un garçon de courses, voilà ce que j'étais, général, et vous le savez très bien. Je n'en suis pas fier, mais je n'avais pas le choix

— Et quel genre de courses ?

— D'après les questions que vous m'avez posées à la villa, vous le savez fort bien aussi. Des diamants, des œuvres d'art, des icônes. Pour les vendre à l'Ouest.

— Qui dirigeait l'opération du côté russe ?

— Je ne peux pas vous le dire.

— Vous n'en savez rien ?

— Si je vous le disais, général Rieff, et que vous preniez des mesures en conséquence, je ne ferais pas de vieux os.

— C'est le général Yakoubovski ?

— Je ne peux pas vous répondre. Mais c'est déjà suffisamment explicite comme ça.

Rieff acquiesça et contourna le bureau.

— Avez-vous déjà eu des contacts avec des agents étrangers ?

— Je travaille pour l'Arbeitsgruppe Ausländer. Mon boulot est d'être en contact avec des étrangers, de les suivre, de surveiller leurs faits et gestes...

— Je veux dire, à la demande du général Stiller.

— Il était uniquement question d'argent, général Rieff. Jamais de secrets d'État.

— Quatre-vingt-dix pour cent des agents trahissent leur pays pour de l'argent.

— Je doute que ce soit aussi simple.

— Connaissez-vous un agent dénommé Cléopâtre ?

— Non. À quels services secrets appartient-il ?

— Le S.I.S. anglais.

— À Berlin-Ouest ?

— Oui.

— Quel rapport avec notre affaire ? demanda Schneider.

Rieff ne répondit pas. Il se laissa tomber dans le fauteuil derrière le bureau, l'air songeur. Un homme enfermé dans sa cage de paranoïa, déterminé à savoir tout sur tout le monde, et quand une once d'information lui échappait, cela lui rongeait les entrailles. Il ignorait qui était Cléopâtre et dans quelle mesure les activités de cet agent étaient liées aux meurtres.

— Vous pensez que Stiller a contacté ce dénommé Cléopâtre et a vendu des renseignements à l'Ouest ? interrogea Schneider.

— Exactement ! Et je pense que c'est vous qui avez établi ce contact. Vous étiez son âme damnée, major Schneider.

— Je n'ai jamais contacté de services secrets étrangers à sa demande. Je me suis borné à faire ce que l'on me demandait, à savoir jouer le V.R.P. pour lui. Et comme vous le savez, si vous acceptez une fois de faire ce genre de chose, vous pouvez refuser la seconde fois, mais votre avenir est alors sérieusement compromis. J'ai joué les intermédiaires pour le compte de Stiller, c'est la vérité et c'est la raison de ma présence ici, mais si j'avais dit « non », il y aurait quelqu'un d'autre à ma place, vous pouvez en être certain !

— Tant que je n'aurai pas éclairci cette affaire, vous allez vous tenir à carreau, annonça Rieff.

— Je vous fais humblement remarquer, général Rieff, que c'est moi qui vous ai prévenu lorsque j'ai découvert le corps de Stiller, et vous savez, d'après le registre au poste de garde à l'entrée, que j'ai passé ce coup de fil dix minutes après mon arrivée sur les lieux. L'incident était suffisamment sérieux pour prévenir le général Mielke, mais c'est vous que j'ai appelé... Et c'est ainsi que vous vous êtes retrouvé en charge de l'enquête.

Schneider jugeait utile de préciser ce point.

— C'est pour cette raison que je vais vous relâcher, major. Mais je vous interdis de passer à l'Ouest et je garde votre voiture pour le moment. Vous êtes libre.

— Libre ? Vous pensez que je peux accomplir mon travail en ces circonstances ? Si vous comptez me faire suivre vingt-quatre heures sur vingt-quatre, autant me garder enfermé ici.

— Si c'est ce que vous préférez... Je rappelle les gardes pour qu'ils vous ramènent en cellule. Dans le cas contraire, vos affaires sont derrière vous.

Non, il ne voulait pas retourner là-dessous. Il avait besoin d'air frais. Du *Berliner Luft*[1]. Il enfila ses vêtements que l'on avait décousus pour les examiner, ses chaussures aux semelles éventrées, son manteau à la doublure arrachée et roulée en boule dans une poche – l'enveloppe kraft avec ses effets personnels se trouvant dans l'autre poche. Schneider se planta au milieu de la pièce, attacha sa montre à son poignet tout en réfléchissant à un moyen de marchandage.

— Une voiture va vous ramener chez vous, annonça Rieff.

1. Brouillard berlinois. *(N.d.T.)*

— Si je vous apporte des informations sur Cléopâtre, vous me rendez ma liberté de mouvements ? Je peux vous avoir ça. J'ai les contacts qu'il faut, mais je ne veux pas compromettre mon réseau.

— Je ne vous laisserai pas quitter Berlin-Est, si c'est à ça que vous pensez.

— Je ne veux pas avoir vos hommes sur le dos, c'est tout.

— Entendu, je vous accorde quarante-huit heures sans surveillance, et vous viendrez me faire votre rapport.

La voiture de la Stasi le déposa au pied de son immeuble. Il était 6 heures du soir. Il monta jusqu'à son appartement dans ses chaussures déchiquetées, trouva ses clés au fond de l'enveloppe kraft. Sa femme était avec ses filles ; elles jouaient aux cartes dans le salon. Il retira ses chaussures d'un coup de pied, accueillit ses filles qui se jetèrent dans ses bras, serrant leurs torses menus sous les chandails, embrassant leurs joues si douces – les seuls êtres au monde qui acceptaient son visage meurtri sans réserve. Il reposa les enfants au sol et Elena, sa femme russe, les envoya jouer dans leur chambre. Ils s'installèrent avec café, cognac et cigarettes et parlèrent de ses problèmes avec Rieff. Leur avait-on fait des misères ? Elle lui répondit que non ; on les avait juste fait attendre dans une pièce avant de les ramener à la maison. Lorsqu'il demanda si l'appartement avait été fouillé, elle lui montra une photo polaroid d'une partie du salon. Ces clichés permettaient aux vopos de tout remettre en place après leur inspection.

— Ils ont dû l'oublier, déclara-t-elle.

— Ils auraient pu retourner tout sens dessus dessous s'ils avaient voulu.

Elena, qui semblait avoir une compréhension congénitale de ce genre d'événements, alla dans la cuisine préparer le souper. Son épouse était toujours calme ; il s'agissait moins d'une sérénité réelle que d'une acceptation fataliste des us et coutumes des appareils d'État. Schneider débarrassa la table, s'habilla, et s'installa à son bureau pour rédiger un message codé. Ils dînèrent en famille et les filles allèrent au lit. À 22 heures, le Léopard des neiges sortit. Elena ne lui demanda pas d'explication – elle ne posait jamais aucune question. À la télévision, on retransmettait un match de volley-ball féminin.

Schneider remonta la Karl Marx Allee, dépassa le gymnase où se déroulait le match de volley-ball, entra dans la station de métro Strausberger Platz et en ressortit. Il descendit ensuite la Lichtenbergerstrasse en direction du parc du peuple de Friedrichshain. Rieff avait tenu parole. Personne ne le suivait. Il traîna sur la Leninplatz, autour de la nouvelle statue du grand homme, s'assurant une dernière fois qu'il était bel et bien seul. La statue de dix-neuf mètres de haut, sur son piédestal de granite rouge, regardait droit devant elle, semblant contempler la ville morne avec un sourire bonhomme aux lèvres. Schneider traversa la place et s'enfonça dans les ténèbres du parc tapissé de neige. Il déposa sa lettre à l'endroit habituel et rentra chez lui.

Elena dormait déjà. Elle laissait la porte de la chambre ouverte, au cas où les filles l'appelaient. Il observa son visage détendu, une femme en paix, ne connaissant aucun dilemme. Savait-il vraiment tout d'elle ? Qu'est-ce qui l'animait en secret ? Seules les choses touchant son mari ou ses enfants semblaient retenir son attention. Elle pouvait regarder la télévision jusqu'à la fin des programmes sans se lasser. Peu lui importait le sujet des émissions – le secrétaire général

Ulbricht recevant une délégation commerciale, les courses de bobsleigh, Brejnev présidant le défilé militaire sur la place Rouge... Elle ne paraissait jamais s'ennuyer, mais tout semblait la laisser de marbre. Elle ne lisait ni livres ni journaux. Le petit écran comblait, entre deux sujets d'intérêt domestique, les blancs de sa vie.

Schneider veillait sur elle. Il avait tenté de resserrer leurs liens, de partager davantage de choses avec elle, mais cela le contraignait à l'emmener avec lui lors de ses missions, or Elena détestait voyager. C'était une sédentaire dans l'âme. Elle avait été triste de quitter Moscou pour s'installer dans cette ville tourmentée, coupée en deux. Elle enviait son mari lorsqu'il retournait dans la capitale russe, même si c'était pour assister à des discours rasoirs ou rendre des comptes à des huiles du KGB. Il lui rapportait du caviar – son péché mignon. Elle se serait damnée pour ça. Il aurait pu en prendre dans le réfrigérateur de Stiller, mais c'était donner à Rieff le bâton pour lui taper dessus. Schneider se sentit soudain épuisé ; le simple effort de se déshabiller lui paraissait insurmontable. Il voulait s'allonger, tirer une couverture sur lui, ou des brassées de feuilles et hiberner, sauter une saison entière et dormir jusqu'au printemps.

Il était tard. Le corps de Schneider avait encore besoin de sommeil. Les couvertures pesaient cent kilos. Quitter le nid douillet des draps, c'était comme s'arracher aux bras chauds d'une femme. Mais pas ceux d'Elena. Ce n'était pas son genre. Elle était déjà debout, donnant aux filles leur petit déjeuner. Ils ne faisaient jamais l'amour le matin. Il ne supportait pas de la voir jeter un coup d'œil par-dessus son épaule pour s'assurer que les filles n'étaient pas à la porte.

Elle aurait trouvé inadmissible de leur imposer un tel spectacle, comme elle disait.

Dans son bureau, vingt-quatre heures de courrier et documents divers s'étaient amoncelés en son absence. Vingt-quatre heures de rapports sans fin sur ce qu'avait bu cet étranger dans tel ou tel bar, avec qui ce diplomate avait déjeuné et dans quel restaurant, ce qu'avait dit cet industriel à cette fille et ce qu'ils avaient fait ensuite... parfois avec photographies à l'appui. Rien ne le surprit, hormis le fait que ces gens ne semblaient jamais travailler. Ils buvaient, mangeaient dans des restaurants, s'envoyaient en l'air, mais rien d'autre. Schneider feuilleta les dossiers, ne lisant que les résumés, les paupières lourdes comme du plomb. À 11 heures, il fut convoqué à une réunion à la H.V.A. à la section XX, qui s'occupait des dissidents sous l'égide du général du KGB Yakoubovski. Il passa un coup de fil au général, espérant lui arracher un entretien « de couloir », mais ce dernier n'était pas dans son bureau.

La réunion eut lieu avec un colonel qui l'informa qu'un nouvel accord avait été conclu. La cession, contre rançon, de deux hommes politiques d'Allemagne de l'Est avait été acceptée ; la transaction devait se dérouler sur le pont Glienicke[1], ce dimanche à minuit. Schneider serait le passeur. Ce détail l'étonna. Cela signifiait que son nouveau statut de suspect était encore ignoré. Rieff l'avait donc remis à l'eau sans en souffler mot.

Après le travail, Schneider passa par le parc du

1. Célèbre pont sur la Brücke où s'organisaient les échanges d'espions entre l'Est et l'Ouest. *(N.d.T.)*

peuple de Friedrichshain et récupéra un message dans sa boîte aux lettres. La note était succincte. Un agent britannique, sous couverture d'un représentant de la British Steel, nom de code Rudolph, le rencontrerait à l'endroit habituel – une *Mietskasern* désaffectée sur la Knaackestrasse dans le quartier de Prenzlauer Berg, à 22 heures le soir même.

Schneider accomplit ses devoirs de famille et sortit dans la nuit froide. Il prit un autobus pour Alexanderplatz, puis un métro jusqu'à Dimitroffstrasse. Il lui restait alors une petite marche pour rejoindre la *Mietskasern*. Il passa sous les arcades, traversa les cours de la grande cité déserte et monta au quatrième étage du dernier bâtiment. Il pénétra dans une pièce dominant les arches et attendit. Il avait une demi-heure d'avance. Une coutume chez lui.

Il sortit une cagoule de sa poche et l'enfila. Il ne la tira pas jusqu'en bas parce que la laine aurait irrité sa peau greffée. Vingt-cinq minutes s'écoulèrent dans un silence de glace, puis il entendit arriver l'agent britannique. Il descendit sa cagoule sur son visage. Les pas s'approchèrent dans l'escalier. Il arrêta la progression de l'étranger en lançant son mot de passe et reçut, en retour, la réponse *ad hoc*. Il alluma une lampe électrique pour rassurer l'agent du S.I.S., sachant que son nom de code rendait toujours les gens nerveux, en particulier à cette époque de l'année. Ils se dirigèrent vers une table. Schneider sortit des cigarettes. Rudolph semblait bien jeune pour ce genre de mission – il n'avait pas trente ans. Il avait l'air d'un étudiant – indolent, négligent, embrouillé. Une funeste combinaison pour un espion.

— Quel est le problème ? demanda Rudolph, en fixant des yeux le visage encagoulé.

— À part ceux que j'ai listés dans mon mot, vous voulez dire ?

— Vous parliez de Cléopâtre. Quel rapport avec notre affaire ?

— C'est justement ce que je voudrais savoir, répondit Schneider. J'ai quelqu'un sur le dos. Et je lui ai promis d'obtenir des infos sur cet agent.

— Quelle est la situation ?

— Mes fonds provenaient de transactions clandestines que je réalisais pour le compte du général Stiller...

— Le chef de la sécurité personnelle d'Ulbricht ?... Celui qui a été abattu hier avec une fille ?

— Olga Choumilov... un coup du KGB. Je ne savais que penser de cette opération – et c'est toujours le cas. J'ai dû appeler le général Rieff.

— Qui est-ce ?

— La dernière fois que j'ai eu affaire à lui, il dirigeait la H.V.A., section X, en d'autres termes le service de désinformation. Cela remonte à plusieurs années. J'ignore ce qu'il a fait ensuite, mais toujours est-il qu'aujourd'hui, il opère sous le couvert du neuvième directoire, les forces spéciales d'investigation de la Stasi.

— Tout cela semble bien kafkaïen.

— Rieff m'a mis dans le hachoir. Pour l'instant, seuls mes doigts sont passés dans la machine. Histoire de me faire un peu mal pour voir s'il n'y a pas quelque chose à tirer de moi. Je n'ai aucune envie de passer tout entier à la moulinette.

Rudolph lâcha un petit rire.

— Désolé... c'est juste l'image qui est amusante.

— Vous devriez essayer. Douze petites heures dans l'U-boote parferaient votre éducation.

— Continuez, je vous en prie... veuillez m'excuser.

— Rieff a mentionné Cléopâtre, m'a demandé qui était cet agent. En échange de ma liberté, je dois lui obtenir des renseignements.

— Cléopâtre... eh bien... bredouilla Rudolph, mal à l'aise... cela va vous paraître surréaliste...

— Qu'est-ce qui ne l'est pas, aujourd'hui ?

— Mais là, cela dépasse les bornes. Cléopâtre est une idée des Américains. Il s'agit de recruter des hauts officiers du KGB. Et de payer pour leurs renseignements. Lesdits renseignements sont alors transmis au S.I.S., à la C.I.A. et au B.N.D. Entre ces trois agences – anglaise, américaine et allemande –, nous tentons d'élaborer, à partir des faux renseignements que nous fournissent ces officiers du KGB et des bribes de véritables informations que nous donnent, en parallèle, nos agents de confiance, une sorte de topographie exacte de la situation.

— Seigneur !

— C'est ainsi. Personne ne sait plus trier le vrai du faux ; nous examinons donc avec minutie les contrevérités pour nous approcher au mieux de la vérité.

— Je doute que Rieff accepte de croire cela. Il est de l'ancienne école.

— Ils sont tous de la vieille école de ce côté du rideau de fer. C'est pourquoi rien ne bouge. Vous avez affaire à des paysans.

— Dieu merci, Rudolph ! répliqua Schneider. Quel rapport entre Stiller et Cléopâtre ?

— Le nom de Stiller a été avancé par le général Yakoubovski comme jouant les informateurs auprès de Cléopâtre. Stiller était le seul Allemand sur la liste.

— Et le seul a avoir été abattu, lâcha Schneider.

Il y eut un long silence.

— Vous voulez connaître la théorie de Londres ? demanda Rudolph.

— Pourquoi pas, puisque nous en sommes aux confidences ?

— Yakoubovski voulait se débarrasser de Stiller.

— Cela ne tient pas debout. Yakoubovski était en affaires avec les contacts de Stiller à l'Ouest.

— Peut-être que Moscou lui a fait comprendre que Stiller devait être éliminé ? Que tous ses petits trafics commençaient à faire tache ? Yakoubovski se retrouvait alors sur un siège éjectable.

— Pourquoi Moscou voudrait-il faire sauter Stiller ?

— Vous avez dit vous-même que Stiller était le chef de la sécurité personnelle d'Ulbricht...

— C'est *vous* qui avez dit ça.

— Peut-être cherchent-ils à affaiblir le secrétaire général ? Ils décident donc de retirer Stiller de l'échiquier. Il est corrompu et mérite de partir. Si Ulbricht demande des comptes, Moscou lui démontrera qu'il traficotait avec l'Ouest, pas seulement pour de l'argent, mais aussi pour du renseignement. Ulbricht devra avaler la pilule, même si elle est amère.

— Qu'ont-ils contre Ulbricht ?

— Brejnev lui reproche d'être trop imbu de sa personne. Il est tellement sûr de lui et de sa position qu'il ne prête plus attention aux consignes de Moscou. Il devient incontrôlable. Et il y a cette histoire avec Willy Brandt...

— Quelle histoire ?

— Ulbricht le hait. Souvenez-vous d'Erfurt, en mars, l'année passée. Willy Brandt a eu droit à un accueil extraordinaire. La foule lui a fait une ovation sous les fenêtres de son hôtel. Jamais on n'avait vu autant d'Allemands de l'Est acclamer ainsi un homme politique. Vous ne connaissez pas Ulbricht, ça se voit. Pour lui, ce fut un crime de lèse-majesté. Un agent de la C.I.A. m'a dit l'autre jour : « Ce type restera le gourou de son culte de la personnalité, même s'il en est le seul et unique adepte. »

— Tout le monde a besoin d'être aimé... y compris les communistes.

— Bref, Ulbricht est un client difficile. Brejnev ne veut pas se mettre l'Ouest à dos, en particulier maintenant que les Chinois ont leur bombe H. S'il veut maintenir le bloc communiste en place, il doit faire croire qu'il évolue, même si en réalité la machine tourne toujours sur les mêmes rouages. D'où la détente. Sachant l'antipathie d'Ulbricht pour Brandt, Moscou craint que le secrétaire général ne fasse capoter les négociations Est-Ouest à venir. Ils veulent donc écarter Ulbricht de la scène politique, trouver quelqu'un qui suivra davantage la ligne du parti, qui ne jouera pas les francs-tireurs.

— Cela se tient, Rudolph, lâcha Schneider, surpris par la qualité de l'analyse du jeune homme.

— Disons que c'est une explication possible, pas moins crédible qu'une autre.

— Autre chose encore... L'argent. J'ai besoin d'argent.

— Nous en sommes tous là, répliqua Rudolph, encore grisé par son petit succès.

— Pour faire sortir Varlamov, précisa Schneider.

— Euh oui ! bien sûr. Cela m'était sorti de la tête...

— Et d'aide aussi. Une aide qui ne risque pas de me compromettre.

— Entendu. D'abord l'argent. Londres m'a assuré qu'ils allaient débloquer des fonds avec un anonymat garanti à cent pour cent. Vous pouvez lâcher des choses sur Cléopâtre. L'opération est terminée. Cela pourra toujours calmer votre général Rieff.

— Ou bien renforcer ses soupçons. Il m'accuse aujourd'hui d'être un agent double.

— La méthode adoptée pour le transfert des fonds, m'a-t-on assuré, vous rendra intouchable vis-à-vis de Rieff, de Mielke, de Yakoubovski, et même de sa seigneuric Leonid Brejnev.

36.

16 janvier 1971, maison de Pellatt Road, Londres

Gromov se trouvait dans le fauteuil de la maison de Pellatt Road. Il retira ses chaussures et se réchauffa les orteils sur les pierres de la cheminée. Andrea était assise de l'autre côté, faisant de son mieux pour se tenir à distance des effluves qui montaient des pieds de Gromov. Elle venait de rapporter sa conversation avec les chefs de services du S.I.S. et le Russe digérait la nouvelle, avec deux biscuits qui avaient laissé une pluie de miettes sur sa cuisse. Elle alluma une cigarette et jeta l'allumette dans le feu, par-dessus les orteils du Russe qui se tortillaient pour mieux profiter de la chaleur.

— Voilà un développement de l'affaire des plus intéressants, ne trouvez-vous pas ? lâcha Gromov d'une voix égale.

— Cela peut effectivement accélérer les choses.

— Le Léopard des neiges aurait-il des soucis d'argent ?

— Wallis dit que ce n'est pas une question financière.

— Pas une question financière ? Quel est son problème, alors ?

— Cela a peut-être un rapport avec le transfuge ?

— Le transfuge. Un expert des installations de missiles intercontinentaux en Union soviétique, vous dites ?... Je sais qu'un physicien russe doit se rendre à l'université Humboldt pour donner deux conférences, participer à un dîner, passcr la nuit là-bas avant de retourner à Moscou. Il s'appelle Gregory Varmalov.

— On le croit susceptible de passer à l'Ouest ?

— Si tel était le cas, les autorités ne prendraient pas le risque de l'envoyer là-bas, répliqua Gromov. Quand, au juste, partez-vous pour Berlin ?

— Demain matin.

— Varmalov arrive le lendemain dans l'après-midi, pour un séjour de vingt-quatre heures en R.D.A. (Après un silence, il ajouta, comme pour lui-même :) Si la défection de Varlamov est le but du S.I.S., où est le problème du Léopard des neiges ? Si ce n'est pas l'argent, cela signifie que sa situation a changé, qu'il a perdu sa marge de manœuvre.

Gromov souleva un petit sac en papier contenant des friandises. Il en proposa à Andrea, qui refusa l'offre d'un mouvement de tête. Il sortit du sachet un ballon de rugby miniature, parfum citron, et le glissa dans sa bouche. On entendit le bonbon craquer sous les dents.

— Vous m'avez donné la liste de Cléopâtre, dit-il. Il y a un nom qui n'aurait pas dû y figurer. Lorsque j'ai envoyé cette liste à Moscou, on m'a dit que le général Lothar Stiller, chef de la sécurité personnelle du secrétaire général Ulbricht, n'avait pas l'autorisation de faire partie de cette opération.

— « N'avait » ?

— Stiller n'a pu fournir d'explication recevable quant à la présence de son nom sur cette liste. (Andrea pâlit.) Non, non, cela n'a rien à voir avec vos renseignements... J'ai appris, depuis, qu'il avait déjà une épée de Damoclès au-dessus de sa tête. C'est le KGB qui a donné son nom à Cléopâtre. Sa présence sur cette liste à Londres n'était qu'un jeu d'écriture pour légitimer son élimination.

— Auprès de qui ?

— Des Allemands de l'Est, bien entendu. Si nous leur apportons la preuve catégorique que leur homme était un traître – qu'il figurait, à Londres, sur une liste d'informateurs – il n'y aura pas de discussion.

— Pourquoi Moscou voulait-il se débarrasser de Stiller ?

— Parce qu'il faisait honte au communisme et qu'à cause de sa corruption, ou de sa générosité, tout dépend du point de vue suivant lequel on se place, il avait acquis un pouvoir démesuré au sein de la Stasi et entretenait des relations trop haut placées. C'est tout ce que je suis disposé à vous révéler pour l'instant. Il existe dans cette affaire un enjeu politique que je ne peux dévoiler. Selon moi, les problèmes du Léopard des neiges coïncident très exactement avec la mort du général Stiller.

— Vous enquêtez donc aujourd'hui sur les contacts de Stiller ?

— Il avait des relations et du pouvoir. Nous avons commencé nos investigations, mais il y a des centaines de personnes impliquées... Sachant que Varlamov arrive à Berlin-Est dans les prochaines trente-six heures et que le S.I.S. s'apprête à le faire passer à l'Ouest dans les vingt-quatre heures suivantes, nous avons très peu de temps devant nous. Interroger tous les suspects potentiels est un travail de longue haleine. Votre action à vous, Andrea, doit être rapide. Allez droit au but !

— Vous pensez vraiment que je vais avaler ça ? lâcha Rieff.

— C'est précisément ce que j'ai dit à mon contact, répondit Schneider.

Il venait d'exposer les grandes lignes de l'opération Cléopâtre, sans mentionner Stiller ou la théorie des Anglais. Il s'était contenté de préciser que les Américains avaient mis en place un protocole qui permettait d'acheter des renseignements tout en sachant que ceux-ci n'étaient que de la désinformation du KGB – cependant, grâce à ces fausses informations, les services secrets occidentaux espéraient pouvoir dresser un tableau plus fidèle de la réalité.

— C'est absurde !

— C'est là où nous en sommes arrivés... à une impasse totale, répondit Schneider.

Rieff sursauta sur sa chaise. La remarque de Schneider avait fait mouche.

— C'est typique du KGB.

— Comment ça ? demanda Schneider en faisant tomber du sucre roux cubain dans son café pâlichon.

— De monter une opération sans nous en informer et sans même nous communiquer leur résultat.

— Quel résultat ? Que nous avons réduit l'ennemi à de telles absurdités ? En effet, cela pourrait nous remonter le moral...

— Vous trouvez qu'il est bas ?

— Ce serait, en tout cas, un rayon de soleil supplémentaire pour notre moral déjà au beau fixe.

— N'imaginez pas m'embobiner avec votre visage en plastique, Schneider. Votre prétendu accident de laboratoire ! lâcha-t-il avec dédain.

Schneider n'aimait pas ce trait de caractère chez Rieff. Cet homme vous passait un bras sur l'épaule, avec des airs de conspirateur et, la seconde suivante, il vous frappait au ventre au moment où vous pensiez avoir fait ami-ami. Il choisit de ne rien répondre.

— Pour votre travail à l'A.A., vous rencontrez beaucoup d'étrangers, n'est-ce pas ? reprit Rieff. Vous devez avoir un grand réseau d'informateurs, des deux côtés du Mur.

— Je m'y emploie depuis sept ans.

— Et durant ces sept ans, vous n'avez jamais rencontré un agent nommé le Léopard des neiges ?

— Non. Pourquoi me demandez-vous ça ?

— Parce que je veux trouver cet homme.

— Quel est son terrain de chasse ?

— C'est un agent double. Il est parvenu à griller plusieurs de nos opérations d'infiltration à l'Ouest et à faire passer de l'autre côté au moins trois grosses pointures de chez nous.

— Cela fait longtemps qu'il est en activité ?

— Six ou sept ans.

— Je mettrai mes contacts sur le coup, on verra bien ce qu'il en ressortira.

— À mon avis, vous n'aurez rien.

— Pourquoi ? Il est très difficile d'opérer dans l'anonymat complet. Vous ne devriez pas être aussi pessimiste, mon général.

— J'émets de simples doutes, major, parce que j'ai l'intime conviction que le Léopard des neiges, c'est vous.

Andrea prit un vol Interflug pour l'aéroport de Schönefeld, en R.D.A. L'Allemagne de l'Est était prête à accepter sa présence à l'université Humboldt en tant que mathématicienne si elle venait comme invitée officielle du pays. Cela ne signifiait pas pour autant qu'on lui offrait le billet et l'hôtel – toutes ces dépenses devraient êtres réglées en espèces sonnantes et trébuchantes.

On éplucha de long en large toutes ses accréditations. L'authenticité de ses deux lettres d'invitation, l'une émanant du doyen de l'université et l'autre du directeur du département de mathématiques, Günther Spiegel, fut vérifiée par téléphone. Ses valises furent vidées de fond en comble, à charge pour elle de tout ranger, mais il n'y eut pas de fouilles corporelles. Elle déclara ses devises et s'acquitta des vingt-cinq ostmarks de droit d'entrée sur le territoire. Un chauffeur, envoyé par l'université, l'attendait à sa sortie de l'aéroport avec son nom, mal orthographié, inscrit sur une pancarte. Il la conduisit directement au centre-ville. Jamais Andrea n'avait vu de cité aussi sinistre... Le chauffeur la déposa à l'hôtel Neuwa sur l'Invalidenstrasse, sans prononcer un mot de tout le voyage. Les consignes étaient strictes : pas de contact avec les étrangers, ne pas même répondre à leurs questions.

Elle mangea à l'hôtel. Un morceau de porc plein de gras, accompagné d'une bouillie de choux rouge et de pommes de terre à l'eau. Le chauffeur, toujours muet, la conduisit ensuite à l'université. Il l'entraîna au premier étage, désigna une porte et s'en alla. Andrea toqua au battant. Une voix de femme se fit entendre, la priant d'entrer et prononça les premières paroles de bienvenue depuis l'arrivée d'Andrea en R.D.A. Puis elle eut un premier entretien avec Günther Spiegel. À la fin de l'entrevue, celui-ci lui proposa d'assister à la conférence qu'il donnait, plus tard dans l'après-midi, pour un groupe d'étudiants de troisième cycle.

Andrea trouva toute seule le chemin de la cafétéria et s'assit à une table devant un café encore plus infâme que ceux que l'on servait dans les trains anglais. Les gens la regardaient, mais personne n'osait lui adresser la parole. Après la conférence, Spiegel l'invita à dîner chez lui.

— J'aurais dû vous le proposer tout à l'heure, expliqua-t-il, mais je devais d'abord demander l'autorisation.

De retour à son hôtel, Andrea découvrit que sa chambre avait été fouillée, ses affaires déballées et remisées avec une précision aléatoire. Elle se précipita dans la salle de bains, se déshabilla et retira un gros sparadrap scotché dans le bas de son dos ainsi qu'une serviette hygiénique dans le fond de sa culotte. Elle sortit de ces deux cachettes vingt mille deutsche Mark en coupures usagées.

L'eau du bain était tiède et trouble, et le savon produisait une mousse marron rappelant celle des égouts. Andrea s'habilla, glissa l'argent, enveloppé dans un mouchoir de papier, dans le creux de ses reins, sous l'élastique de sa robe ; puis elle s'allongea sur le lit et ouvrit un livre pour tromper l'attente, tournant les pages sans retenir un seul mot de ce qu'elle lisait. La réception l'appela à 7 h 30 pour l'avertir que le chauffeur l'attendait dans le hall. Il la conduisit vers un ensemble moderne des environs nommé l'Ernst Thälmann Park.

L'appartement de Günther Spiegel se trouvait au huitième étage d'une tour surplombant la statue du grand personnage, tout en marbre noir d'Ukraine. Andrea rejoignit son hôte qui, un verre de vin à la main, contemplait l'étendue de la ville, encore prisonnière de son carcan de glace.

— Nous avons quitté notre vieil immeuble du dix-neuvième sur la Belfortstrasse pour venir ici, parce que les murs menaçaient de s'écrouler, la plomberie ne fonctionnait plus et l'électricité était un danger mortel, l'État se refusant à effectuer les réparations. Ils voulaient à tout prix que nous emménagions ici. C'était tout neuf. Et maintenant, c'est dans le même état de décrépitude que les bâtisses centenaires. Vous avez eu de la chance de trouver l'ascenseur en état de marche. Remarquez, monter huit étages à pied, ça réchauffe et c'est toujours ça de pris quand le chauffage est en panne... car, c'est bien connu, les plombiers hibernent en hiver !

Le repas fut à peine meilleur que celui servi à l'hôtel et le couple Spiegel s'excusa pour la médiocrité de la viande.

— L'État s'est lancé dans la production porcine à grande échelle, expliqua Spiegel. Désormais, nous n'avons plus de légumes et toute notre viande infâme est vendue à l'Ouest en aliment pour chien.

— Vos pauvres chiens ! soupira Frau Spiegel.

Après le repas, Spiegel entraîna Andrea dans la salle de bains et lui demanda si elle avait de l'argent occidental. Il avait dû faire cette demande à d'autres visiteurs, et de plus importants qu'elle, parce qu'il ne semblait nullement embarrassé.

Ils allaient devoir lui chercher un taxi du côté du métro aérien, le chauffeur attitré de la jeune femme étant de congé cette nuit. Au bas de l'immeuble, ils aperçurent un taxi croisant dans le quartier. Spiegel l'arrêta et parlementa avec le chauffeur pendant qu'Andrea s'installait à l'arrière.

Le taxi ne prit pas le chemin du retour mais descendit la Greifswalderstrasse et roula jusqu'à un parc.

— Le parc du peuple Friedrichshain, annonça-t-il.

Ils longèrent le flanc sud du jardin public et dépassèrent une sculpture.

— La statue de Lénine, expliqua l'homme dans un mauvais anglais. Nouveau. Nikolaï Tomski.

— Je préférerais rentrer directement à mon hôtel.

— Pas de problème.

Il revint vers le centre-ville et se dirigea vers le quartier de Prenzlauer Berg.

— Le théâtre Volksbühne, dit-il en cherchant son regard dans le rétroviseur.

— Hôtel Neuwa. Invalidenstrasse, répondit-elle. S'il vous plaît.

— Patience.

À la station de métro Senefelderplatz, il tourna dans la Kollwitzstrasse, laissa derrière lui le cimetière juif et prit à droite la Belforterstrasse, où Spiegel avait dit qu'il habitait autrefois. Le chauffeur tourna à gauche, surveillant ses arrières dans le rétroviseur.

— Le château d'eau, dit-il. Les nazis tuaient les gens dans le sous-sol.

Cette fois, Andrea resta silencieuse.

— C'est bien. Vous vous détendez.

Ils traversèrent la Kollwitzplatz, poursuivant leur périple sur la Knaackestrasse, et tournèrent brusquement à gauche dans une *Mietskasern*. Ils passèrent rapidement sous le porche d'entrée, traversèrent une cour, puis d'autres arcades, pour se garer enfin dans les ténèbres totales d'une cour intérieure. Le chauffeur descendit ouvrir la portière, prit le bras d'Andrea et l'entraîna vers l'escalier.

— Tout en haut. Porte à droite. Servez-vous du mur pour vous guider. Il fait très noir. Je vous attends ici.

Elle frissonna, mais pas de froid, comme si des doigts lui avaient effleuré les côtes.

Le Léopard des neiges, voyant la voiture arriver, rabattit sa cagoule. Il avait disposé deux piles de parpaings de part et d'autre de la table en guise de siège. Dans sa poche, une lampe électrique. Il entendit les pas incertains s'approcher, les semelles frotter contre le sol à chaque palier, cherchant à tâtons la nouvelle volée de marches. Il poussa un grand bâillement, à lui faire monter les larmes aux yeux. Comment pouvait-il encore trouver des réserves d'adrénaline pour tenir éveillé ? Il acheva de descendre la cagoule sur son visage.

Les pas atteignirent le dernier étage et s'engagèrent dans le couloir. Il alluma la torche électrique et dirigea le faisceau aux pieds de la femme, remontant le long de ses jambes gainées de bas. Elle s'arrêta. Il lui demanda où se trouvaient les trois léopard blancs et elle lui répondit. Il lui éclaira le chemin jusqu'à la table et posa la lampe devant lui. Leur haleine formaient des volutes dans le faisceau de lumière. Il sortit un paquet de Marlboro et un briquet. Il lui offrit une cigarette. La flamme jaune du briquet à essence éclaira le visage d'Andrea. La main du Léopard se mit à trembler. Elle serra la paume de l'homme pour la stabiliser. Il alluma sa propre cigarette puis un long silence s'ensuivit, comme il s'en rencontre rarement au début d'une rencontre.

— Ils m'ont prévenue que vous seriez masqué, dit-elle pour briser la glace.

— Vous permettez que j'observe votre visage. Que je vous éclaire avec ma lampe ?

— Si vous voulez... il faut bien faire connaissance d'une façon ou d'une autre, j'imagine.

Il fit courir le faisceau sous différents angles. Andrea regardait droit devant elle, sans fermer les yeux. Le cercle de lumière trembla de nouveau dans les mains de l'homme.

— Cela vous dérange si j'éteins la lampe ? J'ai besoin d'entendre votre voix sans autre parasite.

— Allez-y.

Il éteignit la torche électrique. Les ténèbres se refermèrent sur eux, percées des deux braises rougeoyantes de leurs cigarettes. Les battements du cœur du Léopard des neiges formaient non pas des coups distincts, mais un roulement continu de tonnerre dans sa poitrine.

— Vous me connaissez ? interrogea-t-il.

— Comment le saurais-je ? J'ignore à quoi vous ressemblez.

— Connaît-on les gens par leur seule apparence ?

Nouveau silence.

— Vous êtes un expert, dit-elle. Un espion.

— Tout le monde est espion. Nous avons tous nos secrets.

— Mais... mais vous êtes un professionnel.

— Non rémunéré, je vous le rappelle. C'est pour cela que vous êtes ici.

— Ah, oui. Le boulot, souffla-t-elle, soulagée. J'ai votre argent. Vingt mille marks.

— Vous m'avez reconnu, à présent, par ma seule voix, n'est-ce pas ? Je vois que vous m'écoutez avec intensité.

— J'ignore comment vous pouvez arriver à cette conclusion.

— On prétend qu'un enfant reconnaît toujours la voix de sa mère.

— Je ne suis pas votre enfant, répliqua-t-elle, sentant quelque chose trembler en elle ou tout autour d'elle, comme une onde tellurique. Peut-on rallumer la lumière à présent ?

— Cet axiome s'applique-t-il aux amants ? demanda-t-il, ignorant sa requête.

— C'est différent. Le lien du sang n'existe...

— Avez-vous été amoureuse ?

— Je n'ai pas fait tout ce chemin pour discuter de ce genre de sujet avec un parfait inconnu.

— Bien entendu. Vous êtes ici pour parler de secrets... mais de secrets d'un autre genre... des secrets moins personnels.

Nouveau silence.

Il retira sa cagoule et la déposa sur la table.

— Et vous, répondriez-vous à cette question si une inconnue vous la posait ? murmura-t-elle.

— Possible.

— Avez-vous été déjà amoureux ?

— Je n'ai été amoureux qu'une fois.

Le cœur d'Andrea marqua un temps d'arrêt.

— De qui ?

— De toi... idiote.

La gorge d'Andrea se contracta et elle se mit à tousser, sa cigarette oscillant dans les ténèbres.

— Maintenant, me reconnais-tu ?

Pas de réponse.

— Me reconnais-tu ?

— Oui. (Après un long silence elle ajouta :) Mais je ne suis plus sûre moi-même de savoir qui je suis.

— Nous avons changé... acquiesça-t-il d'un ton presque las, distant. C'est normal. C'est tellement normal. Moi non plus, je ne suis plus celui que j'étais.

Il se rendit compte de sa froideur. Il se pencha et trouva la main d'Andrea.

— Laisse-moi voir ton visage, dit-elle.

— Il n'y en qu'une moitié que tu reconnaîtras.

— Montre toujours.

— Le bon ou le mauvais côté ?

— En Angleterre, on demande toujours à connaître le mauvais en premier.

Il tourna son visage sur la droite et alluma la lampe

électrique, tenant le faisceau en contre-plongée, lui offrant le spectacle de ses chairs meurtries.

— Ça, c'est le mauvais côté, le très mauvais.

Il tourna la tête pour lui présenter son autre profil et Karl Voss apparut, presque inchangé. Andrea fit courir ses doigts sur son visage, toucha ses pommettes toujours aussi proéminentes, si vulnérables sous la peau.

— C'est le côté le moins pire. L'autre a été grillé par un lance-flammes russe.

— Ils m'ont dit que tu étais mort à la prison de Plötzensee...

— Beaucoup d'entre nous y sont restés. J'étais devant le peloton d'exécution mais ils ont tiré à blanc ce jour-là. Pour nous faire peur.

— Rose m'a expliqué que tu étais impliqué dans le complot de juillet.

— C'est vrai. J'étais leur contact à Lisbonne.

— Comment as-tu pu survivre à tout ça ?

— Il se trouve que j'ai été interrogé par un certain colonel SS Bruno Weiss qui, bien qu'un sale type – je crois qu'il a été pendu en 46 – me connaissait du temps de mon séjour à la Wolfsschanze. J'avais eu, là-bas, une relation privilégiée avec lui.

Il se tut, parce qu'elle le regardait fixement, les larmes roulant sur ses joues.

— C'est moi, souffla-t-il. Pour de vrai.

— Tu arrives à y croire ?

— Non. J'essaie de ne pas y penser.

— Je t'avais oublié.

— Cela ne me surprend pas. J'imagine qu'ils t'ont dit des choses, quelques phrases, peut-être même quelques mots seulement. Voss a été exécuté. Ils se trompaient, c'est tout.

— C'est ce que m'a dit Rose. « Nous avons des nouvelles de Voss, au fait. De mauvaises nouvelles.

Selon nos sources, il a été fusillé à la prison de Plötzensee vendredi dernier, à l'aube, avec sept autres suspects. » C'est ce qu'il a dit. Ses paroles exactes.

— Je n'ai jamais aimé Rose, mais il t'a dit la vérité. Un parfait travail de renseignement. C'était un vendredi, effectivement. Nous étions bel et bien huit. Et oui, on nous a tiré dessus... mais à blanc.

— Ce mensonge a tout...

— Ce n'était pas un mensonge, seulement une approximation de la vérité. Je ne pense pas que Rose savait. Et s'il était au courant, peut-être a-t-il préféré te faciliter la vie. Tu étais jeune. Tu pouvais t'en remettre.

— Non ! s'écria-t-elle. Cela a rendu tout difficile, incroyablement difficile. Si j'avais su que tu étais vivant, même si je ne pouvais te voir, cela serait resté une possibilité. Le mot « jamais » ne se serait jamais immiscé en moi.

— Tu es en colère.

— Parce que jamais je n'ai pensé qu'une telle chose pouvait arriver... Jamais, je n'ai envisagé cette éventualité. Si tel avait été le cas, ce n'est pas de la colère que j'éprouverais en ce moment... Nous aurions pu nous jeter dans les bras l'un de l'autre, comme dans les films, mais vingt-sept années ont passé, n'est-ce pas, Karl ? C'est la nature du gel de tout transformer, à la longue, en permafrost. Cette couche-là ne fond pas en dix minutes, encore moins sous ces climats.

— Oui, il fait froid. Et tu as raison. Je n'ai jamais eu à vivre, moi, avec ce sentiment de perte. Cela a dû être douloureux.

Un nouveau silence encore.

— Mais quand il neige, c'est que le printemps approche, déclara Voss, l'air ailleurs.

— Alors parlons. Parle-moi de cette relation privilégiée avec Bruno Weiss.

Il termina sa cigarette en silence, se frotta les cuisses, le souvenir du coffre noir lui remontant à la mémoire, avec ses lettres blanches au pochoir.

— J'ai placé une bombe pour lui dans un avion, une bombe qui a tué un grand homme. Fritz Todt. Un grand homme et je l'ai tué. J'ignorais qu'il s'agissait d'une bombe, mais je l'ai fait, et c'est ainsi que j'ai pénétré le monde du colonel SS Bruno Weiss – et pis encore, que je l'ai accepté. Je n'ai pas seulement tenu ma langue, j'ai été plus loin : j'ai inventé un mensonge pour le couvrir. Il m'a renvoyé l'ascenseur, quelque temps plus tard, en m'aidant à rapatrier Julius de Stalingrad, mais il était... trop tard.

— Mais il t'a sorti d'affaire après le complot de juillet...

— « Sorti d'affaire », répéta-t-il, songeant à l'ironie de tout ça. Il a choisi de me croire, c'est tout. Il y en avait d'autres, que je savais innocents, qu'il a refusé de croire, qu'il a torturés à n'en plus finir, qu'il a exécutés. Mais moi... Il ne m'a pas exactement rendu la liberté. J'ai été dégradé et envoyé sur le front de l'Est. Mais, même là, ma bonne étoile a frappé. En quelques mois, il y a eu une telle pénurie d'officiers que j'ai retrouvé mes galons de capitaine. Certains de mes hommes disaient que j'étais « béni des dieux » comme si ce terme pouvait s'appliquer à quelqu'un à qui l'on permettait de survivre dans cet enfer.

— Tout dépend à quoi l'on croit.

— Oui, à quoi l'on croit ! reprit-il, d'un ton presque agressif. À quoi donc est-ce que je crois ?

— Peut-être, comme moi, as-tu commencé à penser qu'il n'y a rien de l'autre côté de la porte.

— C'est vrai. Et je n'avais aucune envie de

contempler le néant qui nous attend derrière. Pas encore. Mais je ne m'explique toujours pas cette réticence. J'avais toutes les raisons du monde. Plonger dans les ténèbres aurait été une telle délivrance.

— Et le lance-flammes russe ?

— J'aime à penser qu'il s'agit d'une purification par le feu, mais je crois, une fois encore, que c'est un coup de ma bonne étoile. On battait en retraite... Tous les jours, nous reculions devant l'avancée des Russes. Nous étions dans les faubourgs de Berlin. Je sortais une voiture d'un bourbier pour que mes hommes puissent faire passer une pièce d'artillerie... Quand je me suis plaqué contre la vitre arrière pour pousser l'auto, je suis tombé nez à nez avec le général Weidling, un vieil ami de mon père. Il m'a reconnu, mais sans pouvoir mettre un nom sur mon visage. Nous avons eu l'une de ces conversations incongrues, où le monde en guerre semble ne plus exister l'espace de quelques minutes. Il a tenté de se rappeler où il m'avait vu, mais j'avais déjà changé de nom. Cela avait été relativement facile, dans cette confusion, avec tous ces morts et ces destructions, de récupérer les papiers d'un autre... Mes hommes connaissaient mon histoire ; ils sont venus un jour me trouver avec la carte d'identité du capitaine Kurt Schneider, qu'ils avaient pris sur un cadavre dans un trou de bombe. Ils savaient que ce serait dur pour moi si les Russes apprenaient mon passé à l'Abwehr. Les services de renseignements de l'armée. Autrement dit, l'espionnage. Ce n'est jamais bien vu. Alors j'ai dit à Weidling que j'étais Kurt Schneider, et, comme cela avait été le cas avec Bruno Weiss, Weidling et moi avons entretenu une relation étrange. Il m'a demandé si je connaissais bien Berlin. J'y avais vécu toute ma jeunesse avant d'aller à Heidelberg et je connaissais la ville comme ma poche. Il m'a alors prié de le conduire au bunker du Führer, ce que j'ai fait. Quand je l'ai ramené en un seul morceau, il m'a pris dans son équipe. Mes hommes n'en revenaient pas.

« Cela m'a aidé, de faire partie de l'équipe d'officiers de Weidling, mais je n'étais pas sorti d'affaire pour autant. De temps en temps, les combats rattrapaient notre Q.G. mobile – avec les Russes, c'était du combat rue par rue, maison par maison. Des combats terribles. Terribles en pertes humaines. Et un jour, l'infortune de Kurt Schneider m'a rattrapé... Je me suis retrouvé la jambe coincée sous les décombres après qu'un char a tiré un obus sur une maison. Un Russe a nettoyé l'endroit au lance-flammes. On m'a laissé pour mort. Je n'ai été récupéré que lorsque les combats furent plus ou moins terminés.

« Lorsque les Russes ont découvert que je faisais partie de l'équipe de Weidling, il m'ont soigné et envoyé à Moscou à bord d'un avion qui rapportait au pays le butin de guerre. Ils ont rafistolé mon visage et m'ont transféré dans un camp de prisonniers, au nord de la ville, nommé Krasnogorsk 24/III. Weidling a été interrogé à Moscou. Un jour, le N.K.V.D. est venu me trouver, parce qu'ils avaient appris que j'avais accompagné le général dans le bunker du Führer. Je leur ai révélé tout ce que j'avais vu, c'est-à-dire pas grand-chose, puisque j'avais attendu Weidling au pied des escaliers, pendant qu'il faisait à Hitler un rapport catastrophique de la situation... Mais j'ai enjolivé. J'ai ajouté que j'étudiais la physique à l'université d'Heidelberg, j'ai glissé le nom d'Otto Hahn... J'étais prêt à tout pour sortir de ce camp.

« Ils m'ont interrogé, envoyé dans divers centres techniques de Moscou, puis à Tomsk, où j'ai été assistant dans un laboratoire de recherche pendant vingt ans, jusqu'en 1960. Je me suis marié et, peut-être grâce aux relations de mon beau-père, on m'a proposé une place à la M.P. – l'école des futurs agents de renseignements à Moscou. J'ai sauté sur l'occasion, parce qu'ils assuraient que cela me ferait revenir en Allemagne. Ils m'ont donné un poste à Berlin en 1964, et me voilà – major Kurt Schneider, attaché au ministère de la Sécurité d'État, Arbeitsgruppe Ausländer –, je surveille les visiteurs étrangers à Berlin-Est. *Wilkommen nach Ost Berlin*[1] *!* »

— Tu es marié...

— J'ai deux filles. Et toi ?

— J'ai été mariée. Je me suis mariée juste après avoir appris qu'on t'avait fusillé. J'étais obligée. Du moins, je le pensais à cette époque.

— Oui. Bien sûr. Des enfants ?

Elle baissa la tête et regarda la table. Le bois était taché, les traces de verres dessinaient une sorte de diagramme de Venn : des connexions, des intersections, des partitions. Elle ouvrit son sac à main et sortit une photographie de Julião. Elle fit glisser le cliché sur la surface rugueuse. Voss souleva la photo et fronça les sourcils.

— Mon Dieu !

— Je l'ai appelé Julião.

— Mais c'est extraordinaire ! dit-il en clignant des yeux.

Il approcha finalement la lampe électrique pour étudier avec minutie le visage sur la photo.

Elle dut se faire violence – l'instinct de mentir, de brouiller les cartes, était toujours aussi fort, même devant la seule personne à qui elle pouvait et devait révéler la vérité.

1. Bienvenue à Berlin-Est ! *(N.d.T.)*

— Les Portugais et leur *fado*, souffla-t-elle. Tu t'en souviens ?

— Nous en avons entendu la nuit où nous nous sommes promenés dans le Bairro Alto.

— Nous étions destinés à vivre toute notre vie en l'espace de ces quelques heures ; notre vie à nous s'est mesurée en jours et non en années ou en décennies. Mon existence réelle a duré deux semaines, c'est là que tout est arrivé pour moi. Tout ce qui s'est produit ensuite n'a été que les répercussions innombrables de ces quinze petits jours.

Voss dirigea la lampe vers Andrea pour scruter son visage dans l'espoir d'en apprendre plus.

— Pourquoi crois-tu que mon fils ressemble tellement à Julius ? déclara-t-elle.

Voss se leva, arpenta la pièce, se jeta sur les cigarettes, en alluma deux et en offrit une à Andrea.

— Je ne sais pas quoi penser, bredouilla-t-il. N'en dis pas plus. C'est trop pour moi. Je ne peux en entendre plus. Je n'ai plus de mots...

Les doigts d'Andrea tremblaient lorsqu'elle porta sa cigarette à sa bouche, puis les lèvres imprimèrent à leur tour leur trépidation. Elle reposa la cigarette sur le bord de la table et attrapa Voss par le pan de son manteau pour l'empêcher de marcher de long en large.

— Où est-il ? demanda-t-il. Dis-moi juste où il est, pour que je puisse l'imaginer là-bas.

Il faisait très froid dans la pièce. Leurs deux haleines se mêlaient. L'air se congelait au passage de la bouche ou des narines, glaçait les poumons.

— Il est mort, Karl. Il a été tué au combat en Guinée, en 1968. Il était soldat... comme Julius.

Pendant un moment, Voss resta figé, comme s'il venait d'inhaler une colonne de glace qui le rendait raide comme une statue, les entrailles gelées, d'une lourdeur de pierre. Il se laissa tomber sur la pile de parpaings, la tête pendant entre ses épaules. On eût cru que son cou venait de se rompre. Il prit la main d'Andrea, la porta à sa moitié de visage indemne, et frotta sa joue contre sa paume.

— Pas étonnant que tu ne saches plus qui tu es.

— Et toi ?

— J'ai eu un fils pendant quinze secondes, ce n'est pas la même chose. Perdre un enfant après une vie entière est une torture.

— C'est ce qu'ont connu tes parents, répondit-elle d'une façon automatique, cette pensée l'ayant traversée bien des fois auparavant.

— C'est vrai, dit-il en fixant des yeux le sol de ciment.

Il releva la tête avec lenteur. Son regard s'arrêta sur une grande fissure dans le mur. Il la suivit des yeux jusqu'au plafond, où elle se scindait en deux branches qui disparaissaient dans le néant.

— Parle-moi, murmura Andrea.

— Je réfléchis.

— Tu n'as pas arrêté de réfléchir depuis que tu as braqué cette lampe électrique sur mon visage.

— Maintenant, je réfléchis à ce à quoi je ne voulais pas penser tout à l'heure.

— Chassez le naturel, il revient au galop...

— Sans doute... Je me demande pourquoi Jim Wallis t'a envoyée pour prendre contact avec moi. Pourquoi *toi*.

— Jim t'a recruté ? interrogea-t-elle, en une vague tentative de diversion.

— C'est moi qui l'ai recruté, répliqua Schneider. Il est venu à Berlin-Est avec une délégation, peu après mon arrivée ici. Il était gros et chauve, mais il avait encore cet air d'écolier. Il voyageait sous un nom d'emprunt, mais je l'ai reconnu aussitôt. Je l'ai fait arrêter et lui ai fichu une peur bleue. Ensuite, je l'ai reconduit en personne à la délégation et lui ai révélé qui j'étais. Je lui ai prouvé que je disais la vérité en citant tes deux noms : Anne Ashworth et Andrea Aspinall. J'avais déjà décidé que la seule façon pour moi de supporter ce que j'étais devenu, à savoir un agent de la Stasi espionnant les étrangers, était de lutter contre le système de l'intérieur, d'utiliser ma position pour faire passer à l'Ouest des dissidents et démasquer des espions infiltrés en Occident. J'ai décidé de travailler pour lui à la condition expresse qu'il soit la seule personne à connaître ma véritable identité et qu'il n'existe, en aucune manière, la moindre connexion entre moi et les services secrets anglais. Anonymat complet. Aucun versement d'argent. Aucune trace comptable susceptible de pouvoir lancer quelqu'un sur ma piste. Cependant Jim est futé... il s'est souvenu qu'il existait un lien. Un lien originel, des premiers âges : toi.

« Notre arrangement fonctionnait à merveille jusqu'à ce que les autorités m'aient dans le collimateur, suite à l'assassinat du général Stiller par le KGB. À mon avis, il s'agit d'une manœuvre politique, commanditée par Moscou au plus haut niveau, parce que, depuis, je subis une pression terrible. J'ai donc eu besoin d'aide. D'ordinaire, les Russes me soutenaient mais, comme tu l'imagines, mes amis du KGB m'ont tourné le dos... C'est alors que Jim est arrivé en sauveur. Il avait un plan pour me fournir des fonds sans compromettre ma position. Ou, pour reprendre l'expression de mon contact, d'une façon qui me rendrait « intouchable vis-à-vis de sa seigneurie Leonid Brejnev ». Et qu'a fait Jim ? Il t'a envoyée, toi. Ce qui signifie, à l'évidence... »

Il l'observa, non pas en surface, mais comme s'il fouillait la chair à l'intérieur.

— Quoi ? interrogea-t-elle en réprimant un frisson.

— Que tu travailles pour eux – pour les Russes. Et Jim le sait. Tu es un agent double. C'est futé, non ? Et vraiment tordu. C'est exactement ça, la guerre froide ! L'absurdité de tout ça est telle qu'on ne peut plus avoir confiance en rien ni en personne, sauf aux vieux de la vieille. Wallis ne m'aurait jamais laissé tomber parce que je suis l'un des rares agents à lui donner des renseignements utiles et exacts. Il ferait n'importe quoi pour me protéger. Jusqu'à utiliser mon ancien amour... Parce qu'il sait que cette femme est la seule personne au monde qui ne m'abandonnera jamais.

Un silence.

— Tu penses qu'il se trompe ? demanda-t-il en soulevant une portion de front où se trouvait autrefois son sourcil. Va savoir, ils t'ont peut-être lavé le cerveau, depuis, Andrea.

— Non, il a raison.

— Tu vois, j'ai toujours ma bonne étoile. Ce qui n'est pas le cas pour toi.

— Pourquoi ?

— Jim a décidé de te sacrifier pour moi.

— Comment ?

— Aux yeux des Russes, tu es ici pour m'identifier. Moi, le Léopard des neiges. Et maintenant ? Tu ne peux pas leur dire que tu as trouvé le Léopard des neiges, puisque que tu ne veux pas me livrer à eux. En tant qu'agent double, tu es donc dans une situation scabreuse... Et que crois-tu qu'il va t'arriver ?

— Je leur jurerai que je ne t'ai jamais vu.

— Ils ne te croiront pas. Qu'as-tu fait, cette dernière heure ? Ils vérifieront ton emploi du temps à ton hôtel. Tout le monde surveille tout le monde, ici. C'est le Lisbonne des années quarante puissance dix !

— Officiellement, je n'ai pas vu ton visage.

— Mais que vas-tu raconter pour justifier que tu as passé une heure avec moi ?

— Que nous avons parlé de l'évasion de Varlamov.

— Et c'est tout ? Point final ? Tu ne me reverras jamais ? Les Russes n'accepteront jamais ça. Ils exigeront une autre rencontre, et des résultats. Si tu laisses échapper le Léopard des neiges, tu ne rentreras jamais à Londres.

— Alors fais marcher tes méninges, Karl.

— C'est tout ce qu'il me reste.

— Je ferai n'importe quoi, tu le sais.

— N'importe quoi ?

— Sauf t'abandonner.

— Peut-être pourrais-tu attraper un Léopard des neiges, mais pas le vrai ? (Il ajouta, davantage pour lui-même :) En attendant, Jim va devoir se passer de Varlamov.

37.

17 janvier 1971, Berlin-Est

Andrea était allongée sur le lit, encore toute chamboulée, repliée en chien de fusil, une partie du corps glacée, la couverture étant trop petite pour la couvrir tout entière. Elle se retourna, froissant le drap du dessous, trop court lui aussi. Quelle mouche piquait les habitants de ce pays ? Pourquoi torturaient-ils ainsi leurs invités avec une mauvaise literie ?

Ils s'étaient embrassés. Elle sentait encore cette moitié de bouche sur ses lèvres. La moitié dont elle voulait se souvenir – l'autre était lisse, dure comme un bec, mais pas un bec d'oiseau, plutôt celui d'un calmar. Curieux qu'elle n'ait pas été dégoûtée, alors que cette idée était si déplaisante. Le nouveau contact de Karl.

Pourquoi travaillait-elle pour les Russes ? lui avait-il demandé. Les mensonges s'étaient mis à la file indienne dans l'esprit d'Andrea, avec une célérité surprenante, prêts à sortir : au Portugal, j'ai commencé à détester le fascisme. Je suis devenue communiste par réaction. Je haïssais le totalitarisme de l'*Estado novo*. J'ai perdu un fils et un mari pour la sauvegarde de cet empire gangrené... Cela formait un tableau très réaliste et convaincant, mais ce n'étaient pas ces mots-là qu'elle avait prononcés. Il était inacceptable, pis encore, insultant, de proférer ces paroles devant cet œil noisette dépourvu de cils. Même sa loyauté envers João Ribeiro, qu'elle avait évoquée pour amadouer Gromov, aurait paru déplacée dans la lueur jaunâtre de cette lampe électrique qui perçait les ténèbres, éclairant leurs nuages d'haleine qui s'unissaient dans l'air froid. Elle avait choisi, à la place, d'exposer ses dernières réflexions à ce sujet : son besoin de pouvoir. Chacun voulait une part du gâteau, avait-elle répondu ; toutefois, malgré la pénombre qui l'empêchait de distinguer clairement les traits de Karl Voss, Andrea avait compris que cet homme-là n'en voulait pas une miette.

— Lorsque j'étais à Lisbonne, Richard Rose, pour m'humilier, passait son temps à faire des citations, expliqua Voss. Un jour, il m'a récité un vers d'un poème, un poème de Coleridge. Un auteur que je ne connaissais pas. Le vers était : « le grand œuvre du froid ». Comment le froid, en silence, inexorablement, transforme le monde. Nous ignorons ce qui se passe jusqu'à ce que l'on découvre, au matin, un monde tout blanc, prisonnier du givre. C'est peut-être un beau spectacle, je l'ignore. Mais un matin, avant d'entrer en contact avec Jim, alors que j'étais assis dans une voiture, en mission de surveillance, j'ai vu le froid à l'œuvre. Il avait plu et la température a chuté soudainement. Cela s'est produit devant moi, en direct. L'eau s'est solidifiée sur le pare-brise comme des larmes de verre, puis chaque goutte s'est opacifiée, est devenue blanche et opalescente jusqu'à former un écran. Je ne pouvais plus voir à l'extérieur et plus personne ne pouvait me voir. Cela m'a causé un choc, m'a plongé dans une peur panique... Voilà exactement ce qui m'était arrivé ! J'avais disparu sous le grand œuvre du froid, l'œuvre au blanc, j'étais devenu invisible, un fantôme impénétrable, sauf que ce n'était pas le froid qui m'avait désincarné, mais la haine. La haine de ce que j'étais – de ce que j'étais *devenu*.

Allongée, transie de froid, dans son lit, Andrea songeait à sa mère, parce qu'il était moins douloureux de penser à elle qu'à des choses plus intimes. Elle se souvenait de son comportement distant, de son visage pâle comme une lune dans le hall, scrutant le puits noir de l'escalier, des lignes dures de ses joues, de la froideur de ses mains – sa mère prisonnière, elle aussi, au fond de sa gangue de glace. Audrey Aspinall était parvenue à discerner sa haine pour Longmartin, mais avait-elle poussé plus loin ses réflexions ? Avait-elle fait un pas de plus, comme Karl ? Le père Harpur connaissait peut-être la réponse... Lui avait-elle confessé qu'elle trahissait son pays, que c'était sa façon à elle de trouver le salut ?

Andrea redressa la tête, alluma une cigarette et posa un cendrier sur sa poitrine. Quelque chose avait changé en elle, cependant elle était encore trop pétrie de peur pour s'en rendre compte clairement... Elle commençait toutefois à saisir la beauté des « murs passés à la chaux, d'une blancheur immaculée » qu'évoquait son père dans sa dernière lettre. La blancheur, la pureté... Elle avait eu la chance, à moins qu'il ne se fût agi d'une circonvolution tortueuse du destin, de rencontrer la seule personne à qui elle pouvait confier ses faiblesses... Dans le clair-obscur qui filtrait des rideaux, elle vit comment cette faiblesse l'avait façonnée, modifiée. Comment elle s'était éreintée à tenter de la dissimuler. Cette faiblesse était devenu son secret. Encore une équation : le secret égale la faiblesse. Elle tira une bouffée sur sa cigarette, en pensant à cette ironie du sort... C'étaient ces secrets, ces faiblesses qui l'avaient transformée au point de la rendre méconnaissable. Voilà d'où provenait son mystère, voilà ce qui l'a rendait, du même coup, attirante. Certains hommes, tels que Louis Greig, s'en étaient rendu compte et s'en étaient servis pour assouvir leurs besoins dépravés. Les autres restaient simples spectateurs, victimes de l'illusion.

On frappa à la porte. Elle écrasa sa cigarette. On toqua encore. De façon plus pressante. Karl l'avait prévenue que les Russes viendraient la trouver au cœur de la nuit. Elle ouvrit. Deux hommes. Le premier passa devant elle et pénétra dans la chambre, l'autre resta dans le couloir. L'intrus se planta devant la fenêtre et annonça qu'il venait la conduire auprès du général Yakoubovski et qu'elle devait s'habiller.

Le Léopard des neiges l'avait regardée partir. Elle ne lui avait pas laissé la photo de Julião. Trop dangereux. Avec les années, elle était devenue plus précautionneuse. Et elle avait raison. Par une fente entre les planches qui occultaient la fenêtre, il l'observa pendant qu'elle traversait la cour intérieure, compta les pas qui la menaient au taxi sous les arches. Et ce baiser... Il toucha du doigt sa bouche mutilée. Ce baiser l'avait-elle dégoûtée ? Un frisson parcourut son torse, souvenir d'une ancienne douleur. Le fait de revoir Andrea avait rouvert ce coffre noir, et fait ressortir tous ces sinistres souvenirs. La mort de sa mère à Dresde, dans l'incendie... Était-ce cela le pire ? Il se raidit derrière la fenêtre, l'œil toujours plaqué dans l'interstice, lorsque la voiture sortit de la *Mietskasern*. Un autre frisson. La douleur grandit dans sa poitrine. Il étouffa un toussotement, comme s'il ne voulait pas être entendu. Il tomba à genoux et pleura dans ses gants, sur toutes ces années à ne pas savoir, tout ce temps perdu, toutes ces années qu'on lui aurait sans doute volées, de toute façon. Julius, son père et sa mère, tous les trois, derrière le sourire figé de son fils, lui paraissaient fixer des yeux l'objectif de l'appareil photo.

Voss se releva, ramassa les mégots de cigarette, dispersa les cendres. Il prit un chemin différent pour sortir de la *Mietskasern,* traversa la Wörtherstrasse, pour gagner une autre cité déserte. Il marcha jusqu'à la dernière cour du fond et grimpa au troisième étage, tentant de se souvenir du passage de Brecht. Il enfila sa cagoule et toqua à la porte.

— *Und der Haifisch, der hat Zähne,* demanda une voix.

— *Und die trägt er im Gesicht* [1], répondit-il.

Cette fois, l'homme lui offrit à boire. Cela signifiait que l'opération s'annonçait délicate. *Molle mit korn*. Bière et schnaps. Ce n'était pas l'heure pour ça, mais le moment semblait bien choisi. Ils vidèrent leur verre d'alcool d'un trait puis attaquèrent leur bière.

— C'est prêt ? demanda le Léopard des neiges.

— Sauf la date d'entrée.

— Je n'ai plus besoin de date d'entrée.

— Cela ne diminuera pas le prix du travail pour autant, Herr Kappa.

— Ce serait normal, pourtant.

— Je sais de qui il s'agit, déclara l'homme. Je lis les journaux.

— Je m'étonne que quelqu'un comme vous prête attention à ces torchons.

1. Littéralement :
— Et le requin, il a des dents,
— Et il les porte sur son visage.
(« Si les requins étaient des hommes », in *Histoire de Mr Keuner*). *(N.d.T.)*

— Il s'agit de Gregory Varlamov. Le physicien. Il va donner deux conférences. Ils vont lui remettre une médaille pendant le dîner et après ? Hop, par-dessus le Mur ! Vous êtes tombé sur la tête, Herr Kappa !

— Je ne vous demande pas de sauter avec lui. Contentez-vous de faire votre boulot.

— C'est vraiment très chaud, vous savez.

— Je ne vous demande pas de signer votre œuvre. Personne ne viendra frapper à votre porte.

— Si vous faites passer Varlamov de l'autre côté, tout le monde va nous tomber dessus. Personne ne pourra plus bouger le petit doigt avant des mois...

— Allez au fait.

— J'ai une conscience professionnelle.

— Mais encore...

— J'ai une équipe à gérer. Des gens qui ont acheté leur ticket, il y a des années, des gens qui comptent sur moi.

— Combien ?

— Cinq mille.

— Voilà, le prix de la liberté.

— Cinq mille.

— Inutile de répéter, j'avais entendu la première fois, répliqua le Léopard des neiges en se raidissant. Je veux d'abord voir le travail.

L'homme quitta la pièce. Lorsqu'il revint, il vit que le Léopard des neiges comptait des billets. Cette vision le soulagea.

— C'est le travail le plus soigné que j'aie effectué depuis longtemps, déclara-t-il.

Schneider examina le passeport, le porta à la lumière, puis but sa bière, soudain pris d'une grande lassitude. Il reposa son verre, tendit l'argent et glissa le passeport dans sa poche.

— À qui avez-vous parlé de cette affaire ? demanda-t-il.

— Je ne parle jamais à personne.

— Vérifiez donc que le compte y est.

L'homme obtempéra. Schneider bondit et lui porta un coup violent à la gorge. L'homme s'effondra. Schneider le plaqua au sol et l'étrangla de ses mains gantées, les yeux dirigés vers la porte pour ne pas voir le visage congestionné de sa victime. Le coup à la glotte avait accompli la moitié du travail. Le contrefacteur mourut sans se débattre. Schneider ramassa l'argent, nettoya les deux verres et contempla le cadavre. Pourquoi cet homme l'avait-il obligé à faire une chose pareille ? pestait-il, mais sans éprouver le moindre remords. Le Léopard ne pouvait laisser cet individu en vie, et faire courir des risques à Andrea.

— Pauvre idiot, lâcha-t-il avant de s'en aller.

Andrea se trouvait à l'arrière d'une voiture ; les deux hommes à l'avant conversaient en russe – une discussion animée, de football à en juger par leurs mouvements de tête. Elle fuma ses cigarettes *duty free* et pensa au corps de Karl Voss – ce corps qu'elle venait de serrer dans ses bras et qui était maigre et dur comme du bois. Elle avait su, en regardant sa gorge, les veines palpitant dans son cou, que Karl n'avait pas grossi d'un gramme. Mais quand elle avait passé ses mains dans son dos, cette chair lui avait paru encore plus frêle que dans son souvenir. Les os saillaient sous la peau, formant des protubérances aux épaules, aux coudes, aux poignets. Il lui avait expliqué que c'était le résultat de ses deux années passées à Krasnogorsk, au régime pain sec et bouillon de légumes, parfois agrémenté d'un morceau de poisson. Il n'avait jamais pu retrouver son poids d'origine, quoi qu'il avale, comme si, à l'intérieur de lui, quelque chose mangeait la nourriture à sa place – un vers, ou un animal plus gros, un serpent. Maigre ou non, Andrea le désirait encore. Elle avait toujours le goût salé de son corps dans sa bouche, même après toutes ces années.

La voiture quitta l'artère principale. Une étendue blanche, qui se fondait au loin dans la nuit illumina l'habitacle. Le mot « goulag » lui vint à l'esprit et forma une boule dans sa gorge, ce qui était de mauvais augure.

Elle lui avait posé des questions sur sa femme, Elena. Une Russe. Il l'avait épousée pour rompre sa solitude. Il ne la connaissait pas, mais supputait qu'il n'y avait pas grand-chose à savoir. Ses filles ? C'étaient les amours de sa vie. Sa femme n'avait pas effacé la solitude, mais ses filles comblaient son existence.

Voilà comment ils avaient été ensemble pendant un quart de siècle : une génération entre leurs deux rencontres et pas même l'espace d'un soupir dans leur cœur.

La voiture s'arrêta devant les barrières de l'hôpital Saint-Antoine, la fumée d'échappement nimbant les pieds du garde d'un nuage gris. Quelques instants plus tard, Andrea et son escorte montaient des escaliers, traversaient des couloirs, puis un bureau, avant de rejoindre un salon privé où se tenait le général Oleg Yakoubovski – le gros type aux épais sourcils dont Karl lui avait parlé. Il se trouvait devant la cheminée, se réchauffant l'arrière-train. Elle se présenta. Il lui offrit du café, ou un alcool fort. Elle choisit les deux. Il sembla ravi par cette réponse.

— Vous avez eu un contact avec le Léopard des neiges, commença Yakoubovski. Nous vous avons vue monter dans le taxi à Ernst Thälmann Park, mais nous avons décidé de vous laisser seule pour ce premier entretien.

— J'ignore où nous sommes allés. Le chauffeur m'a fait faire un tour touristique à travers toute la ville. J'ai vu un parc, une statue de Lénine...

Il lui demanda une description de l'endroit où ils s'étaient rencontrés et à quoi ressemblait le Léopard des neiges.

— Je n'ai pas vu son visage parce qu'il portait un passe-montagne. Il était plus grand que moi, d'une dizaine de centimètres. Il portait des gants et un pardessus gris. Il était large, corpulent sans être gros. La seule portion de peau que j'ai vu, c'est celle de son cou entre la cagoule et le col. Il avait des cheveux foncés, son teint aussi était foncé. La forme de son visage était large, carrée. Une grosse tête.

— De quoi avez-vous parlé ?

— Je lui ai donné vingt mille marks et un passeport américain au nom du colonel Peter Taylor. Il a examiné le passeport quelques instants, mais il n'a pas enlevé ses gants.

— De quelle couleur étaient ses gants ?

— Marron.

— Que compte-t-il faire avec ce passeport ?

— Faire passer Gregory Varlamov à l'Ouest.

Yakoubovski resta de marbre.

— Vous êtes restée avec lui un long moment.

— Je ne m'en suis pas rendu compte.

— Le taxi ne vous a ramenée à votre hôtel qu'une heure plus tard.

— J'ai essayé de gagner sa confiance. Il était très nerveux. Je lui ai parlé de moi. J'espérais que cela l'inciterait à parler de lui, mais c'est un homme très précautionneux. Je lui ai raconté que j'allais assister aux conférences que doit donner Varlamov à l'université

Humboldt. Je voulais l'amener à se servir de moi, mais c'est un individu très difficile à influencer. Il a précisé qu'il lui fallait vingt-quatre heures pour changer la photo du passeport, et qu'il lui faudrait trouver le moyen de le remettre à Varlamov. J'ai de nouveau proposé mon aide et, cette fois, il a accepté. Nous devons nous revoir pour parler de la façon dont je prendrai contact avec Varlamov.

Yakoubovski écrivit deux numéros sur une carte, des numéros qu'elle devrait appeler lorsque le Léopard reprendrait contact avec elle. Elle serait alors suivie. Andrea protesta, avançant que c'était trop dangereux, qu'elle ne risquait pas de perdre sa trace maintenant qu'ils avaient sympathisé. Yakoubovski accepta à contrecœur d'abandonner la filature. Sitôt qu'elle eut terminé son cognac, il lui tendit son manteau.

— Le Léopard des neiges a également ajouté que ce serait son dernier travail. Que sa position avait changé, qu'il y avait des bouleversements politiques imminents, ici, en R.D.A., qu'il allait retourner en hibernation.

Yakoubovski la raccompagna jusqu'à la porte.

— Cet endroit où nous nous sommes rencontrés, c'était une cité gigantesque, des centaines et des centaines d'appartements, sur quatre étages, des bâtiments à n'en plus finir.

— Oui. Les *Mietskasernen* ont été construites pour loger des ouvriers et leurs familles sous Frédéric le Grand. Il n'y a pas meilleures planques que ces taudis.

— Si le Léopard des neiges prend peur et s'enfuit, je doute que vous puissiez le retrouver dans ce labyrinthe, même avec un bataillon entier. Il doit y avoir plusieurs sorties, probablement des accès par les égouts. C'est une cachette de premier choix.

— Où voulez-vous en venir ?

— Mr. Gromov, à Londres, m'a raconté que le seul léopard des neiges qu'il ait vu de sa vie, c'était en 1929, dans les monts Sayan. Il l'a tué et sa femme en a fait un manteau... Je crois que vous devriez adopter la même tactique avec ce léopard-là.

— Nous aurons les tireurs d'élites du KGB à disposition.

— Je vous rappelle que c'est un homme très prudent. Un professionnel, qui plus est aux aguets. Pour couvrir un complexe comme celui-là, il vous faut au moins dix ou quinze tireurs. Le Léopard des neiges risque de les repérer. Il est possible, aussi, qu'il me prévienne du rendez-vous au dernier moment. Comment allez-vous pouvoir poster vos hommes dans un bâtiment qui vous est inconnu en, disons, une demi-heure ? Non, général, pas de tireurs d'élite. Il n'existe qu'une seule façon d'abattre ce léopard des neiges : c'est la personne la plus proche de lui qui doit le tirer. Je n'y tiens pas particulièrement, je n'avais même jamais songé à cette éventualité, mais c'est l'unique solution. Il faut me donner une arme.

Yakoubovski vrilla son regard dans celui d'Andrea afin de juger si elle avait les tripes pour accomplir cette mission. Il retourna à son bureau et sortit un pistolet du tiroir. Il s'assura qu'il était chargé, expliqua son maniement à l'Anglaise et lui demanda si elle s'était déjà servie d'une arme à feu.

— On m'a donné des petites armes d'entraînement pendant la guerre, général. Mr. Gromov doit vous avoir appris que je n'ai pas toujours eu le nez plongé dans mes mathématiques.

Andrea fut reconduite à la voiture, les jambes chancelantes, l'estomac noué, l'alcool et le café lui échauffant le sang. Tandis qu'ils remontaient l'Invalidenstrasse, elle resta assise au milieu de la banquette arrière, les mains posées de part et d'autre d'elle pour l'empêcher de s'écrouler, épuisée par son premier passage en scène.

Le Léopard des neiges se pencha au-dessus de sa femme endormie au bord du lit. Elle était étendue sur le dos, bouche entrouverte, l'air sifflant à chaque inspiration. Il tenta de se remémorer de grands moments de plaisir sexuel avec elle, mais aucun ne lui vint à l'esprit. Un collègue lui avait raconté qu'il avait su lorsque sa femme et lui avaient conçu leur premier enfant... Cela avait été un moment spécial, hors du commun. Il y avait comme des ondes particulières cette nuit-là. Schneider s'était montré sceptique, refusant de laisser l'imagination prendre le pas sur la biologie ; ses deux filles avaient été conçues sans vibrations notables dans l'air. Pourtant, il lui suffisait de penser à cette chambre à Estrela, à ce lit, ce canapé, cette manne de cheveux noirs, ces petits tétons bruns, et son sang se mettait aussitôt à bouillonner. Oui, cela avait été un moment mémorable, mémorable et fertile, même s'il n'en avait pas eu conscience, ni à l'époque ni plus tard. Telle était la force omnipotente de l'autopersuasion. Nous croyons à tout ce qu'il nous sied de croire.

Voss se glissa sous les draps à côté d'Elena. Il avait l'impression de tromper Andrea. Il tourna le dos à son épouse. Elle roula sur le côté et posa sa main sur son omoplate. Il songeait au travail qui l'attendait cette semaine : il devait faire passer à l'Ouest deux dissidents sur le pont Glienicke. Et s'il ne s'arrêtait pas ? S'il continuait à rouler, à rouler tout droit, jusqu'à l'autre rive ?

38.

18 janvier 1971, Berlin-Est

Schneider arriva tôt au bureau. Il n'avait pas voulu rester en famille ce matin. Il passa un appel à un vieil ami qui travaillait à la section X de la H.V.A. pour lui demander où avait été muté Rieff après son départ du service de la désinformation. Il apprit que le général avait passé trois ans à la Sécurité nationale, à assurer l'imperméabilité du Mur et du rideau de fer sous les ordres directs du secrétaire général Erich Honecker.

Schneider feuilleta sa corbeille de courrier jusqu'à trouver le rapport qu'il cherchait. Il eut soudain le visage d'Andrea sous les yeux – malgré la piètre qualité de la photographie, son cœur battit la chamade. Il feuilleta le rapport de surveillance. Tout était normal. Ils avaient même menti à propos de la course en taxi qui l'avait ramenée d'Ernst Thälmann Park à son hôtel, puisqu'ils prétendaient qu'elle était rentrée directement.

À 9 heures, il téléphona à Yakoubovski, qui grommela, mais accepta un entretien « de couloir » devant la section XX. En guise de préparation physique et mentale, Schneider monta quatre à quatre les escaliers afin de se présenter devant le général hors d'haleine, l'air paniqué. Il en fit même un peu trop. En le voyant arriver en courant au bout du couloir, Yakoubovski faillit prendre peur et se réfugier dans son bureau. Devant la mine inquiète du général, Schneider ralentit aussitôt le pas.

— Je vous ai dit que je ne pouvais rien pour vous ! lâcha le Russe, agacé.

— Il s'agit de Rieff.

— Je vous avais prévenu que Rieff n'était pas votre ami. À vous de le gérer.

— Mais il est comme un chien enragé ! Il ne me lâche pas. Il sait tout pour Stiller, pour ses activités à l'Ouest... Il a même cité votre nom !

— Qu'avez-vous répondu ?

— J'ai nié catégoriquement votre implication. Mais là n'est pas le problème. Si ce n'était que ça, je pourrais m'en débrouiller... nous pourrions parvenir à un arrangement. Il veut du sang ! Il m'accuse d'être un agent double appelé le Léopard des neiges. J'ai consulté tous les dossiers de l'A.A. et je n'ai trouvé aucune référence à un Léopard des neiges. J'ai besoin de votre aide sur ce point. La corruption est une chose : la prison, peut-être un camp de travail... Mais pour la haute trahison... c'est l'exécution garantie !

Yakoubovski se figea en entendant le nom de code de l'agent et fronça les sourcils, offrant à Schneider toute son attention.

— Qu'a dit au juste Rieff sur le Léopard des neiges ?

— Il est furieux aussi contre le KGB.

— Mais qu'a-t-il dit exactement ?

— Que le KGB ne communique jamais ses infos. Qu'ils mènent leurs opérations sans...

— Major Schneider ! l'arrêta Yakoubovski en lui

saisissant l'épaule. Je veux savoir ce qu'a dit Rieff sur le Léopard des neiges.

— Il m'a posé des questions sur cet agent et quand j'ai répondu que je n'en avais jamais entendu parler, il a répliqué que ce n'était pas étonnant parce que... et ce sont ses mots exacts : « Parce que je pense que le Léopard des neiges, c'est vous. » Moi !

— Calmez-vous, major. Vous n'avez pas à vous inquiéter. Vous n'êtes pas le Léopard des neiges. Le Léopard est une opération du KGB qui atteindra son point culminant dans les prochaines vingt-quatre heures. Vous ne devez parler de cette affaire à personne, et surtout pas à Rieff ! Quand ce sera fini, j'irai le trouver personnellement.

Ils se séparèrent, le Russe lui donnant une tape de réconfort sur l'épaule de sa main potelée. Schneider se rendit dans les toilettes à l'étage de l'A.A., plaqua son front bouillant sur la paroi froide de la cabine et alluma une cigarette, mais ni le frais ni la nicotine ne parvinrent à l'apaiser.

De retour à son bureau, il passa un appel à l'une de ses équipes en patrouille et lui demanda de lui amener une ressortissante britannique, dénommée Andrea Aspinall, une mathématicienne descendue à l'hôtel Neuwa et invitée par Günther Spiegel à assister à des conférences à l'université Humboldt. À midi, on l'informa que le sujet en question avait été appréhendé et attendait dans la salle d'interrogatoire n° 4.

Il tenta de réfréner ses émotions, tâta ses poches pour s'assurer de la présence du passeport et de l'argent, vérifia qu'il y avait en cabine une bande neuve pour enregistrer les conversations de la salle n° 4, puis pénétra dans la pièce. Andrea était assise sur une chaise, dos à lui, fumant une cigarette.

— Je suis le major Schneider, se présenta-t-il. On vous a proposé du café ?

— Non, répondit-elle d'un air irrité.

— Je suis désolé. Quoi qu'il puisse paraître, ce n'est en rien une tentative d'intimidation. Il s'agit juste de la procédure habituelle, vous comprenez. Nos ennemis nous ont contraints à ériger des remparts contre le fascisme...

— Vous faites allusion au Mur ?

— Précisément, Mrs. Aspinall.

— Seigneur ! Lorsque vous lavez les cerveaux, major Schneider, ils ressortent plus blancs que blanc !

— Je peux, si vous voulez, si vous tenez à vous montrer indélicate avec moi, rendre tout cela beaucoup plus pénible pour vous.

Un silence.

— Excusez-moi... Vous vous apprêtiez, je crois, à me faire un cours sur les ennemis de la République démocratique allemande.

— Exact... Nous avons édifié ce mur afin de protéger nos citoyens, néanmoins nos ennemis continuent leurs tentatives d'infiltration. Ils nous envoient des espions. Tels qu'une mathématicienne de Cambridge en visite. Mon travail à l'Arbeitsgruppe Ausländer est de séparer le bon grain de l'ivraie. J'ai ici deux rapports contradictoires, c'est la raison pour laquelle je vous ai fait venir. Pour avoir des éclaircissements.

— Je ne suis pas à Berlin-Est pour très longtemps. Cette matinée perdue grève sérieusement mon séjour. Je vous saurais gré de faire au plus court.

— Certainement. Vous êtes arrivée hier, avez déjeuné à votre hôtel, le Neuwa, puis avez rendu visite au professeur Spiegel. Vous avez bu un café à la cafétéria, suivi une conférence, êtes retournée à votre hôtel et puis vous êtes partie dîner chez le professeur Spiegel à Ernst Thälmann Park.

— Mon Dieu ! s'exclama Andrea. J'aimerais pouvoir dire qu'être l'objet d'une surveillance aussi rapprochée me rassure, mais c'est précisément l'inverse.

— Nous en arrivons au point où survient ladite contradiction. Mon rapport dit que vous avez pris un taxi pour rentrer à votre hôtel.

— Exact.

— Vous êtes montée dans le taxi à 21 h 55.

— Possible.

— Mais, à la réception de l'hôtel Neuwa, il est inscrit que vous êtes arrivée à 23 h 10. Le trajet entre Ernst Thälmann Park et l'Invalidenstrasse dure d'ordinaire un quart d'heure, il y a donc un trou d'une heure dans votre emploi du temps.

Un silence. Près d'une minute entière.

— Je n'arrive pas à comprendre ce pays, lâcha-t-elle.

— Ah oui ?

— C'est à ça que vous occupez vos journées ? À vous surveiller les uns les autres ? À guetter le moindre faux pas pour faire un rapport ? Demandez au chauffeur ! Il m'a fait faire le tour de Berlin-Est. Le parc du peuple Friedrichshain, la statue de Lénine, le théâtre Volksbühne, le... le célèbre château d'eau où les nazis assassinaient les communistes dans les années trente. Tout cela fut très instructif et très long.

— De là à ce que cela dure une heure, Mrs. Aspinall...

— Vous disiez qu'il y avait une contradiction dans vos rapports, major. À quelle heure vos agents de surveillance prétendent-ils que je suis rentrée à mon hôtel ?

— À 22 h 15.

— Et qui croyez-vous ?

— En la circonstance, la réception de l'hôtel Neuwa. Et vous ne retournerez pas à l'université tant que nous n'aurons pas éclairci ce point.

— Avant mon départ d'Angleterre, on m'avait prévenue que la Stasi n'était guère différente de la Gestapo. Finalement, vous savez quoi ? C'est faux. Vous êtes pires !

— J'ai toute la journée, Mrs. Aspinall. La semaine entière. Le mois, même. Nous ne sommes pas pressés, de ce côté du rideau de fer.

Ils restèrent silencieux pendant dix minutes, échangeant des sourires, se regardant l'un l'autre avec de grands yeux lumineux.

— Tout cela est ridicule ! s'écria-t-elle.

Schneider se leva et marcha vers elle. Il se pencha au-dessus d'Andrea pour approcher son visage du sien d'un air menaçant, et glissa le passeport et l'argent dans son sac à main.

— Racontez-moi simplement ce que vous avez fait pendant cette heure... Si, pendant ce laps de temps, vous ne vous êtes adonnée à aucune activité d'espionnage, si vous n'avez pas pris en photo des bâtiments sensibles ou établi des contacts avec des citoyens sans autorisation, vous pourrez rentrer à votre hôtel. Dans le cas contraire, je serai contraint de vous garder en cellule et...

— Je veux parler au général Oleg Yakoubovski ! déclara Andrea d'un ton sec.

Il y eut un silence, le temps que Schneider assimile cette nouvelle donnée. Andrea tourna lentement la tête vers lui. Leurs visages étaient tout proches, leurs lèvres s'effleuraient...

— Vous m'avez entendue, major ?

— Oui, je vous ai entendue. Je me demandais simplement pourquoi... ou plutôt, *comment* vous connaissez le général Yakoubovski ?

— J'opère sous ses ordres, et ceux de Mr. Gromov à Londres.

Schneider se redressa et alla se rasseoir sur son siège, le cœur battant, même s'il connaissait déjà la suite.

— Quel est le nom de cette *opération* ?

— L'opération Léopard des neiges, et c'est tout ce que je vous dirai tant que le général Yakoubovski ne sera pas informé de ma situation.

Schneider se leva en repoussant sa chaise et tendit la main à Andrea.

— Veuillez accepter toutes mes excuses, Mrs. Aspinall. J'ignorais votre présence ici. J'espère ne pas vous avoir causé trop de tracas.

— Le mal est fait, major. Et je me demande pourquoi vous n'appelez pas le général Yakoubovski.

— C'est inutile, Mrs. Aspinall. Et... je vous serais très reconnaissant si vous pouviez ne pas parler au général de notre entretien.

Andrea se leva à son tour, ramassa son sac à main et ne serra pas la main tendue.

— J'aviserai.

— Puis-je vous raccompagner personnellement à l'université ? Ou bien à votre hôtel ?

— Vous êtes pathétique, major, vous en avez conscience ? lança-t-elle au moment où ils quittaient la salle d'interrogatoire.

Schneider appela une voiture, récupéra l'enregistrement de la conversation et raccompagna Andrea à l'université. Il retourna à son bureau et appela aussitôt le général Rieff. Le général était absent et ne reviendrait pas avant 16 heures, lui apprit-on.

La secrétaire du général Rieff le fit attendre une demi-heure, avec sa bande et son dossier, avant d'annoncer sa présence à son supérieur. Rieff à son tour le fit patienter un autre quart d'heure avant de le faire entrer dans son bureau. Schneider posa le dossier d'Andrea sur le sous-main et demanda la permission de lui faire écouter l'enregistrement. Il chargea la bande sur le magnétophone et s'installa en face du général. Tout d'abord, celui-ci tapota l'accoudoir de son fauteuil, tout en écoutant avec un ennui profond ce qui paraissait être du pur verbiage, jusqu'à ce que soit cité le nom du général Yakoubovski. Il se figea soudain, immobile comme une statue, oreilles tendues, regard fixe, cils au garde-à-vous.

— Pourquoi n'avez-vous pas appelé le général Yakoubovski ?

— Je lui avais déjà parlé un peu plus tôt.

— À quel sujet ?

— Je lui ai demandé de l'aide. Je lui ai dit que vous m'accusiez d'être le Léopard des neiges. Je l'ai supplié d'intercéder en ma faveur. Sa seule réponse a été de me demander comment vous connaissiez l'existence du Léopard des neiges. Et, bien sûr, je l'ignorais. Puis il m'a tapoté l'épaule et m'a conseillé de ne pas me faire de soucis, que je n'étais pas le Léopard des neiges, que le Léopard était une opération du KGB qui allait prendre fin dans les prochaines vingt-quatre heures. Il m'a recommandé de n'en parler à personne, en particulier à vous.

— Ah oui ?

— J'ai vérifié l'emploi du temps de Mrs. Aspinall. Elle repart à Londres demain, à 11 heures, annonça Schneider. Je l'ai reconduite moi-même à l'université pour l'amadouer, afin qu'elle ne rapporte pas l'incident au général Yakoubovski. Elle a accepté. Cela restera entre nous.

— Le Léopard des neiges n'est pas une opération du KGB ! répliqua Rieff. C'est le nom de code d'un agent double. Et nous avons autant de droits sur cette affaire que les Russes ! Plus de droits encore, parce qu'il est ici, en ce moment même, dans ce bâtiment, et qu'il est en train de donner les noms de nos agents à l'Ouest, à aider les dissidents...

— J'ai mis le téléphone de cette femme sur écoute et je maintiens une surveillance à l'hôtel Neuwa.

— Vous, et seulement vous, major, écouterez ces conversations téléphoniques. Tous les rapports de surveillance devront vous être remis en main propre... Personne dans ce bâtiment ne doit être au courant ! lança-t-il en prenant la chemise cartonnée posée sur son sous-main. C'est le dossier sur cette femme ? Vous avez mené une enquête ?

— Oui, mon général. Il n'y a rien d'extraordinaire. Elle a passé deux ans à faire de la recherche en mathématiques pures à Cambridge ; avant elle travaillait à l'université de Lisbonne. J'ai aussi vérifié pour ce Gromov dont elle fait mention. Il a un statut de diplomate à l'ambassade soviétique de Londres, mais c'est également un colonel du KGB.

À 19 h 30, Andrea quitta l'université Humboldt pour retourner à son hôtel. Elle s'assit sur le lit, la tête dans les mains, en regardant le téléphone. Ses gencives la démangeaient et elle se mit à bâiller à plusieurs reprises. Elle décrocha le combiné et composa le numéro de Yakoubovski.

— Le Léopard des neiges m'a contacté, annonça-t-elle.

— Comment ça ?

— Par l'intermédiaire d'un mot, que l'on m'a fait passer à la cafétéria de l'université.

— Il fixe un rendez-vous ?

— Bien sûr, il n'a pas le choix... Il a besoin de mon aide.

— Où doit avoir lieu la rencontre ?

— Vous vous souvenez de ce que nous sommes convenus... Je ne veux voir personne là-bas. Nous avons affaire à un animal farouche.

— Cela va de soi, mais je dois rendre un rapport...

— La rencontre aura lieu au troisième étage du dernier bâtiment de la *Mietskasern*, au numéro 11 Knaackestrasse, à Prenzlauer Berg. À 22 heures.

À 19 h 38, Schneider rapporta la conversation téléphonique au général Rieff.

— À votre avis, que veut-elle dire, interrogea Rieff, quand elle précise qu'elle ne veut « voir personne là-bas » ?

— Selon moi, mon général, elle s'apprête à éliminer le Léopard des neiges.

— Non.

— Non ?

— Je ne le permettrai pas. Le Léopard des neiges doit être interrogé. Il nous faut connaître jusqu'à quel point nos agents d'infiltration sont compromis et qui il prévoit de faire passer à l'Ouest. Si elle le tue, se tarira une source inestimable d'informations. Nous perdrons l'occasion de devenir nous-mêmes le Léopard des neiges. Le potentiel de désinformation est énorme. Il faut empêcher ça à tout prix !

— Vous connaissez l'endroit où doit avoir lieu le rendez-vous ?

— Vaguement.

— Vous comprenez donc pourquoi elle se propose d'éliminer elle-même le Léopard des neiges, dit Schneider. C'est la seule façon d'être sûr du résultat...

— Vous allez me laisser, à présent. Je vais réfléchir à la conduite à tenir.

— Pour surveiller toutes les issues de ces *Mietskasernen,* il vous faut une centaine d'hommes, et si vous vous amenez avec cent bonshommes là-bas, je suis certain que vous ne verrez pas la queue du Léopard des neiges.

— Je vous remercie de vos conseils, major... Votre concours m'a été très précieux.

— Puis-je ajouter encore une chose, général Rieff ? Si vous intervenez dans cette affaire, cela risque de créer un grand froid entre nous et le KGB.

— Major ?

— Oui, mon général ?

— Le KGB, je lui pisse à la raie.

À 21 heures, Andrea vérifia son arme pour la cinquantième fois. Elle était toujours chargée, comme à chacune des quarante-neuf fois précédentes. Elle quitta l'hôtel et se dirigea vers un taxi. Elle demanda au chauffeur de la déposer au cimetière juif, à côté de la Kollwitzplatz. Elle attendit dans un coin sombre, observant les alentours. Personne ne l'avait suivie. Yakoubovski semblait avoir tenu parole. De son côté, Karl s'était assuré que personne ne la filerait depuis l'hôtel. Elle remonta la Husemannstrasse, puis tourna à gauche dans la Sredzkistrasse.

Son haleine formait un nuage blanc dans la nuit glaciale. Ses talons claquant sur les pavés étaient les seuls bruits qui rompaient le silence du quartier. Au moment où elle arrivait au coin de la Knaackestrasse, elle bifurqua à gauche et passa sous le porche d'entrée de la

Mietskasern. Elle s'adossa contre le mur, inspirant l'air froid par le nez, tentant de s'éclaircir les idées. Elle aurait tant aimé que ces vingt-quatre heures soient derrière elle et que tout soit terminé !

Karl lui avait répété de ne pas penser à ça, de se concentrer sur l'action, d'agir sans jamais s'arrêter, de ne pas donner à son esprit une seule seconde de répit pour réfléchir. Lorsqu'elle lui avait répondu que cela lui serait impossible, il lui avait rappelé la sauvagerie avec laquelle tous les autres agissaient.

— Tu dois trouver tes propres motivations. Des raisons qui te pousseraient à te défendre bec et ongles avec la même sauvagerie.

Un vieux souvenir remonta du tréfonds de la mémoire d'Andrea – une image qu'elle n'avait jamais vue, en réalité : Judy Laverne dans la prison de feu de sa voiture, sombrant dans le ravin. Lazard ne s'était pas encombré de scrupules, lui. Beecham Lazard ! La vue de cette balle déchirant sa gorge, la déflagration de l'arme, le sang... C'était la seule et unique fois qu'elle avait vu un homme mourir sous ses yeux, et aujourd'hui, elle allait endosser à son tour le rôle du tueur. Tuer cet homme qu'elle ne connaissait pas. Celui qui allait les sauver. Voss lui avait expliqué comment elle le reconnaîtrait, comment elle saurait que c'était le bon. Il lui avait également décrit le geste terrifiant qu'elle devait accomplir, comment être certaine du résultat, comment procéder pour que tout soit parfait. Jamais une action ne lui avait tant coûté. Oui. Agir, il avait dit. Agir en toutes circonstances. Ce n'est pas toi qui appuieras sur la détente, avait-il insisté, mais c'était faux ; ce serait bel et bien elle !

Elle traversa les arcades entre les cours est et ouest, et gagna le parvis intérieur. Elle obliqua vers l'angle du fond à gauche. Elle sortit une lampe électrique et grimpa les escaliers jusqu'au troisième étage, ralentissant le pas au fil des degrés de ciment. Elle éteignit la torche. Et attendit. L'air glacé sentait le salpêtre, le bois pourri. Sa main se referma sur la crosse de son arme, enfouie dans sa poche. Elle longea le couloir, jusqu'à arriver à l'aplomb de l'arche. Elle consulta sa montre.

22 heures passées de 1 minute. Elle ralluma sa lampe et éclaira la pièce, les deux piles de parpaings de part et d'autre de la table. Elle s'assit sur l'une d'elles, passa la main sous le plateau de la table et trouva la cagoule. Elle la glissa dans la même poche que le passeport et l'argent. Attendit encore. Elle brûlait d'allumer une cigarette, mais elle préférait ne pas enfumer l'air. 22 heures et 6 minutes. Elle éteignit la lampe électrique et retira ses chaussures.

Elle quitta la pièce, tourna à gauche dans le couloir, une main plaquée au mur, l'autre tenant l'arme à hauteur de hanche. Elle atteignit la première porte, scruta les ténèbres de l'autre côté, huma l'air. Personne. Puis passa à l'autre porte. Personne encore. Avant même d'arriver à la troisième porte, elle sentit l'odeur immanquable de la lotion capillaire. Elle se planta sur le seuil et alluma la lampe. Rieff se tenait dans un coin de la pièce, un pistolet à la main, les yeux écarquillés de surprise dans le faisceau. Elle tira vite. Trois fois. Trois impacts dans son pardessus. Le pistolet de Rieff tomba au sol. Elle se précipita vers lui au moment où il s'écroulait. Le retenant par une épaule, elle le fit s'effondrer à genoux contre le mur. Elle sortit la cagoule de sa poche et l'enfila sur la tête de sa victime. Ne pas penser ! Agir ! Et, pour être tout à fait sûre, pour être certaine d'atteindre l'effet escompté, elle tira une quatrième fois, au visage, à travers le passe-montagne. La grosse boîte crânienne éclata, rompant l'équilibre précaire du corps qui glissa contre la paroi, avant de s'écrouler face contre terre. Andrea récupéra l'arme de Rieff et la rangea dans la poche du pardessus. Elle sortit le passeport et l'argent, les glissa dans l'autre poche, puis elle sortit en courant de la pièce afin de rejoindre la salle qui surplombait les arcades. Elle renfila ses chaussures, s'assit sur les parpaings, posa son front sur la table et vomit entre ses pieds.

Des bruits de pas précipités retentirent dans la cour, puis dans les escaliers... D'autres pas, plus lents ceux-là, suivirent. Des faisceaux de lumière éclairèrent les parois du couloir. Deux hommes armés en tenue de combat apparurent à la porte. L'un s'arrêta sur le seuil, l'autre poursuivit son chemin. Les pas lents mirent une éternité à monter les trois étages. Puis ils s'attardèrent dans le couloir. Il y eut quelques mots échangés en russe. Yakoubovski apparut dans l'encadrement de la porte, jeta un coup d'œil sur Andrea, puis rejoignit les deux soldats dans l'autre pièce. Il y eut un grand silence. Puis un ordre fut aboyé. Yakoubovski remonta le couloir et revint se planter sur le pas de la porte, un passeport à la main. Il marmonna quelque chose et les soldats emportèrent le corps. Il déplia les doigts d'Andrea toujours crispés sur la crosse du pistolet et glissa l'arme dans sa poche avec le passeport. Il ramassa la lampe électrique, offrit son bras à Andrea et l'entraîna hors du bâtiment.

— C'est toujours déprimant, de découvrir que l'un de vos plus proches collègues est un imposteur, dit-il.

Au matin, afin de montrer la gratitude de l'Union soviétique envers l'une de ses fidèles servantes, le général Yakoubovski ordonna au major Kurt Schneider de l'A.A. de conduire personnellement Andrea à l'aéroport. Après l'avoir récupérée à son hôtel, Schneider prit la direction du sud. Ils roulèrent en silence, incapables de prononcer un mot pendant plusieurs minutes. Andrea était assise à l'arrière, contemplant la ligne grise des immeubles.

— À présent, tu t'en veux pour ce que j'ai été obligée de faire, n'est-ce pas ? articula-t-elle finalement en regardant la nuque de Voss.

— Je n'arrête pas de penser qu'il y avait peut-être un autre moyen.

— Je suis une stratège, souviens-toi, et c'était le seul moyen. La seule incertitude, c'était de savoir si Rieff viendrait ou non. Puisqu'il est venu, j'ai fait ce que tu m'as dit de faire. C'est drôle, finalement.

— Drôle ?

— Mon professeur de piano a été tué pendant le Blitz en 40. Une bombe a frappé de plein fouet sa maison. J'avais seize ans et je m'étais fait le serment de tuer un jour un Allemand pour venger sa mort. Lorsque le moment s'est enfin présenté, je n'ai pu retrouver une once de mon ancienne haine, juste de la peur et de la certitude. Je l'ai fait et je n'en ai tiré aucune satisfaction.

— De la peur et de la *certitude* ?

— À cause, précisément, de cette sauvagerie dont tu as parlé.

— Tu n'aurais jamais dû te retrouver dans cette position...

— Que comptes-tu faire ? Faire porter le chapeau à Jim Wallis ?

— Tout juste.

— Quand j'y réfléchis, c'est moi toute seule qui me suis mise dans cette situation. J'ai accepté de travailler pour Gromov à Londres. Et de réintégrer la Compagnie. Jim n'a fait que son boulot. Cela m'a surprise de découvrir qu'il y avait cette dureté en lui. Je le croyais plutôt mou, bonne pâte.

Voss sortit une enveloppe à bulles de sa poche et la lui tendit entre les deux sièges.

— Voici ta planche de salut.

— Qu'est-ce que c'est ?

— Ne l'ouvre pas. Ne regarde pas ce qu'il y a à l'intérieur. Donne simplement cette enveloppe à Jim et dis-lui que le négatif est à l'abri dans un coffre de Berlin-Est.

— De quoi s'agit-il ?

— De l'une des sordides prouesses de notre industrie du renseignement ! Une photographie de Jim Wallis en train de se faire sodomiser dans des toilettes publiques de Fulham.

— Jim ? s'exclama-t-elle. Il en est à son second mariage !

— C'est peut-être pour cela que le premier n'a pas tenu... Le ciment qui nous lie mutuellement, nous, les espions, est souvent l'inavouable.

— Même avec ça, ils vont me faire payer le fait que j'aie sacrifié Varlamov.

— Varlamov, répéta Voss d'un air pensif. Cette affaire pue depuis le début.

— Serait-ce une inspiration subite ?

— Peut-être. Lorsqu'on m'a demandé d'organiser cette défection, ils ont été particulièrement fermes sur un point particulier : je ne devais en aucun cas prendre contact avec le sujet tant que je n'aurais pas leur feu vert. J'attends toujours. Varlamov devait pourtant s'enfuir aujourd'hui...

— Yakoubovski a soutenu qu'il allait le renvoyer en Russie les fers aux pieds.

— Je doute que Varlamov ait voulu passer à l'Ouest, finalement. Jim Wallis s'est servi de lui pour occuper les agents du KGB en leur faisant croire qu'il était le but ultime de l'opération... Tout a marché comme sur des roulettes. Ma couverture est intacte, comme la tienne avec les Russes, et Varlamov, un fidèle serviteur de l'État, a été discrédité !

Ils roulèrent sous le métro aérien, entre Schöneweide et Oberspree. La circulation s'éclaircit sur Adler-gestell. Voss glissa le bras entre les deux sièges et Andrea lui prit la main, caressant du pouce ses articulations noueuses.

— Pourquoi m'as-tu parlé de cet échange de dissidents que tu vas organiser dimanche soir ? interrogea-t-elle.

Il enroula ses doigts aux siens.

— J'ai pensé partir avec eux, dit-il en serrant sa main, soudain anxieux. Les conduire au milieu du pont comme prévu et continuer à rouler. Ce serait possible... du moins en théorie.

— Autrement dit, tu ne vas pas le faire.

Leurs regards se croisèrent dans le rétroviseur.

— Elena et les filles. Elles se retrouveraient à la rue.

Andrea détourna la tête, ses yeux courant sur les bandes jaunes de la chaussée, la neige sale, les arbres nus.

À Grüneau, il lui lâcha la main. Ils sortirent de l'Adlergestell et prirent la direction du sud-ouest, vers Schönefeld. Ils passèrent un poste de contrôle à la sortie de la grande ceinture de Berlin. Ils n'étaient plus qu'à quelques minutes de l'aéroport.

— Alors, tout est dit pour nous ? murmura-t-elle. Un jour, peut-être, serons-nous dans le même camp.

Il lui prit de nouveau la main.

— Il faudra nous contenter de ce *statu quo* pour les vingt-cinq prochaines années. Mais nous sommes dans le même camp... *notre camp*. Celui où rien ni personne ne compte, à part nous.

— Vingt-cinq ans... Cela nous emmène en 1996, calcula-t-elle. J'aurai soixante-douze ans. Je serai sans doute sortie de prison à ce moment-là.

— Ils ne vont pas t'envoyer en prison, allons ! Et puis il y a la détente. Nous devons croire en la détente. Londres pense qu'Ulbricht est fini. Au dire de Yakoubovski, Rieff était intouchable. Il avait travaillé avec Erich Honecker. Selon toute vraisemblance, Honecker sera le nouvel homme de Moscou.

— À quoi ressemble-t-il ?

— Un type sec, mais sans l'arrogance d'Ulbricht, sans fatuité ni haine viscérale à l'égard de Willy Brandt... C'est un atout pour la détente... du moins, je l'espère.

— Ou un atout pour sauvegarder l'influence russe en Allemagne de l'Est. Le mot sec est le contraire de la souplesse. Il n'évoque guère la détente

— C'est peut-être une aubaine... S'il ne peut plier, il peut rompre, s'écrouler.

— Et à la fin, Brejnev aura les rênes en main, conclut Andrea, soudain déprimée. Tu sais pourquoi ils ont choisi ce mot, « détente » ? Parce que c'est un terme moins innocent que « décontraction ». Dans la « détente », il y a la notion d'un ressort bandé, prêt à sauter.

Voss pénétra dans l'aéroport et se gara devant la zone des départs.

— Nous pouvons ajouter deux heures à notre total, déclara-t-il. Un jour, ça m'a frappé, à Krasnogorsk : nous n'avons pas même eu ensemble un jour entier...

Il serra sa main. Le moment de la séparation était là.

— Je sais que c'est peu, mais tu es là, tu vis en moi. Je me suis dit cela une fois, à voix haute, dans mon appartement de Lisbonne : je ne suis pas seul. Cela peut paraître ridicule, comme toujours dans ces cas-là, mais c'est tout ce qui m'importait alors. Il y avait quelqu'un dans ma vie.

— Quand j'ai quitté Lisbonne, après avoir enterré Luís et Julião dans le caveau de famille, j'ai été prise de panique à l'aéroport. J'ai cru que j'étais victime d'une phobie soudaine de l'avion. Mais je me suis rendu compte que, en réalité, c'était le fait de me retrouver absolument seule qui me mettait dans cet état – la terreur de mourir au sein de la Compagnie... une ombre parmi d'autres ombres, inconnue et regrettée de personne.

— Nous sommes tous des anonymes. Et davantage encore dans notre branche.

— C'est bien le problème, Karl...

— Karl ou Kurt ? lança-t-il en soulevant son sourcil indemne d'un air malicieux.

Au moment où elle saisissait la poignée de la portière, Voss lui demanda à voir une dernière fois la photo de Julião pour l'imprimer dans son esprit.

Dehors, il prit la valise d'Andrea, traversa la piste gelée et confia le bagage à un porteur. Ils s'arrêtèrent devant les portes, leur souffle se joignant dans l'air. Il lui serra la main, lui souhaita un bon vol et la salua. Il repartit sans se retourner, monta dans sa voiture pour se fondre dans son monde gris.

À sa descente d'avion, Wallis saisit le bras d'Andrea comme s'il comptait la conduire directement vers une voiture de police ; mais c'est à l'arrière d'un taxi qu'ils s'installèrent.

— Clapham ! annonça-t-il en se rencognant dans son siège d'un air satisfait.

— Il y a un poste de police en haut de Latchmere Road, répliqua-t-elle.

— Allons, Andrea. C'est inutile. Vous avez fait du grand et beau travail.

— Par accident plutôt que par choix.

— Non, non, non, je pense que c'était absolument volontaire.

— Et maintenant ?

— Nous ne sommes pas en Russie, vous savez. Nous ne sommes pas non plus le KGB. Pas de mines de sel, ici, ma vieille. Nous allons veiller sur vous. Vous retournez à l'administration, pour travailler dur et mériter votre retraite !

Elle le dévisagea, cherchant à deviner s'il était sincère. Wallis soutint son regard. Karl avait raison ; sous ce visage gras existait toujours l'adolescent, enthousiaste et impatient de faire plaisir. Chacune de ses paroles se voulait rassurante.

— Bien entendu, ajouta-t-il, nous espérons en retour que vous accepterez de poursuivre votre relation avec Mr. Gromov.

— Et si je refuse ?

— On ne peut se coucher, à ce jeu-là. Ni repasser par la case départ pour gagner deux cents livres. On va directement en prison.

— J'ai prévenu Gromov que je ne travaillerais qu'une seule fois pour lui.

— Vraiment ? Pourquoi donc ?

— Je voulais cette retraite dont vous parliez. Je n'ai aucune intention de vivre jusqu'à la fin de mes jours dans le stress. En plus, la haine est partie. Plus rien ne me pousse à continuer.

— La haine ? répéta Wallis. Je ne vous suis pas très bien, Andrea.

— C'est ainsi que Louis Greig m'a convaincue de travailler pour Gromov.

— Mais pourquoi parlez-vous de haine ? Qui haïssiez-vous donc ? Louis Greig ?

— Louis est devenu pathétique, répondit-elle, avant d'ajouter, après un silence de plomb : je hais peut-être aujourd'hui la même personne que vous, Jim.

— Je ne hais personne, répliqua Wallis en se carrant dans le coin opposé de la banquette. La haine, vous savez, Andrea, ce n'est pas très anglais. Nous n'éprouvons guère ce genre de... sentiments.

— Je sais Jim, vous ne haïssez pas même les traîtres à votre pays. Sauf s'il y en a un tout proche, tapi au cœur même de la maison – dans la Hot Room, par exemple...

— Nous avons fait le ménage chez nous. Dans les années soixante, nous avons été lamentables, mais aujourd'hui c'est nickel chrome ! rétorqua Wallis sur la défensive, prenant la remarque d'Andrea comme une attaque personnelle.

— Si vous le dites, répondit-elle, déconcertée par la réaction de Wallis. Vous savez, lorsque j'ai parlé à Gromov du contenu du dossier Cléopâtre, lorsque j'ai mentionné les noms de la liste, il m'a répondu...

— Cléopâtre ! s'écria Wallis, saisissant la balle au bond, trop heureux de reprendre l'ascendant. C'était un leurre, une façon de tester les... (il se racla la gorge) les voies de communication, entre Londres, Moscou et Berlin. Les Russes voulaient affaiblir Ulbricht, le priver de ses vieux amis, dont Stiller. Alors Yakoubovski a mis son nom sur la liste. Vous l'avez découvert et rapporté à Gromov. Aussitôt, Gromov raconte l'affaire à Moscou. Moscou demande à Mielke des comptes. Parallèlement, Yakoubovski reçoit l'ordre d'éliminer

Stiller. Et Andrea Aspinall passe son baptême du feu pour Gromov.

— Je vois... Vous avez donc posé le dossier Cléopâtre sur mon bureau et vous êtes arrangé pour que je pénètre dans la Hot Room.

— C'est vous qui avez subtilisé la carte magnétique de Speke.

— Comment avez-vous découvert que je travaillais pour Gromov ?

— Parce que nous surveillons Louis Greig depuis cinq ans.

Elle hocha la tête, se souvenant, lors des funérailles de sa mère, de l'intérêt curieux de Rose pour sa nomination à Cambridge.

— Je ne vous ai toujours pas raconté ce que Gromov m'a répondu.

— Lorsque vous lui avez mentionné la présence du nom de Stiller sur la liste ?

— Il a dit que l'information devait être vérifiée. Cela m'a agacée, après le mal que je m'étais donné pour pénétrer dans la Hot Room, et j'ai voulu savoir pourquoi. Il m'a alors répondu qu'il allait faire vérifier l'info par « quelqu'un de la classe 10 rouge ».

— Pur mensonge ! répliqua Wallis.

— Ah oui ? Et pourquoi ?

Wallis se tapota les lèvres de l'index. Quelque chose le chagrinait. La journée était fichue. Misère !

— Je ne reverrai pas Gromov, insista Andrea. Pas tant que vous n'aurez pas balayé devant votre porte. Ce serait du temps perdu.

— Ils vont vous tomber dessus, Andrea.

— Non, répondit-elle, parce que vous allez me soutenir à fond, Jim.

— Aujourd'hui, peut-être. Mais le pourrai-je demain ?

— Jusqu'au bout, Jim, répliqua-t-elle en lui tendant l'enveloppe à bulles. Jusqu'au dénouement final.

— Qu'est-ce que c'est ?

— Un cadeau du Léopard des neiges. Le négatif est dans un coffre, à Berlin-Est. Il m'a dit que ce cliché risquait de ne pas vous faire plaisir. Et il m'a conseillé de ne pas le regarder. J'ai obtempéré.

— Je ne vous suis pas bien. En voilà des mystères ! Décidément, vous avez le don pour ça.

— Tout cela nous ramène à cette personne que nous haïssons en commun... cette personne qui est avec nous depuis le début, un pilier incontournable de la maison, le seul traître possible si nous nous décidons enfin à ouvrir les yeux.

Jim Wallis hocha la tête.

— Qu'est-ce qu'ils ont mis dans votre eau ? Ils vous ont droguée, lavé le cerveau ?

Il souleva du doigt le rabat de l'enveloppe et tira la photo comme s'il s'attendait à trouver une carte de vœux... Ses trente ans de pratique dans l'art de la dissimulation ne purent masquer sa brusque pâleur.

Le 3 mai 1971, Walter Ulbricht, attendu à la seizième session plénière du comité central, fut retardé par le zèle de ses deux nouveaux gardes du corps, rémunérés par le général Mielke, chef de la Stasi. Pour des raisons de sécurité, ils lui firent faire un détour, une longue et exaspérante marche le long de la Spree. À l'arrivée d'Ulbricht au siège du parti, Erich Honecker avait été élu secrétaire général du comité central et nommé président du conseil de la Défense nationale.

Troisième partie

Les ombres errantes

39.

Septembre 1989, maison d'Andrea, Langfield, Oxfordshire

— C'est le seul gros changement que j'ai fait : abattre ce mur, expliqua Andrea. Je ne voulais pas perdre mon temps à faire tout le tour pour passer de la cuisine à la salle à manger.

— En parlant d'abattre des murs... commença Cardew.

— Tu m'as promis de ne pas parler de lui, intervint Dorothy.

— De qui ça ?

— Tu le sais très bien... de Gorby.

— Mon seul veto en matière de conversation, ce sont les prix exorbitants de l'immobilier ! lança Andrea.

— À qui le dites-vous ! renchérit Rose.

De tous les invités à la pendaison de crémaillère qu'organisait Andrea dans sa nouvelle maison, seuls quatre d'entre eux n'avaient pas reçu une médaille des mains de la reine : ses voisins, Rubio et Venetia Raitio, qui étaient sculpteurs et finlandais ; Boo, le petit ami danseur thaï de sir Richard Rose, qui se faisait appeler lady Boo lorsque Dickie devenait trop pompeux ; et la quatrième femme de Jim Wallis, M.B.E. [1], une Française nommée Thérèse. Sir Meredith et lady Dorothy Cardew complétaient la liste des convives.

— Où avez-vous déniché cette table ? demanda Dorothy Cardew, bien décidée à ne pas jouer les potiches. C'est une table de cuisine de la reine Anne, n'est-ce pas ?

— Une copie, Dorothy. Une copie.

— Il a le bon vocabulaire... notre Gorby, insista Cardew, acerbe. Il en a plein la bouche avec sa *glasnost*, sa *perestroïka*...

Dorothy roula des yeux.

— J'ai toujours cru qu'il s'agissait d'un traîneau tiré par des chevaux, lança Venetia, tentant une pointe d'humour pour alléger la conversation.

— Dans ce cas, il s'agit d'une *troïka*, rectifia Rose. La *perestroïka* signifie la reconstruction.

— Tout cela est ennuyeux comme la pluie, lâcha Boo qui trouvait la majeure partie de son vocabulaire dans la bouche de Rose.

— Pour ma part, je préfère le son des clochettes des traîneaux ! lança Dorothy, tentant de remettre la conversation sur les rails.

— Et la *glasnost*, c'est l'ouverture, ajouta Rose, professant devant une assemblée d'ignorants.

— Je pense que vous vous trompez, lança Venetia, déterminée à se moquer de Rose. Si les gens descendent de leur traîneau décapotable et enfilent leurs plus beaux manteaux de fourrure pour aller danser dans la neige, c'est sur ordre du parti !

Rose leva les mains en l'air, prêt à contre-attaquer, mais Boo l'arrêta d'une petite tape sur la cuisse.

1. Membre de l'ordre de l'Empire britannique. *(N.d.T.)*

— Tout ça c'est bonnet blanc et blanc bonnet ! intervint Wallis. Si vous voulez mon avis, Gorby est un filou. Quoi que l'on puisse prétendre, il reste un Rouge. S'il est si populaire, c'est parce qu'il a une femme extra.

— Comment voulez-vous haïr quelqu'un qui a une telle *tache de vin*[1] sur le crâne ? annonça Thérèse. *Cela le rend tellement sympa*[2].

— Qu'est-ce qu'elle raconte ? s'enquit Cardew.

— Elle dit qu'elle aime bien la marque de naissance de Gorby, mon chéri, expliqua Dorothy. Tu sais, cet archipel violet sur sa tête... cela lui donne un certain charme.

— À la fin, il renfilera le gant de fer, vous verrez ! lança Cardew. Le *politburo* va lui remonter les bretelles et il cassera du Russe avant Noël.

— Moi, je crois qu'il va y arriver, intervint Andrea.

— À quoi ? rugit Cardew qui cherchait la bagarre.

— Vous l'avez dit vous-même : à abattre les murs. Je crois qu'il va ouvrir les frontières, se débarrasser de tous les pays satellites. Il n'a plus les moyens de les entretenir. Il va leur conseiller de se débrouiller seuls.

— En tout cas, ça n'arrivera pas de mon vivant ! rétorqua Cardew. Mais rassurez-vous, je n'en ai plus pour longtemps.

— Allons, vous êtes si jeune ! minauda Thérèse, en remuant ses doigts scintillants de diamants. Et si séduisant...

— Cela le déprime d'avoir quatre-vingts ans en novembre, expliqua Dorothy.

— Inutile de le chanter sur tous les toits ! bougonna Cardew.

1. En français dans le texte. *(N.d.T.)*
2. Idem.

Andrea acheta une télévision et un chien dès le début octobre. Elle s'était pourtant juré de n'avoir jamais ni l'un ni l'autre, mais la solitude lui pesait. Elle aimait songer qu'elle n'était pas seule dans la maison. Et, à ses yeux, le chien, un teckel à poils longs, avait l'air suffisamment aristocratique pour être appelé Ashley.

Une semaine plus tard, les événements sur la scène internationale lui donnèrent raison d'avoir acheté une télévision. Gorbatchev se rendit à Berlin et déclara à cette vieille baderne d'Honecker : « Lorsque l'on remet trop au lendemain, la vie vous le fait toujours payer. » Andrea sauta de joie. Ashley se montra plus réservé.

Elle s'assit par terre dans le salon désert et lut les journaux, écoutant tous les bulletins d'information, TV et radio. Elle ressentit de nouveau cette excitation, les soubresauts de ce fil d'argent dans ses entrailles.

Début novembre, ce fut l'apothéose : le soulèvement du peuple d'Allemagne de l'Est était en marche. Andrea s'enferma alors dans sa bulle, à l'instar de ces vieilles dames téléphages, s'abîmant dans la contemplation d'un tournoi de golf ou de tennis ou, pis encore, dans le championnat du monde de billard ! Elle n'osait sortir de chez elle de crainte de rater un événement capital. Elle vivait de cafés et de cigarettes. Ashley allait chez Venetia, sa voisine, quêter sa pitance.

Le 9 novembre, elle venait de se préparer son premier gin-tonic de la soirée lorsqu'elle entendit l'annonce que la R.D.A. donnait à ses citoyens le droit à la libre circulation – une décision à effet immédiat. Andrea ne savait qu'en penser. Cela paraissait trop simple, trop banal. L'Allemagne de l'Est était-elle prête à abandonner la pierre de touche de son identité : le Mur ? Était-ce ainsi qu'un tel régime allait finir... à cause d'une maladresse de communication ?

Cinq heures plus tard, elle était toujours assise au milieu du salon, un cendrier plein et une bouteille de champagne à sa droite, le téléphone à sa gauche. Les images que diffusait la télévision dépassaient l'entendement. Des gens étaient juchés sur le Mur, les Allemands de l'Ouest dansaient avec ceux de l'Est dans les rues, tout dégoulinants de bière et de *sket*, beaucoup de femmes étaient encore en chemise de nuit et en chaussons, certaines portaient leur bébé dans les bras. Un monticule de Kleenex mouillés grandissait derrière Andrea. Ashley était couché par terre, le museau à plat sur la moquette, roulant des yeux, attendant le retour des temps bénis des repas et sorties à heures fixes.

Jim Wallis fut le premier à appeler :

— Vous avez vu ça ? exultait-il.

— Si je l'ai vu ? Mais je n'en rate pas une miette, Jim ! c'est encore plus fort que le 25 avril 74 !

— Le 25 avril ?

— La révolution des œillets au Portugal. La fin du fascisme en Europe, Jim !

— J'avais complètement oublié. La fin du fascisme, bien sûr.

— Mais là, c'est la vraie fin... la fin de tout.

— Pendant un moment, j'ai cru que vous alliez dire la fin du monde.

Andrea s'éveilla à 4 heures du matin, étendue sur la moquette, l'écran de la télévision empli de neige, la bouteille de champagne à côté d'elle, le cendrier débordant de mégots, la bouche pâteuse, sentant les croquettes pour chien. Était-ce ainsi qu'était censée se comporter une retraitée ? Elle se traîna jusqu'à son lit et s'endormit. Au matin, elle se sentait vide et déprimée, comme si tout le sens de son existence venait brutalement de disparaître. Elle erra de pièce en pièce, au dénuement spartiate pour la plupart, parce qu'elle avait vendu tous ses meubles en quittant la maison de Clapham. C'était finalement le bon jour pour arrêter de fumer ! Le meilleur moyen de combattre la dépression, c'était de faire quelque chose de bénéfique pour soi.

Elle brûlait d'entendre le téléphone sonner. Elle voulait que Voss appelle, mais comment aurait-il pu savoir où elle habitait ? Jim Wallis n'avait plus de contact avec lui depuis des années. Ils avaient volontairement coupé les ponts parce qu'il était trop dangereux de garder des liens. Elle songea à prendre un avion pour Berlin et à partir à sa recherche. Puis l'inquiétude la gagna. Voss faisait partie de la Stasi... Il allait y avoir des représailles, des lynchages publics. Voss devait se faire oublier, et elle risquait de le mettre en péril si elle retournait les cendres de l'ancien régime pour le retrouver.

Elle chassa de son esprit l'idée de cette mission de sauvetage et décida à la place de s'occuper de la maison. Elle se mit à ranger le grenier. Il fallait commencer par le haut, mettre de l'ordre dans la tête, d'abord. Puis elle décora les chambres, installa des lits, bien qu'elle eût rarement des visiteurs. Elle aménagea un bureau au rez-de-chaussée, acheta un nouvel ordinateur qui avait la même puissance que ceux qu'elle utilisait autrefois à Cambridge et qui occupaient une pièce entière. Elle décida de s'investir davantage dans la vie du village et commença à fréquenter l'épicerie de la grand-rue. Elle achetait des bricoles et restait plus longtemps que nécessaire parce qu'elle aimait bien la tenancière, Kathleen Thomas, qui menaçait toujours de mettre la clé sous la porte à cause de la concurrence déloyale de l'hypermarché de Witney.

La boutique ne comptait que cinq clients réguliers jusqu'à Noël, puis un sixième rejoignit ce club très *select.* Morgan Trent avait quarante-cinq ans. Il était major. Il venait de quitter l'armée et louait une maison en attendant de trouver quelque chose à acheter. Il voulait monter une boutique de jardinerie. Andrea ne l'aimait pas. Il ressemblait au Longmartin de sa mère – une raison amplement suffisante pour justifier son inimitié... Lorsque Kathleen Thomas s'amouracha de lui, Andrea dut écouter leurs babillages sans fin, Trent passant trois ou quatre fois par jour à la boutique sous le prétexte d'acheter des choses dont il n'avait nul besoin.

En réaction peut-être au projet de Trent, Andrea décida, au printemps, de s'occuper de son jardin et de s'équiper en conséquence. Elle ne voulait rien avoir à acheter dans la boutique du major lorsque celle-ci ouvrirait, même si l'inauguration n'était pas pour demain, quoi qu'il puisse laisser entendre. Durant l'été elle loua, pour tondre la pelouse, les services d'un gamin maigrichon du lotissement ouvrier à la sortie du village. Il avait seize ans et s'appelait Gary Brock. Elle le croyait honnête et travailleur, mais, au dire de Kathleen, le garçon sniffait de la colle et était une menace pour la société. Morgan Trent partageait ce point de vue... Mais à l'époque il couchait avec Kathleen et souhaitait peut-être ne pas la contrarier pour conserver ses faveurs.

Un jour, à la fin de l'été, alors qu'Andrea revenait de faire ses courses en catimini au supermarché, elle s'aperçut que la tondeuse avait disparu. Elle en fit part à Kathleen, qui lui déclara qu'elle avait vu Gary Brock passer avec l'engin un peu plus tôt dans l'après-midi.

Andrea décida de se rendre dans le lotissement pour parler à l'adolescent.

— Faites attention aux chiens ! l'avertit Kathleen.

— Quels chiens ?

— Son père élève des pit-bulls.

— Il les vend aux dealers de Brixton ! renchérit Trent du salon.

— Tu exagères, Morgan ! répliqua Kathleen.

— Je t'assure.

— Enfin, bref, cela vous donne une idée du bonhomme, reprit Kathleen. Mr. Brock père n'est pas exactement un aimable personnage.

— À vous faire regretter de s'être battus en 40 ! Pas vrai Andrea ? lança de nouveau Trent.

— Qu'est-ce qui vous fait croire que j'ai fait quoi que ce soit pendant la guerre ?

— Allons, c'est le cas de tous ceux de votre génération !

Sur le portail de Marvin Brock, un écriteau peint à la main indiquait : *attention aux chiens*ς. Andrea sonna à la porte, ce qui déclencha aussitôt un concert d'aboiements dans toute la maison. Elle recula de deux pas, comme pour se donner une meilleure chance de fuite. Derrière la vitre dépolie, elle vit une large silhouette s'approcher.

— Ça suffit, les enfants ! lança une voix.

Marvin Brock ouvrit la porte. La télé hurlait dans une pièce. L'homme avait le crâne rasé, portait un jean et un maillot de l'équipe de foot de Swindon. Au poignet, il portait une grosse sangle de cuir au bout de laquelle était attaché un chien d'une telle férocité que ce n'est pas un simple collier qui le retenait mais un harnais digne d'un percheron. Andrea tressaillit en voyant le nom inscrit sur la plaque de poitrail de l'animal. *Cunt*[1]. Comment pouvait-on appeler un chien ainsi ? Ce n'était donc pas interdit par la loi ? Le pit-bull tirait sur sa laisse, tendant sa truffe palpitante dans sa direction.

— Du calme, Clint ! lança Marvin Brock. Couché. Couché. Sois un bon chien.

— Oh ! il s'appelle Clint, lâcha Andrea, soulagée.

— Ouais. À cause de l'acteur. Le plus grand acteur de tous les temps. Clint Eastwood.

— Vous êtes bien le père de Gary ?

— Ouais, répondit-il lentement, sachant que cette entrée en matière n'augurait rien de bon.

— Je suis Andrea Aspinall. Votre fils Gary tond ma pelouse. Il semble qu'il soit sorti avec ma tondeuse.

— Sorti avec votre tondeuse ? répéta Brock. Il a dû aller tondre la pelouse de quelqu'un d'autre.

— Il ne m'a pas demandé la permission.

— Je vois.

— Pourriez-vous lui dire de la ramener à la maison, s'il vous plaît ?

— Pas de problème, Mrs. Andy. Pas de problème. Désolé pour le dérangement.

Une semaine plus tard, la tondeuse n'était toujours pas revenue et Andrea déclara le larcin à la police. Gary avait volé la tondeuse et l'avait revendue, mais ce n'était qu'un petit délit venant s'ajouter à une longue litanie d'actes répréhensibles dont le point culminant était le trafic de stupéfiants. Andrea fut appelée comme témoin au tribunal. Elle passa trois minutes devant les magistrats. Gary Brock écopa de dix-huit mois de prison.

1. Sexe de la femme en argot. *(N.d.T.)*

À la fin du mois de mai de l'année suivante, Andrea tondait sa pelouse en se demandant pourquoi elle avait payé Gary Brock pour faire ce travail. C'était si agréable, si satisfaisant, même d'un point de vue formel, en particulier au moment de couper le dernier carré d'herbe au milieu de la série de parallélépipèdes concentriques.

Après avoir rangé la tondeuse dans le garage, elle aperçut une silhouette adossée contre sa voiture.

— Vous vous souvenez de moi, pas vrai ? demanda une voix, lourde de menaces, au fort accent de l'Oxfordshire.

Il avait grossi, portait un jean moulant et des Doc Martens. Son tee-shirt était déformé par les renflements de ses muscles. Sur ses biceps épais, une grosse veine courait.

— Gary Brock, Mrs. Aspinall.

— Tu as été libéré, Gary ?

— Pour bonne conduite.

— Je vois aussi que tu as fait de la musculation.

— Ouais, j'en ai fait. Vous savez pourquoi, Mrs. Aspinall ?

— J'imagine que l'on s'ennuie ferme en prison.

— Non, c'est pas pour ça.

— Pourquoi alors ?

— Parce que les anciens adorent enculer les nouveaux.

Il y eut un silence.

— Que fais-tu ici, Gary ?

— Je suis vous venu vous dire comment c'était là-bas.

— Tu n'es pas allé en prison parce que tu as volé ma tondeuse, Gary.

— En tout cas, vous ne vous êtes pas fait prier pour venir témoigner contre moi, Mrs. Aspinall.

Elle se dirigea vers la porte, mais Gary lui barra le passage. La peur la gagna. Rubio et Venetia étaient absents et Gary le savait. Le garage, derrière la maison, était invisible de la rue. Voilà bien l'ironie du destin ! songea-t-elle. On échappe aux pires dangers sans une égratignure et on se fait avoir par un petit voyou dans son garage, par un après-midi d'été.

— Qu'est-ce que tu veux, Gary ? demanda-t-elle, avec colère cette fois.

Gary tourna brusquement la tête. Des pas approchaient dans l'allée. Il recula d'un pas pour avoir un meilleur angle de vue. Une haute silhouette se dessina devant la porte du garage, en ombre chinoise sur le blanc du ciel.

— Alors, mon garçon, on t'a posé une question... Qu'est-ce que tu veux ? demanda l'homme à Gary avec un anglais au léger accent étranger.

Andrea connaissait cette voix. Gary avança, l'air mauvais. Andrea pénétra dans la lumière et fit un signe négatif de la main à l'attention de l'étranger.

— Que fais-tu ici ? reprit Voss, d'un ton qui laissait entendre qu'il avait maté des individus bien plus dangereux que le jeune Gary Brock.

Voss tourna sa moitié de visage mutilé vers le garçon. Gary eut un mouvement de recul. Un homme, même de soixante-dix ans, qui avait cette tête-là et qui avait le cran de se planter comme ça devant lui, avait des ressources.

— Suis passé dire bonjour à Mrs. Aspinall, c'est tout, répondit-il en prenant du champ. J'ai été absent, pendant un bout de temps.

Gary s'en alla, tentant de prendre un air décontracté. Voss passa son bras autour des épaules d'Andrea et la serra contre lui.

— Tu as le don de tomber à pic, Karl.

— J'aime me rendre utile.

40.

Mai 1991, maison d'Andrea, Langfield, Oxfordshire

Dès qu'elle le fit asseoir dans la cuisine pour préparer du café, elle comprit que Voss n'était plus le même homme. Cette fois, ce n'était pas une simple absence qui les avait séparés : la compréhension intime et instinctive qu'elle avait de lui s'était envolée. Il était devenu hors d'atteinte.

Il lui expliqua qu'il ne l'avait pas contactée plus tôt parce que Elena était tombée malade. Elle était morte le mois précédent. Il avait laissé sa cadette à Moscou où, deux semaines plus tôt, elle avait épousé un chercheur en chimie. L'aînée, mariée à un officier de la marine et enceinte d'un deuxième enfant, vivait à Kiev. C'est tout ce qu'il révéla sur ses deux filles. Il mentionna également qu'il avait été malade, lui aussi, et qu'il travaillait sur un livre mais qu'il ne voulait pas en parler. Il était maigre, le côté indemne de son visage paraissait d'une pâleur cadavérique. Il fumait cigarette sur cigarette ; il les roulait lui-même, avec la méticulosité d'un détenu. Il toucha à peine à l'échine de porc aux truffes qu'Andrea prépara pour fêter sa visite. Il demanda s'il pouvait rester. Il avait besoin d'un endroit tranquille pour écrire. Elle s'en voulut de sa fraction de seconde d'hésitation et lui proposa la pièce mansardée à l'étage. Cette nuit-là, étendue seule dans son lit, elle l'écouta aller et venir dans la chambre. Il aurait pu être avec elle mais, curieusement, elle ne voulait pas de lui dans son lit. Karl était devenu un étranger.

Il avait apporté très peu de vêtements, mais avait avec lui deux grandes valises emplies de documents et de dossiers. Une semaine plus tard, une malle arriva, avec encore d'autres papiers. Bien qu'elle se sentît envahie, Andrea lui acheta un ordinateur. Voss travaillait tout le temps. Elle l'entendait pianoter sur son clavier jusqu'à 4 heures du matin. Aux repas, il avait l'air ailleurs, renfermé sur lui-même. Andrea passait les après-midi dans son propre bureau, écoutant les bruits dans la chambre au-dessus d'elle, sentant une onde oppressante, presque palpable, descendre de l'étage. Le poids sans limite d'une haine silencieuse. Le mal gagnait toute la maison, s'insinuait dans les planchers et les murs comme de la vermine, infectait les escaliers et les paliers de son odeur écœurante.

Andrea étouffait. Elle passait le plus clair de son temps dans la boutique de Kathleen ; elle se confia à elle, lui parla de Voss, de la manière dont il avait chassé Gary Brock... mais elle ne supportait plus de le savoir chez elle. Kathleen lui conseilla de le chasser de la maison à son tour, comme on met un chien dehors pour la nuit, mais cette fois la porte ne se rouvrirait pas au matin.

Au bout de quelques semaines, Voss commença à prendre ses repas séparément, pensant que cela soulagerait Andrea de ne plus avoir sa mine sinistre sous le nez, mais c'était tout aussi intolérable parce que son absence de corps et d'esprit s'en trouvait officiellement déclarée. Cette chaise vide devant elle lui rappelait le fantôme qu'il était devenu. On était loin des retrouvailles qu'elle espérait.

Andrea se réfugia donc dans le passé, feuilletant de vieux journaux, de vieilles photographies, dans l'espoir de retrouver un peu de l'atmosphère de leur premier amour. Mais Voss était une présence anonyme dans sa vie. Pas de vieilles lettres, de photos, pas le moindre mémo pour témoigner de la réalité de son existence. Elle tomba par hasard sur la lettre de l'avocat de João Ribeiro lui annonçant la mort de son client, survenue deux ans après la révolution des œillets, en 1976. Andrea n'avait pu assister aux funérailles, parce que les enterrements au Portugal devaient avoir lieu dans les vingt-quatre heures suivant le décès. João Ribeiro, qui avait refusé sa réhabilitation au comité central, avait quitté le Bairro Alto dans son cercueil, suivi par des centaines de personnes. L'avocat précisait dans sa lettre qu'il avait en sa possession une chose que Ribeiro lui avait demandé de conserver à son intention.

Elle appela l'avocat et réserva deux places dans le vol pour Lisbonne le 26 juin. Voss était devenu si expert dans l'art d'éviter Andrea qu'elle dut le guetter comme un chasseur à l'affût.

— J'ai un cadeau pour toi, annonça-t-elle.

— En quel honneur ?

— Ton anniversaire.

— Ce n'est que dans trois jours.

— Je sais. Le cadeau est à Lisbonne. Nous partons demain.

— *Unmöglich*. Impossible. Mon livre. J'ai mon livre à terminer.

— Pas d'*unmöglich* qui tienne ! répliqua-t-elle. Nous avons un rendez-vous très important là-bas.

— Rien n'est plus important que mon travail. Une fois que j'aurai fini, alors seulement je serai... libre.

Sa voix mourut dans un filet en prononçant ce dernier mot, comme s'il n'y croyait pas lui-même.

— Tu comptes refuser mon cadeau ?

Il était au supplice.

Ils se posèrent à Lisbonne le 26 juin dans l'après-midi. Le vol fut un vrai calvaire pour Voss qui dut endurer deux heures et demie de voyage sans fumer. Il passa son temps à rouler des cigarettes, de sorte qu'à l'atterrissage il en avait une centaine en réserve. Ils prirent un taxi pour gagner le centre-ville, en passant par Saldanha, la place du Marquis de Pombal, le Largo do Rato, avant de descendre l'avenida Álvares Cabral jusqu'aux jardins d'Estrela.

Andrea était assise du côté brûlé de son visage, et elle pouvait voir son œil rond qui s'agitait dans son orbite fripée, regardant tous azimuts à mesure que les souvenirs remontaient à sa mémoire. Il tendit le cou lorsqu'ils passèrent devant la basilique d'Estrela pour apercevoir la façade du vieil immeuble où se trouvait jadis son appartement, rua João de Deus, toujours intacte – juste un peu plus effritée et fissurée. C'est alors que Voss comprit l'idée de génie d'Andrea. Ce secteur de Lisbonne n'avait pas changé depuis cinquante ans et, pour certains quartiers, depuis le tremblement de terre de 1755.

Ils tournèrent dans l'avenida Infante Santo avant de gagner Lapa. La voiture poursuivit son périple jusqu'à la rua das Janelas Verdes et la York House. Ils gravirent à pied les escaliers de pierre, à l'instar des moines du dix-septième siècle, quand la bâtisse abritait encore le couvent dos Marianos. Voss s'arrêta dans la vieille cour, sous le haut dais des palmiers, se souvenant des fantômes qui hantaient jadis toutes les *pensões* de Lisbonne, lisant leur journal, attendant l'info miracle qui ne serait jamais imprimée sur ces pages.

Andrea et Karl posèrent leurs valises et partirent dans la soirée vers les jardins d'Estrela. Ils touchèrent les carreaux de la façade de son vieil immeuble. Voss fit courir ses doigts sur les cols de cygnes en fer forgé qui supportaient le toit du kiosque, à présent à l'abandon, où il venait autrefois chercher ses cigarettes et son journal. Ils burent une bière à la terrasse du café des jardins. Ils se tinrent à l'endroit exact où Voss s'était laissé arrêter en levant la tête vers la fenêtre de son appartement, aujourd'hui innocemment ouverte à la fraîcheur de la nuit.

Ils firent de nouveau la promenade qui avait causé leur ruine, pensaient-ils – la Calçada da Estrela vers São Bento, l'Assemblée nationale, jusqu'à la lisière du Bairro Alto, puis le tour de l'église, le long de la rua Academia Ciências, l'ascension de la rua do Seculo et, à droite, le dédale des ruelles du Bairro Alto. Andrea mangea des *rojões,* des dés de porc parfumés au cumin, dans un restaurant minhote. Voss la regarda se régaler et but une demi-bouteille de Vinho Verde provenant de Ponte da Lima. Cheminant parmi les flaques de lumière des réverbères, ils passèrent devant des bars de nuit, des restaurants et des personnages étranges leur proposant sous le manteau une nuit de *fado*, comme s'il s'agissait d'un spectacle de pornographie. Ils atteignirent la rua de São Pedro de Alcântara et traversèrent les rails argentés du tramway pour rejoindre le *miradouro*. Ils s'arrêtèrent derrière les rambardes du belvédère et contemplèrent la ville, dominée par le château São Jorge, comme ils l'avaient fait quarante-sept ans plus tôt, mais cette fois sans se toucher.

Voss n'avait guère parlé depuis leur arrivée, mais ce n'était plus ce silence sinistre et oppressant du mois précédent. Il semblait s'emplir de toutes ces images comme une jarre de terre trop longtemps restée vide s'assombrissant avec l'humidité. Andrea s'adossa contre le garde-fou et l'attira à elle par les pans de sa veste, ses yeux se posant sur la moitié intacte de son visage.

— C'est normal, ce qui nous arrive ? demanda-t-elle.

Il se figea, mal à l'aise, son regard courant sur le visage d'Andrea.

— Je... je ne me souviens plus des mots.

— Tu t'en souviens très bien. Tu me les a déjà dits.

— Ils sont sortis de ma mémoire.

— C'est normal ce qui nous arrive ? répéta-t-elle en tirant sur la veste de Voss.

— Je ne... je ne sais pas. Je n'ai été amoureux qu'une fois.

— De qui ?

— De toi... idiote !

Il avait retrouvé les mots, mais ils ne véhiculaient plus la même conviction que quarante-sept ans plus tôt.

— Dans ce cas, dit Andrea d'une voix plus douce, tu es autorisé à venir dans ma chambre d'hôtel.

Il la rejoignit dans son lit, cette nuit-là. Elle dormit dos à lui, la tête sur le même oreiller que lui, tenant sa main sur son ventre.

Au matin, Andrea partit seule rendre visite à l'avocat dans le Chaido. Il lui remit un petit coffre de bois. Elle signa un reçu. Elle acheta du papier pour emballer l'objet, et alla acheter deux billets de car à destination d'Estremoz, pour le lendemain.

Ils prirent le train pour Estoril, suivant un Tage désormais dompté, ses berges flanquées de palplanches. Dans les courbes, ils voyaient scintiller devant eux les wagons de tête sur les rails d'argent. La houle marine se brisait au pied du phare Búgio au milieu de l'estuaire ; plus loin, le banc de sable comme le dos anthracite d'un léviathan.

À leur grand désarroi, le casino avait perdu son charme désuet – au programme désormais, filles nues et plumes d'autruche. Le passage donnant dans le parc de la Quinta da Águia n'existait plus. Des maisons avaient été construites sur tout le versant de la colline. Ils dînèrent sur le front de mer. Voss toucha à peine à ses sardines. Andrea lui montra où elle avait vécu avec Luís, puis ils reprirent le train pour Lisbonne en fin d'après-midi.

Lorsqu'ils arrivèrent à Estremoz, le lendemain, le temps avait viré à la canicule. Ils hélèrent un taxi pour rejoindre la *pousada*[1], qui se trouvait à l'intérieur des remparts du château ; ils se reposèrent pendant une heure puis redescendirent en ville déjeuner et trouvèrent une *tasca* ombragée dont les murs étaient décorés de jarres de terre cuite aussi grandes qu'un homme. L'endroit était rempli de Portugais, travailleurs et touristes, tous assis sur des bancs de bois, engloutissant des portions gargantuesques de nourriture.

— Tu vois ces gens ? souffla Andrea.

— Oui, je les vois, répondit Voss, d'un air circonspect.

— Que penses-tu d'eux ?

— Que l'obésité leur pend au nez, répliqua-t-il, lui, l'homme fil de fer.

1. Auberge. *(N.d.T.)*

— Je crois que, dans la vie, ils se fichent de tout sauf de la nourriture dans leurs assiettes, du bon vin dans leurs verres et de la compagnie à leur table. Ce n'est pas une si mauvaise philosophie.

Voss hocha la tête et mangea un quart de son poisson grillé et une feuille de laitue.

En taxi, ils se rendirent dans une petite chapelle et un cimetière, perdus au milieu des carrières de marbre des faubourgs. Ils longèrent les allées parmi les tombes jusqu'à atteindre le caveau de la famille des Almeida. Voss traînait en arrière à observer les photos des morts, toujours simples, parfois de vulgaires photomatons. Il touchait les fleurs, certaines en plastique, d'autres en tissu. Il rejoignit Andrea devant le caveau, ne sachant pourquoi elle le faisait venir ici. Elle tapota la photo de Julião sur le cartouche, passée par les années. Voss s'approcha, plissa les yeux pour mieux examiner le visage.

— Tu ne m'as posé aucune question sur lui, dit-elle. Alors, je me suis dit que j'allais commencer par la fin. Sa fin sera ton commencement... quelque chose comme ça...

Voss referma les mains sur la grille du caveau et contempla les stèles, en nombre plus grand aujourd'hui, ainsi que les urnes de Luís et de Julião, côte à côte sur la même étagère. Andrea retira l'ancienne photographie et en plaça une nouvelle. Elle donna l'originale à Voss. Ils quittèrent le cimetière, et trouvèrent un taxi pour les ramener à la *pousada*.

Devant l'hôtel, elle prit le bras de Voss, l'entraîna vers la statue de Rainha Santa Isabel et le fit s'asseoir sur les remparts. Elle lui donna enfin son cadeau. Voss l'ouvrit. Il admira le coffre africain, joliment ciselé, et la remercia par un baiser maladroit.

— Ouvre-le, dit-elle. Le cadeau est à l'intérieur.

Sous le couvercle, il y avait la photo de la famille Voss. La main de Karl tremblait en prenant le cliché. Un frisson traversa son corps décharné. Il regarda tour à tour chacun des visages qui, tous, devant l'objectif du photographe, affichaient cette fierté particulière d'appartenir à une même famille. Il découvrit ensuite les lettres de son père, les feuilleta jusqu'à trouver celle où son père lui demandait de sortir Julius du piège de Stalingrad. Il la lut, puis parcourut celle qu'il avait adressée à Julius ainsi que celle qu'avaient écrite les hommes de son frère. Il essuya ses yeux humides du revers de la manche.

— Je les ai prises dans ta chambre avant de m'enfuir par le toit, en 44. J'ai pensé que c'était le seul souvenir que je pouvais avoir de toi, alors je les ai emportées. Elles t'appartiennent. Il ne doit rien te rester non plus.

Il secoua la tête, le menton dans sa poitrine.

— Je t'ai perdu, Karl, déclara Andrea en se levant et contemplant sa tête baissée. Cette fois encore, tu as surgi dans ma vie, mais ce n'était plus toi. Tu as été consumé par quelque chose, et je veux que le vrai Karl me revienne. J'espère que ces reliques t'aideront à te souvenir de l'homme que tu étais, parce que tu es le seul être qui ait compté dans ma vie, le seul qui ait été tout dans ma vie.

Ils rentrèrent à l'hôtel. Voss, épuisé, s'endormit avec le coffre sur la poitrine, son contenu s'infiltrant en lui comme une nouvelle drogue. Le soir, ils retournèrent à la *tasca* où ils avaient déjeuné. Cette fois, Karl demanda au serveur de la bière et du vin. Ils grignotèrent en apéritif du fromage et des olives. Il commanda des joues de porc rôties et mangea tout son plat, jusqu'à la peau croustillante. Il prit un dessert –

un gâteau avec des prunes confites – et du café. Il but un *bagaço*, parce qu'il voulait se souvenir de cet alcool fort, retrouver le plaisir qu'il avait à le boire lorsqu'il était à Lisbonne pendant la guerre. Il parla peu, mais ne quitta pas Andrea des yeux, comme s'il la voyait pour la première fois. Ses yeux étaient toujours enfoncés dans leurs orbites, mais ils avaient perdu cette lueur farouche et torturée.

Légèrement ivres, ils partirent, se soutenant l'un l'autre, dans un petit café à côté d'un parc et commandèrent de l'*aguardente velho*, un alcool moins fort et plus raffiné, qui seyait bien mieux à des retraités de leur âge. Ils trinquèrent.

— À toi, pour ce que tu m'as rendu, dit-il. Et pour m'avoir rappelé le plus important.

— C'est tout ? demanda-t-elle d'un air sévère, quoique ses yeux pétillassent de malice.

Il déglutit.

— Et pour être la personne la plus parfaite de la terre, celle que je n'ai jamais cessé d'aimer.

— Encore. J'en veux encore. Je pense le mériter. Dis-moi à quel point tu m'aimes. Vas-y, Karl, toi le physicien d'Heidelberg. Combien ? Quantifie. Il me faut des chiffres.

— Je t'aime... commença-t-il avant de marquer une pause d'une demi-minute.

— Si cela te prend autant de temps à comptabiliser, c'est bon signe.

— J'ai plus d'amour pour toi qu'il n'y a de molécules d'eau dans tous les océans du monde.

— Pas mal ! Cela fait une belle quantité. Tu peux m'embrasser, maintenant.

— Ce travail... disait-il, tout en répétant au serveur de laisser la bouteille d'*aguardente velho* sur la table, ce livre que je suis en train d'écrire, que je pensais si important jusqu'à cet après-midi, s'intitule... enfin je l'ai appelé *Les Chants des mensonges*. Ce devait être un récit autobiographique, un témoignage d'une vie entière passée comme espion, à toujours travailler contre les États qui t'emploient. C'était ma façon à moi de donner un sens à tout ça. Mais ce n'était pas que ça. Je comptais faire également une grande révélation dans ce livre... à savoir que durant tout l'après-guerre, jusqu'à ce que son rôle ne soit plus important, les Russes avaient un homme à eux au plus haut niveau des services secrets britanniques.

« J'ai pris ma retraite en 77, mais j'ai demandé à continuer de travailler sur les archives de la Stasi. J'ai déjà récupéré nombre de papiers compromettants ; ils sont enterrés dans le jardin d'une villa qu'Elena et moi occupions dans les faubourgs de Berlin. De 77 à 82, je me suis attaché à dérober des documents susceptibles de m'apporter la preuve irréfutable qu'il y avait un traître dans le top 5 du S.I.S. En 1986, lorsqu'Elena est tombée malade, je l'ai ramenée à Moscou et, là-bas, je suis parvenu à me procurer la dernière pièce manquante du puzzle. La confirmation verbale et définitive de toutes mes preuves écrites. J'ai pu parler à Kim Philby, à trois reprises, avant sa mort en 1988.

« Il m'était difficile de travailler à mon livre en restant à Moscou. L'état d'Elena a empiré, puis ce fut mon tour. J'ai un cancer. On m'a expliqué qu'à mon âge ce mal prend son temps, mais qu'il pouvait brusquement s'aggraver. Alors, je me suis plongé dans ma grande mission : révéler au monde tout ce que je sais, sans savoir de combien de temps je dispose pour coucher tout ça sur le papier.

« Je me suis donné corps et âme à cette tâche parce que l'homme, ce traître, a été honoré par son pays pour services rendus à la nation. Ce n'est pas juste qu'un tel individu soit tant respecté alors qu'il a envoyé nombre de ses compatriotes à la mort. »

— Et maintenant ?

— Maintenant, après ces quarante-huit heures, je viens de comprendre quelque chose : ce que je considérais comme l'essentiel sur terre, l'œuvre qui aurait laissé une trace de moi en ce monde, n'a pas plus de valeur que tous les renseignements jamais rassemblés et présentés à ces dirigeants pour qu'ils puissent prendre leurs brillantes décisions. Tout ça n'est que poussière. Et à présent que je sais cela, ou plutôt que tu m'as aidé à m'en souvenir, grâce à tout ce que tu m'as montré, à tout ce que tu m'as donné... je suis enfin... heureux.

Andrea sirota son *aguardiente*, embrassa Karl sur la bouche, lui laissant sur les lèvres le picotement de l'alcool.

— Qui est-ce ? interrogea-t-elle. Tu dois encore me dire de qui il s'agit si tu veux être totalement libéré.

Ils rirent de bon cœur.

— C'est tellement dérisoire, de la poussière au vent, et je ne pense pas qu'il y ait lieu de te le dire.

— Tu veux continuer à dormir seul ?

— Je voulais te l'apprendre hier, pendant notre promenade dans le Bairro Alto. *Notre promenade.* Lorsque nous avons été aperçus par ce *bufo* qui est allé faire son rapport au général Wolters. Pour moi, c'est la chose la plus extraordinaire que m'ait révélée Philby. C'est arrivé au cours de notre dernier entretien. Je ne lui avais pas révélé que j'étais en poste à Lisbonne pendant la guerre. Je pensais que c'était trop risqué, mais Philby était réellement fini. Une triste fin. Même les Russes se méfiaient de lui... Alors je lui ai appris qui j'étais. Je lui ai même cité mon nom de code, ce nom tellement incongru. Childe Harold. Il s'est mis à rire, à rire si fort que j'ai eu peur qu'il soit victime d'une attaque. Il m'a saisi la main et m'a chuchoté sous le nez : « Et maintenant, vous êtes dans leur camp ! » Alors j'ai commencé à rire avec lui, brûlant d'envie qu'il me raconte, mais n'osant lui poser de questions de peur de l'effaroucher. On n'interroge pas des gens comme lui. Finalement, il s'est décidé et m'a appris qu'il avait donné l'ordre de faire savoir à Wolters que j'étais un agent double et un traître... mais que cela devait être accompli avec subtilité. Aucune trace. Anonymat complet.

— Pourquoi Philby voulait-il se débarrasser de toi ?

— Parce que je fournissais aux Anglais plein d'infos qui auraient pu nous donner une chance, à nous, les Allemands, de négocier une paix séparée avec les Américains et les Anglais. Philby ne voulait pas que la Russie soit exclue des négociations. Alors, il a ordonné à l'un de ses hommes de me faire tomber. C'est cet homme qui a demandé au *bufo* d'aller faire un certain rapport à Wolters, ce qui a conduit à mon arrestation.

— Je le savais ! lâcha Andrea. Je savais bien que c'était lui !

— Qui ça ?

— Richard Rose.

— Cela va te faire de la peine, Andrea... Je sais à quel point cet homme compte pour toi, mais ce n'est pas...

— Richard Rose ne compte pas... et encore moins à présent ! Je l'invite à mes dîners parce qu'il fait partie du groupe. Il est divertissant. Mais j'ai passé le plus clair de mon temps à le détester.

— Ce n'est pas Richard Rose. J'ai toujours pensé que c'était lui, parce qu'il était le plus âpre lors de mes négociations avec lui et Sutherland, dans les jardins de Monserrate. Cependant je me trompais.

— Ce n'est pas lui ?

— Quand Philby m'a annoncé la vérité, je n'en revenais pas. Dire qu'il était en place depuis le tout début.

— Philby t'a peut-être raconté des histoires. C'était un menteur émérite.

— J'ai des preuves de ses dernières activités, Andrea. Tous les fichiers que j'ai exhumés des archives de la Stasi. Tout est à la maison.

— Je vais aller trouver ce salaud ! Je veux qu'il me le dise dans les yeux.

— Je ne suis pas certain que ce soit une bonne idée, Andrea, répliqua Voss. Philby et Blake n'étaient pas des tendres. Ils ont envoyé des centaines d'agents à la mort, mais je peux t'assurer que ce sont des enfants de chœur comparés à Meredith Cardew.

Ils dormirent à poings fermés cette nuit-là, grisés par l'alcool. Ils se réveillèrent tard dans la matinée et firent l'amour pour la seconde fois depuis près d'un demi-siècle, pendant que les femmes de chambre chantonnaient dans les couloirs de l'hôtel.

L'après-midi, Voss ne se sentit pas bien. Ils prirent un taxi jusqu'à l'aéroport et regagnèrent Londres. À 11 heures du soir, il était à l'hôpital John Radcliffe, à Oxford. Un quart d'heure plus tard, il était transféré d'urgence, tordu de douleur, à l'unité de soins palliatifs du Churchill, un hôpital spécialisé dans le traitement du cancer, où ils parvinrent à soulager sa souffrance. Au matin, son état était redevenu stable.

Le médecin expliqua à Andrea que ce n'était plus qu'une question de jours, au mieux d'une ou deux semaines. Voss insista pour rester chez Andrea. Elle engagea une infirmière privée qui viendrait deux fois par jour lui prodiguer des soins. Voss fut installé dans le lit d'Andrea, avec une perfusion de morphine, équipée d'un système d'autotransfusion assisté par ordinateur pour éviter au malade tout risque d'overdose.

Andrea ne monta pas dans sa chambre sous les combles et n'alluma pas l'ordinateur de Voss. Elle ignorait que toutes les données du disque dur étaient infectées par un virus et que quelqu'un avait dérobé divers documents dans la malle aux trésors de Voss. Elle resta l'après-midi dans la chambre avec son compagnon, lui faisant la lecture, parce que cela les réconfortait tous les deux.

Le soir, elle avala un repas léger et lâcha Ashley dans le jardin avant d'aller se coucher. Elle se tenait sur le seuil de la porte du jardin, sous le halo de lumière, le chien disparaissant dans les ténèbres. C'était une belle nuit, mais elle gardait son châle serré autour de ses épaules, bien qu'elle sût que le froid venait non pas de l'extérieur, mais du tréfonds d'elle-même. Elle voulait ne pas y penser, mais savait qu'elle allait devoir de nouveau endurer cette épreuve. Traverser tout ce territoire de la douleur et du chagrin, une fois encore – pour aboutir à ces mots honnis : « plus jamais ». Pas avant un million d'années. Pas avant une éternité. Une absence infinie.

Elle se souvint de ce jour, en 44, où elle était ressortie de la basilique d'Estrela après avoir pleuré toutes les larmes de son corps. Elle avait eu l'impression que la brise du soir la traversait de part en part, comme une passoire vide. Avait-ce été aussi négatif ? Pas tout à fait. Il y avait eu une sorte de libération, un desserrement des amarres ; son bateau était toujours relié à la terre de son chagrin, mais l'instinct de survie était là, lui intimant de continuer sa route. C'était là, la force des gens de sa génération. Ne pas s'arrêter. Continuer à avancer. Et aujourd'hui ? Après une vie nourrie par un amour ne tenant qu'à un fil, que lui restait-il ? La vieillesse, et sa seule destination possible.

Plus tôt dans l'après-midi, elle s'était promenée dans le cimetière de l'église et, ne sachant si elle devait s'en réjouir ou s'en attrister, elle avait remarqué une constante sur les tombes des couples : si la femme mourait la première, l'homme suivait dans l'année ; si c'était l'époux qui décédait d'abord, la femme hésitait plus longtemps à rejoindre son mari dans les limbes. Les femmes s'accrochaient à leurs corps décrépits, leur cœur s'évertuait à battre pendant encore plusieurs années après la disparition du défunt.

Elle allait finir sa vie comme elle l'avait commencée – seule. Sauf que, cette fois, il lui restait des attaches. Elle vit en pensée une cordée d'alpinistes escaladant une paroi verticale et les regards d'encouragement qui les tenaient plus solidement encore que le chanvre.

Elle appela Ashley.

Pas de réponse.

— Satané chien ! pesta-t-elle en s'avançant dans l'allée.

Elle le trouva couché sur le flanc. Le corps était chaud, mais inerte ; à la lueur qui filtrait de la porte de la maison, elle constata qu'il n'y avait plus de vie dans son œil. Elle le ramassa. Comment une aussi petite bête pouvait-elle peser si lourd ? Elle le rapporta à l'intérieur, l'inspecta rapidement et le déposa sur la table de la salle à manger – la copie d'ancien que Dorothy aimait tant. Elle examina le corps de l'animal dans l'espoir de découvrir ce qui l'avait tué. L'air tiède de la nuit s'engouffrait par la porte laissée ouverte et bruissait dans son dos. Elle ouvrit les mâchoires du chien et distingua des restes de viande rouge entre ses crocs. À l'instant où elle prit conscience que l'animal avait été empoisonné, une écharpe de soie blanche flotta devant ses yeux et se referma sur son cou.

Elle passa les mains derrière sa nuque pour tirer les pans du tissu et sentit sous ses doigts deux mains robustes, des mains d'homme. Elle voulut s'enfuir, mais le corps puissant, derrière elle, la coinça contre la table. Elle martela de coups de pied les tibias de son agresseur, aperçut une paire de Doc Martens acajou. D'un coup de reins, l'homme la plaqua à plat ventre sur la table. La dernière chance d'Andrea était de grimper sur le meuble, de ramper sur le plateau jusqu'à l'autre côté. Mais les mains puissantes la tirèrent en arrière. Elle tenta de se retourner, de s'agripper aux épaules de l'inconnu, dans l'espoir de lui faire lâcher prise, mais la lutte était trop inégale. Son visage enflait, le monde s'assombrissait à la périphérie de son champ de vision. Le sang, noir de gaz carbonique, s'accumulait dans son cerveau. Elle entr'aperçut le visage de son agresseur au fond du tunnel de ténèbres qui se rétrécissait d'instant en instant. Les lèvres d'Andrea, pourpres et tuméfiées, s'agitèrent, tentant d'articuler un nom – ses derniers mots – une question silencieuse :

— Morgan ?

Voss ouvrit les yeux. La seule lumière de la chambre provenait du cadran numérique du radio-réveil. Il indiquait 0 h 28. La douleur l'avait réveillé. Il appuya sur la pompe à morphine, mais, cette fois, il ne sentit pas couler les « eaux de Léthé[1] », comme il avait surnommé le liquide miracle. Il tourna la tête

1. Source d'oubli (mythologie grecque). *(N.d.T.)*

vers l'oreiller à côté de lui. Vide. Il leva son bras ; il n'était plus relié à la potence de perfusion. Dans le halo cramoisi des diodes, Voss vit que le cathéter avait été sectionné. La douleur au côté était terrible, comme si une main de fer écrasait un organe, un étau se resserrant sur ses chairs. Il repoussa les couvertures, alluma la lampe de chevet. La poche de morphine était vide, alors qu'elle aurait dû être encore à moitié pleine...

Il sortit du lit maladroitement, renversant la potence.

— Andrea ! appela-t-il.

Ce fut un faible cri. Les mâchoires d'acier dans ses entrailles lui coupaient le souffle. Il atteignit le seuil ; le tube coupé, toujours relié à l'aiguille dans son bras, fouetta l'air devant son visage. Il descendit l'escalier en titubant et découvrit les deux corps sur la table de la salle à manger.

Qu'est-ce qu'elle fait là ?

Un éperon de douleur lui traversa la poitrine, si violent qu'un éclair de lumière lui brouilla la vue un moment. Il marcha en chancelant jusqu'au meuble, posa ses mains décharnées sur le rebord du plateau pour s'empêcher de tomber et regarda le visage d'Andrea. Un nouveau visage.

Il hoqueta, toussa de douleur – une autre douleur, que la main de fer serrant ses viscères ne pourrait jamais causer. Il toussa encore, dans l'espoir de chasser le flot de boue qui envahissait ses poumons ; il avait devant lui la fin de tous les possibles, un avenir pétrifié. Des gouttes de sang maculèrent la laine du châle rose d'Andrea lorsqu'il approcha son visage du sien, posant sa joue indemne contre celle de la morte, sentant sur sa peau s'évanouir les dernières ondes de chaleur. Voss s'étendit sur la table à côté de son amante, serra sa main et, pendant un moment fugitif et lumineux, il se sentit heureux ; elle est sous l'eau, environnée de myriades de bulles, et il plonge à sa rescousse pour la ramener à la surface, vers l'air libre et la lumière... Mais la douleur dans sa poitrine revint et refusa de s'estomper. Même s'il n'avait pas envie de résister, son corps se cabra par réflexe. La dernière souffrance... Et derrière cet écran de douleur, il vit Andrea de l'autre côté du fleuve, sur la rive opposée, qui lui faisait signe.

Morgan Trent, qui était tapi dans un coin sombre de la pièce pour profiter du spectacle, s'avança. Il inspecta les corps, se tapota le menton du doigt en remarquant leurs mains jointes. Comme c'est touchant ! songea-t-il. Il observa leurs visages, s'étonna de trouver une moitié de sourire sur la partie indemne du visage de Voss. Comme s'il avait vu quelque chose, un signe de bienvenue.

Il vérifia le pouls au cou. Aucun. Il monta dans la chambre sous les combles, redescendit la malle et la passa par-dessus le mur qui donnait dans le jardin de la fermette voisine qu'il louait. Il retourna chercher les deux valises de documents et leur fit suivre le même chemin. Il revint une troisième fois vers la maison, planta ses pieds dans le massif de fleurs sous la fenêtre de la salle à manger et cassa un carreau. Il passa par la fenêtre, traversa la pièce, et ressortit par la porte d'entrée côté rue, qu'il referma derrière lui.

Il rangea les valises et la malle à l'arrière de sa voiture, retira les Doc Martens et enfila une paire de chaussures à semelles de crêpe. Il courut jusqu'à la maison des Brock et rangea les Doc Martens dans le garage où il les avait trouvées. Il roula jusqu'à Swindon et passa un appel d'une cabine publique. Après l'échange traditionnel des mots de passe, il déclara :

— Mission accomplie. Je m'occupe à présent de faire disparaître les papiers.

L'infirmière trouva les corps au matin – Andrea lui avait donné un jeu de clés. Elle appela la police. Une heure plus tard, trois policiers se tenaient autour des cadavres sur la table.

— Vous savez à quoi cela me fait penser, chef ? annonça l'inspecteur adjoint.

— À un meurtre ? railla son supérieur.

— À voir la façon dont sont placés les corps, avec le chien à leurs pieds... et le fait aussi qu'ils se tiennent la main...

— C'est curieux, en effet.

— Cela me fait penser à une sépulture. À ces gisants sculptés sur les vieilles tombes. Vous savez, avec le chevalier en armure et son épouse.

— Tu as raison, répliqua l'inspecteur en chef. Et il y a toujours un chien comme ça à leurs pieds.

— Il y a un poème là-dessus, intervint le troisième policier – une nouvelle recrue.

— Un poème ? Ne me dis pas qu'on vous apprend la poésie à l'école de police, aujourd'hui !

— Non, chef, pas à l'école. J'ai passé une licence de sciences humaines à l'université de Keele. On a étudié quelques poèmes.

— Je préfère ça, répliqua le chef.

— Je ne me souviens que du dernier vers.

— Tant mieux. Inutile de nous réciter ton machin en entier.

— « Ce qui nous survivra est l'amour... » C'est ça, le dernier vers.

— Encore une belle foutaise !

***OXFORD TIMES* – 3 décembre 1991**

À 11 h 30, au palais de justice d'Oxford, Gary Brock a été condamné à la prison à perpétuité pour le double meurtre de Karl Voss et d'Andrea Aspinall.

***OXFORD TIMES* – 3 février 1992**

Morgan Trent et Kathleen Thomas font part de leur mariage, qui aura lieu en l'église de Langfield, Oxfordshire, le 28 juin 1992.

***TIMES* – 30 juin 1993**

Le 28 juin 1993, sir Meredith Cardew s'est éteint paisiblement chez lui. Il était âgé de quatre-vingt-quatre ans. La nation reconnaissante organise une cérémonie commémorative en l'église St. Mary sur le Strand, le 15 septembre 1993.

Remerciements

Je voudrais remercier le colonel Peter Taylor, Mrs. Pam Taylor et Adwin Taylor pour les textes, les cartes et les renseignements précieux qu'ils m'ont apportés sur le Berlin des années soixante et soixante-dix.

www.pocket.fr
Le site qui se lit comme un bon livre
Informer
Toute l'actualité de Pocket, les dernières parutions collection par collection, les auteurs, des articles, des interviews, des exclusivités.
Découvrir
Des 1ers chapitres et extraits à lire.
Choisissez vos livres selon vos envies :
thriller, policier, roman, terroir, science-fiction...
POCKET
Il y a toujours un Pocket à découvrir sur www.pocket.fr

Impression réalisée sur Presse Offset par

BRODARD & TAUPIN

GROUPE CPI

31583 – La Flèche (Sarthe), le 28-09-2005
Dépôt légal : octobre 2005

POCKET – 12, avenue d'Italie - 75627 Paris cedex 13
Tél. : 01.44.16.05.00

Imprimé en France

Lisbonne, 1944. Les [illegible] de fabriquer la bon[illegible] atomique. Les Alliés mobilisent tous leu[illegible] empêcher : Andrea, [illegible] plongée dans la b[illegible] tombe amoureuse [illegible] de Karl Voss, attaché de légation allemande, leur liaison déstabilise l'équilibre précaire du petit monde des espions et précipite les drames.

Vingt-cinq ans plus tard, en pleine guerre froide, Andrea piste à Berlin le Léopard des neiges, agent secret convoité à la fois par les Russes et les Britanniques. Menteuse, tricheuse, manipulatrice, Andrea n'a été fidèle qu'à une seule vérité : son amour pour Karl. Dans ce climat hostile, elle va le retrouver. Mais pas du même côté de la barrière…

« (…) une histoire d'amour et de guerre qui transcende le temps et les idéologies (…). »

Denis Lebrun – *Mauvais Genres*

« (…) Robert Wilson confirme ici son talent et s'affirme comme un maître du thriller historique. »

Maxi

Également chez Pocket : *Une mort à Lisbonne.*

Texte intégral

ISBN 2-266-15401-X
9 782266 154017

Photo : © P. Leonard / Zefa.

CATÉGORIE 10

www.pocket.fr